COLLECTION FOLIO

Sidney Sheldon

Jennifer

ou La fureur des anges

Traduit de l'américain
par Sylvie Audoly

Denoël

Titre original :

RAGE OF ANGELS

Scénariste de télévision jusqu'à l'âge de cinquante-trois ans, Sidney Sheldon a connu sur le tard le succès littéraire. Il a écrit quatre romans qui se sont vendus à des millions d'exemplaires.

Son roman, Jennifer a pour héroïne une avocate. Jeune, belle, fraîche émoulue de la faculté de droit, armée de sa passion pour son métier et d'une énergie peu commune, Jennifer Parker se lance à la conquête de New York.

Mais dès sa première affaire en tant qu'adjointe du district attorney Robert Di Silva, personnage haineux et ambitieux qui brigue le poste de gouverneur de l'Etat pour couronner une carrière déjà fort brillante, elle tombe dans le piège tendu par un des chefs de la Mafia, Michael Moretti, qui se sert de son innocence et de son inexpérience pour neutraliser le témoin à charge d'un procès où il est mis en accusation. Jennifer frôle la radiation du barreau, et la prison ; sa carrière semble alors brisée.

Son honnêteté et son courage sont malgré tout remarqués par celui-là même qui est chargé d'enquêter sur sa responsabilité dans cette désastreuse affaire : Adam Warner, séduisant avocat à l'avenir prometteur, issu de la haute bourgeoisie, et candidat aux élections sénatoriales. Entre les deux jeunes gens, un amour fou ne va pas tarder à naître, malgré les difficultés rencontrées par Adam qui est marié à Mary Beth, la nièce de son associé.

Jennifer devient rapidement un des plus célèbres avocats d'assises du pays. Tous les procès qu'elle prend en main font la une des médias, pour la simple raison qu'elle les gagne tous. Qu'il s'agisse de défendre un monstrueux criminel noir au dossier accablant, de réclamer une indemnité colossale pour une jeune femme atrocement mutilée dans un accident, ou d'obtenir une reconnaissance en paternité d'un milliardaire irresponsable, Jennifer réussit par son immense talent à faire fléchir les jurés les plus récalcitrants et à remporter victoire après victoire dans ces combats qui l'opposent au redoutable Di Silva. Très vite, elle devient la coqueluche du palais et des journalistes.

Cependant, une ombre se dessine à son bonheur. L'épouse d'Adam, qui dans un premier temps s'était révélée disposée au divorce dans un faux élan de magnanimité, se récuse le jour où elle se trouve enfin enceinte. Annonçant perfidement la nouvelle à Jennifer, elle lui fait comprendre qu'elle doit sortir à tout jamais de la vie du sénateur Warner. Il n'y a pas de place pour une maîtresse dans la vie d'un futur Président des Etats-Unis.

Dès lors, Jennifer doit se battre seule. Pas entièrement malgré tout, puisque l'enfant qu'elle porte elle aussi, et qui sera un fils, lui permettra de retrouver en lui la réplique troublante de l'homme qu'elle adore. Au faîte de la gloire, mère attentive et comblée, Jennifer est cependant amenée un jour par un affreux caprice du destin à contracter une dette immense envers son pire ennemi, le farouche Michael Moretti. Dette dont on ne tardera pas à exiger le remboursement, avec les intérêts... Avec Moretti, c'est bientôt l'amour destructeur, le feu dévorant de la passion, qui la fait irrésistiblement basculer dans le monde trouble et fascinant de l'Organisation du crime. Aussi fulgurante qu'aura été l'ascension de Jennifer, aussi brutale sera sa chute.

A Mary,
La huitième merveille du monde,
Avec tout mon amour

... Dis-moi les hôtes secrets du mal, ô Cimon...
Leurs noms ne peuvent être prononcés à voix haute
Sans profaner les lèvres des mortels
Car ils sont venus des ténèbres impies
Pour s'emparer des cieux
Mais ils ont été écartés par la fureur des anges...

Les Dialogues de Chio

Première partie

1.

New York, 4 septembre 1969

L'étau des chasseurs se resserrait pour la mise à mort.

Deux mille ans plus tôt, à Rome, le combat aurait eu lieu dans le cirque de Néron, ou au Colisée, où des lions affamés auraient traqué la victime dans des arènes de sang et de sable, avides de la déchiqueter. Mais cela se passait dans un XXe siècle civilisé, et le spectacle avait pour cadre la cour criminelle de Manhattan, dans la salle d'audience nº 16.

A la place de Suétone, un greffier chargé de consigner l'événement pour la postérité. Des dizaines de représentants de la presse et de curieux, attirés par les manchettes quotidiennes des journaux sur ce procès pour meurtre, se pressaient à l'extérieur de la salle depuis sept heures du matin, pour être assurés d'un siège.

Le gibier, Michael Moretti, homme séduisant d'une trentaine d'années, était assis au banc des accusés, silencieux. Il était grand et mince, son visage aux méplats convergents lui donnait un air rude, déterminé. Il avait des cheveux noirs coiffés avec soin, un menton proéminent fendu d'une curieuse fossette, et des yeux noirs comme des olives, profondément rentrés. Il portait un costume gris bien coupé, une chemise bleu clair, avec une cravate en soie d'un bleu plus soutenu, et des chaussures cirées, faites sur mesure. A l'exception de ses yeux, qui balayaient continuellement la salle d'audience, Michael Moretti était d'une parfaite immobilité.

Le lion lancé à ses trousses était Robert Di Silva, le redoutable district attorney[1] du comté de New York, représentant du Peuple. Si Michael Moretti irradiait le calme, Robert Di Silva, lui, irradiait le mouvement dynamique ; il traversait la vie comme s'il avait toujours cinq minutes de retard pour un rendez-vous. Il était constamment actif, donnant l'impression de s'entraîner contre des adversaires invisibles. Il était trapu et de constitution puissante, et ses cheveux grisonnants arboraient une coupe démodée. Di Silva avait été boxeur dans sa jeunesse, et son nez et son visage en portaient les cicatrices. Il avait un jour tué un homme sur le ring, et il ne l'avait jamais regretté. Depuis lors, au fil des années qui avaient suivi, il avait dû cependant apprendre la compassion.

Robert Di Silva était un homme farouchement ambitieux qui avait combattu pour atteindre sa position actuelle, sans aide financière ni relations. Au cours de son ascension, il avait revêtu le masque poli du magistrat au service du peuple ; mais, par en dessous,

1. Le *district attorney* est l'équivalent, pour les États américains, de notre procureur de la République.

c'était un lutteur dénué de scrupule, qui jamais n'oubliait ni ne pardonnait.

Dans des circonstances ordinaires, le district attorney Di Silva n'aurait pas été présent dans la salle d'audience. Il disposait d'une équipe importante, et n'importe lequel de ses principaux adjoints était capable de poursuivre cette affaire. Mais Di Silva avait décidé, dès le début, qu'il se chargerait lui-même de prendre l'affaire Moretti en main.

Michael Moretti occupait la première page des journaux, c'était le gendre d'Antonio Granelli, le *capo dei capi,* le parrain des parrains, le chef de la plus importante des cinq Familles de la Mafia de la côte est. Antonio Granelli se faisait vieux, et la rumeur publique disait que Michael Moretti se préparait à prendre la place de son beau-père. Moretti avait été impliqué dans une dizaine de délits, allant de la voie de fait au meurtre, mais aucun district attorney n'avait jamais réussi à prouver quoi que ce soit. Un trop grand nombre d'avocats habiles se dressaient entre Moretti et ceux qui exécutaient ses ordres. Di Silva lui-même avait consacré trois années frustrantes à essayer d'obtenir une preuve contre Moretti. Et puis, soudain, Di Silva avait eu de la chance.

Camillo Stela, un des *soldati* de Moretti, avait été arrêté pour un meurtre commis lors d'un vol. En échange de sa vie, Stela avait accepter de chanter. C'était la plus belle musique que Di Silva ait jamais entendue, un chant qui allait mettre à genoux la plus puissante Famille de la Mafia de la côte est, envoyer Michael Moretti à la chaise électrique, et élever Robert Di Silva au rang de gouverneur, à Albany. Certains gouverneurs de l'État de New York avaient même tracé leur chemin jusqu'à la Maison Blanche : Martin Van Buren, Grover Cleveland, Teddy Roosevelt et Franklin Roosevelt. Di Silva avait l'intention d'être le prochain.

Le calendrier était parfait. Les élections au poste de gouverneur auraient lieu l'année prochaine.

L'homme politique le plus puissant de l'État avait confié à Di Silva : « Avec toute la publicité à laquelle tu auras droit dans cette affaire, Bobby, ça sera un jeu d'enfant de te faire choisir comme candidat, et puis de te faire élire gouverneur. Épingle Moretti, et tu es notre homme. »

Robert Di Silva n'avait rien laissé au hasard. Il avait préparé l'affaire Moretti avec un soin méticuleux. Il avait chargé ses adjoints de rassembler les preuves, remettant de l'ordre dans tout ce qui était incohérent, obstruant toute échappatoire légale que l'avocat de Moretti eût pu être tenté d'explorer.

Il avait fallu près de deux semaines pour choisir le jury, et le district attorney avait insisté pour qu'on retînt six « roues de secours » — des jurés de remplacement — afin de se prémunir contre un éventuel vice de procédure. Dans des procès où étaient impliquées d'importantes figures de la Mafia, on savait que des jurés avaient disparu, ou avaient fait l'objet d'accidents mortels inexplicables. Di Silva avait veillé à ce que le jury fût isolé, dès le début, enfermé toutes les nuits dans un endroit où personne ne pourrait avoir accès.

L'homme clé de l'affaire Michael Moretti, c'était Camillo Stela, témoin vedette que Di Silva faisait jalousement garder. Le district attorney ne se rappelait que trop bien l'exemple d'Abe Reles, le « gamin timbré », ce témoin du gouvernement « tombé » d'une fenêtre du sixième étage de l'hôtel *Half Moon* à Coney Island, alors qu'il était sous la garde d'une demi-douzaine de policiers. Robert Di Silva avait choisi personnellement les gardiens de Camillo Stela, qui, tous les soirs, avant le procès, était secrètement transporté dans un lieu différent. Maintenant que le procès avait commencé, Stela était tenu au secret dans une cellule isolée, sous la garde de quatre fonctionnaires de police armés. Personne n'était autorisé à l'approcher, car le consentement de Stela à témoigner reposait sur le fait que le district attorney Di Silva s'était engagé à le protéger de la vengeance de Michael Moretti.

C'était le matin du cinquième jour du procès.

C'était aussi le premier jour de Jennifer Parker au procès. Elle était assise au banc de l'accusation, avec cinq autres jeunes district attorneys adjoints qui avaient prêté serment avec elle ce matin-là.

Jennifer Parker était une jeune femme élancée de vingt-quatre ans : cheveux bruns, teint pâle, visage intelligent et mobile, des yeux verts au regard profond. Un visage plus attirant que beau, visage qui reflétait la fierté, le courage et la sensibilité, visage difficile à oublier. Elle était assise droite comme un i, comme pour se défendre des fantômes invisibles du passé.

La journée de Jennifer Parker avait commencé de manière désastreuse. La prestation de serment était prévue à huit heures du matin dans le bureau du district attorney. Jennifer avait soigneusement préparé ses vêtements la veille au soir, et elle avait réglé son réveil à six heures de façon à avoir le temps de se laver les cheveux.

Le réveil n'avait pas sonné. Jennifer s'était réveillé à sept heures et demie, prise de panique. Elle avait sauté dans ses collants, puis cassé un talon de chaussure, et dû changer de tenue. A l'instant précis où elle avait claqué la porte de son minuscule appartement, elle s'était aperçue qu'elle avait laissé ses clés à l'intérieur. Elle avait prévu de se rendre en autobus au palais de justice, mais comme c'était hors de question, elle s'était ruée dans un taxi qu'elle n'avait pas les moyens de se payer, et dont le chauffeur l'avait attirée dans un traquenard en lui expliquant durant tout le trajet pourquoi le monde allait parvenir à son terme.

Quand Jennifer était enfin arrivée, hors d'haleine, au palais de justice, au 155 de la rue Leonard, elle avait un quart d'heure de retard.

Vingt-cinq avocats étaient réunis dans le bureau du district attorney de l'État de New York, pour la plupart frais émoulus de la faculté de droit, jeunes, impatients, excités à l'idée de travailler pour ce grand magistrat.

La pièce était impressionnante, tendue de tissu et décorée avec un bon goût discret. Il y avait un vaste bureau et trois chaises disposées devant, un confortable fauteuil en cuir par-derrière, une table de conférence avec une douzaine de chaises autour, et des bibliothèques murales remplies d'ouvrages juridiques.

Sur les murs étaient accrochées des photographies

dédicacées de J. Edgar Hoover, John Lindsay, Richard Nixon et Jack Dempsey.

Au moment où Jennifer pénétra précipitamment dans le bureau, prête à fournir toutes ses excuses, Di Silva était lancé dans un discours. Il s'arrêta, détourna son attention sur Jennifer, et lui dit :

— Où vous croyez-vous... à un goûter de dames ?

— Je suis absolument désolée. Je...

— Je me fous pas mal de savoir si vous êtes désolée. Ne vous amusez plus jamais à être en retard !

Les autres regardèrent Jennifer, réprimant soigneusement leur sympathie.

Di Silva se tourna à nouveau vers le groupe et lança d'un ton cassant :

— Je sais pourquoi vous êtes tous ici. Vous allez traîner dans les parages aussi longtemps que vous le pourrez pour me piquer mes méthodes et apprendre quelques trucs de palais, et le jour où vous vous sentirez prêts, vous partirez pour devenir de brillants avocats d'assises. Mais peut-être y en aura-t-il un parmi vous — peut-être — qui sera suffisamment fort pour prendre ma place un jour.

Di Silva fit un signe de la tête à son adjoint.

— Faites-leur prêter serment.

A mi-voix, ils prêtèrent serment.

Lorsque cela fut terminé, Di Silva déclara :

— Bon, vous voilà maintenant liés par le serment. Que Dieu vous aide. C'est ici, dans ce bureau, que l'action se déroule, mais ne vous emballez pas. Vous allez avoir à fourrer votre nez dans des recherches légales et des documents juridiques — assignations, mandats d'arrêt — toutes ces choses merveilleuses que vous avez apprises en faculté. Vous n'aurez pas l'occasion d'instruire une affaire avant un an ou deux.

Di Silva se tut pour allumer un mégot de cigare.

— Je vais maintenant poursuivre une affaire dont certains d'entre vous ont peut-être entendu parler.

Un accent sarcastique pointa dans sa voix.

— Je peux faire appel à une demi-douzaine d'entre vous pour me rendre des services.

La main de Jennifer fut la première à se lever. Di Silva hésita un moment avant de la retenir avec cinq autres.

— Rendez-vous dans la salle d'audience n° 16.

Lorsqu'ils quittèrent la pièce, on leur délivra des laissez-passer. L'attitude du district attorney n'avait pas découragé Jennifer. « Il doit être dur, se dit-elle. C'est un dur métier. » Et désormais elle travaillait pour lui. Elle appartenait à l'équipe du district attorney du comté de New York ! Finies, ces interminables et fastidieuses années de droit. Si ses professeurs avaient parfois réussi à présenter le droit comme une donnée abstraite et antique, Jennifer, elle, avait toujours réussi à entrevoir la Terre promise située au-delà : le droit véritable qui touchait aux hommes et à leurs folies. Jennifer était sortie seconde de sa promotion. Elle avait réussi du premier coup l'examen du barreau, alors qu'un tiers de ceux qui s'étaient présentés en même temps avaient échoué. Elle avait le sentiment de comprendre Di Silva, et elle se savait certaine de pouvoir assumer toutes les tâches qu'il lui confierait.

Jennifer avait bien retenu ses leçons. Elle savait qu'il existait quatre bureaux différents qui dépendaient du district attorney — Procès de première instance,

Appels, Banditisme et Fraudes — et elle se demanda auquel on l'affecterait. Pour la seule ville de New York, il y avait plus de deux cents district attorneys adjoints, et cinq district attorneys, un par circonscription. Mais, bien évidemment, la circonscription la plus importante, c'était Manhattan, avec Robert Di Silva.

Jennifer était maintenant assise dans la salle d'audience, au banc du ministère public, observant Robert Di Silva dans l'exercice de ses fonctions, inquisiteur puissant, impitoyable.

Jennifer jeta un coup d'œil à l'accusé, Michael Moretti. Malgré tout ce qu'elle avait lu à son propos, elle n'arrivait pas à croire qu'il fût un assassin. « On dirait un jeune premier en train de tourner une scène dans une salle d'audience », se dit-elle. Il restait figé sur son siège, seuls ses profonds yeux noirs trahissaient une agitation intérieure. Son regard, en perpétuel mouvement, scrutait chaque recoin de la pièce, comme pour essayer de mesurer ses chances d'évasion. Aucune fuite n'était possible. Di Silva y avait veillé.

Camillo Stela se trouvait au banc des témoins. Si Stela avait été un animal, lui aurait été une belette. Il en avait le visage étroit, pincé, les lèvres minces et les dents jaunes proéminentes. Son regard était agité, furtif, et avant même qu'il ouvrît la bouche, on refusait de le croire. Robert Di Silva était conscient des défauts de son témoin, mais cela n'avait pas d'importance. L'important, c'était ce que Stela avait à dire. Il avait à raconter des histoires horribles jamais entendues jusqu'alors, et qui sonnaient indubitablement vrai.

Le district attorney traversa la pièce jusqu'au banc des témoins, où Camillo Stela avait prêté serment.

— Monsieur Stela, j'aimerais que ce jury sache combien il vous coûte d'apporter votre témoignage, et qu'afin de vous persuader de témoigner, l'État a accepté de vous autoriser à plaider non coupable pour l'accusation d'homicide involontaire dont vous êtes accusé. Est-ce exact ?

— Oui, monsieur, répondit Stela, le bras droit parcouru de mouvements convulsifs.

— Monsieur Stela, connaissez-vous l'accusé, Michael Moretti ?

— Oui, monsieur.

Son regard évitait la barre des accusés où était assis Michael Moretti.

— Quelle était la nature de vos relations ?

— Je travaillais pour Mike.

— Depuis quand connaissez-vous Michael Moretti ?

— Environ dix ans.

Sa voix était presque inaudible.

— Voulez-vous parler plus fort, s'il vous plaît ?

— Environ dix ans.

Son cou était pris à son tour de tremblements convulsifs.

— Pouvez-vous dire que vous étiez proche de l'accusé ?

— Objection !

Thomas Colfax se dressa sur ses jambes.

L'avocat de Michael Moretti était un homme grand, aux cheveux argentés, d'une cinquantaine d'années. C'était le *consigliere* du Syndicat, et l'un des avocats d'assises les plus sagaces du pays.

— Le district attorney essaie d'influencer le témoin.

Le juge Lawrence Waldman intervint :

— Acceptée, dit-il.

— Je vais formuler ma question autrement. En quoi consistait votre travail pour M. Moretti ?

— J'étais ce qu'on pourrait appeler un redresseur de fautes.

— Pourriez-vous être un peu plus explicite ?

— Ouais, quand y avait un problème — par exemple un type qui marchait pas droit — Mike me demandait de le remettre dans le bon chemin.

— Comment vous y preniez-vous ?

— Avec les muscles — vous voyez ce que je veux dire.

— Pourriez-vous donner un exemple au jury ?

Thomas Colfax était debout.

— Objection, Votre Honneur. Cette série de questions n'a rien à voir avec l'affaire.

— Objection rejetée. Le témoin peut répondre.

— Ben, vous savez que Mike s'occupe de prêts. Y a deux ans, Jimmy Serano a eu du retard dans ses paiements, alors Mike m'a envoyé donner une leçon à Jimmy.

— En quoi a consisté la leçon ?

— Je lui ai cassé les jambes. Vous savez, expliqua Stela avec conviction, si vous laissez un mec faire ça, les autres vont tous essayer de faire pareil.

Du coin de l'œil, Robert Di Silva pouvait lire l'indignation sur le visage des jurés.

— Quelles étaient les autres activités de Michael Moretti, en dehors des prêts ?

— Bon Dieu ! Dites-le vous-même.

— J'aimerais que ce soit *vous* qui nous le disiez, monsieur Stela.

— Bon. Eh bien, par exemple, pour les docks, Mike a un fameux ticket avec le Syndicat. Pareil pour l'industrie de la confection. Mike a des affaires dans les jeux, les juke-boxes, le ramassage des ordures ménagères, les textiles, etc.

— Monsieur Stela, Michael Moretti est accusé du meurtre d'Eddie et Albert Ramos. Les connaissiez-vous ?

— Pour sûr.

— Étiez-vous présent lorsqu'ils furent tués ?

— Ouais.

Tout son corps semblait parcouru de convulsions.

— Qui a vraiment tué ?

— Mike.

L'espace d'une seconde, ses yeux rencontrèrent ceux de Michael Moretti, et Stela détourna rapidement le regard.

— Michael Moretti ?

— C'est ça.

— Quelle raison vous a donné l'accusé de vouloir assassiner les frères Ramos ?

— Ben, Eddie et Al s'occupaient de bookmak...

— Ils étaient bookmakers ? Ils prenaient des paris illégaux ?

— Ouais. Mike s'est aperçu qu'ils en mettaient à gauche. Fallait leur donner une leçon, c'étaient des mecs à lui, vous comprenez ? Il pensait...

— Objection !

— Acceptée. Le témoin doit s'en tenir aux faits.

— Alors Mike m'a dit d'inviter les gars...

— Eddie et Albert Ramos ?

— Ouais. A une petite réception au *Pélican*. C'est un club privé sur la plage.

Son bras se remit à trembler et, en ayant soudain conscience, Stela l'immobilisa avec l'autre main.

Jennifer Parker se tourna pour regarder Michael Moretti. Il observait la scène d'un œil impassible, le visage et le corps parfaitement figés.

— Qu'est-il arrivé ensuite, monsieur Stela ?

— J' suis passé prendre Eddie et Al et j' les ai conduits jusqu'au parking. Mike était là, il attendait. Quand les gars sont descendus de la bagnole, j'ai pris le large et Mike a commencé à décharger son feu.

— Avez-vous vu les frères Ramos tomber à terre ?

— Oui, monsieur.

— Et ils étaient morts ?

— C'est sûr que quand on les a enterrés, ils étaient raides.

Un murmure parcourut la salle d'audience. Di Silva attendit que le silence revînt.

— Monsieur Stela, vous êtes conscient du fait que le témoignage que vous apportez dans cette salle vous accuse par la même occasion ?

— Oui, monsieur.

— Et que vous avez prêté serment et qu'il y va de la vie d'un homme ?

— Oui, monsieur.

— Vous témoignez d'avoir vu l'accusé, Michael Moretti, abattre de sang-froid deux hommes ayant détourné de l'argent qui lui appartenait ?

— Objection ! Il influence le témoin.

— Acceptée.

Le district attorney Di Silva regarda les visages des jurés et comprit qu'il avait gagné le procès. Il se tourna vers Camillo Stela.

— Monsieur Stela, je sais qu'il vous a fallu beaucoup de courage pour venir témoigner dans cette salle d'audience. Au nom de la population de cet État, je tiens à vous remercier. (Di Silva se tourna vers Thomas Colfax.) Vous pouvez disposer du témoin pour l'interrogatoire contradictoire.

Thomas Colfax se leva avec élégance.

— Merci, monsieur Di Silva.

Il jeta un coup d'œil sur la pendule accrochée au mur, puis il se tourna vers le juge.

— N'en déplaise à Votre Honneur, il est presque midi. Je préférerais ne pas voir mon contre-interrogatoire interrompu. Puis-je demander à la Cour de se retirer maintenant pour le déjeuner, et je procéderai à l'interrogatoire contradictoire cet après-midi ?

— Très bien.

Le juge Lawrence Waldman donna un coup de marteau sur la table.

— La Cour se retire jusqu'à deux heures.

Toutes les personnes présentes dans la salle d'audience se levèrent à la suite du juge, qui sortit par une des portes latérales pour regagner son cabinet. Les jurés quittèrent à leur tour la salle en file indienne. Quatre fonctionnaires de police armés entourèrent Camillo Stela et l'escortèrent jusqu'à une porte située près de l'entrée de la salle d'audience, qui conduisait à la salle des témoins.

Di Silva fut aussitôt assailli par les journalistes.

— Pouvez-vous nous faire une déclaration ?

— Comment, à votre avis, s'est déroulé le procès jusqu'à maintenant, monsieur le District Attorney ?

— Comment allez-vous protéger Stela quand ça sera fini ?

D'ordinaire, Robert Di Silva n'aurait guère toléré

une telle intrusion dans la salle d'audience, mais étant donné ses ambitions politiques, il avait maintenant besoin de mettre la presse de son côté, et il se départit de sa froideur habituelle pour être poli avec eux.

Jennifer Parker assistait, assise, à cette scène où le district attorney éludait les questions des journalistes.

— Allez-vous obtenir une condamnation ?

— Je ne suis pas diseur de bonne aventure, répondit Di Silva avec modestie. Nous avons un jury pour cela, mesdames et messieurs. Ce sont les jurés qui vont avoir à décider si M. Moretti est innocent ou coupable.

Jennifer observa Michael Moretti qui se levait. Il avait l'air calme et détendu. *Un gamin,* voilà le mot qui lui venait à l'esprit. Jennifer avait du mal à le croire coupable de toutes ces choses terribles dont il était accusé. « Si je devais choisir le coupable, se dit Jennifer, je choisirais Stela, le Convulsif. »

Les journalistes s'étaient éloignés, et Di Silva discutait avec des membres de son équipe. Jennifer aurait tout donné pour entendre ce qu'ils disaient.

Jennifer vit un homme dire quelque chose à Di Silva, se détacher du groupe qui entourait le district attorney, et se diriger ensuite vers elle. Il tenait à la main une grande enveloppe de papier bulle.

— Miss Parker ?

Jennifer, surprise, leva les yeux.

— Oui.

— Le Chef veut que vous remettiez cela à Stela. Dites-lui de se rafraîchir la mémoire pour ces dates. Colfax va essayer de mettre son témoignage en pièces cet après-midi, et le Chef veut s'assurer que Stela ne se laissera pas prendre au piège.

Il tendit l'enveloppe à Jennifer qui tourna son regard

vers Di Silva. « Il se souvient de mon nom, se dit-elle. C'est un bon présage. »

— Vous feriez bien d'y aller tout de suite. Le D.A. ne pense pas que Stela soit un rapide à la lecture.

— Oui, monsieur.

Jennifer bondit sur ses pieds et se dirigea vers la porte où elle avait vu disparaître Stela. Un fonctionnaire de police barrait le passage.

— Puis-je vous aider ?

— J'appartiens au bureau du district attorney, répondit Jennifer d'un ton tranchant.

Elle sortit son laissez-passer et le lui tendit :

— J'ai une enveloppe à remettre à M. Stela de la part de M. Di Silva.

L'officier de police examina soigneusement sa carte, puis il ouvrit la porte, et Jennifer se retrouva dans la salle des témoins. C'était une petite pièce à l'aspect peu attrayant, contenant un bureau délabré, un vieux canapé et des chaises en bois. Stela était assis sur l'une d'elles, le bras agité de tremblements violents. Il y avait quatre fonctionnaires de police armés dans la pièce.

Quand Jennifer entra, l'un d'eux s'écria :

— Hé ! Personne n'est autorisé à entrer ici.

Le gardien situé à l'extérieur lança :

— Pas de problème, Al. Elle vient du bureau du D.A.

Jennifer tendit l'enveloppe à Stela.

— M. Di Silva souhaite que vous vous rafraîchissiez la mémoire sur ces dates.

Stela la regarda en plissant les yeux, et ses tremblements redoublèrent.

2.

Tandis que Jennifer sortait du palais de justice pour aller déjeuner, elle passa devant la porte ouverte de la salle d'audience déserte. Elle ne put résister à l'envie d'y pénétrer un moment.

Quinze rangées de bancs destinés au public étaient alignées de chaque côtés du fond de la pièce. Face au banc du juge se trouvaient deux longues tables, l'une à gauche marquée *Accusation,* l'autre à droite marquée *Défense.* Le banc du jury contenait deux rangées de huit chaises chacune. « C'est une salle d'audience comme les autres, se dit Jennifer, quelconque — laide, même — mais c'est le cœur de la liberté. » Cette salle, comme toutes les autres, symbolisait la différence entre la civilisation et la barbarie. Le droit à être jugé par ses pairs constituait l'essence même des nations libres. Jennifer songeait à tous les pays du monde qui ne disposaient pas de cette petite pièce, à ces nations où les citoyens étaient tirés de leur lit au milieu de la nuit, torturés et assassinés par des ennemis anonymes pour des raisons cachées : Iran, Ouganda, Argentine, Pérou, Brésil, Roumanie, Russie, Tchécoslovaquie... la liste était désespérément longue.

« Si on dépouillait les cours américaines de leur pouvoir, se dit Jennifer, si on refusait aux citoyens le droit d'être jugés par un jury, alors l'Amérique cesserait d'exister en tant que nation libre. » Elle faisait maintenant partie du système, et, de se trouver à cet endroit, Jennifer se sentit envahie d'un immense sentiment de fierté. Elle ferait tout ce qu'elle pourrait pour honorer ce système, pour aider à le préserver. Elle resta là un bon moment, avant de s'en aller.

De l'autre extrémité du hall lui parvint une rumeur lointaine qui alla en s'amplifiant jusqu'à devenir un bruit assourdissant. Les sonnettes d'alarme retentirent. Jennifer entendit une cavalcade dans le couloir, et elle aperçut deux officiers de police l'arme à la main se précipitant vers l'entrée principale du palais. Sur l'instant, Jennifer crut que Michael Moretti s'était échappé, qu'il avait réussi à franchir le barrage des gardiens. Elle courut dans le couloir. Le plus grand tumulte régnait. Des gens couraient en tous sens avec frénésie, hurlant des ordres par-dessus le vacarme assourdissant des sonneries. Des gardes armés de fusils avaient pris position aux portes de sortie. Les journalistes qui étaient en train de communiquer par téléphone leur compte rendu s'élançaient dans le couloir pour savoir ce qu'il se passait. A l'autre extrémité du hall, Jennifer aperçut le district attorney Robert Di Silva, échevelé, le visage blême, qui lançait des ordres à une demi-douzaine de policiers.

« Mon Dieu ! Il va avoir une attaque », se dit Jennifer.

Elle se fraya un passage à travers la foule dans sa direction, se disant que, peut-être, elle pourrait lui être utile. Tandis qu'elle s'approchait, un des fonctionnaires de police qui avait gardé Camillo Stela, leva les yeux et l'aperçut. Il leva un bras qu'il dirigea sur elle, et cinq secondes plus tard Jennifer Parker se retrouva maîtrisée, menottes aux poignets et mise en état d'arrestation.

Quatre personnes se trouvaient dans le bureau du juge Lawrence Waldman : le juge Waldman, le district attorney Robert Di Silva, Thomas Colfax et Jennifer.

— Vous avez le droit d'être assistée d'un avocat avant de faire toute déclaration, l'informa le juge Waldman, et vous avez le droit de ne rien dire. Si vous...

— Je n'ai pas besoin d'un avocat, Votre Honneur ! Je peux expliquer ce qui s'est passé.

Robert Di Silva était penché si près d'elle que Jennifer pouvait voir battre une des veines de la tempe.

— Qui vous a payée pour remettre ce paquet à Camillo Stela ?

— Payée ? Personne ne m'a payée ! La voix de Jennifer frémit d'indignation.

Di Silva prit sur le bureau du juge Waldman une enveloppe de papier bulle à l'aspect familier.

— *Personne* ne vous a payée ? Vous êtes tout simplement allée porter *ceci* à mon témoin ?

Il secoua l'enveloppe et le corps d'un canari jaune vint s'échouer sur le bureau. Il avait le cou brisé.

Jennifer fixa l'oiseau, horrifiée.

— Je... un de vos hommes... m'a remis...

— Lequel de mes hommes ?

— Je... je ne sais pas.

— Mais vous savez que c'était un de mes hommes. Sa voix vibrait d'incrédulité.

— Oui. Je l'ai vu vous parler, et puis il s'est dirigé vers moi, et il m'a tendu l'enveloppe en me disant que vous vouliez que je la remette à M. Stela. Il... il savait même mon nom.

— Je veux bien croire que oui. Combien vous ont-ils payée ?

« Tout cela est un cauchemar, se dit Jennifer. Je vais me réveiller d'une minute à l'autre, ce sera six heures du matin, je vais m'habiller et j'irai prêter serment avec l'équipe du district attorney. »

— *Combien ?*

Il exprima sa fureur avec une telle violence que Jennifer se leva d'un bond.

— Etes-vous en train de m'accuser de... ?

— Vous accuser ! répéta Robert Di Silva en serrant les poings. Madame, je n'ai même pas encore commencé avec vous. Quand vous sortirez de prison, vous serez trop vieille pour dépenser cet argent.

— Il n'y a pas d'argent.

Jennifer lui lança un regard plein de défi.

Thomas Colfax, assis en retrait, écoutait calmement la conversation. Il l'interrompit alors pour dire :

— Pardonnez-moi, Votre Honneur, mais je crains que cela ne nous mène nulle part.

— Je suis d'accord, répondit le juge Waldman. (Il se tourna vers le district attorney.) Où en êtes-vous, Bobby ? Stela est-il toujours d'accord pour subir un contre-interrogatoire ?

— Un contre-interrogatoire ? Il est inutilisable. Mort de peur. Il ne reviendra plus à la barre.

Thomas Colfax dit d'un ton suave :

— Votre Honneur, si je ne peux pas procéder à un contre-interrogatoire du témoin principal de l'accusation, je vais devoir soulever l'inobservation des formes de procédure.

Chacun dans la pièce savait ce que cela signifierait :

Michael Moretti quitterait la salle d'audience en homme libre.

Le juge Waldman reporta son regard sur le district attorney :

— Avez-vous dit à votre témoin qu'il peut être retenu par défaut ?

— Oui. Stela a beaucoup plus peur d'eux que de nous. (Il se retourna pour lancer un regard venimeux à Jennifer.) Il ne nous croit plus capables de le protéger.

Le juge Waldman déclara avec lenteur :

— Alors je crains que cette cour n'ait d'autre possibilité que de répondre à la requête de la défense et de reconnaître l'inobservation des formes de procédure.

Robert Di Silva regardait son procès tomber en poussière entre ses mains. Sans Stela, il n'avait pas de procès. Michael Moretti se trouvait désormais hors de sa portée, contrairement à Jennifer Parker. Il allait lui faire payer ce qu'elle lui avait infligé.

— Je vais vous donner des instructions pour faire relâcher l'accusé et renvoyer le jury, fit le juge Waldman.

— Merci, Votre Honneur.

Il n'y avait aucun signe de triomphe sur le visage de Thomas Colfax.

— S'il n'y a rien d'autre..., commença le juge Waldman.

— Il y a autre chose ! s'exclama Robert Di Silva en se tournant vers Jennifer Parker. Je veux la faire retenir pour obstruction au cours de la justice, pour subornation de témoin dans une affaire capitale, pour complicité... Il s'en étouffait de rage, il en perdait la parole.

La colère permit à Jennifer de retrouver sa voix.

— Vous ne pouvez prouver aucune de ces accusations parce qu'elles sont fausses. Je... je suis peut-être coupable d'être idiote, mais c'est tout ce dont je suis coupable. Personne ne m'a achetée pour faire quoi que ce soit. Je pensais simplement remettre un paquet de votre part.

Le juge Waldman regarda Jennifer, et lui dit :

— Quelle que soit votre motivation, les conséquences en sont extrêmement regrettables. Je vais demander à la cour d'appel d'ouvrir une enquête et, si elle estime que les circonstances le lui autorisent, d'engager une procédure pour vous faire rayer du barreau.

Jennifer se sentit soudain défaillir.

— Votre Honneur, je...

— C'est tout pour le moment, miss Parker.

Jennifer se tint dressée, immobile, face à leurs visages hostiles. Elle n'avait rien d'autre à ajouter.

Le canari jaune sur le bureau avait tout dit.

3.

Jennifer Parker n'apparut pas seulement aux nouvelles du soir — elle en fit la une. Son histoire du canari mort remis au témoin vedette du district attorney était irrésistible. Toutes les chaînes de télévision montrèrent des images de Jennifer quittant le bureau du juge Waldman luttant pour se frayer un chemin hors du palais de justice, assaillie par la presse et le public.

Jennifer ne pouvait croire à cette horrible publicité

qu'on déversait soudain sur elle. De tous côtés on la harcelait : reporters de la télévision et de la radio, journalistes de la presse écrite. Elle voulait désespérément leur échapper, mais son orgueil l'en empêchait.

— Qui vous a remis le canari jaune, miss Parker ?

— Avez-vous jamais rencontré Michael Moretti ?

— Saviez-vous que Di Silva projetait de se servir de cette affaire pour emporter le siège de gouverneur ?

— Le district attorney prétend qu'il va vous faire rayer du barreau. Allez-vous vous y opposer ?

A chaque question, Jennifer répondait les lèvres serrées :

— Je n'ai pas de commentaires à faire.

Aux nouvelles du soir de la chaîne C.B.S., on l'appela « Parker la mal partie », la fille qui avait pris la mauvaise direction. Un journaliste de la chaîne A.B.C. fit allusion à elle en l'appelant le « Canari jaune ». Sur N.B.C., un commentateur sportif la compara à Roy Riegels, le joueur de football qui avait marqué contre son propre camp.

Chez Tony, le restaurant dont Michael Moretti était propriétaire, c'était la fête. Il y avait une dizaine d'hommes dans la salle, en train de boire dans une gaieté bruyante.

Michael Moretti, assis seul au bar, à l'écart, dans une oasis de silence, regardait Jennifer Parker à la télévision. Il leva son verre à son adresse et but.

Jennifer Parker était le sujet de conversation de tous les avocats. La moitié d'entre eux croyait qu'elle avait été achetée par la Mafia, tandis que l'autre moitié la tenait pour une charmante dupe. Mais quel que fût leur point de vue, tous aboutissaient à la même conclusion : la courte carrière d'avocate de Jennifer Parker était terminée.

Elle avait duré très exactement quatre heures.

Jennifer était née à Kelso, dans l'Etat de Washington, petite ville vivant de l'exploitation du bois, fondée en 1847, par un géomètre écossais qui, ayant le mal du pays, l'avait baptisée du nom de sa ville d'origine en Ecosse.

Son père était un avocat d'affaires. Il avait d'abord travaillé pour les entreprises de bois de construction qui dominaient la ville, puis pour les ouvriers des scieries. Les premiers souvenirs d'enfance de Jennifer étaient ceux d'un bonheur sans mélange. L'Etat de Washington était un véritable livre d'images pour les enfants, avec ses montagnes, ses glaciers et ses parcs nationaux si spectaculaires. Ils pratiquaient le ski et le canoë et, lorsqu'elle fut plus grande, les courses de glace et les randonnées dans des sites aux noms merveilleux : Ohanapecosh, Nisqually, le lac Cle Elum, les chutes de Chenuis, Horse Heaven et la vallée de Yakima. Jennifer apprit l'escalade sur le mont Rainier, et le ski à Timberline avec son père.

Son père avait toujours du temps à lui consacrer, tandis que sa mère, belle et agitée, était mystérieusement occupée et rarement à la maison. Jennifer adorait son père. Abner Parker avait dans ses veines du sang anglais, irlandais et écossais. De taille moyenne, il avait les cheveux bruns et des yeux bleu-vert. C'était un homme généreux, doué d'un sens profond de la justice. L'argent ne l'intéressait pas, seuls les êtres lui importaient. Il consacrait à Jennifer des heures entières, lui contant les affaires qu'il défendait et les problèmes de ceux qui venaient lui rendre visite dans son modeste petit bureau, et ce ne fut que des années plus tard que Jennifer comprit que s'il lui parlait, c'était parce qu'il n'avait personne d'autre avec qui partager ses préoccupations.

Après l'école, Jennifer se précipitait au palais pour voir son père travailler. Quand la cour ne siégeait pas, elle traînait dans son bureau, l'écoutant discuter ses affaires avec ses clients. Jamais ils n'évoquèrent la possibilité qu'elle pût faire son droit ; cela allait tellement de soi.

Lorsque Jennifer eut quinze ans, elle consacra ses étés à travailler pour son père. A un âge où les autres filles sortaient et avaient un petit ami, Jennifer se passionnait pour les affaires judiciaires et les lois.

Les garçons s'intéressaient à elle, mais elle sortait rarement. Quand son père lui demandait pourquoi, elle répondait : « Ils sont tous si *jeunes*, papa. » Elle savait qu'un jour elle épouserait un juriste comme son père.

Au matin des seize ans de Jennifer, sa mère quitta la ville avec le fils de leur voisin le plus proche, et son père se laissa paisiblement mourir. Son cœur mit sept ans à cesser de battre, mais en réalité il était mort le jour où sa femme s'était envolée avec un gamin de dix-huit ans. La ville entière était au courant et compatissait, ce qui, naturellement, aggrava les choses, car Abner Parker était un homme fier. C'est alors qu'il se mit à boire. Jennifer fit tout ce qu'elle put pour le consoler, mais en vain, et rien ne fut jamais plus comme avant.

L'année suivante, lorsque vint pour elle le temps d'aller à l'université, Jennifer voulut rester à la maison avec son père, mais celui-ci refusa d'en entendre parler.

— Nous allons nous associer, Jennie, lui dit-il. Dépêche-toi d'obtenir ton diplôme de droit.

Lorsqu'elle eut réussi ses examens, elle s'inscrivit à l'université de Washington, à Seattle, pour étudier le droit. Au cours de la première année, alors que ses compagnons de classe se débattaient dans le marécage impénétrable des contrats, des préjudices, des biens mobiliers, de la procédure civile et du droit pénal Jennifer, elle, avait l'impression de se retrouver chez elle. Elle emménagea dans la cité universitaire et trouva un emploi à la bibliothèque de la faculté de droit.

Jennifer adorait Seattle. Le dimanche, en compagnie d'un étudiant indien qui s'appelait Ammini Williams et d'une grande Irlandaise efflanquée qui répondait au nom de Josephine Collins, elle allait canoter sur le lac Vert situé au cœur de la cité, ou bien assister aux compétitions de la Gold Cup qui se disputaient sur le lac Washington pour voir les hydravions aux couleurs flamboyantes se poser dans des gerbes d'eau.

Il y avait de très bons clubs de jazz à Seattle, et le préféré de Jennifer était le *Peter's Poop Deck*, où des caisses faisaient office de tables.

L'après-midi, Jennifer, Ammini et Josephine se

retrouvaient au *Hasty Tasty,* un bistrot où on servait les meilleures pommes de terre frites du monde.

Deux garçons tournaient autour de Jennifer : un jeune et séduisant étudiant en médecine qui s'appelait Noah Larkin, et Ben Munro, étudiant en droit ; Jennifer sortait parfois avec l'un ou l'autre, mais elle était beaucoup trop occupée pour penser sérieusement à une idylle.

Les saisons étaient humides, l'air vif et le vent constant, et il pleuvait pratiquement sans arrêt. Jennifer portait parfois une veste écossaise vert et bleu dont la laine épaisse retenait les gouttes d'eau et faisait scintiller ses yeux comme des émeraudes. Elle déambulait sous la pluie, perdue dans ses pensées les plus secrètes, sans se rendre compte qu'elle s'inscrivait dans la mémoire de tous ceux qu'elle croisait.

Au printemps, les filles semblaient s'épanouir dans leurs robes de coton aux couleurs chatoyantes. Les garçons avaient coutume de s'asseoir sur les pelouses pour les regarder passer ; mais il y avait chez Jennifer quelque chose qui les rendait curieusement timides à son égard. Il émanait d'elle une qualité toute spéciale, qu'il leur était difficile de définir, comme si elle avait déjà atteint quelque chose qu'eux n'avaient pas encore trouvé.

Chaque été, Jennifer rentrait chez elle rendre visite à son père. Il avait tellement changé. Il n'était jamais ivre, mais jamais tout à fait sobre, non plus. Il s'était retranché dans une forteresse affective où rien ne pouvait désormais l'atteindre.

Il mourut alors que Jennifer était en dernière année

de droit. La ville ne l'avait pas oublié, et près de cent personnes assistèrent à son enterrement, des gens qu'il avait aidés, conseillés et secourus au fil des années. Jennifer, une fois seule, se laissa aller à son chagrin. Elle avait perdu plus qu'un père. Elle avait perdu un maître et un guide.

Après les funérailles, Jennifer retourna à Seattle pour achever ses études. Son père lui avait laissé moins de mille dollars, et il lui fallait prendre une décision quant à ce qu'elle allait faire de sa vie. Elle savait qu'elle ne pouvait pas retourner à Kelso pour pratiquer le droit, car là, elle serait toujours la petite fille dont la mère était partie quand elle était adolescente.

Étant donné ses excellents résultats, Jennifer obtint des entrevues avec une dizaine des principaux cabinets juridiques du pays, et elle reçut plusieurs offres.

Warren Oakes, son professeur de droit pénal, lui dit :

— C'est un réel hommage, ma jeune amie. Il est très difficile pour une femme d'entrer dans un bon cabinet.

Le dilemme de Jennifer, c'était qu'elle n'avait plus ni maison ni racines. Ni d'idée précise sur l'endroit où elle voulait vivre.

Peu avant qu'elle obtînt son diplôme, son problème fut résolu. Le Pr Oakes la convoqua à venir le voir après le cours.

— J'ai reçu une lettre du bureau du district attorney de Manhattan me demandant de leur recommander mon élève le plus brillant pour leur équipe. Ça vous intéresse ?

New York. Jennifer en fut tellement abasourdie que la réponse jaillit d'elle-même.

— Oui, monsieur.

Elle prit l'avion pour New York afin d'y présenter l'examen du barreau, puis elle revint à Kelso pour fermer le bureau de son père. Ce fut pour elle une expérience douce-amère, réveillant les souvenirs du passé et le sentiment d'avoir grandi dans ce bureau.

Elle obtint un poste d'assistante à la bibliothèque de droit de l'université, ce qui allait lui permettre de faire la jointure jusqu'aux résultats des examens du barreau de New York.

— C'est un des plus durs du pays, l'avait avertie le Pr Oakes.

Mais Jennifer *savait.*

Elle reçut le même jour l'avis lui notifiant qu'elle était reçue, et une offre du bureau du district attorney de New York.

Une semaine plus tard, Jennifer était en route vers l'est.

Elle trouva un minuscule appartement (*Rare : apt. bien situé, chem. ss. asc. pts trx,* disait l'annonce) dans le bas de la Troisième Avenue, au quatrième étage sans ascenseur, avec un escalier raide et une fausse cheminée. « L'exercice me fera du bien », se dit Jennifer. A Manhattan, il n'y avait pas de montagnes à escalader, ni de rapides à descendre. L'appartement était constitué d'un petit living-room avec un canapé qui se révéla être un lit bosselé, et d'une minuscule salle de bains avec une fenêtre que quelqu'un, des années avant, avait recouverte de peinture noire, la condamnant ainsi. Le mobilier avait l'air de sortir tout droit de l'armée du Salut. « Après tout, je ne vais pas habiter ici longtemps, se dit Jennifer. C'est temporaire, jusqu'à ce que j'aie fait mes preuves en tant qu'avocate. »

Cela, c'était le rêve. La réalité, c'était qu'au bout de moins de soixante-douze heures à New York, on l'avait renvoyée de l'équipe du district attorney, et qu'elle risquait d'être rayée du barreau.

Jennifer renonça à lire les journaux et les revues, elle cessa de regarder la télévision, car à chaque fois elle s'y voyait. Elle avait l'impression que les gens la dévisageaient dans la rue, dans l'autobus, au marché. Elle commença à se terrer dans son minuscule appartement, refusant de répondre au téléphone ou d'ouvrir sa porte. Elle songea à faire ses valises pour retourner dans l'État de Washington. Elle songea à prendre un emploi dans un autre domaine. Elle songea au suicide. Elle passa de longues heures à rédiger des lettres pour le district attorney Robert Di Silva. Tantôt pour lui reprocher son manque de sensibilité et de compréhension, tantôt pour lui présenter d'abjectes excuses, et le supplier de lui donner une nouvelle chance. Aucune de ces lettres ne fut envoyée.

Pour la première fois de sa vie, Jennifer cédait au désespoir. Elle n'avait aucun ami à New York, personne à qui parler. Elle restait enfermée chez elle toute la journée, et seulement tard le soir elle se glissait dehors pour arpenter les rues désertes de la ville. Les épaves humaines qui peuplaient la nuit ne l'accostaient jamais. Peut-être trouvaient-ils dans ses yeux le reflet de leur propre solitude, et de leur propre désespoir.

Inlassablement, au fur et à mesure qu'elle marchait, Jennifer revoyait dans son esprit la scène de la salle d'audience, et à chaque fois elle en changeait la fin.

Un homme se détachait du groupe qui entourait Di Silva et se précipitait vers elle. Il tenait à la main une enveloppe de papier bulle.

Miss Parker ?

Oui.

Le Chef veut que vous remettiez ceci à Stela.

Jennifer lui lançait un regard distant. Montrez-moi votre carte d'identité, s'il vous plaît.

L'homme, pris de panique, s'enfuyait.

Un homme se détachait du groupe qui entourait Di Silva et se précipitait vers elle. Il tenait à la main une enveloppe de papier bulle.

Miss Parker ?

Oui.

Le Chef veut que vous remettiez ceci à Stela. Il lui fourrait l'enveloppe dans les mains.

Jennifer ouvrait l'enveloppe et y trouvait le canari mort. Je vous arrête.

Un homme se détachait du groupe qui entourait Di Silva et se précipitait vers elle. Il tenait à la main une enveloppe de papier bulle. Il passait à côté d'elle et s'adressait à un autre jeune assistant du district attorney à qui il remettait l'enveloppe. Le Chef veut que vous remettiez ceci à Stela.

Jennifer pouvait récrire la scène autant de fois qu'elle voulait, cela n'y changeait rien. Une méprise stupide l'avait anéantie. Mais — qui prétendait qu'elle l'était, anéantie ? La presse ? Di Silva ? Elle n'avait plus entendu parler de sa radiation du barreau, et jusqu'à preuve du contraire elle restait toujours avocate. « Il y a des cabinets juridiques qui m'ont fait des offres », se dit-elle.

Avec une détermination nouvelle, Jennifer reprit la liste des cabinets auxquels elle s'était adressée, et se mit à passer une série de coups de téléphone. Aucune des personnes auxquelles elle demanda à parler n'était présente, et aucun de ses appels ne lui fut retourné. Il lui fallut quatre jours pour comprendre qu'elle était le paria de la profession. La frénésie entourant cette affaire s'était calmée, mais on n'avait pas oublié.

Jennifer continuait à appeler des employeurs potentiels, passant du désespoir à l'indignation et à la frustration, avant de replonger dans le désespoir. Elle se demandait ce qu'elle allait devenir pour le reste de son existence, et à chaque fois elle aboutissait au même point : tout ce qu'elle voulait faire, la seule chose qui l'intéressait vraiment, c'était pratiquer le droit. Elle restait avocate et, Dieu en était témoin, tant qu'on ne l'en empêcherait pas, elle trouverait un moyen d'exercer sa profession.

Elle se mit à faire le tour des cabinets juridiques de Manhattan. Elle entrait sans se faire annoncer, donnait son nom à la réceptionniste et demandait à voir le chef du personnel. On lui accordait parfois un entretien, mais Jennifer avait alors le sentiment que c'était par pure curiosité. Elle était un phénomène, et on voulait voir à quoi elle ressemblait, la plupart du temps on lui faisait simplement savoir qu'il n'y avait pas de poste à pourvoir.

Au bout de six semaines, Jennifer arriva à bout de ses ressources. Elle aurait voulu prendre un appartement moins cher, mais *il n'y avait pas* d'appartement moins cher. Elle commença à sauter les petits déjeuners et les déjeuners, et à prendre ses dîners dans un de ces petits cafés du coin de la rue où, si la nourriture était agressive, les prix ne l'étaient pas. Elle découvrit les restaurants *Steak & Brew* et *Roast & Brew* où pour une somme modeste on avait droit, en plus du plat principal, à de la salade et de la bière à volonté. Jennifer détestait la bière, mais c'était nourrissant.

Lorsqu'elle eut épuisé la liste des plus grands cabinets juridiques, elle partit en campagne avec une liste de cabinets moins importants, mais même à ce niveau sa réputation l'avait précédée. Elle reçut énormément de propositions d'hommes intéressés à son physique, mais pas la moindre offre d'emploi. Le désespoir commença à l'atteindre. « Eh bien, se dit-elle avec défi, si personne ne veut m'embaucher, je vais ouvrir mon propre cabinet. » Le piège, c'était que pour cela il fallait de l'argent. Dix mille dollars au moins. Il lui faudrait de quoi payer le loyer, le téléphone, une secrétaire, des livres de droit, un bureau et des chaises, du papier à lettres... elle n'avait même pas les moyens de payer les timbres.

Jennifer avait compté sur le salaire que lui verserait le bureau du district attorney, mais cette somme s'était bien sûr envolée à jamais. Elle pouvait dire adieu aux indemnités de licenciement. On ne l'avait pas licenciée ; on l'avait décapitée. Non, elle ne voyait aucun moyen de supporter financièrement l'ouverture d'un bureau, si petit fût-il. La solution, c'était de trouver quelqu'un avec qui partager les locaux.

Jennifer acheta un numéro du *New York Times* et entreprit la lecture des petites annonces. Ce ne fut qu'en bas de la page qu'elle tomba sur l'annonce suivante : *Homme prof. lib. cherche partager pt. bur. av. 2 autres hom. prof. lib.*

Les derniers mots séduisirent énormément Jennifer. Elle n'avait rien d'un homme exerçant une profession libérale, mais son sexe ne devait pas importer. Elle découpa l'annonce et se rendit en métro à l'adresse indiquée.

C'était un vieil immeuble décrépi situé dans le bas de Broadway. Le bureau se trouvait au dixième étage, et on pouvait lire sur la porte :

KENNETH BAILEY
ENQUÊTES DE PREMIER ORDRE

et en dessous :

AGENCE DE RECOUVREMENT ROCKEFELLER

Jennifer prit une longue inspiration, ouvrit la porte et entra. Elle se trouva au milieu d'une petite pièce sans fenêtre. Il y avait trois bureaux éraflés et trois chaises entassés dans la pièce. Deux des bureaux étaient occupés.

Assis à l'un d'eux se trouvait un homme chauve d'âge moyen, aux vêtements élimés, qui travaillait sur des papiers. Contre le mur d'en face, derrière le second bureau, un homme au début de la trentaine, les cheveux rouge brique et les yeux d'un bleu vif, la peau pâle et parsemée de taches de rousseur. Il était vêtu d'un jean étroit, d'un tee-shirt et de chaussures en toile blanche qu'il portait sans chaussettes. Il parlait au téléphone.

— Ne vous faites pas de souci, madame Desser, deux de mes meilleurs agents sont sur votre affaire. Nous devrions avoir des nouvelles de votre mari d'un jour à l'autre. Je vais malheureusement avoir à vous demander encore un peu d'argent pour nos frais... Non, ne vous préoccupez pas de l'envoyer. Les postes marchent très mal. Je serai dans votre quartier cet après-midi. Je passerai le prendre.

Il reposa le combiné, leva les yeux et vit Jennifer. Il se dressa sur ses pieds, sourit et lui tendit une main ferme, énergique.

— Kenneth Bailey. Que puis-je pour vous ?

Jennifer jeta un regard circulaire autour de la petite pièce sans aération et dit d'une voix hésitante :

— Je... je suis venue pour votre annonce.

— Oh !

Il y eut un éclat de surprise dans ses yeux bleus. L'homme chauve dévisageait Jennifer.

Kenneth Bailey déclara :

— Voici Otto Wenzel. C'est lui l'Agence de recouvrement Rockefeller.

Jennifer hocha la tête.

— Bonjour, dit-elle en se retournant vers Kenneth Bailey. Et vous, vous êtes les Enquêtes de premier ordre ?

— C'est cela. Vous êtes dans quoi ?

— Moi... ? Puis, comprenant : Je suis avocate.

Kenneth Bailey la détailla d'un air sceptique.

— Et vous voulez installer un bureau *ici ?*

Jennifer jeta à nouveau un regard circulaire sur la

pièce sinistre, essayant de s'imaginer derrière le bureau vide, entre ces deux hommes.

— Je vais peut-être en voir d'autres, fit-elle. Je ne suis sûre...

— Votre loyer ne serait que de quatre-vingt-dix dollars par mois.

— Je pourrais *acheter* cet immeuble pour quatre-vingt-dix dollars par mois, répliqua Jennifer.

Elle fit demi-tour pour s'en aller.

— Hé, attendez une minute.

Jennifer s'arrêta.

Kenneth Bailey passa la main sur son menton au teint pâle.

— Je vais vous faire un prix. Soixante. Quand vos affaires commenceront à tourner, on reparlera d'une augmentation.

C'était une affaire. Jennifer savait qu'elle ne pourrait trouver un local nulle part ailleurs pour une telle somme. D'un autre côté, jamais elle ne pourrait attirer une clientèle dans ce trou à rats. Il y avait aussi une autre chose à laquelle elle devait réfléchir. Elle n'avait pas les soixante dollars.

— J'accepte, dit-elle.

— Vous ne le regretterez pas, promit Kenneth Bailey. Quand voulez-vous emménager vos affaires ?

— Elles sont déjà là.

Kenneth Bailey peignit lui-même l'inscription sur la porte :

JENNIFER PARKER
AVOCATE

Jennifer examina la pancarte avec des sentiments partagés. Au plus bas de sa dépression, il ne lui était jamais venu à l'esprit qu'elle pût un jour avoir son nom sous ceux d'un détective privé et d'un individu chargé du recouvrement des factures impayées. Malgré tout, en regardant cette pancarte légèrement tordue, elle ne put s'empêcher d'éprouver un sentiment de fierté. Elle était avocate. L'inscription sur la porte le prouvait.

Maintenant que Jennifer avait un bureau, il ne lui manquait plus que les clients. En attendant, elle n'avait même plus les moyens de s'offrir le *Steak & Brew*. Elle se confectionnait elle-même un petit déjeuner avec du pain de mie et du café, sur la plaque chauffante qu'elle avait installée sur le radiateur de sa minuscule salle de bains. Elle ne déjeunait pas, et elle allait dîner au *Chock Full O'Nuts* ou au *Zum Zum,* où on servait de grandes saucisses, des tranches de pain épaisses et de la salade de pommes de terre chaudes.

Tous les matins, elle arrivait ponctuellement à neuf heures à son bureau, mais elle n'avait rien à faire, sinon écouter Ken Bailey et Otto Wenzel qui parlaient au téléphone.

Les activités de Ken Bailey semblaient consister essentiellement à rechercher des épouses et des enfants en fuite, et au début Jennifer eut la conviction que c'était un filou, faisant d'extravagantes promesses et percevant de confortables avances. Mais elle apprit bientôt que Ken Bailey travaillait fort et réussissait souvent. Il était intelligent, et il était adroit.

Otto Wenzel était une énigme. Son téléphone sonnait constamment. Il décrochait, murmurait quelques mots dans l'appareil, griffonnait quelque chose sur un bout de papier et disparaissait pendant des heures.

— Oscar fait de la récup', expliqua un jour Ken Bailey à Jennifer.

— De la récup' ?

— Oui. Les sociétés de recouvrement font appel à lui pour récupérer des voitures, des téléviseurs, des machines à laver, tout ce que vous pouvez imaginer.

Il jeta à Jennifer un regard empreint de curiosité.

— Avez-vous des clients ?

— J'ai quelques affaires en vue, fit évasivement Jennifer.

Il hocha la tête.

— Ne vous laissez pas abattre. Tout le monde peut se tromper.

Jennifer se sentit rougir. Ainsi, *il savait.*

Ken Bailey était en train de déballer un gros sandwich bien épais au rosbif.

— Vous en voulez un peu ?

Ça avait l'air délicieux.

— Non, merci, répondit Jennifer d'un ton assuré. Je ne mange jamais à midi.

— Très bien.

Elle le regarda mordre dans le sandwich appétissant. Il remarqua son expression et dit :

— Vous êtes sûre que vous... ?

— Non, merci. Je... j'ai un rendez-vous.

Ken Bailey la suivit du regard tandis qu'elle quittait le bureau, et son visage resta songeur. Il s'enorgueillissait de savoir lire les caractères, mais Jennifer Parker le laissait perplexe. D'après les comptes rendus de la télévision et des journaux, il était sûr que quelqu'un avait payé la fille pour faire voler en éclats l'affaire

Michael Moretti. Ayant fait la connaissance de Jennifer, il en était moins certain. Il avait été marié autrefois, il avait connu l'enfer et il tenait les femmes en piètre estime. Mais quelque chose lui disait que celle-ci était différente. Elle était belle, intelligente et très fière. « Doux Jésus ! se dit-il. Ne fais pas l'idiot ! Un seul meurtre sur la conscience suffit. »

« Emma Lazarus n'était qu'une imbécile sentimentale, songea Jennifer. " Confiez-moi vos pauvres corps fatigués, qui aspirent à vivre libres... Donnez-moi ces énergies sans foyer, ballottées au gré des flots. " Vraiment ! A New York, n'importe quel fabricant de paillassons pouvait mettre dans l'heure la clé sous la porte. A New York, personne ne se souciait de savoir si vous étiez vivant ou mort. Cesse de t'apitoyer sur ton sort ! » se dit Jennifer. Mais c'était difficile. Ses ressources s'étaient réduites à dix-huit dollars, le terme de son appartement était échu, et dans deux jours elle devrait payer sa participation aux dépenses du bureau. Elle n'avait plus assez d'argent pour rester à New York, ni pour s'en aller.

Jennifer avait consulté les pages jaunes de l'annuaire, contactant les cabinets juridiques dans l'ordre alphabétique, pour essayer de trouver un emploi. Elle faisait ses appels depuis une cabine, trop embarrassée pour permettre à Ken Bailey et à Otto Wenzel d'entendre ses conversations. Les résultats étaient toujours les mêmes. Sa candidature n'intéressait personne. Il lui faudrait retourner à Kelso, pour trouver un poste d'adjointe ou de secrétaire de l'un des amis de son père. Comme il aurait détesté cela ! C'était une défaite amère, mais elle n'avait pas le choix. Son retour serait le signe de son échec. Le problème immédiat auquel elle était confrontée était son moyen de transport. Elle regarda le *New York Post* de l'après-midi et y trouva une annonce pour partager les frais d'essence jusqu'à Seattle. Il y avait un numéro de téléphone, et Jennifer appela. Personne ne répondit. Elle décida de rappeler le lendemain matin.

Le lendemain, Jennifer se rendit à son bureau pour la dernière fois. Otto Wenzel était sorti, mais Ken Bailey était là, au téléphone, comme toujours. Il portait un blue-jean et un chandail en cachemire décolleté en V.

— J'ai retrouvé votre femme, était-il en train de dire. Le seul problème, mon vieux, c'est qu'elle ne veut pas revenir à la maison... Je sais. Qui peut prétendre connaître les femmes ?... D'accord. Je vais vous dire où elle se trouve et vous pourrez essayer de la convaincre par des mots doux de rentrer au bercail.

Il donna à son interlocuteur l'adresse d'un hôtel situé au centre de la ville.

— Je vous en prie.

Il raccrocha et fit basculer son fauteuil en avant pour faire face à Jennifer.

— Vous êtes en retard ce matin.

— Monsieur Bailey, je... je suis désolée, je vais être contrainte de partir. Je vous enverrai l'argent du loyer que je vous dois dès que je le pourrai.

Ken Bailey s'appuya en arrière sur son fauteuil et l'examina. Son regard mit Jennifer mal à l'aise.

— Est-ce que cela vous convient ? demanda-t-elle.

— Vous retournez dans l'État de Washington ?
Jennifer inclina la tête.
Ken Bailey reprit :
— Avant de partir, pourriez-vous me rendre un petit service ? Un de mes amis avocat me tanne pour délivrer des assignations pour lui, et je n'ai pas le temps de le faire. Il paye douze dollars cinquante l'assignation, plus le kilométrage. Vous voudriez bien me donner un coup de main ?

Une heure plus tard, Jennifer Parker se retrouva dans les bureaux feutrés du cabinet Peabody & Peabody. C'était le type d'entreprise dans laquelle elle s'était imaginé travailler un jour, avec un associé à parts égales, dans un splendide appartement en angle. On l'accompagna jusque dans une petite pièce où une secrétaire débordée lui tendit une pile d'assignations.
— Voici. Tenez un compte précis de votre kilométrage. Vous avez une voiture, n'est-ce pas ?
— Non, je suis désolée, je...
— Eh bien, si vous prenez le métro, gardez vos tickets.
— Entendu.
Jennifer passa le restant de la journée à délivrer des assignations dans le Bronx, Brooklyn et Queens, sous de violentes averses. A huit heures ce soir-là, elle avait gagné cinquante dollars. Elle réintégra son minuscule appartement, transie de froid et épuisée. Mais au moins avait-elle gagné un peu d'argent, son premier argent depuis son arrivée à New York. Et la secrétaire lui avait dit qu'il restait plein d'autres assignations à délivrer. C'était un travail fatigant de courir ainsi dans

toute la ville, et humiliant. On lui avait claqué la porte au nez, on l'avait injuriée, menacée, et, à deux reprises, on lui avait fait des propositions. Elle était consternée à l'idée de recommencer une journée comme celle-ci ; et pourtant, aussi longtemps qu'elle pourrait rester à New York, il y aurait de l'espoir, si ténu fût-il.

Jennifer fit couler un bain chaud et se laissa lentement glisser dans la baignoire, appréciant avec volupté l'eau qui recouvrait son corps. Elle ne s'était pas rendu compte à quel point elle était épuisée. Chacun de ses muscles la faisait souffrir. Elle décida qu'il lui fallait un bon dîner pour se remonter. Et dépenser sans compter. « Je vais m'offrir un vrai restaurant avec des nappes et des serviettes, se dit Jennifer. Il y aura peut-être de la musique douce, et je prendrai un verre de vin blanc, et... » La sonnette de la porte d'entrée la tira de ses pensées. C'était un son étrange. Elle n'avait pas reçu la moindre visite depuis qu'elle avait emménagé deux mois plus tôt. Cela ne pouvait être que la propriétaire hargneuse à propos du loyer impayé. Jennifer ne bougea pas, espérant qu'elle s'en irait, trop lasse pour bouger.

La sonnette retentit à nouveau. A contrecœur, Jennifer s'arracha à la tiédeur du bain. Elle enfila une robe de chambre en bouclette et se dirigea vers la porte.

— Qui est là ?

De l'autre côté de la porte, une voix masculine demanda :

— Miss Jennifer Parker ?

— Oui.

— Je m'appelle Adam Warner. Je suis avocat.

Intriguée, Jennifer mit la chaîne de sécurité sur la porte qu'elle entrouvrit alors. L'homme qui se tenait dans le couloir avait une trentaine d'années, il était grand et blond, les épaules larges et les yeux gris-bleu, inquisiteurs derrière des lunettes à monture d'écaille. Il portait un costume fait sur mesure qui avait dû coûter une fortune.

— Puis-je entrer ? demanda-t-il.

Les malfaiteurs ne portent pas de costumes faits sur mesure, ni de chaussures de chez Gucci ni de cravates en soie. Pas plus qu'ils n'ont de longues mains élégantes, aux ongles soigneusement entretenus.

— Un instant.

Jennifer dégagea la chaîne et ouvrit la porte. Tandis qu'Adam Warner pénétrait à l'intérieur, Jennifer jeta un regard circulaire sur le studio, le découvrant à travers ses yeux, et elle fit la grimace. L'inconnu avait l'air d'un homme habitué à des choses plus belles.

— Que puis-je pour vous, monsieur Warner ?

Tout en parlant, Jennifer comprit soudain la raison de sa présence, et elle sentit monter rapidement en elle l'excitation. C'était à propos d'un des emplois qu'elle avait postulés ! Elle regretta de ne pas avoir sur elle une jolie robe bleu marine de couturier, de ne pas être peignée, de...

Adam Warner déclara :

— Je fais partie de la commission disciplinaire de l'Association du barreau de New York, miss Parker. Le district attorney Robert Di Silva et le juge Lawrence Waldman ont demandé à la cour d'appel d'engager contre vous une procédure de radiation du barreau.

4.

Les bureaux du cabinet juridique de Needham, Finch, Pierce et Warner occupaient tout le dernier étage d'un immeuble au numéro 30 de Wall Street. Cent vingt-six avocats y étaient attachés. Les locaux dégageaient une odeur d'argent amassé de longue date, et étaient décorés avec une élégance de bon ton seyant à une organisation qui représentait certains des plus grands noms de l'industrie.

Adam Warner et Stewart Needham étaient en train de sacrifier au rite quotidien du thé du matin. Élégant, tiré à quatre épingles, Stewart Needham arborait à près de soixante-dix ans une barbe impeccable à la Van Dyck, et portait un costume en tweed. Il semblait appartenir à une époque révolue, mais comme des centaines de ses adversaires l'avaient appris à leurs dépens au fil des années, son esprit appartenait tout à fait au XXe siècle. C'était un titan, mais son nom n'était connu que des cercles où cela avait de l'importance. Il préférait rester à l'écart, usant de son influence considérable pour agir sur les travaux législatifs, les nominations aux postes les plus élevés et les affaires politiques de la nation. Il était issu de la Nouvelle-Angleterre, né et élevé dans la rigueur.

Adam Warner avait épousé Mary Beth, la nièce de Needham, dont il était le protégé. Le père d'Adam avait été sénateur, et respecté. Adam lui-même était un brillant avocat. Lorsqu'il avait été reçu *magna cum laude* à la faculté de droit de Harvard, de tous les coins du pays de prestigieux cabinets juridiques lui avaient fait des offres. Il avait choisi Needham, Finch & Pierce, et sept ans plus tard il était devenu leur associé. Adam était séduisant et charmant, et son intelligence semblait lui ajouter une dimension supplémentaire. Son aisance et son assurance plaisaient aux femmes, mais Adam avait mis au point un système pour décourager ses clientes un peu trop entreprenantes. Cela faisait quatorze ans qu'il était marié à Mary Beth, et il désapprouvait les aventures extra-conjugales.

— Encore du thé, Adam ? demanda Stewart Needham.

— Non merci.

Adam Warner détestait le thé et si depuis huit ans il en buvait tous les matins, c'était uniquement pour ne pas contrarier son partenaire. Ce breuvage, Needham le concoctait lui-même, et le résultat était redoutable.

Stewart Needham avait deux choses en tête, et, comme toujours, il commença par les nouvelles agréables.

— J'ai eu une réunion avec quelques amis hier soir, fit-il. (*Quelques amis,* cela voulait dire certains des plus puissants courtiers du pays.) Ils envisagent de vous demander de vous présenter comme sénateur, Adam.

Adam éprouva un sentiment d'ivresse. Connaissant la nature prudente de Stewart Needham, il fut certain que la conversation n'avait rien de fortuit, autrement Needham n'en aurait pas pris l'initiative.

— La grande question, évidemment, c'est de savoir si ça vous intéresse. Ça signifierait de nombreux changements dans votre vie.

Adam Warner en était conscient. S'il était élu sénateur, il lui faudrait s'installer à Washington, renoncer à exercer sa profession, bref changer de vie. Il était sûr que Mary Beth aimerait ça ; il n'en était pas si sûr pour lui. Pourtant, il avait été élevé pour assumer plus tard de grandes responsabilités. Il devait également admettre qu'il y avait du plaisir à exercer le pouvoir.

— Cela m'intéresse beaucoup, Stewart.

Stewart Needham hocha la tête en signe de satisfaction. « Bien. Ils vont être contents. » Il se versa une autre tasse du redoutable breuvage, et d'un air détaché exprima l'autre préoccupation qu'il avait en tête.

— La commission disciplinaire de l'Association du barreau souhaiterait vous confier un petit travail, Adam. Ça ne devrait pas vous prendre plus d'une heure ou deux.

— Qu'est-ce que c'est ?

— C'est le procès de Michael Moretti. Apparemment, quelqu'un a réussi à approcher une des jeunes assistantes de Bobby Di Silva et à la soudoyer.

— J'ai lu ça. L'histoire du canari.

— Exact. Le juge Waldman et Bobby souhaitent voir son nom disparaître du tableau de notre honorable profession. Moi aussi. Cette histoire empeste.

— Qu'attendent-ils de moi ?

— Une vérification rapide. S'assurer que cette dénommée Parker a eu une conduite contraire à la loi ou à la morale, et ensuite recommander la procédure de radiation du barreau. On lui enverra un avis exposant les motifs. Le reste, c'est leur affaire. Simple routine.

Quelque chose intriguait Adam.

— Pourquoi moi, Stewart ? Il y a des dizaines de

jeunes avocats par ici qui pourraient le faire tout aussi bien.

— Notre révéré district attorney a bien spécifié votre nom. Il veut être sûr que tout ira bien. Comme nous en sommes l'un et l'autre conscients, ajouta-t-il d'un ton sec, Bobby n'est pas l'homme qui pardonne facilement. Il veut la peau de cette Parker pour l'épingler sur son mur.

Adam Warner était assis là, réfléchissant à son emploi du temps chargé.

— On ne sait jamais, Adam. Un jour on pourrait avoir besoin d'une faveur du bureau du D.A. Un prêté pour un rendu. Il faut jouer le jeu.

— Entendu, Stewart.

Adam se leva.

— Êtes-vous sûr de ne pas vouloir encore un peu de thé ?

— Non merci. Il était délicieux, comme d'habitude.

De retour dans son bureau, Adam Warner téléphona à une de ses assistantes, Lucinda, une brillante jeune femme noire.

— Cindy, soyez gentille, trouvez-moi tous les renseignements possibles sur une avocate qui s'appelle Jennifer Parker.

Elle eut un petit rire et dit :

— Le canari jaune.

Tout le monde savait.

Plus tard, dans l'après-midi, Adam Warner étudia la transcription des procès-verbaux de l'affaire *Le Peuple de New York contre Michael Moretti.* Robert Di Silva les lui avait fait porter par un coursier. Il était plus de minuit quand Adam eut terminé. Il avait demandé à Mary Beth d'aller sans lui à un dîner, et il s'était fait apporter des sandwiches. Lorsque Adam eut fini de lire la transcription, il ne douta pas un instant que Michael Moretti eût été déclaré coupable par le jury si le destin n'était intervenu sous la forme de Jennifer Parker. Di Silva avait poursuivi l'affaire à la perfection.

Adam passa ensuite à la transcription de la déposition qui avait été faite par la suite dans le bureau du juge Waldman.

DI SILVA : Vous avez mené vos études secondaires jusqu'au bout ?

PARKER : Oui, monsieur.

DI SILVA : Et vous avez obtenu ensuite votre diplôme de droit ?

PARKER : Oui, monsieur.

DI SILVA : Et un étranger vous tend un paquet, vous demande de le remettre au témoin n° 1 d'un procès en cour d'assises, et vous vous exécutez, comme ça ? Ne pensez-vous pas que vous avez dépassé les bornes de la stupidité ?

PARKER : Ça ne s'est pas passé comme ça.

DI SILVA : C'est vous qui l'avez dit.

PARKER : Ce que je veux dire, c'est que je n'ai pas pensé que c'était un étranger. J'ai cru qu'il faisait partie de votre équipe.

DI SILVA : Qu'est-ce qui vous a fait croire ça ?

PARKER : Je vous l'ai dit. Je l'ai vu vous parler, et puis il s'est approché de moi avec cette enveloppe, il m'a appelée par mon nom, et il a dit que vous vouliez que je remette ça au témoin. Tout s'est passé tellement vite que...

DI SILVA : Je ne pense pas que ça s'est passé si vite. Je crois qu'il a fallu du temps pour mettre ça au point. Il a fallu du temps pour que quelqu'un vous paye pour remettre l'enveloppe.

PARKER : Ce n'est pas vrai. Je...

DI SILVA : Qu'est-ce qui n'est pas vrai ? Que vous ne saviez pas que vous étiez en train de remettre l'enveloppe ?

PARKER : Je ne savais pas ce qu'il y avait à l'intérieur.

DI SILVA : C'est donc vrai que quelqu'un vous a payée.

PARKER : Je ne vous autorise pas à déformer mes propos. Personne ne m'a rien payé.

DI SILVA : Vous avez agi pour rendre service ?

PARKER : Non. Je croyais agir sur vos ordres.

DI SILVA : Vous avez dit que l'homme vous avait appelée par votre nom.

PARKER : Oui.

DI SILVA : Comment savait-il votre nom ?

PARKER : Je ne sais pas.

DI SILVA : Allez. Vous devez bien avoir une idée. Il a peut-être eu la chance de deviner et de bien tomber. Il a peut-être simplement regardé autour de lui dans la salle d'audience, et puis il s'est dit : il y a là quelqu'un qui pourrait bien s'appeler Jennifer Parker. Croyez-vous que ça s'est passé comme ça ?

PARKER : Je vous l'ai dit. Je ne sais pas.

DI SILVA : Depuis combien de temps êtes-vous la petite amie de Michael Moretti ?

PARKER : Monsieur Di Silva, vous m'avez déjà posé toutes ces questions. Cela fait maintenant cinq heures que vous m'interrogez. Je suis fatiguée. Je n'ai rien de plus à ajouter. Puis-je être excusée ?

DI SILVA : Si vous bougez de cette chaise, je vous fais arrêter. Vous êtes dans une sale situation, miss Parker. Il n'y a qu'un moyen pour vous de vous en tirer. Cessez de mentir, et dites la vérité.

PARKER : Je vous ai dit la vérité. Je vous ai dit tout ce que je sais.

DI SILVA : Sauf le nom de l'homme qui vous a remis l'enveloppe. Je veux son nom, et je veux savoir combien il vous a payée.

Il y avait encore trente pages de transcription. Robert Di Silva avait tout essayé, sauf de battre Jennifer Parker avec un fouet. Elle avait collé à son histoire.

Adam referma le dossier et se frotta les yeux. Il était deux heures du matin.

Demain, il expédierait l'affaire Jennifer Parker.

A la surprise d'Adam Warner, l'affaire Jennifer Parker ne se laissa pas expédier aussi facilement. Comme Adam était un homme méthodique, il vérifia le passé de Jennifer Parker. Pour autant qu'il pût en juger, elle n'avait commis aucun délit, pas plus qu'il n'existait le moindre lien entre elle et Michael Moretti.

Il y avait dans cette affaire quelque chose qui troublait Adam. La défense de Jennifer Parker était trop faible. Si elle travaillait pour Moretti, il l'aurait couverte avec une histoire plutôt plausible. Telle qu'elle était, son histoire était si évidemment naïve qu'elle avait un accent de vérité.

A midi, Adam reçut un appel du district attorney.

— Comment ça va, Adam ?

— Bien, Robert.

— Si j'ai bien compris, c'est vous qui tenez le couperet dans l'affaire Jennifer Parker ?

Adam Warner se crispa à ces mots.

— J'ai accepté de faire une recommandation, oui.

— Je vais la mettre à l'écart pour un bon bout de temps.

Adam fut interdit par la haine qui se dégageait de la voix du district attorney.

— Doucement, Robert. Elle n'est pas encore rayée du barreau.

Di Silva gloussa.

— Je vous en laisse le soin, mon ami.

Son ton de voix changea.

— J'ai appris par une indiscrétion que vous allez peut-être vous installer prochainement à Washington. Je veux que vous sachiez que vous pouvez compter sur mon total soutien.

Qui était considérable, Adam Warner le savait. Le district attorney avait longtemps navigué dans ce milieu. Il savait où étaient enterrés les cadavres, et il savait comment utiliser au mieux ce genre d'information.

— Merci, Robert. J'y suis sensible.

— Tout le plaisir est pour moi, Adam. J'attends d'avoir de vos nouvelles.

Il voulait dire, de Jennifer Parker. Le prêté pour un rendu dont lui avait parlé Stewart Needham, avec la fille en gage. Adam Warner repensa aux mots de Robert Di Silva : *Je vais la mettre à l'écart pour un bon bout de temps.* A la lecture de la transcription, Adam avait estimé qu'il n'y avait pas de preuve formelle contre Jennifer Parker. A moins qu'elle ne passe aux aveux, ou que quelqu'un d'autre n'apporte la preuve de sa complicité dans ce délit, Di Silva ne pourrait rien contre elle. Il comptait sur Adam pour lui fournir sa vengeance.

Les mots froids et secs de la transcription étaient sans appel, et pourtant Adam regretta de n'avoir pu entendre la voix de Jennifer Parker niant sa culpabilité.

L'attention d'Adam était retenue par des affaires pressantes, des dossiers importants de gros clients. Il lui aurait été facile de poursuivre, et d'exaucer les souhaits de Stewart Needham, du juge Lawrence Waldman et de Robert Di Silva, mais un instinct le faisait hésiter. Il reprit le dossier de Jennifer Parker, griffonna quelques notes et entreprit de passer quelques coups de téléphone.

On lui avait confié une responsabilité et il avait l'intention de l'assumer au mieux de ses capacités. Il était bien trop familier des longues heures d'études, des douleurs dans le dos qu'elles entraînent, et du travail harassant qu'il faut fournir pour devenir avocat et passer l'examen du barreau. C'était une récompense à laquelle il fallait consacrer des années, et il n'allait pas destituer quelqu'un sans être certain qu'il y eût une justification.

Le lendemain matin, Adam Warner prit l'avion pour Seattle, dans l'État de Washington. Il rencontra les professeurs de droit de Jennifer, le directeur du cabinet juridique où elle avait fait des stages deux étés de suite, et certains de ses camarades de classe.

Stewart Needham téléphona à Adam à Seattle.

— Que faites-vous donc là-bas, Adam ? Vous avez une pile de dossiers importants qui vous attendent ici. Vous n'auriez dû faire qu'une bouchée de cette Parker.

— Certaines questions ont surgi, dit Adam avec prudence. Je serai de retour dans un jour ou deux, Stewart.

Il y eut un instant de silence.

— Je vois. Ne perdons pas plus de temps avec elle qu'il n'en faut.

Lorsque Adam Warner quitta Seattle, il eut l'impression de connaître Jennifer Parker presque aussi bien qu'elle se connaissait elle-même. Il avait construit dans son esprit un portrait d'elle, une image dressée avec les éléments fournis par ses professeurs de droit, sa logeuse, les membres du cabinet juridique où elle avait travaillé comme stagiaire et ses camarades de classe. Le tableau qu'avait obtenu Adam n'offrait pas la moindre ressemblance avec celui que lui avait brossé Robert Di Silva. A moins que Jennifer Parker ne fût l'actrice la plus accomplie, rien ne laissait imaginer qu'elle pût être impliquée dans un complot visant à libérer un homme comme Michael Moretti.

Aujourd'hui, près de deux semaines après cette conversation échangée un matin avec Stewart Needham, Adam Warner se retrouvait face à cette fille dont il avait exploré le passé. Adam avait vu des photos de Jennifer dans les journaux, mais celles-ci ne l'avaient pas préparé à l'effet qu'elle produisait en personne. Même dans une vieille robe de chambre, pas maquillée, ses cheveux bruns humides à cause du bain, elle était belle à couper le souffle.

Adam dit :

— J'ai été désigné pour enquêter sur votre rôle dans le procès de Michael Moretti, miss Parker.

— Vraiment ! Jennifer sentit monter en elle la colère.

Cela commença comme une étincelle, puis cela devint une flamme qui explosa en elle. Ils n'en avaient toujours pas terminé avec elle. Ils allaient le lui faire payer jusqu'à la fin de ses jours. Elle avait pourtant eu son compte.

Lorsque Jennifer parla, sa voix tremblait :

— Je n'ai rien à vous dire ! Retournez leur raconter ce qui vous fait plaisir. J'ai fait une bêtise, mais pour autant que je sache, il n'y a pas de loi contre la bêtise. Le district attorney croit que quelqu'un m'a payée.

Elle eut de la main un geste méprisant.

— Si j'avais de l'argent, croyez-vous que j'habiterais dans un endroit comme celui-ci ?

Elle se mit à suffoquer.

— Je... je me fiche de ce que vous ferez. Tout ce que je veux, c'est qu'on me laisse seule. Maintenant, s'il vous plaît, allez-vous-en !

Jennifer tourna les talons et disparut dans la salle de bains, claquant la porte derrière elle.

Elle s'appuya sur le lavabo, prit de longues inspirations, et sécha ses larmes. Elle savait qu'elle avait agi idiotement. « Cela fait la seconde fois », songea-t-elle furieuse. Elle aurait dû prendre Adam Warner autrement. Elle aurait dû essayer de lui expliquer, au lieu de l'attaquer. On ne l'aurait alors peut-être pas rayée du barreau. Mais elle savait que c'était du domaine du rêve. Lui avoir envoyé quelqu'un pour la questionner était un faux prétexte. Le stade suivant consisterait à lui expédier une convocation pour qu'elle expose ses raisons, et la machine se mettrait alors en route. Il y aurait un jury de trois avocats qui feraient leur recommandation à la commission disciplinaire, qui à son tour ferait un rapport au Bureau des gouverneurs. La recommandation serait une conclusion décidée d'avance : la radiation du barreau. On lui interdirait de pratiquer le droit dans l'État de New York. Jennifer songea avec amertume qu'il y avait au moins un bon côté à cela : elle pourrait figurer dans le *Livre des records* pour la plus courte carrière d'avocat de l'histoire.

Elle retourna dans son bain, et elle s'allongea, laissant l'eau encore tiède clapoter contre son corps, apaiser ses tensions. A cet instant, elle était trop fatiguée pour se soucier de ce qui lui arrivait. Elle ferma les yeux et laissa son esprit dériver. Elle était à moitié endormie quand la fraîcheur du bain la tira de sa torpeur. Elle n'avait pas la moindre idée du temps qu'elle avait passé allongée dans la baignoire. A contrecœur, elle sortit et se mit à se sécher avec une serviette. Elle n'avait plus faim. La visite d'Adam Warner lui avait coupé l'appétit.

Jennifer se coiffa, se mit de la crème sur le visage et décida de se coucher sans dîner. Demain matin, elle téléphonerait pour régler son voyage jusqu'à Seattle. Elle ouvrit la porte de la salle de bains et entra dans le salon.

Adam Warner était assis sur une chaise, en train de feuilleter une revue. Il leva les yeux quand Jennifer pénétra dans la pièce, nue.

— Je suis désolé, dit Adam. Je...

Jennifer poussa un petit cri d'effroi et s'enfuit dans la

salle de bains, où elle enfila sa robe de chambre. Lorsqu'elle réapparut en face d'Adam, elle manifesta sa fureur.

— L'inquisition est terminée. Je vous demande de partir.

Adam reposa la revue, et dit d'un ton calme :

— Miss Parker, ne pensez-vous pas que nous pourrions discuter de cela tranquillement quelques instants ?

— Non !

Toute sa fureur rentrée explosa à nouveau en elle.

— Je n'ai rien de plus à vous dire, ni à vous ni à votre foutue commission disciplinaire. J'en ai marre d'être considérée comme... comme une sorte de criminelle !

— Vous ai-je dit que vous étiez une criminelle ?

— Vous... N'est-ce pas pour cela que vous êtes ici ?

— Je vous ai dit pourquoi j'étais ici. On m'a désigné pour faire une enquête, et formuler une recommandation pour ou contre la procédure de radiation. Je veux avoir votre version de l'histoire.

— Je vois. Et comment dois-je vous acheter ?

Le visage d'Adam se raidit.

— Je suis désolé, miss Parker.

Il se leva et se dirigea vers la porte.

— Un instant !

Adam se retourna.

— Pardonnez-moi, ajouta-t-elle. Je... Tout le monde me semble être un ennemi. Je vous prie de m'excuser.

— J'accepte vos excuses.

Jennifer eut soudain conscience de la misérable robe de chambre qu'elle portait.

— Si vous voulez toujours me poser des questions, je vais m'habiller et nous pourrons parler.

— Cela me convient. Avez-vous dîné ?

Elle hésita.

— Je...

— Je connais un petit restaurant français qui est parfait pour les inquisitions.

C'était un charmant bistro tranquille sur la Cinquante-sixième Rue, dans l'East Side.

— Peu de gens connaissent cet endroit, expliqua Adam Warner lorsqu'ils furent assis. C'est tenu par un jeune couple français qui travaillait avant au restaurant *Les Pyrénées*. La nourriture y est excellente.

Jennifer dut croire Adam sur parole. Elle était incapable de goûter quoi que ce soit. Elle n'avait rien mangé de la journée, mais elle était tellement agitée qu'elle n'arrivait pas à forcer la nourriture à descendre dans sa gorge. Elle essaya de se détendre, mais en vain. Qu'il fît semblant ou non, le charmant monsieur assis en face d'elle était l'ennemi. Et il était charmant, Jennifer devait le reconnaître. Il était amusant et séduisant, et dans d'autres circonstances, Jennifer aurait énormément apprécié la soirée. Tout son avenir était entre les mains de cet étranger. Les deux heures qui suivraient allaient déterminer la direction que prendrait le reste de son existence.

Adam aborda toutes sortes de sujets pour essayer de la détendre. Il évoqua une expédition de chasse à laquelle il avait participé l'année précédente en Alaska, où il avait été attaqué par un ours. Il parla de tout, sauf de la raison qui les avait conduits là.

Jennifer s'était armée de courage pour le moment où Adam commencerait à l'interroger, et malgré tout lorsqu'il finit par aborder le sujet, tout son corps se raidit.

Il avait terminé son dessert, et il dit d'un ton calme :

— Je vais vous poser certaines questions, et je ne veux pas que vous soyez troublée. D'accord ?

Jennifer sentit soudain une boule se serrer dans sa gorge. Elle n'était pas sûre de pouvoir parler. Elle hocha la tête.

— Je veux que vous me disiez exactement ce qui s'est passé ce jour-là dans la salle d'audience. Tout ce dont vous vous souvenez, tout ce que vous avez ressenti. Prenez votre temps.

Jennifer s'était préparée à le mettre au défi, à lui dire de faire ce qu'il voulait d'elle. Cependant, assise en face d'Adam Warner, écoutant sa voix tranquille, la résistance de Jennifer fut vaincue. Toute cette expérience était encore tellement vive dans son esprit que, rien que d'y penser, cela lui faisait mal. Pendant plus d'un mois, elle avait essayé d'oublier. Et maintenant, il lui demandait de tout revivre.

Elle prit une longue inspiration, et d'une voix mal assurée elle répondit :

— D'accord.

Le souffle court, Jennifer se mit à retracer les événements de la salle d'audience, et peu à peu elle s'exprima plus rapidement, au fur et à mesure que les faits reprenaient vie. Adam l'écoutait avec calme, assis en face d'elle, l'observant sans rien dire.

Lorsque Jennifer eut fini, Adam lui demanda :

— L'homme qui vous a donné l'enveloppe... se

trouvait-il déjà le matin dans le bureau du district attorney, lorsque vous y avez prêté serment ?

— J'ai réfléchi à ça. Honnêtement, je ne m'en souviens pas. Il y avait tellement de monde dans le bureau ce jour-là, et c'était tous des gens qui m'étaient étrangers.

— Aviez-vous jamais rencontré cet homme auparavant, dans un autre endroit ?

Jennifer secoua la tête en signe d'impuissance.

— Je n'arrive pas à me rappeler. Je ne crois pas.

— Vous avez dit que vous l'aviez vu parler au district attorney juste avant qu'il se dirige vers vous pour vous remettre l'enveloppe. Avez-vous vu le district attorney lui tendre l'enveloppe ?

— Je... non.

— Avez-vous réellement vu cet homme parler au district attorney, ou bien se trouvait-il simplement dans le groupe qui l'entourait ?

Jennifer ferma les yeux quelques secondes, essayant de faire ressurgir la scène un instant.

— Je suis désolée. Il y avait tant d'agitation. Je... je ne sais pas.

— Avez-vous une idée de la manière dont il a pu savoir votre nom ?

— Non.

— Ni pourquoi il vous a choisie ?

— Ça, c'est plus facile. Il savait probablement reconnaître une imbécile quand il en avait une en face de lui.

Elle secoua la tête.

— Non. Je suis désolée, monsieur Warner, je n'en ai pas la moindre idée.

Adam ajouta :

— On est en train d'exercer une forte pression sur tout ça. Cela faisait longtemps que le district attorney avait l'œil sur Michael Moretti. Avant que vous n'entriez en scène, il avait un dossier en béton. Le D.A. ne vous porte pas particulièrement dans son cœur.

— Moi non plus, je ne suis pas tellement fière de moi.

Jennifer ne pouvait reprocher à Adam Warner ce qu'il était en train de faire. Il faisait simplement son travail. Ils s'étaient lancés à ses trousses, et ils avaient réussi. Adam Warner n'était pas responsable ; il était simplement l'instrument dont ils se servaient.

Jennifer éprouva soudain une envie irrésistible d'être seule. Elle ne voulait pas que quelqu'un d'autre pût être témoin de sa détresse.

— Je suis désolée, s'excusa-t-elle. Je ne me sens pas très bien. J'aimerais rentrer chez moi, si vous le voulez bien.

Adam la dévisagea un instant.

— Est-ce que vous vous sentiriez mieux si je vous disais que j'ai l'intention de recommander que soient levées les procédures de radiation engagées contre vous ?

Il fallut quelques secondes aux paroles d'Adam Warner pour parvenir jusqu'à elle. Jennifer le regarda fixement, sans voix, fouillant son visage, plongeant dans ces yeux gris-bleu dissimulés derrière les lunettes cerclées d'écaille.

— Vous... vous le pensez vraiment ?

— Être avocate, cela signifie beaucoup de choses pour vous, n'est-ce pas ? lui demanda Adam.

Jennifer songea à son père et à son confortable petit cabinet, et aux conversations qu'ils échangeaient souvent, et aux longues années d'études de droit, et à leurs espoirs et à leurs rêves. *Nous allons nous associer. Dépêche-toi d'obtenir ton diplôme de droit.*

— Oui, murmura Jennifer.

— Si vous arrivez à surmonter un mauvais départ, j'ai l'impression que vous ferez une très belle carrière.

Jennifer lui adressa un sourire reconnaissant.

— Merci. Je vais essayer.

Elle se répéta à nouveau ces mots dans sa tête. *Je vais essayer.* Peu importait qu'elle partageât un petit bureau crasseux avec un détective privé miteux et un individu qui récupérait des voitures non payées. C'était un cabinet *juridique.* Elle était membre du barreau, et on allait l'autoriser à exercer sa profession. Elle exultait. Elle regarda Adam en face d'elle, et elle comprit qu'elle serait à tout jamais reconnaissante envers cet homme.

Le serveur avait commencé à enlever les assiettes. Jennifer essaya de parler, mais sa voix hésita entre le rire et le sanglot.

— Monsieur Warner...

Il l'interrompit d'un ton grave :

— Après tout ce que nous avons vécu ensemble, je crois que vous pourriez m'appeler Adam.

— Adam...

— Oui ?

— J'espère que ça ne va pas briser notre amitié, mais...

Jennifer dit d'un air suppliant :

— Je meurs de faim !

5.

Les quelques semaines qui suivirent passèrent très vite. Jennifer se trouva occupée des premières heures de la matinée jusque tard dans la soirée, délivrant des assignations [1] — convocations du tribunal pour répondre à une poursuite judiciaire — et des citations — convocations du tribunal ordonnant de comparaître en tant que témoin. Elle savait que ses chances d'entrer dans un grand cabinet juridique étaient inexistantes, car après le fiasco dans lequel elle s'était trouvée impliquée, personne ne songerait à l'engager. Il lui restait à trouver par elle-même le moyen de se bâtir une réputation, de tout recommencer.

Pendant ce temps-là, des piles d'assignations et de citations venant de chez Peabody & Peabody s'entassaient sur son bureau. Si ça ne relevait pas exactement de l'exercice de sa profession, cela lui rapportait néanmoins douze dollars cinquante plus les frais.

Il arrivait parfois, quand Jennifer restait tard pour travailler, que Ken Bailey l'emmenât dîner dehors. Au premier abord, c'était un homme cynique, mais Jennifer sentait que ça n'était qu'une façade. Elle se rendait compte qu'il était très seul. Diplômé de l'université de Brown, c'était un homme brillant et instruit. Elle

1. Dans certains États, les assignations et les citations peuvent être délivrées par un avocat.

n'arrivait pas à comprendre comment il pouvait trouver une satisfaction quelconque à passer son existence à travailler dans un bureau lugubre, à essayer de mettre la main sur des maris et des épouses égarés. Comme s'il s'était résigné à l'échec, comme s'il avait peur de tenter de réussir.

Un jour, alors que Jennifer avait abordé le sujet de son mariage, il lui avait dit en grognant : « Ça n'est pas vos oignons », et Jennifer n'y avait plus jamais fait allusion.

Otto Wenzel était tout à fait différent. Ce petit homme bedonnant était heureusement marié. Il considérait Jennifer comme sa fille, et il passait son temps à lui apporter des soupes et des gâteaux confectionnés par sa femme. Malheureusement, celle-ci était une piètre cuisinière, mais Jennifer se forçait à manger tout ce qu'Otto Wenzel lui apportait, ne voulant pas lui faire de peine. Un vendredi soir, Jennifer fut invitée à dîner chez les Wenzel. Mme Wenzel avait fait du choux farci, sa spécialité. Le choux était spongieux, la farce rébarbative et le riz à moitié cuit. Le plat tout entier nageait dans un lac de graisse de poulet. Jennifer l'attaqua bravement, à petites bouchées, repoussant la nourriture tout autour de l'assiette pour donner l'impression qu'elle était en train de manger.

— Est-ce que vous aimez ça ? demanda Mme Wenzel d'un air rayonnant.

— Je... C'est un de mes plats préférés.

A partir de ce jour-là, Jennifer fut invitée à dîner chez les Wenzel tous les vendredis soir, et à chaque fois Mme Wenzel préparait son plat favori.

De bonne heure un matin, Jennifer reçut un coup de fil de la secrétaire personnelle de M. Peabody Junior.

— M. Peabody souhaiterait vous voir ce matin à onze heures. Soyez exacte, s'il vous plaît.

— Oui, madame.

Jusque-là, Jennifer n'avait eu affaire qu'aux secrétaires et aux clercs du bureau Peabody. C'était un grand cabinet prestigieux, l'un de ceux où les jeunes avocats ambitionnaient d'entrer. En chemin pour son rendez-vous, Jennifer se mit à rêver. Si M. Peabody en personne voulait la voir c'était forcément pour quelque chose d'important. Il était probablement convaincu de ses talents, et il allait lui offrir une place d'avocate dans le cabinet, lui donner une chance de montrer ce qu'elle savait faire. Elle allait tous les étonner. Un jour, le cabinet pourrait même devenir Peabody, Peabody & Parker.

Jennifer tua le temps pendant trente minutes dans les couloirs, et à onze heures très précisément elle entra dans le bureau de la réception. Elle ne voulait pas avoir l'air trop impatiente. On la fit attendre deux heures, et pour finir on l'introduisit dans le bureau de M. Peabody Jr. C'était un homme grand et mince, habillé d'un costume et de chaussures faits sur mesure, pour lui, à Londres.

Il ne l'invita pas à s'asseoir.

— Miss Potter...

Il avait une voix désagréable, haut perchée.

— Parker.

Il prit une feuille de papier sur son bureau.

— Voici une sommation de comparaître. J'aimerais que vous alliez la délivrer.

A cet instant, Jennifer comprit qu'elle n'allait pas être engagée dans le cabinet.

M. Peabody Jr. tendit le mandat à Jennifer et ajouta :

— Vos honoraires seront de cinq cents dollars.

Jennifer fut certaine d'avoir mal compris.

— Avez-vous dit cinq cents dollars ?

— C'est exact. Si vous réussissez, bien sûr.

— Il doit y avoir un problème, fit Jennifer.

— Eh bien, oui, reconnut M. Peabody Jr. Il y a plus d'un an que nous essayons de délivrer cette sommation. L'homme s'appelle William Carlisle. Il habite une propriété dans Long Island, et il ne quitte jamais sa maison. Pour être tout à fait honnête, une dizaine de personnes ont déjà essayé. Il a un maître d'hôtel-garde du corps qui empêche quiconque d'approcher.

— Je ne vois pas comment je...

M. Peabody Jr. se pencha en avant.

— Il y a de grosses sommes d'argent en jeu. Mais je ne peux traîner William Carlisle en justice sans cette sommation, miss Potter.

Jennifer ne se soucia pas de le corriger.

— Pensez-vous que vous pourriez réussir ?

Jennifer songea à ce qu'elle pourrait faire avec cinq cents dollars.

— Je vais trouver un moyen.

A deux heures cet après-midi là, Jennifer se présenta à l'extérieur de l'imposante propriété de William Carlisle. La maison elle-même était de style géorgien, p.antee au milieu de quatre hectares de magnifique pelouse, soigneusement entretenue. Une allée incurvée conduisait à la demeure qu'entouraient d'élégants sapins. Jennifer avait longuement réfléchi au problème. Puisqu'il était impossible de pénétrer dans la maison, la seule solution était de trouver le moyen d'en faire sortir William Carlisle

Un peu plus bas dans la rue, était garé un camion d'entretien des jardins. Jennifer observa le camion un moment, avant de s'en approcher, à la recherche des jardiniers. Ils étaient trois en train de travailler, c'était des Japonais

Jennifer se dirigea vers eux.

— Qui est le responsable ici ?

L'un d'eux se redressa.

— Moi

— J'ai un petit travail pour vous..., commença-t-elle

— Désolés, miss Trop de boulot.

— Ça ne prendra que cinq minutes.

Non. Impossible de..

— Je vous paye cent dollars

Les trois hommes s'arrêtèrent pour la regarder. Le jardinier en chef dit :

— Vous nous payez cent dollars pour cinq minutes de travail ?

— C'est cela.

— Qu'est-ce qu'il faut faire ?

Cinq minutes plus tard, le camion empruntait l'allée de la propriété de William Carlisle, et Jennifer et les trois jardiniers en sortaient. Jennifer regarda autour d'elle, choisit un arbre superbe juste à côté de la porte d'entrée et dit aux jardiniers :

— Déterrez-le.

Ils sortirent leurs bêches du camion et entreprirent de creuser. Une minute ne s'était pas écoulée que la porte d'entrée s'ouvrit en trombe et qu'un énorme individu en livrée de maître d'hôtel apparut l'air furieux.

— Bon sang, qu'est-ce que vous êtes en train de faire ?

— Nous sommes la Pépinière de Long Island, répondit Jennifer d'un ton tranchant. Nous enlevons tous ces arbres.

Le maître d'hôtel la regarda abasourdi.

— Vous êtes *quoi ?*

Jennifer lui tendit une feuille de papier.

— J'ai ici un ordre de déterrer ces arbres.

— C'est impossible ! M. Carlisle en aurait une attaque ! (Il se tourna vers les jardiniers.) Arrêtez !

— Écoutez, monsieur, reprit Jennifer. Je ne fais que mon travail.

Elle posa le regard sur les jardiniers.

— Continuez à creuser, les gars.

— Non ! hurla le maître d'hôtel. Je vous dis que c'est une erreur ! M. Carlisle n'a jamais donné l'ordre d'enlever aucun arbre.

Jennifer haussa les épaules et continua :

— Mon patron dit que si.

— Comment puis-je joindre votre patron ?

Jennifer consulta sa montre.

— Il est sur le chantier à Brooklyn, dit-elle. Il devrait être rentré au bureau vers six heures.

Le maître d'hôtel lui lança un regard furibond.

— Une minute ! Ne faites rien jusqu'à ce que je revienne.

— Continuez à creuser, fit Jennifer aux jardiniers.

Le maître d'hôtel tourna les talons et se précipita dans la maison, claquant la porte derrière lui. Quelques instants plus tard, la porte s'ouvrit à nouveau et le maître d'hôtel réapparut, accompagné d'un homme minuscule, d'âge moyen.

— Voulez-vous bien m'expliquer ce que, diable, il se passe ici ?

— En quoi ça vous regarde ? demanda Jennifer.

— Je vais vous dire en quoi ça me regarde, lâcha-t-il sèchement. Je suis William Carlisle, et il se trouve que cette propriété m'appartient.

— Dans ce cas, monsieur Carlisle, j'ai quelque chose pour vous.

Elle sortit la sommation de sa poche et la lui mit dans la main. Elle se tourna alors vers les jardiniers :

— Vous pouvez arrêter de creuser maintenant.

De bonne heure le lendemain, Adam Warner l'appela au téléphone. Jennifer reconnut aussitôt sa voix.

— Je pensais, lui dit-il, que vous aimeriez savoir que la procédure de radiation a été officiellement levée. Vous n'avez plus rien à craindre.

Jennifer ferma les yeux et fit en silence une prière de remerciements.

— Je... je ne peux vous dire à quel point je suis sensible à ce que vous avez fait.

Adam ne mentionna pas la scène qu'il avait eue avec Stewart Needham et Robert Di Silva. Needham avait manifesté sa déception, mais il avait pris la chose avec philosophie.

Le district attorney, lui, avait écumé comme un taureau fou furieux.

— Vous laissez cette garce s'échapper comme ça ? Mon Dieu, elle fait partie de la Mafia, Adam ! Ne vous en êtes-vous pas aperçu ? Elle vous a manœuvré !

Et cela avait continué, jusqu'à ce qu'Adam en eût assez.

— Robert, tout cela est une affaire de hasard. Elle s'est trouvée au mauvais endroit, au mauvais moment, et elle s'est laissé prendre au piège. Pour moi, ça ne s'appelle pas la Mafia.

Pour finir, Robert Di Silva avait lancé :

— D'accord, elle est donc toujours avocate. Je prie seulement le ciel qu'elle exerce à New York, parce qu'à la minute où elle mettra le pied dans une de mes salles d'audience, je la foutrai dehors.

Maintenant, tandis qu'il parlait à Jennifer, il ne souffla rien de tout ça. Jennifer s'était fait un ennemi mortel mais on n'y pouvait rien. Robert Di Silva était un homme rancunier, et Jennifer une cible vulnérable. Elle était intelligente, idéaliste, jeune et adorable, belle à vous briser le cœur.

Adam savait qu'il ne devrait plus jamais la revoir.

Il y avait des jours, et des semaines, et des mois, où Jennifer avait envie de renoncer. L'inscription sur la porte mentionnait toujours *Jennifer Parker, Avocate,* mais ça ne trompait personne, encore moins Jennifer. Elle n'exerçait pas le droit : elle passait ses journées à courir sous la pluie, dans la gadoue et la neige, à remettre des assignations et des mandats à des gens qui la détestaient pour ce qu'elle faisait. Il lui arrivait parfois d'accepter des affaires bénévolement, aidant des personnes âgées à obtenir des tickets d'alimentation, résolvant divers problèmes juridiques pour des Noirs et des Portoricains du ghetto, et d'autres personnes parmi les moins privilégiées. Mais elle avait l'impression d'être prise au piège.

Les nuits étaient pires que les jours. Elles n'en finissaient pas, car Jennifer avait des insomnies, et quand elle arrivait à dormir, ses rêves étaient habités de démons. Cela avait commencé la nuit où sa mère les avait abandonnés, elle et son père, et elle n'avait jamais réussi à exorciser ces angoisses qui provoquaient chez elle des cauchemars.

Sa solitude lui pesait. Elle sortait parfois avec de jeunes avocats, mais inévitablement elle les comparait à Adam Warner, et aucun ne supportait la comparaison. Un dîner, un film ou une pièce de théâtre, suivis d'une bagarre devant sa porte. Jennifer ne savait jamais s'ils attendaient qu'elle couchât avec eux parce qu'ils lui avaient offert à dîner, ou parce qu'ils avaient dû monter et descendre quatre étages sans ascenseur. Dans certains cas, elle était fortement tentée de dire *oui,* juste pour avoir quelqu'un avec elle pendant la nuit, quelqu'un à étreindre, quelqu'un avec qui se partager. Mais elle n'avait pas simplement besoin dans son lit d'un corps tiède qui lui parlerait ; elle avait besoin de quelqu'un qui se soucierait d'elle, de quelqu'un qu'elle pourrait choyer.

Des hommes qui faisaient des propositions à Jennifer, les plus intéressants étaient mariés, et elle refusait catégoriquement de sortir avec eux. Elle avait à l'esprit cette réplique du merveilleux film de Bill Wilder, *L'Appartement :* « Si vous êtes amoureuse d'un homme marié, ne portez pas de mascara. » La mère de Jennifer avait brisé un mariage, elle avait tué le père de Jennifer. Elle ne pourrait jamais l'oublier.

Noël arriva, puis le Jour de l'An, et Jennifer les passa seule. Il y avait eu une importante chute de neige, et la ville avait l'air d'une gigantesque carte postale. Jennifer déambula dans les rues, observant les piétons qui se dépêchaient de regagner la chaleur de leur foyer et de leur famille, et elle ressentit une douloureuse impression de vide. Son père lui manquait terriblement. Elle se réjouit quand les vacances s'achevèrent. « Mil neuf cent soixante-dix sera une meilleure année », se dit-elle.

Les jours les plus sombres, Ken Bailey essayait de la dérider. Il l'emmenait au Madison Square Garden voir jouer les Rangers, il la sortait dans un club disco, ou bien il l'emmenait voir une pièce ou un film. Jennifer savait qu'il était attiré par elle, et pourtant il gardait une barrière entre eux.

Au mois de mars, Otto Wenzel décida d'aller s'installer en Floride avec sa femme.

— Mes os se font trop vieux pour supporter les hivers new-yorkais, confia-t-il à Jennifer.

— Vous allez me manquer.

Jennifer était sincère. Elle s'était vraiment attachée à lui.

— Prenez soin de Ken.

Jennifer lui jeta un regard intrigué.

— Il ne vous l'a jamais dit, hein ?

— Dit quoi ?

Il hésita, avant d'ajouter :

— Sa femme s'est suicidée. Il tient à en porter la responsabilité.

Jennifer était interloquée.

— C'est affreux ! Pourquoi... pourquoi a-t-elle fait ça ?

— Elle a surpris Ken au lit avec un jeune homme blond.

— Oh ! mon Dieu !

— Elle a tiré sur Ken, et puis elle a retourné l'arme contre elle. Il a survécu. Elle, non.

— Quelle horreur ! Je ne pensais pas que... que...

— Je sais. Il sourit beaucoup, mais c'est un calvaire pour lui.

— Merci de me l'avoir dit.

Quand Jennifer revint au bureau, Ken lui dit :

— Ainsi le brave Otto nous quitte.

— Oui.

Ken Bailey esquissa un sourire.

— Maintenant, nous ne sommes plus que tous les deux face à l'adversité.

— C'est bien mon avis.

« Et d'une certaine façon, se dit Jennifer, c'est vrai. »

Désormais, Jennifer regardait Ken avec des yeux différents. Ils déjeunaient et dînaient ensemble, et si Jennifer ne pouvait déceler chez lui le moindre signe d'homosexualité, elle savait néanmoins qu'Otto Wenzel lui avait dit la vérité : Ken Bailey portait sa croix en lui.

Quelques rares clients venaient de la rue. Ils étaient

généralement pauvrement habillés, égarés et, parfois, ils proposaient des affaires totalement perdues d'avance.

Des prostituées venaient demander à Jennifer de se charger de leur mise en liberté provisoire, et certaines d'entre elles la stupéfiaient par leur jeunesse et leur beauté. Elles devinrent une source de revenus modestes, mais réguliers. Elle n'arrivait pas à savoir qui les avait envoyées vers elle. Quand elle en faisait la remarque à Ken, il haussait les épaules en signe d'ignorance et s'éloignait.

Chaque fois qu'un client venait la voir, Ken Bailey s'éclipsait discrètement. Il était comme un père plein de fierté, encourageant Jennifer à réussir.

Jennifer se vit proposer plusieurs affaires de divorce, mais elle les refusa. Elle ne pouvait oublier ce qu'un de ses professeurs de droit lui avait dit un jour : *Le divorce est à l'exercice du droit ce que la proctologie est à la médecine.* La plupart des avocats spécialisés dans les divorces avaient une mauvaise réputation. Il y avait une maxime qui disait que quand un couple voyait rouge, les avocats voyaient vert. Un avocat spécialisé dans le divorce aux tarifs élevés était considéré comme une sorte de bombardier, car il se servait de procédures réellement explosives pour remporter une affaire au nom de son client, et ses méthodes détruisaient souvent le mari, la femme et les enfants.

Jennifer avait parfois des clients d'un tout autre ordre, et cela l'intriguait.

Ils étaient bien habillés, il se dégageait d'eux une certaine aisance financière, et les affaires qu'ils lui apportaient n'avaient rien à voir avec celles à trois sous qui lui étaient habituellement confiées. Il s'agissait de successions à régler portant sur des sommes assez considérables, ou des actions judiciaires que tout cabinet important aurait aimé mener.

— Comment avez-vous entendu parler de moi ? demandait Jennifer.

La réponse qu'elle obtenait était toujours évasive. Par un ami... J'ai lu quelque chose sur vous... on m'a donné votre nom à un cocktail... Jusqu'à ce qu'un jour l'un d'eux, dans le cours des explications qu'il lui donnait sur ses problèmes, mentionnât Adam Warner. Alors Jennifer comprit.

— C'est M. Warner qui vous a envoyé, n'est-ce pas ?

Le client était embarrassé.

— Eh bien, en fait, il m'a laissé entendre qu'il était préférable que je ne mentionne pas son nom.

Jennifer décida de téléphoner à Adam. Après tout, elle avait envers lui une dette réelle. Elle serait polie, mais distante. Naturellement, elle ne lui donnerait pas l'impression qu'elle l'appelait pour une autre raison que celle de lui exprimer sa reconnaissance. Elle se répéta plusieurs fois la conversation. Lorsque pour finir Jennifer trouva suffisamment d'assurance pour téléphoner, une secrétaire lui répondit que M. Warner était en Europe, et qu'on ne l'attendait pas avant plusieurs semaines. Cette réponse laissa Jennifer déprimée.

Elle s'aperçut alors qu'elle pensait de plus en plus souvent à Adam Warner. Elle ne cessait de se rappeler cette soirée où il était venu dans son appartement et où elle s'était si mal conduite. Il avait été merveilleux de tolérer son comportement de gamine, lorsqu'elle avait laissé éclater sa colère contre lui. Et maintenant, en plus de tout ce qu'il avait fait pour elle, il lui envoyait des clients.

Jennifer attendit trois semaines, puis elle téléphona de nouveau à Adam. Cette fois-ci, il était en Amérique du Sud.

— Avez-vous un message à lui laisser ? demanda sa secrétaire.

Jennifer hésita.

— Non, pas de message.

Jennifer essaya de chasser Adam de ses pensées, mais c'était impossible. Elle se demandait s'il était marié ou fiancé. Elle se demandait quel effet cela ferait d'être Mme Adam Warner. Elle se demandait si elle ne perdait pas la tête.

Il arrivait parfois à Jennifer de tomber sur le nom de Michael Moretti dans les journaux hebdomadaires. Il y eut dans le *New Yorker* un long reportage sur Antonio Granelli et les Familles de la Mafia de la côte est. On y rapportait qu'Antonio Granelli avait une santé déclinante, et que Michael Moretti, son gendre, s'apprêtait à prendre l'empire en main. La revue *Life* publia un article sur la façon dont vivait Michael Moretti, évoquant à la fin son procès. Camillo Stela purgeait sa peine à Leavenworth, tandis que Michael Moretti était libre. Cela rappela aux lecteurs la façon dont Jennifer Parker avait réduit à néant ce procès qui aurait dû l'envoyer en prison ou sur la chaise électrique. Au fur et à mesure que Jennifer lisait l'article, son cœur faisait des bonds. La chaise électrique ? Elle aurait volontiers appuyé elle-même sur le bouton.

La plupart des clients de Jennifer étaient des gens sans importance, mais l'apprentissage de son métier n'avait pas de prix. Au fil des mois, Jennifer apprit à connaître toutes les salles du palais de justice situé au 100 de Center Street, et ceux qui les fréquentaient. Lorsqu'un de ses clients était arrêté pour vol à l'étalage, ou à main armée, pour prostitution ou usage de stupéfiants, Jennifer se précipitait au palais pour obtenir leur mise en liberté sous caution, et elle était devenue très forte pour marchander la somme.

— La caution est fixée à cinq cents dollars.

— Votre Honneur, l'accusé ne possède pas autant d'argent. Si la Cour ramène la caution à deux cents dollars, il pourra retourner travailler et continuer à faire vivre sa famille.

— Très bien. Deux cents dollars.

— Merci, Votre Honneur.

Jennifer apprit à connaître le surveillant de la salle de dépôt des plaintes, où on envoyait les copies des procès-verbaux d'arrestation.

— Encore vous, Parker ! Pour l'amour du ciel, ne dormez-vous donc jamais ?

— Salut, mon colonel. Un de mes clients s'est fait ramasser pour vagabondage. Puis-je voir le procès-verbal ? Il s'appelle Connery. Clarence Connery.

— Expliquez-moi quelque chose, ma belle. Pourquoi venez-vous ici à trois heures du matin pour défendre un vagabond ?

Jennifer sourit.

— Ça m'empêche de vagabonder.

Elle devint une habituée des séances de nuit, tenues dans la salle d'audience 218 du palais. C'était un monde malodorant, grouillant, au jargon mystérieux. Au début, Jennifer en était déroutée.

— Parker, votre client est retenu pour CNEMAIT.

— Mon client est retenu pour *quoi ?*

— CNEMAIT. Cambriolage Nocturne avec Effraction, à Main Armée et avec Intention de Tuer. Vu ?

— Vu.

— Je suis ici pour représenter miss Luna Tarner.

— Doux Jésus !

— Pouvez-vous me dire les charges retenues contre elle.

— Attendez. Je vais trouver son mandat d'arrêt. C'est une dure... nous y voilà. Prostit. Ramassée par la BAG dans le quartier sud.

— Hein ?

— Vous êtes une bleue dans le secteur, non ? BAG, c'est la Brigade Anti-Gang de la ville. Une prostit, c'est une pute, et le quartier sud, c'est au sud de la Quarante-deuxième Rue. Pigé ?

— Pigé.

Les séances de nuit déprimaient Jennifer. Elles étaient peuplées d'une marée humaine dont le flux et le reflux venaient inlassablement lécher les rivages de la justice. Plus de cent cinquante affaires étaient entendues chaque nuit. Il y avait des prostituées et des travestis, empestant, ivres morts et drogués. Il y avait des Portoricains, des Mexicains, des Juifs, des Irlandais, des Grecs, des Italiens, accusés de viol, de vol, de détention d'armes, ou d'usage de drogue, d'agression, ou de prostitution. Tous avaient au moins une chose en commun : ils étaient pauvres. Ils étaient pauvres, et vaincus, et perdus. C'était la lie, les laissés-pour-compte que la société avait abandonnés derrière elle. Un grand nombre d'entre eux venaient de Central Harlem, et comme il n'y avait plus de place dans les prisons, tous, sauf les grands délinquants, étaient relaxés ou s'en tiraient avec une amende. Ils retournaient chez eux à St. Nicholas, Morningside, Manhattan Avenue, où dans un périmètre de neuf kilomètres carrés vivaient deux cent trente-trois mille Noirs, huit mille Portoricains et environ un million de rats.

La plupart des clients qui venaient voir Jennifer à son bureau étaient des gens usés par la pauvreté, le système, eux-mêmes. Des gens qui avaient renoncé depuis longtemps à s'en sortir. Jennifer se rendit compte que leurs craintes nourrissaient sa confiance en elle. Elle ne s'estimait pas supérieure à eux. Elle ne se poserait certainement pas en brillant modèle de réussite, pourtant elle savait qu'une immense différence la séparait de ses clients : elle, elle ne renoncerait jamais.

Ken Bailey présenta Jennifer au père Francis Joseph Ryan. Le père Ryan approchait de la soixantaine, c'était un homme rayonnant, plein de vie, aux cheveux frisés poivre et sel qui bouclaient autour des oreilles. Il avait toujours sérieusement besoin de se les faire couper. Jennifer l'aima aussitôt.

De temps en temps, un de ses paroissiens disparaissait. Le père Ryan venait alors voir Ken pour s'assurer de son concours. Invariablement, Ken retrouvait le mari, la femme, la fille ou le fils errants. Il n'y avait jamais rien à payer.

— C'est une avance sur le ciel, avait expliqué Ken.

Un après-midi, alors que Jennifer était seule, le père Ryan débarqua dans le bureau.

— Ken est sorti, père Ryan. Il ne sera pas là aujourd'hui.

— En réalité, c'est vous que je suis venu voir, Jennifer, dit le père Ryan.

Il s'assit dans l'inconfortable fauteuil en bois, face au bureau de Jennifer.

— J'ai un ami qui a un petit problème.

Il commençait toujours de cette façon-là avec Ken.

— Oui, père ?

— C'est une vieille paroissienne, et la pauvre chère femme a des difficultés à obtenir ses remboursements de la Sécurité sociale. Elle a emménagé près de chez moi il y a quelques mois, et un de ces foutus ordinateurs a perdu tout son dossier. Qu'il rouille en enfer !

— Je vois.

— Je savais que vous accepteriez, fit le père Ryan, en se levant. Je crains que vous ne touchiez pas un sou pour ça.

Jennifer sourit.

— Ne vous inquiétez pas pour ça. Je vais essayer d'arranger les choses.

Elle avait cru que ce serait une affaire simple, mais il lui avait fallu près de trois jours pour faire reprogrammer l'ordinateur.

Un mois plus tard, un matin, le père Ryan entra dans le bureau de Jennifer et lui dit :

— Je déteste vous importuner, ma chère, mais j'ai un ami qui a un petit problème. Je crains seulement qu'il n'ait pas...

Il hésita.

— ... d'argent, suggéra Jennifer.

— C'est ça. Exactement. Mais le pauvre type a vraiment besoin d'aide.

— Bon. Racontez-moi ça.

— Il s'appelle Abraham. Abraham Wilson. C'est le fils d'un de mes paroissiens. Abraham est en train de purger une peine à vie à Sing Sing pour le meurtre d'un propriétaire d'un débit de boissons au cours d'un hold-up.

— S'il a été condamné et qu'il purge sa peine, je ne vois pas comment je peux l'aider, mon père.

Le père Ryan regarda Jennifer et soupira.

— Le problème n'est pas là.

— Ah bon ?

— Non. Il y a quelques semaines, Abraham a tué un autre homme... un compagnon de cellule nommé Raymond Thorpe. Ils vont le condamner pour meurtre et réclamer la peine de mort.

Jennifer avait lu quelque chose sur cette affaire.

— Si j'ai bonne mémoire, il a battu l'homme à mort.

— C'est ce qu'on a dit.

Jennifer prit un bloc et un stylo.

— Savez-vous s'il y a eu des témoins ?

— Malheureusement, oui.

— Combien ?

— Oh ! une centaine ! C'est arrivé dans la cour de la prison, vous voyez.

— C'est terrifiant. Qu'est-ce que vous attendez de moi ?

Le père Ryan répondit simplement :

— Que vous aidiez Abraham.

Jennifer posa son stylo.

— Mon père, votre Patron est le seul à pouvoir l'aider.

Elle s'adossa à sa chaise.

— Il a trois handicaps. Il est noir, il est déjà condamné pour meurtre et il a tué un autre homme devant une centaine de témoins. En supposant qu'il l'ait fait, il n'y a absolument aucun terrain où amener sa défense. S'il était menacé par un autre prisonnier, il aurait dû demander de l'aide aux gardiens. Au lieu de cela, il a fait justice lui-même. Il n'existe pas un jury au monde qui ne le condamnerait pas.

— C'est malgré tout un être humain. Accepteriez-vous d'aller simplement lui parler ?

Jennifer soupira.

Je lui parlerai si vous le voulez, mais je ne prendrai aucun engagement.

Le père Ryan hocha la tête.

— Je comprends. Cela entraînerait probablement beaucoup de publicité.

L'un et l'autre pensaient à la même chose. Abraham Wilson n'était pas le seul à avoir un handicap.

La prison de Sing Sing est située dans la ville de Ossining, à plus de cinquante kilomètres au nord de Manhattan, sur la rive est de l'Hudson, dominant le Tappan Zee Bridge et la baie de Haverstraw.

Jennifer s'y rendit en autobus. Elle avait téléphoné

au directeur adjoint de la prison. Il avait pris des dispositions pour qu'elle pût voir Abraham Wilson qui était enfermé seul dans une cellule.

Pendant le trajet, pour la première fois depuis longtemps, Jennifer se sentit motivée. Elle était en route pour Sing Sing où elle allait rencontrer un client potentiel accusé de meurtre. C'était le type d'affaire qu'elle avait étudié, auquel elle s'était préparée. Pour la première fois depuis le début de l'année, elle se sentit une avocate, et pourtant elle savait que ça n'avait rien de réaliste. Elle n'était pas en route pour voir un client. Elle était en route pour dire à cet homme qu'elle ne pouvait pas le représenter. Elle ne pouvait pas risquer d'être impliquée dans une affaire qui ferait beaucoup de bruit et qu'elle n'avait aucune chance de gagner.

Abraham Wilson devrait trouver quelqu'un d'autre pour le défendre.

Un taxi bringuebalant conduisit Jennifer de l'arrêt de l'autobus au pénitentier, situé sur vingt-huit hectares de terres à proximité du fleuve.

Jennifer appuya sur la sonnette de la petite porte d'entrée, et un gardien vint lui ouvrir ; il vérifia son nom sur sa liste et la conduisit au bureau du directeur ajoint de la prison.

C'était un homme de grande taille, aux épaules carrées, à la coupe de cheveux démodée, à l'allure militaire et au visage piqué par l'acné. Il s'appelait Howard Patterson.

— J'aimerais savoir tout ce que vous pourrez me dire sur Abraham Wilson, commença Jennifer.

— Si vous cherchez une consolation, ça n'est pas ici que vous allez la trouver.

Patterson jeta un coup d'œil au dossier posé devant lui sur le bureau.

— Wilson a passé toute sa vie à entrer et à sortir de prison. Il a été pris à onze ans parce qu'il volait des voitures, à treize ans on l'a arrêté pour vol, à quinze il s'est fait cueillir pour viol, à dix-huit il devient proxénète, et purge une peine pour avoir envoyé une de ses filles à l'hôpital...

Il feuilleta le dossier.

— C'est cela : coups de couteau, vols à main armée et, pour finir, le plus grave... le meurtre.

L'énumération était accablante.

Jennifer demanda :

— Y a-t-il une chance qu'Abraham Wilson n'ait *pas* tué Raymond Thorpe ?

— N'y pensez pas. Wilson est le premier à le reconnaître, et même s'il le niait, ça ne changerait rien. Nous avons cent vingt témoins.

— Puis-je voir M. Wilson ?

Howard Patterson se leva.

— Bien sûr, mais vous perdez votre temps.

Abraham Wilson était l'être le plus laid que Jennifer eût jamais vu. Noir comme du charbon, avec un nez cassé à plusieurs endroits. Il lui manquait les dents de devant et il avait des yeux minuscules au regard fuyant dans un visage lardé de cicatrices de coups de couteau. Un mètre quatre-vingt-douze et puissamment bâti. D'immenses pieds plats qui lui donnaient une démarche lourde. Si Jennifer avait cherché un mot pour qualifier Abraham Wilson, elle aurait trouvé celui de *menaçant*. Elle pouvait imaginer l'effet qu'aurait cet homme sur un jury.

Abraham Wilson et Jennifer étaient assis dans une salle de visite de haute sécurité, un épais grillage entre eux, un gardien veillant à la porte. Wilson venait juste d'être tiré de sa réclusion solitaire et ses yeux en forme de billes ne cessaient de cligner à cause de la lumière. Si Jennifer était venue à cette rencontre avec le sentiment qu'elle ne voudrait probablement pas prendre l'affaire en main, après avoir vu Abraham Wilson, elle en fut convaincue. Assise en face de lui, elle sentait la haine suinter de l'homme.

Jennifer entama la conversation en disant :

— Je m'appelle Jennifer Parker. Je suis avocate. Le père Ryan m'a demandé de venir vous voir.

Abraham Wilson cracha à travers l'écran qui les séparait, aspergeant Jennifer de salive.

— C't enculé d' fils de Bon Dieu.

« Quel merveilleux début », se dit Jennifer. Prudente, elle prit soin de ne pas essuyer la salive sur son visage.

— Avez-vous besoin de quelque chose ici, monsieur Wilson ?

Il lui adressa un sourire édenté.

— Un beau cul, chérie. Tu baises ?

Elle ne releva pas.

— Voulez-vous me raconter ce qui s'est passé ?

— Hé, t'es en train de me faire raconter ma vie, pour ça faut payer. J' vais vendre mon truc au ciné. J' serai p't'être la vedette.

La colère qui commençait à émaner de lui était inquiétante. Tout ce que Jennifer souhaitait, c'était sortir de là. L'adjoint du directeur avait eu raison. Elle perdait son temps.

— Je crains qu'il n'y ait rien que je puisse faire pour vous aider si vous n'y mettez pas du vôtre, monsieur Wilson. J'ai promis au père Ryan que je viendrais au moins vous parler.

Abraham Wilson lui lança à nouveau un sourire sans dents.

— C'est drôlement chic d'une Blanche comme toi, chérie. T'es sûre que tu veux pas changer d'avis à propos de ton cul ?

Jennifer se leva. Elle en avait assez entendu.

— Haïssez-vous tout le monde.

— J' vais t' dire, poupée, tu t' mets dans ma peau, j' me mets dans la tienne, et après tu r'viendras m' parler de haine.

Jennifer resta là, debout, plongeant dans cette horrible face noire, digérant ce qu'il avait dit, et lentement elle se rassit.

— Voulez-vous me raconter votre version de l'histoire, Abraham ?

Il la regarda fixement, sans rien dire. Jennifer attendit, l'observant, essayant de comprendre ce qu'on pouvait éprouver en portant une peau noire couturée de cicatrices. Elle se demanda combien il y avait de cicatrices cachées chez cet homme.

Les deux restèrent assis là dans un long silence. Pour finir, Abraham Wilson dit :

— J'ai tué ce fils de pute.

— Pourquoi l'avez-vous tué ?

Il haussa les épaules.

— Le fils de pute s'avançait vers moi avec son grand couteau de boucher, alors...

— Ne me racontez pas d'histoires. Les prisonniers ne se promènent pas avec des couteaux de boucher.

Le visage de Wilson se contracta et il lança :

— Fous le camp d'ici. J' t'ai pas envoyé chercher.

Il se leva.

— Et ne r'viens plus dans le secteur m'emmerder, t'entends ? J' suis un homme occupé.

Il fit demi-tour et se dirigea vers le gardien. Un instant plus tard, l'un et l'autre avaient disparu. C'était fini. Jennifer pourrait au moins dire au père Ryan qu'elle avait parlé à cet homme. Elle ne pouvait rien faire de plus.

Un gardien fit sortir Jennifer du bâtiment. Elle traversa la cour en direction de la porte principale, songeant à Abraham Wilson et à la réaction qu'elle avait eue à son égard. Elle n'aimait pas cet homme et, à cause de cela, elle faisait quelque chose qu'elle n'avait pas le droit de faire : elle le jugeait. Elle l'avait déjà déclaré coupable avant même qu'il y ait eu un procès. Peut-être l'avait-on réellement attaqué, pas avec un couteau, évidemment, mais avec une pierre ou une brique. Jennifer s'arrêta et resta immobile, indécise. Son instinct lui disait de rentrer à Manhattan et d'oublier Abraham Wilson.

Elle fit demi-tour et retourna dans le bureau du directeur adjoint de la prison.

— C'est un cas difficile, dit Howard Patterson. Quand nous le pouvons, nous essayons la réhabilitation plutôt que la punition, mais Abraham Wilson est allé trop loin. La seule chose qui puisse le calmer, c'est la chaise électrique.

« Quelle étrange démonstration logique », se dit Jennifer.

— Il m'a dit que l'homme qu'il avait tué l'avait attaqué avec un couteau de boucher.

— Ça n'est pas impossible.

La réponse la fit tressaillir.

— Que voulez-vous dire, « ça n'est pas impossible » ? Êtes-vous en train d'affirmer qu'un prisonnier ici peut entrer en possession d'un couteau ? D'un couteau de boucher ?

Howard Patterson haussa les épaules.

— Miss Parker, nous avons ici mille deux cent quarante prisonniers, et certains sont des hommes d'une grande ingéniosité. Venez. Je vais vous montrer quelque chose.

Patterson conduisit Jennifer à travers un long couloir jusqu'à une porte fermée à clé. Il en choisit une dans son trousseau, ouvrit la porte et alluma la lumière. Jennifer le suivit dans une petite pièce nue avec des casiers encastrés dans le mur.

— C'est ici que nous gardons les joujoux des prisonniers.

Il s'approcha d'une grande boîte, et souleva le couvercle.

Jennifer plongea dans la boîte un regard incrédule.

Elle leva les yeux sur Howard Patterson, et déclara :

— Je veux revoir mon client.

6.

Jennifer prépara le procès d'Abraham Wilson comme jamais de sa vie elle n'avait préparé quelque chose. Elle passa des heures infinies dans la bibliothèque de droit à faire des recherches, et avec son client, extirpant de lui le plus infime renseignement. La tâche n'était pas aisée. Dès le début, Wilson s'était montré brutal et sarcastique...

— Tu veux savoir des trucs sur moi, chérie ? J'ai baisé pour la première fois à dix ans. Et toi ?

Jennifer s'efforçait d'ignorer sa haine et son mépris, car elle avait conscience que tout cela dissimulait une peur immense. Elle persévéra, cherchant à savoir comment s'étaient déroulées les premières années d'existence de Wilson, à quoi ressemblaient ses parents, ce qui avait transformé le gamin en criminel. Au bout de plusieurs semaines, la résistance d'Abraham céda la place à l'intérêt et son intérêt finit par faire place à la fascination. Jamais auparavant il n'avait eu de raison de penser à lui en se demandant quel genre de personne il était, ni pourquoi il était ainsi.

Les questions pressantes de Jennifer commencèrent à réveiller en lui des souvenirs, certains plutôt désagréables, d'autres atrocement douloureux. A plusieurs reprises, au cours des séances où Jennifer questionnait Abraham Wilson sur son père qui lui avait régulièrement infligé de violentes corrections, Wilson ordonnait à Jennifer de le laisser seul. Elle s'en allait, mais elle revenait toujours.

Si Jennifer avait eu auparavant un semblant de vie personnelle, maintenant, elle n'en avait plus du tout. Lorsqu'elle n'était pas avec Abraham Wilson, elle était à son bureau, sept jours par semaine, des premières heures de la matinée jusque bien après minuit, lisant tout ce qu'elle pouvait dénicher sur les meurtres et les assassinats. Elle étudia des centaines de décisions de cour d'appel, de dossiers, de dépositions, de pièces à conviction, de requêtes, de copies de jugement. Elle se plongea dans la jurisprudence sur l'intention et la préméditation, la légitime défense, le *double jeopardy*[1] et l'aliénation mentale passagère.

Abraham n'avait pas eu l'intention de tuer cet homme. Mais est-ce qu'un jury y croirait ? Surtout un jury local. Les gens de la ville haïssent les prisonniers vivant dans leur environnement. Jennifer demanda que l'affaire fût renvoyée devant une autre cour, et elle obtint gain de cause. Le procès serait plaidé à Manhattan.

Jennifer avait à prendre une décision importante devait-elle faire témoigner Abraham Wilson ? Il offrait un aspect rébarbatif, mais d'un autre côté si les jurés pouvaient entendre de ses propres lèvres sa version de l'histoire, ils éprouveraient peut-être une certaine sympathie pour lui. Le problème, c'était que le fait d'amener Abraham Wilson à la barre autoriserait l'accusation à révéler les antécédents de Wilson et son casier

1. Selon la constitution américaine, un État n'a pas le droit de rouvrir un procès pour les mêmes motifs, sinon il y a *double jeopardy*.

judiciaire, y compris le meurtre précédent qu'il avait commis.

Jennifer se demanda lequel de ses substituts Di Silva désignerait pour lui être opposé. Ils étaient une demi-douzaine, très compétents, qui poursuivaient des affaires criminelles, et Jennifer apprit à se familiariser avec leurs techniques.

Elle passait le maximum de temps à Sing Sing, cherchant à resituer la scène du meurtre dans la cour, discutant avec les gardiens et avec Abraham, et elle interrogea des dizaines de détenus qui avaient été témoins de la scène.

— Raymond Thorpe a attaqué Abraham Wilson avec un couteau, disait Jennifer. Un grand couteau de boucher. Vous l'avez certainement remarqué.

— Moi ? J'ai pas vu d' couteau.

— Vous *devez* l'avoir vu. Vous étiez juste là.

— Madame, j'ai rien vu.

Aucun d'entre eux ne voulait être impliqué.

Il arrivait parfois à Jennifer de prendre le temps d'aller déjeuner à l'extérieur pour un vrai repas, mais généralement elle avalait rapidement un sandwich à la cafétéria du rez-de-chaussée du palais de justice. Elle commença à perdre du poids et à avoir des vertiges.

Ken Bailey se faisait du souci à son égard. Un jour, il l'emmena chez *Forlini,* en face du palais, et là il lui commanda un déjeuner copieux.

— Vous essayez de vous suicider ? demanda-t-il.

— Bien sûr que non.

— Vous vous êtes regardée dans une glace récemment ?

— Non.

Il l'observa et ajouta :

— Si vous avez un peu de bon sens, laissez tomber cette affaire.

— Pourquoi ?

— Vous êtes en train de jouer le rôle d'un pigeon d'argile. Jennifer, j'entends ce qu'on raconte dans la rue. La presse mouille de plaisir dans sa grande culotte, ils ont tellement envie de vous tirer dessus encore une fois pour vous accommoder à leur manière dans leur casserole.

— Je suis avocate, répliqua Jennifer avec entêtement. Abraham Wilson a droit à un procès juste. Je vais faire mon possible pour veiller à ce qu'il en soit ainsi.

Elle lut de l'inquiétude sur le visage de Ken Bailey.

— Ne vous en faites pas. L'affaire ne va pas bénéficier d'une telle publicité.

— Vraiment ? Savez-vous quel est celui qui s'occupe de l'affaire ?

— Non.

— Robert Di Silva.

Jennifer entra dans les locaux de la cour criminelle par la rue Leonard, elle se fraya un passage à travers la foule qui grouillait dans le promenoir, dépassant les officiers de police en uniforme, les détectives déguisés en hippies, les avocats identifiables à leur serviette. Jennifer se dirigea vers un grand bureau de renseignements de forme circulaire, auquel jamais le moindre appariteur n'avait été affecté, puis elle prit l'ascenseur jusqu'au sixième étage. Elle allait voir le district attorney. Près d'un an s'était écoulé depuis sa dernière rencontre avec Robert Di Silva, et la perspective de le revoir ne la réjouissait pas. Elle allait lui annoncer qu'elle renonçait à la défense d'Abraham Wilson.

Il lui avait fallu trois nuits sans sommeil pour prendre sa décision. Elle avait fini par admettre que les meilleurs intérêts de son client étaient primordiaux. L'affaire Wilson n'était pas si importante pour que Di Silva la prît lui-même en main. Donc, la seule raison pour que le district attorney y consacrât sa personne, c'était parce que Jennifer était en jeu. Di Silva voulait sa vengeance. Il avait l'intention de lui donner une leçon. Alors, elle avait fini par décider qu'elle n'avait d'autre choix que de renoncer à défendre Wilson. Elle ne pouvait le laisser risquer sa tête à cause d'une erreur qu'elle avait commise un jour. Une fois qu'elle se serait retirée du procès, Robert Di Silva aborderait probablement Wilson avec plus d'indulgence. Jennifer allait sauver la vie d'Abraham Wilson.

Elle ressentit l'étrange impression de revivre le passé lorsqu'elle s'arrêta au sixième étage et qu'elle prit la direction de la porte familière sur laquelle était inscrit : *District Attorney, Comté de New York.* A l'intérieur, la même secrétaire était assise derrière le même bureau.

— Je suis Jennifer Parker. J'ai rendez-vous avec...

— Allez-y, fit la secrétaire. Le district attorney vous attend.

Robert Di Silva était debout derrière son bureau, mâchouillant un cigare humide, donnant ses instructions à deux adjoints. Il s'arrêta quand Jennifer entra.

— J'aurais parié que vous ne seriez pas venue.

— Me voici.

— Je pensais que vous auriez tourné les talons et que vous auriez déguerpi de la ville à l'heure actuelle. Que voulez-vous ?

Il y avait deux chaises en face de Robert Di Silva, mais il ne l'invita pas à s'asseoir.

— Je suis venue vous parler de mon client, Abraham Wilson.

Robert Di Silva s'assit, s'appuya en arrière sur sa chaise, et fit semblant de réfléchir.

— Abraham Wilson... ah ! oui. C'est ce nègre qui a battu un homme à mort en prison. Vous ne devriez pas avoir de problème pour le défendre.

Il lança un coup d'œil à ses deux adjoints, et ceux-ci quittèrent la pièce.

— Eh bien, maître ?

— J'aimerais vous proposer un *plea bargain*[1].

Robert Di Silva la regarda avec une surprise forcée.

— Vous voulez me dire que vous êtes venue me proposer un marché ? Vous me stupéfiez. J'aurais pensé que quelqu'un comme vous, avec votre grand talent d'avocate, serait capable de le tirer de là sans y laisser de plumes.

— Monsieur Di Silva, je sais que cette affaire paraît simple, commença Jennifer, mais il y a des

1. Le *plea bargain* est une procédure souvent employée aux États-Unis, dans le cas où l'une des deux parties y trouve un intérêt quelconque. Il s'agit d'une tractation, d'une sorte de marchandage entre le procureur et l'avocat de la défense, qui leur permet de se mettre d'accord sur la peine, forcément moins sévère, qui sera infligée à l'accusé. Ainsi, le procès avec jury est évité, et la défense comme l'accusation s'en sortent gagnants.

circonstances atténuantes. Abraham Wilson a été...

Le district attorney l'interrompit.

— Laissez-moi m'exprimer dans un langage juridique que vous pouvez comprendre, maître. Vous pouvez remporter vos circonstances atténuantes et vous les foutre au cul !

Il se dressa sur ses pieds, et lorsqu'il reprit la parole, sa voix se mit à trembler de rage.

— Conclure un marché avec vous, madame ? Vous m'avez baisé une fois. Il y a un cadavre entre nous, et c'est votre protégé qui tiendra ce rôle. Vous m'entendez ? Je vais veiller personnellement à ce qu'on l'envoie à la chaise électrique.

— Je suis venue ici pour me retirer de l'affaire. Vous pourriez réduire l'accusation à celle de meurtre simple. Wilson est déjà en prison à vie. Vous pourriez...

— Pas question ! Il est purement et simplement coupable de meurtre !

Jennifer essaya de dominer sa colère.

— Je croyais que c'était le jury qui était censé décider ça.

Robert Di Silva lui adressa un sourire retenu.

— Vous ne pouvez pas savoir à quel point c'est réconfortant d'avoir affaire à un expert comme vous qui vient dans mon bureau m'expliquer la loi.

— Ne pourrions-nous pas oublier nos querelles personnelles ? Je...

— Certainement pas, tant que je vivrai. Saluez pour moi votre copain Michael Moretti.

Une demi-heure plus tard, Jennifer était en train de prendre un café avec Ken Bailey.

— Je ne sais pas quoi faire, avoua Jennifer. Je pensais que si je me retirais, Abraham aurait de meilleures chances. Mais Di Silva n'acceptera pas de compromis. Ce n'est pas après Wilson qu'il en a... c'est après moi.

Ken Bailey la dévisagea d'un air songeur.

— Il cherche peut-être à vous intimider. Il veut vous terroriser.

— Je *suis* terrorisée.

Elle but une gorgée de café. Il avait un goût amer.

— C'est une mauvaise affaire. Il n'y a qu'à regarder Abraham Wilson. Il suffira à tous les membres du jury de le regarder pour voter sa culpabilité.

— Quand a lieu le procès ?

— Dans quatre semaines.

— Puis-je vous aider à quelque chose ?

— Hou-hou. Sceller un pacte avec Di Silva.

— Croyez-vous avoir la moindre chance d'obtenir l'acquittement de Wilson ?

— Si l'on regarde les choses avec pessimisme, je plaide ma première affaire contre le district attorney le plus brillant du comté, qui veut se venger de moi, et mon client est un détenu noir, un assassin qui en est à son second meurtre devant cent vingt témoins.

— C'est terrifiant. Et si on les regarde avec optimisme ?

— Je serai renversée par un camion cet après-midi.

Le procès n'était plus que dans trois semaines. Jennifer prit des dispositions pour qu'Abraham Wilson fût transféré à la prison de Riker's Island. Quatre-vingt-quinze pour cent de ses compagnons de prison attendaient d'être jugés pour les crimes suivants :

meurtre, incendie volontaire, viol, vol à main armée et sodomie.

Aucune voiture particulière n'était autorisée sur l'île, et Jennifer se déplaçait dans un petit autobus vert jusqu'au poste de contrôle en briques grises où elle montrait ses papiers d'identité. Il y avait deux gardiens armés dans une guérite verte située sur la gauche de l'édifice, et au-delà se dressait une barrière qu'aucun visiteur ne pouvait franchir sans autorisation. Depuis le poste de contrôle, on faisait emprunter à Jennifer la rue Hazen, petite route qui serpentait entre les baraquements de la prison, jusqu'à l'immeuble central Anna M. Kross, où Abraham Wilson était conduit pour la voir dans la salle des visites, avec ses huit alcôves réservées aux entretiens des avocats avec leurs clients.

Tout en marchant dans le long couloir qui la conduisait à Abraham Wilson, Jennifer se dit : « Cet endroit a tout de la salle d'attente de l'enfer. » Il y régnait une cacophonie incroyable. La prison était faite de briques, d'acier, de pierres et de tuiles. Les portes d'acier étaient constamment ouvertes et refermées avec fracas. Il y avait plus de cent individus par bloc cellulaire, qui parlaient et criaient en même temps, deux postes de télévision allumés sur des chaînes différentes, et une installation musicale qui jouait du « country rock ». Trois cents gardiens étaient affectés à l'immeuble, et leurs vociférations couvraient la symphonie de la prison.

Un gardien avait confié à Jennifer :

— La société qui vit en prison est la plus polie du monde. Si jamais un prisonnier flanque un coup à son voisin, il lui dira immédiatement « excuse-moi ». Les prisonniers ont l'esprit très vif, et la moindre petite chose...

Jennifer s'assit en face d'Abraham Wilson, et elle se dit : « La vie de cet homme est entre mes mains. S'il meurt, ce sera parce que j'aurai manqué à mes engagements. » Elle plongea son regard dans le sien et elle y lut le désespoir.

— Je ferai tout ce que je pourrai, promit Jennifer.

Trois jours avant que commençât le procès d'Abraham Wilson, Jennifer appris que le président du tribunal serait l'Honorable Lawrence Waldman, qui avait présidé le procès de Michael Moretti et qui avait essayé d'obtenir sa radiation du barreau.

7.

A quatre heures du matin, en ce lundi de la fin du mois de septembre 1970, jour où devait commencer le procès d'Abraham Wilson, Jennifer s'éveilla fatiguée, les paupières lourdes. Elle avait mal dormi, la tête remplie de rêves du procès. Dans un de ces rêves, Robert Di Silva l'avait fait venir à la barre des témoins pour lui poser des questions sur Michael Moretti. Chaque fois que Jennifer essayait de répondre, les jurés l'interrompaient en psalmodiant : *Mensonge ! Mensonge ! Mensonge !*

Chaque rêve était différent, mais tous se ressemblaient. Dans le dernier, Abraham Wilson était attaché avec des courroies à la chaise électrique. Tandis que Jennifer se penchait sur lui pour le consoler, il lui crachait au visage. Jennifer s'éveilla toute tremblante, et il lui fut impossible de se rendormir. Elle resta assise sur une chaise jusqu'à l'aube et elle assista au lever du soleil. Elle était trop énervée pour pouvoir manger. Elle aurait aimé avoir pu dormir la nuit précédente. Elle aurait aimé que cette journée fût terminée.

Tout en prenant son bain et en s'habillant, elle eut une funeste prémonition. Elle avait l'esprit à se vêtir de noir, mais elle choisit un tailleur vert imitation Chanel qu'elle avait acheté en solde chez Loehmann.

A huit heures trente, Jennifer Parker arriva devant les locaux de la cour d'assises pour prendre en charge la défense d'Abraham Wilson contre le Peuple de l'État de New York. La foule se pressait dehors, devant l'entrée, et Jennifer crut tout d'abord qu'il s'était produit un accident. Elle aperçut une batterie de caméras de télévision et de micros, et avant de pouvoir comprendre ce qui se passait, elle se trouva cernée par les journalistes.

L'un d'eux lui demanda :

— Miss Parker, c'est bien la première fois que vous réapparaissez au palais depuis que vous avez bloqué la procédure engagée contre Michael Moretti par le district attorney ?

Ken Bailey l'avait mise en garde. C'était *elle* le pôle d'attraction, pas son client. Les journalistes n'étaient pas là en tant qu'observateurs objectifs ; c'était des oiseaux de proie dont elle allait être la charogne.

Une jeune femme en jean tendit un micro devant le visage de Jennifer :

— Est-ce exact que le district attorney veut votre peau ?

— Pas de commentaires.

Jennifer entreprit de se tailler un chemin en direction de l'entrée de l'édifice.

— Le district attorney a fait passer hier soir une déclaration selon laquelle il estime que vous ne devriez plus être autorisée à exercer dans la juridiction de New York. Voulez-vous ajouter quelque chose à cela ?

— Pas de commentaires.

Jennifer avait presque atteint l'entrée.

— L'année dernière, le juge Waldman a essayé d'obtenir votre radiation du barreau. Avez-vous l'intention de lui demander de se récuser ?

Jennifer avait pénétré à l'intérieur du palais de justice.

Le procès devait avoir lieu dans la salle d'audience n° 37. Le couloir était bondé de gens qui tentaient d'entrer mais la salle était déjà pleine. Il régnait un brouhaha indescriptible, et il y avait dans l'air une ambiance de carnaval. Des bancs supplémentaires étaient réservés aux représentants de la presse. « Di Silva y avait veillé », se dit Jennifer.

Abraham Wilson était assis au banc de la défense, dominant tout le monde autour de lui, telle une montagne maléfique. Il était vêtu d'un costume bleu marine trop petit pour lui, d'une chemise blanche et d'une cravate bleue que Jennifer lui avait achetés. Ça ne l'arrangeait pas. Abraham Wilson avait tout d'un abominable meurtrier en costume bleu marine. Jennifer songea, découragée, qu'il aurait pu tout aussi bien porter ses vêtements de détenu.

Wilson regardait d'un air provocant la salle d'audience, braquant un regard menaçant sur ceux qui croisaient le sien. Jennifer connaissait maintenant assez bien son client pour savoir que son attitude belliqueuse servait de masque à sa peur ; mais tous — y compris le juge et les membres du jury — ne ressentiraient chez lui qu'hostilité et haine. Cet homme colossal était une menace. Ils le considéreraient comme quelqu'un de dangereux, quelqu'un qu'il faut détruire.

Rien dans la personnalité d'Abraham Wilson n'était attirant. Rien dans son aspect extérieur ne suscitait la sympathie. Il n'y avait que ce visage affreux, lardé de cicatrices, au nez cassé et aux dents manquantes, ce corps énorme qui inspirait la peur.

Jennifer se dirigea vers le banc de la défense où il était assis et elle vint s'asseoir à côté de lui.

— Bonjour, Abraham.

Il lui lança un coup d'œil et répondit :

— J' pensais pas que vous viendriez.

Jennifer se souvint de son rêve. Elle fixa ses petits yeux bridés.

— Vous saviez bien que je serais ici.

Il haussa les épaules avec indifférence.

— Ça change rien. Y vont avoir ma peau, fillette. Y vont m'accuser d'assassinat, et pis après y feront une loi pour avoir le droit de m' faire bouillir dans l'huile, et pis y m' feront bouillir dans d' l'huile. Y aura pas d' procès. Ça sera du spectacle. J'espère que t'as apporté ton popcorn.

Un remue-ménage se produisit au banc de l'accusation, et Jennifer leva les yeux pour voir le district attorney Di Silva prendre sa place à côté d'une armée d'adjoints. Il regarda Jennifer et lui adressa un sourire. Jennifer se sentit prise de panique.

Un magistrat annonça :

— La Cour.

Et le juge Lawrence Waldman entra par la porte du vestiaire.

— Écoutez, écoutez. Tous ceux qui sont concernés par la 37e chambre de cette Cour, approchez-vous, prêtez votre attention, et vous serez entendus. L'honorable juge Lawrence Waldman va présider.

Le seul qui refusât de se lever fut Abraham Wilson. Jennifer lui souffla du coin de la bouche :

— Levez-vous !

— Qu'ils aillent se faire foutre. Faudra qu'y viennent me tirer pour m' forcer à m' lever.

Jennifer prit sa main gigantesque dans les siennes.

— Mettez-vous debout, Abraham. Nous allons les battre.

Il soutint son regard un long moment, puis il se leva lentement, la dominant de sa taille.

Le juge Waldman prit sa place sur le banc. Le public se rassit. Le greffier tendit au juge l'ordre du jour.

— Le Peuple de l'État de New York contre Abraham Wilson, accusé du meurtre de Raymond Thorpe.

D'instinct, Jennifer aurait rempli de Noirs le banc des jurés, mais, à cause de la personnalité d'Abraham Wilson, elle n'en était pas si sûre. Wilson n'était pas l'un d'eux. C'était un renégat, un tueur, une « tare dans leur race ». Ils risquaient de le condamner plus volontiers que des Blancs. Tout ce que Jennifer pouvait faire, c'était essayer de tenir à l'écart les jurés les plus sectaires. Mais les gens sectaires ne l'affichaient pas sur leur visage. Ils tairaient leurs préjugés, attendant le moment d'assouvir leur vengeance.

Vers la fin de l'après-midi du deuxième jour, Jennifer avait épuisé la totalité de ses dix droits de récusation ne nécessitant pas l'apport d'un motif. Elle eut le sentiment que son *voir dire* — son droit de poser des questions aux jurés potentiels — était gauche et malhabile, tandis que celui de Di Silva était subtil et adroit. Il avait l'art de mettre les jurés à l'aise, de s'attirer leur confiance, de s'en faire des amis.

« Comment ai-je pu oublier les talents d'acteur de Di Silva ? » se demanda Jennifer.

Di Silva n'exerça aucun de ses droits de récusation, avant que Jennifer eût épuisé les siens, et elle ne comprit pas pourquoi. Lorsqu'elle en découvrit la raison, ce fut trop tard. Di Silva lui avait damé le pion. Parmi les derniers jurés potentiels se trouvaient un détective privé, un directeur de banque et la mère d'un médecin — tous appartenant à l'*establishment* — et Jennifer ne disposait maintenant d'aucun moyen pour les récuser. Le district attorney lui avait joué un sale tour.

Robert Di Silva se leva, et il entama son acte d'accusation.

— S'il plaît à la Cour (il se tourna vers le jury) et à vous, mesdames et messieurs les Jurés, je voudrais d'abord vous remercier d'avoir accepté de sacrifier votre précieux temps pour siéger dans cette affaire.

Il leur adressa un sourire empreint de sympathie.

— Je sais ce que signifie l'obligation de siéger dans un jury, et les inconvénients que cela entraîne. Vous avez tous des emplois du temps chargés, des familles qui vous attendent.

« C'est comme s'il était l'un d'eux, remarqua Jennifer. Le treizième juré. »

J'ai promis de vous faire perdre le moins de temps possible. Il s'agit en réalité d'une affaire très simple. L'accusé est assis là-bas — Abraham Wilson. Il est accusé par l'État de New York de meurtre sur la personne d'un codétenu, Raymond Thorpe, à la prison de Sing Sing. Il ne fait pas de doute qu'il a commis ce meurtre. Il l'a reconnu. L'avocat de M. Wilson va plaider la légitime défense.

Le district attorney se retourna pour regarder l'immense silhouette d'Abraham Wilson, et les yeux des jurés suivirent automatiquement son regard. Jennifer perçut leurs réactions sur leurs visages. Elle se força à se concentrer sur ce que le district attorney Di Silva était en train de dire.

— Il y a un certain nombre d'années, douze citoyens, tout à fait semblables à vous, ont voté pour envoyer Abraham Wilson dans un pénitencier. Pour certaines raisons d'ordre technique et légal, je ne suis pas autorisé à vous parler du crime qu'Abraham Wilson a commis. Je peux en tout cas vous dire que le jury a estimé en toute sincérité que le fait d'enfermer Abraham Wilson l'empêcherait de commettre d'autres crimes. Tragiquement, ils se sont trompés. Car même enfermé, Abraham Wilson a pu frapper, tuer, satisfaire son goût du sang. Nous savons maintenant, en définitive, qu'il n'y a qu'un seul moyen d'empêcher Abraham Wilson de tuer encore une fois. C'est de l'exécuter. Cela ne ramènera pas Raymond Thorpe à la vie, mais cela peut sauver d'autres hommes qui risquent autrement d'être les prochaines victimes de l'accusé.

Di Silva marchait le long du banc du jury, regardant chaque juré droit dans les yeux.

— Je vous ai déjà dit que cette affaire n'allait pas accaparer beaucoup de votre temps. Je vais vous expliquer pourquoi. L'accusé que vous voyez assis là-bas — Abraham Wilson — a assassiné un homme de sang-froid. Il a avoué le meurtre. Et même s'il n'avait pas avoué, nous avons des témoins qui ont vu Abraham Wilson commettre ce meurtre de sang-froid. Plus d'une centaine, en réalité.

Examinons l'expression « de sang-froid ». Le meurtre, quelle qu'en soit la raison, me répugne comme je sais qu'il vous répugne. Mais parfois certains meurtres sont commis pour des motifs que nous pouvons au moins comprendre. Prenons l'exemple de quelqu'un qui menace avec une arme la personne que vous aimez — un enfant, un mari, ou une épouse. Eh bien, si vous-même vous avez une arme, il est possible que vous appuyiez sur la détente pour sauver la vie de l'être aimé. Vous et moi, nous n'allons peut-être pas excuser ce geste, mais je suis sûr que nous pouvons au moins le comprendre. Prenons encore un autre exemple. Vous êtes soudain réveillé au milieu de la nuit par un intrus mettant votre vie en danger ; vous avez la possibilité de le tuer pour vous sauver, et vous commettez le geste —

eh bien, je crois que nous sommes tous capables de comprendre les raisons d'un tel acte. Et ça ne nous transformerait pas en criminels irrécupérables, ni en êtres mauvais, n'est-ce pas ? Ce serait un acte commis dans le feu de l'action. (La voix de Di Silva se durcit.) Mais le meurtre accompli de sang-froid, c'est autre chose. Prendre la vie d'un autre être humain, sans l'excuse des sentiments ou de la passion, le faire pour de l'argent, de la drogue, ou le pur plaisir de tuer...

Il était délibérément en train de prédisposer le jury, sans toutefois outrepasser les limites, de sorte qu'il ne pourrait y avoir de renvoi pour vice de procédure ou annulation.

Jennifer observa les jurés, que de toute évidence Robert Di Silva avait acquis à sa cause. Ils acquiesçaient à chacun de ses mots. Ils secouaient la tête, fronçaient les sourcils. C'était tout juste s'ils ne l'applaudissaient pas. Il était le chef d'un orchestre formé par le jury. Jennifer n'avait jamais rien vu de semblable. Chaque fois que le district attorney mentionnait le nom d'Abraham Wilson — qui revenait pratiquement dans chacune de ses phrases — le jury regardait automatiquement l'accusé. Jennifer avait mis Wilson en garde de ne pas regarder le jury. Elle lui avait seriné inlassablement qu'il devait regarder partout ailleurs dans la salle d'audience, sauf le banc du jury, car l'air de défi qu'il affichait ne pouvait que lui porter préjudice. Horrifiée, Jennifer s'aperçut que le regard d'Abraham était rivé sur les jurés, que ses yeux ne pouvaient se détacher d'eux. L'agressivité suintait de lui.

Jennifer souffla à voix basse :

— Abraham...

Il ne se retourna pas.

Le district attorney était en train de terminer son intervention.

— Il est dit dans la Bible : « Œil pour œil, dent pour dent. » Ça, c'est la vengeance. L'État ne réclame pas de vengeance. Il demande justice. Justice pour le pauvre homme qu'Abraham Wilson a assassiné de sang-froid, je le répète, de sang-froid. Merci.

Quand Jennifer se leva pour s'adresser aux jurés, elle sentit leur hostilité et leur impatience. Elle avait appris dans des livres comment les avocats peuvent lire dans le cerveau des jurés, et cela l'avait laissée sceptique. En cet instant précis, son scepticisme avait disparu. Ils lui faisaient passer leur message à haute et intelligible voix. Ils avaient déjà décidé que son client était coupable, et ils s'impatientaient parce que Jennifer leur faisait perdre leur temps, les retenant au palais de justice, alors qu'ils pourraient être dehors à faire des choses plus importantes, comme le leur avait fait remarquer leur ami le district attorney. Jennifer et Abraham Wilson étaient l'ennemi.

Jennifer prit une longue inspiration et dit :

— S'il plaît à Votre Honneur, puis elle se tourna vers les jurés : Mesdames et messieurs, si nous avons des salles d'audience, si nous sommes ici aujourd'hui, c'est que la loi, dans sa sagesse, sait qu'il y a toujours deux côtés dans une affaire. A entendre l'attaque du district attorney contre mon client, à l'entendre déclarer mon client coupable sans le bénéfice du verdict d'un jury — de *votre* verdict — on ne le croirait pas.

Elle chercha sur leur visage un signe de sympathie ou de soutien. Elle n'en trouva aucun. Elle se força à continuer.

— Le district attorney Di Silva s'est servi à maintes

reprises de la phrase *Abraham Wilson est coupable*. C'est un mensonge. Le juge Waldman vous dira qu'aucun accusé n'est coupable à moins qu'un juge ou un jury ne le déclare tel. C'est ce que nous allons tous, ici, essayer de tirer au clair, n'est-ce pas ? Abraham Wilson est accusé d'avoir assassiné un codétenu à Sing Sing. Mais Abraham Wilson n'a pas tué pour de l'argent, ni pour de la drogue. Il a tué pour sauver sa propre vie. Souvenez-vous de ces brillants exemples que le district attorney vous a donnés, lorsqu'il vous a expliqué la différence entre tuer de sang-froid ou sous l'empire de la passion. Tuer sous l'empire de la passion, c'est quand on veut protéger quelqu'un qu'on aime, ou quand on veut se défendre. Abraham Wilson a tué dans un réflexe de légitime défense, et je peux vous affirmer que n'importe lequel d'entre nous, ici dans cette salle d'audience, dans des circonstances identiques, aurait agi exactement de la même façon.

Je suis d'accord avec le district attorney sur un point : tout homme a le droit de protéger sa propre vie. Si Abraham Wilson n'avait pas agi comme il l'a fait, il serait mort.

La voix de Jennifer résonnait de sincérité. Dans son élan, elle avait oublié sa nervosité.

— Je demande à chacun d'entre vous de se souvenir d'une chose : selon la loi de cet État, l'accusation doit prouver, au-delà de tout doute raisonnable, que l'acte de meurtre n'a pas été commis par légitime défense. Or, avant la fin de ce procès, nous vous apporterons la preuve tangible que mon client a tué pour empêcher Raymond Thorpe de l'assassiner. Je vous remercie.

Le défilé des témoins commença. Robert Di Silva n'avait pas laissé la moindre chance au hasard. Ses témoins pour le défunt, Raymond Thorpe, comprenaient un ministre, des gardiens de prison et des détenus. Un par un, ils se présentèrent à la barre, pour louer les mérites et les dispositions pacifiques de celui-ci.

Chaque fois que le district attorney en avait fini avec un témoin, il se tournait vers Jennifer et lui disait :

— Le témoin est à votre disposition.

Et à chaque fois, Jennifer répondait :

— Pas de contre-interrogatoire.

Elle savait que ça ne servirait à rien d'essayer de discréditer les témoins. Lorsqu'ils eurent fini, tout laissa à penser que Raymond Thorpe aurait dû en toute justice être béatifié. Les gardiens, auxquels Di Silva avait soigneusement fait la leçon, témoignèrent que Thorpe avait été un prisonnier modèle, qu'il n'avait fait que des bonnes actions et qu'un seul désir l'animait, celui d'aider son prochain. Le fait que Raymond Thorpe avait été condamné pour cambriolage de banque et viol ne constituait qu'une dérisoire imperfection chez ce personnage si parfait à tous égards.

La description physique de Raymond Thorpe fit un grand tort à la défense de Jennifer, déjà bien faible. C'était un homme de petite constitution, qui ne mesurait qu'un mètre soixante-quinze. Robert Di Silva s'appesantit sur ce point ; il ne laissa jamais aux jurés l'occasion de l'oublier. Il dépeignit de façon réaliste comment Abraham Wilson avait vicieusement attaqué le petit homme, et écrasé la tête de Thorpe contre un mur en béton dans la cour, le tuant instantanément. Tandis que Di Silva parlait, les yeux des jurés étaient rivés sur la silhouette de géant de l'accusé qui, assis derrière la table, dominait tous ceux qui l'entouraient.

— Nous ne saurons probablement jamais ce qui a poussé Abraham Wilson à attaquer ce petit homme inoffensif, sans défense...

Le cœur de Jennifer se mit à bondir. Di Silva venait de prononcer un mot qui allait lui donner la chance qu'elle attendait.

— Nous ne connaîtrons probablement jamais la raison de l'agression odieuse à laquelle il s'est livré, mais il y a une chose que nous savons avec certitude, mesdames et messieurs, c'est que l'acte n'a pas été commis parce que l'homme assassiné menaçait d'une manière quelconque Abraham Wilson.

Légitime défense ? (Il se tourna vers le juge Waldman.) Votre Honneur, pouvez-vous s'il vous plaît donner l'ordre à l'accusé de se mettre debout ?

Le juge Waldman regarda Jennifer.

— L'avocat de la défense a-t-il une objection ?

Jennifer se doutait de ce qui allait suivre, mais elle savait que toute objection de sa part ne pouvait être que préjudiciable.

— Non, Votre Honneur.

— L'accusé peut-il se lever ? demanda le juge Waldman.

Abraham Wilson resta assis un moment, le visage arrogant ; puis, lentement, il déplia ses cent quatre-vingt-douze centimètres.

Di Silva reprit :

— Il y a ici un greffier, M. Galin, qui mesure un mètre soixante-quinze, la taille exacte de l'homme assassiné, Raymond Thorpe. M. Galin, voudriez-vous vous approcher et vous mettre juste à côté de l'accusé ?

Le greffier se dirigea vers Abraham Wilson et se tint à côté de lui. Le contraste entre les deux hommes était grotesque. Jennifer comprit qu'une fois de plus on l'avait roulée, mais elle n'y pouvait rien. L'impression visuelle ne s'effacerait jamais. Le district attorney resta un moment à observer les deux hommes, puis il s'adressa au jury, presque dans un murmure :

— Légitime défense ?

Le procès se déroulait encore plus mal que dans les cauchemars les plus délirants qu'avait faits Jennifer. Elle sentait le désir ardent du jury d'en terminer avec les débats et de rendre un verdict de culpabilité.

Ken Bailey était dans l'assistance et, au cours d'une suspension de séance, Jennifer eut la possibilité d'échanger quelques mots avec lui.

— Ça n'est pas une affaire facile, déclara Ken avec sympathie. J'aurais préféré que vous n'ayez pas King Kong comme client. Bon Dieu, rien que de le regarder, ça vous fout la trouille.

— Il n'y peut rien.

— Comme qui dirait, il aurait mieux fait de rester chez lui. Comment vous entendez-vous avec votre estimé district attorney ?

Jennifer lui adressa un sourire forcé.

— M. Di Silva m'a fait porter un message ce matin. Il a l'intention de me faire révoquer.

Lorsque le défilé des témoins de l'accusation fut achevé et que Di Silva eut terminé son réquisitoire, Jennifer se leva.

— Je voudrais appeler Howard Patterson à la barre.

Le directeur adjoint de la prison de Sing Sing se leva de mauvaise grâce, et se dirigea vers la barre des témoins, les yeux de tous rivés sur lui. Robert Di Silva l'observa intensément pendant qu'il prêtait serment. L'esprit de Di Silva fonctionnait à toute vitesse, supputant toutes les probabilités. Il savait qu'il avait gagné le procès. Son discours de la victoire était tout préparé.

Jennifer s'adressa au témoin :

— Voudriez-vous informer le jury sur vos antécédents, s'il vous plaît, monsieur Patterson ?

Le district attorney Di Silva bondit sur ses pieds.

— L'État écarte la connaissance des antécédents du témoin pour gagner du temps, et nous allons partir du fait que M. Patterson est l'adjoint du directeur de la prison de Sing Sing.

— Merci, dit Jennifer. Je pense que le jury devrait être informé du fait que M. Patterson a dû être cité pour venir ici aujourd'hui. Il témoigne contre son gré. (Jennifer se tourna vers Patterson.) Quand je vous ai demandé de venir ici volontairement et de témoigner en faveur de mon client, vous avez refusé. Est-ce exact ?

— Oui.

— Voulez-vous dire au jury *pourquoi* il a fallu vous citer pour vous avoir ici ?

— Volontiers. Toute ma vie, j'ai eu à faire à des hommes comme Abraham Wilson. Ce sont des fauteurs de troubles depuis leur naissance.

Robert Di Silva était appuyé en arrière sur sa chaise,

le sourire aux lèvres, les yeux fixés sur le jury. Il murmura à l'un de ses assistants :

— Regardez-la se pendre avec sa propre corde.

Jennifer poursuivit son interrogatoire.

— Monsieur Patterson, Abraham Wilson ne comparaît pas ici en tant que fauteur de troubles. Sa vie est en jeu. Ne voudriez-vous pas venir en aide à un être humain qui a été injustement accusé d'un crime capital ?

— S'il était injustement accusé, oui.

L'accent mis sur le mot injustement suscita chez les jurés un air entendu.

— Il y a déjà eu des meurtres commis en prison avant celui-ci, n'est-ce pas ?

— Quand vous enfermez ensemble des centaines d'hommes violents dans un environnement artificiel, il est évident que cela va développer chez eux une hostilité énorme, et il...

— Répondez simplement oui ou non, s'il vous plaît, monsieur Patterson.

— Oui.

— Pour ces meurtres qui se sont produits pendant que vous étiez en poste, pouvez-vous dire que les mobiles ont été différents à chaque fois ?

— Heu, je crois. Quelquefois...

— Oui ou non, s'il vous plaît.

— Oui.

— La légitime défense a-t-elle jamais été un des motifs de ces meurtres commis en prison ?

— Heu, quelquefois...

Il surprit l'expression inscrite sur le visage de Jennifer.

— Oui.

— Ainsi, selon votre vaste expérience, il est tout à fait possible, n'est-ce pas, qu'Abraham Wilson ait tué Raymond Thorpe pour défendre sa propre vie ?

— Je ne crois pas que...

— J'ai demandé si c'était possible. Oui ou non.

— C'est hautement improbable, répondit Patterson avec entêtement.

Jennifer se tourna vers le juge Waldman.

— Votre Honneur, pouvez-vous s'il vous plaît intimer au témoin de répondre à la question ?

Le juge Waldman baissa le regard sur Howard Patterson.

— Le témoin doit répondre à la question.

— Oui.

Mais le fait que toute son attitude disait *non* n'échappa pas au jury.

Jennifer continua.

— S'il plaît à la Cour, j'ai demandé au témoin de produire quelques objets comme moyens de preuve.

Le district attorney se leva.

— Quel genre d'objets ?

— Une preuve qui nous départagera sur la thèse de la légitime défense.

— Objection, Votre Honneur.

— Quelle objection avez-vous ? demanda Jennifer. Vous ne l'avez pas encore vue.

Le juge Waldman intervint :

— La Cour suspend sa décision jusqu'à ce qu'elle ait vu la preuve. La vie d'un homme est en jeu. L'accusé a droit à toute la considération possible.

— Merci Votre Honneur. (Jennifer se tourna vers Howard Patterson.) L'avez-vous apportée avec vous ?

Il inclina la tête, les lèvres pincées.

— Oui, mais j'agis contre mon gré !

— Je pense que vous nous l'avez déjà suffisamment expliqué, monsieur Patterson. Pouvez-vous nous la montrer ?

Howard Patterson dirigea son regard vers les rangs du public, où était assis un homme en uniforme de gardien de prison. Patterson lui fit un signe de la tête. Le gardien se leva et s'avança en tenant une boîte en bois.

Jennifer la lui prit des mains.

— La défense demande à introduire cette preuve comme Pièce A, Votre Honneur.

— Qu'est-ce que c'est ? demanda le district attorney Di Silva.

— Ça s'appelle une *boîte à joujoux.*

Des rires étouffés s'élevèrent dans l'assistance.

Le juge Waldman baissa les yeux sur Jennifer et demanda lentement :

— Vous avez bien dit une *boîte à joujoux ?* Qu'y a-t-il dans cette boîte, miss Parker ?

— Des armes. Des armes qui ont été fabriquées dans l'enceinte de Sing Sing par les prisonniers dans le but de...

— Objection !

Le district attorney s'était dressé sur ses pieds en rugissant. Il se précipita vers le banc.

— Je veux bien être indulgent pour l'inexpérience de ma collègue, Votre Honneur, mais si elle a la prétention d'exercer le droit pénal, alors je suggère qu'elle aille étudier les règles élémentaires de la preuve. De toute évidence il n'existe aucun lien entre cette prétendue *boîte à joujoux* et l'affaire qui est actuellement jugée par cette Cour.

— Cette boîte prouve...
— Cette boîte ne prouve rien.
La voix du district attorney était pleine de mépris. Il se tourna vers le juge Waldman.
— L'État objecte l'introduction de cette pièce, sans rapport et sans objet.
— Objection acceptée.
Jennifer, pétrifiée, assista à l'effondrement de sa défense. Tout était contre elle : le juge, le jury, Di Silva, la preuve. Son client irait à la chaise électrique, à moins que...
Jennifer inspira profondément.
— Votre Honneur, cette pièce est absolument capitale pour notre défense. Je pense...
Le juge Waldman l'interrompit.
— Miss Parker, la Cour n'a ni le temps ni l'envie de vous donner des leçons de droit, et le district attorney a parfaitement raison. Avant d'entrer dans cette salle d'audience, vous auriez dû vous familiariser avec les règles de base de la preuve. La première règle, c'est qu'on ne peut introduire une preuve qui n'a pas été correctement préparée. Rien ne figure dans le dossier sur le fait que le défunt était armé ou pas. Par conséquent, la question des armes devient étrangère aux débats. Votre demande est rejetée.
Jennifer se tint immobile, le rouge aux joues.
— Je suis désolée, fit-elle entêtée. Mais ça n'est pas étranger.
— Ça suffit ! Vous pouvez déposer une exception.
— Je ne veux pas déposer une exception, Votre Honneur. Vous privez mon client de ses droits.
— Miss Parker, si vous continuez, je vais vous faire suspendre pour outrage à la Cour.

— Je me fiche pas mal de ce que vous pourrez me faire, dit Jennifer. Le terrain a été préparé pour introduire cette preuve. C'est le district attorney lui-même qui l'a préparé.

Di Silva bondit.

— Quoi ? Je n'ai jamais...

Jennifer se tourna vers le greffier.

— Pouvez-vous, s'il vous plaît, nous lire l'accusation de M. Di Silva, le passage qui commence par : « Nous ne saurons probablement jamais ce qui a poussé Abraham Wilson à attaquer... » ?

Le district attorney leva les yeux sur le juge Waldman.

— Votre Honneur, allez-vous autoriser... ?

Le juge Waldman étendit la main. Il se tourna vers Jennifer.

— Ce tribunal n'a pas pour objet de vous apprendre le droit, miss Parker. Quand ce procès sera terminé, vous serez suspendue pour outrage à la Cour. Comme il s'agit d'une affaire capitale, je vais vous entendre. (Il fit un signe au greffier.) Allez-y.

Le greffier tourna quelques pages et se mit à lire :

— « Nous ne saurons probablement jamais ce qui a poussé Abraham Wilson à attaquer ce petit homme inoffensif, sans défense... »

— Ça suffit, interrompit Jennifer. Merci. Elle leva le regard sur Robert Di Silva et dit lentement : Ce sont vos propres mots, monsieur Di Silva. *Nous ne saurons probablement jamais ce qui a poussé Abraham Wilson à attaquer ce petit homme inoffensif, sans défense...* (Elle se tourna vers le juge Waldman.) Le mot clé, Votre Honneur, c'est le mot *sans défense*. A partir du moment où le district attorney lui-même a déclaré au jury que la victime était sans défense, il nous a laissé une porte ouverte permettant de soulever le point que la victime n'était peut-être pas sans défense, qu'en fait elle pouvait posséder une arme. Tout ce qui est produit directement est admis dans le contre-interrogatoire.

Il y eut un long silence.

Le juge Waldman se tourna vers Robert Di Silva.

— Miss Parker avance un argument valable. Vous avez effectivement laissé une porte ouverte.

Robert Di Silva le regardait avec incrédulité.

— Mais j'ai seulement...

— La Cour accepte que la preuve soit introduite dans le dossier comme Pièce A.

Jennifer inspira longuement, comblée de gratitude.

— Je vous remercie, Votre Honneur.

Elle prit la boîte qui était fermée, l'éleva dans ses mains et se retourna pour faire face au jury.

— Mesdames et messieurs, dans sa plaidoirie finale, le district attorney vous dira que ce que vous allez voir dans cette boîte n'est pas une preuve directe. Il aura raison. Il vous dira qu'il n'existe aucun lien entre ces armes et le défunt. Il aura raison. J'introduis cette pièce pour une autre raison. Depuis plusieurs jours maintenant, on vous décrit sans cesse l'impitoyable accusé, fauteur de troubles, qui mesure un mètre quatre-vingt-douze, attaquant gratuitement Raymond Thorpe, qui ne mesure qu'un mètre soixante-quinze. Le portrait que vous a si bien, et si perfidement, dépeint l'accusation, est celui d'un sadique, d'une brute assoiffée de sang, qui a tué un compagnon de cellule sans aucune raison. Mais posez-vous la question : Y a-t-il toujours un motif ? La cupidité, la haine, la convoitise, ou autre chose ? Je crois — et je gage la vie de mon client sur cette croyance — que dans ce meurtre, il y a eu un motif. Le seul *motif,* comme vous l'a dit lui-même le district attorney, qui justifie l'acte de tuer quelqu'un : la légitime défense. Un homme se battant pour protéger sa propre vie. Vous avez entendu Howard Patterson témoigner qu'au cours de son expérience de gardien il s'était produit des meurtres en prison, que les détenus confectionnaient des armes meurtrières. Cela signifie qu'il est possible que Raymond Thorpe ait été muni d'une telle arme, et qu'en réalité ce soit *lui* qui ait attaqué l'accusé, et que l'accusé, en essayant de se protéger, ait été contraint de le tuer — dans un geste de *légitime défense.* Si vous décidez qu'Abraham Wilson a tué impitoyablement — et sans le moindre mobile — Raymond Thorpe, alors vous devrez rendre un verdict de culpabilité. Au contraire, si après avoir vu cette preuve, votre esprit est habité d'un doute raisonnable, il est de votre devoir de rendre un verdict de non-culpabilité.

La boîte se faisait lourde dans ses mains.

— Quand j'ai regardé à l'intérieur de cette boîte pour la première fois, je n'ai pas pu en croire mes yeux. Vous aussi, vous aurez peut-être du mal à le croire — mais je vous demande de vous rappeler que c'est le directeur adjoint de la prison de Sing Sing qui l'a apportée ici contre son gré. Ceci, mesdames et messieurs, est une collection d'armes confisquées, fabriquées en cachette à Sing Sing par les détenus.

Au moment où Jennifer s'approcha du banc du jury, elle trébucha et perdit l'équilibre. La boîte lui échappa, le couvercle sauta, et le contenu se répandit sur le sol de la salle d'audience. L'assemblée sursauta. Les jurés commencèrent à se lever pour mieux voir. Ils écarquillèrent les yeux devant l'horrible collection d'armes qui s'était échappée de la boîte. Il y en avait près d'une centaine, de toutes les tailles, de toutes les formes, de toutes les sortes. Hachettes de confection grossière et couteaux de boucher, stylets et ciseaux redoutables aux bouts affilés, carabines à plomb, et un grand couperet à l'aspect inquiétant. Il y avait aussi de minces fils de fer avec des poignées en bois, servant à la strangulation, une pioche, un pic à glace aiguisé, une machette.

Le public et les journalistes s'étaient maintenant levés, allongeant le cou pour mieux voir l'arsenal éparpillé par terre. Le juge Waldman abattait avec colère son marteau pour rétablir l'ordre.

Il regardait Jennifer avec une expression impénétrable. Un huissier se précipita pour ramasser le contenu de la boîte. Jennifer lui fit signe de s'écarter.

— Merci, dit-elle. Je vais le faire.

Sous le regard des jurés et du public, Jennifer s'agenouilla et entreprit de ramasser les armes pour les remettre dans la boîte. Elle le fit avec des gestes lents, manipulant les armes avec précaution, les détaillant imperturbablement une par une avant de les ranger. Les jurés s'étaient rassis, mais ils ne perdaient pas un seul de ses mouvements. Il fallut à Jennifer cinq bonnes minutes pour remettre les armes dans le coffret, tandis que le district attorney assistait à la scène, immobile, fulminant.

Quand Jennifer eut rangé la dernière arme de cet arsenal meurtrier, elle se redressa, regarda Patterson, puis elle se retourna pour dire à Di Silva :

— Le témoin est à votre disposition.

Il était trop tard pour réparer le dommage causé.

— Pas de contre-interrogatoire, fit le district attorney.

— J'aimerais maintenant appeler Abraham Wilson à la barre.

8.

— Comment vous appelez-vous ?

— Abraham Wilson.

— Pourriez-vous parler plus fort, s'il vous plaît ?

— Abraham Wilson.

— Monsieur Wilson, avez-vous tué Raymond Thorpe ?

— Oui, madame.

— Voudriez-vous dire pourquoi à la Cour ?

— Il allait me tuer.

— Raymond Thorpe était un homme beaucoup plus petit que vous. Pensiez-vous vraiment qu'il était capable de vous tuer ?

— Y s'est approché d' moi avec un couteau qui le rendait drôlement grand.

Jennifer avait conservé deux objets de la boîte à joujoux. L'un était un couteau de boucher finement aiguisé ; l'autre était une grande paire de tenailles en métal. Elle brandit le couteau.

— Est-ce avec ce couteau que Raymond Thorpe vous a menacé ?

— Objection ! L'accusé ne peut pas savoir...

— Je vais formuler la question autrement. Est-ce

avec une arme semblable à ce couteau que Raymond Thorpe vous a menacé ?

— Oui, madame.

— Et avec ces tenailles ?

— Oui, madame.

— Aviez-vous eu auparavant des ennuis avec Thorpe ?

— Oui, madame.

— Et quand il s'est approché de vous avec ces deux armes, vous avez été obligé de le tuer pour sauver votre vie ?

— Oui, madame.

— Je vous remercie.

Jennifer se tourna vers Di Silva.

— Le témoin est à votre disposition.

Robert Di Silva se leva ; il se dirigea lentement vers la barre des témoins.

— Monsieur Wilson, vous aviez déjà tué avant, n'est-ce pas ? Je veux dire, ça n'était pas votre premier meurtre ?

— J'ai fait une erreur et j'ai payé pour ça. Je...

— Épargnez-nous votre sermon. Répondez simplement oui ou non.

— Oui.

— Donc la vie d'un être humain n'a pas beaucoup de valeur à vos yeux.

— C'est pas vrai. Je...

— Estimez-vous qu'avoir commis deux meurtres, c'est respecter la vie humaine ? Combien de personnes auriez-vous tuées si la vie humaine n'avait pas de valeur à vos yeux ? Cinq ? Dix ? Vingt ?

Il tendait l'hameçon à Abraham Wilson, et celui-ci

s'y laissait prendre. Il avait les mâchoires serrées, et la colère lui montait au visage. *Attention !*

— J'ai tué que deux personnes.

— Seulement ! Vous n'avez tué *que* deux personnes !

Le district attorney secoua la tête en feignant la consternation. Il fit quelques pas pour se rapprocher de la barre des témoins, et leva les yeux vers l'accusé.

— Je parie que ça doit vous donner un sentiment de puissance d'être si grand. Vous devez vous prendre un peu pour Dieu. Chaque fois que vous le voulez, vous pouvez prendre une vie ici, en prendre une autre ailleurs...

Abraham se redressa de toute sa taille.

— Espèce de salaud !

Non ! priait Jennifer. *Ne faites pas ça !*

— Asseyez-vous, tempêta Di Silva. Est-ce ainsi que vous avez perdu votre sang-froid quand vous avez tué Raymond Thorpe ?

— Thorpe voulait m' tuer.

— Avec ça ?

Di Silva tendit le couteau de boucher et les tenailles.

— Je suis sûr que vous auriez pu lui retirer ce couteau des mains.

Il agita les tenailles.

— Et vous avez peur de ça ?

Il se retourna vers le jury et souleva les tenailles d'un air sceptique.

— Cet objet ne semble pas si dangereux. Si le défunt avait pu vous frapper à la tête avec ça, il vous aurait fait une petite bosse. A quoi servent exactement ces tenailles, monsieur Wilson ?

Abraham Wilson répondit d'une voix calme :

— A écraser les testicules.

Le jury délibéra pendant huit heures.

Robert Di Silva et ses adjoints quittèrent la salle d'audience pour une pause, mais Jennifer resta à sa place, incapable de s'arracher à son siège.

Lorsque les jurés sortirent un à un de la pièce, Ken Bailey s'approcha de Jennifer.

— Voulez-vous une tasse de café ?

— Je ne pourrais rien avaler.

Elle resta assise dans la salle d'audience, redoutant de bouger, à peine consciente de la foule autour d'elle. C'était fini. Elle avait fait de son mieux. Elle ferma les yeux et essaya de prier, mais la peur qui la dévorait était trop forte. Elle avait l'impression que, comme Abraham Wilson, elle allait être condamnée à mort.

Les jurés rentrèrent en file indienne dans la pièce, le visage sévère, ce qui était de mauvais augure. Le cœur de Jennifer se mit à battre plus vite. D'après leur expression, elle pouvait voir qu'ils allaient condamner. Elle crut s'évanouir. A cause d'elle, un homme allait être exécuté. Elle n'aurait jamais dû accepter cette affaire pour son premier procès. De quel droit prenait-elle la vie d'un homme entre ses mains ? Il fallait qu'elle ait perdu la raison, pour croire qu'elle pourrait l'emporter sur quelqu'un d'aussi expérimenté que Robert Di Silva. Elle voulut courir vers les jurés avant qu'ils rendent leur verdict, pour leur dire : *Attendez ! Abraham Wilson n'a pas eu un procès équitable. Je vous en prie, laissez un autre avocat le défendre. Quelqu'un de meilleur que moi.*

Mais c'était trop tard. Jennifer lança un regard furtif vers le visage d'Abraham Wilson. Il était figé, aussi immobile qu'une statue. Il n'émanait maintenant de lui aucune haine, seulement un profond désespoir.

Le juge Waldman prit la parole :

— Le jury a-t-il rendu son verdict ?

— Oui, Votre Honneur.

Le juge inclina la tête, et son greffier s'approcha du premier juré, reçut de celui-ci un morceau de papier qu'il tendit ensuite au juge. Jennifer crut que son cœur allait bondir hors de sa poitrine. Elle n'arrivait plus à respirer. Elle voulait retenir cet instant, le suspendre à tout jamais, avant que le verdict fût rendu.

Le juge Waldman examina le bout de papier qu'il tenait dans les mains ; puis, d'un regard lent, il balaya la salle d'audience. Ses yeux se posèrent sur les membres du jury, sur Robert Di Silva, sur Jennifer, et pour finir sur Abraham Wilson.

— Que l'accusé se lève.

Abraham Wilson se mit debout, d'un mouvement lent et empreint de lassitude, comme si toute son énergie s'était échappée de lui.

Le juge Waldman lut le morceau de papier.

— Le jury estime que l'accusé, Abraham Wilson, n'est pas reconnu coupable.

Des chuchotement s'élevèrent et les autres paroles du juge se noyèrent dans le brouhaha du public. Jennifer se tenait debout, assommée, incapable de croire ce qu'elle avait entendu. Elle se tourna vers Abraham Wilson, sans voix. Il la dévisagea un instant de ses petits yeux vilains. Puis, ce visage hideux se fendit du plus grand sourire que Jennifer eût jamais vu. Il tendit les bras en avant et il l'étreignit, et elle dut lutter pour refouler ses larmes.

Les représentants de la presse se bousculaient autour de Jennifer, réclamant une déclaration, la bombardant de questions.

— Quelle impression cela fait-il de battre le district attorney ?

— Pensiez-vous gagner ce procès ?

— Qu'auriez-vous fait s'ils avaient envoyé Abraham Wilson à la chaise électrique ?

Jennifer secouait la tête à toutes les questions. Elle ne pouvait se résoudre à leur parler. Ils étaient venus assister à un spectacle, voir un homme traqué jusqu'à la mort. Si le verdict avait été dans l'autre sens... elle ne supportait pas d'y penser. Jennifer se mit à rassembler ses papiers et à les ranger dans sa serviette.

Un huissier s'approcha d'elle.

— Le juge Waldman désire vous voir dans son cabinet, miss Parker.

Elle avait oublié qu'une citation pour outrage à la Cour l'attendait, mais cela n'avait plus d'importance. La seule chose qui comptait, c'était qu'elle avait sauvé la vie d'Abraham Wilson.

Jennifer lança un coup d'œil au banc de l'accusation. Le district attorney Di Silva fourrait avec rage ses papiers dans une serviette, tout en morigénant un de ses adjoints. Il surprit le regard de Jennifer. Ses yeux croisèrent les siens, et il n'eut pas besoin de s'exprimer avec des mots.

Le juge Lawrence était assis à son bureau lorsque Jennifer entra. Il lui dit d'un ton cassant :

— Asseyez-vous, miss Parker.

Jennifer prit une chaise.

— Je n'autoriserai personne, et vous la première, à transformer ma salle d'audience en cirque.

Jennifer s'empourpra.

— Je me suis laissé emporter. Je n'ai pas pu m'empêcher...

Le juge Waldman leva la main.

— Je vous en prie. Epargnez-moi.

Jennifer pinça les lèvres. Le juge Waldman se pencha en avant sur sa chaise.

— Il y a une autre chose que je ne tolérerai pas dans ma Cour, c'est l'insolence.

Jennifer le dévisagea avec méfiance, sans dire un mot.

— Vous avez dépassé les bornes cet après-midi. J'ai compris que votre zèle excessif servait à défendre la vie d'un homme. C'est pourquoi, j'ai décidé de ne pas vous assigner pour outrage.

— Merci, Votre Honneur.

Jennifer dut se forcer pour prononcer ces paroles.

Imperturbable, le juge reprit :

— Presque toujours, quand un procès est terminé, je sens si la justice a été servie ou non. Dans le cas qui nous occupe, très franchement, je n'en suis pas convaincu.

Jennifer attendait qu'il continuât.

— C'est tout, miss Parker.

Dans les éditions du soir des journaux et à la télévision, Jennifer réapparut à la une des nouvelles, mais, cette fois-ci, c'était elle l'héroïne. L'avocat David avait mis à mort Goliath. Des photos d'elle, d'Abraham Wilson et du district attorney Di Silva couvrirent toutes les premières pages. Jennifer se jeta avidement sur les comptes rendus, savourant chaque mot. C'était une victoire si douce après toute cette disgrâce subie avant.

Pour fêter l'événement, Ken Bailey l'emmena dîner chez *Luchow* où elle fut aussitôt reconnue par plusieurs clients. Des étrangers l'appelèrent par son nom, et la félicitèrent. C'était une expérience grisante.

— Quel effet ça vous fait d'être célèbre ? demanda Ken en souriant.

— Je me sens tout engourdie.

Quelqu'un fit servir une bouteille de vin à leur table.

— Je n'éprouve pas le besoin de boire, dit Jennifer. J'ai l'impression d'être déjà ivre.

Mais elle avait soif, et elle but trois verres de vin tout en passant le procès en revue avec Ken.

— J'avais vraiment peur. Savez-vous ce que c'est de tenir la vie de quelqu'un dans ses mains ? C'est comme si on était Dieu. Imaginez-vous quelque chose de plus terrifiant ? Vous savez, je viens de Kelso... Pourrait-on avoir une autre bouteille de vin, Ken ?

— Tout ce que vous voulez.

Ken commanda un festin pour eux deux, mais Jennifer était trop excitée pour pouvoir manger.

— Savez-vous ce que m'a dit Abraham Wilson la première fois que je l'ai vu ? Il m'a dit : « Tu t' mets dans ma peau, j' me mets dans la tienne, et après tu r'viendras m' parler de haine. » Ken, aujourd'hui j'étais dans sa peau, et savez-vous ce que j'ai ressenti ? J'ai cru que c'était moi que le jury allait condamner. J'ai eu l'impression que j'allais être exécutée. J'adore Abraham Wilson. Pourrions-nous avoir encore du vin ?

— Vous n'avez rien mangé.

— J'ai soif.

Ken l'observait avec inquiétude, tandis qu'elle ne cessait de remplir et de vider son verre.

— Allez-y doucement.

Elle rejeta sa remarque de la main.

— C'est du vin californien. Ça se boit comme de l'eau.

Elle but une nouvelle gorgée.

— Vous êtes mon meilleur ami. Devinez qui n'est pas mon meilleur ami ? Le grand Robert Di Sivla. Di Sliva.

— Di Silva.

— Lui aussi. Il me déteste. Vous avez vu sa mine aujourd'hui ? Oh ! oh ! il était fou ! Il a dit qu'il allait me faire virer de la Cour. Mais il ne l'a pas fait, hein ?

— Non, il...

— Vous savez ce que je pense ? Vous savez ce que je pense vraiment ?

— Je...

— Di Silva me prend pour Achab, et lui pour la baleine blanche.

— Tout cela est maintenant derrière vous.

— Merci, Ken. Je peux toujours compter sur vous. Prenons une autre bouteille de vin.

— Vous ne croyez pas que vous avez suffisamment bu ?

— Les baleines ont soif, répliqua Jennifer en gloussant. C'est moi, la grande vieille baleine blanche. Est-ce que je vous ai dit que j'adorais Abraham Wilson. C'est l'homme le plus beau que j'aie jamais rencontré. Je l'ai regardé droit dans les yeux, Ken, mon vieux, et il est drôlement beau gosse ! Avez-vous jamais regardé Di Silva droit dans les yeux ? Hou ! Ils sont glaçants ! C'est un vrai iceberg. Mais ça n'est pas un méchant bougre.

Est-ce que je vous ai raconté l'histoire d'Achab et de la grande baleine blanche ?

— Oui.

— J'aime le vieux Achab. J'aime tout le monde. Et vous savez pourquoi, Ken ? Parce qu'Abraham Wilson est en vie ce soir. Il est en vie. Buvons une autre bouteille de vin pour fêter...

Il était deux heures du matin quand Ken Bailey raccompagna Jennifer chez elle. Il l'aida à monter les quatre étages et la conduisit jusqu'à son petit appartement. La montée l'avait essoufflé.

— Vous savez, déclara-t-il, je sens les effets de tout ce vin qu'on a bu.

Jennifer lui lança un regard chargé de pitié.

— Les gens qui ne tiennent pas l'alcool ne devraient pas boire.

Là-dessus, elle perdit connaissance.

Elle fut réveillée par la sonnerie stridente du téléphone. Elle tendit avec précaution la main vers l'appareil, mais le moindre mouvement lui envoyait des ondes douloureuses à travers tous les nerfs de son corps.

— ...lô...

— Jennifer ? C'est Ken.

— ...jour, Ken.

— Ça n'a pas l'air d'aller. Comment vous sentez-vous ?

Elle réfléchit à la question.

— Pas bien. Quelle heure est-il ?

— Il est presque midi. Vous feriez mieux de venir ici. Le ciel nous tombe sur la tête.

— Ken..., je crois que je suis en train de mourir.

— Ecoutez-moi. Vous allez vous sortir du lit — doucement — prendre deux aspirines et une douche froide, une tasse de café noir bien chaud, et vous aurez des chances de vous en tirer.

Lorsque Jennifer arriva au bureau une heure plus tard, elle se sentait mieux. « Pas bien, se dit-elle, mais mieux. »

Les deux téléphones sonnaient quand elle entra dans la pièce.

— C'est pour vous, déclara Ken en souriant. Ça n'a pas arrêté ! Il vous faut un standard.

C'était des appels de journaux, de revues et de télévisions nationales, et de stations de radio qui voulaient faire un scoop sur Jennifer. A la fin de la soirée, elle était devenue la vedette des nouvelles. Il y eut d'autres appels, du type de ceux dont elle avait rêvé. Des cabinets juridiques, qui l'avaient traitée de haut auparavant, téléphonaient pour demander si elle accepterait de les rencontrer.

Dans son bureau en ville, Robert Di Silva hurlait après son premier adjoint.

— Je veux que vous ouvriez une enquête confidentielle sur Jennifer Parker. Je veux être informé de tous les clients dont elle se chargera. Compris ?

— Oui, monsieur.

— Déguerpissez !

9.

— C'est pas plus un mec recto, que moi j' suis une vierge enculée. Toute sa vie il a tapé les autres.

— Ce trou du cul est venu me faire de la lèche pour me demander d'intercéder auprès de Mike. J' lui ai dit : « Hé, imbécile, j' suis qu'un soldat, tu sais. Si Mike a besoin d'un autre tireur, il a pas besoin d'aller le chercher dans les poubelles. »

— Il essayait de t'avoir, Sal.

— J' l'ai drôlement bien remis à l'heure. Il est pas branché et dans c' boulot, si t'es pas branché, t'es zéro.

Ils discutaient dans la cuisine d'une ferme de style hollandais du XVIIe siècle, située dans le nord du New Jersey.

Ils étaient trois dans la pièce : Nick Vito, Joseph Collela et Salvatore Fiore, « Petite Fleur ».

Nick Vito avait un air exsangue, des lèvres minces presque invisibles et de profonds yeux verts dénués d'expression. Il portait des chaussures à deux cents dollars, et des chaussettes blanches.

Joseph Collela, dit Big Joe, était un être immense et efflanqué, véritable monolithe de granit, qui, lorsqu'il marchait, donnait l'impression d'un immeuble en mouvement. Un jour, quelqu'un l'avait qualifié de jardin potager. « Collela a un nez en forme de pomme de terre, des choux-fleurs à la place des oreilles et un cerveau gros comme un petit pois. »

Collela avait une voix douce et haute, et des bonnes manières trompeuses. Il possédait un cheval de course et il était doué d'un mystérieux talent pour repérer les gagnants. C'était un père de famille nanti d'une femme et de six enfants. Ses spécialités : les revolvers, l'acide et les chaînes. Carmelina, la femme de Joe, était une catholique fervente, et le dimanche, quand Collela ne travaillait pas, il emmenait toujours sa famille déjeuner au restaurant.

Le troisième homme, Salvatore Fiore, était presque nain. Il mesurait un mètre soixante et pesait cinquante-deux kilos. Il avait le visage innocent d'un enfant de chœur, et était aussi adroit au revolver qu'au couteau. Les femmes étaient très attirées par le petit homme, et il se vantait d'avoir une épouse, une demi-douzaine de petites amies et une maîtresse splendide. Fiore avait été jockey autrefois, travaillant sur les champs de courses de Pimlico à Tijuana. Quand le commissaire des courses d'Hollywood Park lui avait interdit l'accès au terrain pour avoir dopé un cheval, on avait retrouvé son corps une semaine plus tard, flottant sur les eaux du lac Tahoe.

Si les trois hommes étaient les *soldati* de la Famille Granelli, c'était Michael Moretti qui les avait placés là. Ils lui appartenaient corps et âme.

Dans la salle à manger avait lieu une réunion de Famille. Assis au bout de la table, Antonio Granelli, parrain de la plus puissante Famille de la Mafia de la côte est. A soixante-douze ans, c'était un homme à l'allure encore imposante, avec des épaules et une poitrine de travailleur, et des cheveux blancs ébouriffés. Né à Palerme, en Sicile, Antonio Granelli était arrivé en Amérique à l'âge de quinze ans, et il avait trouvé du travail sur les docks de la rive ouest de Manhattan. A vingt et un ans, il était devenu le second du patron des dockers. Les deux hommes eurent un jour une dispute et, le patron ayant mystérieusement disparu, Antonio Granelli prit sa succession. Tous ceux qui voulaient travailler aux docks devaient lui payer un tribut. Il s'était servi de cet argent pour entreprendre son ascension vers le pouvoir ; ses activités s'étaient rapidement développées, étendant leurs ramifications jusque dans l'usure, le racket, la prostitution, le jeu, les stupéfiants et le meurtre. Au fil des années il avait été inculpé trente-deux fois, et condamné une seule fois, pour une agression sans importance. Granelli était un homme impitoyable, fourbe et d'une immoralité totale.

A la gauche de Granelli était assis Thomas Colfax, le *consigliere* de la Famille. Vingt-cinq ans plus tôt, Colfax avait eu devant lui un brillant avenir d'avocat d'affaires, mais un jour il avait défendu une petite entreprise de fabrication d'huile d'olive, qui se trouvait être sous le contrôle de la Mafia, et peu à peu il avait été amené à prendre en main d'autres affaires pour le compte de celle-ci, jusqu'à ce que finalement, les années passant, la Famille Granelli devienne son seul et unique client. C'était un client qui rapportait gros et Thomas Colfax était devenu un homme riche, possédant de vastes biens fonciers et des comptes en banque dans tous les coins du monde.

A la droite d'Antonio Granelli, Michael Moretti, son gendre. Michael était ambitieux, trait de caractère qui rendait Granelli nerveux. Michael n'entrait pas tout à fait dans le cadre de la Famille. Son père Giovanni, cousin éloigné d'Antonio Granelli, n'était pas né en Sicile mais à Florence. Cela suffisait à rendre suspecte la famille Moretti — personne n'ignorant que les Florentins ne sont pas des hommes de confiance.

Giovanni Moretti avait émigré en Amérique ; il avait ouvert une cordonnerie, qu'il tenait honnêtement, sans même une arrière-salle pour le jeu, l'usure ou les filles. C'était un imbécile.

Le fils de Giovanni, Michael, était tout à fait différent. Il avait fait ses études à Yale et à la Wharton School of Business. Quand Michael avait terminé ses études, il avait été voir son père avec une seule requête : rencontrer son lointain cousin, Antonio Granelli. Le vieux cordonnier avait rendu visite à son cousin, et l'entrevue avait été arrangée. Granelli était sûr que Michael venait lui emprunter de l'argent pour monter une affaire, ou peut-être ouvrir une échoppe de cordonnier comme son abruti de père. Mais la rencontre s'était révélée une surprise.

— Je sais comment vous rendre riche, avait commencé Michael Moretti.

Antonio Granelli avait toisé l'impudent jeune homme et lui avait renvoyé un sourire indulgent.

— Je suis déjà riche.

— Non. Vous *croyez* simplement que vous êtes riche.

Le sourire avait disparu.

— Bon sang, que veux-tu dire, petit ?

Et Michael Moretti lui avait expliqué.

Au début, Antonio Granelli avait agi avec circonspection, testant chacun des conseils de Michael. Tout avait parfaitement réussi. Alors qu'auparavant la Famille Granelli était impliquée dans des activités illégales mais profitables, sous la houlette de Michael Moretti, elle changea de direction. En cinq ans, la Famille prit des participations dans des dizaines d'affaires tout à fait régulières, allant du conditionnement de la viande à la fourniture de linge, en passant par la restauration, les transports routiers et les laboratoires pharmaceutiques. Michael trouvait des sociétés qui battaient de l'aile et qui avaient besoin d'un financement ; alors la Famille intervenait, elle prenait une participation minoritaire, qu'elle augmentait progressivement, jusqu'à dépouiller l'entreprise de tout l'actif qui pouvait lui rester. Ce fut ainsi que de vieilles sociétés à la réputation irréprochable se retrouvèrent soudain mises en faillite. Quant aux affaires qui dégageaient un profit satisfaisant, Michael s'y accrochait et les développait dans des proportions gigantesques : en effet, les employés de ces entreprises étaient sous le contrôle de ses syndicats, la société était assurée par une des compagnies d'assurances que possédait la Famille, et les voitures de la société étaient achetées auprès d'un des garages de la Famille. Michael avait créé un empire symbiotique, une série d'affaires à travers lesquelles le consommateur était perpétuellement floué — mais dont les profits retombaient généreusement sur la Famille.

En dépit de ses succès, Michael Moretti avait eu conscience d'un problème. Une fois qu'il avait montré à Antonio Granelli les horizons généreux et sûrs de l'entreprise régulière, Granelli n'aurait plus besoin de lui. Il coûtait cher, car au début il avait persuadé Antonio Granelli de lui verser un pourcentage sur ce que tout le monde s'était accordé à reconnaître comme un petit revenu. Mais au fur et à mesure que les idées de Michael commencèrent à porter leurs fruits, et les profits à rentrer dans la caisse, Granelli eut des arrière-pensées. Heureusement, Michael apprit que Granelli avait tenu une réunion pour que la Famille discutât de son sort.

— Je n'aime pas voir tout cet argent aller au gamin, avait déclaré Granelli. Débarrassons-nous de lui.

Michael avait détourné le complot en épousant un membre de la Famille. Rosa, fille unique d'Antonio Granelli, avait dix-neuf ans. Sa mère était morte en la mettant au monde, et Rosa avait été élevée dans un couvent, n'étant autorisée à rentrer chez elle que pour les vacances. Son père l'adorait, et veillait à ce qu'elle fût protégée et tenue à l'écart. Ce fut aux vacances de Pâques que Rosa fit la connaissance de Michael Moretti. A peine de retour au couvent, elle était déjà follement amoureuse de lui. Le souvenir de son regard sombre, un regard de velours, la poussait quand elle se retrouvait seule à faire des choses que les religieuses qualifiaient de péché contre Dieu.

Antonio Granelli vivait dans l'illusion que sa fille le prenait pour un simple homme d'affaires ayant réussi, mais les années passant, les amies de classe de Rosa lui avaient montré des articles de journaux et de revues sur son père et sur ses véritables activités, et chaque fois que le gouvernement essayait d'inculper et de condamner un membre de la Famille Granelli, Rosa en avait connaissance. Elle n'en parlait jamais avec son père, et celui-ci se réjouissait à la pensée que sa fille fût innocente, et que lui fût épargné le choc de la vérité.

La vérité, s'il l'avait sue, aurait surpris Granelli, car

Rosa trouvait terriblement excitantes les activités de son père. Elle détestait la discipline des religieuses et cela la conduisait, par réaction, à détester toute autorité. Elle rêvait tout éveillée, imaginant son père comme une sorte de Robin des Bois, défiant l'autorité, tenant en échec le gouvernement. Le fait que Michael Moretti était un homme important dans l'organisation de son père le rendait encore plus attirant à ses yeux.

Dès le début, Michael se montra très prudent dans sa manière d'aborder Rosa. Lorsqu'il trouvait le moyen d'être seul avec elle, ils échangeaient des baisers et des étreintes fougueuses ; toutefois, Michael ne laissait jamais les choses aller trop loin. Rosa était vierge, mais elle désirait ardemment se donner à l'homme qu'elle aimait. C'était Michael qui la retenait.

— Je te respecte trop, Rosa, pour coucher avec toi avant que nous soyons mariés.

En vérité, c'était pour Antoine Granelli qu'il avait trop de respect. « Il me les ferait couper », se disait Michael.

Et ce fut ainsi qu'au moment même où Antonio Granelli étudiait le meilleur moyen de se débarrasser de Michael Moretti, Michael et Rosa vinrent lui annoncer qu'ils s'aimaient et qu'ils voulaient se marier. Le vieil homme hurla et tempêta, et donna mille raisons de refuser, disant qu'il leur faudrait d'abord lui passer sur le corps. Mais, en définitive, l'amour prévalut et l'on maria Michael et Rosa au cours d'une cérémonie longuement préparée.

A l'issue du mariage, le vieil homme prit Michael à part.

— Rosa est mon unique trésor, Michael. Tu prendras bien soin d'elle, hein ?

— Je te le promets, Tony.

— Je t'aurai à l'œil. Tu auras intérêt à la rendre heureuse. Tu vois ce que je veux dire, Mike ?

— Je vois ce que tu veux dire.

— Pas de putes, ni de saouleries. Compris ? Rosa aime faire la cuisine. Faudra que tu rentres chez toi tous les soirs pour dîner. Tu vas devenir un gendre dont je serai fier.

— Je vais faire tout mon possible, Tony.

Antonio Granelli avait lancé incidemment dans la conversation :

— A propos, Mike, maintenant que tu fais partie de la Famille, ce pourcentage que je t'ai donné... il faudrait peut-être le revoir.

Michael lui avait donné une tape sur le bras.

— Merci, Papa, mais cela nous suffit. Avec ça, je pourrai acheter à Rosa tout ce dont elle aura envie.

Et il s'était éloigné, laissant le vieil homme le suivre du regard.

Cela s'était passé sept ans auparavant, et les années qui avaient suivi s'étaient révélées idylliques pour Michael. Rosa était agréable de compagnie et facile à vivre, et elle l'adorait, mais Michael savait que si elle devait mourir ou sen aller, il se passerait d'elle. Il lui suffirait simplement de trouver quelqu'un d'autre pour faire pour lui ce que Rosa faisait. Il n'était pas amoureux de Rosa. Michael ne pensait pas être capable d'aimer un autre être humain ; c'était comme si quelque chose lui manquait.

Il n'éprouvait aucun sentiment pour les gens, seulement pour les animaux. Pour ses dix ans, il avait reçu un chiot colley. Ils étaient inséparables. Six semaines plus tard le chien avait été écrasé par une voiture, et quand le père de Michael avait offert de lui acheter un nouveau chien, Michael avait refusé. Il n'avait jamais eu d'autre chien après cela.

Michael avait grandi en regardant son père s'échiner pour quelques centimes, et il s'était juré que cela ne lui arriverait jamais. Il avait su ce qu'il voulait du jour où il avait entendu parler de son fameux cousin éloigné Antonio Granelli. Les États-Unis comptaient vingt-six Familles de la Mafia, dont cinq à New York, et celle de son cousin Antonio était la plus puissante. Dès sa plus tendre enfance, Michael avait été bercé avec des histoires de la Mafia. Son père lui avait raconté la nuit des Vêpres siciliennes, le 10 septembre 1931, où le pouvoir avait changé de mains. Au cours de cette seule nuit, les *jeunes Turcs* de la Mafia avaient monté un coup sanglant qui avait balayé plus de quarante *Mustache Petes,* la vieille garde venue d'Italie et de Sicile.

Michael appartenait à la nouvelle génération. Il s'était débarrassé des vieilles croyances et il apportait des idées nouvelles. Il y avait maintenant une commission nationale composée de neuf hommes pour superviser toutes les Familles, et Michael savait qu'un jour il accéderait à la tête de cette commission.

Michael se retourna pour observer les deux hommes assis à la table de salle à manger. Antonio Granelli avait encore quelques années devant lui mais, avec un peu de chance, leur nombre ne serait pas trop élevé.

L'ennemi, c'était Thomas Colfax. Dès le début, l'avocat s'était dressé contre Michael. Au fur et à mesure que l'ascendant de Michael sur le vieil homme avait grandi, celui de Colfax avait diminué.

Michael avait introduit de plus en plus d'hommes à lui dans l'Organisation, des hommes comme Nick Vito, et Salvatore Fiore, et Joseph Collela, qui lui étaient farouchement dévoués. Thomas Colfax n'avait pas aimé ça.

Quand Michael avait été accusé du meurtre des frères Ramo, et quand Camillo Stela avait accepté de témoigner contre lui au procès, le vieil avocat s'était cru enfin débarrassé de Michael, car le district attorney avait un dossier en béton.

Michael avait trouvé une sortie en plein milieu de la nuit. A quatre heures du matin, il était allé téléphoner à Joseph Colella depuis une cabine publique.

— La semaine prochaine, il y a de nouveaux avocats qui vont prêter serment pour entrer dans l'équipe du district attorney. Peux-tu m'avoir leurs noms ?

— Bien sûr, Mike. Rien de plus facile.

— Autre chose. Appelle Detroit et demande-leur de nous envoyer par le premier avion un nouveau — un de leurs gars qui ne s'est jamais fait épingler.

Et Michael avait raccroché.

Deux semaines plus tard, Michael Moretti s'était retrouvé assis dans la salle d'audience, scrutant du regard les nouveaux assistants du district attorney. Il les avait détaillés avec soin, ses yeux allant d'un visage à l'autre, les fouillant et les soupesant. Son plan était dangereux, mais son aspect audacieux pouvait le faire réussir. Il comptait sur ces jeunes débutants trop nerveux pour poser trop de questions, et soucieux de rendre service et de se placer. Eh bien, l'occasion allait en être donnée à l'un d'eux.

Michael Moretti avait fini par choisir Jennifer Parker. Il aimait le fait qu'elle était inexpérimentée, qu'elle était tendue et qu'elle s'efforçait de le dissimuler. Il aimait le fait que c'était une femme, car elle se sentirait plus obligée qu'un homme. Jugeant son choix satisfaisant, il s'était tourné vers un homme en costume gris assis dans le public, et de la tête il lui avait désigné Jennifer. Cela avait été tout.

Michael avait suivi avec attention la fin de l'interrogatoire, par le district attorney, de Camillo Stela, ce fils de pute. Di Silva s'était tourné vers Thomas Colfax et lui avait dit : *Le témoin est à votre disposition pour un contre-interrogatoire.* Thomas Colfax s'était levé. *S'il plaît à Votre Honneur, il est maintenant presque midi. Je préférerais ne pas voir mon contre-interrogatoire interrompu. Puis-je demander que la Cour se retire maintenant pour le déjeuner, et je procéderai cet après-midi au contre-interrogatoire ?*

Et on avait annoncé une suspension de séance. C'était le moment où jamais !

Michael avait suivi du regard l'homme qui s'était nonchalamment rapproché de ceux qui s'agglutinaient autour du district attorney. L'homme s'était intégré au groupe. Quelques instants plus tard, il s'était dirigé vers Jennifer et lui avait tendu une grande enveloppe. Michael était resté assis à sa place, retenant sa respiration, priant que Jennifer acceptât l'enveloppe et qu'elle se rendît dans la salle des témoins. Ce qu'elle fit. Ce ne fut que lorsqu'il la vit revenir que Michael Moretti poussa un soupir de soulagement.

L'incident s'était produit un an auparavant. Les journaux avaient supplicié la fille, mais après tout c'était son problème à elle. Michael Moretti n'avait pas accordé la moindre pensée à Jennifer Parker jusqu'à récemment, quand les journaux avaient relaté le procès d'Abraham Wilson. Ils avaient déterré l'ancienne affaire Michael Moretti et le rôle qu'y avait joué Jennifer Parker. Ils avaient montré sa photo. C'était une fille étonnamment belle, mais il y avait encore autre chose... elle dégageait un sentiment d'indépendance qui remua quelque chose en lui. Il resta un long moment à regarder la photo.

Michael se mit à suivre avec un intérêt croissant le procès d'Abraham Wilson. Quand les garçons avaient célébré la victoire, par un dîner, une fois admis le vice de procédure, Salvatore Fiore avait proposé comme toast : « Encore un de ces salauds d'avocats dont le monde est débarrassé. »

Mais le monde ne s'était pas débarrassé d'elle, se dit Michael. Jennifer Parker avait rebondi sur la scène et elle y apparaissait de nouveau, prête au combat. Cela plaisait à Michael.

Il l'avait vue à la télévision la veille au soir, évoquant sa victoire sur Robert Di Silva, et Michael en avait tiré un étrange plaisir.

Antonio Granelli avait demandé :

— N'est-ce pas l'avocate que tu avais envoyée en première ligne, Mike ?

— Mmm. Elle a quelque chose dans le crâne, Tony. Un de ces jours, on pourra peut-être l'utiliser.

10.

Le lendemain du verdict rendu dans le procès d'Abraham Wilson, Adam Warner téléphona.

— J'appelais simplement pour vous féliciter.

Jennifer reconnut aussitôt sa voix, et elle en fut beaucoup plus troublée qu'elle ne l'aurait cru.

— C'est...

— Je sais.

« Oh ! mon Dieu, songea Jennifer, pourquoi ai-je dit ça ? »

Il n'y avait aucune raison de laisser croire à Adam qu'elle avait souvent pensé à lui au cours des derniers mois.

— Je voulais vous dire que vous avez brillamment mené l'affaire Abraham Wilson. Vous méritiez de gagner.

— Merci.

« Il va raccrocher. Je ne le reverrai plus jamais. Il est probablement trop occupé avec son harem. »

Adam Warner ajouta :

— Je me demandais si vous accepteriez de dîner avec moi un de ces soirs ?

« Les hommes détestent les filles trop impatientes. »

— Ce soir ?

Jennifer perçut le sourire dans sa voix.

— Je crains de ne pas avoir de soirée libre avant vendredi. Êtes-vous prise ?

— Non.

Elle avait failli répondre : « Non, bien sûr. »

— Puis-je passer vous prendre chez vous ?

Jennifer songea à son sinistre petit appartement, avec son canapé bosselé et la table à repasser déployée dans un coin.

— Ça serait peut-être plus simple si nous nous retrouvions quelque part.

— Aimez-vous la cuisine de *Lutèce ?*

— Pourrai-je vous répondre une fois que je l'aurai goûtée ?

Il se mit à rire.

— A huit heures, ça vous va ?

— Huit heures, c'est parfait.

L'adorable Jennifer raccrocha le récepteur, et elle resta plantée là dans une euphorie rayonnante. « C'est ridicule, se dit-elle, il est probablement marié, avec deux douzaines d'enfants. » La toute première chose qu'elle avait remarquée quand ils avaient dîné ensemble, c'était qu'Adam ne portait pas d'alliance. « Preuve non concluante », songea-t-elle en faisant la grimace. Il devrait y avoir une loi obligeant formellement tous les maris à porter leur alliance.

Ken Bailey entra dans le bureau.

— Comment va le maître ?

Il la regarda de plus près.

— On dirait que vous venez d'avaler un client.

Jennifer hésita avant de dire :

— Ken, pourriez-vous me rendre le service de faire une enquête sur quelqu'un ?

Il s'approcha de son bureau, prit un bloc et un crayon.

— A l'attaque. Qui est-ce ?

Elle fut sur le point de donner le nom d'Adam, mais elle s'arrêta, se sentant ridicule. Comment pouvait-elle être assez indiscrète pour fouiller ainsi dans la vie privée d'Adam Warner ? « Pour l'amour du ciel, calme-toi, se dit-elle. Il ne t'a rien demandé d'autre que de dîner avec lui. Il ne t'a pas demandée en mariage. »

— Ça n'a pas d'importance.

Ken reposa son crayon.

— Comme vous voudrez.

— Ken...

— Oui.

— Adam Warner. Il s'appelle Adam Warner.

Ken la regarda avec surprise.

— Bon sang, vous n'avez pas besoin de me demander une enquête. Il suffit de lire les journaux.

— Que savez-vous sur lui ?

Ken Bailey se laissa tomber sur une chaise en face de Jennifer et croisa les doigts.

— Voyons voir. Il est un des associés du cabinet Needham, Finch, Pierce et Warner ; école de droit de Harvard ; appartient à une famille aisée très en vue ; trente-cinq ans environ...

Jennifer lui lança un regard étonné.

— Comment en savez-vous autant à son égard ?

Il cligna des yeux.

— J'ai des amis haut placés. On murmure qu'il va se présenter au Sénat. Certains prétendent même qu'il aurait des chances pour la présidence. Il a ce qu'on appelle le don de charisme.

« Il l'a certainement », se dit Jennifer. Elle essaya de poser la question suivante avec naturel.

— Et sa vie privée ?

Ken Bailey lui adressa un regard étonné.

— Il est marié à la fille d'un ancien ministre de la Marine. C'est la nièce de Stewart Needham, l'associé de Warner.

Le cœur de Jennifer vacilla. Il en était donc ainsi.

Ken la dévisagea, intrigué.

— Pourquoi cet intérêt soudain pour Adam Warner ?

— Simple curiosité.

Longtemps après le départ de Ken Bailey, les pensées de Jennifer dérivaient toujours vers Adam. « Il m'a invitée à dîner sur un plan strictement professionnel. Pour me féliciter. Mais il l'a déjà fait par téléphone. Et après ? Je vais le revoir. Je me demande s'il pensera à mentionner qu'il a une femme. Bien sûr que non. Bon, je vais dîner avec Adam vendredi soir, et ça n'ira pas plus loin. »

Plus tard dans l'après-midi, Jennifer reçut un coup de fil de chez Peabody & Peabody. C'était l'associé principal lui-même.

— Il y a déjà un certain temps que j'y songeais, fit-il. Je me demandais si nous ne pourrions pas déjeuner ensemble un jour prochain.

Son ton détaché ne trompa pas Jennifer. Elle était certaine que cette idée de déjeuner avec elle ne lui était venue à l'esprit que le jour où il avait appris l'issue du procès d'Abraham Wilson. Il ne souhaitait certainement pas la rencontrer pour discuter avec elle d'assignations à délivrer.

— Cela vous irait-il demain ? suggéra-t-il. A mon club.

Ils se retrouvèrent à déjeuner le lendemain. M. Peabody père était un homme pâle et compassé, version plus âgée de son fils. Sa veste ne parvenait pas à dissimuler une légère bedaine.

— Nous avons une possibilité d'emploi pour une jeune et brillante avocate d'assises comme vous, miss Parker. Nous pouvons vous offrir quinze mille dollars par an pour commencer.

Jennifer l'écoutait, songeant à ce qu'une telle offre aurait signifié pour elle un an plus tôt, lorsqu'elle cherchait si désespérément un emploi, lorsqu'elle avait eu tant besoin de quelqu'un qui crût en elle.

Il ajouta :

— Je suis sûr que d'ici quelques années il sera possible de vous associer à notre cabinet.

« Quinze mille dollars par an et une association », se dit Jennifer en songeant au petit bureau qu'elle partageait avec Ken, et à son microscopique appartement miteux au quatrième sans ascenseur, avec une fausse cheminée.

M. Peabody prit son silence pour un assentiment.

— Bon. Nous aimerions vous voir commencer le plus vite possible. Peut-être dès lundi. Je...

— Non.

— Oh ! si lundi ne vous convient pas...

— Je veux dire, non, je ne peux pas accepter votre

offre, monsieur Peabody, déclara Jennifer, elle-même étonnée de sa réaction.

— Je vois.

Un silence suivit.

— Nous pourrions peut-être vous faire commencer à vingt mille dollars par an.

Il surprit l'expression fermée de son visage.

— Ou vingt-cinq mille. Vous devriez y réfléchir.

— C'est tout réfléchi. Je préfère rester à mon compte.

Les clients commençaient à arriver. Peu nombreux et peu argentés, mais après tout c'était quand même des clients. Le bureau devenait trop petit pour elle.

Un matin, une fois que Jennifer eut fait attendre deux clients dans le couloir, à l'extérieur, pendant qu'elle en recevait un troisième, Ken lui dit :

— On ne peut plus continuer comme ça. Il faut que vous déménagiez et que vous vous trouviez des bureaux convenables dans le centre.

Jennifer hocha la tête.

— Je sais. J'y ai déjà réfléchi.

Ken s'affaira avec des papiers pour éviter de rencontrer son regard.

— Vous allez me manquer.

— Qu'est-ce que vous racontez ? Vous allez venir avec moi.

Il fallut un moment pour que ses paroles fissent leur effet. Il leva les yeux et un large sourire illumina son visage.

— Aller avec vous ?

Il jeta un coup d'œil à la pièce étroite, sans fenêtre.

— Et abandonner tout ça ?

La même semaine, Jennifer et Ken Bailey emménagèrent dans des bureaux plus grands au numéro 500 de la Cinquième Avenue. Ces nouveaux locaux étaient meublés simplement et comprenaient trois pièces : une pour Jennifer, une pour Ken et une pour la secrétaire. La secrétaire qu'ils engagèrent était une jeune fille fraîche émoulue de l'université de New York, qui s'appelait Cynthia Ellman.

— Vous n'aurez pas grand-chose à faire au début, lui annonça Jennifer en s'excusant, mais les affaires vont venir.

— Oh ! j'en suis sûre, miss Parker.

Sa voix reflétait l'adoration qu'elle vouait à son héroïne.

« Elle voudrait me ressembler, se dit Jennifer. Dieu l'en garde ! »

Ken Bailey entra et déclara :

— Hé, je m'ennuie tout seul dans ce grand bureau. Si on allait au cinéma, et après dîner au restaurant ?

— Malheureusement...

Elle était fatiguée et avait des rapports à lire, mais Ken était son meilleur ami et elle ne pouvait lui opposer un refus.

— Très bonne idée.

Ils allèrent voir *Applause* et Jennifer y prit un très vif plaisir. Lauren Bacall était tout à fait captivante. Ils allèrent ensuite dîner chez *Sardi*.

Une fois qu'ils eurent commandé, Ken dit à Jennifer :

— J'ai deux billets pour les ballets vendredi soir. On pourrait peut-être...

Jennifer l'interrompit.

— Je suis désolée, Ken. Je suis prise vendredi soir.

— Oh !

Sa voix tomba étrangement à plat.

Jennifer surprenait parfois Ken en train de la dévisager lorsqu'il ne se croyait pas observé, et elle découvrait en lui une expression difficilement définissable. Elle savait que Ken était seul, même s'il ne lui avait jamais parlé de ses amis, ni évoqué sa vie privée. Elle n'arrivait pas à oublier ce qu'Otto lui avait confié, et elle se demandait si Ken lui-même savait ce qu'il attendait de la vie. Elle espérait trouver un moyen de l'aider.

Jennifer crut que vendredi n'arriverait jamais. Au fur et à mesure que se rapprochait son rendez-vous avec Adam, elle eut de plus en plus de mal à se concentrer sur ses affaires. Elle s'aperçut qu'elle pensait continuellement à lui. Elle se savait ridicule. Elle n'avait vu cet homme qu'une fois dans sa vie, et pourtant elle était incapable de le faire sortir de ses pensées. Elle tenta de rationaliser son comportement en se disant que c'était parce qu'il l'avait sauvée au moment où on menaçait de la rayer du barreau, et parce qu'il lui avait envoyé des clients. C'était vrai, mais Jennifer savait qu'il y avait aussi autre chose. Quelque chose qu'elle ne pouvait expliquer, pas même à elle. Un sentiment qu'elle n'avait jamais éprouvé auparavant, une attirance jamais ressentie pour un autre homme. Elle se demanda à quoi ressemblait la femme d'Adam Warner. C'était probablement une de ces femmes triées sur le volet qui, tous les mercredis, franchissaient la porte rouge de chez Elisabeth Arden pour une séance de soins d'une journée entière, de la racine des cheveux à la pointe des pieds. Elle devait être onctueuse et sophistiquée, avec cette aura brillante des gens de la haute société.

Le vendredi magique, à dix heures du matin, Jennifer prit rendez-vous chez un nouveau coiffeur italien fréquenté, selon Cynthia, par tous les mannequins. A dix heures trente, elle téléphona pour annuler. A onze heures, elle rappela pour fixer un autre rendez-vous.

Ken Bailey l'invita à déjeuner, mais elle était trop agitée pour avaler quoi que ce soit. Au lieu de cela, elle alla faire des courses chez Bendel, où elle acheta une robe en mousseline vert foncé, assortie à ses yeux, des escarpins effilés bruns et un sac assorti. Elle savait qu'elle dépassait les limites de son budget, mais rien ne pouvait la retenir.

En sortant, elle passa devant le rayon de la parfumerie, et dans un éclair de folie elle acheta un flacon de Joy. C'était véritablement une folie, puisque l'homme était marié.

Jennifer quitta le bureau à cinq heures pour rentrer se changer. Elle consacra près de deux heures à prendre un bain et à s'habiller, pour plaire à Adam, et lorsqu'elle eut fini elle se détailla dans la glace d'un œil critique. Puis, d'un geste provocateur, elle passa un peigne dans ses cheveux artistiquement coiffés, et elle les attacha en arrière avec un ruban vert. « C'est mieux ainsi, se dit-elle. Je suis une avocate qui va dîner avec un autre avocat. » En fermant la porte elle laissa cependant derrière elle un léger parfum de rose et de jasmin.

Lutèce ne ressemblait à rien de ce qu'avait imaginé Jennifer. Un drapeau tricolore flottait à l'entrée de cette petite maison particulière. A l'intérieur, un couloir étroit menait à un bar de petites dimensions qui débouchait sur une pièce pimpante et gaie, avec une verrière, des meubles en osier et des nappes à carreaux. Le propriétaire, André Soltner, accueillit Jennifer à l'entrée.

— Que puis-je pour vous ?

— J'ai rendez-vous avec M. Adam Warner. Je crois que je suis un peu en avance.

Il la dirigea vers le bar.

Voudriez-vous prendre un verre en attendant, miss Parker ?

— C'est une bonne idée, répondit Jennifer. Merci.

— Je vous envoie le garçon.

Jennifer prit un siège, et elle s'amusa à regarder les femmes, drapées dans des visons et couvertes de bijoux, qui arrivaient avec leur cavalier. Jennifer avait entendu parler de *Lutèce*. L'endroit était connu pour être le restaurant favori de Jacqueline Kennedy, et pour servir une cuisine excellente.

Un homme à cheveux gris, à l'allure distinguée, s'approcha de Jennifer.

— Puis-je me joindre à vous un instant ?

Jennifer se raidit.

— J'attends quelqu'un, commença-t-elle. Il devrait être ici...

Il sourit et s'assit.

— Je n'ai pas l'intention de vous draguer, miss Parker.

Jennifer, surprise, leva les yeux sur lui, incapable de le situer.

— Je suis Lee Browning, de Holland and Browning.

C'était un des cabinets d'avocats les plus prestigieux de New York.

— Je voulais simplement vous féliciter pour la manière dont vous avez conduit le procès Wilson.

— Merci, monsieur Browning.

— Vous avez pris un grand risque. C'était une affaire perdue d'avance.

Il la dévisagea un moment.

— La règle, quand on est du mauvais côté d'une affaire perdue d'avance, c'est de s'assurer qu'il n'y aura pas la moindre publicité autour. Le truc, c'est de mettre les vainqueurs sous les projecteurs, et de balayer les vaincus sous le tapis. Vous avez trompé un bon nombre d'entre nous. Avez-vous déjà commandé quelque chose ?

— Non...

— Puis-je... ? (Il fit un signe au serveur.) Victor, apportez-nous une bouteille de champagne, s'il vous plaît. Du Dom Pérignon.

— Tout de suite, monsieur Browning.

Jennifer sourit.

— Essayez-vous de m'impressionner ?

Il éclata d'un rire sonore.

— J'essaye de vous embaucher. Je pense que vous avez dû recevoir beaucoup d'offres.

— Quelques-unes.

— Notre cabinet s'occupe essentiellement de sociétés, miss Parker, mais certains de nos clients les plus riches sont parfois mis en cause personnellement et ils ont besoin d'un avocat pour les défendre devant les juridictions répressives. Nous pourrions à mon avis vous faire une offre très intéressante. Accepteriez-vous de passer à mon bureau pour que nous en discutions ?

— Merci, monsieur Browning. Je suis réellement flattée, mais je viens juste de m'installer dans mes propres bureaux. J'espère réussir.

Il lui adressa un long regard.

— Vous allez réussir.

Quelqu'un s'approchant d'eux, il leva les yeux, se mit debout et tendit la main.

— Adam, comment va-tu ?

Jennifer se retourna et vit Adam Parker serrer la main de Lee Browning. Son cœur se mit à battre la chamade, et elle sentit le rouge lui monter aux joues. *Écolière imbécile !*

Adam Warner regarda successivement Jennifer et Browning.

— Vous vous connaissez ?

— Nous étions justement en train de faire connaissance, répondit Lee Browning avec aisance. Tu es arrivé un peu trop tôt.

— Ou juste à temps.

Il prit le bras de Jennifer.

— J'espère que tu auras plus de chance la prochaine fois, Lee.

Le maître d'hôtel s'approcha d'Adam.

— Voulez-vous votre table maintenant, monsieur

Warner, ou préférez-vous d'abord prendre un apéritif au bar ?

— Nous allons passer à table, Henri.

Une fois assise, Jennifer regarda autour d'elle et reconnut une demi-douzaine de célébrités.

— Cet endroit est un véritable *Who's Who,* fit-elle.

Adam la regarda.

— Depuis votre arrivée, certainement.

Jennifer se sentit rougir à nouveau. « Arrête, imbécile. » Elle se demanda combien de filles Adam Warner avait amenées ici, tandis que sa femme restait chez elle à l'attendre. Elle se demanda combien d'entre elles avaient su qu'il était marié, ou s'il s'arrangeait toujours pour garder le secret. En tout cas, elle, elle avait un avantage. « Vous allez avoir une surprise, monsieur Warner », se dit-elle.

Ils commandèrent un apéritif et le dîner, puis ils échangèrent de menus propos. Jennifer laissa Adam alimenter la conversation. Il était plein d'esprit, et charmant, mais elle s'était cuirassée contre son charme. Ça n'était pas si facile. Ses anecdotes la faisaient sourire, elle riait de ses histoires.

« Il ne va rien en tirer de bon », se dit-elle. Elle ne cherchait pas l'aventure. Le spectre de sa mère la hantait. Il y avait en elle une profonde passion qu'elle craignait d'explorer, qu'elle refusait d'exprimer.

Ils en étaient au dessert, et Adam n'avait pas encore prononcé le moindre mot qui pût être mal interprété. Jennifer avait érigé ses défenses pour rien, se protégeant d'une attaque qui ne s'était jamais concrétisée, et elle se trouva idiote. Elle se demanda ce qu'Adam aurait dit s'il avait su ce qui avait occupé ses pensées pendant toute la soirée. Sa propre futilité la fit sourire.

— Je n'ai jamais eu l'occasion de vous remercier pour les clients que vous m'avez envoyés, dit Jennifer. Je vous ai téléphoné à plusieurs reprises, mais...

— Je sais.

Adam hésita, avant d'ajouter d'un air gêné.

— Je ne voulais pas vous rappeler.

Jennifer le regarda avec étonnement.

— J'avais peur, fit-il simplement.

Voilà. Il l'avait eue par surprise, au dépourvu, mais le sens de ses mots ne laissait aucun doute. Jennifer savait ce qui allait suivre. Et elle ne voulait pas qu'il l'exprimât. Elle refusait qu'il fût comme tous les autres, l'homme marié faisant semblant d'être célibataire. Elle les méprisait, et elle ne voulait pas mépriser cet homme.

Adam dit calmement :

— Jennifer, je veux que vous sachiez que je suis marié.

Elle resta sans voix, le regard fixé sur lui.

— Je suis désolé. J'aurais dû vous le dire plus tôt.

Il lui adressa un sourire forcé.

— En fait, je n'ai pas eu l'occasion de vous le dire plus tôt, n'est-ce pas ?

Jennifer sentit une étrange confusion la gagner.

— Pourquoi... pourquoi m'avez-vous invitée à dîner, Adam ?

— Parce qu'il fallait que je vous revoie.

Tout parut alors irréel à Jennifer, comme si elle était emportée par une gigantesque lame de fond. Elle écoutait Adam lui dire tout ce qu'il éprouvait, et elle savait que chacun de ses mots était sincère. Elle le savait parce qu'elle ressentait la même chose. Elle voulait qu'il s'arrêtât avant d'en avoir trop dit. Elle voulait qu'il continuât et qu'il en dît davantage.

— J'espère que je ne vous offense pas, dit Adam.

Sa timidité soudaine frappa Jennifer.

— Adam, je... je...

Il la regarda, et alors qu'ils ne s'étaient pas encore touchés, ce fut comme si elle était dans ses bras.

Jennifer lui demanda en tremblant :

— Parlez-moi de votre femme.

— Mary Beth et moi, nous sommes mariés depuis quinze ans. Nous n'avons pas d'enfant.

— Je vois.

— Elle... nous avons décidé de ne pas en avoir. Nous étions tous les deux très jeunes quand nous nous sommes mariés. Je la connaissais depuis longtemps. Nos familles avaient des maisons d'été voisines dans le Maine. Quand elle a eu dix-huit ans, ses parents sont morts dans un accident d'avion. Mary Beth est devenue pratiquement folle de chagrin. Elle était toute seule. Je... nous nous sommes mariés.

« Il l'a épousée par pitié, et il est trop bien élevé pour l'admettre », se dit Jennifer.

— C'est une femme merveilleuse. Nous avons toujours eu d'excellentes relations.

Il en racontait à Jennifer plus qu'elle ne voulait en entendre, plus qu'elle ne pouvait en supporter. Tous ses instincts la mettaient en garde, la poussaient à partir, à s'enfuir. Dans le passé, elle avait aisément réussi à faire face aux hommes mariés qui avaient tenté d'engager une liaison avec elle, mais elle savait aussi, par instinct, que cette fois-ci c'était différent. Si jamais elle s'autorisait à tomber amoureuse de cet homme, il n'y aurait pas d'issue possible. Il lui faudrait perdre la tête pour entreprendre quoi que ce fût avec lui.

Jennifer choisit ses mots avec soin.

— Adam, je vous aime beaucoup. Mais je ne sors pas avec des hommes mariés.

Il sourit, et derrière ses lunettes ses yeux lui adressèrent un regard honnête, chaleureux.

— Je ne recherche pas l'aventure clandestine. J'aime être avec vous. Je suis très fier de vous. J'aimerais que nous nous voyions de temps en temps.

Jennifer ouvrit la bouche pour dire : *Qu'est-ce que cela nous apportera ?* mais elle répondit :

— Cela me ferait très plaisir.

Nous déjeunerons ensemble une fois par mois. Il n'y a pas de mal à cela.

11.

Le père Ryan fut un des premiers à rendre visite à Jennifer dans ses nouveaux bureaux. Il se promena dans les trois petites pièces et dit :

— C'est très bien. Le monde vous appartient, Jennifer.

Elle se mit à rire.

— Le monde ne m'appartient pas vraiment, mon père. J'ai encore un long trajet à parcourir.

Son regard perçant s'attarda sur elle.

— Vous y arriverez. A propos, je suis allé rendre visite à Abraham Wilson la semaine dernière.

— Comment va-t-il ?

— Bien. On le fait travailler à l'atelier de la prison. Il m'a demandé de vous adresser ses amitiés.

— Il faudra qu'un jour j'aille le voir moi-même.

Le père Ryan s'assit sur une chaise, sans la quitter des yeux, jusqu'à ce qu'elle lui demande :

— Puis-je faire quelque chose pour vous, mon père ?

Son regard s'alluma.

— Bon, je sais que vous devez être occupée, mais maintenant que vous avez mis le sujet sur le tapis, voilà : j'ai une de mes amies qui a un problème. Elle a eu un accident. Je pense que vous êtes exactement la personne qui pourrait l'aider.

Automatiquement, Jennifer répondit :

— Envoyez-la-moi, mon père.

— Je crains que ce ne soit vous qui deviez aller la voir. Elle est amputée des quatre membres.

Connie Garrett vivait dans un petit appartement coquet sur Huston Street. La porte fut ouverte, devant Jennifer, par une femme plutôt âgée aux cheveux blancs, qui portait un tablier.

— Je suis Martha Steele, la tante de Connie. J'habite avec Connie. Entrez, je vous prie. Elle vous attend.

Jennifer pénétra dans un salon pauvrement meublé. Connie Garrett était calée avec des oreillers dans un grand fauteuil. Sa jeunesse frappa Jennifer. Sans savoir pourquoi, elle s'était attendue à une femme plus âgée. Connie Garrett avait environ vingt-quatre ans, l'âge de Jennifer. Son visage exprimait un merveilleux rayonnement, et l'idée qu'il n'y avait là qu'un torse sans bras ni jambes parut obscène à Jennifer. Elle réprima un frisson.

Connie Garrett lui adressa un sourire chaleureux.

— Je vous en prie, asseyez-vous, Jennifer. Puis-je vous appeler Jennifer ? Le père Ryan m'a tellement parlé de vous. Et puis, évidemment, je vous ai vue à la télévision. Je suis si heureuse que vous ayez pu venir.

Jennifer s'apprêta à répondre : « Tout le plaisir est pour moi », lorsqu'elle comprit à quel point cette remarque aurait été déplacée. Elle s'assit dans un profond fauteuil confortable, face à la jeune femme.

— Le père Ryan m'a expliqué que vous aviez été victime d'un accident il y a quelques années. Voulez-vous me raconter ce qui s'est passé ?

— Malheureusement, c'était de ma faute. J'allais traverser à un carrefour, et en descendant du trottoir mon pied a glissé et je suis tombée devant un camion.

— Quand cela s'est-il produit ?

— Cela a fait trois ans en décembre dernier. J'allais chez Bloomingdale faire des courses pour Noël.

— Que s'est-il passé une fois que vous avez été renversée par le camion ?

— Je ne me souviens de rien. Je me suis réveillée à l'hôpital. On m'a dit qu'une ambulance m'avait amenée là. J'étais blessée à la colonne vertébrale. J'avais des os atteints, et le mal a continué de s'étendre jusqu'à ce que...

Elle se tut et elle essaya de hausser les épaules. Son geste fut pitoyable.

— On a essayé de m'appareiller, mais ça n'a pas tenu.

— Avez-vous intenté un procès ?

Elle lança à Jennifer un regard étonné.

— Le père Ryan ne vous a pas dit ?

— Dit quoi ?

— Mon avocat a poursuivi la compagnie de transport dont le camion m'avait renversée, mais on a perdu le procès. On a fait appel et on a perdu en appel.

— Il aurait dû m'en parler. Si la cour d'appel vous a déboutée, je crains qu'on ne puisse rien faire d'autre.

Connie Garrett hocha la tête.

— Moi non plus, je n'ai guère d'espoir. J'ai simplement pensé... le père Ryan prétend que vous pouvez faire des miracles.

— Ça, c'est *son* domaine. Moi, je ne suis qu'une avocate.

Elle en voulait au père Ryan d'avoir donné à Connie Garrett de faux espoirs. Elle décida d'avoir une conversation sérieuse avec lui à ce sujet.

La femme âgée rôdait par-derrière.

— Puis-je vous offrir quelque chose, miss Parker ? Du thé et du cake, peut-être ?

Jennifer s'aperçut soudain qu'elle avait faim, elle n'avait pas eu le temps de déjeuner. Mais elle visualisa la scène où l'on nourrirait Connie Garrett en face d'elle, et l'idée lui parut insupportable.

— Non, merci, mentit Jennifer. Je viens de déjeuner.

Tout ce qu'elle souhaitait, c'était sortir de là aussi vite que possible. Elle chercha une remarque enjouée qu'elle pourrait lancer en partant, mais rien ne vint. *Sacré père Ryan !*

— Je... je suis vraiment désolée. J'aurais aimé...

Connie Garrett sourit et lui dit :

— Je vous en prie, ne soyez pas désolée.

Ce fut son sourire qui la décida. Jennifer était certaine que si elle s'était trouvée à la place de Connie Garrett jamais elle n'aurait été capable de sourire.

— Qui était votre avocat ? s'entendit-elle demander.

— Melvin Hutcherson. Vous le connaissez ?

— Non, mais je vais aller le voir.

Elle continua, malgré elle.

— J'aurai un entretien avec lui.

— Ce serait très gentil de votre part.

Un accent de sympathie vibra dans la voix de Connie Garrett.

Jennifer songea à ce que devait être la vie de cette fille, assise là totalement impuissante, jour après jour, mois après mois, année après année, incapable de rien faire par elle-même.

— Je ne peux malheureusement rien vous promettre.

— Évidemment. Mais savez-vous une chose, Jennifer ? Je me sens mieux, rien que parce que vous êtes venue.

Jennifer se leva. Le moment était venu de se serrer la main, mais il n'y avait pas de main à serrer.

Elle dit d'un ton embarrassé :

— Je suis contente d'avoir fait votre connaissance, Connie. Je vous tiendrai au courant.

De retour à son bureau, Jennifer pensa au père Ryan et décida de ne plus jamais succomber à ses supplications. Personne ne pouvait rien faire pour cette malheureuse infirme, et il était indécent de lui offrir le moindre espoir. Mais elle tiendrait sa promesse. Elle parlerait à Melvin Hutcherson.

De retour à son bureau, Jennifer trouva une longue

liste de messages. Elle les passa rapidement en revue, cherchant celui d'Adam Warner. Il n'y était pas.

12.

Melvin Hutcherson était un homme trapu et chauve, avec un minuscule nez pointu et des yeux d'un bleu passé. Il occupait dans le West Side des bureaux miteux qui exhalaient la pauvreté. Le bureau de la réception était vide.

— Partie déjeuner, expliqua Melvin Hutcherson. Jennifer se demanda s'il avait une secrétaire. Il la fit entrer dans son propre bureau, qui n'était pas plus grand que celui de la réception.

— Vous m'avez dit au téléphone que vous veniez me parler de Connie Garrett.

— C'est exact.

Il haussa les épaules.

— Il n'y a pas grand-chose à en dire. Nous avons poursuivi et nous avons perdu. Croyez-moi, j'ai fait du beau boulot pour elle.

— Est-ce vous qui l'avez défendue en appel ?

— Oui. Là aussi, on a perdu. J'ai peur que vous ne patiniez dans le vide.

Il l'observa un moment.

— Pourquoi voulez-vous perdre votre temps avec un truc comme ça ? Vous êtes très forte. Vous pourriez travailler sur des affaires qui vous rapporteraient beaucoup d'argent.

— Je rends un service à un ami. Verriez-vous un inconvénient à ce que je consulte les comptes rendus du procès ?

— Faites comme chez vous, fit Hutcherson en haussant les épaules. Ils appartiennent au domaine public.

Jennifer passa toute la soirée à relire les comptes rendus du procès de Connie Garrett. A sa surprise, Melvin Hutcherson avait dit la vérité : il avait fait du bon travail. Il avait cité comme accusés à la fois la Ville et la Nationwide Motors Corporation, et il avait exigé que le jugement fût rendu par un jury. Celui-ci avait mis hors de cause les deux accusés.

Les services de la voirie avaient fait de leur mieux pour faire face à la tempête de neige qui s'était abattue sur la ville en ce mois de décembre ; tout leur matériel avait été mis en action. La Ville avait avancé comme argument que la tempête était un acte de Dieu, et que s'il y avait eu négligence, elle incombait à Connie Garrett.

Jennifer passa aux charges retenues contre l'entreprise de camions. Trois témoins oculaires avaient témoigné que le conducteur avait essayé de stopper son véhicule pour éviter la jeune fille, mais qu'il s'était trouvé dans l'impossibilité de freiner à temps, et le camion avait fait un inévitable tête-à-queue et l'avait renversée. Le verdict en faveur de l'accusé avait été confirmé en appel, et l'affaire avait été classée.

Jennifer acheva de lire les comptes rendus à trois heures du matin. Elle éteignit les lumières, incapable de trouver le sommeil. Sur le papier, justice avait été rendue. Mais l'image de Connie Garrett ne quittait pas son esprit. Une fille d'une vingtaine d'années, sans bras ni jambes. Jennifer imagina la scène du camion renversant la jeune fille, les atroces souffrances qu'elle avait dû endurer, la succession d'opérations terribles qu'elle avait subies, chacune l'amputant d'un nouveau membre. Jennifer ralluma la lumière et s'assit sur son lit. Elle composa le numéro de téléphone personnel de Melvin Hutcherson.

— Il n'est nulle part question des médecins dans les comptes rendus, lui dit Jennifer au téléphone. Avez-vous envisagé la possibilité d'une erreur médicale ?

Une voix ensommeillée répondit :

— Bon sang, qui êtes-vous ?

— Jennifer Parker. Avez-vous...

— Pour l'amour du ciel ! Il est... il est quatre heures du matin ! N'avez-vous pas de montre ?

— C'est très important. Le nom de l'hôpital n'apparaît pas dans le procès. Et ces opérations pratiquées sur Connie Garrett ? Avez-vous fait faire une enquête ?

Un silence s'écoula pendant lequel Melvin Hutcherson essaya de rassembler ses esprits.

— J'ai parlé avec les responsables des services de neurologie et d'orthopédie de l'hôpital qui l'avait prise en charge. Ces opérations étaient indispensables pour lui sauver la vie. Elles ont été pratiquées par des hommes éminents, et faites comme elles devaient l'être. C'est pourquoi l'hôpital n'est pas cité dans le procès.

Jennifer éprouva un sentiment aigu de frustration.

— Je vois.

— Écoutez, je vous l'ai déjà dit, vous perdez votre temps avec cette affaire. Ne croyez-vous pas que vous devriez dormir maintenant ?

Et le récepteur fut raccroché avec un bruit sec à l'oreille de Jennifer. Elle éteignit la lumière et se rallongea. Mais le sommeil était plus loin que jamais. Au bout d'un moment, renonçant à la lutte, elle se leva et se fit du café. Elle alla le boire assise sur son canapé, regardant l'aurore colorer l'horizon de Manhattan, passant d'un rose pâle à un rouge brillant, explosif.

Jennifer était perplexe. A chaque injustice la loi est censée apporter un remède. Justice avait-elle été faite dans le cas de Connie Garrett ? Elle jeta un coup d'œil à la pendule sur le mur. Six heures trente. Jennifer décrocha à nouveau le téléphone et composa le numéro de Melvin Hutcherson.

— Avez-vous vérifié le dossier du conducteur du camion ?

Une voix endormie lança :

— Doux Jésus ! Seriez-vous devenue folle ? Quand dormez-vous ?

— Le conducteur du camion de nettoyage. Avez-vous vérifié son dossier ?

— Madame, vous commencez à m'insulter.

— Je suis désolée, insista Jennifer, mais j'ai besoin de savoir.

— La réponse est oui. Il avait un dossier parfait. C'était son premier accident.

Ainsi, cette voie était une impasse.

— Je vois.

Jennifer réfléchissait de toutes ses forces.

— Miss Parker, dit Melvin Hutcherson, pourriez-vous me rendre un grand service ? Si vous avez d'autres questions à me poser, appelez-moi pendant les heures de bureau.

— Désolée, répondit Jennifer d'un ton absent. Vous pouvez allez vous recoucher.

— Merci infiniment !

Jennifer raccrocha. Il était l'heure de s'habiller et d'aller travailler.

13.

Trois semaines s'étaient écoulées depuis que Jennifer avait dîné avec Adam chez *Lutèce.* Elle essayait de le chasser de son esprit, mais tout lui rappelait Adam : une phrase au hasard, la nuque d'un étranger, une cravate semblable à celle qu'il portait. Plusieurs hommes avaient essayé de sortir avec elle. Ces propositions émanaient de clients, d'attorneys auxquels elle avait été confrontée au palais et même d'un juge des séances nocturnes, mais Jennifer les avait toutes déclinées. Des avocats l'invitaient à ce qu'ils qualifiaient avec cynisme de « déjeuner d'agrément », mais elle n'y trouvait aucun plaisir. Son goût de l'indépendance excitait les hommes.

Ken Bailey était toujours présent, mais son visage ne suffisait pas à combler la solitude de Jennifer. Un seul en était capable, qu'il aille se faire pendre !

Il appela un lundi matin.

— Je téléphone à tout hasard, au cas où vous seriez libre à déjeuner aujourd'hui.

Elle ne l'était pas. Elle répondit :

— Oui, bien sûr.

Jennifer s'était juré que si jamais Adam la rappelait, elle se montrerait amicale mais distante, courtoise mais certainement pas disponible.

Dès l'instant où elle avait entendu la voix d'Adam, elle avait oublié toutes ces résolutions et elle avait répondu : *Oui, bien sûr.*

La dernière chose au monde qu'elle eût dû répondre.

Ils déjeunèrent dans un petit restaurant de Chinatown, et ils bavardèrent à bâtons rompus pendant deux heures qui leur semblèrent deux minutes. Ils parlèrent de droit, de politique, de théâtre, et résolurent tous les problèmes complexes du monde. Adam se révéla brillant, incisif, fascinant. Il était réellement intéressé par les activités de Jennifer, et tirait une fierté joyeuse de ses succès. « Il en a le droit, se dit Jennifer. Sans lui, je serais retournée à Kelso, dans l'État de Washington. »

Quand Jennifer rentra à son bureau, Ken Bailey l'attendait.

— Avez-vous eu un bon déjeuner ?

— Oui, merci.

— Est-ce qu'Adam Warner va devenir un client ?

Son ton était trop désinvolte.

— Non, Ken. Nous sommes simplement amis.

Et c'était la vérité.

La semaine suivante, Adam invita Jennifer à déjeuner dans la salle à manger privée de son cabinet. Elle fut impressionnée par les dimensions et l'aspect moderne des bureaux. Adam la présenta à plusieurs collaborateurs, et Jennifer eut en quelque sorte l'impression d'être célèbre, car ils semblaient tout savoir sur elle. Elle fit la connaissance de Stewart Needham, l'associé principal. Il manifesta une politesse distante à l'égard de Jennifer, qui se souvint qu'Adam était marié à sa nièce.

Adam et Jennifer déjeunèrent dans une pièce lambrissée de noyer, où officiaient un chef et deux serveurs.

— C'est ici que les associés invitent ceux de leurs clients qui leur posent des problèmes.

Elle se demanda s'il faisait allusion à elle.

Elle eut du mal à se concentrer sur son assiette.

Jennifer pensa à Adam tout l'après-midi. Elle savait qu'elle devait l'oublier, qu'elle devait cesser de le voir. Il appartenait à une autre femme.

Ce soir-là, Jennifer alla en compagnie de Ken Bailey voir *Deux par deux,* le nouveau spectacle de Richard Rodgers.

Lorsqu'ils pénétrèrent dans le hall d'entrée du théâtre, un murmure d'excitation s'éleva de la foule, et Jennifer se retourna pour voir ce qui se passait. Une longue limousine noire était venue se ranger le long du trottoir. Un homme et une femme étaient en train d'en descendre.

— C'est lui ! s'exclama une femme, et les gens commencèrent à s'attrouper autour du véhicule.

Le corpulent gaillard qui servait de chauffeur fit un pas de côté et Jennifer reconnut Michael Moretti et sa femme. Autour de Michael, la foule s'agglutinait. C'était un héros populaire, assez beau pour faire une vedette de cinéma, assez audacieux pour captiver l'imagination de chacun. Jennifer s'immobilisa dans le hall pour regarder Michael Moretti et sa femme se frayer un passage à travers la foule. Michael passa à moins d'un mètre de Jennifer, et une fraction de seconde leurs regards se croisèrent. Jennifer remarqua qu'il avait les yeux si noirs qu'on ne pouvait discerner ses pupilles. L'instant d'après, il avait disparu dans le théâtre.

Jennifer fut incapable d'apprécier le spectacle. La vue de Michael Moretti avait réveillé en elle un flot de souvenirs affreusement humiliants. Elle demanda à Ken de la ramener chez elle après le premier acte.

Adam téléphona à Jennifer le lendemain, et Jennifer s'arma de courage pour refuser son invitation. *Merci, Adam, mais je suis vraiment très occupée.*

Adam lui dit seulement :

— Je dois partir à l'étranger pendant un certain temps.

Elle reçut la nouvelle comme un coup dans l'estomac.

— Combien... combien de temps serez-vous absent ?

— Quelques semaines seulement. Je vous appellerai dès mon retour.

— Très bien, fit Jennifer d'un ton enjoué. Bon voyage.

Ce fut pour elle comme si quelqu'un était mort. Elle imagina Adam sur une plage de Rio, entouré de filles à demi nues, ou dans une boîte de Mexico City, buvant des margaritas avec une beauté nubile aux yeux sombres, ou encore dans un chalet suisse en train de faire l'amour avec... « Assez ! » se dit Jennifer. Elle aurait dû lui demander où il allait. Probablement un voyage d'affaires dans un endroit ennuyeux où il n'aurait aucun temps à consacrer aux femmes, peut-être même au milieu d'un désert où il travaillerait vingt-quatre heures par jour.

Elle aurait dû évidemment aborder le sujet, d'un air détaché. *Allez-vous faire un long voyage en avion ? Quelles langues étrangères parlez-vous ? Si vous allez à Paris, rapportez-moi du thé à la verveine. J'imagine que les vaccins doivent faire mal. Emmenez-vous votre femme ? Suis-je en train de perdre la tête ?*

Ken était entré dans le bureau, et il l'observait.

— Vous vous parlez à vous-même. Vous êtes sûre que ça va ?

Non ! eut-elle envie de crier. *J'ai besoin d'un médecin. J'ai besoin d'une douche froide. J'ai besoin d'Adam Warner.*

Elle répondit :

— Ça va très bien. Simplement un peu fatiguée.

— Vous devriez vous coucher tôt ce soir.

Elle se demanda si Adam, lui, se coucherait tôt ce soir.

Le père Ryan téléphona.

— Je suis allé voir Connie Garrett. Elle m'a dit que vous étiez passée plusieurs fois.

— Oui.

Ces visites servaient à adoucir son sentiment de culpabilité, puisqu'elle se révélait incapable de lui apporter le moindre secours. Cela avait quelque chose de frustrant.

Jennifer s'abîma dans le travail, et pourtant les semaines semblaient ne plus finir. Elle allait au palais presque tous les jours, et elle travaillait sur des dossiers tous les soirs.

— Ralentissez le rythme. Vous allez vous tuer, lui conseillait Ken.

Mais Jennifer avait besoin de s'épuiser physiquement et moralement. Elle ne voulait pas avoir de temps pour penser. « Je suis idiote, se disait-elle. Une pure idiote. »

Quatre semaines s'écoulèrent avant qu'Adam n'appelât.

— Je viens de rentrer, déclara-t-il.

Le son de sa voix la fit frissonner.

— Peut-on se retrouver quelque part pour déjeuner ?

— Certainement. Ça me ferait plaisir, Adam.

Elle trouva sa réponse parfaite. Un simple *Certainement. Ça me ferait plaisir, Adam.*

— La Oak Room, au *Plaza ?*

— Très bien.

C'était un restaurant typiquement réservé aux hommes d'affaires, le moins romantique du monde, bourré de politiciens, d'agents de change et de banquiers, d'âge moyen. L'endroit était longtemps resté un des derniers bastions réservés aux hommes, et il n'avait ouvert que récemment ses portes aux femmes.

Jennifer arriva en avance et on la fit asseoir à une table. Quelques minutes plus tard, Adam apparut. Jennifer ne quitta pas des yeux la haute silhouette élancée qui se dirigeait vers elle, et soudain sa bouche se dessécha. Il était bronzé, et Jennifer se demanda si ce qu'elle avait rêvé sur Adam allongé sur une plage en compagnie de jolies filles n'était pas vrai. Il lui sourit, lui prit la main, et à cet instant elle comprit l'inutilité de toute logique à laquelle elle voudrait faire appel vis-à-vis d'Adam Warner ou des hommes mariés en général. Elle était incapable d'exercer la moindre maîtrise d'elle-même. C'était comme si quelqu'un la guidait, lui disait ce qu'elle pouvait faire, ce qu'elle devait faire. Elle était dans l'impossibilité d'expliquer ce qui se passait, car il ne lui était jamais rien arrivé de semblable. *C'est comme une combinaison chimique, le Karma, le Paradis.* Tout ce que Jennifer savait, c'était qu'elle souhaitait plus que toute autre chose au monde être dans les bras d'Adam Warner. En le regardant, elle l'imagina lui faisant l'amour, la serrant dans ses bras, son corps arqué au-dessus du sien, la pénétrant, et elle s'aperçut qu'elle était en train de rougir.

— Désolé de vous avoir avertie au dernier moment. Un de mes clients a annulé son rendez-vous à déjeuner, lui déclara Adam en s'excusant.

Jennifer bénit en silence le client.

— Je vous ai rapporté quelque chose, reprit-il. (C'était une ravissante écharpe en soie vert et or.) Ça vient de Milan.

Ainsi, c'était *là* qu'il s'était rendu. *Les Italiennes.*

— C'est superbe, Adam. Je vous remercie.

— Vous êtes déjà allée à Milan ?

— Non. J'ai vu des photos de la cathédrale. Elle est très belle.

— Moi, je ne fais pas beaucoup de tourisme. Mon principe, c'est que lorsque vous avez vu une église, vous les avez toutes vues.

Plus tard, Jennifer songea à ce déjeuner, essayant de se rappeler leurs conversations, ce qu'ils avaient mangé, le visage de ceux qui s'étaient arrêtés à leur table pour dire bonjour à Adam, mais elle n'arriva à se souvenir que d'une seule chose, la proximité d'Adam, le contact de sa main, son regard. Elle s'était sentie ensorcelée, hypnotisée, et elle n'avait pu rompre le charme.

A un moment donné, Jennifer se dit : « Je sais ce que je vais faire. Je vais faire l'amour avec lui. Une seule fois. Ça ne sera certainement pas aussi merveilleux que ce que j'imagine. Je serai alors capable de me débarrasser de lui. »

Lorsque, accidentellement, leurs mains se touchaient, un courant électrique passait de l'un à l'autre. Ils parlaient de tout et de rien, leurs mots n'avaient aucun sens. Ils étaient assis à table, emmurés dans une étreinte invisible, se caressant, faisant violemment l'amour, nus, impudiques. Ni l'un ni l'autre n'avaient la moindre idée de ce qu'ils mangeaient, ni de ce qu'ils disaient. Ils avaient l'un envers l'autre un appétit différent, plus exigeant, qui les dévorait de plus en plus, jusqu'à ce que ni l'un ni l'autre ne pussent y résister.

Au milieu du repas, Adam posa la main sur celle de Jennifer et dit d'une voix altérée par l'émotion :

— Jennifer...

Elle murmura :

— Oui. Partons d'ici.

Jennifer attendit dans le hall animé et bruyant qu'Adam eût donné leurs noms à la réception. On leur attribua une chambre dans la partie ancienne du *Plaza,* au-dessus de la Cinquante-huitième Rue. Ils empruntèrent un des ascenseurs de derrière, et il sembla à Jennifer qu'il leur fallait des siècles pour atteindre leur étage.

Si Jennifer était incapable de se souvenir de leur déjeuner, aucun détail de la chambre ne lui avait échappé. Des années plus tard, elle se souvenait encore de la vue, de la couleur des tentures et des tapis, de chaque tableau et de chaque meuble. Elle se souvenait des bruits de la ville, loin en dessous, qui parvenaient jusqu'à leur chambre. Les images de cet après-midi devaient rester gravées dans sa mémoire toute sa vie. Ce fut comme une explosion magique d'un kaléidoscope de couleurs, comme un film au ralenti. Ce furent les gestes d'Adam pour la déshabiller, ce fut le corps puissant et élancé d'Adam dans le lit, sa violence et sa douceur. Ce fut le rire et la passion. Leur faim avait développé un appétit qu'ils devaient assouvir. Dès l'instant où Adam commença à lui faire l'amour, elle songea en un éclair : *Je suis perdue.*

Ils firent l'amour encore, et encore, et à chaque fois ils connurent une extase presque insupportable.

Des heures plus tard, tandis qu'ils étaient allongés paisiblement, Adam déclara :

— J'ai l'impression de vivre pour la première fois de ma vie.

Jennifer lui caressa doucement la poitrine et se mit à rire.

Adam la regarda d'un air intrigué :

— Qu'y a-t-il de si drôle ?

— Sais-tu ce que je me suis dit ? Que si je couchais une seule fois avec toi, j'arriverais ensuite à me débarrasser de toi.

Il se tourna dans l'autre sens et se pencha sur elle.

— Et... ?

— Je me suis trompée. J'ai l'impression que tu fais partie de moi. Ou du moins..., elle hésita... qu'une partie de toi fait partie de moi.

Il savait à quoi elle pensait.

— Il va falloir trouver une solution, déclara Adam. Mary Beth part lundi pour un mois en Europe avec sa tante.

14.

Jennifer et Adam se retrouvaient presque tous les soirs.

Il passa la première nuit dans son petit appartement si peu confortable, et le lendemain matin il déclara :

— On va se mettre en congé dès aujourd'hui pour chercher un endroit décent où habiter.

Ensemble, ils se mirent en quête d'un appartement, et vers la fin de l'après-midi Jennifer signa un bail dans une des nouvelles tours construites sur Sutton Place. Le panneau à l'entrée de l'immeuble indiquait *Vendu*.

— Pourquoi y aller ? demanda Jennifer.

— Tu vas voir.

L'appartement qu'ils visitèrent était un ravissant duplex de cinq pièces, splendidement meublé. Jamais Jennifer n'avait vu un appartement aussi luxueux. A l'étage, se trouvaient la chambre principale et une salle de bains, tandis que le rez-de-chaussée était occupé par une chambre d'amis avec une salle de bains attenante, et par un salon jouissant d'une vue spectaculaire sur l'East River et le centre de la ville. Il y avait aussi une vaste terrasse, une cuisine et une salle à manger.

— Est-ce que ça te plaît ?

— Si ça me plaît ? J'adore ! s'exclama Jennifer. Mais, mon chéri, il y a deux problèmes. Le premier, c'est que c'est au-dessus de mes moyens. Et le second, c'est que, même si je les avais, ça appartient à quelqu'un d'autre.

— Ça appartient à notre cabinet. On le loue pour nos invités de marque. Je vais leur trouver un autre endroit.

— Et le loyer ?

— Je m'en charge. Je...

— Non.

— C'est idiot, mon amour. J'en ai tout à fait les moyens, et...

Elle secoua la tête.

— Tu ne comprends pas, Adam. Je n'ai rien d'autre à te donner que moi-même. Je veux que cela soit un cadeau.

Il la prit dans ses bras, et Jennifer se pelotonna contre lui en disant :

— J'ai trouvé... je vais travailler la nuit.

Ils consacrèrent la journée du samedi à faire des courses. Adam acheta à Jennifer une magnifique chemise de nuit en soie, avec le déshabillé assorti, chez Bonwit Teller, et Jennifer lui offrit une chemise chez Turnbull & Asser. Ils achetèrent un jeu d'échecs chez Gimbel, et une tarte au fromage chez Junior, près d'Abraham & Straus. Ils achetèrent un pudding aux prunes de Fortnum & Mason chez Altman, et des livres chez Doubleday. Ils s'arrêtèrent dans la boutique Gammon, et chez Gaswell-Massey où Adam offrit à Jennifer assez d'essences naturelles pour dix ans. Ils dînèrent en bas de chez eux.

Le soir, après leur travail, ils se retrouvaient à l'appartement, et ils discutaient des événements de la journée. Jennifer préparait le dîner tandis qu'Adam mettait la table. Puis, ils lisaient, regardaient la télévision, ou bien encore ils jouaient au gin rummy ou aux échecs. Jennifer confectionnait pour Adam ses plats favoris.

— Je n'éprouve pas la moindre honte, lui dit-elle. Rien ne m'arrêterait.

Il la serra dans ses bras.

— Je t'en prie, ne t'arrête pas.

Comme c'était étrange, se disait Jennifer. Avant, ils se rencontraient ouvertement. Mais maintenant qu'ils étaient amants, ils n'osaient pas apparaître ensemble en public, aussi fréquentaient-ils des endroits où ils n'étaient pas susceptibles de tomber sur des amis : de petits restaurants du centre à la cuisine familiale, des concerts de musique de chambre à l'école de musique de la Troisième Rue. Ils allèrent voir une nouvelle pièce à l'Omni Theatre Club sur la Dix-huitième Rue, et ils dînèrent à la *Grotta Azzurra* sur Broome Street, où on leur servit des plats si copieux qu'ils jurèrent de ne plus toucher à la cuisine italienne pendant un mois. « Seulement, il ne nous reste plus un mois », songea Jennifer. Mary Beth rentrait dans quatorze jours.

Ils allèrent au *Half Note* dans le Village, entendre du jazz d'avant-garde, et flânèrent devant les vitrines des petites galeries d'art.

Adam adorait le sport. Il emmena Jennifer voir jouer les Knicks, et Jennifer fut tellement prise par le jeu qu'elle cria des encouragements jusqu'à en perdre la voix.

Le dimanche, ils s'abandonnaient à l'oisiveté, prenant le petit déjeuner en robe de chambre, échangeant des pages du *Time*, écoutant les carillons des églises de Manhattan, chacun offrant sa propre prière.

Devant Adam absorbé par des mots croisés, Jennifer se disait : « Prie pour moi. » Elle savait qu'elle avait tort d'agir comme elle le faisait. Elle savait que cela ne pourrait pas durer. Et pourtant, jamais elle n'avait connu un tel bonheur, une telle euphorie. Les amants vivent dans un monde à part, où chaque instant est décuplé ; et la joie que connaissait maintenant Jennifer avec Adam valait tout le prix qu'elle aurait à payer plus tard. Et elle savait qu'elle aurait à payer.

Le temps avait pris une autre dimension. Avant, la vie de Jennifer était réglée sur les heures et les entrevues consacrées à ses clients. Maintenant, son temps était compté en minutes passées avec Adam. Elle pensait à lui quand elle était avec lui, et elle pensait également à lui quand elle était loin de lui.

Jennifer avait lu des articles sur les hommes sujets à des crises cardiaques dans les bras de leur maîtresse, aussi inscrivit-elle le numéro de téléphone du médecin d'Adam dans son carnet d'adresses posé à côté de son lit, afin que s'il arrivait quoi que ce soit, elle pût maîtriser discrètement la situation sans qu'Adam en éprouvât la moindre gêne.

Jennifer découvrait en elle des émotions dont elle ignorait l'existence. Elle ne s'était jamais imaginée du genre « femme au foyer », mais elle voulait tout faire pour Adam. Elle voulait faire la cuisine pour lui, faire le ménage pour lui, préparer ses vêtements le matin. Prendre soin de lui.

Adam passait la plupart de ses nuits avec Jennifer. Elle restait allongée à côté de lui, le regardant s'endormir, et elle essayait de rester éveillée le plus longtemps possible, terrifiée à l'idée de perdre un seul instant de leurs précieux moments partagés. Pour finir, lorsque Jennifer ne pouvait garder les yeux ouverts plus longtemps, elle se pelotonnait contre lui et s'endormait, comblée et apaisée. Les insomnies qui la tourmentaient depuis si longtemps avaient disparu. Quand elle se blottissait dans les bras d'Adam, elle trouvait instantanément la paix.

Elle aimait se promener à travers l'appartement dans les chemises d'Adam, et la nuit elle portait le haut de son pyjama. Si elle se trouvait encore au lit le matin après son départ, elle roulait sur elle-même pour occuper son côté à lui. Elle adorait l'odeur tiède qu'il y laissait.

Elle avait l'impression que toutes les chansons d'amour populaires qu'elle entendait avaient été écrites pour Adam et pour elle, et elle se disait : « Noël Coward avait raison. C'est incroyable à quel point la musique bon marché peut être poignante. »

Au début, Jennifer avait cru que cet attrait physique dévastateur qu'ils éprouvaient l'un pour l'autre s'atténuerait avec le temps, or il ne faisait que croître.

Elle confia à Adam des choses qu'elle n'avait dites à aucun être humain. Avec lui, les masques tombaient. Elle était Jennifer Parker, mise à nue, et pourtant il l'aimait. C'était un miracle.

Chose incroyable, elle aimait Adam chaque jour davantage. Elle priait pour que ce qu'ils vivaient n'ait pas de fin. Mais elle savait qu'il y en aurait une. Pour la première fois de sa vie, elle devint superstitieuse. Adam aimait un mélange spécial de café du Kenya. Jennifer en achetait régulièrement.

Mais jamais plus d'une boîte à la fois.

Une des plus grandes inquiétudes de Jennifer, c'était qu'il arrivât quelque chose à Adam quand il se trouvait loin d'elle et qu'elle ne l'apprît qu'en lisant les journaux, ou aux informations à la télévision. Mais elle ne lui confia jamais ses craintes.

Chaque fois qu'Adam allait être en retard, il laissait à Jennifer des petits mots disséminés dans l'appartement, et sur lesquels elle tombait inopinément. Elle les trouvait dans le beurrier ou dans le réfrigérateur, ou dans une chaussure ; cela la ravissait, et elle les gardait tous.

Leurs derniers jours ensemble s'écoulèrent dans un tourbillon d'activité joyeuse. Enfin, arriva la veille du retour de Mary Beth. Jennifer et Adam dînèrent dans l'appartement, ils écoutèrent de la musique et firent l'amour. Jennifer resta éveillée toute la nuit, serrant Adam dans ses bras. Elle songeait à tout le bonheur qu'ils avaient partagé.

La souffrance viendrait plus tard.

Au petit déjeuner, Adam lui dit :

— Quoi qu'il arrive, je veux que tu saches ceci : tu es la seule femme que j'aie jamais vraiment aimée.

Et la souffrance vint.

15.

Le remède à sa douleur, c'était le travail, et Jennifer s'y plongea si profondément qu'elle n'eut pas le temps de penser.

Elle était devenue la coqueluche de la presse, et on ne parlait plus que de ses succès en salle d'audience. Trop de clients venaient la consulter, et, alors que son intérêt se portait essentiellement sur le droit pénal, elle commença à accepter, sur la demande pressante de Ken, des affaires d'un tout autre ordre.

Le rôle de Ken Bailey était devenu de plus en plus

important. Il se chargeait des enquêtes pour les affaires qu'elle devait défendre, et il réussissait brillamment. Elle pouvait discuter d'autres problèmes avec lui, et elle appréciait ses conseils.

Jennifer et Ken déménagèrent à nouveau, pour s'installer cette fois dans des bureaux plus grands sur Park Avenue. Jennifer engagea deux jeunes avocats prometteurs, Dan Martin et Ted Harris, appartenant l'un et l'autre à l'équipe de Robert Di Silva, et deux secrétaires de plus.

Dan Martin était un ancien joueur de football américain de l'université de Northwestern, et il alliait le physique d'un athlète à l'esprit d'un intellectuel.

Ted Harris, lui, était un jeune homme frêle, peu sûr de lui, aux lunettes épaisses comme des loupes, mais c'était un génie.

Martin et Harris s'occupaient de la préparation des dossiers, tandis que Jennifer se chargeait de plaider au palais.

L'enseigne sur la porte indiquait : JENNIFER PARKER & ASSOCIÉS.

Les affaires qui arrivaient à leur cabinet allaient de la défense d'une importante société industrielle accusée de pollution, à celle d'un alcoolique qu'on avait battu en l'éjectant d'une taverne. L'alcoolique étant, bien évidemment, un cadeau du père Ryan.

— Il a un problème, avait confié le père Ryan à Jennifer. Il est réellement d'une bonne famille, mais le pauvre type subit parfois de telles contraintes qu'il lui arrive de boire une goutte de trop.

Jennifer ne pouvait réprimer un sourire. A entendre

le père Ryan, aucun de ses paroissiens n'était coupable, et son seul désir était de les aider à sortir de l'ornière dans laquelle ils s'étaient imprudemment laissés tomber. Une des raisons pour lesquelles Jennifer comprenait si bien le prêtre, c'était qu'elle éprouvait fondamentalement le même sentiment que lui. L'un et l'autre avaient affaire à des chiens perdus, sans personne pour les aider, ne possédant ni l'argent ni le pouvoir pour lutter contre l'establishment, qui finissait par les anéantir.

On dérogeait le plus souvent au mot *justice*. Dans la salle d'audience, ni le district attorney qui poursuivait l'affaire ni l'avocat de la défense, ne cherchaient la justice : le jeu ne comportait qu'une seule règle, gagner.

De temps à autre, il arrivait à Jennifer et au père Ryan d'évoquer Connie Garrett, mais le sujet laissait toujours Jennifer déprimée. Il y avait là une injustice qui lui restait sur le cœur.

Dans son bureau de l'arrière-salle de chez *Tony*, Michael Moretti observait Nick Vito balayer soigneusement l'endroit au moyen d'un appareil électronique, à la recherche de bandes magnétiques posées clandestinement. Grâce à ses relations dans la police, Michael savait que les autorités avaient interdit toute surveillance de ce genre, mais il arrivait parfois qu'un flic malin, un jeune détective trop zélé, installât illégalement un système de bandes magnétiques, dans l'espoir de glaner des informations. Michael était un homme avisé. Matin et soir il faisait passer au détecteur son bureau et son domicile. Il avait conscience d'être la cible n° 1 d'une demi-douzaine de bureaux de détectives, mais cela le laissait indifférent. Il savait ce qu'ils faisaient, tandis qu'eux ne savaient pas ce qu'il faisait, lui ; et s'ils le savaient, ils ne pouvaient le prouver.

De temps à autre, tard dans la soirée, Michael jetait un œil à travers le judas de l'arrière-porte du restaurant, regardant les agents du F.B.I. ramasser ses ordures pour les analyser, et en substituer d'autres.

Un soir, Nick Vito déclara :

— Bon sang, patron, et si jamais ces loustics mettent la main sur quelque chose ?

Michael éclata de rire.

— Ça serait drôle. Avant qu'ils arrivent, on permute nos ordures avec celles du restaurant d'à côté.

Non, les agents fédéraux ne pouvaient pas l'atteindre. Les activités de la Famille se développaient, et Michael avait mis sur pied des projets qu'il tenait encore secrets. La seule pierre d'achoppement, c'était Thomas Colfax. Michael savait qu'il lui faudrait se débarrasser du vieil avocat. Il avait besoin d'un esprit neuf et jeune. Et à chaque fois, ses pensées revenaient à Jennifer Parker.

Adam et Jennifer se retrouvaient à déjeuner une fois par semaine, et pour l'un comme pour l'autre c'était une torture, car ils n'avaient pas le temps de se retrouver seuls ensemble, aucune intimité n'était possible. Ils se téléphonaient tous les jours, en se servant de noms d'emprunt. Lui s'appelait M. Adams, et elle Mme Jay.

— J'ai horreur de faire les choses en cachette, dit Adam.

— Moi aussi.

Mais l'idée de le perdre la terrifiait.

Dans les salles d'audience, Jennifer échappait à sa propre douleur. C'était une scène, un endroit où elle rivalisait avec les esprits les plus brillants qui lui étaient opposés. Son école, c'était la salle d'audience, et elle apprenait bien. Un procès, c'était un jeu auquel on jouait avec certaines règles strictes, où le meilleur gagnait, et Jennifer était farouchement déterminée à être le meilleur joueur.

Les contre-interrogatoires de Jennifer se transformaient en scènes de théâtre, qu'elle menait avec adresse selon un rythme et une cadence parfaitement réglés. Elle parvenait à reconnaître le meneur d'un jury, et à se concentrer sur lui, sachant qu'il pouvait faire aligner les autres sur sa décision.

Les chaussures d'un homme sont révélatrices de son caractère. Jennifer recherchait les jurés qui portaient des chaussures confortables, car ils devaient avoir tendance à être accommodants.

Elle apprit la stratégie d'un procès, le plan général, les tactiques, les manœuvres engagées d'un jour à l'autre. Elle devint experte dans l'art de rendre des services aux juges bienveillants.

Jennifer passait des heures interminables à préparer chaque affaire, respectant l'adage : *La plupart des affaires sont gagnées ou perdues avant que le procès ait commencé.* Elle sacrifiait aux moyens mnémotechniques pour se rappeler des noms des jurés : Smith[1] — un homme musclé capable de manier une enclume ; Helm[2] — un homme tenant la barre d'un bateau ; Newman — un homme nouveau.

La Cour se retirait généralement à quatre heures de l'après-midi, aussi, lorsque Jennifer était en train de procéder à un contre-interrogatoire vers la fin de l'après-midi, ralentissait-elle sa plaidoirie quelques minutes avant quatre heures avant de frapper verbalement un grand coup à l'adresse du témoin, ce qui allait laisser pendant la nuit une forte impression sur le jury.

Elle apprit à lire le langage du corps. Quand un témoin appelé à la barre mentait, il avait des gestes révélateurs : il se caressait le menton, serrait les lèvres, se cachait la bouche de la main, se grattait le lobe de l'oreille ou le sommet du crâne. Jennifer était devenue experte dans la détection de ces signes, ce qui lui permettait d'ajuster sa ligne de mire.

Jennifer s'aperçut que le fait d'être une femme la désavantageait dans l'exercice du droit pénal. Elle pénétrait en territoire « macho ». Il y avait encore très peu de femmes attorneys dans les procédures pénales, et certains avocats de sexe masculin en voulaient à Jennifer. Sur un de ses dossiers, elle trouva un jour un autocollant indiquant : *Les Femmes Avocates ont les plus belles Défenses.* En guise de revanche, Cynthia posa sur son bureau l'inscription suivante : *La place de la Femme est à la Maison-Blanche... et au Sénat.*

1. De (*black*) *smith*, le forgeron.
2. *Helm* : gouvernail.

La plupart des jurys avaient un *a priori* défavorable à l'égard de Jennifer, du fait qu'elle prenait souvent en main des affaires sordides, et ils avaient tendance à l'associer à ses clients. On s'attendait à la voir habillée en Jane Eyre, tenue qu'elle refusait, mais elle s'arrangeait toujours pour porter des vêtements qui, sans susciter l'envie chez les femmes jurés, étaient suffisamment féminins pour ne pas indisposer les hommes qui autrement auraient pu la prendre pour une lesbienne. En d'autres circonstances, ces considérations auraient fait rire Jennifer. Mais dans une salle d'audience, elles se révélaient de dures réalités. Dès l'instant où elle était entrée dans le monde des hommes, elle était obligée de travailler deux fois plus et d'être deux fois meilleure que ses rivaux. Jennifer apprit à préparer avec le plus grand soin non seulement ses propres dossiers, mais aussi ceux de ses adversaires. Allongée dans son lit, au milieu de la nuit, ou assise derrière son bureau, elle imaginait la stratégie de l'ennemi. Que ferait-elle si elle était de l'autre côté ? Quels effets de surprise tenterait-elle de produire ? Tel un général, elle dressait les plans des deux camps d'un combat meurtrier.

Cynthia l'appela par l'interphone.

— J'ai sur la trois un homme qui désire vous parler, mais il refuse de donner son nom et de dire de quoi il s'agit.

Six mois plus tôt, Cynthia aurait purement et simplement raccroché. Jennifer lui avait appris à ne jamais écarter qui que ce fût.

— Passez-le-moi.

Un instant plus tard, elle entendit la voix d'un homme qui lui demandait prudemment :

— Êtes-vous Jennifer Parker ?

— Oui.

Il hésita.

— Je peux vous parler en sécurité ?

— Oui. Que puis-je pour vous ?

— Ce n'est pas pour moi... C'est pour... pour une amie.

— Je vois. Quel est le problème de votre amie ?

— C'est confidentiel, comprenez-le bien.

— Je comprends.

Cynthia entra pour lui remettre le courrier. « Un instant », lui indiqua-t-elle d'une grimace.

— La famille de mon amie l'a fait enfermer dans un asile de fous. C'est une conspiration. Les autorités sont dans le coup.

Jennifer n'écoutait plus que d'une oreille. Le récepteur calé contre son épaule, elle parcourait son courrier du matin.

L'homme ajouta :

— Elle est riche, et sa famille en veut à son argent.

— Continuez, fit Jennifer tout en poursuivant la lecture de son courrier.

— Ils pourraient me faire enfermer, moi aussi, s'ils apprenaient que j'essaye de l'aider. Ça pourrait être dangereux pour moi, miss Parker.

« Un emmerdeur », se dit Jennifer.

— Je crains de ne rien pouvoir faire, mais je vous suggère de prendre un bon psychiatre pour venir en aide à votre amie.

— Vous ne comprenez pas. Ils sont tous contre elle.

— Je comprends, fit Jennifer avec douceur. Je...

— Vous voulez bien l'aider ?

— Je ne peux rien faire... attendez. Donnez-moi le nom et l'adresse de votre amie, et si j'en ai la possibilité, j'irai voir.

Un long silence suivit. Pour finir, l'homme parla.

— Souvenez-vous que c'est confidentiel.

Jennifer ne souhaitait qu'une chose, qu'il raccrochât. Son premier rendez-vous l'attendait à la réception.

— Je m'en souviendrai.

— Cooper. Helen Cooper. Elle possède une grande propriété sur Long Island, mais ils la lui ont prise.

Obéissante, Jennifer en prit note sur son bloc.

— Bon. Dans quelle maison m'avez-vous dit qu'elle se trouvait ?

Il y eut un déclic et la ligne fut coupée. Jennifer jeta le bout de papier dans la corbeille.

Jennifer et Cynthia échangèrent un regard.

— Quel monde étrange, dit Cynthia. Miss Marshall vous attend.

Jennifer avait eu Loretta Marshall au téléphone une semaine plus tôt. Miss Marshall avait demandé à Jennifer de la défendre dans un recours en paternité contre Curtis Randall III, une riche personnalité de la haute société.

Elle en avait parlé à Ken Bailey.

— Il me faut des renseignements sur Curtis Randall III. Il vit à New York, mais si j'ai bien compris il passe le plus clair de son temps à Palm Beach. Je veux connaître son passé, et s'il a couché avec une fille répondant au nom de Loretta Marshall.

Elle avait énuméré à Ken le nom des hôtels de Palm

Beach que lui avait communiqués la femme. Deux jours plus tard, Ken Bailey avait mené son enquête.

— J'ai vérifié. Ils ont passé deux semaines ensemble dans des hôtels de Palm Beach, de Miami et d'Atlantic City. Loretta Marshall a donné naissance à une fille il y a huit mois.

Jennifer s'appuya en arrière sur sa chaise et le regarda d'un air songeur.

— J'ai l'impression qu'on va s'acheminer vers un véritable procès.

— Pas moi.

— Quel est le problème ?

— Le problème, c'est notre cliente. Elle a couché avec tout le monde, y compris toute l'équipe des Yankees [1].

— Vous voulez dire que le père peut être n'importe qui ?

— Un homme sur deux, pratiquement.

— En existe-t-il un autre suffisamment riche pour subvenir aux besoins du bébé ?

— Eh bien, les Yankees sont plutôt riches, mais le plus riche de toute la ligne, c'est Curtis Randal III.

Il lui tendit une longue liste de noms.

Loretta Marshall entra dans le bureau. Jennifer ne savait pas très bien à quoi s'attendre. Vraisemblablement une jolie prostituée à la cervelle grosse comme un petit pois. Or, la surprise fut totale. Non seulement elle n'était pas jolie, mais elle était presque laide. Sa silhouette était quelconque. D'après le nombre des conquêtes romantiques de miss Marshall, Jennifer n'attendait rien de moins qu'une beauté follement

1. Ligue de base-ball.

séduisante. Loretta Marshall était le stéréotype de l'institutrice de cours primaire. Elle était vêtue d'une jupe écossaise en laine, d'une chemise boutonnée jusqu'en haut, d'un cardigan bleu foncé et de chaussures confortables. Au début, Jennifer avait été convaincue que Loretta Marshall voulait se servir d'elle pour obliger Curtis Randall à payer la pension d'un bébé qui n'était pas le sien. Au bout d'une heure de conversation avec la fille, elle s'était aperçue que son opinion n'était plus la même. Loretta Marshall était foncièrement honnête.

— Évidemment, je n'ai aucune preuve que Curtis est le père de Mélanie, fit-elle en esquissant un sourire timide. Curtis n'est pas le seul homme avec lequel j'ai couché.

— Dans ces conditions, qu'est-ce qui vous fait penser qu'il est le père de votre enfant, miss Marshall ?

— Ce n'est pas que je le pense. J'en suis sûre. C'est difficile à expliquer, mais je sais même la nuit où Mélanie a été conçue. Une femme sent parfois ce genre de choses.

Jennifer l'observa, à la recherche d'un signe quelconque de ruse ou de supercherie. Elle n'en trouva aucun. Pas la moindre simulation chez cette fille. Jennifer se dit que peut-être, aux yeux des hommes, cela faisait partie de son charme.

— Êtes-vous amoureuse de Curtis Randall ?

— Oh ! oui. Et Curtis m'a dit que lui aussi m'aimait. Évidemment je ne suis pas sûre qu'il m'aime toujours, après ce qui s'est passé.

« Si vous l'aimez, remarqua Jennifer pour elle-même, comment avez-vous pu coucher avec tous ces hommes ? » La réponse se trouvait peut-être sur ce visage triste et insignifiant, dans cette silhouette banale.

— Pouvez-vous m'aider, miss Parker ?

Jennifer répondit avec prudence :

— Les affaires de reconnaissance en paternité sont toujours difficiles. J'ai là la liste d'une douzaine d'hommes avec lesquels vous avez couché au cours de l'année dernière. Il y en a probablement d'autres. Si moi j'ai cette liste, vous pouvez être certaine que l'avocat de Curtis Randall a la même entre les mains.

Loretta Marshall fronça les sourcils.

— Et les tests sanguins, et tous ces trucs ?...

— Les tests sanguins sont admis uniquement comme preuve que le défendeur ne peut pas être le père. Sur un plan juridique, ils ne sont pas probants.

— Pour moi, ça m'est égal. C'est Mélanie que je veux protéger. Il est normal que Curtis prenne soin de sa fille.

Jennifer hésita, pesant sa décision. Elle avait dit la vérité à Loretta Marshall. Les affaires de reconnaissance en paternité étaient difficiles. Sans parler de l'aspect sordide et déplaisant. Pour les avocats de la défense, l'occasion serait rêvée d'appeler cette femme à la barre. Ils étaleraient au grand jour le défilé de ses amants et avant même d'en avoir fini, ils auraient réussi à la faire passer pour une putain. Ce n'était pas là le genre d'affaires dont Jennifer souhaitait s'occuper. D'un autre côté, elle croyait Loretta. Elle n'avait rien de la poule habituelle qui fait chanter son ancien amant. La fille était convaincue que Curtis Randall était le père de son enfant. Jennifer trancha.

— D'accord, on va s'en occuper.

Jennifer organisa une entrevue avec Roger Davis, l'avocat de Curtis Randall. Davis était associé dans un grand cabinet de Wall Street et l'importance de sa situation se mesurait aux dimensions du bureau qu'il occupait. Il était suffisant et arrogant; Jennifer le détesta aussitôt.

— Que puis-je pour vous? demanda Roger Davis.

— Comme je vous l'ai expliqué au téléphone, je représente Loretta Marshall.

Il la dévisagea et lança d'un ton impatient :

— Et alors?

— Elle m'a demandé d'intenter une demande de reconnaissance en paternité auprès de Curtis Randall III. Je préférerais éviter cette procédure.

— Vous seriez bien bête de le faire.

Jennifer se contint.

— Nous ne souhaitons pas traîner le nom de votre client devant les tribunaux. Comme vous le savez, j'en suis sûre, ce genre d'affaire est toujours déplaisante. C'est pourquoi nous sommes prêts à accepter un compromis raisonnable en dehors de toute procédure.

Roger Davis adressa à Jennifer un sourire glacial.

— Je vous crois volontiers. D'autant que cette affaire n'existe pas. C'est une pure invention.

— Je pense le contraire.

— Miss Parker, je n'ai pas le temps de ménager mes mots. Votre cliente est une putain. Elle a des relations sexuelles avec tout ce qui bouge. J'ai la liste des hommes avec lesquels elle a couché. Elle est longue comme le bras. Vous pensez que mon client risque d'être touché? C'est la vôtre qui sera anéantie. Elle est institutrice, je crois. Eh bien, quand j'en aurai fini avec elle, elle ne pourra plus enseigner nulle part, aussi longtemps qu'elle vivra. Et je vais vous dire autre chose. Randall pense qu'il est le père de l'enfant. Mais vous ne pourrez jamais, jamais, le prouver.

Jennifer s'appuya en arrière, écoutant, le visage vide de toute expression.

— Notre position est la suivante : nous estimons que votre cliente a pu être engrossée par n'importe quel soldat de la IIIe Armée. Vous voulez qu'on arrive à un compromis ? Très bien. Je vais vous dire ce que nous allons faire. Nous allons acheter à votre cliente une plaquette de pilules pour que ça ne se reproduise plus.

Jennifer se leva, les joues en feu.

— Monsieur Davis, lança-t-elle, votre petit discours va coûter à votre client un demi-million de dollars.

Et elle franchit la porte.

Ken Bailey et ses trois assistants ne découvrirent rien contre Curtis Randal III. Ce veuf, pilier de la société, n'avait que de rares aventures sexuelles.

— Ce salopard est un puritain bon teint, se plaignit Ken Bailey.

Il était minuit, ils étaient assis autour de la table de réunion, la veille du procès.

— J'ai parlé à l'un des avocats du cabinet de Davis, Jennifer. Ils ont l'intention d'anéantir notre cliente. Et ça n'est pas du bluff.

— Pourquoi vous obstinez-vous à défendre cette fille ? demanda Dan Martin.

— Je ne suis pas ici pour juger sa vie sexuelle, Dan. Elle croit que Curtis Randall est le père de son bébé.

Quand je dis « elle croit », en réalité elle en est sûre. Tout ce qu'elle veut, c'est de l'argent pour sa fille... elle ne demande rien pour elle. Je pense qu'elle mérite d'obtenir réparation.

— Ce n'est pas à elle que nous pensons, reprit Ken, mais à vous. Vous êtes sous les feux de la rampe. Tout le monde vous regarde. A mon avis, c'est une affaire perdue d'avance. Cela va marquer votre carrière d'une pierre noire.

— Allons nous coucher, fit Jennifer. Je vous retrouverai demain au palais.

Le procès se déroula de manière encore pire que ce qu'avait prédit Ken Bailey. Jennifer avait insisté pour que Loretta Marshall amenât son bébé dans la salle d'audience, mais elle se demandait maintenant si elle n'avait pas commis une erreur tactique. Immobile, désemparée, elle vit Roger Davis faire venir à la barre témoin après témoin, les forçant à reconnaître qu'ils avaient couché avec Loretta Marshall. Jennifer n'osa pas procéder à un contre-interrogatoire à leur égard. Ils étaient des victimes, qui ne témoignaient en public que parce qu'on les y avait obligés. Tout ce que Jennifer pouvait faire, c'était rester assise à entendre le nom de sa cliente qu'on salissait. En observant les visages des jurés, elle y lut une hostilité grandissante. Roger Davis était trop adroit pour qualifier Loretta Marshall de putain. Il n'avait pas besoin de le faire. Ceux qui se présentaient à la barre le faisaient à sa place.

Jennifer avait convoqué ses propres témoins pour attester du bon travail qu'avait fait Loretta Marshall en tant qu'institutrice, certifier qu'elle allait régulièrement à la messe et qu'elle était une bonne mère ; mais rien de cela ne faisait le poids en regard du déploiement des amants de Loretta Marshall. Jennifer avait espéré susciter la sympathie du jury en dramatisant la triste condition d'une jeune femme abusée par un riche play-boy, et abandonnée une fois enceinte. Mais le procès ne se déroulait pas de cette façon.

Curtis Randall III était assis au banc de la défense. Il aurait pu être choisi par un metteur en scène. C'était un homme élégant approchant de la soixantaine, aux cheveux remarquablement gris, au visage bronzé et aux traits réguliers. Il était issu d'une bonne famille, appartenait à tous les clubs chic, il était riche et il avait réussi. Jennifer sentit que les femmes du jury le déshabillaient mentalement : « C'est évident. Elles s'estiment dignes de coucher avec ce M. Charme, mais elles ne se posent pas la question de savoir ce qu'il a pu trouver chez cette catin assise dans la salle d'audience avec un bébé de dix mois dans les bras. »

Malheureusement pour Loretta Marshall, l'enfant ne ressemblait en rien à son père. Pas plus qu'à sa mère. Mélanie aurait pu être le bébé de n'importe qui.

Comme s'il avait lu dans les pensées de Jennifer, Roger Davis s'adressa au jury :

— Regardez-les, mesdames et messieurs, la mère et l'enfant. Ah ! Mais l'enfant de qui, au fait ? Vous avez vu le défendeur. Je défie quiconque dans cette assemblée de trouver un seul point de ressemblance entre lui et ce bébé. Il est bien évident pour une raison très simple. Le défendeur n'est pas le père. Non, j'ai que si mon client était le père de cet enfant, quelque chose l'indiquerait. Quelque chose dans les yeux, dans le nez, dans le menton. Où est cette ressemblance ? Elle n'existe pas, et j'ai bien peur que nous n'ayons ici affaire à un exemple classique d'une femme de peu de vertu qui, par sa négligence, s'est retrouvée enceinte, et qui a alors cherché autour d'elle lequel de ses amants aurait les plus gros moyens pour payer ses factures.

Sa voix s'adoucit.

— Mais nous ne sommes pas ici pour la juger. Ce que Loretta Marshall choisit de faire de sa vie privée ne regarde qu'elle. Le fait qu'elle soit institutrice et qu'elle puisse avoir une influence sur ses petits élèves, cela n'est pas non plus de mon ressort. Je ne suis pas ici pour donner une leçon de morale ; je suis ici simplement pour protéger les intérêts d'un homme innocent.

Jennifer observa les jurés, et elle eut l'impression accablante que tous s'étaient rangés du côté de Curtis Randall. Jennifer croyait toujours ce que lui avait dit Loretta Mashall. Si seulement le bébé ressemblait à son père ! Roger Davis avait raison. Il n'y avait pas la moindre ressemblance. Et il s'était assuré que le jury en eût conscience.

Jennifer appela Curtis Randall à la barre. Elle savait que c'était là sa seule chance d'arriver à réparer le dommage qui avait été causé, sa dernière possibilité de renverser l'issue du procès. Elle examina un long moment l'homme assis dans le fauteuil du témoin.

— Avez-vous été marié, monsieur Randall ?

— Oui, ma femme a péri dans un incendie.

Le jury eut instinctivement une réaction de sympathie.

Merde ! Jennifer reprit aussitôt :

— Vous ne vous êtes jamais remarié ?

— Non. J'aimais beaucoup ma femme, et je...

— Avez-vous eu des enfants ?

— Non. Malheureusement, ma femme ne pouvait pas en avoir.

Jennifer fit alors un geste en direction du bébé.

— Aussi Mélanie est votre seule...

— Objection !

— Acceptée. L'avocat du demandeur le sait bien.

— Je suis désolée, Votre Honneur. Cela m'a échappé.

Jennifer se tourna à nouveau vers Curtis Randall.

— Aimez-vous les enfants ?

— Oui, beaucoup.

— Vous êtes président du conseil d'administration de votre propre entreprise, n'est-ce pas, monsieur Randall ?

— Oui.

— N'avez-vous jamais souhaité avoir un fils qui porterait votre nom ?

— Je pense que c'est le désir de tout homme.

— Donc, si Mélanie était un garçon...

— Objection !

— Acceptée.

Le juge se tourna vers Jennifer.

— Miss Parker, je vais vous demander encore une fois de cesser cela.

— Désolée, Votre Honneur. (Jennifer se tourna vers Curtis Randall.) Monsieur Randall, est-ce dans vos habitudes de lever des femmes que vous ne connaissez pas et de les emmener à l'hôtel ?

Curtis Randall se passa nerveusement la langue sur la lèvre inférieure.

— Non, pas du tout.

— N'est-il pas exact que vous avez rencontré Loretta Marshall pour la première fois dans un bar et que vous l'avez emmenée dans une chambre d'hôtel ?

Sa langue s'agitait à nouveau sur ses lèvres.

— Si, madame, mais c'était juste... c'était juste une affaire sexuelle.

Jennifer le fixa droit dans les yeux.

— Vous dites, c'était juste une affaire sexuelle, comme si à votre avis le sexe était quelque chose de sale.

— Non, madame.

Sa langue reprit son tremblotement.

Jennifer observait, fascinée, cette langue qui courait sur ses lèvres. Soudain, un immense espoir l'envahit. Elle savait maintenant ce qu'elle avait à faire. Elle devait le pousser à bout. Sans toutefois le pousser trop loin, sinon elle se mettrait le jury à dos.

— Combien de femmes avez-vous levées dans des bars ?

Roger Davis avait bondi sur ses pieds.

— Sans rapport avec les débats, Votre Honneur. Et j'élève une objection à ce type de questions. La seule femme impliquée dans cette affaire, c'est Loretta Marshall. Nous avons déjà énoncé que le défendeur avait eu un rapport sexuel avec elle. En dehors de cela, sa vie privée ne concerne en rien cette salle d'audience.

— Je ne suis pas d'accord, Votre Honneur. Si le défendeur est le type d'homme à...

— Acceptée. Renoncez s'il vous plaît à ce type de questions, miss Parker.

Jennifer haussa les épaules.

— Oui, Votre Honneur. (Elle se tourna vers Curtis Randall.) Revenons à la nuit où vous avez rencontré Loretta Marshall dans un bar. Quel genre de bar était-ce ?

— Je... je ne sais vraiment pas. Je n'y avais jamais été avant.

— C'était un bar pour célibataires, n'est-ce pas ?

— Je n'en ai pas la moindre idée.

— Eh bien, pour votre information, le *Play Pen* était et est un bar pour célibataires. Il a la réputation d'être un lieu de rencontres, de rendez-vous où les hommes et les femmes y trouvent des partenaires de lit. N'était-ce pas dans ce but que vous y étiez allé, monsieur Randall ?

Curtis Randall se mit à nouveau à se lécher les lèvres.

— C'est... c'est possible, je ne me souviens pas.

— Vous ne vous souvenez pas ?

La voix de Jennifer était lourde de sarcasme.

— Vous souvenez-vous de la date à laquelle vous avez rencontré Loretta Marshall pour la première fois dans ce bar ?

— Non. Je ne m'en souviens pas. Pas précisément.

— Alors laissez-moi vous rafraîchir la mémoire.

Jennifer s'approcha de la table de la partie plaignante et se mit à regarder certains documents. Elle griffonna sur un bout de papier, comme si elle recopiait une date, et elle le tendit à Ken Bailey. Il le lut, et son visage refléta un air intrigué.

Jennifer retourna à la barre des témoins.

— C'était le 18 janvier, monsieur Randall.

Du coin de l'œil, Jennifer aperçut Ken Bailey qui quittait la salle d'audience.

— C'est possible. Comme je vous l'ai dit, je ne m'en souviens pas.

Pendant le quart d'heure suivant, Jennifer continua à interroger Curtis Randall. C'était un contre-interrogatoire sans agressivité, allant dans toutes les directions, et Roger Davis ne l'interrompit pas, parce qu'il voyait bien que Jennifer ne marquait pas le moindre point avec les jurés, qui commençaient à avoir l'air de s'ennuyer.

Jennifer continuait à parler, guettant d'un œil le retour de Ken Bailey. Au milieu d'une question, Jennifer l'aperçut qui pénétrait précipitamment dans la salle d'audience, un petit paquet sous le bras.

Jennifer se tourna vers le juge.

— Votre Honneur, puis-je demander une suspension de séance de quinze minutes ?

Le juge regarda la pendule sur le mur.

— Étant donné qu'il est presque l'heure du déjeuner, la Cour se retire jusqu'à une heure trente.

A une heure trente, la cour revint en séance. Jennifer avait fait asseoir Loretta Marshall plus près du banc des jurés, avec son bébé sur les genoux.

Le juge déclara :

— Monsieur Randall, vous êtes toujours sous serment. Vous n'avez pas à prêter serment à nouveau. Venez à la barre, je vous prie.

Jennifer observa Curtis Randall qui s'asseyait à la

barre des témoins. Elle s'approcha de lui, et lui demanda :

— Monsieur Randall, combien d'enfants illégitimes avez-vous engendrés ?

Roger Davis bondit sur ses pieds.

— Objection ! Ceci est outrageant. Votre Honneur. Je ne laisserai pas mon client subir ce genre d'humiliation.

Le juge déclara :

— Objection acceptée. (Il se tourna vers Jennifer.) Miss Parker, je vous ai avertie...

Jennifer dit d'un air contrit :

— Je suis désolée, Votre Honneur.

Elle regarda Curtis Randall et vit qu'elle avait obtenu ce qu'elle cherchait. Il se léchait nerveusement les lèvres. Jennifer se tourna vers Loretta Marshall et son bébé. Le bébé se léchait activement les lèvres. Jennifer s'approcha lentement du bébé et resta un long moment devant l'enfant, de façon à attirer sur elle l'attention du jury.

— Regardez-la, fit-elle doucement.

Tous avaient les yeux fixés sur la petite Mélanie, dont la langue rose léchait la lèvre inférieure.

Jennifer fit demi-tour et revint vers la barre des témoins.

— Et maintenant, regardez cet homme.

Douze paires d'yeux convergèrent sur Curtis Randall. Il était assis là, se léchant lui aussi nerveusement la lèvre inférieure, et soudain la ressemblance fut frappante. Oublié le fait que Loretta Marshall avait couché avec des dizaines d'autres hommes. Oublié le fait que Curtis Randall était une personnalité en vue.

— Voici un homme fortuné, d'un rang élevé, déclara Jennifer d'un ton sentencieux. Un homme vers lequel tous les yeux sont tournés. Je voudrais vous poser une seule question : quel genre d'homme est-il à refuser de reconnaître son propre enfant ?

Le jury mit moins d'une heure à délibérer, et son jugement fut rendu en faveur du plaignant. Loretta Marshall obtint une indemnité de deux cent mille dollars cash, et deux mille dollars par mois de pension pour l'enfant.

Une fois le verdict rendu, Roger Davis s'avança vers Jennifer, le visage rouge de fureur.

— Avez-vous fait quelque chose à cet enfant ?

— Que voulez-vous dire ?

Roger Davis hésita, peu sûr de lui.

— Ce truc de la lèvre. C'est ce qui a emporté l'adhésion du jury avec le bébé qui se léchait les lèvres comme ça. Comment l'expliquez-vous ?

— En fait, répondit Jennifer avec hauteur. Je ne l'explique pas. C'est ce qu'on appelle l'hérédité.

Et elle tourna les talons.

Jennifer et Ken Bailey jetèrent la bouteille de sirop en revenant à leur bureau.

16.

Dès le début, Adam Warner avait su que son mariage avec Mary Beth était une erreur. Il avait agi par impulsion et idéalisme, voulant protéger une jeune fille qui lui semblait abandonnée et vulnérable.

Il donnerait tout pour ne pas blesser Mary Beth, mais il était profondément amoureux de Jennifer. Il avait besoin de parler à quelqu'un, et il décida de s'adresser à Stewart Needham. Stewart lui avait toujours manifesté sa sympathie. Il comprendrait la position d'Adam.

L'entrevue prit un tour tout à fait différent de ce qu'il avait imaginé. Lorsque Adam pénétra dans le bureau de Stewart Needham, celui-ci lui dit :

— Tout est parfaitement réglé. Je viens d'avoir au téléphone le comité d'élection. Ils vous demandent officiellement de vous présenter au Sénat des États-Unis. Vous bénéficierez du soutien tout entier du parti.

— Je... c'est merveilleux, répondit Adam.

— Nous allons avoir du travail à abattre, mon garçon. Il va falloir s'organiser. Je vais mettre sur pied un comité de soutien pour recueillir les fonds. Je pense que c'est par là qu'il faut commencer...

Pendant les deux heures qui suivirent, ils discutèrent des plans de la campagne.

Lorsqu'ils eurent fini, Adam déclara :

— Stewart, j'aimerais vous entretenir d'un problème personnel...

— Je suis désolé, mais j'ai déjà un client qui m'attend, Adam.

Et Adam eut soudain le sentiment que Stewart Needham savait depuis le début ce qu'il avait en tête.

Adam avait rendez-vous avec Jennifer pour déjeuner dans un drugstore du West Side. Elle l'attendait à une table du fond.

Adam entra d'un pas dynamique et, d'après son expression, Jennifer comprit que quelque chose s'était passé.

— J'ai une nouvelle à t'apprendre, déclara-t-il. On m'a demandé de me présenter aux élections sénatoriales.

— Oh ! Adam !

Jennifer se sentit soudain saisie d'une grande excitation.

— C'est merveilleux ! Tu feras un formidable sénateur !

— La lutte va être farouche. New York est un État dur.

— Ça ne fait rien. Personne ne peut te barrer la route.

Et Jennifer savait que c'était vrai. Adam était intelligent et courageux, prêt à se jeter dans les batailles en lesquelles il croyait. Comme dans celle qu'il avait menée pour elle.

Jennifer lui prit la main et lui dit avec chaleur :

— Je suis si fière de toi, mon chéri.

— Pas si vite. Je n'ai pas encore été élu. Tu as entendu parler des combines et des peaux de banane.

— Ça n'empêche pas que je suis fière de toi. Je t'aime tant, Adam.

— Je t'aime, moi aussi.

Adam songea à parler à Jennifer de la discussion qu'il avait failli avoir avec Stewart Needham, mais il renonça. Autant attendre d'avoir remis de l'ordre dans tout cela.

— Quand vas-tu commencer ta campagne ?

— Ils veulent que j'annonce dès maintenant ma candidature. J'ai le soutien unanime du parti.

— C'est merveilleux !

Il y avait cependant quelque chose qui n'était pas merveilleux et qui lui tourmentait l'esprit. Quelque chose qu'elle ne voulait pas formuler, mais elle savait que tôt ou tard elle devrait y faire face. Elle voulait qu'Adam gagnât les élections, mais cette course au Sénat allait être une épée de Damoclès au-dessus de sa tête. Si Adam gagnait, Jennifer le perdait. Il se présenterait sur une liste réformiste, et il n'y aurait aucune place dans sa vie pour le moindre scandale. C'était un homme marié, et si on apprenait qu'il avait une maîtresse, ce serait un suicide politique.

Cette nuit-là, pour la première fois depuis qu'elle était tombée amoureuse d'Adam, Jennifer eut une insomnie. Elle resta éveillée jusqu'à l'aube, luttant contre les démons de la nuit.

Cynthia lui annonça :

— J'ai un appel pour vous. C'est encore ce Martien.

Jennifer lui lança un regard sans expression.

— Vous savez, ce type avec son histoire d'asile de fous.

L'homme lui était complètement sorti de l'esprit. De toute évidence cette personne avait besoin d'une assistance psychiatrique.

— Dites-lui de...

Elle soupira.

— Ça ne fait rien. Je vais le lui dire moi-même. Elle prit l'appareil.

— Jennifer Parker.

La voix familière lui demanda :

— Avez-vous vérifié l'information que je vous ai donnée ?

— Je n'en ai pas eu l'occasion.

Elle se rappela qu'elle avait jeté les notes qu'elle avait prises.

— J'aimerais vous aider. Voudriez-vous me donner votre nom ?

— Je ne peux pas, souffla-t-il. Sinon, ils en auront aussi après moi. Vérifiez, c'est tout. Helen Cooper. Long Island.

— Je peux vous recommander un médecin qui...

La ligne était coupée.

Jennifer resta là un moment à réfléchir, puis elle demanda à Ken Bailey de venir la rejoindre dans son bureau.

— Qu'y a-t-il, chef ?

— Rien... Je réfléchis. J'ai reçu deux appels bizarres de quelqu'un qui refuse de laisser son nom. Pourriez-vous, s'il vous plaît, essayer de trouver quelque chose sur une femme appelée Helen Cooper. Elle aurait été propriétaire d'un vaste domaine à Long Island.

— Où est-elle maintenant ?

— Soit dans un asile psychiatrique, soit sur Mars.

Deux heures plus tard, Ken Bailey fit irruption dans le bureau et, à la surprise de Jennifer, il déclara :

— Votre Martien a atterri. Il existe bien une Helen Cooper enfermée à l'asile Les Bruyères de Westchester.

— En êtes-vous sûr ?

Ken Bailey eut l'air froissé.

— Ce n'est pas ce que je voulais dire, reprit Jennifer.

Ken était le meilleur détective qu'elle eût jamais connu. Il n'avançait jamais rien avant d'en être certain, et il ne se trompait jamais.

— Que devons-nous faire de cette dame ? demanda Ken.

— Quelqu'un pense qu'on l'a fait enfermer de force dans l'asile. J'aimerais que vous procédiez à une enquête sur son passé. Je voudrais avoir des renseignements sur sa famille.

Le lendemain matin les renseignements étaient sur le bureau de Jennifer. Helen Cooper était une veuve âgée dont le défunt mari lui avait laissé une fortune de quatre millons de dollars. Sa fille avait épousé le gardien de l'immeuble où elles vivaient et, six mois après le mariage, les mariés avaient demandé par voie de justice que la mère fût déclarée incapable et que ses biens fussent placés sous leur autorité. Ils avaient trouvé trois psychiatres pour témoigner de l'incapacité d'Helen Cooper, et la cour l'avait fait interner.

Jennifer termina de lire le rapport, et elle leva les yeux vers Ken Bailey.

— Toute cette affaire ne sent pas très bon, ne trouvez-vous pas ?

— Non seulement ça ne sent pas bon, mais on pourrait même dire que ça pue. Qu'avez-vous l'intention de faire ?

Il était difficile de répondre à la question. Jennifer n'avait pas de client. Si la famille de Mme Cooper l'avait fait interner, ils n'accueilleraient certainement pas avec plaisir l'ingérence de Jennifer, et, à partir du moment où la femme elle-même avait été reconnue comme folle, elle était incapable de louer ses services. C'était un problème intéressant. Jennifer avait une seule certitude : avec ou sans client, elle n'assisterait pas, sans agir, à l'internement de quelqu'un dans un asile de fous.

— Je vais aller rendre visite à Mme Cooper, décida-t-elle.

La maison Les Bruyères se trouvait à Westchester, sur un grand domaine boisé. Le terrain était grillagé, et le seul accès se faisait par une grille gardée. Jennifer n'était pas encore déterminée à faire connaître ses intentions à la famille, aussi avait-elle passé plusieurs coups de fil jusqu'à trouver une relation qui avait ses entrées à l'asile. Cette personne lui avait organisé une visite auprès de Mme Cooper.

La directrice de l'asile, Mme Franklin, était une femme austère au visage fermé, qui rappela à Jennifer Mme Danvers dans *Rebecca*.

— Si j'appliquais strictement le règlement, fit Mme Franklin d'un ton pincé, je ne devrais pas vous autoriser à parler à Mme Cooper. Cependant, nous allons considérer cela comme une visite officieuse. Elle ne figurera pas dans les dossiers.

— Merci.
— Je vais vous la faire conduire.

Helen Cooper était une femme élancée, au visage avenant, qui approchait des soixante-dix ans. Ses yeux d'un bleu intense brillaient d'intelligence, et elle se révéla aussi aimable que si elle recevait Jennifer dans sa propre maison.

— C'est très gentil de votre part de me rendre visite, fit Mme Cooper, mais je ne suis pas certaine d'avoir compris le but de votre démarche.

— Je suis avocate, madame Cooper. J'ai reçu deux coups de téléphone anonymes m'informant que vous vous trouviez ici alors que vous ne devriez pas y être.

Mme Cooper esquissa un doux sourire.

— Ça doit être Albert.

— Albert ?

— Il a été mon maître d'hôtel pendant vingt-cinq ans. Quand ma fille Dorothy s'est mariée, elle l'a renvoyé.

Elle soupira.

— Pauvre Albert. Il appartient vraiment au passé, à un autre monde. D'une certaine manière, moi aussi. Vous, vous êtes très jeune, mon enfant, et vous ne vous rendez peut-être pas compte à quel point les choses ont changé. Savez-vous ce qui fait défaut, aujourd'hui ? L'amabilité. Je crains qu'on ne l'ait remplacée par la cupidité.

Jennifer demanda d'un ton calme :

— Votre fille ?

Les yeux de Mme Cooper se voilèrent de tristesse.

— Je ne blâme pas Dorothy. C'est son mari. Il n'est

pas très attirant, du moins moralement. Ma fille, elle, n'est malheureusement pas très attirante physiquement. Herbert a épousé Dorothy pour son argent, et il s'est aperçu que toute la fortune était entre mes mains. Ça ne lui a pas plu.

— Vous l'a-t-il dit directement ?

— Oh ! oui, bien sûr. Mon gendre était très ouvert sur ce sujet. A son avis, je devais donner la propriété immédiatement à ma fille, plutôt que de la faire attendre jusqu'à ma mort. Je l'aurais fait volontiers si j'avais eu confiance en lui. Je savais ce qui se passerait si jamais il pouvait mettre la main sur tout cet argent.

— Avez-vous jamais eu des signes de troubles mentaux, madame Cooper ?

Helen Cooper regarda Jennifer et lui dit en esquissant une grimace :

— D'après les médecins, je souffre de schizophrénie et de paranoïa.

Jennifer eut le sentiment de ne jamais avoir parlé à quelqu'un de plus sain d'esprit.

— Avez-vous conscience du fait que trois médecins vous ont déclarée incapable ?

— La fortune des Cooper est évaluée à quatre millions de dollars, miss Parker. On peut influencer bien des médecins pour une somme pareille. Je crains que vous ne perdiez votre temps. La fortune est maintenant entre les mains de mon gendre. Il ne me laissera jamais partir d'ici.

— J'aimerais rencontrer votre gendre.

Le *Plaza Towers* était situé sur la Soixante-douzième Rue Est, dans un des plus beaux quartiers résidentiels de New York. Helen Cooper avait son appartement là, au dernier étage. Maintenant, sur la plaque d'entrée, on pouvait lire : *M. et Mme Herbert Hawthorne.*

Jennifer avait averti de sa visite en téléphonant à la fille, Dorothy, et lorsqu'elle arriva dans l'appartement, Dorothy et son mari l'attendaient. Helen Cooper avait dit juste à propos de sa fille. Elle n'était pas jolie. Maigre, une tête de fouine, pas de menton, un œil droit qui louchait légèrement. Son mari, Herbert, ressemblait à un clone d'Archie Binker. Il avait au moins vingt ans de plus qu'elle.

— Entrez, grommela-t-il.

Il accompagna Jennifer depuis le hall d'entrée jusqu'à un gigantesque salon, dont les murs étaient couverts de tableaux de maîtres français et hollandais. Hawthorne attaqua Jennifer sans préalable :

— Maintenant j'aimerais bougrement bien savoir à propos de quoi vous faites toutes ces histoires.

Jennifer se tourna vers la fille :

— C'est à propros de votre mère.

— Qu'est-ce qu'elle a ?

— Quand a-t-elle commencé à montrer les premiers signes de folie ?

— Elle...

Herbert Hawthorne lui coupa la parole.

— Juste après que Dorothy et moi on se soit mariés. La vieille ne pouvait pas me sentir.

« C'est certainement là une preuve de santé mentale », se dit Jennifer.

— J'ai lu les rapports des médecins, fit-elle. Ils ne m'ont pas semblé objectifs.

— Qu'entendez-vous par « pas objectifs » ?

Son ton devenait féroce.

— Ce que je veux dire, c'est que les rapports ont été établis sur des bases douteuses, sans aucun des critères bien définis de ce que la société appelle santé mentale. La décision a été influencée en partie par ce que vous et votre femme, vous avez raconté du comportement de Mme Cooper.

— Qu'est-ce que vous essayez d'insinuer ?

— Je dis que les preuves ne sont pas évidentes. Trois autres médecins auraient pu aboutir à une conclusion entièrement différente.

— Écoutez-moi, fit Herbert Hawthorne, j' sais pas bien c' que vous êtes en train d'essayer de faire, mais j' peux vous dire que la vieille a perdu la boule. Les médecins l'ont dit, et la Cour l'a dit.

— J'ai lu la copie du jugement, coupa Jennifer. La Cour suggère également que son cas soit revu périodiquement.

La consternation se lut sur le visage d'Herbert Hawthorne.

— Vous voulez dire qu'ils pourraient la laisser sortir ?

— Ils *vont* la laisser sortir, promit Jennifer. Je vais m'y employer.

— Attendez une minute ! Qu'est-ce que ça veut dire, tout ça ?

— C'est justement ce que je voudrais savoir. (Jennifer s'adressa à la fille.) J'ai vérifié le dossier médical de votre mère. Elle n'a jamais eu le moindre accident, ni physique ni mental. Elle...

Herbert Hawthorne l'interrompit.

— Ça ne veut rien dire ! Ces trucs-là, ça peut vous arriver du jour au lendemain. Elle...

— En outre, continua Jennifer à l'adresse de

Dorothy, j'ai vérifié les activités sociales de votre mère avant que vous l'éloigniez. Elle menait une vie parfaitement normale.

— Je me fous complètement de ce que vous, ou d'autres, pouvez penser. Elle est cinglée ! hurla Herbert Hawthorne.

Jennifer se tourna vers lui et l'observa un moment.

— Avez-vous demandé à Mme Cooper de vous donner sa fortune ?

— C'est vraiment pas vos oignons !

— Cette affaire me concerne. Je n'ai rien d'autre à vous dire pour le moment.

Jennifer se dirigea vers la porte.

Herbert Hawthorne se dressa devant elle, lui barrant le passage.

— Attendez une minute. Vous vous mêlez de trucs qui ne vous regardent pas. Vous voulez en tirer un peu de pognon, c'est bien ça ? D'accord, j'ai compris, ma belle. J' vais vous dire ce que je vais faire. Si je vous donnais tout de suite un chèque de mille dollars pour vos bons services, et en échange vous laisseriez tout tomber. Hein ?

— Désolée, répondit Jennifer. Je n'entre pas dans ce genre de combine.

— Vous croyez p't-être que la vieille vous en donnera plus ?

— Non, dit Jennifer.

Elle le regarda droit dans les yeux.

— Il n'y en a qu'un parmi nous qui agisse pour de l'argent.

Il fallut six semaines d'auditions, de consultations psychiatriques et de commissions réunissant quatre agences gouvernementales différentes. Jennifer produisit ses propres psychiatres, et lorsque ceux-ci eurent procédé à leurs examens et que Jennifer eut communiqué tous les faits en sa possession, le juge revint sur sa décision première, Helen Cooper fut libérée et sa fortune lui fut restituée.

Le matin de sa sortie, Mme Cooper téléphona à Jennifer.

— J'aimerais vous inviter à déjeuner au *Twenty-One.*

Jennifer consulta son emploi du temps. Elle avait une matinée surchargée, un rendez-vous à déjeuner et un après-midi au palais, mais elle savait tout ce que cela signifiait pour la vieille dame.

— J'y serai, répondit-elle.

La voix d'Helen Cooper résonna de plaisir.

— Nous allons faire une petite fête.

Le déjeuner se déroula de la manière la plus exquise. Mme Cooper était une hôtesse attentionnée, manifestement bien connue au *Twenty-One.*

Jerry Berns les conduisit au premier étage, à une table où elles furent entourées de meubles anciens et de pièces d'argenterie géorgienne magnifiques. Les plats et le service se révélèrent de premier ordre.

Helen Cooper attendit qu'on leur servît le café. Elle déclara alors à Jennifer.

— Je vous suis extrêmement reconnaissante, mon enfant. Je ne sais pas de quel montant seront vos honoraires, mais j'aimerais vous donner quelque chose en plus.

— Mes honoraires sont suffisamment élevés.

Mme Cooper secoua la tête.

— Ça ne fait rien.

Elle se pencha en avant, prit les mains de Jennifer dans les siennes et dit d'une voix qui n'était plus qu'un murmure :

— Je vais vous donner *Wyoming*.

17.

La première page du *New York Times* évoquait, de front, deux sujets dignes d'intérêt. Un, l'acquittement que Jennifer Parker avait obtenu pour une femme accusée d'avoir tué son mari. Deux, l'article annonçant qu'Adam Warner se présentait au Sénat des États-Unis.

Jennifer relut plusieurs fois l'article sur Adam. On évoquait son passé, son service militaire comme pilote pendant la guerre du Viêt-nam, et la distinction de la Flying Cross qu'il avait reçue pour sa conduite exemplaire. Le ton était extrêmement élogieux, et plusieurs personnalités en vue étaient citées, affirmant que le Sénat des États-Unis et la nation tout entière seraient honorés de son élection. A la fin de l'article, le journaliste laissait entendre que si Adam gagnait sa campagne, cela pourrait facilement lui servir de tremplin pour la course à la présidence des États-Unis.

Dans le New Jersey, à la ferme d'Antonio Granelli, celui-ci et Michael Moretti finissaient leur petit déjeuner. Michael était en train de lire l'article sur Jennifer Parker.

Il leva les yeux sur son beau-père et dit :

— Elle a encore gagné, Tony.

Antonio Granelli attaqua son œuf poché.

— Qui a encore gagné quoi ?

— Cette avocate, Jennifer Parker. Elle a un talent insensé.

Antonio Granelli grogna.

— J'aime pas l'idée d'une femme avocate travaillant pour nous. Les femmes sont faibles. On sait jamais de quoi elles sont capables.

Michael dit d'un ton prudent :

— Tu as raison, Tony, beaucoup sont comme ça. Il n'avait pas intérêt à contrarier son beau-père. Tant qu'Antonio Granelli serait en vie, il serait dangereux ; mais en le regardant aujourd'hui, Michael comprit qu'il ne lui restait plus longtemps à attendre. Le vieil homme avait eu une série de petites attaques et ses mains tremblaient. Il éprouvait de la difficulté à parler, et il marchait avec une canne. Sa peau avait l'aspect d'un parchemin jaune, desséché. Toute sa sève l'avait quitté. Cet homme, qui se trouvait en tête de liste des criminels de l'État fédéral, était un tigre édenté. Son nom avait imprimé la terreur dans le cœur d'innombrables *mafiosi*, et la haine dans celui de leurs veuves. Maintenant, peu de gens avaient l'occasion de rencontrer Antionio Granelli. Il se retranchait derrière

Michael, Thomas Colfax et quelques autres en qui il avait confiance.

Michael n'avait pas encore été « élevé » — c'est-à-dire intronisé à la tête de la Famille — mais c'était une simple question de temps. Lucchese « Three-Finger Brown » avait été le plus puissant des cinq patrons de la Mafia de l'Est, puis cela avait été le tour d'Antonio Granelli, et bientôt... Michael pouvait se permettre d'être patient. Il avait parcouru un long, long chemin depuis le temps où, gamin qui n'avait pas froid aux yeux, il avait affronté l'un des principaux Parrains de New York et juré en tenant dans la main un bout de papier enflammé : « Je brûlerai comme ça si je trahis les secrets de Cosa Nostra. »

Aujourd'hui, alors qu'il était assis en face du vieil homme pour le petit déjeuner, Michael suggéra :

— On pourrait peut-être se servir de cette Parker pour de petites affaires. Simplement pour voir comment elle s'en tire.

Granelli haussa les épaules.

— Fais attention, Mike. Je ne veux pas d'étrangers dans les secrets de la Famille.

— Laisse-moi la prendre en main.

Michael téléphona l'après-midi même.

Quand Cynthia annonça que Michael Moretti était à l'appareil, instantanément un flot de souvenirs, tous déplaisants, surgirent à l'esprit de Jennifer. Elle ne pouvait comprendre pourquoi Michael Moretti l'appelait.

Piquée par la curiosité, elle prit le récepteur.

— Que désirez-vous ?

La brusquerie de son ton déconcerta Michael Moretti.

— Je voudrais vous voir. Je pense que vous et moi, nous pourrions avoir un petit entretien.

— A quel propos, monsieur Moretti ?

— Je ne souhaite pas en discuter par téléphone. Je peux vous assurer de ceci, miss Parker... il s'agit de quelque chose qui va tout à fait dans le sens de vos intérêts.

Jennifer dit d'une voix égale :

— Je peux vous assurer de ceci, monsieur Moretti. Rien de ce que vous pourrez jamais dire ou faire ne présentera le moindre intérêt pour moi ; et elle raccrocha brutalement.

Michael Moretti, assis à son bureau, regarda fixement le téléphone qu'il tenait dans la main. Il vibrait d'une sensation nouvelle, qui n'était pas de la colère. Il n'était pas certain de ce que c'était, il n'était pas certain d'aimer cela. Toute sa vie, il s'était servi des femmes, et son regard sombre et sa brutalité innée lui avaient procuré les partenaires de lit les plus ardentes.

Par principe, Michael Moretti méprisait les femmes. Elles étaient trop molles. Elles n'avaient aucun esprit. « Rosa, par exemple. Elle est comme un chiot qui fait tout ce qu'on lui dit. Elle s'occupe de ma maison, me fait la cuisine, se laisse baiser quand j'en ai envie, ferme sa gueule quand je lui dis de la fermer. »

Michael n'avait jamais connu de femme de caractère, de femme qui eût le courage de le mettre au défi. Jennifer Parker avait eu le culot de lui raccrocher au nez. Qu'avait-elle dit ? *Rien de ce que vous pourrez jamais dire ou faire ne présentera le moindre intérêt pour moi.* Cette phrase le laissa songeur et le fit sourire.

Elle avait tort. Il allait lui montrer à quel point elle avait tort.

Il s'appuya en arrière sur sa chaise, évoquant sa silhouette dans la salle d'audience, se rappelant son visage et son corps. Il se demanda soudain comment elle pouvait être au lit. Un chat sauvage, probablement. Il se mit à imaginer son corps nu sous le sien, se débattant. Il empoigna le téléphone, et composa un numéro.

Lorsqu'une voix de fille répondit, il lança :

— Déshabille-toi. J'arrive.

En revenant au bureau après le déjeuner, alors qu'elle traversait la Troisième Avenue, Jennifer manqua d'être renversée par un camion. Le chauffeur bloqua ses freins et l'arrière du camion se mit en travers, l'évitant de peu.

— Bon Dieu, madame ! hurla le chauffeur. Vous pouvez pas regarder où vous mettez les pieds !

Jennifer ne l'écoutait pas. Elle regardait fixement le nom inscrit sur l'arrière du camion. *Nationwide Motors Corporation.* Elle resta un long moment le regard figé, bien après que le véhicule eut disparu. Puis elle fit demi-tour et rentra précipitamment à son bureau.

— Est-ce que Ken est ici ? demanda-t-elle à Cynthia.

— Oui. Il est dans son bureau.

Elle alla le voir.

— Ken, pourriez-vous m'avoir des renseignements sur la Nationwide Motors Corporation ? Je voudrais la liste de tous les accidents dont leurs camions ont fait l'objet au cours des cinq dernières années.

— Ça va prendre un bout de temps.

— Servez-vous de LEXIS.

C'était l'ordinateur juridique national.

— Voudriez-vous m'expliquer de quoi il retourne ?

— Je n'en suis pas encore sûre, Ken. Une simple intuition. Je vous raconterai, s'il en sort quoi que ce soit.

Quelque chose lui avait échappé dans l'affaire Connie Garrett, cette amputée des quatre membres devenue un monstre pour le reste de son existence. Le conducteur avait peut-être un bon dossier, mais les *camions ?* Après tout, quelqu'un était peut-être responsable.

Le lendemain matin, Ken Bailey posa un rapport sous les yeux de Jennifer.

— Je ne sais pas ce que vous cherchez, mais je peux vous dire que vous avez tapé dans le mille. La Nationwide Motors Corporation a eu quinze accidents au cours des cinq dernières années, et certains camions ont même été retirés du service.

Jennifer sentit l'excitation monter en elle.

— Quelle en était la cause ?

— Une défaillance dans le système de freinage, faisant pivoter l'arrière du camion quand on le bloque trop brutalement.

C'était l'arrière du camion qui avait frappé Connie Garrett.

Jennifer réunit toute son équipe, Dan Martin, Ted Harris et Ken Bailey.

— Nous allons plaider l'affaire Connie Garrett, annonça-t-elle.

Ted Harry la dévisagea à travers ses épaisses lunettes.

— Une minute, Jennifer. J'ai vérifié. Elle a perdu en appel. On va se faire débouter pour *res judicata*.

— Qu'est-ce que ça veut dire, *res judicata ?* demanda Ken Bailey.

Jennifer expliqua :

— C'est la « chose jugée », c'est l'équivalent du double jeopardy dans les procès civils. Cela signifie qu'il n'y a plus de recours possible devant les tribunaux. Il faut bien mettre un terme aux litiges.

Ted Harris ajouta :

— Lorsqu'un jugement définitif a été rendu sur une cause, on ne peut revenir devant les juges que dans des circonstances très particulières. Nous ne disposons d'aucun élément pour rouvrir l'affaire.

— Si, justement, nous en avons un. C'est la *découverte.*

Le principe de la découverte était ainsi énoncé :
La connaissance mutuelle de tous les faits se rapportant à l'affaire et rassemblés par les deux parties est essentielle à un procès juste.

— L'accusé qui n'a pas tout dit, c'est la Nationwide Motors. Ils ont dissimulé certaines informations aux yeux de l'avocat de Connie Garrett. Il y a une défaillance dans le système des freins de leurs camions et ils ne l'ont pas mentionné dans le dossier.

Elle leva les yeux vers les deux avocats.

— Voici ce que je propose de faire....

Deux heures plus tard, Jennifer était assise dans le salon de Connie Garrett.

— Je veux engager un nouveau procès. A mon avis, notre dossier est solide.

— Non.

— Non... quoi ?

— Pas de nouveau procès.

— Connie...

— Regardez-moi, Jennifer. Regardez-moi vraiment bien. Je suis un monstre. Chaque fois que je me regarde dans la glace, je vois l'image que je donne aux autres.

Connie Garrett secoua la tête.

— Non. Je n'aurais pas la force de recommencer.

Jennifer resta là, honteuse et ébranlée. Comment avait-elle pu faire preuve de si peu de sensibilité ? « D'une manière ou d'une autre, je vais livrer bataille pour cette fille », se dit Jennifer.

— Et si j'essayais d'obtenir un règlement à l'amiable ? A mon avis, quand la preuve sera fournie, ils voudront arriver à un compromis sans en passer par la justice.

Les bureaux de Maguire et Guthrie, les avocats de la Nationwide Motors Corporation, étaient situés dans le haut de la Cinquième Avenue dans un immeuble moderne de vitres et de chromes, avec une fontaine par-devant. Jennifer déclina son identité à la réception. Le réceptionniste la fit asseoir, et un quart d'heure plus tard, elle l'accompagna jusqu'au bureau de Patrick Maguire. C'était l'associé le plus âgé du cabinet, un Irlandais tenace et boucané, au regard acéré auquel rien n'échappait.

Il fit signe à Jennifer de s'asseoir.

— Je suis heureux de faire votre connaissance, miss Parker. Vous vous êtes bâti une bonne réputation en ville.

— Pas trop mauvaise, j'espère.

— On dit que vous êtes redoutable. Vous n'en donnez pas l'impression.

— Je l'espère bien.

— Voulez-vous du café ? Ou un bon whisky irlandais ?

— Du café, s'il vous plaît.

Patrick Maguire sonna, et une secrétaire apporta deux tasses de café sur un plateau en argent massif.

Maguire lui demanda :

— Et maintenant, que puis-je faire pour vous ?

— C'est à propos de l'affaire Connie Garrett.

— Ah ! oui. Si ma mémoire est bonne, elle a perdu en appel.

Si ma mémoire est bonne. Jennifer aurait parié sa tête que Patrick Maguire aurait été capable de réciter toutes les statistiques citées dans l'affaire.

— Je vais engager un nouveau procès.

— Vraiment ? Sur quel terrain ? demanda poliment Maguire.

Jennifer ouvrit sa serviette et en sortit les conclusions qu'elle avait préparées. Elle les lui tendit.

— Je demande une réouverture pour défaut de révalation d'information.

Maguire feulleta les pages, imperturbable.

— Ah ! oui, fit-il, cette histoire de freins.

— Vous étiez au courant ?

— Évidemment.

Il tapota sur le dossier d'un doigt potelé.

— Miss Parker, cela ne vous mènera à rien. Il vous faudrait prouver que le camion impliqué dans l'accident avait un système de freinage défectueux. Il a probablement été vérifié une dizaine de fois depuis l'accident, il n'y a donc aucun moyen de prouver dans quel état il se trouvait à ce moment-là.

Il repoussa le dossier vers elle.

— Vous n'avez pas d'éléments suffisants pour rouvrir l'affaire.

Jennifer but une gorgée de café.

— Tout ce que j'ai à faire, c'est de prouver que ces camions ne répondent absolument pas aux normes de sécurité. Le respect le plus élémentaire de votre client aurait été de lui faire savoir qu'ils étaient défectueux.

Maguire lança négligemment :

— Que proposez-vous ?

— Ma cliente, qui a une vingtaine d'années, se trouve assise dans une pièce qu'elle ne quittera plus jusqu'à la fin de sa vie parce qu'elle n'a ni bras ni jambes. Je voudrais arriver à un arrangement qui compenserait un peu l'angoisse dans laquelle elle vit.

Patrick Maguire but une gorgée de café.

— A quel genre d'arrangement pensez-vous ?

— Deux millions de dollars.

Il sourit.

— C'est beaucoup d'argent pour quelqu'un qui n'a pas de dossier.

— Si je vais devant les tribunaux, monsieur Maguire, je vous promets que j'en aurai un. Et je demanderai beaucoup plus que ça. Si vous nous forcez à poursuivre, nous vous poursuivrons pour cinq millions de dollars.

Il sourit à nouveau.

— Vous me faites une peur bleue. Encore un peu de café ?

— Non, merci.

Jennifer se leva.

— Attendez une minute ! Asseyez-vous, je vous en prie. Je n'ai pas dit non.

— Vous n'avez pas dit oui.

— Prenez encore un peu de café. Nous le préparerons nous-mêmes.

Jennifer pensa à Adam et au café du Kenya.

— Deux millions de dollars, c'est beaucoup d'argent, miss Parker.

Jennifer ne répondit rien.

— S'il était question d'un montant moins élevé, je pourrais peut-être...

Il agita les mains d'une manière expressive. Jennifer garda le silence.

Pour finir, Patrick Maguire reprit :

— Vous voulez réellement deux millions, n'est-ce pas ?

— Je veux réellement cinq millions, monsieur Maguire.

— Bon. Je pense qu'on devrait arriver à un arrangement.

Comme cela avait été facile !

— Je pars pour Londres demain matin, mais je serai de retour la semaine prochaine.

— Je voudrais conclure rapidement. Je vous serais reconnaissante d'en parler à votre client le plus tôt possible. J'aimerais remettre le chèque à ma cliente la semaine prochaine.

Patrick Maguire hocha la tête.

— Cela devrait être possible.

Sur le trajet du retour jusqu'à son bureau, Jennifer ressentit une impression de malaise. Tout avait été trop simple.

Ce soir-là, en rentrant chez elle, Jennifer s'arrêta

dans une pharmacie. En sortant, au moment de traverser la rue, elle aperçut Ken Bailey en compagnie d'un beau jeune homme blond. Elle hésita, puis s'engouffra dans une rue adjacente pour ne pas être vue. La vie privée de Ken ne regardait que lui.

Le jour où Jennifer devait rencontrer Patrick Maguire, elle reçut un coup de téléphone de sa secrétaire.

— M. Maguire m'a demandé de vous présenter ses excuses, miss Parker. Il est retenu par des réunions toute la journée. Il serait ravi de vous rencontrer demain à l'heure qui vous conviendra.

— Très bien, fit Jennifer. Merci.

Cet appel mit Jennifer en alerte. Son instinct avait raison. Patrick Maguire avait quelque chose en tête.

— Bloquez tous mes appels, dit-elle à Cynthia.

Elle s'enferma dans son bureau et fit les cent pas, essayant de réfléchir au problème sous tous les angles. Patrick Maguire avait commencé par lui dire qu'elle n'avait pas de dossier. Et puis, sans qu'elle eût pour ainsi dire besoin de le persuader, il avait accepté de verser à Connie Garrett deux millions de dollars. Jennifer se souvint à quel point elle s'était sentie mal à l'aise. Depuis lors, Patrick Maguire était insaisissable. D'abord Londres — si jamais il avait été à Londres — et puis ces réunions qui l'avaient empêché pendant toute la semaine de répondre aux appels téléphoniques de Jennifer. Et maintenant, un nouveau délai.

Mais pourquoi ? La seule raison serait que... Jennifer s'immobilisa et saisit le téléphone intérieur pour appeler Dan Martin.

— Dan, voudriez-vous vérifier la date de l'accident de Connie Garrett ? Je voudrais savoir quand expire la prescription ?

Vingt minutes plus tard, Dan Martin entra, blême, dans le bureau de Jennifer.

— C'est foutu. Votre intuition était exacte. La prescription tombe aujourd'hui.

Elle éprouva soudain une sorte de nausée.

— N'y a-t-il pas d'erreur possible ?

— Aucune. J'en suis navré, Jennifer. L'un de nous aurait dû le vérifier plus tôt. Je... ça ne m'est jamais venu à l'esprit.

— A moi non plus.

Jennifer décrocha le téléphone et composa un numéro.

— Patrick Maguire, s'il vous plaît. Jennifer Parker.

Elle attendit un temps qui lui parut une éternité, puis elle lança gaiement à l'appareil.

— Bonjour, monsieur Maguire. Comment s'est passé votre voyage à Londres ?

Elle attendit la réponse.

— Non, je n'y suis jamais allée... Eh bien, un de ces jours... Si je vous appelle, fit-elle d'un ton détaché, c'est que je viens de parler avec Connie Garrett. Comme je vous l'ai déjà expliqué, elle ne souhaite pas retourner devant les tribunaux, à moins d'y être forcée. Aussi, si nous pouvions arriver à un arrangement aujourd'hui...

Le rire de Patrick Maguire retentit dans le récepteur.

— Pas de chance, miss Parker. La prescription tombe aujourd'hui. Personne ne pourra plus poursuivre personne. Si vous étiez libre à déjeuner un jour, nous pourrions évoquer le doigt hasardeux du destin.

Jennifer essaya de contenir sa colère.

— Vous avez l'art de porter des coups bas, cher ami.

— C'est un monde où tous les coups sont bons, chère amie, répliqua Patrick Maguire en gloussant.

— La fin justifie les moyens, l'essentiel c'est de gagner, n'est-ce pas ?

— Vous êtes très forte, ma chère, mais je suis dans ce métier depuis bien plus longtemps que vous. Dites à votre cliente que je lui souhaite bonne chance pour la prochaine fois.

Et il raccrocha.

Jennifer resta assise sans bouger, le téléphone dans la main. Elle pensait à Connie Garrett immobilisée chez elle, attendant les nouvelles. Sa tête se mit à résonner, et un filet de transpiration apparut sur son front. Elle chercha de l'aspirine dans le tiroir de son bureau et regarda la pendule sur le mur. Il était quatre heures. Ils avaient jusqu'à cinq heures pour remettre le dossier au greffier du tribunal de première instance.

— Combien de temps vous faudrait-il pour préparer le dossier ? demanda Jennifer à Dan Martin qui était aussi accablé qu'elle.

Il suivit son regard.

Au moins trois heures. Peut-être quatre. Il n'y a pas moyen.

« Il doit y avoir un moyen », se dit Jennifer.

Elle demanda :

— Est-ce que la Nationwide n'a pas des succursales à travers tous les États-Unis ?

— Si.

— Il n'est qu'une heure à San Francisco. Nous allons les poursuivre là-bas et nous demanderons ensuite le renvoi devant une autre juridiction.

Dan Martin secoua la tête.

— Jennifer, tous nos documents sont ici. En admettant que nous trouvions un cabinet à San Francisco auquel nous expliquerions ce qu'il nous faut et qu'il établisse de nouveaux documents, il ne pourra en aucune façon respecter l'heure limite de cinq heures.

Une partie d'elle-même refusait de renoncer.

— Quelle heure est-il à Hawaii ?

— Onze heures du matin.

La migraine disparut comme par enchantement, et elle bondit sur ses pieds d'excitation.

— Ça y est, enfin ! Tâchez de savoir si la Nationwide travaille là-bas. Ils doivent bien avoir une usine, un bureau commercial, un garage... n'importe quoi. Si c'est oui, on les poursuit là-bas.

Dan Martin la regarda éberlué un moment, puis son visage s'illumina.

— Pigé ! dit-il en se précipitant vers la porte.

Jennifer entendait encore le ton suffisant de Patrick Maguire au téléphone. *Dites à votre cliente que je lui souhaite bonne chance pour la prochaine fois.* Il n'y aurait pas de prochaine fois pour Connie Garrett. Ça serait cette fois-ci.

Trente minutes plus tard, l'interphone de Jennifer bourdonna, et Dan Martin lui annonça avec fièvre :

— La Nationwide Motors fabrique ses arbres de transmission dans l'île de Oahu.

— On les a eus ! Trouvez un cabinet juridique là-bas et demandez-leur de constituer immédiatement le dossier.

— Pensez-vous à un cabinet en particulier ?

— Non. Prenez quelqu'un de chez Martindale-Hubbell. Assurez-vous simplement qu'ils délivrent bien l'assignation à l'avocat qui représente là-bas la Nationwide. Dites-leur de me rappeler dès l'instant où l'assignation sera prête. J'attendrai ici au bureau.

— Que puis-je faire d'autre ?

— Prier.

L'appel d'Hawaii retentit à dix heures du soir. Jennifer saisit le téléphone, et une voix douce demanda :

— Miss Jennifer Parker, s'il vous plaît.

— C'est moi.

— Je suis miss Sung, du cabinet Gregg et Hoy, à Oahu. Nous voulions vous informer que selon vos instructions nous avions délivré il y a un quart d'heure une assignation à l'avocat de la Nationwide Motors Corporation.

Jennifer relâcha lentement sa respiration.

— Merci. Merci beaucoup.

Cynthia fit entrer Joey La Guardia. Jennifer n'avait jamais vu cet homme auparavant. Il avait téléphoné, lui demandant de le représenter dans une affaire d'agression. Il était petit, de constitution trapue, et il portait un costume de prix qui semblait avoir été taillé sur mesure pour quelqu'un d'autre. Il arborait un énorme diamant au petit doigt.

La Guardia lui sourit de ses dents jaunes et lui dit :

— J' viens vous voir parce que j'ai besoin d'aide. Tout l' monde peut s' tromper, pas vrai, miss Parker ? Les flics m'ont piqué parce que j'ai joué un petit numéro à deux mecs, mais j' croyais qu'y m'en voulaient, vous comprenez ? Y' faisait sombre dans l' passage, et quand j'ai vu qu'y venaient sur moi... faut dire que c'est un coin plutôt dur. J' leur ai sauté d'sus avant qu'y m' sautent dessus.

Il y avait dans son comportement quelque chose de déplaisant et de faux. Comme pour se faire bien voir.

Il exhiba une énorme liasse de billets.

— Tenez. Mille sacs maintenant et mille autres quand on ira devant l' tribunal, d'accord ?

— Mon emploi du temps est complet pour les prochains mois. Je serais ravie de vous recommander d'autres avocats.

Son attitude se fit insistante.

— Non. J' veux personne d'autre. Vous êtes la meilleure.

— Pour une simple inculpation d'agression, vous n'avez pas besoin de la meilleure.

— Écoutez-moi, fit-il. J' vais vous donner plus d'argent.

Sa voix donnait l'impression qu'il était à bout.

— J' vais vous donner deux mille sacs...

Jennifer appuya sur la sonnette située sous son bureau et Cynthia apparut.

— Veuillez raccompagner M. La Guardia, Cynthia.

Joey La Guardia fixa Jennifer du regard un long moment, rafla son argent et l'enfonça dans sa poche. Il sortit du bureau sans un mot. Jennifer appuya sur le bouton de l'interphone.

— Ken, pourriez-vous venir une minute, s'il vous plaît ?

Il fallut moins d'une demi-heure à Ken Bailey pour dresser un rapport complet sur Joey La Guardia.

— Il a un casier d'un kilomètre de long, déclara-t-il

à Jennifer. Il n'a cessé d'entrer et de sortir de taule depuis qu'il a seize ans.

Il jeta un coup d'œil au morceau de papier qu'il tenait à la main.

— Il est en liberté provisoire sous caution. Il s'est fait ramasser la semaine dernière pour agression et voie de fait. Il a rossé deux vieux types qui devaient de l'argent à l'Organisation.

En un clin d'œil, tout se mit en place.

— Joey La Guardia travaille pour l'Organisation ?

— C'est un des hommes de main de Michael Moretti.

Une fureur froide envahit Jennifer.

— Pouvez-vous me trouver le numéro de téléphone de Michael Moretti ?

Cinq minutes plus tard, elle parlait à Moretti.

— C'est un plaisir bien inattendu, miss Parker. Je...

— Monsieur Moretti, je n'aime pas qu'on se serve de moi.

— Que voulez-vous dire ?

— Écoutez-moi. Écoutez-moi bien. Je ne suis pas à vendre. Pas maintenant. Jamais. Je ne vous représenterai pas, et je ne représenterai aucun de ceux qui travaillent pour vous. Tot ce que je vous demande, c'est de me laisser tranquille. Est-ce clair ?

— Puis-je vous poser une question ?

— Allez-y.

— Voudriez-vous déjeuner avec moi ?

Jennifer lui raccrocha au nez.

La voix de Cynthia se fit entendre dans l'interphone.

— Un certain M. Patrick Maguire demande à vous

voir, miss Parker. Il n'a pas rendez-vous, mais il dit que...

Jennifer sourit.

— Faites attendre M. Maguire.

Elle se rappela leur conversation au téléphone. *La fin justifie les moyens, l'essentiel c'est de gagner, n'est-ce pas ? Vous êtes très forte, ma chère, mais je suis dans ce métier depuis bien plus longtemps que vous. Dites à votre cliente que je lui souhaite bonne chance, la prochaine fois.*

Jennifer fit attendre Patrick Maguire quarante-cinq minutes avant de sonner Cynthia.

— Faites entrer M. Maguire, s'il vous plaît.

L'air affable de Patrick Maguire avait disparu. On s'était montré plus malin que lui, ça l'avait rendu furieux et il ne se souciait pas de le cacher.

Il se dirigea vers le bureau de Jennifer et lui jeta d'un ton cassant :

— Vous m'attirez des tas de problèmes, chère amie.

— Vraiment, cher ami ?

Il s'assit, sans y avoir été invité.

— Cessons de jouer à ce jeu. J'ai reçu un coup de fil de l'avocat principal de la Nationwide Motors. Je vous ai sous-estimée. Mon client accepte de négocier un arrangement.

Il mit la main dans sa poche, et en sortit une enveloppe qu'il tendit à Jennifer. Elle l'ouvrit. A l'intérieur, il y avait un chèque certifié au nom de Connie Garrett. Il était de cent mille dollars.

Jennifer replia le chèque dans l'enveloppe et elle la rendit à Patrick Maguire.

— Ce n'est pas assez. Nous réclamons cinq millions de dollars.

Le visage de Maguire se fendit en un sourire.

— Non. Vous ne les réclamerez pas. Parce que votre cliente n'ira pas devant les tribunaux. Je viens d'aller la voir. Jamais vous n'arriverez à amener cette fille dans une salle d'audience. Elle est terrifiée à cette idée et, sans elle, vous n'avez aucune chance.

Jennifer lui dit, furieuse :

— Vous n'aviez aucun droit de parler à Connie Garrett en dehors de ma présence.

— J'essayais simplement de faire plaisir à tout le monde. Vous pourriez accepter l'argent et ne plus nous importuner, chère amie.

Jennifer se dressa sur ses pieds.

— Sortez d'ici. Vous me dégoûtez.

Patrick Maguire se leva.

— Je ne pensais pas qu'on pouvait vous dégoûter.

Et il s'en alla, emportant le chèque avec lui.

En le regardant partir, Jennifer se demanda si elle n'avait pas commis une terrible erreur. Elle songea à ce que cent mille dollars pouvait représenter pour Connie Garrett. Non. Ça n'était pas assez. Ça n'était pas assez en regard de l'épreuve que cette fille devrait supporter jusqu'à la fin de ses jours.

Jennifer savait que Patrick Maguire avait raison sur un point. Sans Connie Garrett au procès, il n'y avait aucune chance qu'un jury acceptât de rendre un verdict de cinq millions de dollars. Aucun mot ne pourrait les persuader de l'horreur de sa vie. Il fallait l'impact de la présence de Connie Garrett dans la salle d'audience, pour que le jury pût la voir jour après jour ; mais Jennifer ne pourrait en aucune manière convaincre la jeune femme de s'y rendre. Elle devrait trouver une autre solution.

Adam téléphona.
— Je suis désolé, je n'ai pas pu t'appeler avant, dit-il en s'excusant. J'ai eu des réunions pour la course au Sénat, et...
— Ça ne fait rien, mon chéri. Je comprends.
Il faut que je comprenne.
— Tu me manques terriblement.
— Toi aussi, tu me manques, Adam.
Tu ne sauras jamais à quel point.
— Je veux te voir.
Jennifer avait envie de demander *quand ?* mais elle se retint.
Adam continua.
— Je dois aller à Albany cet après-midi. Je t'appelle dès que je rentre.
— Entendu.
Elle n'avait rien à ajouter. Elle ne pouvait rien faire d'autre.

A quatre heures du matin, Jennifer s'éveilla à la suite d'un rêve terrible, et elle sut comment elle allait gagner cinq millions de dollars pour Connie Garrett.

18.

— Nous avons programmé à travers l'État une série de dîners pour faire des appels de fonds. Nous ne nous adresserons qu'aux grandes villes. Pour toucher un public encore plus large, nous ferons des apparitions au cours de certaines émissions de télévision nationale, telles que « Face à face avec la Nation », les magazines télévisés « Aujourd'hui » et « Rencontres avec la Presse ». Nous estimons pouvoir... Adam, vous m'écoutez ?

Adam se tourna vers Steward Needham et les trois autres hommes qui se trouvaient dans la salle de conférences — les plus grands spécialistes des médias, lui avait assuré Needham — et répondit :

— Oui, bien sûr, Stewart.

Il pensait carrément à autre chose. Jennifer. Il la voulait ici, à ses côtés, partageant l'excitation de la campagne, partageant ces instants, partageant sa vie.

Adam avait tenté à plusieurs reprises d'en discuter avec Stewart Needham, mais à chaque fois son associé avait réussi à changer de sujet.

Adam songeait à Jennifer et à Mary Beth. Il savait que c'était injuste de les comparer, mais il ne pouvait s'en empêcher.

Jennifer sait me stimuler. Elle s'intéresse à tout et me rend dynamique. Mary Beth, elle, vit dans son propre petit univers...

Jennifer et moi, nous avons des milliers de choses en

commun. Avec Mary Beth, je n'ai qu'une seule chose en commun, notre mariage...

J'adore le sens de l'humour de Jennifer. Elle sait se moquer d'elle-même. Mary Beth, elle, prend tout au sérieux...

Jennifer me donne le sentiment d'être très jeune. Mary Beth fait plus que son âge...

Jennifer est autonome. Mary Beth dépend de moi, pour que je lui dise ce qu'il faut faire...

Cinq différences importantes entre la femme que j'aime et ma femme.

Cinq raisons qui m'empêcheront toujours de quitter Mary Beth.

19.

Ce fut un mercredi matin du début du mois de septembre que commença le procès de Connie Garrett contre la Nationwide Motors Corporation. D'ordinaire, le procès n'aurait mérité qu'un paragraphe ou deux dans les journaux, mais du fait que Jennifer défendait la plaignante, les médias avaient tous envoyé du renfort.

Patrick Maguire était au banc de la défense, entouré d'un aréopage d'assistants à l'allure conservatrice, habillés de costumes gris.

La procédure du choix des jurés commença. Maguire avait adopté une attitude désinvolte, presque indifférente, car il savait que Connie Garrett n'apparaîtrait pas devant le tribunal. La vue d'une jolie jeune femme amputée des quatre membres aurait été un levier puissant pour forcer l'émotion des jurés et obtenir d'eux une importante somme d'argent — mais il n'y aurait ni fille ni levier.

« Cette fois, se dit Maguire, Jennifer Parker s'est surestimée. »

Le jury fut constitué, et le procès commença.

Patrick Maguire plaida en premier, et Jennifer dut reconnaître qu'il était très bon. Il s'étendit généreusement sur la triste condition de la pauvre jeune Connie Garrett, disant tout ce que Jennifer avait projeté de dire, lui volant sa violence émotionnelle. Il parla de l'accident, insistant sur le fait que Connie Garrett avait glissé sur du verglas et que le conducteur du camion n'était pas dans son tort.

— La plaignante vous demande, mesdames et messieurs, de lui accorder cinq millions de dollars.

Maguire secoua la tête en signe d'incrédulité.

— *Cinq millions de dollars !* Avez-vous déjà vu une somme pareille ? Moi, jamais. Mon cabinet a pour clients des entreprises très riches, mais je peux vous dire que dans toute ma carrière d'avocat je n'ai jamais vu même un million de dollars — ni même un demi-million de dollars.

A l'air que prenaient les jurés, il comprit qu'eux non plus.

— La défense va vous amener des témoins qui vont vous dire comment s'est passé l'accident. Car c'était un accident. Avant que nous en ayons terminé, nous vous aurons démontré que la National Wide Motors ne porte aucune responsabilité dans cette affaire. Vous aurez remarqué que la personne qui a déposé la plainte,

Connie Garrett, n'est pas présente dans la salle d'audience. Son avocate a informé le juge Silverman qu'elle ne ferait aucune apparition. Connie Garrett n'est pas présente aujourd'hui dans cette salle d'audience où elle devrait se trouver, mais je peux vous dire où elle est. En ce moment même où je vous parle, Connie Garrett est assise chez elle à compter l'argent qu'elle pense bien obtenir par votre intermédiaire. Elle attend le moment où la sonnerie du téléphone retentira, et où son avocat lui annoncera le nombre de millions de dollars qu'elle aura réussi à vous extorquer.

Vous savez comme moi qu'à chaque fois où, dans un accident, est impliquée une puissante entreprise — même indirectement — il se trouve des gens pour dire aussitôt : « Eh bien, cette entreprise est riche. Elle a les moyens. Tirons-en le maximum. »

Patrick Maguire se tut quelques instants.

— Si Connie Garrett n'est pas dans cette salle aujourd'hui, c'est parce qu'elle n'ose pas vous regarder en face. Elle sait que ce qu'elle essaye de faire est immoral. Eh bien, nous allons la renvoyer sans un sou, de manière que cela serve de leçon à tous ceux qui, dans l'avenir, pourraient être tentés de faire la même chose. Chacun doit supporter la responsabilité de ses actes. Si vous glissez dans la rue sur une plaque de verglas, vous ne pouvez pas le reprocher à votre voisin. Et vous ne devriez pas essayer de lui soutirer cinq millions de dollars. Je vous remercie.

Il se tourna pour saluer de la tête Jennifer, avant de se diriger vers le banc de la défense et de s'y asseoir.

Jennifer se leva et s'approcha du jury. Elle examina

leurs visages, essayant d'évaluer l'impression qu'avait produite Patrick Maguire.

— Mon estimé collègue vous a dit que Connie Garrett n'assisterait pas à ce procès. C'est exact. (Jennifer désigna du doigt un emplacement libre au banc du plaignant.) C'est ici que Connie Garrett devrait être assise. Pas dans cette chaise. Dans un fauteuil roulant spécial. Celui dans lequel elle vit. Connie Garrett ne se présentera pas dans cette salle d'audience, mais avant la fin de ce procès vous aurez l'occasion de la rencontrer et d'apprendre à la connaître comme j'ai appris à la connaître.

Le front de Patrick Maguire se plissa en un signe interrogateur. Il se pencha en avant pour murmurer quelques mots à un de ses assistants.

Jennifer continua son exposé.

— J'ai écouté M. Maguire s'exprimer avec éloquence, et je dois vous dire que j'ai été émue. Mon cœur saigne devant cette entreprise multimillionnaire impitoyablement attaquée par cette jeune mutilée de vingt-quatre ans, sans bras ni jambes. Cette femme qui, en cet instant précis, est assise chez elle, attendant avec cupidité que le téléphone lui apprenne à combien va s'élever sa fortune.

La voix de Jennifer retomba.

— Une fortune pour faire quoi ? Sortir s'acheter des diamants pour les mains qu'elle n'a pas ? S'acheter des chaussures de bal pour les pieds qu'elle n'a pas ? S'acheter des robes somptueuses qu'elle ne pourra jamais porter ? Une Rolls Royce pour l'emmener à des soirées où elle n'est pas invitée ? Songez un peu à tout ce qu'elle va pouvoir faire avec cet argent.

Jennifer s'exprimait très calmement et avec une

grande sincérité, tandis que son regard balayait les visages des jurés.

— M. Maguire n'a jamais vu cinq millions de dollars réunis. Moi non plus. Mais je peux vous dire ceci. Si je devais offrir à l'un d'entre vous cinq millions de dollars en espèces sur-le-champ, avec pour seule condition en échange de lui couper les bras et les jambes, je ne pense pas que cinq millions de dollars lui feraient l'effet d'une somme si mince !...

Dans cette affaire, expliqua Jennifer, la loi est très claire. Au moment du procès précédent, que la plaignante a perdu, les accusés connaissaient l'existence d'un défaut dans le système de freinage de leurs camions, et ils n'ont pas porté cette information à la connaissance du plaignant, ni de la Cour. En agissant ainsi, ils ont agi contre la loi. C'est donc la base de ce nouveau procès. Selon une étude récente du gouvernement, les causes principales des accidents de camions sont les essieux et les pneus, les freins et la direction. Si vous voulez bien vous pencher un instant sur ces chiffres...

Patrick Maguire évaluait la réaction du jury, il excellait dans ce genre d'exercice. Tandis que Jennifer énumérait les statistiques d'un ton monotone, il se rendait compte que les jurés commençaient à trouver le procès ennuyeux. Cela devenait trop technique. Il n'était plus question d'une jeune handicapée. Il n'était question que de camions, de longueur de freinage et de disques défectueux. Les jurés se désintéressaient de la chose.

Maguire lança un coup d'œil en direction de Jennifer et se dit : « Elle n'est pas aussi forte qu'elle en a la réputation. » Maguire savait que s'il avait été de l'autre bord, et s'il avait dû défendre Connie Garrett, il aurait laissé de côté les statistiques et les problèmes techniques, pour ne faire jouer que la corde sentimentale des jurés. Jennifer Parker avait fait exactement le contraire.

Patrick Maguire s'appuya en arrière sur sa chaise et se détendit.

Jennifer vint à la barre.

— Votre Honneur, avec la permission de la Cour, j'ai une pièce que je voudrais produire.

— Quelle sorte de pièce ? demanda le juge Silverman.

— Quand ce procès a commencé, j'ai promis au jury qu'il apprendrait à connaître Connie Garrett. Étant donné qu'elle se trouve dans l'impossibilité de se présenter personnellement, j'aimerais être autorisée à montrer quelques photos d'elle.

Le juge Silverman répondit :

— Je n'y vois aucune objection. (Il se tourna vers Patrick Maguire.) Est-ce que l'avocat de la défense y voit une objection ?

Patrick Maguire se leva, se déplaçant lentement tout en faisant fonctionner rapidement son esprit.

— Quelle sorte de photos ?

Jennifer répondit :

— Des photos de Connie Garrett prises chez elle.

Patrick Maguire aurait préféré les éviter, mais d'un autre côté, des photos d'une handicapée dans un fauteuil roulant devaient certainement être moins dramatiques que l'apparition de la jeune fille en chair et en os. Et puis, il y avait un autre facteur à considérer : en émettant une objection, il se rendrait antipathique aux yeux du jury.

Il déclara, magnanime :

— Montrez-nous donc ces photos.

— Merci.

Jennifer se tourna vers Dan Martin et lui fit un signe de la tête. Deux hommes, qui se trouvaient dans la dernière travée, s'approchèrent avec un écran portable et un projecteur, et commencèrent à installer les appareils.

Patrick Maguire se dressa, surpris :

— Un instant ! qu'est-ce que c'est que ça ?

Jennifer répondit innocemment :

— Les photos que vous venez de m'autoriser à montrer.

Patrick Maguire resta immobile, fulminant intérieurement. Jennifer n'avait pas soufflé mot d'un film. Mais il était trop tard pour s'y opposer. Il inclina sèchement la tête et se rassit.

Jennifer orienta l'écran de telle manière qu'il fût parfaitement visible par le jury et le juge Silverman.

— Pouvez-vous faire l'obscurité dans la salle, Votre Honneur ?

Le juge fit un signe à l'huissier qui baissa les stores. Jennifer s'approcha du projecteur 16 mm, l'alluma, et l'écran s'anima.

Pendant les trente minutes qui suivirent, on n'entendit pas un bruit dans la salle d'audience. Jennifer avait engagé un cameraman professionnel et un jeune réalisateur de séquences publicitaires pour tourner le film. Ils avaient filmé une journée de la vie de Connie Garrett, et cela donnait une histoire d'un réalisme horrible, insupportable. Rien n'était laissé à l'imagination. Les images montraient la ravissante jeune mutilée qu'on sortait du lit le matin, qu'on portait jusqu'aux toilettes, qu'on lavait comme un petit bébé sans défense... à qui on donnait le bain... qu'on nourissait et qu'on habillait... Jennifer avait visionné le film à maintes reprises et aujourd'hui, en le revoyant encore une fois, elle ressentait la même boule dans la gorge, ses yeux se remplissaient de larmes, et elle savait que cela devait produire le même effet sur le juge, sur le jury, et sur l'assistance.

Quand le film fut terminé, Jennifer se tourna vers le juge Silverman.

— Le demandeur se repose.

Le jury avait délibéré plus de dix heures, et après chaque heure écoulée le moral de Jennifer tombait un peu plus bas. Elle avait été sûre d'un verdict immédiat. Si le film les avait autant frappés qu'elle, le verdict n'aurait pas dû prendre plus d'une heure ou deux.

Quand le jury s'était retiré, Patrick Maguire était sorti de ses gonds, il était certain d'avoir perdu, d'avoir sous-estimé Jennifer Parker une fois de plus. Mais au fur et à mesure que passaient les heures, et ne voyant toujours pas revenir le jury, il s'était remis à espérer. Il ne fallait pas autant de temps pour prendre une décision sous le coup de l'émotion. « Ça se présente bien. Plus ils vont discuter, plus leur émotion va disparaître. »

Quelques minutes avant minuit, le premier juré fit passer une note au juge Silverman pour soulever un point de droit. Le juge examina la demande et leva les yeux.

— Les deux avocats voudraient-ils s'approcher, s'il vous plaît ?

Quand Jennifer et Patrick Maguire se présentèrent devant lui, le juge Silverman leur déclara :

— Je veux vous faire prendre connaissance d'une note que je viens de recevoir du premier juré. Le jury demande s'il est légalement autorisé à accorder à Connie Garrett une somme supérieure aux cinq millions de dollars que réclame son avocat ?

Jennifer fut soudain prise de vertiges. Son cœur se mit à bondir. Elle se tourna vers Patrick Maguire. Le visage de celui-ci avait perdu toute couleur.

— Je les informe, continua Silverman, que le montant qu'ils estiment justifié entre dans le cadre de leur province.

Trente minutes plus tard, le jury réintégrait en file indienne la salle d'audience. Le premier juré annonça qu'ils rendaient leur verdict en faveur de la plaignante. Le montant des dommages auxquels elle avait droit s'élevait à six millions de dollars.

C'était la plus forte indemnité jamais versée à une personne physique dans l'histoire de l'État de New York.

20.

Quand Jennifer entra dans son bureau le lendemain matin, elle trouva sur sa table un amoncellement de journaux. Elle figurait en première page de tous. Quatre douzaines de magnifiques roses rouges trônaient dans un vase. Jennifer sourit. Adam avait trouvé le temps de lui envoyer des fleurs.

Elle ouvrit l'enveloppe. Sur la carte était écrit : *Félicitations. Michael Moretti.*

L'interphone se mit à sonner, et Cynthia lui dit :

— Vous avez M. Adam au téléphone.

Jennifer saisit l'appareil. Elle essaya de contenir sa voix.

— Bonjour, mon chéri.

— Tu as encore réussi.

— J'ai eu de la chance.

— C'est ta cliente qui a eu de la chance. La chance de t'avoir comme avocate. Tu dois être merveilleusement heureuse.

Gagner des procès lui faisait plaisir. Être avec Adam la rendait merveilleusement heureuse.

— Oui.

— J'ai une chose importante à te dire, fit Adam. Peux-tu me rejoindre cet après-midi pour un verre ?

Le cœur de Jennifer vacilla. Il n'y avait qu'une seule chose qu'Adam pouvait avoir à lui dire : Il n'allait plus jamais la revoir.

— Oui. Oui, bien sûr...

— Chez *Mario ?* A six heures ?
— D'accord.
Elle donna les roses à Cynthia.

Adam attendait dans le restaurant, assis à l'une des tables du fond. « Ainsi, il ne sera pas gêné si je pique une crise d'hystérie », se dit Jennifer. Eh bien, elle était décidée à ne pas pleurer. Pas devant Adam.

En voyant son visage désolé, décomposé, elle comprit ce qu'il avait dû endurer, et elle décida de lui rendre la chose aussi facile que possible. Elle s'assit, et Adam prit sa main dans la sienne.

— Mary Beth m'accorde le divorce, déclara-t-il, laissant Jennifer interloquée, sans voix.

C'était Mary Beth qui avait engagé la conversation. Ils revenaient d'un dîner pour collecter des fonds, où Adam avait été le principal orateur. La soirée s'était révélée un énorme succès. Mary Beth n'avait rien dit pendant le trajet du retour, il émanait d'elle une curieuse tension.

— La soirée s'est bien passée, tu ne trouves pas ? demanda Adam.

— Oui, Adam.

Ils n'échangèrent aucune autre parole jusque chez eux.

— Aimerais-tu une infusion ? proposa Adam.

— Non merci. Je pense que nous devrions avoir une conversation.

— Oh ? A propos de quoi ?

Elle leva les yeux vers lui et répondit :

— A propos de toi et de Jennifer Parker.

Ce fut comme s'il avait reçu un coup sur la tête. Adam hésita un instant à nier...

— Je suis au courant depuis un certain temps. Je n'ai rien dit, parce que je voulais décider ce que j'allais faire.

— Mary Beth, je...

— Je t'en prie, laisse-moi finir. Je sais que nos relations n'ont pas été... disons... ce que nous espérions. D'une certaine façon, je n'ai pas été une épouse aussi parfaite que je l'aurais dû.

— Rien de ce qui est arrivé n'est de ta faute. Je...

— Je t'en prie, Adam. C'est très difficile pour moi. J'ai pris une décision. Je ne veux pas te barrer la route.

Il la regarda, incrédule.

— Je ne...

— Je t'aime trop pour te faire du mal. Tu as devant toi un avenir politique brillant. Je veux que rien ne vienne gâcher cela. Il est évident que je ne te rends pas parfaitement heureux. Si Jennifer peut te rendre heureux, je veux qu'elle soit à toi.

Il eut l'impression d'être hors de la réalité, comme si toute la conversation se déroulait sous l'eau.

— Que vas-tu devenir ?

Mary Beth sourit.

— Tout ira bien, Adam. Ne te fais pas de souci pour moi. J'ai des projets.

— Je... je ne sais pas quoi dire.

— Il n'y a rien à dire. J'ai parlé pour nous deux. Si je m'accroche à toi et si je te rends malheureux, cela ne fera du bien à aucun de nous deux, n'est-ce pas ? Je suis sûre que Jennifer est adorable, autrement tu ne serais pas épris d'elle de cette façon.

Mary Beth s'approcha de lui et le serra dans ses bras.

— N'aie pas l'air si frappé, Adam. Ce que je fais, c'est ce qu'il y a de mieux pour tout le monde.

— Tu es admirable.

— Merci.

Elle dessina délicatement son visage du bout de ses doigts, et sourit.

— Mon très cher Adam. Je serai toujours ta meilleure amie. Toujours.

Elle se rapprocha encore de lui et posa sa tête sur son épaule. Il entendait à peine sa voix douce.

— Il y a tellement longtemps que tu ne m'as pas prise dans tes bras, Adam. Tu n'es pas obligé de me dire que tu m'aimes, mais... voudrais-tu... me serrer dans tes bras une fois encore et me faire l'amour ? Une dernière fois ?

Adam songeait à cette scène en cet instant précis, en disant à Jennifer :

— C'est Mary Beth qui a eu l'idée du divorce.

Adam continuait à parler, mais Jennifer n'écoutait plus les mots : elle entendait seulement la musique. Elle avait l'impression de flotter, de s'envoler dans les airs. Elle s'était armée contre Adam qui allait lui dire qu'il ne pourrait plus jamais la revoir... et maintenant, cela, c'était plus qu'elle ne pouvait en supporter. Elle savait à quel point la scène avec Mary Beth avait dû être pénible pour Adam, et jamais Jennifer n'avait aimé autant Adam qu'en ce moment. C'était comme si on avait soulevé de sa poitrine une charge écrasante, comme si elle pouvait à nouveau respirer.

Adam disait :

— Mary Beth a été formidable. C'est une femme incroyable. Elle est sincèrement heureuse pour nous deux.

— C'est dur à croire.

— Tu ne comprends pas. Depuis un certain temps maintenant, nous vivons... disons comme frère et sœur. Je ne t'en ai jamais parlé, mais..., il hésita et dit en pesant ses mots : Mary Beth n'a pas beaucoup... d'appétits sexuels.

— Je vois.

— Elle aimerait faite ta connaissance.

L'idée troubla Jennifer.

— Je ne crois pas que je pourrais, Adam. Je me sentirais... mal à l'aise.

— Fais-moi confiance.

— Si... si tu y tiens. Adam, bien sûr.

— Bien, ma chérie. Nous irons prendre le thé. Je t'emmènerai.

Jennifer réfléchit un instant.

— Ne serait-il pas préférable que j'y aille seule ?

Le lendemain matin, Jennifer emprunta l'autoroute de Saw Mill River, en direction du nord de l'État. L'air était vif, la matinée claire, une journée rêvée pour une promenade en voiture. Jennifer alluma la radio et essaya d'oublier sa nervosité à l'idée de la rencontrer.

La maison des Warner était une splendide demeure restaurée, de style hollandais, dominant le fleuve, à Croton-sur-Hudson, au milieu d'un vaste domaine de plusieurs hectares de pelouse. Jennifer avança sa voiture dans l'allée jusqu'à l'imposante entrée principale. Elle sonna, et un instant plus tard la porte s'ouvrit devant une jolie femme d'une trentaine d'années. Cette femme timide du Sud qui lui prenait la main, lui adressait un chaleureux sourire et lui dit : « Je suis Mary Beth. Adam ne vous a pas assez fait valoir. Entrez, je vous en prie », voilà bien la dernière chose à laquelle Jennifer s'était attendue.

La femme d'Adam portait une jupe en laine beige légèrement ample, et une blouse en soie suffisamment échancrée pour laisser entrevoir une poitrine mûre mais encore attirante. Ses cheveux d'un blond cendré ondulaient autour de son visage, et mettaient en valeur ses yeux bleus. Les perles qui ornaient son cou ne pouvaient être prises pour des perles de culture. Il se dégageait de Mary Beth Warner une distinction aristocratique.

L'intérieur de la maison était ravissant : des pièces spacieuses, ornées de meubles anciens et de magnifiques tableaux.

Un maître d'hôtel servit le thé dans le petit salon, dans un service en argent d'époque géorgienne.

Lorsqu'il eut quitté la pièce, Mary Beth dit :

— Je suis sûre que vous devez aimer Adam énormément.

Jennifer répondit maladroitement :

— J'aimerais que vous sachiez, madame Warner, que ni l'un ni l'autre, nous n'avons eu le projet...

Mary Beth posa la main sur le bras de Jennifer :

— Il est inutile de me dire ça. Je ne sais pas si Adam vous en a parlé, mais notre mariage est devenu un mariage de conventions. Nous nous connaissons depuis que nous sommes enfants. Je crois que je suis tombée amoureuse d'Adam la première fois que je l'ai vu. Nous fréquentions les mêmes soirées, et j'imagine que notre mariage devait finir par arriver un jour. Ne vous méprenez pas. J'adore toujours Adam, et je suis sûre qu'il m'adore. Mais les gens évoluent, n'est-ce pas ?

— Oui.

Jennifer regarda Mary Beth, et elle éprouva envers elle un profond sentiment de gratitude. Ce qui aurait pu être une scène pénible et sordide se révélait être une réunion amicale et merveilleuse. Adam avait eu raison. Mary Beth était une femme adorable.

— Je vous suis très reconnaissante.

— Moi aussi, je vous suis reconnaissante, confia Mary Beth. Elle sourit timidement et ajouta : « Voyez-vous, je suis moi aussi très amoureuse. J'allais demander le divorce immédiatement lorsque je me suis dit que, pour le bien d'Adam, il était préférable d'attendre les élections. »

Jennifer était tellement remuée par ses propres émotions qu'elle avait oublié les élections :

Mary Beth poursuivit :

— Personne ne doute qu'Adam sera notre prochain sénateur, mais un divorce en ce moment réduirait sérieusement ses chances. Les élections n'ont lieu que dans six mois, aussi j'ai pensé que ça serait mieux pour lui si je retardais ma décision d'autant. (Elle regarda Jennifer.) Mais, pardonnez-moi... cela vous convient-il ?

— Bien évidemment.

Il lui faudrait dorénavant revoir complètement sa manière de penser. Son avenir allait être lié à celui d'Adam. S'il devenait sénateur, elle devrait vivre avec lui à Washington. Cela signifierait qu'elle devrait renoncer à pratiquer ici son métier d'avocate, mais ça n'avait pas d'importance. La seule chose qui comptait, c'était qu'ils puissent être ensemble.

— Adam fera un sénateur formidable, dit Jennifer.

Mary Beth leva la tête et sourit.

— Ma chère, Adam fera un jour un Président formidable.

Le téléphone sonnait lorsque Jennifer arriva dans son appartement. C'était Adam.

— Comment cela s'est-il passé avec Mary Beth ?

— Adam, elle est merveilleuse.

— Elle a dit la même chose de toi.

— J'avais entendu parler du charme séculaire des gens du Sud, mais je l'avais rarement rencontré. Mary Beth en a certainement hérité. C'est une grande dame.

— Toi aussi, mon amour. Où voudras-tu te marier ?

— A Times Square, je m'en fiche. Mais je pense qu'on devrait attendre, Adam.

— Attendre quoi ?

— L'élection. Ta carrière est importante. Un divorce te nuirait en ce moment même.

— Ma vie privée...

— ... va devenir ta vie publique. Tu ne dois rien faire qui puisse ruiner tes chances. On peut attendre six mois.

— Je ne veux pas attendre.

— Moi non plus, mon amour.

Jennifer sourit.

— En fait, on ne va pas vraiment attendre ?

21.

Jennifer et Adam déjeunaient ensemble presque tous les jours, et une ou deux fois par semaine, Adam passait la nuit dans leur appartement. Il leur fallait être plus discrets que jamais, car la campagne électorale avait activement commencé, et il était en train de devenir un personnage de premier plan à l'échelon national. Il prononçait des discours à l'occasion de rassemblements politiques et de dîners destinés à collecter des fonds, et la presse citait de plus en plus fréquemment ses opinions sur des événements nationaux.

Adam et Stewart Needham prenaient chaque matin leur petit déjeuner rituel.

— Je vous ai vu ce matin à l'émission « Aujourd'hui », fit Needham. Vous faites du beau travail, Adam. Vous avez répondu à tous les points. J'ai cru comprendre qu'ils vous ont invité à revenir.

— Stewart, j'ai horreur de participer à ces émissions. J'ai l'affreuse impression d'être un acteur.

Stewart hocha la tête, imperturbable.

— C'est ce que sont les hommes politiques, Adam... des acteurs. Jouant un rôle, celui que le public attend d'eux. Mon Dieu, si les hommes politiques étaient eux-mêmes en public... quelle est cette expression qu'emploient les enfants ?... S'ils déballaient toute leur salade ?... ce pays tournerait à la monarchie.

— Je n'aime pas le fait que la course à une élection au sein d'une assemblée soit devenue un concours de personnalité.

Stewart Needham sourit.

— Félicitez-vous d'avoir votre personnalité, mon garçon. Votre taux de popularité s'accroît de semaine en semaine dans les sondages.

Il s'arrêta pour resservir du thé.

— Croyez-moi, ça n'est que le début D'abord le Sénat, et puis la cible la plus haute. Rien ne peut vous arrêter.

Il se tut pour boire une gorgée de thé.

— A moins que vous ne commettiez une idiotie, évidemment.

Adam leva les yeux vers lui.

— Que voulez-vous dire ?

Stewart Needham s'essuya délicatement les lèvres du bout d'une serviette damassée.

— Votre adversaire est un lutteur qui sait fouiner. Je vous parie qu'en ce moment même il examine votre vie au microscope. Il n'y trouvera aucune arme qui puisse lui servir, n'est-ce pas ?

— Non.

Le mot surgit automatiquement sur les lèvres d'Adam.

— Bon. Comment va Mary Beth ?

Jennifer et Adam passaient deux jours de vacances dans le Vermont, dans la maison de campagne qu'un ami d'Adam lui avait louée. L'air était vif et frais, annonçant l'hiver déjà proche. C'était un week-end parfait, détendu et paisible, fait de longues promenades dans la journée, de jeux et de conversations à bâtons rompus devant une grande flambée le soir.

Ils avaient soigneusement épluché tous les journaux du dimanche. Adam gagnait des points dans tous les sondages. A quelques exceptions près, les médias étaient pour lui. Ils aimaient son style, son honnêteté, son intelligence et sa franchise. Ils ne cessaient de le comparer à John Kennedy.

Adam s'allongea devant la cheminée, observant les flammes qui dansaient devant le visage de Jennifer.

— Aimerais-tu être la femme du Président ?

— Désolée. J'aime un sénateur.

— Serais-tu déçue si je ne gagnais pas, Jennifer ?

— Non. La seule raison pour laquelle je souhaite cette victoire, c'est parce que tu la souhaites, mon chéri.

— Si je gagne, ça veut dire qu'il faudra vivre à Washington.

— Si on est ensemble, rien d'autre n'a d'importance.

— Et ton métier d'avocate ?

Jennifer sourit.

— La dernière fois qu'on m'en a parlé, il y avait encore des avocats à Washington.

— Et si je te demandais d'arrêter ?

— J'arrêterais.

— Il n'en est pas question. Tu réussis trop bien.

— La seule chose qui m'importe, c'est d'être avec toi. Je t'aime tant, Adam.

Il caressa ses cheveux soyeux d'un brun très foncé, et dit :

— Moi aussi je t'aime. Tellement.

Ils firent l'amour et plus tard, ils allèrent se coucher.

Le dimanche soir, ils rentrèrent à New York en voiture. Ils prirent la voiture de Jennifer dans le garage où elle l'avait laissée et Adam rentra chez lui. Jennifer, elle, retourna à leur appartement.

Les journées de Jennifer étaient incroyablement remplies. Si dans le passé elle s'était estimée occupée, maintenant elle était littéralement assiégée. Elle représentait des entreprises internationales qui s'étaient fait prendre pour quelques entorses à la loi, des sénateurs qui avaient mis la main dans le tiroir-caisse du parti, des acteurs de cinéma qui avaient des ennuis. Elle représentait aussi bien des présidents de banques que des voleurs de banques, des hommes politiques comme des chefs syndicalistes.

L'argent rentrait à flots, mais Jennifer n'y était pas attachée. Elle distribuait de généreux bonus à l'équipe qui la secondait, et offrait des cadeaux somptueux.

Les entreprises qui se trouvaient confrontées à Jennifer renonçaient à envoyer, pour les défendre, leurs avocats de second rang, si bien que Jennifer se mesurait aux plus grands ténors du barreau du monde. Elle fut admise à l'American College of Trial Lawyers [1] et Ken Bailey lui-même en fut impressionné.

— Doux Jésus, s'exclama-t-il, savez-vous que seule-

1. Club extrêmement sélect des avocats plaidants.

ment un pour cent des avocats de ce pays y sont admis ?

— Je suis leur éternel féminin, s'esclaffa Jennifer.

Lorsque Jennifer défendait un client à Manhattan, elle pouvait être certaine que Robert Di Silva allait poursuivre lui-même, ou donner des directives précises. A chaque victoire remportée par Jennifer, la haine de ce dernier envers elle s'amplifiait.

Au cours d'un procès où Jennifer se trouva aux prises avec lui, Di Silva présenta comme témoins une dizaine d'experts de premier ordre.

Jennifer, elle, ne fit appel à aucun témoin. Elle expliqua au jury : « Si nous voulons faire construire un vaisseau spatial ou mesurer la distance qui nous sépare d'une étoile, nous faisons appel à des experts. Mais si nous voulons obtenir quelque chose de très important, nous faisons appel pour cela à douze individus ordinaires. Pour autant que je m'en souvienne, le fondateur du christianisme a agi de la même façon. »

Jennifer gagna le procès.

Une des techniques jugées efficaces par Jennifer face aux jurés consistait à leur dire ceci :

— Je sais que les mots « loi » et « salle d'audience » sont un peu effrayants et bien éloignés de vos existences quotidiennes, mais si vous cessez d'y penser, vous verrez que nous ne faisons rien d'autre ici que juger le bien et le mal fait à des êtres humains comme nous. Oublions que nous nous trouvons dans une salle d'audience, mes amis. Imaginons simplement que nous sommes assis dans mon salon, en train de discuter de ce qui est arrivé à ce pauvre accusé, un être humain comme vous et moi.

Et, emportés par son charme, les jurés se croyaient vraiment dans le salon de Jennifer.

L'invention faisait merveille, jusqu'au jour où Jennifer se trouva une fois de plus en train de défendre un client contre Robert Di Silva. Le district attorney se leva et engagea ainsi son réquisitoire.

— Mesdames et messieurs, j'aimerais que vous puissiez oublier que vous vous trouvez dans un palais de justice. J'aimerais que vous imaginiez que vous êtes assis chez moi, dans mon salon, et que nous discutons à bâtons rompus de cet acte terrible commis par l'accusé.

Ken Bailey se pencha vers Jennifer et lui murmura à l'oreille :

— Vous entendez ce salaud ? Il est en train de vous volez votre truc !

— Ne vous en faites pas, répondit froidement Jennifer.

Lorsqu'elle se leva à son tour pour s'adresser au jury, elle attaqua de la manière suivante :

— Mesdames et messieurs, je n'ai jamais entendu quelque chose de plus choquant que les propos du district attorney.

Sa voix vibrait d'une juste indignation.

— Pendant une minute, j'ai cru avoir mal entendu. Comment ose-t-il vous demander d'*oublier* que vous vous trouvez dans un palais de justice ! Cette salle d'audience est un des biens les plus précieux de notre nation ! C'est la base même de notre liberté. De la vôtre, de la mienne et de celle de l'accusé. Et, de la part du district attorney qui suggère que vous oubliiez où vous êtes, que vous oubliiez votre engagement pris par serment, je trouve cette remarque à la fois choquante et méprisable. Je vous demande, mesdames et messieurs, de vous *souvenir* de l'endroit où vous vous trouvez, de vous souvenir que nous sommes tous réunis ici pour que justice soit faite et que l'accusé puisse faire valoir ses droits.

Les jurés hochaient la tête en signe d'approbation.

Jennifer jeta un coup d'œil vers la table derrière laquelle était assis Robert Di Silva. Il regardait droit devant lui, ses yeux lançaient des éclairs.

Le client de Jennifer fut acquitté.

Après chacune de ses victoires, Jennifer trouvait sur son bureau quatre douzaines de roses rouges, avec une carte de Michael Moretti. A chaque fois, Jennifer déchirait la carte et faisait enlever les fleurs par Cynthia. Ce geste lui paraissait presque obscène. Pour finir, Jennifer écrivit un mot à Michael Moretti, lui demandant de cesser de lui envoyer des fleurs.

Quand Jennifer revint du palais après avoir remporté un nouveau procès, cinq douzaines de roses rouges l'attendaient.

22.

L'affaire du voleur à l'imperméable ramena Jennifer à la une des journaux. C'était le père Ryan qui lui avait confié l'accusé.

— J'ai un ami qui a un problème..., avait-il commencé, et tous deux avaient éclaté de rire.

L'ami en question se trouvait être Paul Richards, un individu sans domicile fixe, accusé d'avoir dévalisé une banque et raflé cent cinquante mille dollars. Un cambrioleur s'était introduit dans la banque, vêtu d'un long imperméable noir sous lequel était dissimulée une carabine à canon scié. Le col de l'imperméable était remonté de manière à dissimuler une partie du visage. Une fois à l'intérieur, l'homme avait brandi sa carabine et forcé le caissier à lui remettre tout ce dont il disposait en liquide. Le cambrioleur avait ensuite bondi dans une automobile qui l'attendait. Plusieurs témoins avaient vu la voiture s'enfuir, une conduite intérieure verte, mais la plaque minéralogique était couverte de boue.

Le F.B.I., qui participait au procès — les attaques de banques relevant de crimes contre l'État fédéral — avait fourni tous les faits relatifs au délit à l'ordinateur central, qui avait sorti le nom de Paul Richards.

Jennifer alla lui rendre visite à Riker's Island.

— Je jure devant Dieu que ça n'est pas moi, déclara Paul Richards.

C'était un homme d'une cinquantaine d'années, avec

des yeux bleus de chérubin, trop âgé pour se lancer dans ce genre de cambriolage.

— Peu m'importe que vous soyez innocent ou coupable, lui expliqua Jennifer, je n'ai qu'un seul principe. Je refuse de représenter un client qui ne me dit pas la vérité.

— Je jure sur la tête de ma mère que ça n'est pas moi.

Depuis longtemps les serments n'impressionnaient plus Jennifer. Des clients lui avaient juré leur innocence sur la tête de leur mère, de leur femme, de leur maîtresse et de leurs enfants. Si Dieu avait pris ces serments au sérieux, la population aurait sérieusement diminué.

Jennifer demanda :

— A votre avis, pourquoi le F.B.I. vous a-t-il arrêté ?

Paul Richards répondit sans la moindre hésitation :

— Parce qu'il y a environ dix ans, j'ai fait un coup dans une banque, et j'ai été assez bête pour me faire prendre.

— En vous servant d'une carabine à canon scié dissimulée sous un imperméable ?

— C'est exact. J'ai attendu qu'il pleuve, et puis j'ai attaqué la banque.

— Mais vous vous n'êtes pas responsable de ce dernier vol ?

— Non. Un salaud qui s'est cru malin m'a imité.

L'audience préliminaire eut lieu devant le juge Fred Stevens, fervent partisan d'une discipline énergique. On prétendait qu'il voulait envoyer tous les criminels dans une île inaccessible, où ils resteraient jusqu'à la fin de leurs jours. Le juge Stevens estimait que tout voleur pris sur le fait la première fois devait avoir la main droite coupée, et que s'il récidivait, on devait lui couper la gauche, comme dans la tradition islamique. C'était le pire juge auquel Jennifer pouvait avoir à faire. Elle appela Ted Harris.

— Ted, je voudrais que vous me trouviez tout ce que vous pourrez sur le juge Stevens.

— Le juge Stevens ? Il est aussi inflexible qu'un passe-lacet. Il...

— Je sais. Faites-le, s'il vous plaît.

Le procureur fédéral qui allait requérir dans cette affaire était un vieux professionnel, nommé Carter Gifford.

— Qu'allez-vous plaider ? demanda Gifford.

Jennifer lui adressa un regard empreint d'une innocente surprise.

— Non coupable, bien sûr.

Il éclata d'un rire sardonique.

— Le juge Stevens va vous démolir ça d'une pichenette. Je suppose que vous allez demander un procès avec jury ?

— Non.

Gifford observa Jennifer d'un air soupçonneux.

— Vous voulez dire que vous allez mettre votre client à la merci de ce juge féroce ?

— C'est exact.

Gifford se mit à rire.

— Je savais qu'un jour vous sortiriez de la ligne droite, Jennifer. J'ai hâte de voir ça.

— Les États-Unis d'Amérique contre Paul Richards. L'accusé est-il présent ?

Le greffier répondit :

— Oui, Votre Honneur.

— Les avocats voudraient-ils venir à la barre et décliner leur identité ?

Jennifer et Carter Gifford s'approchèrent du juge Stevens.

— Jennifer Parker, représentant l'accusé.

— Carter Gifford, représentant le gouvernement des États-Unis.

Le juge Stevens se tourna vers Jennifer et lui dit brusquement :

— Je suis conscient de votre réputation, miss Parker. Aussi je puis vous assurer dès maintenant que je n'ai pas l'intention de faire perdre son temps à la Cour. Je ne souffrirai aucun délai dans ce procès. Je veux engager dès maintenant l'audition de la cause et entendre le chef d'accusation. Je veux pouvoir fixer une date pour le procès aussi vite que possible. Je présume que vous souhaitez un procès avec jury et...

— Non, Votre Honneur.

Le juge Stevens la regarda avec surprise.

— Vous ne demandez pas un procès avec jury ?

— Non. Parce que j'estime qu'il n'y aura pas de chef d'accusation.

Carter Gifford lui lança un regard stupéfait.

— *Quoi ?*

— A mon avis, vous ne disposez pas de preuves suffisantes pour poursuivre mon client en justice.

Carter Gifford explosa.

— Ça, c'est votre opinion ! (Il se tourna vers le juge Stevens.) Votre Honneur, le gouvernement a un dossier très lourd. L'accusé a déjà été condamné pour avoir commis exactement le même acte d'une manière absolument identique. Notre ordinateur l'a retenu sur plus de deux mille suspects possibles. Nous tenons le coupable ici même dans cette salle d'audience, et l'accusation n'a pas la moindre intention de renoncer à le poursuivre.

Le juge Stevens se tourna vers Jennifer.

— La Cour estime qu'il y a ici un commencement de preuve suffisant pour établir un chef d'accusation et avoir un procès. Avez-vous autre chose à ajouter ?

— Oui, Votre Honneur. Pas un seul témoin n'est capable d'identifier avec certitude Paul Richards. Le F.B.I. n'a pas pu mettre la main sur un seul des billets volés. En réalité, la seule chose qui permette d'établir un lien entre l'accusé et le délit, c'est l'imagination de l'accusation.

Le juge adressa un regard condescendant à Jennifer et lui déclara avec une douceur menaçante :

— Que faites-vous de l'ordinateur qui l'a démasqué ?

Jennifer soupira.

— C'est bien là le problème, Votre Honneur.

Le juge Stevens reprit d'un ton sévère.

— Je veux bien le croire Autant il est facile de confondre un témoin en chair et en os, autant il est difficile de confondre un ordinateur

Carter Gifford inclina la tête d'un air suffisant.

— Absolument, Votre Honneur.

Jennifer se tourna de façon à faire face à Gifford.

— Le F.B.I. s'est servi de l'ordinateur I.B.M. 370/168, n'est-ce pas ?

— C'est exact. C'est l'appareil le plus perfectionné du monde.

Le juge Stevens demanda à Jennifer :

— La défense a-t-elle l'intention de mettre en doute l'efficacité de cet ordinateur ?

— Au contraire, Votre Honneur. J'ai amené ici aujourd'hui devant cette Cour un expert en électronique qui travaille pour la société qui fabrique le 370/168. C'est lui qui a programmé les données ayant permis d'obtenir le nom de mon client.

— Où est-il ?

Jennifer se retourna pour faire signe à un homme grand et mince assis sur un banc. Il s'approcha d'un air inquiet.

Jennifer dit :

— Voici M. Edward Monroe.

— Si jamais vous avez suborné mon témoin, explosa le procureur, je vais...

— Je n'ai fait que prier M. Monroe de demander à l'ordinateur s'il y avait d'autres suspects possibles. J'ai choisi dix personnes qui présentent certaines caractéristiques identiques à celles de mon client. Pour pouvoir les identifier, M. Monroe a programmé des statistiques d'âge, de taille, de poids, de couleur des yeux, de lieu de naissance... le même type de données que celles qui ont permis d'obtenir le nom de mon client.

Le juge Stevens, impatient, demanda :

— Où voulez-vous en venir, miss Parker ?

— Tout cela pour vous dire que l'ordinateur a identifié une de ces dix personnes comme suspect n° 1 de l'attaque de la banque.

Le juge Stevens se tourna vers Edward Monroe.

— Est-ce vrai ?

— Oui, Votre Honneur.

Edward Monroe ouvrit sa serviette et en sortit un état d'ordinateur.

Le greffier le reçut des mains de Monroe et le remit au juge. Celui-ci y jeta un coup d'œil et son visage s'empourpra.

Le juge Stevens s'adressa à Edward Monroe.

— S'agit-il d'une blague ?

— Non, monsieur.

— L'ordinateur m'a vraiment retenu comme suspect possible ? demanda le juge Stevens.

— Oui, monsieur, c'est exact.

Jennifer expliqua :

— L'ordinateur n'a aucun pouvoir de raisonnement, Votre Honneur. Il ne peut que répondre à l'information qui lui est donnée. Il se trouve que vous avez le même poids, la même taille et le même âge que mon client. Vous circulez l'un et l'autre dans une voiture verte, et vous êtes l'un et l'autre originaires du même État. Voilà en réalité les seuls éléments dont disposait l'accusation. Le seul facteur supplémentaire, c'est la façon dont le délit a été commis. Quand Paul Richards a attaqué cette banque il y a dix ans, des millions de gens ont lu cette histoire. N'importe qui pouvait imiter cette manière d'opérer. C'est ce qui s'est produit.

Jennifer désigna du doigt la feuille de papier que le juge Stevens tenait à la main.

— Cela vous montre à quel point le dossier constitué par l'État est peu solide.

Carter Gifford bredouilla :

— Votre Honneur..., et il s'arrêta. Il ne savait pas quoi dire.

Le juge Stevens regarda à nouveau l'état d'ordinateur qu'il tenait à la main, avant de lever les yeux sur Jennifer.

— Qu'auriez-vous fait, demanda-t-il, si le coupable avait été un homme plus jeune, plus mince que moi, et s'il avait conduit une voiture bleue ?

— L'ordinateur m'a donné dix autres suspects possibles, répondit Jennifer. Mon choix se serait alors porté sur le district attorney de l'État de New York, Robert Di Silva.

Jennifer était assise à son bureau, lisant les titres des journaux, lorsque Cynthia annonça :

— M. Paul Richards est là.

— Faites-le entrer, Cynthia.

Il pénétra dans le bureau vêtu d'un imperméable noir et tenant à la main une boîte de bonbons attachée par un ruban rouge.

— Je voulais simplement vous dire merci.

— Vous voyez ? Parfois la justice triomphe.

— Je quitte la ville. J'ai décidé que j'avais besoin de prendre des vacances.

Il tendit à Jennifer la boîte de bonbons.

— Un modeste gage de ma reconnaissance.

— Merci, Paul.

Il lui lança un regard admiratif.

— Je trouve que vous êtes formidable.

Et il s'en alla.

Jennifer regarda la boîte de bonbons sur son bureau et elle sourit. C'était plus qu'elle n'en recevait d'habitude pour les affaires que lui avaient amenées les amis du père Ryan. Si elle prenait du poids, ça serait de la faute du prêtre.

Jennifer dénoua le ruban et ouvrit la boîte. A l'intérieur, il y avait dix mille dollars en coupures usagées.

Un après-midi où Jennifer quittait le palais de justice, elle remarqua une énorme Cadillac noire conduite par un chauffeur, garée le long du trottoir. Au moment où elle allait la dépasser, Michael Moretti en sortit.

— Je vous attendais.

De plus près, il se dégageait de cet homme une vitalité électrisante presque irrésistible.

— Écartez-vous de mon chemin, lui lança Jennifer.

Son visage plein de colère s'empourpra, et Michael Moretti la trouva encore plus belle qu'il n'en avait le souvenir.

— Hé, s'exclama-t-il en riant, calmez-vous. Je voudrais simplement vous parler, et vous n'aurez qu'à m'écouter. Je vous paierai pour le temps perdu.

— Vous n'aurez jamais assez d'argent.

Elle s'avança pour le dépasser. Michael Moretti posa une main conciliante sur son bras. Le simple fait de la toucher augmenta son excitation.

Il déploya tout son charme.

— Soyez raisonnable. Vous ne saurez pas ce que vous perdez si vous n'écoutez pas ce que j'ai à vous dire. Dix minutes. C'est tout ce que je vous demande. Je vous dépose à votre bureau. Nous pourrons parler en route.

Jennifer le dévisagea un instant avant de répondre.

— Je veux bien aller avec vous à une seule condition. Je veux que vous répondiez à une question.

Michael acquiesça.

— Bien sûr. Allez-y.

— Qui a manigancé contre moi l'histoire du canari mort ?

Il répondit sans hésiter :

— Moi.

Maintenant, elle savait. Elle aurait pu le tuer. Le visage sévère, elle monta dans la limousine, et Michael Moretti vint s'asseoir à côté d'elle. Jennifer remarqua qu'il donna au chauffeur l'adresse de son bureau sans même la lui demander.

Tandis que la voiture roulait, Michael Moretti déclara :

— Je suis heureux que vous rencontriez tous ces succès.

Jennifer ne se donna pas la peine de répondre.

— Je le pense sincèrement.

— Vous ne m'avez pas dit ce que vous vouliez.

— Je veux vous rendre riche.

— Merci. Je suis assez riche comme ça.

Sa voix exprimait tout le mépris qu'elle avait pour lui.

Le rouge monta au visage de Michael Moretti.

— J'essaie de vous rendre service et vous continuez à me faire la guerre.

Jennifer se tourna pour le regarder.

— Je n'attends aucun service de votre part.

Il prit un ton plus suave.

— D'accord. C'est peut-être parce que j'essaie de me faire un peu pardonner ce que je vous ai fait. Écoutez, je peux vous envoyer plein de clients. Des clients importants. Avec beaucoup d'argent. Vous n'avez pas idée...

Jennifer l'interrompit :

— Monsieur Moretti, rendez-nous service, à tous les deux. Ne dites pas un mot de plus.

— Mais je peux...

— Je ne veux pas vous représenter, ni vous ni aucun de vos amis.

— Pourquoi ?

— Parce que si je représentais un seul d'entre vous, je vous appartiendrais.

— Vous n'avez pas compris, protesta Michael. Mes amis sont dans des affaires tout à fait légales. Je veux dire dans des banques, des compagnies d'assurances...

— Économisez votre salive. Mes services ne sont pas disponibles pour la Mafia.

— Qui vous parle de la Mafia ?

— Appelez ça comme vous voudrez. Je n'appartiens à personne d'autre qu'à moi-même. J'ai l'intention de continuer ainsi.

La limousine s'arrêta à un feu rouge.

Jennifer dit :

— C'est tout près d'ici. Merci pour la conduite.

Elle ouvrit la portière et descendit.

Michael l'interpella :

— Quand puis-je vous revoir ?

— Jamais, monsieur Moretti.

Michael la regarda s'éloigner.

« Mon Dieu, se dit-il, quelle femme ! » Il se rendit compte soudain qu'il bandait et cela le fit sourire car il savait que, d'une manière ou d'une autre, il finirait par la posséder.

23.

C'était la fin du mois d'octobre, deux semaines avant les élections, et la course au Sénat battait son plein. Adam se présentait contre le sénateur sortant John Trowbridge, un vieux routier de la politique, et les spécialistes s'accordaient à dire que la lutte serait serrée.

Jennifer était assise chez elle, un soir devant la télévision, regardant un débat où Adam était opposé à son adversaire. Mary Beth avait eu raison. Un divorce à l'heure actuelle aurait facilement ruiné les chances d'Adam, chaque jour plus grandes, de remporter la victoire.

Lorsque Jennifer rentra au bureau après un long déjeuner d'affaires, elle trouva un message de Rick Arlen demandant de le rappeler d'urgence.

— Il a téléphoné trois fois en une demi-heure, dit Cynthia.

Rick Arlen était une vedette du rock devenue, pratiquement en une nuit, le chanteur le plus célèbre du monde. Jennifer avait entendu parler des revenus considérables des étoiles de la chanson, mais jusqu'au jour où elle s'était occupée des affaires de Rick Arlen, elle n'avait pas eu la moindre idée de ce que ça pouvait représenter réellement. Grâce aux disques, aux galas, à la commercialisation de son nom et maintenant à un film, le revenu de Rick Arlen s'élevait à plus de quinze millions de dollars par an. Rick avait vingt-cinq ans, c'était un gamin né dans une ferme de l'Alabama avec une mine d'or dans la gorge.

— Appelez-le-moi, demanda Jennifer.

Cinq minutes plus tard, il était au bout du fil.

— Salut, ma vieille, ça fait des heures que j'essaie de te joindre.

— Désolée, Rick. J'étais à une réunion.

— J'ai un problème. Faut que je te voie.

— Peux-tu passer au bureau cet après-midi ?

— Ça va être difficile. Je suis à Monaco, pour un gala au profit de Grace et du Prince. Dans combien de temps peux-tu être ici ?

— Je ne pourrais certainement pas m'en aller maintenant, protesta Jennifer. Mon bureau croule sous une montagne...

— Baby, j'ai besoin de toi. Trouves-toi un zinc cet après-midi.

Et il raccrocha.

Jennifer réfléchit au coup de fil. Rick Arlen n'avait pas voulu lui parler de son problème par téléphone. Ça pouvait aussi bien être une affaire de drogue, de fille ou de type. Elle pensa envoyer Ted Harris ou Dan Martin élucider la chose, mais elle aimait bien Rick Arlen. En définitive, elle décida d'y aller elle-même.

Elle essaya de joindre Adam avant son départ, mais il n'était pas à son bureau.

Elle dit à Cynthia :

— Réservez-moi une place sur le vol Air France à destination de Nice. Je veux une voiture à l'arrivée pour me conduire à Monte-Carlo.

Vingt minutes plus tard, sa place était réservée sur le vol de sept heures le soir même.

— Il existe un service par hélicoptère qui relie directement Nice à Monte-Carlo, lui annonça Cynthia. Je vous ai retenu un siège.

— Formidable. Merci.

Quand Ken Bailey apprit pourquoi Jennifer s'en allait, il s'exclama :

— Pour qui se prend-il, ce débutant ?

— Il sait qui il est, Ken. C'est un de nos plus gros clients.

— Quand revenez-vous ?

— Je ne devrais pas être absente plus de trois ou quatre jours.

— Ça n'est pas la même chose quand vous n'êtes pas là. Vous allez me manquer.

Jennifer se demanda s'il sortait toujours avec le jeune homme blond.

— Tenez bon la barre jusqu'à mon retour.

En général, Jennifer aimait bien prendre l'avion. Elle considérait le temps passé dans les airs comme une libération de toutes ses tensions, une échappatoire momentanée aux problèmes qui l'assiégeaient à terre, une oasis paisible dans l'espace, loin de ses clients aux exigences jamais satisfaites. Le vol au-dessus de l'Atlantique se révéla pourtant peu plaisant. L'appareil tressauta de manière inhabituelle et l'estomac de Jennifer eut des nausées.

Elle se sentit un peu mieux lorsque l'avion atterrit le

lendemain matin à Nice. L'hélicoptère l'attendait pour l'emmener à Monte-Carlo. Jennifer n'était jamais montée dans un hélicoptère et elle s'en faisait une joie. Mais l'ascension soudaine et les mouvements brusques de l'appareil la rendirent à nouveau malade, et elle fut incapable d'admirer la vue grandiose sur les Alpes et la Grande Corniche, où des autos miniatures se déplaçaient sur la route en lacet qui sillonne le flanc escarpé de la montagne.

Les immeubles de Monte-Carlo apparurent, et quelques minutes plus tard l'hélicoptère se posa devant la construction moderne, toute blanche, du casino d'été, le long de la plage.

Cynthia avait téléphoné et Rick Arlen était là à l'attendre.

Il l'étreignit avec chaleur.

— Comment s'est passé le vol ?

— Un peu agité.

Il la regarda de plus près, et ajouta :

— Tu n'as pas l'air très fraîche. Je vais t'emmener dans mes quartiers, comme ça, tu pourras te reposer pour le grand boom de ce soir.

— Quel grand boom ?

— Le gala. C'est pour ça que tu es ici.

— *Quoi ?*

— Ouais. Grace m'a dit d'inviter tous ceux que j'aime bien. Toi, je t'aime bien.

— Oh ! Rick !

Jennifer l'aurait volontiers étranglé. Il n'imaginait pas à quel point il avait désorganisé sa vie. Elle se trouvait à cinq mille kilomètres d'Adam, elle avait des clients qui avaient besoin d'elle, des affaires à plaider...

et on l'avait attirée à Monte-Carlo pour assister à une soirée !

Jennifer lui dit :

— Rick, comment as-tu pu... ?

Devant son visage rayonnant, elle éclata de rire. Tant pis, elle était là. Et puis le gala serait peut-être divertissant.

Le gala fut spectaculaire. C'était un concert de bienfaisance donné au profit des orphelins, sous le patronage de Leurs Altesses Sérénissimes Grace et Rainier Grimaldi, qui se déroulait dehors devant le casino d'été. La soirée fut merveilleuse. La nuit était douce, et la brise légère venue de la Méditerranée agitait les palmiers. Jennifer aurait aimé qu'Adam pût partager ces instants avec elle. Il y avait mille cinq cents sièges occupés par un public enthousiaste.

Une demi-douzaine d'étoiles internationales se produisirent, mais Rick Arlen fut la vedette. Il était accompagné par un groupe de trois chanteurs à la voix rauque, tandis que des lumières psychédéliques clignotantes coloraient le ciel velouté. Lorsqu'il eut fini, le public se mit debout pour lui faire une ovation.

Il y eut ensuite une réception privée au bord de la piscine, en dessous de l'*Hôtel de Paris*. Des cocktails et un dîner debout furent servis autour de l'énorme bassin, sur lequel flottaient des dizaines de bougies allumées, posées sur des feuilles de nénuphar.

De l'avis de Jennifer, il y avait plus de trois cents personnes. Elle n'avait pas apporté de robe du soir, et à la vue de ces femmes somptueusement habillées, elle eut l'impression d'être la Petite Fille aux allumettes.

Rick la présenta à des ducs, des duchesses et des princesses. Jennifer eut le sentiment que la moitié des familles royales d'Europe se trouvait là. Elle fit la connaissance de chefs d'entreprise et de chanteurs d'opéra célèbres. Il y avait là des couturiers, des héritières et le grand joueur de football, Pelé. En plein milieu d'une conversation avec deux banquiers suisses, Jennifer fut prise de vertiges.

— Excusez-moi, fit-elle.

Elle alla chercher Rick Arlen.

— Rick, je...

Il la regarda et dit :

— Tu es pâle comme un linge, baby. Tirons-nous.

Une demi-heure plus tard, Jennifer était au lit, dans la villa que Rick Arlen avait louée.

— J'ai appelé un docteur, lui annonça Rick.

— Je n'ai pas besoin d'un docteur. Ça doit être un virus ou un truc comme ça.

— D'accord. C'est « le truc comme ça » qu'il va vérifier.

Le Dr André Monteux était une petit bout d'homme assez âgé ; il devait avoir dans les quatre-vingts ans. Il arborait une barbe bien entretenue et tenait à la main une trousse médicale noire.

Le médecin se tourna vers Rick Arlen.

— Pourriez-vous nous laisser seuls, s'il vous plaît ?

— Bien sûr. Je vais attendre dehors.

Le médecin se rapprocha du lit.

— Alors, qu'est-ce que nous avons ?

— Si je le savais, fit Jennifer d'une voix faible, ce

serait moi qui ferais la visite, et vous qui seriez couché à ma place.

Il s'assit sur le bord du lit.

— Comment vous sentez-vous ?

— Comme si j'avais la peste bubonique.

— Montrez-moi votre langue, je vous prie.

Jennifer tira la langue et commença à avoir des haut-le-cœur. Le Dr Monteux vérifia son pouls et prit sa température.

Lorsqu'il eut fini, Jennifer demanda :

— A votre avis, qu'est-ce que c'est, docteur ?

— Ça peut être beaucoup de choses, ravissante madame. Si vous vous sentez assez bien demain, j'aimerais que vous veniez à mon cabinet pour que je puisse procéder à un examen plus approfondi.

Jennifer se sentait trop faible pour discuter.

— D'accord, fit-elle, j'irai.

Le lendemain matin, Rick Arlen conduisit Jennifer à Monte-Carlo où le Dr Monteux l'examina de manière plus complète.

— Ça doit être un genre de virus, vous ne croyez pas ? demanda Jennifer.

— Si vous voulez une prédiction, répondit le vieux docteur, je vais faire envoyer chercher une diseuse de bonne aventure. Si vous voulez savoir ce qui ne va pas, il vous faudra patienter jusqu'à ce que j'aie reçu les résultats des analyses.

— Quand les aurez-vous ?

— Ça prend généralement deux ou trois jours.

Jennifer savait qu'en aucune façon elle n'allait rester là deux ou trois jours de plus. Adam avait peut-être besoin d'elle. Elle savait qu'elle, elle avait besoin de lui.

— En attendant, j'aimerais que vous restiez au lit et que vous vous reposiez.

Il lui tendit un flacon de médicaments.

— Ils vous feront du bien.

— Merci.

Jennifer griffonna quelque chose sur un morceau de papier.

— Vous pouvez m'appeler à ce numéro.

Ce ne fut qu'après le départ de Jennifer que le Dr Monteux regarda le bout de papier. Dessus, il était écrit un numéro de téléphone à New York.

A l'aéroport Charles-de-Gaulle à Paris, Jennifer avala deux des pilules que lui avait prescrites le Dr Monteux, et un somnifère. Elle dormit par à-coups pendant presque tout le trajet de retour jusqu'à New York, mais lorsqu'elle débarqua de l'avion, elle ne se sentit guère mieux. Elle n'avait demandé à personne de venir la chercher, et elle se fit conduire en taxi jusqu'à son appartement.

En fin d'après-midi, le téléphone sonna. C'était Adam.

— Jennifer ! Où étais-tu ?...

Elle essaya d'avoir une voix énergique.

— Je suis désolée, mon chéri. J'ai dû aller à Monte-Carlo voir un client et je n'ai pas réussi à te joindre.

— J'étais affreusement inquiet. Tu vas bien ?

— Très bien. Je... j'ai simplement beaucoup bougé.

— Mon Dieu ! J'ai imaginé plein de choses épouvantables.

— Tu n'as aucun souci à te faire, le rassura Jennifer. Comment se déroule la campagne ?

— Bien. Quand puis-je te voir ? Je dois partir pour Washington, mais je peux remettre...

— Non, vas-y, fit Jennifer.

Elle ne voulait pas qu'Adam la vît dans cet état.

— J'ai du travail qui m'attend. On passera le week-end ensemble.

— D'accord.

Sa voix avait des accents de regret.

— Si tu n'as rien à faire à onze heures, je passe aux informations de C.B.S.

— Je te regarderai, mon amour.

Jennifer s'endormit cinq minutes après avoir reposé l'appareil.

Dans la matinée, Jennifer téléphona à Cynthia pour lui dire qu'elle n'irait pas au bureau. Elle avait dormi d'un sommeil agité et, quand elle s'était réveillée, elle ne s'était pas sentie mieux. Elle essaya de prendre un petit déjeuner, mais son estomac ne put rien garder. Elle se sentait faible, et elle se rendit compte qu'elle n'avait pratiquement rien mangé depuis près de trois jours.

Son esprit récitait malgré elle l'épouvantable litanie des choses qui pouvaient lui arriver. Tout d'abord le cancer, naturellement. Elle palpa ses seins pour y chercher une tumeur, mais elle ne sentait rien d'anormal. Évidemment, le cancer pouvait frapper n'importe où. Ça pouvait être un virus, mais le médecin s'en serait certainement aperçu. L'ennui, c'était que ça pouvait être n'importe quoi. Jennifer se sentait abandonnée, impuissante. Elle n'était pas du genre hypocondriaque, elle avait toujours été en parfaite santé, et maintenant elle avait le sentiment que son corps la trahissait. Elle ne pourrait supporter qu'l lui arrivât quoi que ce soit. Pas en ce moment où tout était si merveilleux.

Elle allait guérir. C'était évident.

De nouvelles nausées lui pincèrent le cœur.

A onze heures du matin, le Dr Monteux appela de Monte-Carlo. Une voix dit :

— Un instant. Je vous passe le docteur.

L'instant dura cent ans, et Jennifer se cramponna de toutes ses forces à l'appareil, incapable de supporter l'attente.

Pour finir, la voix du docteur retentit.

— Comment vous sentez-vous ?

— Toujours pareil, répondit Jennifer avec nervosité. Avez-vous reçu les résultats ?

— Bonnes nouvelles, fit le Dr Monteux. Ça n'est pas la peste bubonique.

Jennifer n'en pouvait plus d'attendre.

— Qu'est-ce que c'est ? Qu'est-ce qui m'arrive ?

— Vous allez avoir un bébé, madame Parker.

Jennifer resta assise, abasourdie, à regarder le téléphone. Lorsqu'elle eut retrouvé sa voix, elle demanda :

— Vous... vous en êtes sûr ?

— Les lapines ne mentent jamais. Je suppose que c'est votre premier bébé.

— Oui.

— Je vous suggère de voir un accoucheur dès que possible. A en juger par la violence des premiers symptômes, il se peut que vous ayez des difficultés par la suite.

— Je vais le faire, répliqua Jennifer. Merci d'avoir appelé, docteur Monteux.

Elle reposa le récepteur et resta là, l'esprit en ébullition. Elle n'était pas certaine de la date à laquelle ça s'était produit, pas plus que de ses sentiments. Elle n'arrivait pas à mettre ses idées en ordre.

Elle allait avoir un bébé d'Adam. Et soudain elle sut ce qu'elle éprouvait. Une joie immense ; comme si on lui avait offert un cadeau extraordinairement précieux.

Cela ne pouvait tomber à un meilleur moment, comme si les dieux étaient avec eux. Les élections seraient bientôt finies et elle et Adam allaient se marier le plus vite possible. Ce serait un garçon. Jennifer le savait. Elle brûlait de l'annoncer à Adam.

Elle lui téléphona à son bureau.

— M. Warner n'est pas là, l'informa sa secrétaire. Vous pouvez essayer chez lui.

Jennifer répugnait à appeler Adam chez lui, mais elle ne pouvait garder la nouvelle pour elle. Elle composa le numéro. Ce fut Mary Beth qui répondit.

— Je suis désolée de vous importuner, s'excusa Jennifer. J'ai quelque chose à dire à Adam. Je suis Jennifer.

— Je suis heureuse que vous ayez appelé, dit Mary Beth.

La chaleur de sa voix était rassurante.

— Adam est en train de donner une conférence, mais il sera de retour ce soir. Pourquoi ne viendriez-vous pas chez nous ? Nous pourrions dîner tous ensemble. Disons sept heures ?

Jennifer hésita un instant.

— C'est très gentil à vous.

Ce fut un miracle que Jennifer n'eût pas d'accident en se rendant à Croton-sur-Hudson. Son esprit voguait à mille lieues de là, rêvant au futur. Avec Adam, ils avaient souvent discuté des enfants qu'ils auraient. Elle se souvenait de ses paroles : *Je veux un garçon et une fille qui te ressemblent.*

Tout en conduisant sur l'autoroute, Jennifer crut sentir quelque chose qui bougeait dans son ventre, mais elle se dit que c'était absurde. C'était bien trop tôt. Mais ça ne tarderait quand même pas. Elle portait en elle le bébé d'Adam. Il vivait, et bientôt il lui donnerait des coups de pied. Elle était impressionnée, au comble de la joie. Elle...

Jennifer entendit quelqu'un la klaxonner, et elle s'aperçut en levant les yeux qu'elle avait failli contraindre un camion à quitter la chaussée. Elle adressa au conducteur un sourire d'excuse et continua sa route. Rien ne pouvait lui gâcher la journée.

Le jour tombait quand Jennifer s'arrêta devant la demeure des Warner. De légers flocons de neige commençaient à tomber, saupoudrant les arbres. Mary Beth, vêtue d'une longue robe d'intérieur en brocart bleu, ouvrit la porte d'entrée pour accueillir Jennifer, elle lui prit le bras et la reçut avec chaleur dans la maison, rappelant à Jennifer leur première entrevue.

Mary Beth était rayonnante de bonheur. Elle se révéla fort diserte, mettant sa visiteuse à l'aise. Elles allèrent dans la bibliothèque où les attendait une belle flambée qui crépitait dans l'âtre.

— Je n'ai pas encore eu de nouvelles d'Adam, déclara Mary Beth. Il a probablement été retenu. En attendant, nous pouvons bavarder agréablement. Vous aviez l'air excitée au téléphone.

Mary Beth se pencha en avant d'un air de conspirateur.

— Quelle est cette grande nouvelle ?

Jennifer regarda cette femme sympathique assise en face d'elle et laissa échapper :

— Je vais avoir un bébé d'Adam.

Mary Beth s'appuya en arrière sur son fauteuil et sourit.

— Ça alors ! C'est quelque chose ! Moi aussi !

Jennifer la regarda d'un air incrédule.

— Je... je ne comprends pas.

Mary Beth se mit à rire.

— C'est pourtant fort simple, ma chère. Adam et moi, nous sommes mariés, vous le savez bien.

Jennifer articula lentement.

— Mais... mais vous et Adam, vous allez divorcer.

— Ma chère petite, pourquoi diable voudriez-vous que je divorce d'Adam ? Je l'adore.

Jennifer sentit sa tête commencer à tourner. Cette conversation n'avait aucun sens.

— Vous êtes... vous êtes amoureuse de quelqu'un d'autre. Vous m'avez dit...

— J'ai dit que j'étais amoureuse. Et je le suis. Je suis amoureuse d'Adam. Je vous l'ai dit, je suis tombée amoureuse d'Adam la première fois où je l'ai vu.

Elle ne pouvait pas penser ce qu'elle disait. Elle taquinait Jennifer, jouant un peu idiot.

— Arrêtez ! s'exclama Jennifer. Vous êtes comme

frère et sœur l'un envers l'autre. Adam ne vous fait pas l'amour...

La voix de Mary Beth tinta d'un rire cristallin.

— Ma pauvre amie ! Je m'étonne que quelqu'un d'aussi intelligent que vous puisse...

Elle se pencha en avant avec sollicitude.

— Vous l'avez cru ! Je suis désolée. Je le suis. Je le suis sincèrement.

Jennifer luttait pour se dominer.

— Adam m'aime. Nous allons nous marier.

Mary Beth secoua la tête. Ses yeux bleus croisèrent ceux de Jennifer et celle-ci y lut tant de haine que son cœur cessa de battre un instant.

— Ça rendrait Adam bigame. Jamais je ne le laisserai divorcer. Si je lui avais permis de divorcer et de vous épouser, il aurait perdu les élections. Tel que cela se passe, il va les emporter. Notre étape suivante sera la Maison-Blanche, à Adam et à moi. Il n'y a pas de place dans sa vie pour quelqu'un comme vous. Il n'y en a jamais eu. Il croit simplement qu'il est amoureux de vous. Mais ça lui passera quand il saura que je porte son enfant. Adam a toujours voulu un enfant.

Jennifer ferma les yeux de toutes ses forces pour essayer d'enrayer l'affreuse douleur qui lui martelait la tête.

— Puis-je vous offrir quelque chose ? demanda Mary Beth avec sollicitude.

Jennifer ouvrit les yeux.

— Lui avez-vous dit que vous attendiez un bébé ?

— Pas encore.

Mary Beth sourit.

— Je pense le lui annoncer ce soir, quand il rentrera et que nous serons couchés.

Jennifer était submergée de dégoût.

— Vous êtes un monstre...

— Tout dépend du point de vue où on se place, n'est-ce pas, ma chère ? Moi, je suis la femme d'Adam. Vous, vous êtes sa putain.

Jennifer se leva, prise de vertiges. Son mal de tête s'était transformé en un insupportable battement dans les tempes. Un grondement résonnait à ses oreilles et elle eut peur de perdre connaissance. Elle se dirigea vers l'entrée, les jambes vacillantes.

Jennifer s'arrêta à la porte, pour y prendre appui, essayant de penser. Adam lui avait dit qu'il l'aimait, mais il avait couché avec cette femme, il l'avait rendue enceinte.

Elle fit demi-tour et sortit dans l'air froid de la nuit.

24.

Adam accomplissait sa dernière tournée électorale dans l'État. Il téléphona plusieurs fois à Jennifer, mais il était toujours cerné par son entourage, et il lui était impossible de parler.

Jennifer savait comment Mary Beth se trouvait enceinte : elle avait réussi par la ruse à coucher avec Adam. Mais Jennifer voulait l'entendre de la bouche d'Adam.

— Je serai bientôt de retour, et nous pourrons parler, dit Adam.

Les élections n'étaient plus que dans cinq jours.

Adam méritait de les emporter; il était le meilleur. Jennifer comprit que Mary Beth avait raison en disant que c'était là un tremplin pour la présidence des États-Unis. Elle se forcerait à attendre pour voir ce qui allait arriver.

Si Adam était élu sénateur, il serait perdu pour elle. Adam irait à Washington avec Mary Beth. Il ne pourrait en aucune façon demander le divorce. Le scandale d'un sénateur fraîchement élu divorçant d'une épouse enceinte pour épouser sa maîtresse enceinte également constituerait une histoire bien trop juteuse pour qu'il pût la dissimuler. Mais qu'Adam perde la course, il serait libre. Libre de retourner à son métier d'avocat, libre d'épouser Jennifer sans se soucier, ni faire le moindre cas, de ce que les autres pourraient penser. Ils pourraient vivre ensemble le reste de leur existence. Et avoir leur enfant.

Le jour des élections se leva sur un temps froid et pluvieux. Étant donné l'importance de l'enjeu et malgré le temps, on attendait aux urnes un nombre élevé de votants.

Dans la matinée, Ken Bailey lui demanda :

— Allez-vous voter aujourd'hui ?

— Oui.

— Ça a l'air plutôt serré, hein ?

— Très serré.

Elle se rendit au bureau de vote en fin de matinée, et en pénétrant dans l'isoloir, elle se dit amèrement qu'une voix pour Adam Warner était une voix contre

Jennifer Parker. Elle vota pour Adam et s'en alla. Elle ne pouvait supporter l'idée de retourner au bureau. Elle déambula dans les rues tout l'après-midi, essayant de ne pas penser, de ne pas réagir ; penser et réagir, penser que les heures à venir allaient déterminer le reste de son existence.

25.

— C'est une des élections les plus serrées que nous ayons connues au cours des dernières années, déclara le commentateur de la télévision.

Jennifer était seule chez elle, à suivre les résultats, sur la chaîne N.B.C. Elle s'était préparé un dîner léger avec des œufs brouillés et des toasts, mais elle était trop tendue pour avaler quoi que ce soit. Vêtue d'une robe de chambre, elle se pelotonna sur le canapé, suivant son destin retransmis à des millions de gens. Chaque téléspectateur avait ses raisons pour suivre les résultats, souhaitant la victoire ou la défaite de l'un ou l'autre des candidats, mais Jennifer était certaine que pas un seul n'était aussi concerné qu'elle par l'issue de ces élections. Si Adam gagnait, ça signifierait la fin de leurs relations... et la fin du bébé dans son ventre.

Adam fit une brève apparition à l'écran, avec à ses côtés Mary Beth. Jennifer s'enorgueillissait d'être capable de connaître les gens, de comprendre leurs motifs, mais elle avait été complètement roulée par les propos doucereux et fleuris de cette garce à la voix sucrée. Elle ne cessait de refouler de son esprit l'image d'Adam couchant avec cette femme, la mettant enceinte.

Edwin Newman était en train d'annoncer : « Voici les derniers résultats de l'élection sénatoriale opposant le candidat sortant, John Trowbridge, à son adversaire, Adam Warner. A Manhattan, John Trowbridge a recueilli un total de 221 375 voix, contre 214 895 pour Adam Warner.

« Dans le 45e district électoral de la 29e circonscription de Queens, John Trowbridge a près de cinq pour cent des voix d'avance. »

La vie de Jennifer se mesurait en pourcentages.

« En additionnant les résultats du Bronx, de Brooklyn, de Queens, de Richmond et des comtés de Nassau, Rockland, Suffolk et Westchester, John Trowbridge totalise 2 300 000 voix, contre 2 120 000 pour Adam Warner, en comptant les voix du nord de l'État de New York qui viennent de nous parvenir. Adam Warner a fait un score étonnamment élevé face au sénateur Trowbridge qui en est à son troisième mandat. Dès le début de cette course à l'investiture de sénateur, les votes se sont répartis de façon pratiquement égale. Selon les tout derniers résultats, sur soixante-deux pour cent de suffrages exprimés, le sénateur Trowbridge est en tête. D'après les résultats qu'on a communiqués il y a une heure, le sénateur Trowbridge aurait deux points d'avance. Les résultats dont nous disposons maintenant indiquent qu'il a augmenté son avance et compte quatre points d'écart avec son adversaire. Si cette tendance se maintient, l'ordinateur de la N.B.C. va donner le sénateur Trowbridge vainqueur de ces élections au poste de sénateur des États-Unis. Si nous revenons à cette course qui oppose... »

Jennifer avait les yeux rivés sur son poste, elle ne bougeait pas, le cœur battant. C'était comme si des millions de gens votaient pour Adam et Jennifer, ou Adam et Mary Beth. Jennifer se sentait le cerveau vide, elle était prise de vertiges. Elle devait songer à manger quelque chose. Mais pas maintenant. Rien n'avait d'importance, hormis ce qui se déroulait sur l'écran devant elle. Le suspense ne cessait de s'accroître, minute par minute, heure par heure.

A minuit, l'avance du sénateur John Trowbridge était de trois points. A deux heures du matin, avec vingt-huit pour cent des suffrages comptabilisés, le sénateur Trowbridge menait encore avec une marge de deux points et demi. L'ordinateur annonça que le sénateur John Trowbridge avait remporté l'élection.

Jennifer, vidée de toute émotion, de tout sentiment, ne pouvait détacher son regard de l'écran. Adam avait perdu. Jennifer avait gagné. Elle avait gagné Adam et leur fils. Elle était libre maintenant de l'annoncer à Adam, de lui parler de leur bébé, de faire des projets pour leur avenir ensemble.

Le cœur de Jennifer se serra pour Adam, car elle savait ce que cette élection représentait pour lui. Et pourtant, avec le temps, Adam surmonterait sa défaite. Un jour, il se lancerait à nouveau dans la course, et elle serait là pour l'aider. Il était encore très jeune. Le monde leur appartenait, à l'un et à l'autre. A eux trois.

Jennifer s'enformit sur le canapé, rêvant à Adam, à l'élection et à la Maison-Blanche. Avec leur fils, ils se trouvaient dans le bureau ovale. Adam prononçait son discours de réception. Mary Beth entra et l'interrompit. Adam se mit à crier contre elle, et sa voix s'amplifia. Jennifer s'éveilla. La voix était celle d'Edwin Newman. Le poste de télévision était encore allumé. L'aube pointait.

Edwin Newman, l'air exténué, lisait les résultats finaux des élections. Jennifer l'écouta, à demi endormie.

Au moment où elle se levait du canapé, elle l'entendit dire : « Et voici les résultats définitifs de l'élection au poste de sénateur de l'État de New York. Au cours de l'un des plus étonnants renversements politiques que nous ayons connus, Adam Warner a battu le sénateur sortant John Trowbridge avec une avance inférieure à un pour cent. »

C'était terminé. Jennifer avait perdu.

26.

Quand Jennifer arriva au bureau en fin de matinée, Cynthia lui annonça :

— J'ai M. Adams au téléphone, miss Parker. Il a appelé toute la matinée.

Jennifer hésita avant de répondre :

— Très bien, Cynthia, passez-le-moi.

Elle alla dans son bureau et décrocha l'appareil.

— Bonjour, Adam. Toutes mes félicitations.

— Merci. Nous devons parler. Es-tu libre à déjeuner ?

Jennifer hésita.

— Oui, dit-elle.

Il fallait y faire face un jour ou l'autre.

C'était la première fois que Jennifer revoyait Adam depuis trois semaines. Elle détailla son visage. Il avait les traits tirés, l'air défait. Sa victoire aurait dû le rendre rayonnant, au lieu de cela il semblait curieusement agité et mal à l'aise. Ils commandèrent un repas auquel ni l'un ni l'autre ne touchèrent, et ils parlèrent des élections, leurs propos servant à camoufler leurs pensées.

Ce jeu de cache-cache était devenu presque intolérable, jusqu'au moment où, enfin, Adam, se décida :

— Jennifer... Il inspira longuement et se lança : Mary Beth attend un bébé.

Ces mots entendus de sa bouche revêtirent une atroce réalité.

— Je suis désolé, ma chérie. Ça... ça vient d'arriver. C'est difficile à expliquer.

— Tu n'as pas besoin d'expliquer.

Jennifer imaginait très bien la scène. Mary Beth dans un négligé provocant — ou nue — et Adam...

— Je me sens tellement bête, disait Adam.

Un silence inconfortable s'établit, et il poursuivit.

— J'ai reçu ce matin un appel du président du Comité national. Ils envisageraient de me présenter à l'investiture pour les prochaines élections présidentielles.

Il hésita.

— Le problème, c'est qu'avec Mary Beth enceinte, ce n'est pas le meilleur moment pour divorcer. Je ne sais vraiment pas quoi faire. Je n'en dors pas depuis trois nuits.

Il regarda Jennifer et ajouta :

— Je déteste d'avoir à te demander ça, mais... crois-tu qu'on pourrait attendre un peu, le temps que les choses se décantent ?

Jennifer regarda Adam de l'autre côté de la table, et elle ressentit une douleur si profonde, une perte si intolérable qu'elle crut ne pas pouvoir le supporter.

— En attendant, on se verra aussi souvent que possible, lui assura Adam. On...

Jennifer se força à parler.

— Non, Adam. C'est fini.

Il la regarda, hébété.

— Tu ne penses pas ce que tu dis. Je t'aime, mon amour. On va trouver un moyen de...

— Il n'y a pas de moyen. Ta femme et ton bébé ne vont pas disparaître. Toi et moi, c'est terminé. J'ai tant aimé ce qu'on a partagé. J'ai tout aimé.

Elle se leva, sachant que si elle ne sortait pas du restaurant elle allait se mettre à crier.

— Nous ne devons plus jamais nous revoir.

Elle ne pouvait supporter le spectacle de ses yeux remplis de chagrin.

— Mon Dieu, Jennifer ! Ne fais pas ça. Je t'en prie, ne fais pas ça ! On...

Elle n'entendit pas la suite. Elle se précipita vers la porte pour sortir de la vie d'Adam.

27.

Les appels téléphoniques d'Adam n'étaient plus acceptés. Ses lettres lui étaient retournées sans avoir été décachetées. Sur la dernière lettre que reçut Jennifer, elle inscrivit le mot « décédée » sur l'enveloppe et la jeta dans la boîte. « C'est vrai, se dit-elle, je suis morte. »

Elle n'aurait jamais cru qu'une telle souffrance pût exister. Elle voulait être seule, et pourtant elle ne l'était pas. Il y avait en elle un autre être humain, qui faisait partie d'elle-même et d'Adam. Elle allait le détruire.

Elle s'obligea à penser à l'endroit où elle irait se faire avorter. Quelques années plus tôt, l'avortement signifiait l'intervention d'un charlatan opérant dans une pièce sordide au fond d'une impasse étroite, mais plus maintenant. Elle irait à l'hôpital, et l'opération serait pratiquée par un chirurgien de bonne réputation. Quelque part en dehors de New York. On avait trop souvent montré sa photo dans les journaux, son visage était apparu trop fréquemment à la télévision. Elle avait besoin d'anonymat, d'un endroit où personne ne lui poserait de questions. Jamais, jamais il ne devrait y avoir de lien entre elle et Adam Warner. Le sénateur des États-Unis Adam Warner. Le bébé devait mourir anonymement.

Jennifer s'autorisa à penser à la ressemblance que

pourrait avoir le bébé, mais elle se mit à pleurer si fort qu'elle en perdit presque la respiration.

Il s'était mis à pleuvoir. Jennifer leva les yeux vers le ciel et se demanda si Dieu pleurait pour elle.

Ken Bailey était la seule personne en qui Jennifer eût confiance pour lui venir en aide.

— Je dois me faire avorter, déclara Jennifer sans préambule. Connaissez-vous un bon médecin ?

Il essaya de masquer sa surprise, mais Jennifer surprit sur son visage toutes les émotions par lesquelles il passa.

— En dehors de la ville, Ken. Un endroit où on ne me connaît pas.

— Que diriez-vous des îles Fidji ?

Il y avait de la colère dans sa voix.

— Je suis sérieuse.

— Pardon. Je... vous m'avez pris au dépourvu.

La nouvelle l'avait totalement pris par surprise. Il vénérait Jennifer. Il savait qu'il l'aimait et il lui arrivait parfois de penser qu'il était amoureux d'elle ; mais il n'en était pas sûr, et cette idée le torturait. Il ne pourrait jamais faire à Jennifer ce qu'il avait fait à sa femme. « Mon Dieu, se disait-il, pourquoi ne pouvez-vous pas vous décider à mon égard ? » Il passa les mains dans ses cheveux roux et dit :

— Si vous ne voulez pas que ça soit fait à New York, je vous suggère la Caroline du Nord. Ce n'est pas trop loin.

— Pouvez-vous m'avoir le renseignement ?

— Oui. Bien sûr. Je...

— Oui ?

Il détourna le regard.

— Rien.

Ken Bailey disparut pendant trois jours. Quand il pénétra dans le bureau de Jennifer le troisième jour, il n'était pas rasé et il avait les yeux creux et cernés.

Jennifer le regarda.

— Ça ne va pas ?

— Je crois que si.

— Est-ce que je peux vous aider ?

— Non. *Si Dieu ne peut pas m'aider, mon amour, il n'y a rien que vous puissiez faire.*

Il tendit à Jennifer un bout de papier. Dessus, il était écrit : Dr Eric Linden, Memorial Hospital, Charlotte, Caroline du Nord.

— Merci, Ken.

— *De nada.* Quand allez-vous y aller ?

— Je vais y descendre ce week-end.

Il dit, embarrassé.

— Voudriez-vous que je vous accompagne ?

— Non, merci. Tout ira bien.

— Et pour le voyage du retour ?

— Il n'y aura pas de problème.

Il resta planté là un moment, hésitant.

— Ça ne me regard pas, mais êtes-vous sûre que c'est ce que vous désirez ?

— J'en suis sûre.

Elle n'avait pas le choix. Elle ne souhaitait rien d'autre au monde que garder le bébé d'Adam, mais elle savait que ça serait de la folie d'essayer d'élever l'enfant toute seule.

Elle regarda Ken et répéta :

— J'en suis sûre.

L'hôpital était un agréable immeuble ancien de deux étages, en brique, situé dans les faubourgs de Charlotte.

La femme installée au bureau de la réception avait les cheveux gris, elle devait approcher des soixante-dix ans.

— Puis-je vous aider ?

— Oui. Je suis Mme Parker. J'ai rendez-vous avec le Dr Linden pour... pour... ; elle n'arrivait pas à se résoudre à prononcer le mot.

La réceptionniste hocha la tête d'un air entendu.

— Le docteur vous attend, madame Parker. On va vous montrer le chemin.

Une jeune infirmière conduisit Jennifer dans une salle d'examen, au bout du couloir, et lui dit :

— Je vais annoncer au Dr Linden que vous êtes ici. Voulez-vous vous déshabiller ? Vous trouverez une blouse dans la penderie.

Lentement, possédée par un sentiment d'irréalité, Jennifer se dévêtit et enfila une blouse blanche. Elle avait l'impression de mettre un tablier de boucher. Elle allait tuer la vie en elle. Elle imagina que le tablier était éclaboussé de sang, du sang de son bébé. Jennifer s'aperçut qu'elle tremblait.

Une voix dit :

— Allons. Détendez-vous.

Jennifer leva les yeux pour découvrir un homme corpulent aux mains lisses, portant des lunettes cerclées d'écaille qui lui donnaient l'air d'un hibou.

— Je suis le Dr Linden.

Il jeta un coup d'œil sur le dossier qu'il tenait à la main.

— Vous êtes Mme Parker.

Jennifer hocha la tête.

Le médecin effleura son bras et l'invita d'un ton apaisant :

— Asseyez-vous.

Il s'approcha du lavabo et remplit d'eau un gobelet en carton.

— Buvez cela.

Jennifer obéit. Le Dr Linden était assis sur une chaise, il l'observa jusqu'à ce que son tremblement se fût calmé.

— Bon. Vous souhaitez interrompre votre grossesse.

— Oui.

— En avez-vous discuté avec votre mari, madame Parker ?

— Oui. Nous... nous le voulons tous les deux.

Il la dévisagea.

— Vous semblez en bonne santé.

— Je... je me sens bien.

— C'est un problème d'argent ?

— Non, répondit sèchement Jennifer.

Pourquoi l'embêtait-il avec ces questions ?

— Nous... nous ne pouvons simplement pas garder le bébé.

Le Dr Linden exhiba une pipe.

— Ça ne vous ennuie pas ?

— Non.

Le Dr Linden alluma sa pipe et ajouta :

— Sale habitude.

Il s'appuya en arrière et souffla une bouffée de fumée.

— Pouvons-nous en finir ? demanda Jennifer.

Ses nerfs étaient si tendus qu'ils allaient lâcher. Elle sentait qu'à tout instant elle pouvait se mettre à crier.

Le Dr Linden tira encore, lentement, une longue bouffée de sa pipe.

— Je pense que nous devrions parler encore quelques minutes.

Par un énorme effort de volonté, Jennifer domina son agitation.

— Comme vous voudrez.

— Le problème de l'avortement, reprit le Dr Linden, c'est que c'est un acte définitif. Vous pouvez encore changer d'avis maintenant, mais vous ne le pourrez plus lorsque le bébé sera parti.

— Je n'ai pas l'intention de changer d'avis.

Il hocha la tête et tira une nouvelle fois avec lenteur sur sa pipe.

— C'est très bien.

L'odeur sucrée du tabac donnait la nausée à Jennifer. Elle aurait aimé qu'il mît sa pipe de côté.

— Docteur Linden...

Il se leva à contrecœur et déclara :

— Allons-y, jeune madame. Nous allons vous examiner.

Jennifer s'allongea sur la table d'examen, les pieds retenus dans les étriers en métal glacé. Elle sentit ses doigts investir son corps. Ils étaient doux et adroits, et elle n'éprouvait aucune gêne, sinon un irréparable sentiment de perte, un profond chagrin. Des images lui vinrent spontanément à l'esprit de son jeune fils, car elle savait avec certitude que cela aurait été un garçon, courant, jouant, riant. Grandissant dans les pas de son père.

Le Dr Linden avait fini son examen.

— Vous pouvez vous rhabiller, maintenant, madame Parker. Si vous voulez, vous pouvez passer la nuit ici, et je pratiquerai l'intervention demain matin.

— Non !

Le ton de sa voix fut plus aigu qu'elle ne l'avait souhaité.

— Je voudrais que ça soit fait tout de suite, s'il vous plaît.

Le Dr Linden la détaillait à nouveau, une expression intriguée sur son visage.

— J'ai deux patientes avant vous. Je vais demander à l'infirmière de venir procéder aux analyses de laboratoire et de vous installer dans votre chambre. Nous irons en salle d'opération dans quatre heures. Cela vous convient-il ?

Jennifer murmura :

— C'est très bien.

Elle s'allongea sur l'étroit lit d'hôpital et ferma les yeux, attendant le retour du Dr Linden. Il y avait une vieille pendule au mur dont le tic-tac semblait remplir toute la pièce. Le tic-tac se transforma en mots : Bébé Adam, Bébé Adam, Bébé Adam, notre fils, notre fils, notre fils.

Jennifer n'arrivait pas à éloigner de son esprit l'image du bébé. Pour l'instant il se trouvait encore à l'intérieur de son corps, bien au chaud, confortablement installé et vivant, à l'abri du monde dans son liquide amniotique. Elle se demanda s'il pouvait éprouver une crainte primitive de ce qui allait lui arriver. Elle se demanda s'il aurait mal quand le couteau le tuerait. Elle pressa ses mains sur ses oreilles pour ne plus entendre le tic-tac de la pendule. Elle s'aperçut qu'elle commençait à respirer avec difficulté, et que son corps était couvert de transpiration. Elle entendit un bruit et ouvrit les yeux.

Le Dr Linden était penché sur elle, l'air inquiet.

— Êtes-vous sûre que ça va, madame Parker ?

— Oui, souffla Jennifer. Je voudrais simplement que ça soit terminé.

Le Dr Linden hocha la tête.

— C'est ce que nous allons faire.

Il prit une seringue sur la table à côté de son lit et se dirigea vers elle.

— Qu'y a-t-il dedans ?

— Du Demerol et du Phénergan pour vous détendre. Nous allons entrer dans la salle d'opération d'ici quelques minutes.

Il fit une piqûre à Jennifer.

— Je suppose que c'est votre premier avortement ?

— Oui.

— Alors laissez-moi vous expliquer comment ça va se passer. C'est indolore, et relativement simple. Dans la salle d'opération, on va vous donner du protoxyde d'azote, une anesthésie générale, et de l'oxygène au moyen d'un masque. Lorsque vous serez inconsciente, on va introduire un spéculum dans le vagin, pour nous permettre de voir ce que nous allons faire. Puis on va dilater le col de l'utérus au moyen d'appareils métalliques de tailles de plus en plus grandes, et on grattera l'utérus avec une curette. Avez-vous des questions à poser jusqu'ici ?

— Non.

Une agréable impression de torpeur l'envahit. Elle sentit sa tension disparaître comme par magie, et les murs de la chambre devinrent flous. Elle voulait poser une question au docteur, mais elle n'arrivait pas à se souvenir... c'était à propos du bébé... ça n'avait plus d'importance. La seule chose importante, c'était qu'elle agissait comme elle devait agir. Tout serait fini dans quelques minutes, et elle pourrait recommencer une nouvelle existence.

Elle dérivait dans un monde merveilleux, éthéré... elle sentait la présence de gens qui entraient dans la pièce, qui la déposaient sur une table de métal à roulettes... elle sentait la froideur du métal contre son dos à travers le mince tissu de la chemise de nuit de l'hôpital. On faisait rouler le chariot dans le couloir, et elle se mit à compter les lumières au-dessus de sa tête. Elle devait les compter sans se tromper, mais elle ne savait pas très bien pourquoi. On introduisit son lit dans une salle d'opération toute blanche, aseptisée, et elle se disait : « C'est ici que mon bébé va mourir. Ne t'inquiète pas, petit Adam. Je ne les laisserai pas te faire du mal. » Et, sans le vouloir, elle se mit à pleurer.

Le Dr Linden lui tapota le bras.

— Là, là. Vous n'allez rien sentir.

« La mort sans souffrance, songea Jennifer. Quelle bonne chose. » Elle ne voulait pas qu'il eût mal.

On lui mit un masque sur le visage et une voix dit :

— Inspirez profondément.

Jennifer sentit qu'on soulevait sa chemise de nuit et qu'on lui écartait les jambes.

Ça allait être fait. Ça allait être fait maintenant. Bébé Adam, bébé Adam, bébé Adam.

— Je veux que vous vous détendiez, déclara le Dr Linden.

Jennifer hocha la tête. *Adieu, mon bébé.* Elle sentit un objet froid, en acier, bouger entre ses cuisses et remonter lentement en elle. C'était ce corps étranger, cet instrument de mort qui allait assassiner le bébé d'Adam.

Elle entendit une voix étrange hurler : *Arrêtez ! Arrêtez ! Arrêtez !*

Et Jennifer leva les yeux vers les visages étonnés qui étaient penchés sur elle, et elle comprit que les cris venaient d'elle. On appuya davantage le masque sur son visage. Elle essaya de s'asseoir, mais elle était retenue par des courroies. Elle était aspirée dans un tourbillon qui l'attirait de plus en plus vite, la noyant.

La dernière chose dont elle se souvint, ce fut l'énorme lumière blanche au plafond qui décrivait des cercles au-dessus d'elle, qui tombait en tournoyant et qui pénétrait tout au fond de son cerveau.

Quand Jennifer s'éveilla, elle était allongée sur son lit d'hôpital, dans sa chambre. A travers la vitre, elle vit qu'il faisait nuit dehors. Son corps était endolori et meurtri, et elle se demanda combien de temps elle était restée inconsciente. Elle était vivante, mais son bébé ?...

Elle tendit la main pour atteindre la sonnette fixée à son lit, et elle appuya. Elle appuya dessus avec frénésie, incapable de relâcher sa prise.

Une infirmière apparut sur le seuil, et disparut aussitôt. Quelques instants plus tard, le Dr Linden entra précipitamment. Il s'approcha du lit et avec douceur il détacha les doigts de Jennifer de la sonnette.

Jennifer lui agrippa le bras avec violence et dit d'une voix rauque :

— Mon bébé... il est mort !...

Le Dr Linden répondit :

— Non, madame Parker. Il est vivant. J'espère que c'est un garçon. Vous n'avez pas cessé de l'appeler Adam.

28.

Noël arriva, puis la nouvelle année, 1973. Les neiges de février cédèrent la place aux vents vifs de mars, et Jennifer sut qu'il était temps pour elle de cesser de travailler.

Elle réunit son équipe.

— Je vais prendre un congé, annonça-t-elle. Je serai absente les cinq mois à venir.

Il y eut des murmures d'étonnement.

Dan Martin demanda :

— On pourra vous joindre, je pense ?

— Non, Dan. Vous ne pourrez pas me joindre.

Ted Harris la scruta à travers ses épaisses lunettes.

— Jennifer, vous ne pouvez pas...

— Je m'en vais à la fin de cette semaine.

Il y avait dans sa voix un ton sans appel qui n'admettait aucune autre question. Le reste de la réunion fut consacré à la discussion des affaires en cours.

Lorsque tout le monde fut parti, Ken Bailey lui demanda :

— Avez-vous réellement réfléchi à ce que vous faites ?

— Je n'ai pas le choix, Ken.

Il la dévisagea.

— Je ne sais pas qui est le salaud, mais je le déteste.

Jennifer posa sa main sur son bras.

— Merci. Tout ira bien.

— Ça va être dur, vous savez. Les gamins grandissent. Ils posent des questions. Il voudra savoir qui est son père.

— J'y ferai face.

— Bien, bien.

Sa voix se radoucit.

— Si je peux faire quoi que ce soit... n'importe quoi... je serai toujours à votre disposition.

Elle mit ses bras autour de lui.

— Merci, Ken. Je... merci.

Jennifer resta au bureau longtemps après que tout le monde fut parti, assise toute seule dans l'obscurité, réfléchissant. Elle aimerait toujours Adam. Rien ne pourrait jamais changer ses sentiments, et elle était sûre que lui aussi l'aimait toujours. D'une certaine façon, ça serait plus simple s'il ne l'aimait plus. Il y avait une intolérable ironie dans le fait qu'ils s'aimaient sans pouvoir être ensemble, que leurs vies allaient prendre des directions de plus en plus opposées. La vie d'Adam se situait maintenant à Washington avec Mary Beth et leur enfant. Un jour peut-être, Adam serait à la Maison-Blanche. Jennifer songea à son fils qui grandirait, qui voudrait connaître son père. Jamais elle ne pourrait le lui dire, jamais Adam ne devrait savoir qu'un fils était né de Jennifer, cela le briserait.

Et si quiconque était amené à le savoir, cela le briserait aussi, d'une autre manière.

Jennifer avait décidé d'acheter une maison à la campagne, à l'extérieur de Manhattan, où elle pourrait vivre avec son fils dans leur propre petit univers.

Elle trouva la maison par le plus grand des hasards. Un jour où elle allait voir un client à Long Island, à Sands Point. Les rues étaient paisibles, ombragées par de grands arbres, et les maisons situées très en retrait de la chaussée, chacune nichée au milieu de son propre petit domaine. Un panneau *A vendre* était planté devant une demeure blanche de style colonial. Le terrain était clôturé, et il y avait une ravissante grille en fer forgé derrière laquelle un chemin jalonné de lampadaires décrivait une courbe autour d'une vaste pelouse, jusqu'à une rangée d'ifs qui dissimulaient la maison. De l'extérieur, l'endroit avait l'air enchanteur. Jennifer nota le nom de l'agent immobilier, et elle prit rendez-vous pour visiter la maison le lendemain après-midi.

L'agent immobilier était un individu cordial, agité, le type même de vendeur que Jennifer détestait. Mais elle n'était pas venue pour acheter sa personnalité, elle voulait acheter la maison.

— C'est une véritable splendeur, dit-il. Absolument, madame, une véritable splendeur. Une centaine d'années environ. Dans un état impeccable. Absolument impeccable.

Impeccable, c'était certainement exagéré. Les pièces

étaient vastes et lumineuses, mais elles nécessitaient quelques travaux. « Ça serait amusant, se dit Jennifer, d'arranger cette maison et de la décorer. »

Au premier étage, en face de la chambre principale, il y avait une pièce qu'on pouvait transformer en chambre d'enfants. Elle la ferait en bleu et...

— Voudriez-vous voir le parc ?

Ce fut la cabane dans l'arbre qui décida Jennifer. Elle était construite sur une plate-forme nichée dans le creux d'un chêne robuste. La cabane de son fils. Le terrain faisait un hectare et demi, avec la pelouse qui s'étendait par-derrière en pente douce jusqu'au bras de mer, où se trouvait un embarcadère. Ce serait un endroit merveilleux pour son fils, avec tout cet espace autour. Plus tard, il aurait un petit bateau. Ils trouveraient ici toute l'intimité qui leur serait nécessaire, car Jennifer était convaincue que cet univers n'appartiendrait qu'à elle et à son fils.

Elle acheta la maison le lendemain.

Jennifer n'avait pas mesuré à quel point il lui serait pénible de quitter l'appartement de Manhattan qu'elle avait partagé avec Adam. Son peignoir et son pyjama étaient encore là, ainsi que ses pantoufles et son rasoir. Chacune des pièces contenait des centaines de souvenirs d'Adam, des souvenirs d'un passé enchanteur, mort. Jennifer emballa ses affaires aussi vite que possible et quitta les lieux.

Dans sa nouvelle maison, Jennifer s'activa des premières heures de la matinée jusque tard dans la soirée, pour ne pas avoir le temps de penser à Adam. Elle fit ses courses dans les boutiques de Sands Point et de Port Washington pour commander le mobilier et les tissus. Elle acheta des nappes de chez Porthault, de l'argenterie et de la porcelaine de Chine. Elle fit appel aux artisans locaux pour réparer la plomberie déficiente, la toiture qui fuyait et l'installation électrique hors d'usage. Du point du jour à la tombée de la nuit, les peintres, les menuisiers, les électriciens et les tapissiers allaient et venaient dans la maison. Jennifer était partout à la fois, elle surveillait tout. Elle allait jusqu'au bout d'elle-même pendant la journée, espérant pouvoir dormir la nuit, mais les démons étaient revenus, la torturant avec d'abominables cauchemars.

Elle hantait les antiquaires, achetant des lampes, des tables, des objets d'art. Elle acheta une fontaine et des statues pour le jardin, signées Lipchitz, Noguchi et Miró.

A l'intérieur, tout commençait à prendre une tournure magnifique.

Le ventre de Jennifer commençait à s'arrondir, et elle alla au village s'acheter des vêtements de maternité. Elle fit mettre son téléphone sur la liste rouge. Il n'était là que pour les urgences, et elle ne donna son numéro à personne, si bien qu'elle n'attendait aucun appel. La seule personne du bureau qui sût où elle habitait était Ken Bailey, et il avait juré le secret.

Il vint un après-midi lui rendre visite et elle lui fit les honneurs de la maison et du jardin, et son enthousiasme lui procura un immense plaisir.

— C'est magnifique, Jennifer. Vraiment magnifique. Vous avez fait du beau travail.

Il regarda son ventre proéminent.

— C'est pour quand ?

— Dans deux mois.

Elle lui prit la main, l'appuya sur son ventre et lui dit :

— Touchez.

Il sentit un coup de pied.

— Il est chaque jour plus vigoureux, annonça fièrement Jennifer.

Elle lui prépara à dîner. Ken attendit le dessert pour introduire le sujet dans la conversation.

— Je ne veux pas être indiscret, fit-il, mais quel que soit l'heureux père, ne devrait-il pas faire quelque chose ?...

— Le sujet est clos.

— D'accord. Désolé. Vous manquez terriblement à tous les gens du bureau. Nous avons un nouveau client qui...

Jennifer leva la main.

— Ne me parlez pas de ça.

Ils bavardèrent jusqu'à ce qu'il fût temps pour Ken de partir, et Jennifer le vit s'éloigner à regret. C'était un homme qui lui était cher, et un ami précieux.

Jennifer vivait de plus en plus recluse, se coupant au maximum du reste du monde. Elle cessa de lire les journaux, elle n'alluma plus la télévision ni la radio. Son univers se trouvait là, entre ces quatre murs. C'était son nid, sa matrice, l'endroit où elle allait mettre au monde son fils.

Elle lut tous les livres qu'elle put trouver sur l'éducation des enfants, du Dr Spock à Ames et Gesell.

Quand elle eut achevé la décoration de la chambre

d'enfants, elle la remplit de jouets. Elle entra dans un magasin de sport, et elle regarda les ballons de football, les battes et les gants de base-ball. Elle se mit à rire. *C'est ridicule. Il n'est pas encore né.* Et elle acheta la batte et le gant de base-ball. Le ballon de football la tenta, mais elle se dit que cela pouvait attendre.

Mai arriva, puis juin.

Les ouvriers avaient terminé, et la maison retrouva le calme et la sérénité. Deux fois par semaine, Jennifer se rendait en voiture au village pour faire ses courses au supermarché, et toutes les deux semaines elle allait rendre visite au Dr Harvey, son accoucheur. Obéissante, Jennifer se forçait à boire du lait, elle prenait des vitamines et se nourrissait sainement. Elle était devenue grosse et disgracieuse, et elle éprouvait de la difficulté à se mouvoir.

Elle avait toujours été active, et elle s'était imaginé qu'elle répugnerait à devenir lourde et maladroite, à devoir se déplacer avec lenteur ; mais en fait cela lui était égal. Elle n'avait plus de raison de se presser. Les journées se déroulaient lentement, dans la rêverie et la quiétude. Une pendule diurne à l'intérieur d'elle-même avait ralenti son mouvement. Comme si elle se réservait son énergie, pour la déverser dans cet autre corps qui habitait en elle.

Un matin, après l'avoir examinée, le Dr Harvey lui dit :

— Encore deux semaines, madame Parker.

C'était si proche maintenant. Jennifer avait pensé

qu'elle aurait peut-être peur. Elle avait entendu tant de vieilles histoires de bonnes femmes sur les douleurs, les accidents, les bébés anormaux, mais elle n'éprouvait aucune crainte ; seul lui tardait le moment où elle verrait son fils, seule l'habitait l'impatience de mettre un terme à cette attente pour pouvoir le serrer dans ses bras.

Ken Bailey venait maintenant lui rendre visite presque tous les jours, apportant avec lui des livres comme *La Petite Poule rouge* et *Pat le Lapin*, et une dizaine d'ouvrages du Dr Seuss.

— Il va les adorer, disait Ken.

Et Jennifer souriait, car il avait dit : « Il. » *Un bon présage.*

Ils flânaient dans la propriété, pique-niquaient au bord de l'eau, assis au soleil. Jennifer avait conscience de l'image qu'elle donnait d'elle-même. Elle se disait : « Pourquoi diable perd-il son temps avec une affreuse grosse dame qu'on pourrait montrer dans les foires ? »

Tandis que Ken l'observait en songeant : « C'est la plus belle femme que j'aie jamais rencontrée. »

Les premières douleurs s'annoncèrent à trois heures du matin. Elles furent si aiguës qu'elles laissèrent Jennifer le souffle court. Quelques instants plus tard, elles se renouvelèrent et Jennifer exulta : Le moment était venu !

Elle se mit à compter le temps écoulé entre les contractions, et lorsqu'elle en fut à dix minutes, elle téléphona à son accoucheur.

Jennifer se rendit en voiture à l'hôpital, se rangeant sur le bas-côté de la route chaque fois qu'une contraction s'annonçait. Un infirmier l'attendait dehors, et quelques minutes plus tard le Dr Harvey l'examina.

Lorsqu'il eut fini, il déclara d'un ton rassurant :

— Cela va être un accouchement facile, madame Parker. Détendez-vous et nous allons laisser la nature suivre son cours.

Ce ne fut pas si facile, mais ce ne fut pas non plus intolérable. Le travail dura près de huit heures, et au terme de ce temps, alors que son corps était au supplice, contorsionné par les spasmes, et qu'elle pensait que ça ne finirait jamais, elle sentit une poussée rapide suivie d'un afflux de vide, et soudain ce fut la paix tant attendue.

Elle entendit un faible cri, et le Dr Harvey lui tendit son bébé en lui disant :

— Voici votre fils, madame Parker.

Le sourire de Jennifer illumina la pièce.

29.

Il s'appelait Joshua Adam Parker, il pesait trois kilos neuf cent, c'était un bébé parfaitement constitué. Jennifer savait qu'à la naissance les bébés sont supposés être laids, ridés et rouges, et ressembler à de petits singes. Ce n'était pas le cas de Joshua Adam. Il était superbe. Les infirmières de l'hôpital ne cessaient de complimenter Jennifer sur la beauté de son fils, et elle ne se lassait pas de l'entendre. La ressemblance avec Adam était frappante. Joshua Adam avait les yeux gris-bleu et la forme du crâne si parfaite de son père. Quand Jennifer le regardait, elle regardait Adam. C'était un sentiment étrange, un mélange poignant de joie et de tristesse. Comme Adam aurait adoré voir son fils, si beau !

Quand Joshua eut deux jours, il adressa un sourire à Jennifer qui, folle d'excitation, sonna l'infirmière.

— Regardez ! Il sourit !

— Ce sont les gaz, madame Parker.

— Chez les autres bébés, c'est peut-être les gaz, déclara Jennifer avec entêtement. Mais mon fils sourit.

Jennifer s'était demandé ce qu'elle éprouverait pour son bébé, elle s'était inquiétée de savoir si elle serait une bonne mère. Les bébés sont de toute évidence source d'ennuis. Ils mouillent leurs couches, exigent constamment d'être nourris, ils ne savent que pleurer et dormir. Aucune communication n'est possible avec eux.

« Je n'éprouverai certainement rien pour lui avant qu'il ait quatre ou cinq ans », s'était-elle dit. Quelle erreur, quelle erreur. Dès l'instant de la naissance de Joshua, Jennifer aima son fils d'un amour dont elle ne se serait jamais crue capable. D'un amour farouchement protecteur. Joshua était si petit, et le monde était si vaste.

Quand Jennifer ramena Joshua chez elle, on lui remit une longue liste de recommandations qui ne servirent qu'à l'affoler. Pendant les deux premières semaines, une infirmière indépendante s'installa dans la maison. Ensuite, Jennifer resta livrée à elle-même, et elle fut terrifiée à l'idée de commettre une erreur qui pourrait tuer le bébé. A tout instant, elle craignait qu'il ne s'arrêtât de respirer.

La première fois que Jennifer prépara le biberon de Joshua, elle s'aperçu qu'elle avait oublié de stériliser la tétine. Elle jeta le contenu du biberon et recommença. Quand elle eut fini, elle se rappela qu'elle avait oublié de stériliser le biberon. Elle recommença. Quand le repas de Joshua fut enfin prêt, il hurlait de rage.

Il arrivait parfois à Jennifer de penser qu'elle serait incapable de faire face à la situation. Aux moments les plus inattendus, elle se sentait profondément déprimée, sans raison. Elle se disait que c'était normal, que c'était la dépression postnatale, mais cette explication ne lui remontait pas le moral pour autant. Elle était épuisée en permanence. Elle avait l'impression de passer ses nuits debout à nourrir Joshua, et quand pour finir elle réussissait à s'assoupir, les hurlements de Joshua la réveillaient, et elle se précipitait en titubant dans la chambre d'enfants.

Elle téléphonait sans arrêt au médecin, à toutes les heures du jour et de la nuit.

« Joshua respire trop vite »... « Il respire trop lentement »... « Joshua tousse »... « Il n'a pas pris son biberon »... « Joshua a vomi ».

Pour se préserver de ces appels, le médecin finit par se rendre chez Jennifer et lui fit la leçon.

— Madame Parker, je n'ai jamais vu un bébé en meilleure santé que votre fils. Il vous semble peut-être fragile, mais il est aussi robuste qu'un bœuf. Cessez de vous faire du souci pour lui et appréciez les joies qu'il vous apporte. Souvenez-vous d'une chose : il nous survivra, à l'un et à l'autre !

Et Jennifer se détendit. Elle avait décoré la chambre de Joshua avec des rideaux et un dessus de lit à fond bleu imprimé de fleurs blanches et de boutons d'or. Il y avait dans la pièce un berceau, un parc, une commode, un bureau et une chaise miniatures assortis, un cheval à bascule, et un coffre rempli de jouets.

Jennifer adorait tenir Joshua dans ses bras, le baigner et le changer, et l'emmener promener dans son landau flambant neuf. Elle lui parlait sans discontinuer, et quand Joshua eut quatre semaines, il la gratifia d'un sourire. Ce ne sont pas les gaz, se dit-elle avec bonheur. C'est un sourire !

La première fois que Ken Bailey vit le bébé, il le dévisagea un long moment. Prise d'un soudain sentiment de panique, Jennifer se dit : « Il va le reconnaître. Il va s'apercevoir que c'est le bébé d'Adam. »

Mais Ken dit seulement :

— Il est vraiment magnifique. Il ressemble à sa mère.

Elle laissa Ken prendre Joshua dans ses bras, et elle rit de sa maladresse. Mais elle ne put s'empêcher de penser : « Joshua n'aura jamais de père pour le prendre dans ses bras. »

Six semaines s'étaient écoulées et le temps était venu de retourner travailler. Jennifer haïssait la perspective d'être éloignée de son fils, même quelques heures par jour, mais l'idée de retourner à son bureau la comblait d'excitation. Elle s'était totalement coupée de tout depuis si longtemps. Il était temps pour elle de réintégrer son autre univers.

Elle se regarda dans la glace, et elle décida que la première chose à faire était de retrouver sa ligne. Elle avait suivi un régime et fait de la gymnastique peu de temps après la naissance de Joshua, mais dorénavant elle allait s'y atteler avec encore plus d'énergie. Bientôt, elle commença à retrouver son ancienne silhouette.

Jennifer entreprit d'engager une gouvernante. Elle examina les candidates comme si chacune d'elles était un juré : elle les sonda, chercha leurs faiblesses, leurs mensonges, leur incompétence. Elle reçut plus de vingt candidates avant d'en trouver une qui lui plût et en qui elle eût confiance ; c'était une Écossaise d'un certain âge, qui avait travaillé pendant quinze ans au service d'une même famille et l'avait quittée le jour où les enfants, ayant grandi, avaient pris le chemin de l'école.

Jennifer obtint sur elle des renseignements par Ken, et quand celui-ci l'eut assurée que Mme Mackey était une femme honnête, Jennifer l'engagea.

Une semaine plus tard, Jennifer retournait au bureau.

30.

La disparition soudaine de Jennifer Parker avait engendré un raz de marée de on-dit dans les cabinets juridiques de Manhattan.

Quand la rumeur publique annonça son retour, l'intérêt fut énorme. L'accueil que reçut Jennifer le matin même alla en s'amplifiant, les avocats des autres cabinets passant la saluer.

Cynthia, Dan et Ted avaient accroché des banderoles dans la pièce, ainsi qu'un gigantesque panneau, *Bienvenue*. On servit du champagne et des gâteaux.

— A neuf heures du matin ? protesta Jennifer.

Mais ils insistèrent.

— C'est sinistre ici quand vous n'êtes pas là, lui confia Dan Martin. Vous n'envisagez pas de recommencer, hein ?

Jennifer le regarda droit dans les yeux et répondit :

— Non, je n'envisage pas de recommencer.

Des visiteurs inattendus passèrent voir Jennifer pour s'assurer qu'elle allait bien et lui souhaiter la bienvenue.

Elle esquiva les questions sur l'endroit où elle s'était retirée en répondant avec le sourire :

— Je ne suis pas autorisée à le dire.

Elle tint toute la journée des réunions avec les membres de son équipe. Des centaines de messages téléphonés s'étaient accumulés.

Lorsque Ken Bailey se retrouva dans le bureau de Jennifer seul avec elle, il lui dit :

— Savez-vous qui nous a cassé les pieds pour essayer de vous joindre ?

Le cœur de Jennifer bondit.

— Qui ?

— Michael Moretti.

— Oh !

— Il est bizarre. Quand il s'est rendu compte qu'on ne lui dirait pas où vous étiez, il nous a fait jurer que vous étiez en bonne santé.

— Oubliez Michael Moretti.

Jennifer passa en revue tous les procès dont s'occupait le bureau. Les affaires étaient excellentes. Ils avaient gagné un grand nombre de clients importants. Certains des clients les plus anciens avaient refusé d'avoir affaire à toute autre personne qu'à Jennifer, et ils attendaient son retour.

— Je vais les appeler dès que je pourrai, promit Jennifer.

Elle examina le reste des messages téléphonés. Il y avait une dizaine d'appels de M. Adams. Elle aurait peut-être dû faire savoir à Adam qu'elle allait bien, que rien lui était arrivé. Mais elle savait qu'elle ne pourrait supporter d'entendre sa voix, de le savoir si près, sans pouvoir le voir, le toucher, le serrer dans ses bras. Lui parler de Joshua.

Cynthia avait conservé des coupures de presse qu'elle pensait pouvoir intéresser Jennifer. Plusieurs journaux avaient publié des articles sur Michael Moretti, le qualifiant de chef de la Mafia le plus important dans le pays. En dessous de sa photo, la légende le citait : *Je suis un simple assureur.*

Il fallut trois mois à Jennifer pour rattraper son retard. Elle aurait pu se remettre plus vite au courant des affaires, mais elle s'obligeait à quitter tous les jours le bureau à quatre heures, quelle que fût l'importance des problèmes qui auraient pu la retenir. Joshua attendait.

Le matin, avant de se rendre à son bureau, Jennifer préparait elle-même le petit déjeuner de Joshua et passait le plus de temps possible à jouer avec lui avant de s'en aller.

Quand Jennifer rentrait chez elle l'après-midi, elle consacrait tout son temps à l'enfant. Elle s'efforçait de laisser au bureau tous les problèmes professionnels, et elle écartait toutes les affaires qui pouvaient la détourner de son fils. Elle cessa de travailler pendant le week-end. Elle n'autorisait personne à faire intrusion dans son univers privé.

Elle adorait lire à haute voix à Joshua.

Mme Mackey protestait.

— C'est encore un bébé, madame Parker. Il ne comprend pas un mot de ce que vous lui racontez.

Jennifer répondait sur le ton de la confidence :

— Joshua comprend.

Et elle poursuivait sa lecture.

Joshua était une succession de perpétuels miracles. A l'âge de trois mois il commença à roucouler et à essayer de parler à Jennifer. Il jouait dans son berceau avec une grosse balle à grelots et un lapin en peluche que lui avait offerts Ken. Dès six mois, il essaya de sortir de son berceau, impatient d'explorer le monde. Jennifer le prenait dans ses bras, il attrapait ses doigts avec ses mains minuscules, et ils entretenaient d'interminables conversations des plus sérieuses.

Les journées de Jennifer à son bureau étaient bien remplies. Un matin, elle reçut un appel de Philip Redding, le président d'une importante compagnie pétrolière.

— J'aimerais savoir si nous pourrions nous rencontrer, lui dit-il. J'ai un problème à vous soumettre.

Jennifer n'eut pas à lui demander qui il était. Sa société avait été accusée de verser des pots-de-vin pour emporter des marchés au Proche-Orient. Ils étaient prêts à verser des honoraires très élevés au cabinet qui prendrait l'affaire en main, mais Jennifer n'avait tout simplement pas le temps.

— Je suis désolée, répondit-elle. Je ne suis pas disponible, mais je peux vous recommander quelqu'un de très bien.

— On m'a dit de ne pas considérer votre refus comme une réponse, répliqua Philip Redding.

— Qui vous a dit cela ?

— Un de mes amis. Le juge Lawrence Waldman.

Jennifer n'en crut pas ses oreilles en entendant ce nom.

— C'est le juge Waldman qui vous a conseillé de m'appeler ?

— Il m'a affirmé que vous étiez la meilleure, mais je le savais déjà.

Jennifer resta sans bouger, le récepteur à la main, songeant à ses expériences antérieures avec le juge

Waldman, convaincue qu'il la détestait et qu'il ferait tout pour la briser.

— D'accord. Prenons le petit déjeuner ensemble demain matin, lança Jennifer.

Lorsqu'elle eut raccroché, elle fit demander le juge Waldman au téléphone.

La voix familière retentit dans l'appareil.

— Eh bien, il y a longtemps que nous ne nous sommes pas parlé, jeune madame.

— Je voulais vous remercier de m'avoir envoyé Philip Redding.

— Je voulais être certain qu'il fût en de bonnes mains.

— Je vous en suis reconnaissante, Votre Honneur.

— Accepteriez-vous de dîner un soir avec le vieil homme que je suis ?

Jennifer fut prise de court.

— Je serais ravie de dîner avec vous.

— Très bien. Je vais vous emmener à mon club. Il y a là-bas une poignée de vieilles barbes qui ne sont pas habituées aux jolies jeunes femmes. Ça va les secouer un peu.

Le juge Lawrence Waldman appartenait à la Century Association[1], située sur la Quarante-troisième Rue Ouest, et quand Jennifer l'y retrouva pour dîner, elle comprit qu'il l'avait taquinée à propos des vieilles barbes. La salle à manger était remplie d'écrivains, d'artistes, d'avocats et de comédiens.

— Ici, la coutume veut qu'on ne fasse pas de présen-

1. Club sélect de Manhattan.

tations, expliqua le juge Waldman à Jennifer. On considère que chaque personne est immédiatement reconnaissable.

A différentes tables, Jennifer reconnut Louis Auchincloss, George Plimpton et John Lindsay, parmi d'autres.

Sur le plan social, Lawrence Waldman se révéla tout à fait différent de ce qu'en attendait Jennifer. Pardessus leurs apéritifs, il lui déclara :

— J'ai souhaité un jour votre radiation du barreau parce que je croyais que vous aviez déshonoré notre profession. Je suis convaincu que j'étais dans l'erreur. Je suis votre carrière de très près. J'estime que vous êtes une gloire pour nous tous.

Jennifer était heureuse. Elle avait rencontré tant de juges vénaux, stupides ou incompétents. Elle respectait le juge Waldman. C'était à la fois un brillant juriste et un homme d'intégrité.

— Merci, Votre Honneur.

— Loin du palais, pourquoi ne nous appellerions-nous pas Lawrence et Jennie ?

Son père était la seule personne qui l'eût jamais appelée Jennie.

— J'y suis très sensible, Lawrence.

Le repas était excellent, et ce dîner inaugura une habitude à laquelle ils sacrifièrent rituellement une fois par mois, et qui leur apporta à chacun un immense plaisir.

31.

C'était l'été 1974. Aussi incroyable que cela pût paraître, une année s'était déjà écoulée depuis la naissance de Joshua Adam Parker. Il avait fait ses premiers pas chancelants, et il comprenait les mots désignant le nez, la bouche et la tête.

— C'est un génie, déclarait carrément Jennifer à Mme Mackey.

Jennifer organisa le premier goûter d'anniversaire de Joshua comme s'il devait avoir lieu à la Maison-Blanche. Le samedi, elle alla choisir des cadeaux. Elle acheta à Joshua des vêtements, des livres et des jouets, et un tricycle dont il serait incapable de se servir avant encore un an ou deux. Elle acheta des présents pour les enfants du voisinage qu'elle avait conviés au goûter, et elle passa l'après-midi à décorer la maison de serpentins et de ballons. Elle confectionna elle-même le gâteau d'anniversaire, qu'elle laissa sur la table de la cuisine. Joshua réussit à l'attraper, il en prit de pleines poignées qu'il s'enfourna dans la bouche, gâchant ainsi son gâteau d'anniversaire avant l'arrivée des autres invités.

Jennifer avait invité une dizaine d'enfants du voisinage, avec leurs mères. Le seul invité adulte de sexe masculin fut Ken Bailey. Il apporta à Joshua un tricycle, réplique exacte de celui que Jennifer avait acheté.

Jennifer éclata de rire.

— C'est ridicule, Ken. Joshua n'est pas assez grand pour ça.

La réception ne dura que deux heures, mais elle fut très réussie. Les enfants mangèrent trop et furent malades sur le tapis, ils se bagarrèrent avec les jouets et poussèrent des hurlements quand leurs ballons crevèrent, mais, l'un dans l'autre, Jennifer estima que c'était un triomphe. Joshua s'était révélé un hôte parfait, se tenant correctement avec dignité et assurance, à l'exception de quelques incidents mineurs.

Ce soir-là, une fois tous les invités partis et Joshua au lit, Jennifer s'assit à côté de lui, regardant son fils dormir et s'émerveillant de cette extraordinaire créature sortie de son sein et des reins d'Adam Warner. Adam aurait été si fier de voir comme Joshua s'était bien comporté. Sa joie n'était pas tout à fait complète, parce qu'elle était seule à la partager.

Jennifer pensa à tous les anniversaires qui allaient suivre. Joshua aurait deux ans, puis cinq, puis dix, puis vingt. Et il deviendrait un homme, et il la quitterait. Il irait vivre sa propre vie.

Assez ! Jennifer se réprimanda. *Tu t'apitoies sur ton sort.* Cette nuit-là, allongée sur son lit, tout éveillée, elle revécut chaque instant du goûter, se souvenant de tout.

Un jour, peut-être, elle pourrait le raconter à Adam.

32.

Au cours des mois qui suivirent, le nom du sénateur Adam Warner courut sur toutes les lèvres. Dès le début, ses origines, ses compétences et son charisme en firent une des personnalités de premier plan du Sénat. Il obtint de siéger dans plusieurs commissions importantes, et il fut à l'origine d'une législation essentielle sur le travail, qui passa rapidement et aisément. Adam Warner comptait des amis puissants au Congrès. Nombreux étaient ceux qui avaient connu et respecté son père. D'après l'opinion générale, Adam se présenterait un jour aux présidentielles. Jennifer en éprouvait une fierté douce-amère.

Jennifer était constamment sollicitée par des clients, des associés ou des amis qui l'invitaient à dîner, à aller au théâtre ou à participer à différentes œuvres de charité, mais elle déclinait presque toutes ces propositions. Il lui arrivait parfois de passer une soirée avec Ken. Elle appréciait énormément sa compagnie. Il était drôle et ne se prenait pas au sérieux, mais sous cette façade de légèreté, Jennifer le savait, c'était un homme sensible, tourmenté. Il venait de temps à autre chez elle pour déjeuner ou dîner, ou passer des week-ends, et il jouait des heures avec Joshua. Ils s'adoraient.

Un jour où Joshua était couché et où sa mère et Ken

dînaient dans la cuisine, Ken fixa Jennifer avec une telle intensité qu'elle finit par lui demander :

— Il y a quelque chose qui ne va pas ?

— Bon Dieu, oui, grogna Ken. Quelle saloperie, ce monde dans lequel nous vivons.

Et il n'ajouta rien d'autre.

Adam n'avait pas essayé d'entrer en contact avec Jennifer depuis presque neuf mois maintenant, et celle-ci dévorait avidement tous les articles de journaux et de revues qui parlaient de lui, et elle suivait toutes les émissions où il apparaissait à la télévision. Elle ne cessait de penser à lui. Comment aurait-elle pu faire autrement ? Son fils était un souvenir vivant d'Adam. Joshua avait maintenant deux ans, et il ressemblait incroyablement à son père. Il avait les mêmes yeux bleus au regard grave, et les mêmes attitudes. Joshua était une copie minuscule et charmante de son père, enthousiaste, affectueux et toujours prêt à poser des questions.

A l'étonnement de Jennifer, les premiers mots de Joshua avaient été *auto-auto,* le jour où elle l'avait emmené se promener en voiture.

Il arrivait maintenant à s'exprimer avec des phrases, et il disait *s'il vous plaît* et *merci*. Une fois où Jennifer essayait de lui faire prendre son repas sur sa chaise haute, il lui lança sur un ton d'impatience :

— Maman, va jouer avec tes jouets.

Ken avait acheté à Joshua une boîte de peinture, et Joshua se mit à peindre consciencieusement les murs du salon.

Mme Mackey ayant voulu le réprimander, Jennifer déclara :

— Laissez-le faire. Ça s'en ira. C'est sa manière de s'exprimer.

— C'est exactement ce que moi, je voulais faire, ronchonna Mme Mackey en reniflant. M'exprimer. Vous êtes en train de pourrir cet enfant.

Non, Joshua n'était pas pourri. Il était espiègle et exigeant, ce qui était normal pour un enfant de deux ans. Il avait peur de l'aspirateur, des animaux sauvages, des trains et de l'obscurité.

Joshua était de nature athlétique. Un jour où elle le regardait jouer avec des petits amis, Jennifer se tourna vers Mme Mackey et lui déclara :

— Bien qu'étant sa mère, je suis capable de juger Joshua en toute objectivité, madame Mackey. Je pense qu'il pourrait un jour être un meneur d'hommes.

Jennifer s'était fixé pour règle d'éviter toutes les affaires qui pourraient l'éloigner de la ville et de Joshua, cependant un matin elle reçut un appel urgent de Peter Fenton, un client qui possédait une entreprise industrielle importante.

— Je suis sur le point d'acheter une usine à Las Vegas, et j'aimerais que vous fassiez un saut là-bas pour rencontrer leurs avocats.

— Je vais vous envoyer Dan Martin, suggéra Jennifer. Vous savez que je n'aime pas me déplacer hors de la ville, Peter.

— Jennifer, vous pouvez régler tout le truc en vingt-quatre heures. Je vous emmène dans l'avion de la société, et vous serez de retour le lendemain.

Jennifer hésita.

— D'accord.

Elle connaissait Las Vegas, et la ville la laissait indifférente. Il était impossible de détester Las Vegas, comme de l'aimer. Il fallait considérer l'endroit comme un phénomène, une civilisation à part, avec son propre langage, son propre code juridique et moral. Elle ne ressemble à aucune autre ville du monde. De gigantesques enseignes lumineuses au néon rutilent à longueur de nuit, proclamant la gloire des somptueux palaces érigés pour dégarnir les porte-monnaie des touristes qui affluent en troupeaux entiers, tels des lemmings, et qui font sagement la queue pour se laisser dévaliser de leurs économies patiemment amassées.

Jennifer laissa à Mme Mackey une longue liste détaillée d'instructions à propos de Joshua.

— Combien de temps serez-vous absente, madame Parker ?

— Je rentre demain.

— Doux Jésus !

Le jet de Peter Fanton emmena Jennifer de bonne heure le lendemain matin, et la conduisit à Las Vegas. Jennifer consacra l'après-midi et la soirée à mettre au point les détails du contrat. Lorsqu'ils eurent fini, Peter Fenton invita Jennifer à dîner avec lui.

— Merci, Peter, mais je crois que je vais rester dans ma chambre et me coucher tôt. Je rentre à New York demain matin.

Jennifer avait parlé trois fois au téléphone à Mme Mackey au cours de la journée, pour s'assurer à chaque fois que le petit Joshua allait bien. Il avait pris ses repas, il n'avait pas de fièvre et il semblait heureux.

— Est-ce que je lui manque ? demandait Jennifer.

— Il n'en a pas parlé, répondait Mme Mackey en soupirant.

Jennifer savait que Mme Mackey la prenait pour une imbécile mais ça lui était parfaitement égal.

— Dites-lui que je rentre demain.

— Je lui communiquerai votre message, madame Parker.

Jennifer avait prévu de dîner tranquillement dans la suite qu'elle occupait, mais pour une raison obscure les pièces devinrent soudain oppressantes, elle eut l'impression que les murs se resserraient sur elle. Elle ne cessait de penser à Adam.

Comment avait-il pu faire l'amour à Mary Beth et la rendre enceinte quand...

Le jeu auquel Jennifer jouait toujours, selon lequel Adam était simplement parti en voyage d'affaires, et lui reviendrait bientôt, ne marcha pas cette fois-ci. Son esprit n'arrivait pas à se détacher de la vision de Mary Beth en négligé de dentelle et d'Adam...

Il lui fallait sortir, aller dans un endroit bruyant, rempli de monde. « Je pourrais même assister à un spectacle », se dit-elle. Elle passa rapidement sous la douche, enfila une robe et descendit.

Marty Allen se produisait dans la grande salle de spectacle. Il y avait une longue queue à l'entrée pour la dernière séance, et Jennifer regretta de n'avoir pas demandé à Peter Fenton de lui réserver une place. Elle s'approcha du maître d'hôtel en tête de la queue et lui demanda :

— Combien de temps faut-il attendre pour avoir une table ?

— Combien êtes-vous ?

— Je suis seule.

— Je suis désolé, Mademoiselle, mais...

Une voix à côté d'elle lança :

— Ma loge, Abe.

Le visage du maître d'hôtel s'éclaira, et il répondit :

— Certainement, monsieur Moretti. Par ici, je vous prie.

Jennifer se retourna et son regard plongea dans les profonds yeux noirs de Michael Moretti.

— Non, merci, fit Jennifer. Je ne peux malheureusement...

— Vous devez manger quelque chose, décréta Moretti en saisissant Jennifer par le bras, et celle-ci se retrouva en train de marcher à ses côtés, à la suite du maître d'hôtel qui les conduisit jusqu'à une banquette bien placée au centre de la vaste salle de spectacle. L'idée de dîner avec Michael Moretti dégoûtait Jennifer, mais elle ne savait pas comment se tirer de la situation sans créer un scandale. Elle regretta sincèrement d'avoir décliné l'invitation à dîner de Peter Fenton.

Ils étaient assis sur la banquette face à la scène, et le maître d'hôtel leur dit :

— Bon appétit, monsieur Moretti, Mademoiselle.

Jennifer sentait le regard de Michael Moretti posé sur elle, et cela la rendait mal à l'aise. Il était assis là, sans dire un mot. Michael Moretti était un homme de longs silences, un homme qui se méfiait des mots, comme s'ils étaient un piège plutôt qu'une forme de communication. Il y avait quelque chose de captivant dans son silence. Michael Moretti se servait du silence comme d'autres se servent de la parole.

Lorsque pour finir il parla, Jennifer fut prise au dépourvu.

— Je déteste les chiens, fit Michael Moretti. Ils meurent.

Ce fut comme s'il révélait un aspect intime de lui-même, jailli d'une source profonde. Jennifer ne sut pas quoi répondre.

Les apéritifs arrivèrent, et ils burent tranquillement, Jennifer écoutant la conversation qu'ils n'avaient pas.

Elle songea à ce qu'il avait dit : *Je déteste les chiens. Ils meurent.* Elle se demanda ce qu'avait été l'enfance de Michael Moretti. Elle se surprit à le détailler. Il était attirant d'une manière dangereuse, excitante. Il se dégageait de lui une impression de violence, prête à exploser.

Jennifer n'aurait pu l'expliquer, mais le fait d'être avec cet homme lui donnait le sentiment d'être encore plus femme. Peut-être était-ce la manière dont ses yeux d'ébène se posaient sur elle, puis se détournaient, comme par crainte de trop en révéler. Jennifer s'aperçut qu'il y avait longtemps qu'elle n'avait pas pensé à elle-même en tant que femme. Depuis le jour où elle avait perdu Adam. *Seul un homme peut donner à une femme l'impression d'être féminine, lui faire sentir qu'elle est belle, qu'elle est désirable.*

Jennifer se réjouit qu'il ne pût lire ses pensées.

Diverses personnes s'approchaient de leur loge pour présenter leurs respects à Michael Moretti : des chefs d'entreprise, des acteurs, un juge, un sénateur. C'était le pouvoir qui payait son tribut au pouvoir, et Jennifer se mit à mesurer toute l'influence qu'il pouvait exercer.

— Je vais commander pour nous deux, déclara

Michael Moretti. Ils préparent ce menu pour huit cents personnes. Comme si on dînait dans un avion.

Il leva la main et le maître d'hôtel se présenta immédiatement à son côté.

— Oui, monsieur Moretti. Que voudriez-vous prendre ce soir ?

— Nous voudrions deux chateaubriands grillés et saignants.

— Naturellement, monsieur Moretti.

— Des pommes soufflées et une salade d'endives.

— Certainement, monsieur Moretti.

— Nous commanderons le dessert plus tard.

On apporta une bouteille de champagne sur la table, avec les compliments de la direction.

Jennifer s'aperçut qu'elle commençait à se détendre, à apprécier le dîner malgré elle. Il y avait longtemps qu'elle n'avait pas passé une soirée avec un homme séduisant. Mais à l'instant même où cette remarque lui vint à l'esprit, elle se dit : « Comment puis-je trouver Michael Moretti séduisant ? C'est un tueur, un animal amoral, dénué de tout sentiment. »

Jennifer avait connu et défendu des dizaines d'hommes qui avaient commis des crimes abominables, mais elle avait le sentiment qu'aucun d'entre eux n'était aussi dangereux que Moretti. Il s'était élevé à la tête du syndicat, et il lui avait certainement fallu en passer par autre chose qu'un mariage avec la fille d'Antonio Granelli pour en arriver là.

— Je vous ai téléphoné une ou deux fois pendant que vous étiez absente, dit Michael.

Selon Ken Bailey, il avait appelé pratiquement tous les jours.

— Où étiez-vous ?

Il avait posé la question d'un air détaché.

— Loin.

Un long silence.

— Vous vous souvenez de cette offre que je vous ai faite ?

Jennifer but une gorgée de champagne.

— Ne recommencez pas avec ça, je vous en prie.

— Vous pouvez avoir tout...

— Je vous l'ai dit. Ça ne m'intéresse pas. Ça n'existe pas, les offres qu'on ne peut pas refuser. Ça ne se trouve que dans les livres, monsieur Moretti. Je refuse votre offre.

Michael Moretti songea à la scène qui s'était déroulée quelques semaines plus tôt chez son beau-père. Il y avait eu une réunion de la Famille, et ça ne s'était pas bien passé. Thomas Colfax avait contesté tout ce que Michael avait proposé.

Une fois Colfax parti, Michael avait dit à son beau-père :

— Colfax est en train de s'aigrir comme une vieille fille. Je pense qu'il est temps de le mettre au vert, Papa.

— Tommy est quelqu'un de bien. Il nous a épargné plus d'un ennui depuis des années.

— C'est du passé. Il n'a plus ce talent maintenant.

— Qui voudrais-tu mettre à sa place ?

— Jennifer Parker.

Antonio Granelli avait secoué la tête.

— Je te l'ai déjà dit, Michael. C'est pas bon qu'une femme vienne fourrer son nez dans nos affaires.

— Ce n'est pas seulement une femme. C'est le meilleur avocat à la ronde.

— On verra, avait répondu Antonio Granelli. On verra.

Michael Moretti était un homme habitué à obtenir tout ce qu'il voulait, et plus Jennifer lui résistait, plus il était déterminé à l'avoir. Aujourd'hui, alors qu'il s'était assis à côté d'elle, il regardait Jennifer en se disant : « Un jour, tu seras à moi, baby... toute à moi. »

— A quoi songez-vous ?

Michael Moretti adressa à Jennifer un long sourire coulé, et elle regretta instantanément la question. Il était temps de partir.

— Merci pour cet agréable dîner, monsieur Moretti. Je dois me lever tôt, aussi...

Les lumières s'éteignirent, et l'orchestre entama l'ouverture.

— Vous ne pouvez pas partir maintenant. Le spectacle commence. Vous allez adorer Marty Allen.

C'était le genre de divertissement que seul Las Vegas a les moyens de monter, et Jennifer l'apprécia sans réserve. Elle se dit qu'elle partirait immédiatement après le spectacle, mais lorsque celui-si s'acheva et que Michael Moretti l'invita à danser, elle estima qu'il serait discourtois de refuser. En outre, elle était obligée de reconnaître qu'elle s'amusait bien. Michael Moretti était un danseur habile, et Jennifer se laissa emporter dans ses bras. A un moment donné, un couple les bouscula, Michael fut poussé contre Jennifer et l'espace d'un instant elle sentit sa virilité dressée, puis il s'écarta aussitôt, prenant soin de la tenir à une distance raisonnable.

Ensuite, ils se rendirent au casino, vaste espace de lumières vives et de bruits, encombré de joueurs absorbés par divers jeux de hasard, jouant comme si leur vie dépendait de leur succès. Michael conduisit Jennifer à l'une des tables de jeux de dés et lui tendit une douzaine de jetons.

— Tentez votre chance, lui dit-il.

Les croupiers traitaient Michael avec déférence, l'appelant Monsieur M. et lui remettant des piles entières de jetons de cent dollars. Michael joua avec des mises importantes et perdit magistralement, mais il n'en parut pas affecté. Avec les jetons de Michael, Jennifer gagna trois cents dollars, qu'elle offrit avec insistance à Michael. Elle n'avait pas la moindre intention de se sentir de quelque manière obligée envers lui.

A différentes reprises au cours de la soirée, des femmes vinrent saluer Michael. Jennifer remarqua qu'elles étaient toutes jeunes et jolies. Michael fut poli avec elles, mais de toute évidence seule Jennifer l'intéressait. Malgré elle, elle ne put s'empêcher de se sentir flattée.

Si Jennifer était fatiguée et déprimée au début de la soirée, Michael Moretti dégageait une telle vitalité que son entrain semblait se répandre sur ceux qui l'entouraient, électrisant l'atmosphère, enveloppant Jennifer.

Michael l'entraîna dans un bar intime où se produisait un groupe de jazz, avant de l'amener dans le salon d'un autre hôtel pour entendre un nouveau groupe de chanteurs. Partout où ils allaient, Michael était reçu comme une tête couronnée. Chacun essayait d'attirer son attention, de le saluer, de le toucher, de l'avertir de sa présence.

Pendant le temps qu'ils passèrent ensemble, Michael ne prononça pas un mot qui pût offusquer Jennifer. Et pourtant, il se dégageait de lui une sexualité d'une telle violence qu'elle se sentait parcourue d'une succession d'ondes. Son corps était comme contusionné, violé. Jamais elle n'avait éprouvé quelque chose de semblable. C'était une impression troublante, et excitante à la fois. Il y avait en lui une vitalité sauvage, animale que Jennifer n'avait jamais rencontrée auparavant.

Il était quatre heures du matin lorsque pour finir Michael reconduisit Jennifer jusqu'à sa suite. Arrivé devant sa porte, il lui prit la main et lui dit :

— Bonne nuit. Je voudrais simplement que vous sachiez que j'ai passé la plus merveilleuse soirée de ma vie.

Ses paroles effrayèrent Jennifer.

33.

A Washington, la popularité d'Adam Warner allait croissant. On parlait de plus en plus fréquemment de lui dans les journaux et les revues. Adam mit sur pied une commission d'enquête sur les écoles des ghettos, et se rendit à Moscou à la tête d'une délégation du Sénat pour y rencontrer des dissidents. On publia des photos de lui à son arrivée à l'aéroport de Cheremetyevo, accueilli par des officiels soviétiques au visage impassible. A son retour, dix jours plus tard, les journaux louèrent les résultats de son voyage.

Les articles sur lui se multipliaient. Le public était avide de lire ce qui le concernait, et les médias s'arrangeaient pour satisfaire son appétit. Adam devint le fer de lance des réformes proposées au Sénat. Prenant la tête d'une commission pour l'étude des conditions d'existence dans les pénitenciers fédéraux, il visita des prisons à travers tout le pays. Il enquêta auprès des détenus, des gardiens et des directeurs, et une fois qu'il eut remis son rapport, de vastes réformes s'engagèrent.

Outre les revues d'information, les magazines féminins publiaient des articles sur lui. Dans *Cosmopolitan*, Jennifer tomba sur une photo d'Adam, de Mary Beth et de leur petite fille, Samantha. Jennifer resta un long moment, assise au coin du feu dans sa chambre, à regarder la photo. Mary Beth souriait à l'objectif, irradiant son charme délicieux et chaleureux de femme du Sud. La petite fille était une miniature de sa mère. Jennifer se pencha ensuite sur le portrait d'Adam. Elle y décela de légères rides autour des yeux, qui ne s'y trouvaient pas autrefois, et vit que ses tempes commençaient à se teinter de gris. Pendant un moment, Jennifer eut l'illusion de regarder Joshua adulte. La ressemblance était fascinante. Le photographe avait pris Adam de face, si bien que Jennifer avait l'impression qu'il la regardait. Elle essaya de lire l'expression de ses yeux, et elle se demanda s'il pensait jamais à elle.

Jennifer reporta son regard à nouveau sur la photo

de Mary Beth et de sa fille. Après quoi, elle jeta la revue dans la cheminée et la regarda brûler.

Adam Warner présidait un dîner chez lui, où il avait convié Stewart Needham et une demi-douzaine d'autres invités. Mary Beth était assise à l'autre bout de la table, devisant avec un sénateur de l'Oklahoma et sa femme couverte de bijoux. Washington avait eu l'effet d'un stimulant sur Mary Beth. Là, elle se trouvait dans son élément. Étant donné la notoriété croissante de son mari, elle était devenue une des premières dames de la ville, et elle excellait dans ce rôle. L'aspect social de la vie à Washington assommait Adam, et il était ravi d'en laisser la direction à Mary Beth. Elle s'en tirait fort bien, et il lui en était reconnaissant.

— A Washington, était en train de dire Stewart Needham, il se conclut plus d'affaires dans les dîners que dans les couloirs sacro-saints du Congrès.

Adam posa un regard circulaire sur la table et souhaita que la soirée fût finie. En surface, tout était parfait. En lui-même, tout était faux. Il était marié à une femme et amoureux d'une autre. Il était emprisonné dans un mariage où aucune issue n'était possible. Si Mary Beth n'était pas devenue enceinte, Adam aurait mené à bien son idée de divorce, il le savait. C'était trop tard maintenant ; il était pris au piège. Mary Beth lui avait donné une ravissante petite fille qu'il adorait, mais il lui était impossible de chasser Jennifer de ses pensées.

La femme du gouverneur s'adressait à lui.

— Vous avez tellement de chance, Adam. Vous

possédez tout ce qu'un homme peut désirer au monde, n'est-ce pas ?

Adam ne put se résoudre à lui répondre.

34.

Les saisons se succédaient et gravitaient autour de Joshua. Il était le centre de l'univers de Jennifer. Elle l'observait se développer, grandir, jour après jour, et son émerveillement fut sans limites lorsqu'il commença à marcher et à raisonner. Son humeur changeait à chaque instant, il était tour à tour farouche et agressif, timide et câlin. Il commençait à être perturbé quand Jennifer devait le laisser le soir, et il avait toujours peur du noir, aussi Jennifer laissait-elle toujours une lampe allumée près de lui.

Quand Joshua eut deux ans, il se révéla impossible, un véritable désastre. Il était infernal, têtu et violent. Il adorait « réparer » les choses. Il cassa la machine à coudre de Mme Mackey, brisa les deux appareils de télévision de la maison et mit en pièces la montre de Jennifer. Il mélangeait le sel et le sucre et se caressait lorsqu'il se croyait seul. Ken Bailey offrit à Jennifer un chiot berger allemand, Max, et Joshua le mordit.

Quand Ken venait à la maison pour une visite, Joshua l'accueillait avec un sonore :

— Hé ! est-ce que t'as un zizi ? Tu me le montres ?

Cette année-là, Jennifer aurait volontiers abandonné Joshua au premier passant.

A trois ans, il devint soudain un ange, doux, affectueux et tendre. Il avait hérité l'adresse physique de son père, et il adorait faire des choses avec ses mains. Il ne cassait plus. Il aimait jouer dehors, grimper, courir et faire du tricycle.

Jennifer l'emmena au zoo du Bronx et au théâtre de marionnettes. Ils firent des promenades le long de la plage, allèrent assister à un festival de films des Marx Brothers à Manhattan et manger ensuite des glaces au *Old Fashioned Mr. Jennings* au neuvième étage de Bonwit Teller.

Joshua était devenu un compagnon. Pour la fête des Mères, il apprit la chanson favorite du père de Jennifer — *Brille, Lune des moissons* —et la lui chanta. Ce fut le moment le plus émouvant de sa vie.

« C'était vrai, se dit Jennifer, que nous n'héritons pas le monde de nos parents ; nous l'empruntons à nos enfants. »

Joshua allait à la maternelle, et il s'y amusait. Le soir, quand sa mère rentrait, ils s'asseyaient devant la cheminée et ils lisaient ensemble. Jennifer lisait *Trial Magazine* et *The Barrister*[1] et Joshua regardait ses livres d'images. Jennifer observait du coin de l'œil son fils qui s'étirait par terre, les sourcils froncés en signe de concentration, et tout à coup elle se souvenait d'Adam. Sa blessure était encore ouverte. Elle essayait de s'imaginer où se trouvait Adam, et ce qu'il faisait.

Ce que lui, Mary Beth et Samantha faisaient.

1. Revues juridiques américaines.

Jennifer avait réussi à séparer sa vie privée et sa vie professionnelle, Ken Bailey étant le seul lien entre les deux.

Il apportait à Joshua des jouets et des livres, et il jouait avec lui, lui tenant lieu, en quelque sorte, de père.

Un dimanche après-midi, Jennifer et Ken se trouvaient près de la cabane dans l'arbre, regardant Joshua y grimper.

— Savez-vous ce dont il a besoin ?

— Non.

— D'un père.

Il se tourna vers Jennifer.

— Son vrai père doit être une ordure de première.

— Ken, je vous en prie, non.

— Désolé. Ça ne me regarde pas. C'est du passé. Ce qui me préoccupe, c'est l'avenir. Ça n'est pas normal que vous viviez seule ainsi...

— Je ne suis pas seule. J'ai Joshua.

— Ce n'est pas à cela que je pensais.

Il prit Jennifer dans ses bras, et l'embrassa doucement.

— Oh ! bon Dieu, Jennifer. Pardonnez-moi.

Michael Moretti avait téléphoné à Jennifer des dizaines de fois. Jamais elle ne l'avait rappelé. Un jour, elle crut l'entrevoir au fond d'une salle d'audience où elle plaidait une affaire, mais lorsqu'elle regarda à nouveau dans sa direction, il avait disparu.

35.

En fin d'après-midi, alors que Jennifer s'apprêtait à partir, Cynthia lui dit :

— J'ai un certain M. Clark Holman au téléphone.

Jennifer hésita, puis elle dit :

— Passez-le-moi.

Clark Holman était un attorney de l'assistance judiciaire.

— Désolé de vous importuner, Jennifer, fit-il, mais nous avons en ville un cas auquel personne ne veut toucher, et je vous serais réellement reconnaissant si vous pouviez nous donner un coup de main. Je sais à quel point vous êtes occupée, mais...

— Qui est l'accusé ?

— Jack Scanlon.

Elle enregistra aussitôt le nom. Il était étalé à la une des journaux depuis deux jours. Jack Scanlon avait été arrêté pour le rapt d'une fillette de quatre ans, pour laquelle il avait demandé une rançon. On l'avait identifié grâce à un portrait-robot que la police avait dressé avec l'aide des témoins de l'enlèvement.

— Pourquoi moi, Clark ?

— C'est Scanlon qui vous a demandée.

Jennifer leva les yeux vers la pendule accrochée au mur. Elle allait être en retard pour Joshua.

— Où se trouve-t-il actuellement ?

— Au Metropolitan Correctional Center[1].

Jennifer prit rapidement sa décision.

— Je vais aller lui parler. Arrangez-moi une entrevue, voulez-vous ?

— Entendu. Mille mercis. Je vous dois une fière chandelle.

Jennifer téléphona à Mme Mackey.

— Je vais être un peu en retard. Faites dîner Joshua et dites-lui de m'attendre.

Dix minutes plus tard, Jennifer était en route vers le centre de la ville.

Pour Jennifer, l'enlèvement était le plus odieux de tous les crimes, en particulier le rapt d'un jeune enfant sans défense ; mais toute personne accusée avait droit à être entendue, quelle que fût l'horreur de son acte. C'était le fondement de la loi : justice pour les plus abjects comme pour les meilleurs.

Jennifer déclina son identité au gardien au bureau de réception et on la conduisit dans la salle de visite des avocats.

Le gardien lui dit :

— Je vais vous chercher Scanlon.

Quelques minutes plus tard, un homme mince et beau garçon, dans la trentaine, avec une barbe blonde et des cheveux blond clair, fut introduit dans la salle. Il avait quelque chose d'un Christ.

Il lui dit :

— Merci d'être venue, madame Parker.

Sa voix était suave et douce.

1. Maison d'arrêt de Manhattan.

— Merci de vous occuper de moi.

— Asseyez-vous.

Il prit une chaise en face de Jennifer.

— Vous avez demandé à me voir ?

— Oui. Même maintenant, je crois que seul Dieu peut m'aider. J'ai fait quelque chose de tout à fait stupide.

Elle lui lança un regard chargé de dégoût.

— Enlever une petite fille sans défense pour obtenir une rançon, vous appelez cela une « chose stupide » ?

— Je n'ai pas enlevé Tammy pour de l'argent.

— Ah bon ? Alors pourquoi l'avez-vous kidnappée ?

Un long silence s'écoula avant que Jack Scanlon reprît la parole.

— Ma femme Evelyn est morte en accouchant. Je l'aimais plus que tout au monde. S'il y a jamais eu une sainte sur terre, c'était cette femme-là. Evelyn n'était pas résistante. Notre médecin lui avait conseillé de ne pas avoir de bébé, mais elle ne l'a pas écouté.

Il baissa les yeux vers le sol d'un air gêné.

— C'est... c'est peut-être difficile pour vous de comprendre ça, mais elle disait qu'elle en voulait quand même un, parce que ça serait comme si elle possédait une autre partie de moi-même.

Combien Jennifer comprenait cela.

Jack Scanlon s'était tu, l'esprit ailleurs.

— Ainsi, elle a eu son bébé ?

Jack Scanlon acquiesça de la tête.

— Ils sont morts tous les deux.

Il avait de la difficulté à poursuivre.

— Pendant un moment, je... j'ai cru que j'allais... je ne voulais pas continuer à vivre sans elle. Je n'arrêtais pas de me demander à quoi aurait ressemblé l'enfant.

J'imaginais sans cesse comment ça se serait passé s'ils étaient tous les deux en vie. J'essayais toujours de remonter le temps, avant le moment où Evelyn...

Il s'arrêta, la gorge nouée par la douleur.

— Je me suis tourné vers la Bible, et ça m'a empêché de perdre la raison. *Regarde, devant toi s'ouvre une porte que personne ne pourra fermer.* Et puis, l'autre jour, j'ai aperçu une petite fille qui jouait dans la rue, et j'ai eu l'impression qu'Evelyn était réincarnée. Elle avait ses yeux, ses cheveux. Elle m'a regardé, elle m'a souri et je... je sais que ça paraît fou, mais c'était comme si Evelyn me souriait. J'ai dû perdre la tête. Je me suis dit : *C'est la petite fille qu'Evelyn aurait eue. C'est notre enfant.*

Jennifer surprit ses ongles enfoncés dans sa chair.

— Je savais que c'était mal, mais je l'ai emmenée.

Il plongea son regard dans celui de Jennifer.

— Pour rien au monde je n'aurais fait de mal à cette enfant.

Jennifer l'observait avec minutie, à l'affût d'une fausse note. Il n'y en avait aucune. C'était un homme qui souffrait.

— Et la demande de rançon ? demanda Jennifer.

— Ce n'est pas moi qui ai envoyé une demande de rançon. L'argent était le dernier de mes soucis. La seule chose que je voulais, c'était la petite Tammy.

— Quelqu'un a envoyé à la famille une demande de rançon.

— La police persiste à dire que c'est moi, mais c'est pas moi.

Jennifer réfléchissait, essayant de reconstituer les morceaux du puzzle.

— Est-ce que les journaux ont évoqué l'enlèvement avant, ou après votre arrestation par la police ?

— Avant. Je me souviens que je voulais qu'ils cessent d'en parler. Je ne souhaitais qu'une chose, m'enfuir avec Tammy, et j'avais peur que quelqu'un ne nous en empêche.

— Ainsi, n'importe qui a pu lire l'histoire de l'enlèvement et essayer d'obtenir une rançon ?

Jack Scanlon, désespéré, se tordait les mains.

— Je ne sais pas. Tout ce que je sais, c'est que je veux mourir.

Sa douleur était si flagrante que Jennifer en fut touchée. S'il disait la vérité — et elle était inscrite, toute nue sur son visage — alors il ne méritait pas de mourir pour l'acte qu'il avait commis. Il devait être puni, bien sûr, mais pas exécuté.

— Je vais essayer de vous aider, dit-elle.

Il répondit calmement :

— Merci. Je me fiche complètement de ce qui peut m'arriver.

— Moi, non.

Jack Scanlon ajouta :

— Je suis désolé, je... je n'ai pas d'argent à vous donner.

— Ne vous inquiétez pas pour ça. J'aimerais que vous me parliez de vous.

— Qu'est-ce que vous voulez savoir ?

— Racontez-moi votre vie depuis le début. Où êtes-vous né ?

— Dans le Dakota du Nord, il y a trente-cinq ans. Je suis né dans une ferme. Je pense qu'on peut appeler ça une ferme. Un misérable bout de terrain où rien ne voulait pousser. On était pauvres. J'ai quitté la maison quand j'avais quinze ans. J'adorais ma mère, mais je détestais mon père. La Bible dit qu'il ne faut pas dire du mal de ses parents, je le sais, mais c'était un homme méchant. Il prenait plaisir à me battre.

Jennifer remarqua que son corps se raidissait au fur et à mesure du récit.

— Il y prenait vraiment du plaisir. Si je faisais la moindre chose qu'il jugeait mauvaise, il me battait avec une ceinture en cuir terminée par une grosse boucle en cuivre. Puis, il m'obligeait à me mettre à genoux et à prier Dieu pour lui demander pardon. Pendant longtemps, j'ai détesté Dieu autant que mon père.

Il s'arrêta, trop pris par ses souvenirs pour pouvoir parler.

— Ainsi, vous vous êtes échappé de chez vous ?

— Oui, je suis parti en stop jusqu'à Chicago. Je n'avais pas été longtemps à l'école, mais à la maison je lisais beaucoup. Chaque fois que mon père me prenait sur le fait, c'était une nouvelle excuse pour me fouetter. A Chicago, j'ai trouvé un emploi dans une usine. C'est là que j'ai rencontré Evelyn. Je m'étais coupé la main sur une fraiseuse, et on m'a emmené au dispensaire. Elle était là, comme infirmière.

Il adressa un sourire à Jennifer.

— C'était la plus belle femme que j'aie jamais vue. Il a fallu deux semaines pour que ma main cicatrise, et tous les jours j'allais la voir pour le pansement. Après ça, on a commencé à sortir ensemble. On parlait de se marier, mais l'entreprise venait de perdre un gros contrat et j'ai été mis à pied avec le reste des employés de mon secteur. Evelyn, ça lui était égal. On s'est mariés et elle m'a entretenu. C'était là notre seul sujet de désaccord. Moi, j'avais été élevé dans l'idée que c'est l'homme qui doit entretenir la femme. J'ai fini par trouver un emploi de chauffeur de camion, et ça payait bien. La seule chose que je détestais, c'était qu'on était séparés, ça durait parfois une semaine à la suite. En dehors de ça, j'étais formidablement heureux. On était heureux tous les deux. Et puis Evelyn est devenue enceinte.

Un frisson le parcourut. Ses mains se mirent à trembler.

— Evelyn et notre petite fille sont mortes.

Des larmes coulèrent sur ses joues.

— Je ne sais pas pourquoi Dieu a fait ça. Il devait avoir une raison, mais je ne sais pas pourquoi.

Il se balançait sur sa chaise d'avant en arrière, sans avoir conscience de ce qu'il faisait, les bras repliés sur sa poitrine, comme pour étreindre son chagrin.

— *Je te montrerai et t'enseignerai le chemin à suivre ; je te conseillerai.*

« Celui-là n'ira pas à la chaise électrique », se promit Jennifer.

— Je reviendrai vous voir demain, lui assura-t-elle.

La caution de mise en liberté provisoire avait été fixée à deux cent mille dollars. Jack Scanlon ne disposait pas de cette somme, et Jennifer la fit remettre en son nom. Scanlon fut relâché de la maison d'arrêt et Jennifer lui trouva un petit hôtel dans le quartier ouest où il s'installa. Elle lui donna cent dollars pour lui permettre de s'en tirer les premiers temps.

— Je ne sais pas comment, lui dit Jack Scanlon,

mais je vous rembourserai jusqu'au dernier centime. Je vais me mettre à chercher du travail. N'importe quoi. Ça m'est égal.

Quand Jennifer le quitta, il était en train de parcourir les offres d'emploi.

L'avocat général fédéral Earl Osborne était un homme trapu, solidement charpenté, au visage rond et lisse et à l'allure trompeusement débonnaire. A la surprise de Jennifer, Robert Di Silva se trouvait dans le bureau d'Osborne.

— J'ai appris que vous preniez cette affaire en main, déclara Di Silva. Si je comprends bien, rien n'est assez sale pour vous ?

Jennifer se tourna vers Earl Osborne.

— Que fait-il ici ? Cette affaire relève de la justice fédérale.

Osborne répondit :

— Jack Scanlon a enlevé la fillette dans la voiture de la famille.

— Voiture volée, délit majeur, commenta Di Silva.

Jennifer se demanda si Di Silva aurait été présent au cas où un autre qu'elle aurait défendu l'affaire. Elle se tourna à nouveau vers Earl Orsbone.

— J'aimerais vous proposer une chose, fit Jennifer. Mon client...

Earl Osborne leva la main.

— Inutile. Nous allons poursuivre jusqu'au bout dans cette affaire.

— Il y a des circonstances...

— Vous pourrez nous les expliquer au cours de l'instruction.

Di Silva lui adressa un sourire narquois.

— Très bien, fit Jennifer. Je vous reverrai au palais.

Jack Scanlon trouva un travail de pompiste dans une station-service du quartier ouest près de son hôtel, et Jennifer alla le voir.

— L'instruction commence après-demain, lui annonça-t-elle. Je vais essayer d'obtenir du gouvernement qu'il accepte un plea bargain, et moi je plaiderai coupable pour obtenir une peine moins sévère. De toute façon, vous devrez faire de la prison, Jack, mais je veillerai à ce que votre peine soit la moins longue possible.

La gratitude inscrite sur son visage fut pour elle une récompense suffisante.

Sur les conseils de Jennifer, Jack Scanlon s'était acheté un costume convenable pour assister à l'instruction. Il s'était fait couper les cheveux et tailler la barbe, et Jennifer fut satisfaite de son allure.

Les procédures judiciaires habituelles s'engagèrent. Le district attorney Di Silva était présent. Quand Earl Osborne eut fait sa déposition et demandé l'inculpation, le juge Barnard se tourna vers Jennifer.

— Voudriez-vous ajouter quelque chose, miss Parker ?

— Oui, Votre Honneur. J'aimerais épargner à l'État les frais d'un procès. Il existe dans cette affaire des circonstances atténuantes qui n'ont pas été produites. Je souhaite, pour mon client, plaider coupable pour obtenir une réduction de peine.

— Impossible, rétorqua Earl Osborne. L'État ne donnera pas, son accord.

Jennifer se tourna vers le juge Barnard.

— Pourrions-nous discuter de ce point dans votre cabinet ?

— Très bien. Je fixerai la date du procès après avoir entendu l'avocat de la défense.

Jennifer se tourna alors vers Jack Scanlon qui se tenait là, l'air hébété.

— Vous pouvez retourner à votre travail, lui dit Jennifer. Je passerai vous dire ce qu'il en est.

Il hocha la tête et dit d'une voix calme :

— Merci, miss Parker.

Jennifer le suivit du regard tandis qu'il s'éloignait et quittait la salle d'audience.

Jennifer, Earl Osborne, Robert Di Silva et le juge Barnard étaient assis dans le cabinet du juge.

Osborne disait à Jennifer :

— Je ne comprends pas comment vous pouvez même me demander un plea bargain. L'enlèvement avec demande de rançon est un délit capital. Votre client est coupable et il doit payer pour ce qu'il a fait.

— Ne croyez pas tout ce que les journaux ont raconté, Earl. Jack Scanlon n'a rien à voir avec cette demande de rançon.

— De qui êtes-vous en train de vous moquer ? Si ça n'était pas pour une rançon, alors quel était le mobile ?

— Je vais vous le dire, répondit Jennifer.

Et elle leur raconta. Elle leur raconta la ferme et les sévices, Jack Scanlon tombant amoureux d'Evelyn et l'épousant, et perdant sa femme et sa fille au moment de la naissance.

Ils l'écoutèrent en silence, et quand elle eut fini, Di Silva demanda :

— Ainsi, Jack Scanlon a kidnappé la fillette parce qu'elle lui rappelait l'enfant qu'il aurait dû avoir ? Et la femme de Jack Scanlon est morte au moment de l'accouchement ?

— C'est exact. (Jennifer se tourna vers le juge Barnard.) Votre Honneur, je ne pense pas que ce soit le type d'homme qu'on exécute.

Di Silva intervint inopinément.

— Je partage votre avis.

Jennifer lui lança un regard étonné.

Di Silva sortit des documents de sa serviette.

— Laissez-moi vous poser une question, fit-il. Que diriez-vous d'exécuter ce personnage ?

Il se mit à lire à voix haute.

— Frank Jackson, trente-huit ans. Né à Nob Hill, San Francisco. Père médecin, mère mondaine. A quatorze ans, Jackson s'adonne à la drogue, s'enfuit de chez lui, est rattrapé à Haight-Ashbury et rendu à ses parents. Trois mois plus tard, Jackson entre par effraction dans le cabinet médical de son père, vole tous les médicaments qu'il peut et s'enfuit. Ramassé à Seattle pour détention et trafic de stupéfiants, envoyé en maison de correction, remis en liberté à l'âge de dix-huit ans, arrêté un mois plus tard et inculpé de port d'arme avec intention de tuer...

Jennifer sentait son estomac se serrer.

— Qu'est-ce que cela a à voir avec Jack Scanlon ?

Earl Osborne lui adressa un sourire glacial.

— Jack Scanlon est Frank Jackson.

— Je ne peux pas le croire !

Di Silva ajouta :

— Cette feuille jaune m'a été remise par le F.B.I. il y a une heure. Jackson est un simulateur-né et un menteur psychopathe. Depuis dix ans, les charges retenues contre lui après chaque arrestation vont du proxénétisme à l'incendie volontaire en passant par le vol à main armée. Il a purgé une peine dans la prison de Joliet. Il n'a jamais eu d'emploi stable et il n'a jamais été marié. Il y a cinq ans, le F.B.I. l'a arrêté pour enlèvement. Il avait kidnappé une petite fille de trois ans et envoyé une demande de rançon. On a retrouvé le corps de la petite fille deux mois plus tard dans un bois. Selon le rapport du médecin légiste, le corps était en partie décomposé, mais des traces de coups de canif étaient visibles sur tout le corps. Elle avait été violée et sodomisée.

Jennifer eut soudain mal au cœur.

— Jackson a été acquitté sur un vice de procédure technique qu'un avocat malin avait réussi à concocter.

Quand Di Silva reprit la parole, son ton était plein de mépris.

— C'est cet homme que vous souhaitez voir marcher librement dans les rues ?

— Puis-je voir ce dossier, s'il vous plaît ?

Sans un mot, Di Silva le tendit à Jennifer qui se mit à le lire. C'était bien Jack Scanlon. Il n'y avait aucun doute là-dessus. Une photo de lui, prise par la police, était épinglée sur la feuille jaune. Il avait l'air plus jeune, car il ne portait pas de barbe, mais on ne pouvait s'y méprendre. Jack Scanlon — Frank Jackson — lui avait menti sur toute la ligne. Il avait échafaudé toute l'histoire de sa vie, et il n'y avait pas un mot auquel Jennifer n'eût cru. Il s'était révélé tellement convaincant qu'elle ne s'était même pas donné la peine de demander à Ken Bailey de vérifier ses dires.

Le juge Barnard lui demanda :

— Puis-je le voir ?

Jennifer lui remit le dossier. Le juge le parcourut, puis il leva les yeux vers elle.

— Alors ?

— Je ne le représenterai pas.

Di Silva fronça les sourcils d'un air moqueur.

— Vous me choquez, miss Parker. Vous prétendez toujours que tout individu a droit à l'assistance d'un avocat.

— Tout individu, c'est vrai, répliqua Jennifer d'un ton égal. Mais je me suis donné une règle inflexible : je ne défendrai jamais quelqu'un qui m'a menti. M. Jackson devra se trouver un autre avocat.

Le juge Barnard hocha la tête.

— Le tribunal s'en chargera.

Osborne déclara :

— J'aimerais que la mise en liberté provisoire soit immédiatement révoquée, Votre Honneur. J'estime que c'est un être trop dangereux pour le laisser traîner dans les rues.

Le juge Barnard se tourna vers Jennifer.

— Pour l'instant, vous êtes toujours l'avocat de l'accusé, miss Parker. Y voyez-vous une objection ?

— Non, répondit Jennifer catégoriquement. Aucune.

Le juge Barnard déclara :

— Je vais donner l'ordre de révoquer cette mise en liberté provisoire.

Ce soir-là, le juge Lawrence Waldman avait invité Jennifer à un gala de charité. Les événements de l'après-midi l'avaient vidée de ses forces, et elle aurait préféré rentrer chez elle et passer une soirée tranquille avec Joshua, mais elle ne voulait pas décevoir son ami. Elle changea de vêtements au bureau et retrouva le juge Waldman au *Waldorf-Astoria,* où avait lieu le dîner.

C'était une soirée de gala, animée par une demi-douzaine de vedettes d'Hollywood, mais Jennifer fut incapable d'en profiter. Son esprit était ailleurs. Le juge Waldman l'observait depuis un moment.

— Il y a quelque chose qui ne va pas, Jennie ?

Elle réussit à sourire.

— Non, un simple problème d'ordre professionnel, Lawrence.

« Et quelle profession ai-je choisie, se dit Jennifer, j'ai affaire à la lie de l'humanité, aux violeurs, aux tueurs et aux kidnappeurs. » Elle songea que ce serait une soirée parfaite pour s'enivrer.

Le maître d'hôtel s'approcha de la table et murmura à l'oreille de Jennifer.

— Excusez-moi, miss Parker, mais il y a un appel téléphonique pour vous.

Jennifer fut prise aussitôt d'un sentiment d'inquiétude. La seule personne qui sût où pouvoir la joindre était Mme Mackey. Si elle appelait, c'était forcément parce que quelque chose n'allait pas.

— Excusez-moi, dit Jennifer.

Elle suivit le maître d'hôtel jusqu'à un petit bureau situé de l'autre côté du vestibule.

Jennifer prit le récepteur et une voix d'homme souffla :

— Sale garce ! Vous m'avez doublée.

Jennifer sentit son corps se mettre à trembler.

— Qui êtes-vous ? demanda-t-elle.

Mais elle savait.

— Vous avez dit aux flics de venir me chercher.

— C'est faux ! Je...

— Vous aviez promis de m'aider.

— Je vous aiderai. Où êtes... ?

— Vous n'êtes qu'une pute qui m'avez menti.

Sa voix se fit si basse qu'elle réussit à peine à saisir ses paroles.

— Vous allez payer pour ça. Oh ! oui, vous allez payez pour ça !

— Attendez une minu...

La ligne était coupée. Jennifer resta figée, là, glacée. Il se produisait quelque chose de terrible. Frank Jackson, alias Jack Scanlon, avait réussi à s'échapper, et il reprochait à Jennifer ce qui s'était passé. Comment avait-il pu savoir où elle était ? Il avait dû la suivre jusqu'ici. Il l'attendait peut-être dehors.

Jennifer essaya de réprimer les tremblements de son corps, elle essaya de réfléchir, d'analyser ce qui s'était produit. Il avait vu la police qui venait l'arrêter, ou peut-être on lui avait mis la main dessus et il avait réussi à s'enfuir. Peu importait comment ça s'était passé. Ce qui importait, c'était qu'il la tenait pour responsable de ce qui s'était passé.

Frank Jackson avait tué avant, et il pouvait tuer encore. Jennifer se rendit dans les toilettes, et elle y resta jusqu'à ce qu'elle eût retrouvé son calme. Lorsqu'elle eut repris la maîtrise d'elle-même, elle revint à la table.

Le juge Waldman lut son expression sur son visage.

— Que diable s'est-il passé ?

Jennifer lui raconta brièvement. Il était atterré.

— Mon Dieu ! Voulez-vous que je vous reconduise chez vous ?

— Ça ira, Lawrence. Si vous pouvez simplement m'accompagner jusqu'à ma voiture, pour plus de sûreté, tout ira bien.

Ils s'éclipsèrent discrètement de la vaste salle de bal et le juge Waldman tint compagnie à Jennifer jusqu'à ce que le chasseur lui amenât sa voiture.

— Vous êtes certaine que vous ne voulez pas que je vous accompagne ?

— Merci. Je suis sûre que la police aura mis la main dessus avant demain matin. Il n'y a pas beaucoup de gens qui traînent dans les rues et qui lui ressemblent. Bonne nuit.

Jennifer démarra, en s'assurant que personne ne la suivait. Une fois certaine d'être seule, elle s'engagea sur l'autoroute de Long Island en direction de chez elle.

Elle regardait sans cesse dans le rétroviseur, surveillant les voitures derrière elle. A un moment donné, elle se gara sur le bas-côté de la route pour laisser passer toute la circulation, et lorsque la route derrière elle se trouva dégagée, elle redémarra. Elle se sentait plus en sécurité maintenant. L'arrestation de Frank Jackson par la police était une question d'heures. L'alerte générale avait déjà dû être donnée.

Jennifer s'engagea dans l'allée. La pelouse et la maison, qui auraient dû être brillamment éclairées, baignaient dans l'obscurité. Elle resta assise dans la voiture à regarder la maison avec incrédulité, l'esprit en alerte, sentant le danger. Elle ouvrit violemment la portière et se précipita jusqu'à la porte d'entrée. Elle était entrebaîllée. Jennifer s'immobilisa un instant, remplie d'effroi, avant de pénétrer dans le hall. Son pied trébucha sur quelque chose de tiède et mou, et elle laissa échapper malgré elle un hoquet. Elle alluma la lumière. Max gisait sur le tapis imbibé de sang. La gorge du chien avait été tranchée d'une oreille à l'autre.

— Joshua !

Elle émit un hurlement.

— Madame Mackey !

Jennifer courut d'une pièce à l'autre, allumant toutes les lumières, les appelant par leur nom, et son cœur battait si fort qu'elle arrivait à peine à respirer. Elle se rua dans l'escalier jusqu'à la chambre de Joshua. Son lit était défait, mais vide.

Jennifer fouilla toutes les pièces de la maison, puis elle redescendit à toute vitesse l'escalier, l'esprit paralysé. Depuis le début, Frank Jackson devait savoir où elle habitait. Il l'avait suivie un soir alors qu'elle revenait du bureau, ou le jour où elle était passée à la station-service. Il avait pris Joshua et il allait le tuer pour la punir.

En passant devant la lingerie elle entendit un faible bruit de grattement. Elle se dirigea lentement vers la porte fermée et l'ouvrit. Il faisait noir à l'intérieur.

Une voix gémit :

— Je vous en prie, ne me faites plus mal.

Jennifer alluma la lumière. Mme Mackey était allongée sur le sol, les mains et les pieds liés par du fil métallique. Elle était à demi consciente.

Jennifer s'agenouilla aussitôt près d'elle.

— Madame Mackey !

La vieille femme leva les yeux sur Jennifer et elle accommoda son regard.

— Il a emmené Joshua.

Elle se mit à sangloter.

Jennifer dénoua délicatement le fil métallique qui lacérait les bras et les jambes de Mme Mackey. Ses membres étaient entaillés et le sang coulait. Jennifer aida la gouvernante à se mettre debout.

Mme Mackey poussait des cris hystériques.

— Je... je n'ai pas pu l'arrêter. J'ai... j'ai essayé. Je...

La sonnerie du téléphone brisa le silence de la pièce. Les deux femmes s'immobilisèrent aussitôt. La sonnerie retentit à nouveau, tel un signal de mauvais augure. Jennifer s'approcha de l'appareil et décrocha.

La voix dit :

— Je voulais simplement m'assurer que vous étiez bien rentrée chez vous.

— *Où est mon fils ?*

— C'est un bel enfant, hein ? demanda la voix.

— Je vous en supplie. Je ferai tout. Tout ce que vous voudrez !

— Vous avez déjà tout fait, madame Parker.

— Non, je vous en prie !

Elle sanglotait, désespérée.

— J'aime vous entendre pleurer, souffla la voix. Vous récupérerez votre fils, madame Parker. Lisez les journaux de demain.

Et la communication fut coupée.

Jennifer resta figée, au bord de l'évanouissement, essayant de rassembler ses esprits. Frank Jackson avait dit : C'*est* un bel enfant, hein ? Cela pouvait signifier que Joshua était encore en vie. Sinon, pourquoi aurait-il dit qu'il était beau ? Elle savait en même temps qu'elle jouait avec les mots, luttant pour ne pas perdre la raison. Il fallait agir vite.

Dans un premier élan, elle voulut téléphoner à Adam, lui demander de l'aide. C'était son fils qu'on avait kidnappé, son fils qu'on allait tuer. Mais elle savait qu'Adam ne pourrait rien faire. Il se trouvait à près de quatre cents kilomètres de là. Il ne lui restait que deux solutions : l'une, c'était d'appeler Robert Di Silva, de lui raconter ce qui s'était passé, et de lui demander de donner un coup de filet pour essayer d'attraper Frank Jackson.*Mon Dieu, cela allait prendre trop de temps !*

L'autre solution, c'était le F.B.I.. Ils étaient entraînés pour arrêter les kidnappeurs. Mais cet enlèvement n'avait rien à voir avec les rapts habituels. Il n'existait pas de demande de rançon pour les mettre sur la voie, il n'y avait aucune chance de prendre au piège Frank Jackson et de sauver la vie de Joshua. Le F.B.I. agissait selon un code très précis qui était le sien. Dans ce cas, il ne pourrait être d'aucune aide. Il lui fallait prendre très vite une décision... pendant que Joshua était toujours en vie. Robert Di Silva ou le F.B.I. Elle avait du mal à coordonner ses pensées.

Après une longue inspiration, elle prit sa décision. Elle chercha un numéro de téléphone dans l'annuaire. Ses doigts tremblaient tellement qu'elle dut s'y reprendre à trois fois avant de le composer correctement.

Lorsqu'une voix d'homme lui répondit, Jennifer demanda :

— Je voudrais parler à Michael Moretti.

36.

— Désolé, madame. Vous êtes ici *Chez Tony,* je ne connais pas de Michael Moretti.

— Attendez ! hurla Jennifer. Ne raccrochez pas !

Elle s'efforça de calmer sa voix.

— C'est urgent. Je suis... une de ses amies. Je m'appelle Jennifer Parker. Il faut que je lui parle immédiatement.

— Écoutez, madame, je vous ai déjà dit...

— Donnez-lui mon nom et ce numéro de téléphone.

Elle épela son numéro. Jennifer se mit à bégayer tellement qu'elle n'arrivait plus à parler.

— Di... Dites-lui...

Il n'y avait plus personne au bout du fil. Il lui fallait revenir à l'une des deux autres solutions. Ou aux deux. Il n'y avait aucune raison pour que Robert Di Silva et le F.B.I. ne s'unissent pas pour retrouver Joshua. Ce qui la rendait folle, c'était qu'elle savait que leurs chances de retrouver Frank Jackson étaient infimes. Il n'y avait pas de temps à perdre. *Lisez les journaux de demain.* Ses derniers mots étaient empreints d'une telle détermination que Jennifer était convaincue qu'il ne rappellerait pas, qu'il n'offrirait plus la moindre chance de retrouver sa trace. Elle devait *agir.* Elle allait essayer Robert Di Silva. Elle se dirigea à nouveau vers le téléphone. La sonnerie retentit au moment précis où elle allait décrocher, et elle sursauta.

— Ici Michael Moretti.

— Michael ! Oh Michael, aidez-moi, je vous en supplie ! Je...

Elle se mit à sangloter sans arriver à se maîtriser. Elle laissa tomber le récepteur, le rattrapa aussitôt, terrorisée à l'idée qu'il ait pu raccrocher.

— *Michael ?*

— Je suis là.

Sa voix était calme.

— Reprenez-vous et expliquez-moi ce qui ne va pas.

— Je... je...

Elle prit une longue inspiration, essayant de dominer ses tremblements.

— C'est mon fils, Joshua. Il... il a été enlevé. Ils vont... ils vont le tuer.

— Savez-vous qui l'a enlevé ?

— Ou...oui. Il s'appelle F...Frank Jackson.

Son cœur battait la chamade.

— Racontez-moi comment c'est arrivé.

Sa voix était calme et inspirait la confiance.

Jennifer s'efforça de parler lentement, pour relater le déroulement des événements.

— Pouvez-vous me décrire Frank Jackson ?

Jennifer força sa mémoire à lui restituer un portrait de Jackson. Elle le traduisit par des mots, et Michael lui dit :

— Vous vous en tirez très bien. Savez-vous où il a fait de la prison ?

— Oui. A Joliet. Il m'a dit qu'il allait tuer...

— Où se trouve la station-service où il a travaillé ?

Elle lui donna l'adresse.

— Connaissez-vous le nom du motel où il loge ?

— Oui. Non.

Elle n'arrivait pas à s'en souvenir. Elle s'enfonça les

ongles dans le front jusqu'à le faire saigner, s'obligeant à réfléchir. Il attendit patiemment.

Soudain, cela lui revint.

— C'est le motel *Bon Voyage*. Sur la Dixième Avenue. Mais je suis sûre qu'il n'y est plus.

— On va aller voir.

— Je veux retrouver mon fils vivant.

Michael Moretti n'ajouta rien, et Jennifer comprit pourquoi.

— Si on trouve Jackson... ?

Jennifer prit une longue inspiration, et en frémissant elle souffla :

— Tuez-le !

— Restez à côté du téléphone.

La liaison fut coupée. Jennifer reposa le récepteur. Elle se sentait étrangement plus calme, comme si quelque chose s'était accompli. Elle n'avait aucune raison d'éprouver une telle confiance en Michael Moretti. D'un point de vue strictement logique, elle avait commis un acte fou, purement instinctif ; mais la logique n'avait rien à voir avec tout ça. La vie de son fils était en jeu. C'était délibérément qu'elle avait lancé un tueur aux trousses d'un tueur. Si ça ne marchait pas... elle pensa à la petite fille dont le corps avait été violé et sodomisé.

Jennifer retourna auprès de Mme Mackey. Elle soigna ses blessures et ses contusions et la mit au lit. Elle lui offrit un sédatif, mais Mme Mackey le repoussa.

— Je ne pourrai pas dormir, pleurait-elle. Ô madame Parker ! Il a donné ces somnifères au bébé.

Jennifer la regarda avec horreur.

Michael Moretti était assis à son bureau, face aux sept hommes qu'il avait convoqués. Il avait déjà donné ses instructions aux trois premiers.

Il se tourna vers Thomas Colfax.

— Tom, je veux que vous vous serviez de nos relations. Allez voir le Captain Notaras et demandez-lui de mettre le paquet sur Frank Jackson. Je veux qu'ils mettent tout ce qu'ils peuvent sur lui.

— C'est se servir d'une bonne relation pour rien, Mike. Je ne crois pas...

— Ne discutez pas ! Faites ce que je vous dis.

Colfax répondit d'un ton cassant.

— Très bien.

Michael se tourna vers Nick Vito.

— Va faire un tour du côté de la station-service où Jackson a travaillé. Tâche de savoir s'il traînait dans les bars du coin, et s'il avait des amis.

A Salvatore Fiore et Joseph Colella :

— Filez au motel de Jackson. Il en est probablement parti maintenant, mais essayez de savoir s'il avait des copains. Je veux connaître ses potes. (Il baissa les yeux sur sa montre.) Il est minuit. Je vous donne huit heures pour mettre la main sur Jackson.

Les hommes prirent la direction de la porte. Michael leur lança :

— Je ne veux pas que quoi que ce soit arrive au gamin. Appelez-moi. J'attendrai.

Michael Moretti les regarda partir, puis il prit un des téléphones sur son bureau et composa un numéro.

1 heure du matin

La chambre du motel n'était pas grande, mais elle était très en ordre. Frank Jackson aimait l'ordre. Il estimait que cela faisait partie d'une bonne éducation. Les stores vénitiens étaient descendus et inclinés, si bien que personne ne pouvait voir à l'intérieur de la pièce. La porte était verrouillée, la chaîne de sûreté mise et il avait tiré une chaise devant. Il s'approcha du lit où Joshua était allongé. Frank Jackson avait introduit de force trois somnifères dans la gorge du garçon, qui dormait encore profondément. Jackson s'enorgueillissait d'être un homme qui ne laissait rien au hasard, et les mains et les pieds de Joshua étaient soigneusement ligotés avec le même fil métallique que celui dont il s'était servi pour attacher la vieille dame dans la maison. Jackson baissa les yeux sur l'enfant endormi et il ressentit une profonde tristesse.

Pourquoi au nom de Dieu le forçait-on à faire ces choses terribles ? Il était un homme doux, pacifique, mais quand tout le monde se liguait contre vous, quand tout le monde vous attaquait, il fallait bien se défendre. Le problème, c'était que les gens le sous-estimaient toujours. Ils se rendaient compte trop tard qu'il était plus fort qu'eux.

Il avait pressenti l'arrivée des flics une demi-heure avant leur arrivée. Il était en train de faire le plein d'une Chevrolet Camaro quand il avait vu son patron rentrer dans le bureau pour répondre au téléphone.

Jackson n'avait pas pu entendre la conversation, mais ça n'avait pas été nécessaire. Il avait surpris le regard indirect que lui avait lancé son patron tout en murmurant au téléphone. Frank Jackson avait immédiatement compris ce qui se passait. La police était à ses trousses. Cette salope de Parker l'avait doublé, elle avait demandé à la police de le boucler. Elle était comme tous les autres. Son patron était encore au téléphone quand Frank Jackson avait empoigné sa veste et disparu. Il lui avait fallu moins de trois minutes pour trouver dans la rue une voiture qui n'était pas fermée à clé et la faire démarrer en connectant les fils, et quelques instants plus tard il était en route pour la maison de Jennifer Parker.

Jackson était réellement en admiration devant sa propre intelligence. Qui d'autre aurait pensé à la suivre pour trouver l'endroit où elle habitait ? Il avait fait ça le jour où elle l'avait fait mettre en liberté provisoire. Il s'était garé en face de chez elle, de l'autre côté de la rue, et à son grand étonnement il avait vu Jennifer accueillie à la grille par un petit garçon. Il les avait observés ensemble et déjà, à cet instant, il s'était dit que le gamin venait à point nommé. Une prime inattendue, ce que les poètes appelaient un gage du destin.

Jackson sourit en se rappelant la terreur de cette vieille garce de gouvernante. Il avait pris du plaisir à enrouler le fil métallique autour de ses poignets et de ses chevilles. Non, pas du plaisir, pas vraiment. Il en rajoutait. Cela avait été nécessaire. La gouvernante avait cru qu'il allait la violer. Elle le dégoûtait. Comme toutes les femmes, à l'exception de sa sainte mère. Les femmes étaient sales, malpropres, même sa putain de sœur. Seuls les enfants étaient purs. Il songea à la dernière petite fille qu'il avait enlevée. Elle était belle, avec ses longues boucles blondes, seulement elle avait dû payer pour les péchés de sa mère. Sa mère avait fait renvoyer Jackson de son emploi. Les gens faisaient tout pour vous empêcher de gagner honnêtement votre vie, et après cela ils vous punissaient pour avoir enfreint leurs lois stupides. Les hommes étaient mauvais, mais les femmes encore plus. Des truies qui voulaient souiller le temple de votre corps. Comme cette serveuse, Clara, qu'il allait emmener au Canada. Elle était amoureuse de lui. Elle le prenait pour un type correct parce qu'il ne l'avait jamais touchée. Si seulement elle savait ! L'idée de lui faire l'amour lui soulevait le cœur. Mais il allait l'emmener avec lui hors du pays parce que la police rechercherait un type seul. Il se raserait la barbe et mettrait de l'ordre dans ses cheveux, et une fois la frontière passée, il se débarrasserait de Clara. Il en tirerait une immense jouissance.

Frank Jackson se dirigea vers une valise en carton bouilli toute défoncée posée sur un râtelier, il l'ouvrit et en sortit une boîte à outils. Dans cette boîte, il prit des clous et un marteau. Il les déposa sur la table de nuit, à côté du garçon endormi. Puis il alla dans la salle de bains et sortit de la baignoire un jerricane d'essence de sept litres, qu'il rapporta dans la chambre et posa par terre. Joshua allait partir en fumée. Mais ça, ça serait *après* la crucifixion.

2 heures du matin

Dans toute la ville de New York, et à travers le pays, le mot circula. Il partit des bars et des maisons louches. Un mot prudent lancé ici et là, glissé dans une oreille complaisante. Cela commença comme un cours d'eau qui se répandit dans les restaurants bon marché, les discothèques bruyantes et les kiosques à journaux. Il fut colporté par des chauffeurs de taxi et des filles qui travaillaient la nuit dans les rues. Ce fut comme un galet lancé dans un lac aux eaux profondes et obscures, et dont les rides commençaient à s'élargir en cercles de plus en plus grands. Dans deux heures, tous ceux qui vivaient dans la rue sauraient que Michael Moretti voulait un renseignement précis, et qu'il le voulait vite. Il était donné à peu de gens l'occasion de rendre un service à Michael Moretti. C'était une chance en or, car Moretti était un homme qui savait montrer sa reconnaissance. Le mot, c'était qu'il recherchait ce type blond et mince qui ressemblait à Jésus. On commençait à fouiller dans les mémoires.

2 h 15 du matin

Joshua Adam Parker remua dans son sommeil, et Frank Jackson s'approcha de lui. Il n'avait pas encore enlevé le pyjama de l'enfant. Jackson s'assura que le marteau et les clous étaient bien à leur place, prêts à servir. Il fallait être méticuleux dans ce genre de chose. Il allait clouer les mains et les pieds du garçon sur le sol avant d'y mettre le feu. Il aurait pu le faire pendant qu'il dormait, mais ç'aurait été une erreur. Il était important que l'enfant fût éveillé pour assister à la scène, pour comprendre qu'il était puni pour les péchés de sa mère. Frank Jackson regarda sa montre.

Clara venait le chercher au motel à sept heures trente. Il lui restait cinq heures et quinze minutes. Il avait tout son temps.

Il s'assit, observa Joshua, et, à un moment donné, il caressa doucement une boucle égarée dans les cheveux du petit garçon.

3 heures du matin

Le premier coup de téléphone retentit.

Il y avait deux téléphones sur le bureau de Michael Moretti, et à l'instant même où il décrocha le récepteur du premier, le second se mit à sonner.

— J'ai trouvé la trace du mec, Mike. Y a deux ans, il a travaillé à Kansas City avec Big Joe Ziegler et Mel Cohen.

— Je me fous pas mal de ce qu'il faisait il y a deux ans. Où est-il en ce moment ?

— Big Joe dit qu'il a pas eu de ses nouvelles depuis six mois. J'essaie de mettre la main sur Mel Cohen.

— Fonce !

L'appel suivant fut plus positif.

— J'ai été voir la chambre de motel de Jackson. Il s'est tiré. Il portait une valise marron et un jerricane de sept litres qui pourrait ben contenir d' l'essence. Le réceptionniste sait pas où il est allé.

— Et les bars du coin ?

— Un des patrons a reconnu son signalement, mais il dit que c'était pas un client régulier. Il y est allé deux ou trois fois après le boulot.

— Seul ?

— D'après le patron, ouais. Il avait pas l'air intéressé par les filles.

— Vérifie les bars d'homos.

Le téléphone se remit à sonner à l'instant précis où il avait raccroché. C'était Salvatore Fiore.

— Colfax a parlé au Captain Notaras. Un des employés de la police a conservé un billet de dépôt de gage dans les effets personnels de Frank Jackson. J'ai le numéro du ticket et le nom de la boutique. Elle appartient à un Grec, Gus Stavros, qui recèle des diamants volés.

— As-tu été voir ?

— On peut pas y aller avant demain matin, Mike. L'endroit est fermé. Je...

Michael Moretti explosa.

— Pas question d'attendre jusqu'à demain ! Magnetoi le cul jusque là-bas !

Il reçut ensuite un appel de Joliet. Michael eut du mal à suivre la conversation, car, son interlocuteur ayant subi une trachéotomie, sa voix avait l'air de sortir du fond d'une boîte.

— Le compagnon de cellule de Jackson s'appelait Mickey Nicola. Ils étaient drôlement copains.

— As-tu une idée de l'endroit où se trouve Nicola maintenant ?

— La dernière fois que j'ai entendu parler de lui, il était revenu quelque part dans l'Est. Il sort avec la sœur de Jackson. Mais nous n'avons pas son adresse.

— Pour quelle raison Nicola était-il tombé ?
— On l'avait épinglé pour un vol de bijoux.

3 h 30 du matin

Le mont-de-piété était situé dans le quartier espagnol de Harlem, à l'angle de la Seconde Avenue et de la Cent vingt-quatrième Rue. C'était une maison peu attrayante à deux étages, avec la boutique au rez-de-chaussée et les pièces d'habitation au-dessus.

Gus Stavros fut tiré de son sommeil par un éclat de lumière aveuglant. Instinctivement, il tendit la main pour atteindre la sonnette d'alarme placée près du lit.

— A ta place, j'essaierais pas, fit une voix.

La lumière de la torche se déplaça et Gus Stavros s'assit dans son lit. Il regarda les deux hommes qui lui faisaient face, et il comprit pourquoi on lui avait donné ce conseil. Un géant et une demi-portion. Stavros se sentit au bord d'une crise d'asthme.

— Descendez et prenez tout ce que vous voulez, dit-il d'une voix sifflante. Je ne bougerai pas.

Le géant, Joseph Colella, l'interpella :

— Lève-toi. Pas un geste.

Gus Stavros se leva de son lit, prenant soin d'éviter tout mouvement brusque.

Le nain, Salvatore Fiore, avança sous son nez un morceau de papier.

— C'est le numéro d'un ticket de prêt sur gage. On voudrait voir la marchandise.

— Oui, monsieur.

Gus Stavros descendit au rez-de-chaussée, suivi des deux hommes. Six mois plus tôt, Stavros avait fait installer un système d'alarme très compliqué. Il y avait des sonnettes sur lesquelles il aurait pu appuyer, des endroits secrets dans le parquet sur lesquels il aurait pu marcher, et on serait venu à son secours. Il ne fit rien de la sorte car son instinct lui dit qu'il serait mort avant qu'on ait pu lui apporter de l'aide. Il savait que sa seule chance, c'était de donner aux deux hommes ce qu'ils réclamaient. Il pria seulement le ciel de ne pas mourir d'une de ces foutues crises d'asthme avant de s'être débarrassé d'eux.

Il alluma les lumières du rez-de-chaussée, et tous s'approchèrent du devant de la boutique. Gus Stavros n'avait pas la moindre idée de ce qui se passait, mais il comprit que ça aurait pu être bien pire. Si ces types étaient simplement venus le voler, ils auraient nettoyé toute la boutique et seraient déjà partis. Ils donnaient l'impression de n'être intéressés que par un seul objet. Il se demanda comment ils avaient pu éviter tous les nouveaux systèmes d'alarme dont étaient équipées les portes et les fenêtres, mais il préféra ne pas poser de question.

— Magne-toi un peu, dit Joseph Colella.

Gus vérifia le numéro du ticket, et il se mit à chercher dans ses dossiers. Il finit par trouver, hocha la tête en signe de satisfaction, et se dirigea vers une vaste chambre forte qu'il ouvrit, les deux hommes sur ses talons. Stavros chercha sur une étagère, jusqu'à ce qu'il trouvât une petite enveloppe. Se retournant vers les deux hommes, il l'ouvrit et en sortit un solitaire qui scintilla sous les lumières du plafond.

— C'est ça, déclara Gus Stavros. Je lui en ai donné cinq cents dollars.

La bague en valait au moins vingt mille.

— T'as donné cinq cents billets à qui ? demanda le petit Salvatore Fiore.

Gus Stavros haussa les épaules.

— J'ai plus de cent clients par jour qui viennent ici. Sur l'enveloppe, c'est marqué John Doe.

Fiore fit jaillir de nulle part une matraque en plomb qu'il écrasa sauvagement sur le nez de Gus Stavros. Celui-ci s'effondra par terre en hurlant de douleur, étouffé par son propre sang.

Fiore demanda calmement :

— T'as dit que c'était qui, celui qu'avait apporté ça ?

Cherchant son souffle, Gus Stavros hoqueta.

— Je ne connais pas son nom. Il ne me l'a pas donné. Je le jure devant Dieu !

— A quoi il ressemblait ?

Le sang refluait tellement abondamment dans la gorge de Stavros qu'il arrivait à peine à parler. Il fut sur le point de s'évanouir, mais il savait que s'il perdait connaissance avant d'avoir parlé, il ne se réveillerait jamais plus.

— Laissez-moi réfléchir, plaida-t-il.

Stavros essaya de se concentrer, mais la douleur l'étourdissait tellement qu'il avait du mal. Il se força à retrouver le souvenir de ce client, qui avait sorti la bague de l'écrin pour la lui montrer. Ça lui revenait.

— Il... C'était un type plutôt blond et maigre...

Il suffoqua à cause du sang.

— Aidez-moi à me relever.

Salvatore Fiore lui envoya des coups de pied dans les côtes.

— T'arrête pas d' parler.

— Il avait une barbe, une barbe blonde...

— Parle-nous du diam. D'où venait-il ?

En dépit de son extrême douleur, Gus Stavros hésita. S'il parlait, il serait un homme mort plus tard. S'il ne parlait pas, il le serait dans l'instant. Il décida de retarder sa mort aussi longtemps que possible.

— Ça venait du casse de chez Tiffany.

— Qui était sur le coup avec le type blond ?

Gus Stavros éprouvait de plus en plus de difficulté à respirer.

— Mickey Nicola.

— Où est-ce qu'on peut trouver Nicola ?

— Je ne sais pas. Il... il est en ménage avec une fille à Brooklyn.

Fiore leva un pied qu'il envoya sur le nez de Stavros. Celui-ci hurla de douleur.

Joseph Colella demanda :

— Comment s'appelle la nana ?

— Jackson. Blanche Jackson.

4 h 30 du matin

La maison était située en retrait de la rue, entourée d'une clôture de petits piquets blancs, et donnant par-devant sur un jardinet bien entretenu. Salvatore Fiore et Joseph Colella piétinèrent les fleurs et se dirigèrent vers la porte de derrière. Il leur fallut moins de cinq secondes pour l'ouvrir. Ils entrèrent à l'intérieur et empruntèrent l'escalier. D'une chambre au-dessus leur parvenaient les craquements d'un lit et les voix d'un homme et d'une femme. Les deux hommes sortirent leurs revolvers et gravirent lentement les marches.

La femme était en train de dire :

— Mon Dieu, Mickey, tu es formidable ! Je te veux encore plus dur, mon chou !

— C'est rien que pour toi, chérie, tout pour te faire plaisir. Ne viens pas encore.

— Oh ! non, gémit la femme. On va venir ens...

Elle leva les yeux et poussa un hurlement. L'homme pivota sur lui-même. Il voulut attraper l'oreiller, mais il se ravisa.

— D'accord, fit-il. Mon porte-monnaie est dans mon pantalon sur la chaise. Prenez-le et tirez-vous d'ici. J' suis occupé.

Salvatore Fiore déclara :

— On n'en veut pas à ton porte-monnaie, Mickey.

La colère inscrite sur le visage de Mickey Nicola se métamorphosa. Il s'assit sur le lit, avec des gestes prudents, essayant de comprendre la situation. La femme avait remonté les draps sur ses seins, le visage marqué par la colère et l'effroi.

Nicola ramena doucement ses jambes le long du lit, assis sur le bord, prêt à bondir. Il ne bandait plus. Il observait les deux hommes, à l'affût d'une occasion pour agir.

— Qu'est-ce que vous voulez ?

— Est-ce que tu travailles avec Frank Jackson ?

— Allez vous faire foutre.

Joseph Colella se tourna vers son compagnon.

— Faites-lui sauter ses joyeuses.

Salvatore Fiore leva son revolver et visa.

Mickey Nicola glapit :

— Attendez une minute ! Vous êtes cinglés, les mecs !

Il plongea le regard dans les yeux du petit homme et lança rapidement :

— Ouais. J'ai bossé avec Jackson.

La femme s'écria avec colère :

— Mickey !

Il se tourna vers elle en la fusillant du regard.

— Ta gueule ! Tu veux peut-être que je me retrouve comme un con d'eunuque ?

Salvatore Fiore s'adressa à la femme.

— T'es la sœur de Jackson, c'est bien ça ?

Hors d'elle, elle répliqua :

— J'ai jamais entendu parler de lui.

Fiore leva son arme et s'approcha du lit.

— T'as deux secondes pour me répondre, sinon, tous les deux, vous allez éclabousser le mur derrière.

Quelque chose dans sa voix la glaça. Il leva un peu plus son revolver et le sang se mit à refluer du visage de la fille.

— Dis-leur ce qu'ils veulent savoir, cria Mickey Nicola.

Le revolver vint s'appuyer contre le sein de la femme.

— Arrêtez ! Oui ! Frank Jackson est mon frère.

— Où est-ce qu'on peut le trouver ?

— Je ne sais pas. Je ne le vois jamais. Je jure devant Dieu que je ne sais pas ! Je...

Sa main se crispa sur la détente.

Elle hurla :

— Clara ! Clara sait ! Demandez à Clara !

— Qui est Clara ? demanda Colella.

— C'est... c'est une serveuse que connaît Frank.

— Où est-ce qu'on peut la trouver ?

Le temps n'était plus aux hésitations. Les mots jaillirent tout seuls.

— Elle travaille dans un bar qui s'appelle *The Shakers,* dans Queens.

Son corps fut pris de tremblements.

Salvatore Fiore les regarda l'un après l'autre avant de leur dire d'un ton poli :

— Vous pouvez recommencer à vous tringler, maintenant. Bonne journée.

Et les deux hommes s'en allèrent.

5 h 30 du matin

Clara Thomas (née Thomachevsky) était sur le point d'accomplir le rêve de sa vie. Elle chantonnait avec bonheur tout en entassant dans sa valise en carton bouilli les vêtements dont elle aurait besoin au Canada. Elle avait déjà fait des escapades avec des amis masculins, mais cette fois-ci c'était différent. Ce voyage allait être celui de sa lune de miel. Frank Jackson ne ressemblait en rien aux hommes qu'elle avait connus. Ceux qui fréquentaient le bar, qui la pelotaient et qui lui pinçaient les fesses n'étaient que des animaux. Franck Jackson était différent. C'était un vrai gentleman. Clara arrêta un instant de faire ses bagages pour réfléchir à ce mot : *gentleman,* un homme bien élevé. Elle n'y avait encore jamais pensé sous cet angle, mais Frank Jackson était bien ainsi. Elle l'avait vu quatre fois seulement dans sa vie, mais elle savait qu'elle était amoureuse de lui. Dès le début, lui aussi avait été attiré par elle, car il venait toujours s'asseoir à ses côtés. Et, la seconde fois, il l'avait raccompagnée chez elle à pied après la fermeture du bar.

D'un air suffisant, Clara songea : « Je dois être pas

mal si j'arrive à me lever un beau mec comme celui-là. » Elle délaissa sa valise pour aller se regarder dans le miroir du cabinet de toilette. Elle était peut-être un peu trop grosse, ses cheveux étaient peut-être un poil trop roux, mais un régime ferait s'envoler les kilos superflus, et elle ferait plus attention la prochaine fois qu'elle se teindrait les cheveux. L'un dans l'autre, l'image qu'elle offrait la satisfaisait plutôt. « Cette bonne vieille poule a de beaux restes », se dit-elle. Elle savait que Frank Jackson voulait coucher avec elle, même s'il ne l'avait jamais touchée. C'était vraiment un type hors du commun. Il y avait comme — Clara fronça le front, essayant de trouver le mot juste — une sorte de *spiritualité* en lui. Clara avait été élevée dans la religion catholique, et elle savait que le fait même d'y songer était sacrilège, mais Frank Jackson lui faisait un peu penser à Jésus. Elle se demanda comment il était au lit. Après tout, s'il était timide, elle lui apprendrait un ou deux trucs. Il lui avait dit qu'ils se marieraient dès qu'ils seraient au Canada. Son rêve allait se concrétiser. Clara regarda sa montre, et se dit qu'elle ferait mieux de se dépêcher. Elle avait promis à Frank de passer le prendre à son motel à sept heures trente.

Elle les repéra dans la glace au moment où ils pénétrèrent dans sa chambre. Ils avaient surgi de nulle part. Un géant et un petit homme. Clara observa les deux individus qui s'avançaient vers elle.

Le nain regarda sa valise :

— Où vas-tu, Clara ?

— C'est pas vos oignons. Prenez ce qui vous intéresse et foutez le camp d'ici. Si y a dans cette piaule un truc qui vaut plus de dix sacs, j' suis prête à l'avaler.

— J'ai quelque chose que tu pourrais bien avaler.

— Ça, les potes, riposta Clara, si vous avez dans l'idée de m' violer, j' peux vous dire que mon docteur, y' me soigne pour une blenno.

Salvatore Fiore reprit :

— On ne va pas t' faire de mal. On veut juste savoir où se trouve Frank Jackson.

Ils remarquèrent la transformation qui s'opéra en elle. Son corps se raidit soudain, et son visage revêtit un masque.

— Frank Jackson ?

Il y avait dans sa voix une intonation d'étonnement profond.

— Je ne connais pas de Frank Jackson.

Salvatore Fiore exhiba de sa poche une matraque en plomb et fit un pas dans sa direction.

— Vous ne me faites pas peur, fit Clara. Je...

Le bras de l'autre lui cingla le visage et au milieu d'une douleur fulgurante elle sentit ses dents s'effriter à l'intérieur de sa bouche comme de minuscules grains de sable. Elle ouvrit la bouche pour parler, et elle se mit à cracher du sang. Le géant leva à nouveau sa matraque.

— Non, je vous en prie, non ! hoqueta Clara.

Joseph Colella demanda poliment :

— Où peut-on trouver ce Frank Jackson ?

— Frank est... est...

Clara imagina son doux, son adorable compagnon entre les mains de ces deux monstres. Ils allaient lui faire du mal et, d'instinct, elle savait que Frank ne serait pas capable de supporter la douleur. Il était trop sensible. Si seulement elle pouvait trouver un moyen de le sauver, il lui en serait éternellement reconnaissant.

Salvatore Fiore s'approcha et Clara entendit le bruit de sa jambe qui se brisait à l'instant même où elle ressentit l'atroce douleur. Elle s'affala par terre, incapable de crier à cause du sang dans sa bouche.

Joseph Colella se pencha au-dessus d'elle et dit en plaisantant :

— T'as p't-être pas compris. On va pas te tuer. On va simplement continuer à casser. Quand on en aura fini avec toi, t'auras l'air d'un peu de mou pour le chat. Tu me crois maintenant ?

Clara le croyait. Frank Jackson ne voudrait plus jamais la regarder. Elle l'avait perdu par la faute de ces deux salopards. Plus de rêve concrétisé, plus de mariage. Le nain s'approchait d'elle à son tour avec la matraque.

Clara gémit.

— Non, je vous en supplie, non. Frank est au... au *Brookside Motel* sur Prospect Avenue. Il...

Elle perdit connaissance.

Joseph Colella se dirigea vers le téléphone et composa un numéro.

Ce fut Michael Moretti qui répondit.

— Oui ?

— *Brookside Motel* sur Prospect Avenue. Tu veux qu'on aille le cueillir ?

— Non. Je vous retrouve là-bas. Veillez bien à ce qu'il ne nous échappe pas.

— Il ne bougera pas.

6 h 30 du matin

Le garçon remua à nouveau. L'homme l'observait, tandis que Joshua s'éveillait. L'enfant baissa les yeux sur le fil métallique qui emprisonnait ses poignets et ses jambes, avant de les poser sur Frank Jackson, et les souvenirs affluèrent dans sa mémoire.

C'était l'homme qui avait enfoncé de force ces médicaments dans sa gorge et qui l'avait kidnappé. Joshua avait entendu parler d'enlèvements à la télévision. La police allait venir le délivrer, et elle enverrait l'homme en prison. Joshua était décidé à ne pas montrer qu'il avait peur, car il voulait pouvoir raconter à sa mère à quel point il avait été courageux.

— Ma mère va venir avec l'argent, assura Joshua, alors vous n'avez pas besoin de me faire du mal.

Frank Jackson s'approcha du lit et sourit à l'enfant. C'était vraiment un garçon magnifique. Il aurait aimé l'emmener au Canada à la place de Clara. A regret, Frank Jackson regarda sa montre. Le temps était venu de tout préparer.

L'enfant souleva ses poignets entravés. Le sang avait coagulé.

— Est-ce que ça ne vous ferait rien de m'enlever ça, s'il vous plaît ? demanda-t-il poliment. Je ne m'échapperai pas.

Frank Jackson apprécia que l'enfant lui eût dit « s'il vous plaît ». Il était bien élevé. De nos jours, la plupart des gamins étaient mal élevés. Ils traînaient dans les rues comme des animaux sauvages.

Frank Jackson alla dans la salle de bains où il avait rapporté le jerricane d'essence dans la baignoire, pour éviter de tacher le tapis du salon. Il était très fier d'être sensible à de tels détails. Il revint avec le jerricane dans la chambre et le posa par terre. Il se dirigea vers l'enfant, souleva son corps entravé et l'allongea sur le sol. Puis il prit le marteau et deux gros clous et s'agenouilla près de lui.

Joshua Parker suivait ses gestes, les yeux écarquillés.

— Qu'est-ce que vous allez faire avec ça ?

— Quelque chose qui va te rendre très heureux. As-tu déjà entendu parler de Jésus-Christ ?

Joshua hocha la tête.

— Sais-tu comment il est mort ?

— Sur la croix.

— C'est très bien. Tu es un garçon intelligent. On n'a pas de croix ici, alors il va falloir s'arranger avec les moyens du bord.

Les yeux de l'enfant commençaient à être remplis de crainte.

— Tu n'as pas à avoir peur. Jésus n'a pas eu peur. Il ne faut pas avoir peur.

— Je ne veux pas être Jésus, murmura Joshua. Je veux rentrer à la maison.

— Je vais t'envoyer à la maison, promit Frank Jackson. Je vais t'envoyer rejoindre Jésus.

Frank Jackson sortit un mouchoir de la poche arrière de son pantalon et l'approcha de la bouche de l'enfant. Joshua serra les dents.

— Ne m'oblige pas à me fâcher.

Il appuya son pouce et son index contre les joues de Joshua et le força à ouvrir la bouche. Il lui enfonça dans la bouche le mouchoir qu'il maintint en place avec du sparadrap. Joshua se débattit malgré le fil métallique qui retenait ses poignets et ses mains, et le sang se remit à couler. Frank Jackson passa ses doigts sur les blessures ouvertes.

— Le sang du Christ, dit-il doucement.

Il prit une des mains du garçon, la retourna et l'appuya contre le sol. Puis il prit un clou. Tout en maintenant d'une main la paume de Joshua, de l'autre il saisit le marteau. Alors, il enfonça le clou dans la main de l'enfant jusque dans le sol.

7 h 15 du matin

La voiture noire de Michael Moretti était bloquée dans les encombrements du matin sur la voie express Brooklyn-Queens, derrière un camion de primeurs qui s'était retourné et dont tout le chargement s'était répandu sur la chaussée. La circulation était arrêtée.

— Prends la voie d'en face en sens inverse pour le dépasser, ordonna Michael Moretti à Nick Vito.

— Il y a un car de police devant, Mike.

— Va dire à l'officier responsable que je veux lui parler.

— D'accord, patron.

Nick Vito sortit de la voiture et se précipita vers l'estafette de la brigade mobile. Quelques instants plus tard il réapparut en compagnie d'un officier de police. Michael Moretti baissa la vitre de la voiture et tendit la main. Il y avait dedans cinq billets de cent dollars.

Dans les deux minutes suivantes, l'estafette de la police, la lumière rouge clignotante en fonctionnement, ouvrait la route à la voiture et lui faisait dépasser l'épave. Quand ils eurent dépassé le lieu de l'accident, l'officier descendit du car et se dirigea vers la voiture.

— Puis-je vous accompagner quelque part, monsieur Moretti ?

— Non, merci, répondit Michael. Venez me voir lundi.

A Nick Vito, il lança :

— En route !

7 h 30 du matin

L'enseigne au néon indiquait :

BROOKSIDE HOTEL

CHAMBRES SIMPLES — DOUBLES

PRIX À LA NUIT ET À LA SEMAINE

INDIVIDUALES — DOBLES

PRECIOS ESPECIALES

Joseph Colella et Salvatore Fiore étaient assis dans leur voiture garée devant le bungalow n° 7. Quelques minutes plus tôt, ils avaient entendu un cri à l'intérieur, et ils avaient su ainsi que Frank Jackson s'y trouvait toujours.

« On d'vrait aller le refroidir », se disait Fiore. Mais Michael Moretti avait donné des instructions précises.

Ils attendirent.

7 h 45 du matin

A l'intérieur du bungalow n° 7, Frank Jackson faisait ses derniers préparatifs. Le garçon l'avait déçu. Il s'était évanoui. Jackson aurait voulu attendre que Joshua eût repris connaissance pour enfoncer les autres clous, mais il se faisait tard. Il souleva le jerricane d'essence et en arrosa le corps de l'enfant, en prenant soin d'éviter son beau visage. Il imagina le corps sous le pyjama et regretta de ne pas avoir le temps de... mais, non, ça serait stupide. Clara serait là d'un instant à l'autre. Il devrait être prêt à partir quand elle arriverait. Il fouilla dans ses poches, en sortit une boîte d'allumettes et il la déposa soigneusement à côté du bidon d'essence, du marteau et des clous. Les gens ne se rendaient pas compte à quel point le sens de l'ordre était important.

Frank Jackson regarda encore une fois sa montre, et il se demanda ce qui pouvait bien retenir Clara.

7 h 50 du matin

A l'extérieur du bungalow n° 7, la voiture s'immobilisa dans un crissement de pneus, et Michael Moretti en bondit. Les deux hommes qui attendaient dans l'autre véhicule le rejoignirent en courant.

Joseph Colella désigna du doigt le bungalow n° 7.

— Il est là.

— Et le gamin ?

Le géant haussa les épaules.

— J' sais pas. Jackson a tiré les rideaux.

— Si on y allait maintenant pour le tirer de là ? demanda Salvatore Fiore.

— Restez ici.

Les deux hommes le regardèrent avec surprise. Il était le patron. Il avait des soldats pour exécuter les coups et lui permettre d'attendre derrière en sécurité. Là, pourtant, il allait y aller lui-même. Ça n'était pas normal.

Joseph Colella intervint :

— Patron, Sal et moi, on pourrait...

Mais Michael Moretti se dirigeait déjà vers la porte du bungalow n° 7, un revolver équipé d'un silencieux à la main. Il s'immobilisa une seconde pour écouter, puis il recula d'un pas et enfonça la porte d'un seul coup de pied puissant.

Moretti repéra toute la scène en une fraction de seconde : l'homme barbu agenouillé par terre près du petit garçon, la main de celui-ci clouée au sol, la pièce empestant l'essence.

Le barbu s'était tourné vers la porte et dévisageait Michael d'un air ahuri. Les derniers sons qu'il émit à tout jamais furent :

— Vous n'êtes pas Cl...

La première balle de Michael l'atteignit au milieu du front. La seconde lui fracassa le pharynx, et la troisième le toucha en plein cœur. Mais à cet instant il ne sentait plus rien depuis déjà longtemps.

Michael Moretti recula sur le pas de la porte et fit signe aux deux autres. Ceux-ci se ruèrent à l'intérieur. Michael Moretti s'agenouilla à côté de l'enfant et lui prit le pouls. Il était lent et faible, mais Joshua était toujours en vie. Il se tourna vers Joseph Colella.

— Appelle Doc Petrone. Dis-lui qu'on est sur le chemin du retour.

9 h 30 du matin

A l'instant même où la sonnerie retentit, Jennifer arracha le téléphone en le serrant à le casser.

— Allô!

La voix de Michael Moretti répondit :

— Je vous ramène votre fils.

Joshua geignait dans son sommeil. Jennifer se pencha sur lui et l'entoura de ses bras, le berçant tendrement. Il était endormi quand Michael l'avait ramené à la maison. Lorsqu'elle avait vu le corps inerte de son fils, ses poignets et ses chevilles recouverts de pansements, tout son être emmailloté dans de la gaze, Jennifer avait failli perdre la raison. Michael avait amené le médecin avec lui, et il avait fallu une demi-heure à ce dernier pour la rassurer sur l'état de santé de Joshua.

— Sa main guérira, avait promis le médecin. Il restera une petite cicatrice, mais par bonheur ni les nerfs ni les tendons n'ont été touchés. Les brûlures d'essence sont superficielles. J'ai passé sur tout son corps de l'huile minérale. Je vais le suivre pendant quelques jours. Mais, croyez-moi, il ira très bien.

Profitant de sa présence, Jennifer lui avait demandé de soigner Mme Mackey.

On avait couché Joshua, et Jennifer restait à ses côtés, afin de pouvoir le rassurer lorsqu'il s'éveillerait. Il se mit à remuer et il ouvrit les yeux.

Lorsqu'il aperçut sa mère, il dit d'une voix lasse :

— Je savais que tu viendrais, Maman. Est-ce que tu as donné au type l'argent de la rançon?

Jennifer hocha la tête, de peur d'être trahie par sa voix.

Joshua sourit.

— J'espère qu'il achètera trop de bonbons avec tout cet argent, et que ça lui donnera mal au ventre. Ça serait drôle, hein ?

Elle murmura :

— Très drôle, mon chéri. Sais-tu ce qu'on va faire toi et moi, la semaine prochaine ? Je vais t'emmener à...

Joshua s'était rendormi.

Ce ne fut qu'après plusieurs heures que Jennifer redescendit dans le salon. Elle fut surprise de voir que Michael Moretti était toujours là. Cela lui rappela d'une certaine façon la première fois où elle avait rencontré Adam Warner, lorsqu'il l'avait attendue dans son petit appartement.

— Michael...

Elle était dans l'impossibilité de trouver ses mots.

— Je... Je ne saurais pas vous dire combien... combien je vous suis reconnaissante.

Il lui adressa un long regard avant d'incliner la tête.

Elle se força à poser la question.

— Et... et Frank Jackson ?

— Il n'importunera plus personne.

Ainsi, c'en était fini. Joshua était sauvé. Rien d'autre ne comptait.

Jennifer leva les yeux sur Michael Moretti et se dit : « Je lui dois tant. Comment pourrai-je jamais m'acquitter de ma dette envers lui ? »

Michael l'observait, drapé dans son silence.

Deuxième partie

37.

Jennifer Parker, nue, regardait à travers l'immense baie vitrée la rade de Tanger en contrebas. C'était une splendide journée d'automne, un air vif, une baie émaillée de voiles blanches et de bateaux aux moteurs vrombissants qui effleuraient la surface de l'eau. Une demi-douzaine de yachts dansaient au mouillage dans le port. Jennifer sentit une présence derrière elle, et se retourna.

— Tu aimes la vue ?

— J'adore.

Il baissa les yeux sur son corps nu.

— Moi aussi.

Ses mains lui caressaient les seins.

— Retournons au lit.

Ses caresses faisaient vibrer Jennifer. Il exigeait d'elle des choses qu'aucun homme n'avait jamais osé lui demander, et il lui faisait des choses que jamais personne ne lui avait faites auparavant.

— Oui, Michael.

Ils revinrent dans la chambre et là, l'espace d'un instant, elle pensa à Adam Warner, avant de ne reporter ses pensées que sur une seule chose, ce qui lui arrivait.

Jennifer n'avait jamais connu quelqu'un comme Michael Moretti. Il était insatiable. Son corps athlétique, élancé et musclé, se faisait le prolongement du corps de Jennifer, la rejoignant dans sa propre ivresse, l'emportant sur la crête des vagues rugissantes de l'excitation qui déferlaient les unes après les autres sur son corps, jusqu'à lui donner envie de crier d'une joie sauvage. Quand ils avaient fini de faire l'amour et que Jennifer était allongée à ses côtés, apaisée, Michael la reprenait et l'emportait encore, et encore, dans un même flux, vers une jouissance presque insupportable.

En ce moment, il était allongé sur elle, les yeux fixés sur son visage empourpré, heureux.

— Tu aimes ça, hein, mon ange ?

— Oui.

Dans sa réponse, il y avait de la honte, cette honte qu'elle éprouvait à avoir tant besoin de lui, à tant vouloir qu'il lui fît l'amour.

Jennifer se souvint de la première fois.

C'était le matin où Michael Moretti avait ramené Joshua sain et sauf à la maison. Jennifer savait que Frank Jackson était mort, et que c'était Michael Moretti qui l'avait tué. Elle avait en face d'elle l'homme qui avait sauvé son fils pour elle, qui avait tué pour elle. Cela avait rempli Jennifer d'un sentiment profond, primordial.

— Comment pourrai-je vous remercier ? avait-elle demandé.

Et Michael Moretti s'était avancé vers elle, il l'avait

prise dans ses bras et l'avait embrassée. En vertu d'un vieux sentiment de loyauté envers Adam, Jennifer avait prétendu, pour elle-même, qu'elle en resterait là, avec seulement un baiser. Mais, au contraire, cela n'avait été qu'un début. Elle savait qui était Moretti, et malgré tout ce qu'il représentait, cela ne comptait pas par rapport à ce qu'il venait de faire. Elle avait cessé de réfléchir et s'était laissé porter par ses sentiments.

Ils étaient montés dans sa chambre, et Jennifer s'était dit qu'elle payait à Michael la dette qu'elle avait envers lui, et c'était alors qu'elle avait vécu des instants qui avaient dépassé tout ce qu'elle avait jamais pu rêver.

Si Adam Warner lui avait fait l'amour, Michael Moretti lui, la posséda. Il combla chaque parcelle de son corps de sensations exquises. C'était comme s'ils s'aimaient dans un faisceau de lumières brillantes et scintillantes, aux couleurs sans cesse renouvelées, comme dans un extraordinaire kaléidoscope. Il lui fit l'amour avec douceur et délicatesse, l'instant d'après il se montra cruel, dominateur et exigeant, et ces changements mirent Jennifer dans un état d'exaltation frénétique. Il se retira d'elle, se jouant d'elle, la poussant à le désirer davantage, et lorsque enfin il l'amena au bord de la jouissance, il la quitta.

Quand elle ne put en supporter davantage, elle supplia :

— Je t'en prie, prends-moi ! prends-moi !

Alors, son membre dressé la pénétra, lui assenant des coups de boutoir, jusqu'à ce qu'elle criât de plaisir. Elle n'avait plus rien de la femme honorant sa dette. C'était l'esclave de quelque chose qu'elle n'avait jamais connu jusqu'alors. Michael resta avec elle près de quatre heures, et lorsqu'il fut parti, Jennifer comprit que sa vie avait changé.

Allongée dans son lit, elle réfléchissait à ce qui venait de se produire, essayant de l'analyser. Comment pouvait-elle être si amoureuse d'Adam, et avoir été en même temps tellement comblée par Michael Moretti ? Saint Thomas d'Aquin avait dit que lorsqu'on s'enfonce jusqu'au cœur du mal, on n'y trouve que le néant. Était-ce vrai aussi de l'amour ? Jennifer avait conscience du fait que sa profonde solitude était à l'origine de l'acte qu'elle avait accompli. Elle avait vécu trop longtemps avec un fantôme, un homme qu'elle ne pourrait plus jamais voir ni posséder, et malgré tout elle savait qu'elle aimerait toujours Adam. A moins que ce ne fût qu'un simple souvenir de cet amour ?

Jennifer était perplexe quant à ses sentiments à l'égard de Michael. De la gratitude, sûrement. Mais il y avait beaucoup plus que cela. Bien davantage. Elle savait qui était Michael Moretti, ce qu'il représentait. Il avait tué pour elle, mais il avait tué pour d'autres aussi. Il avait assassiné des hommes pour de l'argent, pour le pouvoir, par vengeance. Comment pouvait-elle éprouver de tels sentiments pour un homme comme lui ? Comment avait-elle pu le laisser lui faire l'amour, et comment avait-il pu la mettre dans de tels états ? Un sentiment de honte s'empara d'elle, et lui fit se poser cette question : *Quel genre de femme suis-je ?*

Elle ne put répondre.

Les journaux de l'après-midi relatèrent l'histoire d'un incendie dans un motel de Queens. On avait retrouvé dans les décombres les restes d'un homme non identifié. On pensait que le feu avait été mis volontairement.

Après le retour de Joshua, Jennifer s'était efforcée de l'entourer d'une atmosphère aussi normale que possible, préoccupée du traumatisme qu'il avait pu subir au cours de la nuit précédente. Quand Joshua s'éveilla, Jennifer lui prépara un repas qu'elle lui apporta au lit. C'était un repas insensé, fait de toutes les bêtises dont il raffolait : un hot dog, un sandwich au beurre de cacahuète, des frites, des chips et de la root beer[1].

— Tu aurais dû le voir, maman, racontait Joshua entre deux bouchées. Il était fou !

Il lui montra sa main bandée.

— Tu crois qu'il me prenait vraiment pour Jésus-Christ ?

Jennifer réprima un frisson.

— Je... je ne sais pas, mon chéri.

— Pourquoi il y a des gens qui veulent tuer d'autres gens ?

— Eh bien...

Les pensées de Jennifer retournèrent soudain à Michael Moretti. Avait-elle le droit de le juger ? Elle ignorait les forces redoutables qui avaient forgé son existence, qui l'avaient modelé pour en faire ce qu'il était devenu. Il lui faudrait en apprendre davantage sur lui, apprendre à le connaître et à le comprendre.

Joshua lui demanda :

— Est-ce qu'il faut que j'aille à l'école demain ?

1. Boisson sucrée effervescente, à base d'extraits de plantes.

Jennifer l'entoura de ses bras.

— Non, mon chéri. On va rester tous les deux à la maison et faire l'école buissonnière. On...

Le téléphone sonna.

C'était Michael.

— Comment va Joshua ?

— Il va très bien... merci.

— Et toi, comment te sens-tu ?

Jennifer sentit sa gorge se nouer d'embarras.

— Je... je... ça va très bien.

Il étouffa un petit rire.

— Bon. On se voit à déjeuner demain. Chez *Donato,* sur Mulberry Street. A douze heures trente.

— D'accord, Michael. Douze heures trente.

Jennifer répéta ses mots, sans qu'il fût question de rebrousser chemin.

Le maître d'hôtel de chez *Donato* connaissait Michael, et on lui avait réservé la meilleure table du restaurant. Les gens ne cessaient de s'arrêter pour le saluer, et Jennifer fut à nouveau stupéfaite de voir que chacun s'inclinait devant lui. C'était étrange, à quel point Michael Moretti lui rappelait Adam Warner, chacun, à sa manière, étant un homme de pouvoir. Jennifer se mit à interroger Michael sur son passé, voulant savoir comment et pourquoi il s'était laissé prendre à cette existence.

Il l'interrompit.

— Tu crois que j'ai suivi cette voie à cause de ma famille, ou parce qu'on m'y a poussé ?

— Heu... oui, Michael. Bien sûr.

Il éclata de rire.

— J'ai ramé pour en arriver là. J'adore ce que je fais. J'adore l'argent. J'adore le pouvoir. Je suis un roi, mon ange, et j'adore être un roi.

— Mais tu ne peux pas aimer...

— Écoute !

Son silence s'était soudain transformé en mots, en phrases, en confidences, se déversant comme s'ils avaient été étouffés en lui depuis des années, attendant le jour où quelqu'un viendrait les partager.

— Mon père, c'était une bouteille de Coca-Cola.

— Une bouteille de Coca-Cola ?

— Parfaitement. Il y en a des milliards dans le monde, et on ne peut pas les distinguer les unes des autres. Il était cordonnier. Il s'est échiné pour essayer de nourrir la famille. On n'avait rien. Être pauvre, ça n'est romantique que dans les livres. Dans la vie, ça veut dire vivre dans des pièces puantes, avec des rats et des cancrelats, et manger une nourriture infecte dont il n'y a jamais assez. Quand j'étais un jeune loubard, j'essayais tout pour me faire un dollar. Je cavalais après les gros bonnets, je leur apportais leur café ou des cigares, je leur trouvais des filles — je faisais n'importe quoi pour survivre. Et puis, un été, je suis descendu à Mexico City. Je n'avais pas un sou, rien. Mon pantalon était troué aux fesses. Un soir, une fille m'a invité à un grand banquet dans un restaurant très cher. Au dessert, on a servi un gâteau mexicain contenant une petite poupée d'argile à l'intérieur. Quelqu'un à table a expliqué que la coutume voulait que celui qui trouvait la poupée payât le dîner. C'est moi qui ai eu la poupée d'argile.

Il se tut un instant avant d'ajouter.

— Je l'ai avalée.

Jennifer posa sa main sur la sienne.

— Mais Michael, il y en a d'autres qui sont nés pauvres et qui...

— Ne me compare pas aux autres gens.

Son ton était cassant, intransigeant.

— Je suis moi. Je sais qui je suis, mon ange. Je me demande si tu sais qui tu es.

— Je crois que oui.

— Pourquoi as-tu couché avec moi ?

Jennifer hésita.

— Heu, je... par reconnaissance et...

— Ne dis pas de bêtises ! Tu avais envie de moi.

— Michael, je...

— Je n'achète pas mes femmes. Ni avec l'argent ni avec de la reconnaissance.

Jennifer reconnut en elle-même qu'il avait raison. Elle avait eu envie de lui, exactement comme il avait eu envie d'elle. « Et pourtant, se dit-elle, cet homme a tenté délibérément un jour de me détruire. Comment pourrais-je le lui pardonner ? »

Michael se pencha en avant et prit la main de Jennifer, la paume ouverte. Lentement, il caressa chaque doigt, chaque rondeur, sans jamais détacher ses yeux des siens.

— N'essaie pas de jouer avec moi. N'essaie jamais, Jennifer.

Elle se sentit vaincue. Le courant établi entre eux l'emportait sur le passé.

Ce fut au dessert que Michael lança :

— A propos, j'ai une affaire pour toi.

Elle eut l'impression de recevoir une gifle. Elle fixa son regard sur lui :

— Quel genre d'affaire ?

— Un de mes gars, Vasco Gambutti, a été arrêté pour le meurtre d'un flic. Je veux que tu le défendes.

Jennifer était à la fois blessée et furieuse qu'il tentât encore de se servir d'elle.

Elle répondit d'un ton égal.

— Je suis désolée, Michael, je te l'ai déjà dit. Je ne veux pas avoir affaire à... à tes amis.

Il lui adressa un sourire paresseux.

— Connais-tu l'histoire du petit lionceau qui vit en Afrique ? Il quitte sa maman pour la première fois de sa vie pour aller boire à la rivière, et là un gorille l'étend par terre. Au moment où il reprend ses esprits, un gros léopard le bouscule pour passer. Alors s'approche un troupeau d'éléphants qui manquent de peu de le piétiner. Le petit lionceau rentre chez lui tout remué et il dit : « Tu sais, M'man... c'est la jungle là-bas ! »

Un long silence s'établit entre eux. C'était la jungle, Jennifer le savait, mais elle avait toujours réussi à rester en lisière, à l'extérieur, libre de s'enfuir quand elle le voulait. C'était elle qui avait fixé les règles de son jeu et ses clients avaient dû s'y plier. Aujourd'hui, Michael Moretti bouleversait tout ça. C'était sa jungle à lui. Jennifer en avait peur, elle redoutait de s'y laisser prendre. Pourtant, si elle songeait à ce que Michael avait fait pour elle, c'était une bien petite chose qu'il lui demandait là.

Elle rendrait à Michael ce seul et unique service.

38.

— Nous allons prendre l'affaire Vasco Gambutti, déclara Jennifer à Ken Bailey.

Ken la regarda, incrédule.

— Il fait partie de la Mafia ! C'est un des hommes de premier plan de Michael Moretti. Ce n'est pas le genre de client que nous défendons habituellement.

— Nous allons prendre celui-ci.

— Jennifer, on ne peut pas se commettre avec les voyous !

— Gambutti a droit à un procès équitable, comme n'importe qui d'autre.

Ses mots sonnèrent faux, même pour elle.

— Je ne peux pas vous laisser...

— Aussi longtemps que ce cabinet m'appartiendra, c'est moi qui prendrai les décisions.

Elle put lire dans son regard qu'il était à la fois surpris et blessé.

Ken secoua la tête, fit demi-tour et regagna son bureau. Jennifer fut tentée de le rappeler et de lui expliquer. Mais comment le pourrait-elle ? Elle n'était même pas certaine de pouvoir se l'expliquer à elle-même.

Quand Jennifer eut son premier entretien avec Vasco Gambutti, elle s'efforça de le considérer comme un client ordinaire. Elle avait déjà eu des clients accusés de meurtre, mais, d'une certaine façon, cette fois-ci c'était différent. L'homme faisait partie d'un vaste réseau de crime organisé, d'un groupe qui saignait le pays de milliards de dollars, d'une coterie secrète capable de tuer chaque fois qu'il le fallait pour se protéger.

Les preuves contre Gambutti étaient accablantes. Il avait été arrêté au cours d'un hold-up chez un fourreur, et il avait tué un policier, qui, en dehors de son service, tentait de le maîtriser. Les journaux du matin annoncèrent que Jennifer Parker serait l'avocat de la défense.

Le juge Lawrence Waldman lui téléphona :

— Est-ce vrai, Jennie ?

Jennifer sut aussitôt ce qu'il voulait dire.

— Oui, Lawrence.

Il marqua un temps.

— Je m'étonne. Vous savez qui c'est, bien sûr.

— Oui, je sais.

— Vous pénétrez dans un terrain dangereux.

— Pas vraiment. C'est juste pour rendre service à un ami.

— Je vois. Soyez prudente.

— Je le serai, promit Jennifer.

Ensuite seulement, Jennifer s'aperçut qu'il n'avait rien dit d'un éventuel dîner ensemble.

Une fois qu'elle eut examiné le dossier constitué par son équipe, Jennifer conclut qu'elle ne disposait d'aucun élément de défense.

Vasco Gambutti avait été pris la main dans le sac dans l'affaire du cambriolage avec meurtre, et il n'y avait pas la moindre circonstance atténuante. En outre, quand la victime était un policier, l'esprit des jurés subissait toujours une pression émotive plus forte.

Elle appela Ken Bailey, et lui donna ses instructions.

Il ne prononça pas un mot, mais Jennifer sentit sa désapprobation, et elle en fut attristée. Elle jura que c'était la dernière fois qu'elle travaillait pour Michael.

Sa ligne directe se mit à sonner et elle prit le récepteur. Michael lui dit :

— Salut, mon ange. J'ai envie de toi. Retrouve-moi dans une demi-heure.

Elle resta figée dans son fauteuil, écoutant, sentant déjà ses bras autour d'elle, son corps étreignant le sien.

— J'y serai, répondit-elle.

Sa promesse, à peine faite, s'était envolée.

Le procès Gambutti dura dix jours. La presse avait accouru en grand renfort, alléchée par l'idée de voir le district attorney Di Silva et Jennifer Parker livrer combat à nouveau. Di Silva avait préparé soigneusement son réquisitoire, et il resta délibérément en dessous de la vérité, laissant les jurés saisir au vol les suggestions qu'il avait lancées négligemment et bâtir dessus une histoire, suscitant dans leurs esprits des images encore plus horribles que celles qu'il avait dépeintes.

Jennifer, quant à elle, resta tranquillement assise à sa place pendant les témoignages, n'élevant que rarement des objections.

Le dernier jour du procès, elle attaqua.

En justice, il existe un adage selon lequel, quand votre défense est faible, vous passez votre adversaire en jugement. Comme Jennifer n'avait aucune défense pour Vasco Gambutti, elle avait décidé de mettre en accusation Scott Norman, l'officier de police assassiné. Ken Bailey avait déterré tout ce qui était possible sur Scott Norman. Son dossier n'était pas bon, mais avant même qu'elle fût arrivée au bout, Jennifer avait réussi à le rendre dix fois pire. Norman avait été dans les rangs de la police pendant vingt ans, période au cours de laquelle il avait été trois fois suspendu pour le même motif : violence excessive. Il avait tiré sur un suspect qui n'était pas armé et il l'avait presque tué, il avait roué de coups un ivrogne dans un bar, et envoyé à l'hôpital un homme impliqué dans une querelle de ménage. Bien que ces incidents se fussent produits sur une période de vingt ans, Jennifer les évoqua de telle façon qu'on eut l'impression que le défunt avait commis une succession ininterrompue d'actes abjects. Jennifer fit venir de nombreux témoins qui se prononcèrent contre l'officier de police mort, et Robert Di Silva ne put rien faire contre cela.

Dans son réquisitoire, Di Silva déclara :

— Souvenez-vous, mesdames et messieurs les Jurés, que l'officier Scott Norman n'est pas l'accusé dans cette affaire. L'officier Scott Norman est la victime. Il a été tué par (il le désigna du doigt) l'accusé, Vasco Gambutti.

Mais, tout en prononçant ces mots, le district attorney savait parfaitement que cela ne servirait à rien. Jennifer avait réussi à donner de l'officier Scott Norman l'image d'un être tout aussi dénué de valeur que Vasco Gambutti. Il n'avait plus rien du noble policier qui avait donné sa vie pour appréhender un criminel. Jennifer avait si bien déformé l'image que la victime ne valait guère mieux que l'assassin assis au banc des accusés.

Le jury rendit un verdict de non-culpabilité pour l'accusation de meurtre, et condamna Vasco Gambutti pour homicide involontaire. Ce fut une défaite accablante pour le district attorney Di Silva, et les médias ne perdirent pas de temps pour annoncer la nouvelle victoire remportée par Jennifer Parker.

— Mets une robe habillée. C'est un jour de fête, lui avait dit Michael.

Ils dînèrent dans un restaurant de poissons du Village. Le propriétaire de l'établissement leur offrit une bouteille de champagne d'un cru exceptionnel, et Michael et Jennifer portèrent un toast.

— Je suis très heureux.

Venant de Michael, cela avait valeur d'une accolade.

Il déposa dans ses mains une petite boîte enveloppée d'un papier rouge et blanc.

— Ouvre.

Il ne la quitta pas du regard tandis qu'elle dénouait la ficelle dorée et qu'elle ouvrait le couvercle. A l'intérieur du coffret scintillait une énorme émeraude taillée en carré, sertie de diamants.

Jennifer resta médusée. Elle commença par protester.

— Oh ! Michael !

Elle lut sur son visage toute sa fierté et son plaisir.

— Michael... qu'est-ce que je vais faire de toi ?

Et en elle-même, elle se dit : « Oh ! Jennifer, qu'est-ce que je vais faire de toi ? »

— Tu en as besoin pour aller avec cette robe.

Il fit glisser la bague à l'annulaire de sa main gauche.

— Je... je ne sais pas quoi dire. Je... merci. C'est vraiment la fête, hein !

Michael sourit.

— La fête n'a pas encore commencé. Ce ne sont que les prémices, comme une caresse avant l'amour.

Ils étaient assis à l'arrière de la voiture, en route pour l'appartement que Michael conservait dans le haut de la ville. Michael appuya sur un bouton pour remonter la vitre qui les séparait du chauffeur.

« Nous sommes enfermés dans notre propre petit univers », songea Jennifer. La proximité de Michael l'excitait.

Elle se tourna vers lui pour lire dans ses yeux sombres ; il s'approcha d'elle, glissa sa main le long de ses cuisses et le corps de Jennifer s'embrasa aussitôt. Les lèvres de Michael trouvèrent les siennes et leurs corps se pressèrent l'un contre l'autre. Jennifer sentit son sexe dressé, et elle se laissa glisser sur le plancher de la voiture. Elle commença à lui faire l'amour, le caressant et l'embrassant jusqu'à ce que Michael se mît à gémir ; alors Jennifer gémit à son tour, accélérant de plus en plus ses mouvements, jusqu'au moment où elle ressentit les spasmes de son corps.

La fête avait commencé.

Jennifer songeait au passé, alors qu'elle était allongée sur le lit de leur chambre d'hôtel à Tanger, et qu'elle écoutait les bruits que faisait Michael sous la douche. Elle était comblée et heureuse. La seule chose qui lui manquait, c'était son jeune fils. Elle avait pensé à emmener Joshua avec elle dans certains de ses voyages, mais son instinct lui disait de tenir Joshua et

Michael à l'écart l'un de l'autre. Son fils ne devrait jamais entrer dans cette partie de sa vie. Jennifer avait l'impression que sa vie était une succession de compartiments : Il y avait Adam, il y avait son fils et il y avait Michael Moretti. Et chacun devait être tenu à l'écart des autres.

Michael sortit de la salle de bains vêtu seulement d'une serviette. Les poils de son corps luisaient de l'humidité de la douche. C'était un bel animal, farouche et excitant.

— Habille-toi. On a du travail qui nous attend.

39.

Cela se produisit si progressivement qu'elle s'en rendit à peine compte. Cela avait commencé avec Vasco Gambutti, et peu après Michael avait demandé à Jennifer de prendre en main une autre affaire, puis une autre, jusqu'à ce que bientôt il lui en renvoyât régulièrement.

Michael téléphonait à Jennifer, et lui disait :

— J'ai besoin de ton aide, mon ange. Un de mes gars a des problèmes.

Et Jennifer évoquait les paroles du père Ryan, *J'ai un ami qui a un petit problème.* Y avait-il réellement une différence ? L'Amérique en était arrivée à accepter le syndrome du Parrain. Selon Jennifer, ce qu'elle faisait aujourd'hui était la même chose que ce qu'elle avait fait jusqu'alors. En vérité, il y avait une différence — une énorme différence.

Elle était au centre d'une des organisations les plus puissantes du monde.

Michael invita Jennifer dans la ferme du New Jersey, où elle rencontra pour la première fois Antonio Granelli ainsi que quelques-uns des membres de l'Organisation.

A la longue table de la cuisine décorée à l'ancienne, étaient assis Nick, Arthur Scotto « le gros Artie », Salvatore Fiore et Joseph Colella.

Quand Jennifer et Michael entrèrent et s'immobilisèrent sur le pas de la porte, ils purent entendre Nick Vito qui disait :

— ... comme la fois où j'ai fait le coup à Atlanta. J'avais des super-commandes de H. Ce mac galeux s'est pointé, et il a essayé de me baiser parce qu'il voulait une part du gâteau.

— Tu le connaissais, ce mec ? demanda le gros Artie Scotto.

— Et puis après ? Il voulait être mis au parfum. Il a essayé de me mettre la main dessus.

— Sur toi ?

— Ouais. Faut dire qu'il avait le cerveau pas plus gros qu'un petit pois.

— Qu'est-ce que t'as fait ?

— Avec Eddie Fratelli, on l'a aligné dans un coin sombre de la cour, et on lui a fait sauter le scalp. On n'avait rien à en foutre, et puis, de toute façon, il était en cavale.

— Hé, qu'est-ce qui est arrivé au Petit Eddie ?

— Il tire dix ans à Lewisburg.

— Et sa poule ? Elle était drôlement bath.

— Oh ! ouais. J'adorerais lui ramoner sa cheminée.

— Elle en pince toujours pour Eddie. Y a que l' pape qui sait pourquoi.

— J'aime bien Eddie. Il servait souvent de couvrante.

— Il est devenu enragé. A propos, tu sais qui s'est transformé en passeur de came ?...

Conversation de boutique.

Michael sourit devant l'air perplexe de Jennifer.

— Viens. Je vais te présenter à Papa.

Antonio Granelli fut un choc pour Jennifer. C'était un homme décharné, réduit à l'état de squelette, dans un fauteuil roulant, et il était difficile d'imaginer ce qu'il avait pu être autrefois.

Une jolie brune à la silhouette épanouie entra dans la pièce, et Michael la présenta à Jennifer :

— Voici Rosa, ma femme.

Jennifer avait redouté ce moment. La nuit, une fois que Michael l'avait quittée — comblée dans tous les sens où une femme peut l'être — il lui arrivait parfois de lutter contre un sentiment de culpabilité accablant. *Je ne veux pas faire de mal à une autre femme. Je suis en train de commettre un vol. Il faut que j'arrête ! Il le faut !* Et à chaque fois, elle perdait la bataille.

Rosa dirigea sur Jennifer un regard entendu. *Elle sait,* se dit Jennifer.

Il y eut un court instant d'embarras, puis Rosa dit d'une voix douce :

— Je suis heureuse de faire votre connaissance,

madame Parker. Michael me dit que vous êtes très intelligente.

Antonio Granelli grommela.

— Ce n'est pas bon pour une femme d'être trop brillante. L'intelligence, il faut la laisser aux hommes.

Michael intervint, le visage impassible.

— Je considère Mme Parker comme un homme, Papa.

Le dîner eut lieu dans la grande salle à manger, meublée à l'ancienne.

— Vous vous asseyez à côté de moi, ordonna Antonio Granelli à Jennifer.

Michael prit place à côté de Rosa. Thomas Colfax, le *consigliere,* s'assit en face de Jennifer, qui perçut toute son animosité vis-à-vis d'elle.

Le repas fut fastueux. On commença par un énorme *antipasto,* suivi de *pastae fagioli.* On continua avec une salade de pois chiches, des champignons farcis, du veau à la *piccata,* des lasagne et du poulet rôti. On avait l'impression que les plats ne cessaient d'arriver.

— Ma Rosa est une grande cuisinière, confia Antonio Granelli à Jennifer. Elle est presque aussi douée que l'était sa mère. Hein, Mike ?

— Oui, répondit poliment Michael.

— Sa Rosa est une épouse épatante, poursuivit Antonio Granelli, et Jennifer se demanda s'il s'agissait là d'une remarque fortuite ou d'un avertissement.

Michael lui dit :

— Tu ne finis pas ton veau.

— Je n'ai jamais autant mangé de ma vie, protesta Jennifer.

Et le repas n'était pas encore terminé.

On fit passer ensuite un saladier de fruits et un plateau de fromages, et de la glace servie avec une sorte de crème anglaise, et des confiseries et des bonbons à la menthe.

Jennifer admira la façon dont Michael arrivait à garder la ligne.

La conversation était détendue et agréable, elle aurait pu se dérouler dans n'importe quel foyer italien, et Jennifer avait du mal à croire que cette famille était différente de toutes les autres.

Jusqu'au moment où Antonio Granelli lui demanda :

— Connaissez-vous l'*Unione siciliana ?*

— Non, répondit Jennifer.

— Laissez-moi vous raconter, madame.

— Papa, elle s'appelle Jennifer.

— C'est pas un nom italien, Mike. J'arriverai pas à m'en souvenir, c'est trop dur. J' vous appellerai madame, madame. D'accord ?

— D'accord.

— L'Unione siciliana a pris naissance en Sicile pour protéger les pauvres contre les injustices. Voyez-vous, les gens au pouvoir, ils volaient les pauvres. Les pauvres n'avaient rien — ni argent, ni boulot, ni justice. Alors l'Unione s'est constituée. Chaque fois qu'il y avait une injustice, les gens s'adressaient aux membres de la société secrète pour obtenir vengeance. Très vite, l'Unione est devenue plus forte que la loi, parce que c'était la loi du peuple. Nous croyons ce que dit la Bible, madame.

Il regarda Jennifer droit dans les yeux.

— Si on nous trahit, nous nous vengeons.

Le message ne laissait aucune place au doute.

D'instinct, Jennifer avait toujours su que si jamais elle travaillait pour l'Organisation elle franchirait un pas énorme, mais, comme la plupart des profanes, elle avait une idée fausse de ce qu'était réellement cette Organisation. On décrivait généralement la Mafia comme un assemblage de membres de la pègre réunis autour d'une table pour ordonner des assassinats et compter l'argent provenant de l'usure et des maisons closes. Ça n'était qu'une partie du tableau. Les réunions auxquelles assista Jennifer lui dévoilèrent le reste : c'était des hommes d'affaires opérant sur une échelle stupéfiante. Ils possédaient des hôtels et des banques, des restaurants et des casinos, des compagnies d'assurances et des usines, des sociétés immobilières et des chaînes d'hôpitaux. Ils contrôlaient les syndicats et les compagnies de navigation. Ils étaient dans le marché du disque et des machines à sous. Ils possédaient des salons funéraires, des boulangeries et des entreprises de construction. Leur revenu annuel se chiffrait par milliards. Comment étaient-ils entrés en possession de ces intérêts ? Ça n'était pas le problème de Jennifer. Sa mission était de défendre ceux qui, parmi eux, avaient des démêlés avec la justice.

Robert Di Silva avait traduit en justice trois des hommes de Michael Moretti, pour s'être procuré illégalement des caravanes-restaurants. Ils étaient accusés de concurrence déloyale avec extorsion de fonds, et avaient contre eux sept chefs d'accusation. Le seul témoin prêt à déposer contre eux était une femme propriétaire d'un des emplacements.

— Elle va nous faire sauter, déclara Michael à Jennifer. Il faut la neutraliser.

— Tu dois bien avoir des actions dans une entreprise de presse qui publie une revue ?

— Oui. Qu'est-ce que cela a à voir avec les caravanes-restaurants ?

— Tu vas voir.

Jennifer obtint sans difficulté de la revue qu'elle offrît une forte somme d'argent au témoin pour qu'elle racontât son histoire. La femme accepta. Devant le tribunal, Jennifer se servit de l'article pour discréditer celle-ci, et les charges ne furent pas retenues.

Les relations de Jennifer avec ses associés avaient changé. Quand le cabinet avait commencé à prendre successivement plusieurs affaires de la Mafia, Ken Bailey était venu voir Jennifer dans son bureau pour lui dire :

— Qu'est-ce qui se passe ? On ne peut pas continuer à représenter ces canailles. Ils vont nous mener à notre perte.

— Ne vous inquiétez pas, Ken. Ils payeront.

— Vous ne pouvez pas être aussi naïve, Jennifer. C'est vous qui allez avoir à payer. Ils finiront par vous faire épingler.

Parce qu'elle savait qu'il avait raison, Jennifer se mit en colère.

— Laissez tomber, Ken.

Il l'avait regardée un long moment avant de conclure :

— Très bien. C'est vous le patron.

Les cours criminelles sont un petit monde, et les nouvelles y circulent vite. Quand la rumeur publique rapporta que Jennifer Parker défendait des membres de l'Organisation, ses amis bien intentionnés vinrent lui réitérer les mêmes inquiétudes que celles que lui avaient confiées le juge Lawrence Waldman et Ken Bailey.

— Si vous vous mêlez des affaires de cette racaille, on finira par vous mettre dans le même panier.

A tous, Jennifer opposait la même réponse : Tout individu a le droit d'être défendu.

Elle fut sensible à leurs avertissements, mais elle avait le sentiment qu'ils ne lui étaient pas destinés. Elle n'appartenait pas à l'Organisation ; elle se contentait de représenter certains de ses membres. Elle était avocate, comme son père, et elle ne ferait jamais rien dont il eût pu avoir honte. La jungle existait, mais elle se tenait en dehors.

Le père Ryan était venu la voir. Pas cette fois pour lui demander d'aider un ami.

— Je me fais du souci pour vous, Jennifer. J'ai entendu dire que vous... euh... vous défendiez les méchants.

— Quels méchants ? Est-ce que vous jugez les gens qui viennent vous demander de l'aide ? Est-ce que vous éloignez les gens de Dieu parce qu'ils ont péché ?

Le père Ryan secoua la tête.

— Non, bien sûr. Mais c'est une chose quand un individu isolé commet une erreur. C'en est une autre lorsqu'il s'agit de corruption organisée. Si vous prêtez votre aide à ces gens, vous cautionnez leurs actes. Vous vous rangez à leur côté.

— Non. Je suis avocate, mon père. J'aide les gens en difficulté.

Jennifer vint à connaître Michael Moretti mieux que quiconque. Il lui livrait des sentiments qu'il n'avait jamais dévoilés à personne d'autre. C'était un homme fondamentalement seul, solitaire, et Jennifer était la première personne à avoir jamais percé sa carapace.

Jennifer sentait que Michael avait besoin d'elle. Jamais elle n'avait éprouvé cela avec Adam. Et Michael l'avait contrainte à reconnaître qu'elle aussi avait terriblement besoin de lui. Il avait éveillé en elle des sentiments qu'elle avait continuellement refoulés — des passions violentes, ataviques, auxquelles elle avait toujours eu peur de donner libre cours. Avec Michael, les inhibitions n'existaient plus. Lorsqu'ils faisaient l'amour ensemble, il n'y avait pas de limites, pas de barrières. Seulement le plaisir, un plaisir qu'elle n'avait jamais imaginé possible.

Michael confia à Jennifer qu'il n'aimait pas Rosa, mais il était évident que Rosa vénérait Michael. Elle était en permanence à son service, anxieuse de répondre à ses besoins.

Jennifer rencontra d'autres épouses de la Mafia, et leur vie lui parut étrange. Leurs maris allaient au restaurant, fréquentaient les bars et les champs de courses avec leurs maîtresses, tandis qu'elles restaient chez elles à les attendre.

La femme de la Mafia disposait toujours d'une pension généreuse, mais elle devait faire attention dans la manière de la dépenser, faute de quoi elle risquait d'éveiller l'attention du service des Impôts.

Il existait un ordre des préséances, allant du plus modeste *soldato* au *capo di tutti i capi,* et la femme du premier ne possédait jamais un manteau ou une voiture plus coûteux que ceux de l'épouse du supérieur immédiat de son mari.

Les femmes recevaient à dîner les associés de leurs maris mais elles prenaient soin de ne pas faire preuve de plus de prodigalité que ne le leur permettait leur position par rapport aux autres.

A l'occasion des mariages ou des baptêmes, où il fallait faire des cadeaux, la femme ne devait jamais offrir quelque chose de plus coûteux que celle située au-dessus d'elle dans la hiérarchie.

Le protocole était aussi rigide que celui en vigueur dans l'U.S. Steel ou dans n'importe quelle autre grande entreprise.

La Mafia était une incroyable machine à faire de l'argent, mais Jennifer y découvrit bientôt un élément tout aussi important : la puissance.

— L'Organisation est plus importante que la plupart des gouvernements du monde, confia Michael à Jennifer. Nos revenus sont supérieurs à ceux d'une demi-douzaine des plus grosses entreprises américaines réunies.

— Il y a malgré tout une différence, remarqua Jennifer. C'est qu'elles sont légales et...

Michael éclata de rire.

— Tu veux dire celles qui ne se sont pas fait prendre. Les plus grandes entreprises du pays ont été condamnées par dizaines, pour avoir violé une loi ou une autre. Ne te laisse pas leurrer par les héros, Jennifer. L'Américain moyen aujourd'hui est incapable de nommer deux astronautes qui sont allés dans l'espace, mais il connaît les noms d'Al Capone et de Lucky Luciano.

Jennifer comprit qu'à sa manière, Michael était tout aussi passionné qu'Adam. La seule différence, c'était que leur vie avait pris une direction diamétralement opposée.

Quand il s'agissait de traiter des affaires, Michael ne laissait plus la moindre place au sentiment. C'était son point fort. Il ne prenait de décision qu'en fonction de ce qui était opportun pour l'Organisation.

Dans le passé, Michael s'était complètement consacré à l'accomplissement de ses ambitions. Il n'y avait eu dans sa vie aucune place pour une femme sur le plan affectif. Ni Rosa ni ses petites amies n'avaient jamais répondu à de réels besoins.

Avec Jennifer, c'était différent. Il avait besoin d'elle comme jamais il n'avait eu besoin d'une autre femme. Jamais il n'avait connu quelqu'un comme elle. Elle l'excitait physiquement, mais comme des dizaines d'autres. Ce qui rendait Jennifer unique, c'était son intelligence, son indépendance. Rosa lui était soumise ; les autres femmes le craignaient ; Jennifer le mettait au défi. Elle était son égale. Il pouvait parler avec elle, discuter avec elle. Elle était plus qu'intelligente. Elle était brillante.

Il savait qu'il ne la laisserait jamais partir.

Jennifer accompagnait parfois Michael dans des voyages d'affaires, mais elle s'efforçait d'éviter ces déplacements chaque fois que c'était possible, car elle voulait toujours consacrer le maximum de son temps à Joshua. Il avait six ans maintenant et il grandissait incroyablement vite. Jennifer l'avait inscrit dans une école privée du quartier, et Joshua était ravi.

Il faisait de la bicyclette, il jouait avec une flotte impressionnante de voitures de courses miniatures, et il tenait de longues conversations fort sérieuses avec Jennifer et Mme Mackey.

Comme Jennifer voulait donner à Joshua une éducation qui le rendît fort et indépendant, elle s'efforçait de suivre une ligne directrice bien équilibrée, lui faisant comprendre qu'elle l'aimait beaucoup, lui prouvant qu'elle était toujours là quand il avait besoin d'elle, tout en lui donnant le sens de sa propre indépendance.

Elle lui apprit à aimer les bons livres et à apprécier la musique. Elle l'emmenait au théâtre, évitant les premières où trop de gens la connaîtraient et lui poseraient des questions. Le week-end, ils faisaient la tournée des cinémas. Le samedi, ils allaient voir un film dans l'après-midi, ils dînaient au restaurant et ils retournaient voir un second film. Le dimanche, ils faisaient de la voile ou de la bicyclette ensemble. Jennifer prodiguait à son fils tout l'amour qui était accumulé en elle, mais en prenant soin de ne pas le gâter. Elle mettait au point la stratégie à adopter avec Joshua avec encore plus de conscience que lorsqu'elle préparait ses procès, bien décidée à ne pas tomber dans les chausse-trapes des foyers à un seul parent.

Jennifer n'éprouvait aucun sentiment de sacrifice en consacrant tant de temps à Joshua ; cela l'amusait beaucoup. Ils jouaient à des jeux de mots et à « Jacques a dit », et Jennifer s'émerveillait de la rapidité d'esprit de son fils. Il était à la tête de sa classe, c'était un enfant d'une constitution remarquablement vigoureuse, mais il ne se prenait pas au sérieux. Il avait un merveilleux sens de l'humour.

Quand cela n'entravait pas son travail à l'école, Jennifer emmenait Joshua en voyage. Pendant les vacances d'hiver, elle prit quelques jours pour l'emmener skier dans les Poconos. Un été, elle l'emmena à Londres en voyage d'affaires avec elle, et ils passèrent quinze jours à visiter le pays. Joshua adora l'Angleterre.

— Est-ce que je pourrai aller faire mes études là-bas ? demanda-t-il.

Jennifer éprouva un pincement au cœur. Le temps viendrait vite où il la quitterait pour aller à l'université, trouver sa voie, se marier et fonder son propre foyer. N'était-ce pas là ce qu'elle souhaitait pour lui ? Si, bien sûr. Le jour où Joshua serait prêt, elle le laisserait partir les bras ouverts, et pourtant elle savait à quel point cela serait dur.

Joshua la regardait, attendant une réponse.

— Dis, Maman, je pourrai ? A Oxford, peut-être ?

Jennifer l'étreignit tendrement.

— Bien sûr. Ils auront bien de la chance de t'avoir.

Un dimanche matin où Mme Mackey avait pris son congé, Jennifer dut aller chercher à Manhattan le procès-verbal d'une déposition. Joshua était chez des amis. Une fois de retour, Jennifer se mit à préparer le dîner pour tous les deux. Elle ouvrit le réfrigérateur — et s'immobilisa, pétrifiée. Il y avait un morceau de papier à l'intérieur, glissé entre deux bouteilles de lait. Adam lui laissait des notes comme ça. Jennifer garda les yeux rivés dessus, hypnotisée, redoutant d'y toucher. Lentement, elle tendit la main vers le papier, et elle le déplia. Il était écrit dessus : *Coucou ! C'est d'accord si Alan vient dîner avec nous ?*

Il lui fallut une demi-heure pour que son pouls retrouve un rythme normal.

De temps à autre, Joshua posait à Jennifer des questions sur son père.

— Il a été tué au Viêt-nam. C'était un homme très courageux.

— Tu n'as pas une photo de lui quelque part ?

— Non, je suis désolée, mon chéri. On... on n'a pas été mariés très longtemps, avant qu'il meure.

Elle haïssait ce mensonge, mais elle n'avait pas le choix.

Michael Moretti lui avait demandé un jour qui était le père de Joshua.

— Je me fous pas mal de ce qui est arrivé avant que tu m'appartiennes — c'est par simple curiosité.

Jennifer songea au pouvoir que Michael pourrait avoir sur le sénateur Adam Warner s'il apprenait jamais la vérité.

— Il a été tué au Viêt-nam. Son nom n'a pas d'importance.

40.

A Washington, une commission d'enquête sénatoriale menée par Adam Warner en était au dernier jour de ses travaux sur le nouveau bombardier XK-1 que l'aviation américaine tentait de faire approuver par le Sénat. Pendant des semaines, une succession d'experts avaient défilé sur la colline du Capitole, la moitié d'entre eux proclamant que le nouveau bombardier serait un albatros ruineux qui saignerait le budget de la Défense et mènerait le pays à sa perte, l'autre moitié affirmant que si l'aviation américaine ne réussissait pas à faire voter la construction de l'appareil, la défense des États-Unis s'en trouverait si affaiblie que les Russes envahiraient le pays le dimanche suivant.

Adam s'était porté volontaire pour participer à un vol d'essai du prototype, et ses collègues avaient sauté sur sa proposition. Adam était l'un des leurs, un membre du club, il leur dirait la vérité.

Adam avait embarqué à bord du bombardier un dimanche matin de bonne heure avec un équipage réduit, et ils avaient soumis l'avion à une série de tests rigoureux. Le vol s'était révélé un succès sans réserve, et il avait conclu devant la commission sénatoriale que le nouveau bombardier XK-1 constituait un progrès considérable dans le domaine de l'aviation. Il recommandait la mise en production immédiate de l'appareil. Le Sénat vota les fonds.

La presse exploita l'histoire avec enthousiasme. Elle

proclama qu'Adam appartenait à la nouvelle race des sénateurs chargés des enquêtes, le décrivant comme un législateur allant sur le terrain pour étudier lui-même les faits, au lieu de s'en tenir aux recommandations des lobbies soucieux de préserver leurs propres intérêts.

Newsweek et le *Time* évoquèrent l'un et l'autre l'intervention d'Adam, et *Newsweek* conclut en disant :

> Le Sénat a trouvé en lui un nouveau défenseur honnête et capable d'enquêter sur les problèmes vitaux qui frappent notre pays, et de faire toute la lumière dessus au lieu de les maintenir dans l'ombre. Les observateurs s'accordent de plus en plus à reconnaître chez Adam Warner les qualités requises pour un président.

Jennifer dévorait toutes les histoires se rapportant à Adam, elle était si fière de lui. Elle aimait toujours Adam, et elle aimait Michael Moretti, et elle ne comprenait pas comment cela était possible. Elle se demandait quel genre de femme elle était devenue. Adam l'avait laissée dans la solitude. Une solitude que Michael avait effacée.

La contrebande de la drogue en provenance du Mexique s'était accrue dans d'énormes proportions, et de toute évidence le crime organisé se trouvait derrière. On demanda à Adam de prendre la tête d'une commission d'enquête. Il coordonna les efforts de plusieurs agences de mise en application des lois, et il se rendit à Mexico pour obtenir la coopération du gouvernement mexicain. En trois mois, le trafic de la drogue tomba à son niveau le plus bas.

Dans la ferme du New Jersey, Michael Moretti déclarait :

— Nous avons un problème.

Ils étaient assis dans un vaste bureau confortable. Il y avait là Jennifer, Antonio Granelli et Thomas Colfax. Antonio Granelli avait subi une attaque et, en une nuit, il avait vieilli de vingt ans. Ce n'était plus qu'une caricature ratatinée. La paralysie avait frappé le côté droit de son visage de telle sorte que, lorsqu'il parlait, la salive coulait par les commissures de ses lèvres. Un vieillard presque sénile, qui s'appuyait de plus en plus sur Michael. Contre son gré, il avait fini par accepter Jennifer.

Ce n'était pas le cas de Thomas Colfax. Le conflit qui opposait Michael à Colfax s'était aggravé. Ce dernier connaissait les intentions de Michael de le remplacer par cette femme. Colfax admettait que Jennifer Parker était un avocat brillant, mais que pouvait-elle bien connaître des traditions de la *borgata ?* Qui avait réussi à protéger si bien leur confrérie depuis tant d'années ? Comment Michael pouvait-il oser introduire un étranger — pis encore, une femme ! — et lui confier leurs secrets de vie et de mort ? La situation était intenable. Colfax avait parlé aux *caporegimi* — les lieutenants — et aux *soldati* — les soldats — un par un, exprimant ses craintes, essayant de les faire passer de son bord, mais tous craignaient de contrarier Michael. S'il avait confiance dans cette femme, après tout eux aussi devaient lui accorder leur confiance.

Thomas Colfax décida d'attendre son heure. Il finirait bien par trouver un moyen de se débarrasser d'elle.

Jennifer avait parfaitement conscience de ses sentiments à son égard. Elle l'avait supplanté, et l'orgueil de Colfax ne l'autoriserait jamais à le lui pardonner. Sa loyauté envers le Syndicat le ferait rester dans le droit chemin, mais si un jour sa haine pour elle devait l'emporter sur sa loyauté...

Michael se tourna vers Jennifer.

— As-tu jamais entendu parler d'Adam Warner?

Le cœur de Jennifer cessa de battre. Elle éprouva tout à coup de la difficulté à respirer. Michael l'observait, attendant une réponse.

— Tu... tu veux parler du sénateur? réussit à dire Jennifer.

— Oui oui. Il va falloir le mettre au pas, ce salaud.

Jennifer sentit le sang se retirer de son visage.

— Pourquoi, Michael?

— Il est en train de foutre en l'air nos projets. A cause de lui, le gouvernement mexicain va fermer des usines qui appartiennent à des amis à nous. Tout est en train de s'écrouler. Je veux que cette ordure s'éloigne de nos plates-bandes. Il faut le faire sauter.

L'esprit de Jennifer tournait à cent à l'heure.

— Si tu touches au sénateur Warner, déclara-t-elle, en pesant ses mots, tu vas te détruire toi-même.

— Je ne vais pas laisser...

— Ecoute-moi, Michael. Si tu te débarrasses de lui, on nommera dix hommes à sa place. Ou cent. Tous les journaux du pays seront après toi. L'enquête en cours actuellement n'a rien à voir avec ce que ça serait si on mettait le sénateur Warner hors d'état de nuire.

Michael explosa de colère.

— Je peux te dire que nous en souffrons !

Jennifer adopta un ton différent.

— Michael, essaie de réfléchir. Tu as déjà vu comment se déroulent ces enquêtes. Combien de temps durent-elles ? Cinq minutes exactement après que le sénateur a déposé son dossier, il s'attaque à une autre enquête et la première tombe dans l'oubli. Dans le cas présent, les usines qu'on a fait fermer rouvriront et tu pourras reprendre tes affaires. De cette façon, il n'y aura pas de répercussion. Si tu essaies d'en faire à ta tête, tu n'en verras jamais la fin.

— Je ne suis pas d'accord, intervint Colfax. A mon avis...

Michael Moretti gronda.

— Je n'ai demandé l'avis de personne.

Thomas Colfax sursauta comme s'il avait reçu une gifle. Michael n'y prêta pas attention. Colfax se tourna vers Antonio Granelli pour chercher un appui. Le vieil homme dormait.

Michael dit à Jennifer.

— D'accord, maître, on laisse Warner en paix pour le moment.

Jennifer s'aperçut qu'elle avait retenu son souffle. Elle expira lentement.

— Y a-t-il autre chose ?

— Oui.

Michael alluma une cigarette avec un briquet en or massif.

— Un de nos amis, Marco Lorenzo, est accusé d'extorsion de fonds et de vol.

Jennifer avait entendu parler de cette affaire. D'après les journaux, Lorenzo était un criminel congénital ayant connu une succession d'arrestations pour actes de violence.

— Veux-tu que je fasse une demande de mise en liberté provisoire ?

— Non. Je voudrais que tu t'arranges pour qu'il aille en prison.

Jennifer, étonnée, leva les yeux vers lui.

Michael reposa le briquet sur son bureau.

— J'ai entendu dire que Di Silva voulait le réexpédier en Sicile. Marco y a des ennemis. S'il y retourne, il n'y vivra pas plus de vingt-quatre heures. L'endroit le plus sûr pour lui, c'est Sing Sing. Quand ça se sera calmé, d'ici un an ou deux, on s'arrangera pour le faire sortir. Peux-tu t'en arranger ?

Jennifer hésita.

— Si on était devant une autre juridiction, je pourrais probablement le faire. Mais Di Silva n'acceptera probablement pas le plea bargain.

Thomas Colfax intervint aussitôt.

— Il faudrait peut-être confier l'affaire à quelqu'un d'autre.

— Si j'avais voulu confier l'affaire à quelqu'un d'autre, lança Michael d'un ton sec, je l'aurais fait. Il se tourna vers Jennifer.

— Je veux que ce soit toi qui le défendes.

De la fenêtre, Michael Moretti et Nick Vito regardèrent Thomas Colfax monter dans la voiture et démarrer.

Michael déclara :

— Nick, je veux que tu m'en débarrasses.

— *Colfax ?*

— Je n'ai plus confiance en lui. Il vit dans le passé avec le vieux.

— C'est toi qui décides, Mike. Quand veux-tu que je le fasse ?

— Bientôt. Je te le dirai.

Jennifer était assise dans le bureau du juge Lawrence Waldman. C'était la première fois qu'elle le revoyait depuis plus d'un an. Les coups de téléphone amicaux et les invitations à dîner avaient cessé. Jennifer se dit qu'elle n'y pouvait rien. Malgré tout, elle aimait Lawrence Waldman et elle regrettait d'avoir perdu son amitié, même si elle avait fait son choix. Ils attendaient Robert Di Silva et ils étaient assis là, dans un silence inconfortable, ni l'un ni l'autre ne désirant engager la conversation. Lorsque le district attorney entra et prit une chaise, la réunion commença.

Le juge Waldman s'adressa à Jennifer :

— Bobby prétend que vous voulez demander un plea bargain avant que je prononce la condamnation contre Lorenzo.

— C'est exact. (Jennifer se tourna vers le district attorney Di Silva.) Je pense que ça serait une erreur d'envoyer Marco Lorenzo à Sing Sing. Il n'appartient pas à cet univers. C'est un étranger hors la loi. Je pense qu'on devrait le réexpédier en Sicile, d'où il vient. Di Silva lui lança un regard étonné. Il allait lui-même recommander la déportation, mais si c'était Jennifer Parker qui la réclamait, il lui faudrait revoir sa décision.

— Pourquoi émettez-vous une telle recommandation ? demanda Di Silva.

— Pour plusieurs raisons. Tout d'abord, cela l'empêchera de commettre de nouveaux méfaits, et...

— Le résultat serait le même dans une cellule de Sing Sing.

— Lorenzo est un homme âgé. Il ne supportera pas de rester confiné. Il deviendra fou si vous le mettez en prison. Tous ses amis sont en Sicile. Il peut mener une vie tranquille là-bas au soleil, et mourir en paix parmi les siens.

La bouche de Di Silva se tordit de colère.

— Nous parlons d'un bandit qui a passé sa vie à voler, à violer et à tuer, et vous, vous vous inquiétez de savoir s'il pourra retrouver ses amis sous le soleil ? (Il prit le juge Waldman à témoin.) On croit rêver.

— Marco Lorenzo a le droit de...

Di Silva frappa du poing sur la table.

— Il n'a aucun droit ! Il est accusé d'extorsion de fonds et de vol à main armée.

— En Sicile, quand un homme...

— Il n'est pas en Sicile, merde ! hurla Di Silva. Il est ici ! Il a commis toutes sortes de crimes et il va payer pour ça *ici*.

Il se leva.

— Votre Honneur, vous perdez votre temps. L'État refuse tout compromis dans cette affaire. Nous demandons que Marco Lorenzo soit condamné à purger sa peine à Sing Sing.

Le juge Waldman se tourna vers Jennifer.

— Avez-vous quelque chose à ajouter ?

Elle lança à Robert Di Silva un regard furieux.

— Non, Votre Honneur.

Le juge Waldman conclut :

— La condamnation sera rendue demain matin. Vous êtes tous les deux excusés.

Di Silva et Jennifer se levèrent et quittèrent le bureau.

Une fois dehors, dans le couloir, le district attorney se tourna vers Jennifer et lui adressa un sourire.

— Vous n'avez pas marqué de but cette fois-ci, cher confrère.

Jennifer haussa les épaules.

— On ne peut pas faire mouche à tous les coups.

Cinq minutes plus tard, Jennifer appelait Michael Moretti d'une cabine téléphonique.

— Tu n'as plus à t'inquiéter. Marco Lorenzo ira à Sing Sing.

41.

Le temps était comme une rivière au cours rapide, sans rivages ni confluent. Les saisons n'étaient ni l'hiver ni le printemps, ni l'automne ni l'été, mais des anniversaires, des joies, des difficultés et des souffrances. C'était des combats remportés au palais, et des procès perdus ; la réalité de Michael, les souvenirs d'Adam. Mais, surtout, c'était Joshua qui servait de calendrier, qui rappelait à Jennifer combien les années passaient rapidement.

Il avait sept ans déjà. En une nuit pratiquement, il était passé des crayons de couleur et des livres d'images aux maquettes d'avion et aux sports. Joshua était grand et ressemblait chaque jour davantage à son père, et pas seulement pour son aspect physique. C'était un enfant sensible et bien élevé, doué d'un grand sens de l'équité. Quand Jennifer le punissait pour une bêtise qu'il avait faite, Joshua répondait en lui tenant tête : « Je ne mesure qu'un mètre vingt, mais moi aussi j'ai mes droits. »

C'était la réplique d'Adam en miniature. Un garçon bien bâti, comme lui. Les frères Bebble et Carl Stotz étaient ses héros favoris [1].

— Je n'ai jamais entendu parler d'eux, lui dit Jennifer.

— Mais enfin, Maman, d'où sors-tu ? C'est eux qui ont inventé la Little League.

Le week-end, Joshua suivait tous les événements sportifs à la télévision — football, base-ball, basket-ball, indifféremment. Au début, Jennifer l'avait laissé regarder seul les matches, mais lorsqu'il avait voulu ensuite discuter les jeux avec elle, elle s'était trouvée complètement noyée, si bien qu'elle avait fini par admettre qu'elle ferait mieux de les suivre avec lui. Aussi passaient-ils de longs moments ensemble assis devant le téléviseur, à mâchonner du pop-corn et à encourager les joueurs.

Un jour, Joshua rentra après avoir joué au ballon, une expression inquiète sur le visage ; il demanda à sa mère :

1. Célèbres joueurs de base-ball.

— Maman, est-ce qu'on pourrait avoir une conversation d'homme à homme ?

— Certainement, Joshua.

Ils s'assirent à la table de la cuisine, et Jennifer lui prépara un sandwich au beurre de cacahuète et lui servit un verre de lait.

— Qu'y a-t-il ?

Sa voix se fit grave et préoccupée.

— Ben, j'ai entendu les copains parler et je me suis demandé... est-ce que tu crois qu'il y aura encore des histoires de sexe quand je serai grand ?

Jennifer avait acheté un petit dériveur, et le week-end ils sortaient avec Joshua faire de la voile sur le bassin. Elle adorait voir sa tête quand il était à la barre. Il arborait un petit sourire qui trahissait toute son excitation. Joshua était un marin-né, comme son père. Cette pensée ramena Jennifer brutalement à la réalité. Qu'était-elle en train d'essayer de vivre avec Adam en lui substituant Joshua ? Tout ce qu'elle faisait avec son fils — la voile, les événements sportifs suivis à la télévision — elle l'avait fait avec le père. Elle essaya de se dire qu'elle faisait ces choses parce que Joshua les aimait, mais elle ne fut pas convaincue de sa totale honnêteté. Elle observa Joshua à l'abri du foc, et elle comprit que les raisons n'avaient pas d'importance. La seule chose qui importait, c'était que son fils aimât la vie qu'il menait avec elle. Il n'était en rien le substitut de son père. Il avait sa propre personnalité, et Jennifer l'aimait plus que quiconque au monde.

42.

Antonio Granelli s'éteignit, et Michael prit le contrôle total de son empire. Les obsèques furent grandioses, comme il seyait à un homme de la stature d'un Parrain. Les chefs et les membres de Familles venus de tous les coins du pays se présentèrent pour rendre un dernier hommage à leur ami disparu, et assurer le nouveau *capo* de leur fidélité et de leur soutien. Le F.B.I. était présent, prenant des photos, tout comme une demi-douzaine d'autres agences du gouvernement.

Rosa avait le cœur brisé, car elle aimait énormément son père, mais elle tirait consolation et fierté du fait que son mari allait remplacer son père à la tête de la Famille.

Chaque jour, Jennifer se révélait plus précieuse à Michael. Dès qu'il y avait un problème, c'était Jennifer que Michael consultait. Thomas Colfax devenait un accessoire de plus en plus embarrassant.

— Ne t'inquiète pas pour lui, déclara Michael à Jennifer. Il va bientôt prendre sa retraite.

La faible sonnerie du téléphone tira Jennifer du sommeil. Elle resta un moment allongée, à écouter, puis elle s'assit et regarda son réveil à inscription digitale posé sur la table de nuit. Il était trois heures du matin.

Elle décrocha le récepteur.

— Allô.

C'était Michael.

— Peux-tu t'habiller tout de suite ?

Jennifer se redressa davantage et essaya de chasser le sommeil de ses yeux.

— Qu'est-ce qui s'est passé ?

— Eddie Santini vient de se faire piquer pour vol à main armée. Il a déjà été pris deux fois. Si on le condamne, il en a pour la vie.

— Y a-t-il eu des témoins ?

— Trois, et tous l'ont très bien vu.

— Où est-il maintenant ?

— Dans la 17e circonscription.

— J'y vais, Michael.

Jennifer enfila une robe de chambre et descendit à la cuisine se faire une cafetière entière de café fumant. Elle alla le boire dans la salle à manger, les yeux perdus dans la nuit, réfléchissant. « Trois témoins. Et ils l'ont tous très bien vu. »

Elle décrocha le téléphone et composa un numéro.

— Passez-moi l'agence de presse.

Jennifer parla rapidement.

— J'ai un tuyau pour vous. Un type nommé Eddie Santini vient de se faire piquer pour un vol à main armée. Son avocat, c'est Jennifer Parker. Elle va essayer de faire sauter l'accusation.

Elle raccrocha, et renouvela l'appel auprès de deux journaux et d'une chaîne de télévision. Quand elle eut fini de téléphoner, elle regarda sa montre, et but paresseusement une seconde tasse de café. Elle voulait être certaine que les photographes auraient eu le temps de se rendre dans les locaux de la police, dans la Cinquante et unième Rue. Elle remonta et s'habilla.

Avant de partir, elle se rendit dans la chambre de Joshua. Sa veilleuse de nuit était allumée. Il était profondément endormi, les couvertures entortillées autour de son corps turbulent. Jennifer remonta doucement les couvertures, l'embrassa sur le front, et sortit de la pièce sur la pointe des pieds.

— Où vas-tu ?

Elle se retourna et lui répondit.

— Je vais travailler. Rendors-toi.

— Quelle heure est-il ?

— Quatre heures du matin.

Joshua gloussa.

— T'as des drôles d'horaires pour une dame.

Elle s'approcha de son lit.

— Et toi, tu as de drôles d'heures pour dormir, pour un homme.

— Est-ce qu'on va regarder jouer les Mets [1] ce soir ?

— Absolument. Pour le moment, retourne au pays des rêves.

— D'accord, Maman. Bon procès.

— Merci, mon vieux.

Quelques minutes plus tard, Jennifer était dans sa voiture, en route pour Manhattan.

Quand Jennifer arriva, un seul photographe attendait, celui du *Daily News*. Il avisa Jennifer.

— C'est vrai ! Vous allez vraiment vous occuper de l'affaire Santini ?

1. Célèbre équipe de base-ball.

— Comment l'avez-vous su ?

— Mon petit doigt, maître.

— Vous perdez votre temps. Pas de photos.

Elle pénétra à l'intérieur et mit au point la mise en liberté sous caution d'Eddie Santini, faisant traîner les formalités tant qu'elle ne s'était pas assurée de la présence d'un cameraman de la télévision, d'un journaliste et d'un photographe du *New York Times*. Elle décida de ne pas attendre l'envoyé du *Post*.

L'officier de police en service lui dit :

— Il y a des journalistes et des gens de la télévision qui attendent dehors, miss Parker. Vous pouvez vous échapper par la porte de derrière, si vous voulez.

— Ça ne fait rien, répondit-elle. Je vais m'en arranger.

Elle conduisit Eddie Santini au bout du couloir où attendaient les photographes et les reporters.

— Écoutez, messieurs, pas de photos, je vous en prie, déclara-t-elle.

Elle fit un pas de côté quand le photographe et le cameraman de la télévision prirent des photos.

Un journaliste lui demanda :

— Qu'a donc cette affaire de si important, pour que vous la preniez en main ?

— Vous le saurez demain. En attendant, je vous conseille de ne pas vous servir de ces photos.

Un des journalistes lui lança :

— Allons, Jennifer ! Avez-vous donc oublié la liberté de la presse ?

A midi, Jennifer reçut un appel de Michael Moretti. Il était fou furieux.

— As-tu vu les journaux ?
— Non.
— Eh bien, la tête de Santini est à la une de tous les quotidiens et il est passé aux informations télévisées. Je ne t'ai pas demandé de transformer cette putain d'affaire en cirque !
— Je sais. C'est une idée à moi.
— Bon Dieu ! Et dans quel but ?
— Le but, Michael, ce sont ces trois témoins.
— Je ne vois pas le rapport.
— Tu m'as dit qu'ils avaient parfaitement bien repéré Santini. Eh bien, quand ils se retrouveront dans la salle d'audience, il leur faudra prouver comment ils auraient pu l'identifier, puisqu'ils auront vu son portrait étalé dans tous les journaux et à la télévision.
Un long silence s'établit que Michael finit par rompre déclarant d'un ton admiratif :
— Je ne suis qu'un pauvre imbécile !
Jennifer ne put s'empêcher de rire.

Cet après-midi-là, Ken Bailey l'attendait dans son bureau, et, devant son expression, Jennifer comprit aussitôt que quelque chose n'allait pas.
— Pourquoi ne me l'avez-vous pas dit ? demanda Ken.
— Quoi ?
— Vous et Michael Moretti.
Jennifer ravala la riposte qui lui brûlait les lèvres. Lui répondre, *Mêlez-vous de ce qui vous regarde,* c'était trop facile. Ken était son ami ; il avait de l'affection pour elle. D'une certaine manière, ça le regardait. Jennifer n'avait rien oublié, ni le minuscule bureau

qu'ils avaient partagé, ni la manière dont il l'avait aidée. *Un de mes amis avocat me tanne pour délivrer des assignations pour lui, et je n'ai pas le temps de le faire. Il paye douze dollars cinquante l'assignation, plus le kilométrage. Vous voudriez bien me donner un coup de main ?*

— Ken, ne parlons pas de ça.

Il répliqua sur un ton de rage contenue :

— Pourquoi pas ? Puisque tout le monde en parle. Et prétend que vous êtes la maîtresse de Moretti.

Il était livide.

— Mon Dieu !

— Ma vie personnelle...

— Il vit dans les égouts, et ce sont ces égouts que vous déversez au bureau ! Vous avez réussi à nous faire tous travailler pour Moretti et sa racaille.

— Arrêtez !

— Justement. C'est pour cela que je suis venu vous voir. Je m'en vais.

Ces mots furent pour elle un choc.

— Vous ne pouvez pas partir. Vous vous trompez sur Michael. Si vous le rencontriez, vous verriez...

Dès l'instant où elle eut dit cela, Jennifer comprit qu'elle avait commis une erreur.

Il la regarda d'un air triste, et lui dit :

— Vous l'avez vraiment dans la peau, hein ? Je me souviens de vous, quand vous saviez qui vous étiez. C'est la Jennifer dont je veux me souvenir. Dites au revoir à Joshua pour moi.

Et Ken Bailey partit.

Jennifer sentit les larmes lui monter aux yeux, et sa gorge se serra tellement qu'elle n'arriva plus à respirer. Elle posa sa tête sur le bureau et ferma les yeux, essayant de réprimer la douleur.

Lorsqu'elle les rouvrit, la nuit était tombée. Le bureau était plongé dans l'obscurité, à l'exception d'étranges lueurs rouges projetées par les lumières de la ville. Elle s'approcha de la fenêtre et regarda la cité. La nuit, elle ressemblait à une jungle, où seul un feu de camp sur le point de s'éteindre maintenait à distance les angoisses prêtes à l'investir.

Cette jungle appartenait à Michael. Il n'y avait aucun moyen d'en sortir.

43.

Le *Cow Palace* à San Francisco avait tout d'une maison de fous, avec ces délégués bruyants et bavards venus de tous les coins du pays. Il y avait trois candidats en lice pour l'investiture présidentielle, et chacun d'eux avait fait un beau score dans les primaires. Mais la vedette, celui qui les éclipsait tous, c'était Adam Warner. Il reçut l'investiture au cinquième tour de scrutin, et à l'unanimité. Son parti tenait enfin un candidat qu'il pourrait mettre fièrement en avant. Le Président en exercice, chef du parti de l'opposition, faisait de mauvais scores dans les sondages, la plupart des gens le considérant comme un incapable.

— A moins que vous n'ouvriez votre braguette pour

faire pipi devant une caméra de télévision au journal de six heures, avait déclaré Stewart Needham à Adam, vous serez le prochain Président des États-Unis.

Après avoir reçu l'investiture, Adam reprit l'avion pour New York, afin d'assister à une réunion avec Needham et plusieurs membres influents du parti dans les salons du *Regency Hotel*. Dans la salle, se trouvait Blair Roman, directeur de la deuxième agence de publicité américaine.

Stewart Needham lui dit :

— C'est Blair qui va se charger de la promotion de votre campagne électorale, Adam.

— Vous ne pouvez imaginer à quel point je suis heureux de travailler pour vous, confia Blair Roman avec un large sourire. Vous allez être mon troisième Président.

— Vraiment ?

Adam n'était pas du tout impressionné par lui.

— Laissez-moi dès maintenant vous dresser les grandes lignes du jeu, déclara Blair Roman en faisant les cent pas dans la pièce, se servant d'un club de golf imaginaire tout en marchant. Nous allons inonder le pays de spots publicitaires, en construisant de vous l'image de l'homme qui peut résoudre les problèmes de l'Amérique. Comme un père — mais un père jeune et séduisant. Vous me suivez, monsieur le Président ?

— Monsieur Roman...

— Oui ?

— Verriez-vous un inconvénient à ne pas m'appeler M. le Président ?

Blair Roman se mit à rire.

— Excusez-moi. Simple lapsus, A. W. Dans mon esprit, vous êtes déjà à la Maison-Blanche. Croyez-moi, je sais que vous êtes l'homme de la situation, autrement je ne me lancerais pas dans cette campagne. Je suis assez riche pour ne pas avoir à travailler pour de l'argent.

« Méfie-toi des gens qui prétendent être assez riches pour ne pas avoir à travailler pour de l'argent », se dit Adam.

— Nous, nous sommes convaincus que vous êtes l'homme de la situation, il nous reste maintenant à en convaincre les autres. Si vous voulez bien jeter simplement un coup d'œil à ces cartes que j'ai préparées, vous verrez que j'ai divisé les différentes parties du pays par groupes ethniques. Nous allons vous envoyer dans les points clés où vous pourrez mettre le paquet.

Il se pencha en avant et confia d'un ton convaincu à l'oreille d'Adam :

— Votre femme va être un atout précieux. Les revues féminines vont se jeter sur tout ce qui se rapporte à votre vie de famille. Nous allons vous lancer comme un produit, A. W.

Adam commençait à être irrité.

— Et comment allez-vous vous y prendre ?

— C'est très simple, A. W. Nous allons vous vendre exactement comme on vendrait n'importe quel autre produit. Nous...

Adam se tourna vers Stewart Needham.

— Stewart, pourrais-je vous voir seul à seul ?

— Certainement. (Needham s'adressa aux autres.) Arrêtons-nous pour le dîner, et retrouvons-nous ici à neuf heures. Nous reprendrons alors la discussion.

Une fois les deux hommes seuls, Adam explosa.

— Mon Dieu, Stewart ! Il va transformer cette campagne en mascarade ! *Vous êtes un produit, A. W. Nous allons vous vendre exactement comme on vendrait n'importe quel autre produit.* Il me dégoûte !

— Je comprends ce que vous ressentez, Adam, fit Stewart Needham d'une voix apaisante, mais Blair obtient d'excellents résultats. Quand il dit que vous êtes son troisième Président, il ne blague pas. Tous les Présidents, depuis Eisenhower, ont confié leur campagne à une agence de publicité. Que vous le vouliez ou non, une campagne doit être prise en main par un publicitaire. Blair Roman connaît bien la psychologie du public. Si déplaisant que cela puisse paraître, la réalité est que si vous voulez être élu à n'importe quelle fonction publique, vous devez être vendu... commercialisé.

— Je déteste cela.

— Cela fait partie du prix que vous devrez payer.

Il se dirigea vers Adam et lui passa un bras autour des épaules.

— Tout ce que vous avez à faire, c'est de ne pas perdre l'objectif final. Vous voulez la Maison-Blanche ? Très bien. Nous ferons tout ce qu'il est possible de faire pour vous porter là-bas. Mais nous avons besoin de votre contribution. S'il nous faut un monsieur Loyal pour animer le cirque, acceptez-le.

— Avons-nous réellement besoin de Blair Roman ?

— Il nous faut un Blair Roman. Blair n'est pas plus mal qu'un autre. Laissez-moi le prendre en main. Je m'efforcerai dans la mesure du possible de le tenir éloigné de vous.

— Je vous en serais reconnaissant.

La campagne démarra. Cela commença par quelques spots publicitaires et quelques apparitions à la télévision, qui peu à peu s'amplifièrent et gagnèrent toute la nation. Partout où l'on allait, on voyait le sénateur Adam Warner en direct, en couleurs. Dans toutes les régions du pays, on pouvait le regarder à la télévision, l'entendre à la radio, le voir sur les panneaux d'affichage. La campagne était essentiellement orchestrée sur le respect de la loi et de l'ordre, insistant tout particulièrement sur la commission d'enquête sur les actes criminels à la tête de laquelle se trouvait Adam.

Adam enregistra pour la télévision des spots publicitaires d'une minute, de trois minutes et de cinq minutes, selon les régions où ils allaient être projetés. Ceux destinés à l'ouest de la Virginie traitaient du chômage et des ressources considérables du sous-sol en charbon qui pourraient amener la prospérité dans la région ; ceux destinés à Detroit abordaient les fléaux dont étaient atteintes les grandes villes ; pour New York, on avait choisi comme sujet le taux de criminalité croissant.

Blair Roman confia à Adam :

— Tout ce que vous avez à faire, c'est donner de grands coups de projecteurs, A. W. Inutile d'aller au fond. Nous vendons un produit, et ce produit, c'est vous.

Adam répondit :

— Monsieur Roman, je me fous éperdument de ce que disent vos sacrées statistiques. Je n'ai rien à voir avec les cornflakes vendus pour le petit déjeuner, et je refuse d'être vendu comme tel. J'aborderai les problèmes essentiels en profondeur, car j'estime que le peuple américain est suffisamment intelligent pour avoir envie de savoir.

— Je voulais seulement...

— Je veux que vous essayiez de mettre sur pied un débat entre le Président et moi-même, au cours duquel les problèmes fondamentaux seraient discutés.

Blair Roman répondit :

— D'accord, A. W. Je vais immédiatement prendre rendez-vous avec l'équipe du Président.

— Encore une chose, ajouta Adam.

— Oui ? De quoi s'agit-il ?

— Cessez de m'appeler A. W.

44.

Dans son courrier, Jennifer reçut une circulaire de l'Association du barreau américain annonçant sa convention annuelle à Acapulco. Elle avait une demi-douzaine d'affaires à défendre à la fois, et d'ordinaire elle aurait ignoré l'invitation, mais comme la convention allait avoir lieu pendant les vacances scolaires de Joshua, elle pensa que celui-ci adorerait Acapulco.

Elle dit à Cynthia :

— Répondez oui. Je veux trois réservations.

Elle emmènerait Mme Mackey avec elle.

Au dîner ce soir-là, Jennifer annonça la nouvelle à Joshua.

— Aimerais-tu aller à Acapulco ?

— C'est au Mexique, sur la côte ouest, répondit-il fièrement.

— C'est exact.

— Est-ce qu'on pourra aller sur une plage de nudistes ?

— Joshua !

— C'est autorisé là-bas. Être nu, c'est naturel.

— Je vais y réfléchir.

— Et est-ce qu'on pourra faire de la pêche au gros ?

Jennifer imagina Joshua essayant de remonter un espadon, et elle retint un sourire.

— On verra. Certains de ces poissons peuvent être drôlement gros.

— C'est ça qui est amusant, expliqua Joshua avec sérieux. Si c'est facile, c'est pas drôle. Ça n'a rien de sportif.

Elle crut entendre Adam.

— Alors d'accord.

— Qu'est-ce qu'on pourra faire d'autre là-bas ?

— Eh bien, de l'équitation, de la marche, des visites...

— On n'ira pas voir trop de vieilles églises, d'accord ? Elles se ressemblent toutes.

Quand tu as vu une église, tu les as toutes vues, disait Adam.

La convention commençait un lundi. Jennifer, Joshua et Mme Mackey empruntèrent un avion de la Braniff pour Acapulco le vendredi matin. Joshua avait déjà eu plusieurs occasions de prendre l'avion, mais cela le rendait toujours excité. Mme Mackey, elle, était pétrifiée de peur.

Joshua la consola :

— Il faut se dire une chose. Si on s'écrase, on ne souffrira que pendant une seconde.

Mme Mackey blêmit.

L'avion atterrit sur l'aéroport de Mexico à quatre heures de l'après-midi, et une heure plus tard ils arrivaient à *Las Brisas*. L'hôtel était situé à une douzaine de kilomètres d'Acapulco. C'était en réalité une succession de ravissants bungalows roses construits sur une colline, chacun disposant d'un patio privé. Celui de Jennifer, comme plusieurs autres, avait sa propre piscine. Elle avait eu du mal à trouver de la place, car cinq ou six autres conventions se déroulaient au même moment et les hôtels d'Acapulco étaient pleins ; mais Jennifer avait téléphoné à un de ses clients importants, et une heure plus tard on lui faisait savoir que l'hôtel *Las Brisas* l'attendait avec impatience.

Les valises à peine défaites, Joshua demanda :

— Est-ce qu'on peut aller en ville pour entendre parler les gens ? Je n'ai jamais été dans un pays où personne parle anglais. Il réfléchit un moment, puis il ajouta : sauf si on compte l'Angleterre.

Ils allèrent en ville, se promenèrent sur le Zocalo et dans le centre grouillant d'animation, mais à la grande déception de Joshua la seule langue qu'il entendit fut l'anglais. Acapulco était rempli de touristes américains.

Ils flânèrent dans le marché coloré situé sur la

promenade principale en face de Sanborn, dans la vieille ville, où ils découvrirent des centaines d'étals proposant une multitude de denrées ahurissantes.

En fin d'après-midi, ils prirent une *calandria*, une voiture à cheval, pour se rendre à Pie de la Cuesta, où ils admirèrent le coucher de soleil sur la plage, avant de revenir dans le centre.

Ils dînèrent au *Club d'Armandano*, où on leur servit un repas excellent.

— J'adore la cuisine mexicaine, déclara Joshua.

— Tant mieux, fit jennifer. Seulement ici, c'est de la cuisine française.

— Je lui ai trouvé un parfum mexicain.

Le samedi fut une journée bien remplie. Ils allèrent faire leurs courses le matin à Quebrada, où se trouvaient les plus jolies boutiques, puis ils s'arrêtèrent pour déjeuner au restaurant mexicain *Coyuca 22*.

— J'espère bien que vous n'allez pas me dire que c'est français ici aussi, déclara Joshua.

— Non. Ici, la cuisine est authentique, gringo.

— Qu'est-ce que c'est, un gringo ?

— Un gringo, c'est toi, amigo.

Ils passèrent devant l'immeuble du *fronton*, près de la Plaza Caleta, et Joshua aperçut les panneaux annonçant le *jai-alai* à l'intérieur.

Il resta planté là, les yeux écarquillés, et Jennifer lui demanda :

— Aimerais-tu voir une partie de *jai-alai ?*

Joshua hocha la tête.

— Si ça n'est pas trop cher. Si on dépense tout notre argent, on ne pourra plus rentrer à la maison.

— Je pense que ça devrait aller.

Ils pénétrèrent à l'intérieur et suivirent le jeu violent des équipes. Jennifer paria au nom de Joshua, et l'équipe choisie par ce dernier gagna.

Quand Jennifer suggéra qu'il était temps de rentrer à l'hôtel, Joshua supplia :

— Maman, s'il te plaît, on ne pourrait pas d'abord aller voir les plongeurs ?

Le directeur de l'hôtel leur en avait parlé le matin.

— Es-tu certain de ne pas avoir envie de te reposer, Joshua ?

— Oh ! si toi, tu es trop fatiguée, bien sûr. J'oublie toujours ton âge.

Autant pour elle.

— Ne t'occupe pas de mon âge.

Jennifer se tourna vers Mme Mackey.

— Vous sentez-vous d'attaque ?

— Certainement, ronchonna Mme Mackey.

Les plongeurs se produisaient aux falaises de La Quebrada. Joshua et Mme Mackey se postèrent sur une plate-forme réservée au public, tandis qu'en face les plongeurs portant des torches allumées s'élançaient d'une hauteur de quarante-cinq mètres, plongeant dans une gorge resserrée entre les rochers, faisant coïncider leur chute avec les brisants. La plus infime erreur de calcul aurait entraîné une mort instantanée.

Quand la démonstration fut terminée, un jeune garçon vint faire la quête pour les plongeurs.

— *Un peso, por favor.*

Jennifer lui donna cinq pesos.

Cette nuit-là, elle rêva aux plongeurs.

Las Brisas avait sa plage privée, et de bonne heure le dimanche matin, Jennifer, Joshua et Mme Mackey descendirent dans un des « buggies » roses, recouverts d'une bâche, que l'hôtel mettait à la disposition de ses clients. Le temps était idéal. La baie était comme une toile d'un bleu scintillant, émaillée de bateaux à moteurs et de voiliers.

Joshua s'avança au bord de la terrasse, suivant des yeux les évolutions des skieurs nautiques.

— Est-ce que tu savais que le ski nautique a été inventé à Acapulco, Maman ?

— Non. Où as-tu appris ça ?

— Je l'ai lu dans un livre, ou alors je l'ai inventé.

— Je penserais plutôt que tu l'as inventé.

— Est-ce que ça veut dire que je ne peux pas aller faire du ski nautique ?

— Ces bateaux à moteur sont drôlement rapides. N'as-tu pas peur ?

Joshua détourna son regard vers les skieurs effleurant la surface de l'eau.

— Cet homme a dit : Je vais t'envoyer retrouver Jésus. Et il a enfoncé un clou dans ma main.

C'était la première fois qu'il faisait allusion à la terrible épreuve qu'il avait subie.

Jennifer s'agenouilla et entoura son fils de ses bras.

— Qu'est-ce qui t'a fait penser à ça, Joshua ?

Il haussa les épaules.

— Je ne sais pas. Peut-être parce que Jésus a marché

sur l'eau, et que là-bas eux aussi ils sont en train de marcher sur l'eau.

Devant l'air consterné de sa mère, il ajouta.

— Je suis désolé, Maman. Je n'y pense pas souvent, je t'assure.

Elle le serra tendrement contre elle, et lui dit :

— Ça ne fait rien, mon chéri. Bien sûr, tu peux aller faire du ski nautique. On va d'abord aller déjeuner.

Le restaurant en plein air de *La Concha* était occupé par des tables en fer forgé, recouvertes de nappes roses, et abritées par des parasols rayés rose et blanc. Le déjeuner était servi sous forme de buffet, et la longue table de service regorgeait d'un assortiment de mets incroyables. Il y avait du homard frais, du crabe et du saumon, plusieurs sortes de viandes froides et chaudes, une grande variété de légumes crus et cuits, des fromages et des fruits. Sur une table à part, étaient disposés des rangées de gâteaux. Les deux femmes observèrent Joshua remplir et vider son assiette par trois fois, avant de s'appuyer sur le dos de sa chaise, satisfait.

— C'est un très bon restaurant, énonça-t-il. Ça m'est égal de savoir de quel pays ça vient.

Il se leva.

— Je vais aller voir le ski nautique.

Mme Mackey avait à peine touché à son assiette.

— Vous ne vous sentez pas bien ? lui demanda Jennifer. Vous n'avez rien mangé depuis que nous sommes arrivés.

Mme Mackey se pencha en avant et murmura d'un air sombre.

— Je crains la revanche de Moctezuma !

— Je ne pense pas que vous ayez à vous en inquiéter dans un endroit comme celui-ci.

— Je n'apprécie pas la cuisine étrangère, renifla Mme Mackey.

Joshua revint en courant.

— J'ai un bateau. Est-ce que je peux y aller maintenant, Maman ?

— Ne veux-tu pas attendre un peu ?

— Pour quoi faire ?

— Joshua, tu vas couler, avec tout ce que tu as mangé.

— Laisse-moi essayer, supplia-t-il.

Tandis que Mme Mackey restait au bord de l'eau, Jennifer et Joshua montèrent dans le bateau à moteur et Joshua prit sa première leçon de ski nautique. Il passa les cinq premières minutes à tomber, mais ensuite il donna l'impression d'être né sur des skis. Avant la fin de l'après-midi, il faisait des figures sur un seul ski, et finalement il skia sur les talons sans aucun ski.

Ils passèrent la fin de l'après-midi à lézarder sur le sable et à se baigner.

Pendant le trajet du retour à *Las Brisas*, dans le buggy, Joshua se blottit contre Jennifer et lui dit :

— Tu veux que je te dise, Maman ? Je crois qu'aujourd'hui, ça a été le plus beau jour de toute ma vie.

En un éclair, les paroles de Michael lui revinrent à la mémoire : *Je voudrais simplement que vous sachiez que j'ai passé la plus merveilleuse soirée de ma vie.*

De bonne heure le lundi matin, Jennifer se leva et s'habilla pour assister à la convention. Elle enfila une jupe en biais vert foncé et un chemisier sans manches imprimé de gigantesques roses rouges, qui mettaient en valeur son bronzage. Elle s'examina dans la glace, et fut satisfaite du résultat. En dépit du fait que son fils la situait dans les croulants, elle avait conscience de ressembler à la ravissante sœur de trente-quatre ans de Joshua. Elle s'adressa un sourire, en songeant que ces vacances étaient une de ses meilleures idées.

Jennifer dit à Mme Mackey. « Je dois aller travailler maintenant. Occupez-vous bien de Joshua. Ne le laissez pas prendre trop le soleil. »

L'immense centre des congrès formait un ensemble de cinq immeubles reliés entre eux par des terrasses couvertes, planté au milieu de trente-cinq hectares d'une végétation luxuriante. Les pelouses parfaitement tondues étaient parsemées de statues précolombiennes.

La convention de l'Association du barreau avait lieu dans le Teotihuacán, l'édifice central qui pouvait contenir une assistance de sept mille cinq cents personnes.

Jennifer se présenta au bureau d'accueil, elle signa, puis elle entra dans l'immense salle, qui était bondée. Dans la foule, elle repéra quelques amis et connaissances. Presque tous avaient troqué les costumes et les tailleurs, leur uniforme austère, contre des chemises et des pantalons de sport aux couleurs vives. Comme si tous étaient en vacances. « Voilà une bonne raison, se dit Jennifer, de tenir la convention dans un endroit comme Acapulco, plutôt qu'à Chicago ou à Detroit. »

Ils pouvaient laisser tomber leurs cols empesés et leurs cravates sombres, et se laisser aller sous le soleil tropical.

Jennifer avait reçu un programme à la porte mais, comme elle était en grande conversation avec des amis, elle n'y avait pas prêté attention.

Une voix basse bourdonna dans les haut-parleurs. « Attention, attention ! Veuillez vous asseoir, s'il vous plaît ! La conférence va bientôt commencer. Veuillez vous asseoir, s'il vous plaît ! »

Sans enthousiasme, les petits groupes commencèrent à se défaire, tandis que les gens se mettaient en quête de sièges. Jennifer leva les yeux pour voir les six personnes qui montaient à la tribune.

Au centre, il y avait Adam Warner.

Pétrifiée, elle le suivit des yeux, tandis qu'Adam allait s'asseoir sur une chaise près du micro. Son cœur se mit à battre à grands coups. La dernière fois qu'elle avait vu Adam, c'était lorsqu'ils avaient déjeuné au petit restaurant italien, le jour où il lui avait annoncé que Mary Beth était enceinte.

Le premier élan de Jennifer fut de s'enfuir. Elle n'avait pas imaginé un instant qu'il pût se trouver là, et elle ne pouvait supporter l'idée d'être confrontée à lui. La présence d'Adam et de son fils dans la même ville la paniqua. Elle comprit qu'il lui fallait s'échapper de là au plus vite.

Elle fit demi-tour pour s'en aller au moment précis où le président annonçait dans le micro. « Si ceux d'entre vous qui sont encore debout veulent bien s'asseoir, nous allons commencer. »

Tandis que les gens autour d'elle s'asseyaient, Jennifer s'aperçut qu'elle attirait l'attention en restant debout. Elle se laissa glisser sur un siège, fermement décidée à se faufiler dehors à la première occasion.

Le président reprit : « Nous sommes très honorés ce matin d'avoir comme orateur un candidat à la présidence des États-Unis. Il est membre de l'Association du barreau de New York, et c'est l'un des élus les plus éminents du Sénat des États-Unis. C'est avec une grande fierté que je vous présente le sénateur Adam Warner. »

Jennifer vit Adam se lever pour recevoir les chaleureux applaudissements. Il fit un pas vers le micro et son regard balaya la salle. « Merci, monsieur le Président, mesdames et messieurs. »

Adam avait une voix étoffée et sonore, et il se dégageait de lui une autorité qui magnétisait l'assistance. Le silence dans la salle était total.

« Plusieurs raisons nous réunissent ici aujourd'hui, commença-t-il. Certains d'entre nous aiment se baigner, d'autres faire de la plongée... » Ses mots soulevèrent une vague de rires appréciateurs. « Mais la raison principale de notre présence ici, c'est pour échanger des idées, des connaissances et discuter de nouveaux concepts. Aujourd'hui, les avocats sont plus sévèrement attaqués que jamais. Le premier magistrat de la Cour suprême lui-même s'est montré extrêmement critique à l'égard de notre profession. »

Jennifer adora la façon dont il avait dit *nous,* s'assimilant à tous les autres. Elle laissa ses mots la submerger, se contentant de le regarder, d'observer ses mouvements, d'écouter sa voix. A un moment donné, il se tut pour se passer les doigts dans les cheveux, et Jennifer ressentit un choc violent. Joshua avait exactement le même geste. Le fils d'Adam ne se trouvait qu'à quelques kilomètres de là, et Adam n'en saurait jamais rien.

La voix d'Adam s'amplifia, elle se fit plus puissante. « Certains parmi vous sont des avocats d'assises. Je dois reconnaître que j'ai toujours considéré cette partie de notre profession comme la plus exaltante. Les avocats d'assises ont souvent affaire à la vie et à la mort. C'est une profession très honorable, dont nous pouvons tous êtres fiers. Toutefois » — sa voix se fit plus dure — « certains d'entre eux » — Jennifer remarqua alors qu'Adam se dissociait d'eux par le choix du pronom — « déshonorent le serment qu'ils ont pris. La jurisprudence américaine est fondée sur le droit inaliénable de tout citoyen à un procès juste. Mais quand la loi est bafouée, quand les avocats consacrent leur temps et leur énergie, leur imagination et leur talent, à essayer de trouver un moyen de la contourner, de tenir la justice en échec, alors j'estime qu'il est temps de faire quelque chose. » Tous les yeux dans la salle étaient rivés sur Adam, dont le regard étincelait. « Je vous parle, mesdames et messieurs, à partir de mon expérience personnelle, et de la colère que soulèvent en moi certaines choses dont j'ai pu être témoin. Je suis actuellement à la tête d'une commission sénatoriale qui enquête sur le crime organisé aux États-Unis. Mon comité a vu ses efforts déjoués, et tenus en échec les uns après les autres, par des hommes qui se trouvent être plus puissants que les plus hautes autorités de notre nation. J'ai vu des juges corrompus, les familles de certains témoins menacées, des témoins clés disparaître. Le crime organisé dans notre pays est comme un redoutable python qui étouffe notre économie, dévore nos cours de justice, met en danger nos vies mêmes. La grande majorité des avocats sont des hommes et des femmes honorables exerçant leur profession de manière honorable, mais je tiens à mettre en garde cette petite minorité qui place ses lois au-dessus des nôtres : Vous commettez là une erreur très grave, et il vous faudra payer pour cette erreur. Je vous remercie. »

Adam s'assit dans un tonnerre d'applaudissements, qui se transforma littéralement en ovation, l'assistance s'étant levée. Jennifer se retrouva elle aussi debout, applaudissant avec les autres, mais ses pensées s'étaient arrêtées sur les derniers mots d'Adam. Comme s'il s'était adressé directement à elle. Jennifer fit demi-tour et se dirigea vers la sortie, se frayant un passage à travers la foule.

Au moment de franchir la porte, elle fut hélée par un avocat mexicain avec lequel elle avait travaillé un an plus tôt.

Il lui baisa galamment la main et lui dit :

— Quel honneur de vous avoir à nouveau dans notre pays, Jennifer. Je tiens à vous inviter à dîner ce soir.

Jennifer et Joshua avaient projeté d'aller au *Maria Elena* assister à des danses folkloriques.

— Désolée, Luis. Je suis prise.

Ses grands yeux clairs reflétèrent sa déception.

— Demain alors ?

Avant que Jennifer eût pu répondre, un district attorney adjoint de New York avait surgi à ses côtés.

— Salut ! Quelle idée de traîner avec n'importe qui ? Que diriez-vous si je vous emmenais dîner ce soir ? Je connais une boîte mexicaine qui s'appelle *Nepentha,* où on danse sur un sol en verre éclairé par en dessous, et avec un gigantesque miroir au-dessus.

— Ça doit être extraordinaire, je vous remercie, mais je suis prise ce soir.

Quelques instant plus tard, Jennifer se retrouva assaillie par des avocats avec lesquels elle avait travaillé, ou auxquels elle s'était opposée, dans tous les coins du pays. Elle était une célébrité, et tous voulaient lui parler. Il lui fallut près d'une demi-heure avant de pouvoir s'échapper. Elle se précipita vers le hall d'entrée, et, au moment de se diriger vers la sortie, elle vit Adam venir dans sa direction, entouré de journalistes et de gardes du corps. Jennifer tenta de battre en retraite, mais il était trop tard. Adam l'avait vue.

— Jennifer !

Un instant, elle pensa faire semblant de ne pas avoir entendu, mais elle ne voulait pas l'embarrasser vis-à-vis des autres. Elle lui dirait rapidement bonjour et elle s'en irait.

Elle observa Adam qui s'avançait vers elle, disant aux représentants de la presse :

— Je n'ai plus d'autre déclaration à faire, mesdames et messieurs.

Une minute plus tard, Adam lui prenait la main, plongeait son regard dans ses yeux, et ce fut comme s'ils n'avaient jamais été séparés. Ils étaient plantés en plein milieu du hall, parmi une foule de gens, et pourtant ils se sentaient totalement seuls. Jennifer n'eut pas la moindre idée du temps qu'ils passèrent à se regarder dans les yeux.

Pour finir, Adam lui dit :

— Je... je crois qu'on devrait aller prendre un verre.

— Le contraire serait préférable.

Il lui fallait absolument quitter cet endroit.

Adam secoua la tête.

— Objection rejetée.

Il la prit par le bras et la dirigea vers le bar qui était comble. Ils trouvèrent une table dans le fond de la salle.

— Je t'ai téléphoné et je t'ai écrit, dit Adam. Tu ne m'as jamais rappelé, et tu m'as retourné mes lettres.

Ses yeux, avides de questions, ne la lâchaient pas.

— Il n'y a pas eu un jour où je n'aie pensé à toi. Pourquoi as-tu disparu ?

— J'ai une baguette magique, lança Jennifer d'un air ironique.

Un serveur s'approcha pour prendre la commande. Adam se tourna vers Jennifer.

— Que veux-tu ?

— Rien. Je dois vraiment partir, Adam.

— Tu ne peux pas t'en aller maintenant. C'est une date qui s'arrose. L'anniversaire de la révolution.

— La leur, ou la nôtre ?

— Où est la différence ? (Il s'adressa au serveur.) Deux margaritas.

— Non, je...

Bon, se dit-elle, *un seul verre.*

— Un double pour moi, lança-t-elle imprudemment.

Le serveur hocha la tête et s'éloigna.

— J'ai lu tout ce qu'on dit sur toi. Je suis très fière de toi, Adam.

— Merci.

Adam hésita.

— Moi aussi j'ai lu des choses sur toi.

Elle répondit du tac au tac.

— Mais tu n'es pas fier de moi.

— Tu sembles avoir de nombreux clients qui appartiennent au Syndicat.

Jennifer sortit ses ergots.
— Je croyais que ton discours était terminé.
— Il ne s'agit pas d'un discours, Jennifer. Je suis inquiet pour toi. Ma commission poursuit Mike Moretti, et on finira par l'avoir.
Jennifer leva les yeux vers le bar rempli d'avocats.
— Pour l'amour du ciel, Adam, nous devrions éviter cette discussion, en particulier ici.
— Où peut-on en parler, alors ?
— Nulle part. Michael Moretti est mon client. Je ne peux pas discuter de lui avec toi.
— Je veux te parler. Où peut-on aller ?
Elle hocha la tête.
— Je te l'ai déjà dit, je...
— Il faut que je te parle de nous.
— Il n'y a pas de *nous* qui tienne.
Jennifer se leva.
Adam lui posa la main sur le bras.
— Je t'en prie, ne t'en va pas. Je ne peux pas te laisser partir. Pas encore.
A contrecœur, Jennifer se rassit.
Adam avait les yeux rivés sur son visage.
— Ne penses-tu jamais à moi ?
Jennifer leva les yeux vers lui, partagée entre le rire et les larmes. Si elle pensait jamais à lui ! Il vivait dans sa maison. Elle l'embrassait tous les matins pour lui dire bonjour, elle lui préparait son petit déjeuner, elle faisait de la voile avec lui, elle l'aimait.
— Si, finit-elle par répondre. Je pense à toi.
— Cela me fait plaisir. Es-tu heureuse ?
— Bien sûr.
Elle s'aperçut qu'elle avait répondu trop vite. Elle poursuivit sur un ton plus détaché.

— Je réussis bien dans mon métier, je n'ai pas à me plaindre sur le plan financier, je voyage énormément et je rencontre beaucoup d'hommes séduisants. Comment va ta femme ?

— Elle va bien.

Sa voix se fit plus sourde.

— Et ta fille ?

Il leva la tête, le visage rayonnant de fierté.

— Samantha est merveilleuse. Simplement, elle grandit trop vite.

Elle devait avoir l'âge de Joshua.

— Tu ne t'es jamais mariée ?

— Non.

Un long moment s'écoula, et Jennifer essaya de poursuivre, mais elle avait hésité trop longtemps. Adam avait lu dans ses yeux, et il avait aussitôt compris.

Il serra sa main dans la sienne.

— O Jennifer ! O mon amour !

Jennifer sentit le rouge lui monter aux joues. Elle savait depuis le début qu'elle avait commis là une terrible erreur.

— Je dois m'en aller, Adam. J'ai un rendez-vous.

— Annule-le, la pressa-t-il.

— Je suis désolée. Je ne peux pas.

Tout ce qu'elle voulait, c'était s'échapper de cet endroit, éloigner son fils et rentrer chez elle au plus vite.

Adam reprit :

— Théoriquement, je prends l'avion cet après-midi pour Washington. Je peux m'arranger pour prolonger si on peut se voir ce soir.

— Non, non !

— Jennifer, je ne peux pas te laisser partir encore une fois. Pas comme ça. Nous avons des choses à nous dire. Accepte seulement de dîner avec moi.

Il étreignait sa main encore davantage. Elle le regarda, elle lutta de toutes ses forces, mais elle comprit qu'elle cédait.

— S'il te plaît, Adam, supplia-t-elle. On ne doit pas nous voir ensemble. Si tu es après Michael Moretti...

— Cela n'a rien à voir avec Moretti. Un de mes amis m'a prêté son bateau. C'est la *Paloma-Blanca.* Il est mouillé au Yacht Club. Je t'y retrouve à huit heures.

— Je n'irai pas.

— Moi, j'y serai. Je t'attendrai.

A l'autre bout de la pièce, dans ce bar bondé, Nick Vito était assis en compagnie de deux *putanas* mexicaines qu'un ami lui avait procurées. Elles étaient toutes les deux jolies, vulgaires et très jeunes, exactement comme Nick Vito les aimait. Son ami lui avait promis qu'elles seraient hors pair, et il avait eu raison. Elles se frottaient contre lui, lui murmurant d'excitantes promesses à l'oreille, mais Nick Vito n'écoutait pas. Son regard était arrêté de l'autre côté de la pièce, là où étaient assis Jennifer Parker et Adam Warner.

— Pourquoi est-ce qu'on ne monte pas maintenant dans ta chambre, *querido ?* suggéra une des filles à Nick.

Nick Vito fut tenté d'aller voir Jennifer et l'étranger avec lequel elle était pour la saluer, mais les deux filles avaient posé leur main entre ses jambes et le caressaient. Il allait former avec elles un sandwich formidable.

— Ouais, allons-y, répondit Nick Vito.

45.

La *Paloma-Blanca* était un voilier d'un blanc éclatant qui dansait en scintillant sous les reflets de la lune. Jennifer s'en approcha prudemment, regardant autour d'elle pour s'assurer que personne ne l'avait remarquée. Adam lui avait dit qu'il tromperait la vigilance des hommes du service secret, et apparemment il avait réussi. Après avoir installé Joshua et Mme Mackey au *Maria Elena,* Jennifer avait pris un taxi et demandé au chauffeur de l'arrêter deux pâtés de maisons avant la jetée.

Jennifer avait décroché le téléphone une demi-douzaine de fois pour appeler Adam et lui dire qu'elle ne le rejoindrait pas. Elle avait commencé une lettre, mais elle l'avait déchirée. Dès l'instant où elle avait quitté Adam au bar, elle avait souffert les affres de l'indécision. Elle avait passé en revue toutes les raisons pour lesquelles elle ne devait pas revoir Adam. Rien de bon ne pouvait réellement en sortir, cela pouvait même leur faire beaucoup de mal. La carrière d'Adam était en jeu. Il chevauchait la crête d'une vague de popularité auprès du public, c'était un idéaliste dans ces temps de scepticisme, il représentait l'espoir du pays pour son avenir. Il était l'enfant chéri des médias, mais cette presse même qui l'avait aidé à arriver si haut serait là, prête à le rejeter dans les abîmes s'il trahissait l'image qu'elle avait donnée de lui.

Alors Jennifer avait décidé de ne pas retourner le voir. Elle était une autre femme, menant une vie différente, et puis maintenant elle appartenait à Michael...

Adam l'attendait en haut de la traversine.

— J'avais si peur que tu ne viennes pas, lui dit-il.

Il la prit dans ses bras, et ils s'embrassèrent.

— Et l'équipage, Adam ? demanda Jennifer.

— Je les ai renvoyés. Te souviens-tu comment on navigue à la voile ?

— Oui, je m'en souviens encore.

Ils hissèrent la voile, la bordèrent pour virer tribord amures, et cinq minutes tard la *Paloma-Blancat* traçait son sillage dans le port en direction de la haute mer. Pendant la première demi-heure, ils s'affairèrent à la navigation, mais pas un instant ils ne perdirent conscience de leur présence réciproque. La tension montait entre eux, l'un et l'autre sachant que ce qui allait se passer était inéluctable.

Lorsqu'ils eurent enfin dépassé le port et qu'ils firent route sur le Pacifique éclairé par la lune, Adam vint s'asseoir à côté de Jennifer, et il mit ses bras autour d'elle.

Ils firent l'amour sur le pont sous les étoiles, la brise délicate et parfumée de l'océan venant rafraîchir leurs corps nus.

Le passé et le futur étaient balayés, seul le présent les unissait dans ses instants éphémères, fugitifs. Car Jennifer savait que cette nuit dans les bras d'Adam n'était pas un commencement ; c'était une fin. Rien ne pouvait relier les mondes qui les séparaient. Ils avaient emprunté des routes trop éloignées l'une de l'autre, et il n'y avait pas d'itinéraire de retour. Ni maintenant ni jamais. Elle aurait toujours une partie d'Adam en Joshua, et cela lui suffirait, cela devrait lui suffire.

Cette nuit devrait lui durer pour toute sa vie.

Ils étaient allongés, écoutant le doux murmure de la mer contre la coque.

— Demain..., commença Adam.

— Ne parle pas, souffla Jennifer. Aime-moi, Adam.

Elle couvrit ses lèvres de baisers et fit jouer délicatement ses doigts sur les courbes musclées et bien dessinées de son corps. Elle promena doucement ses mains en décrivant des cercles, jusqu'à ce qu'elle trouvât son sexe, et ses doigts le caressèrent.

— Mon Dieu, Jennifer, murmura Adam, et sa bouche descendit lentement le long de son corps nu.

46.

— Ce fils de pute, il arrêtait pas de me donner le *malocchio,* racontait le petit Salvatore Fiore, alors finalement j' lui ai fait sauter la cervelle.

Nick Vito se mit à rire, car quiconque était assez stupide pour vouloir jouer au plus malin avec la « Petite Fleur » avait intérêt à faire sa prière. Nick Vito passait un bon moment dans la cuisine de la ferme, en compagnie de Salvatore Fiore et Joseph Colella, à évoquer le bon vieux temps, attendant que fût terminée la conférence qui se tenait dans le salon. La demi-portion et le géant étaient ses meilleurs amis. Ils avaient subi ensemble l'épreuve du feu. Nick Vito regarda les deux hommes, et se dit, tout content : « Ils sont comme mes frères. »

— Comment va ton cousin Pete ? demanda Nick au géant Colella.

— Il a fait un cancer et il est à l'hosto, mais il va s'en tirer.

— C'est un type extra.

— Ouais. Pete, c'est un p'tit gars qui a un grand cœur. Seulement il a pas eu de chance. Un jour il couvrait les copains dans le hold-up d'une banque mais il avait tiré le mauvais numéro au loto, et ces salauds de flics ont mis le grappin dessus, et ils l'ont gardé au frais. Il en a chié. Les poulets ont essayé de le faire se mettre à table, mais il les a bien fait pédaler dans la choucroute.

— Putain, c'est vrai. Pete, il a d' la classe.

— Ouais. C'est le mec qu'à toujours eu le plus d'artiche, les plus belles nanas, et les plus grosses bagnoles.

Du salon leur parvinrent des éclats de voix, le ton montait. Ils écoutèrent un moment.

— On dirait que Colfax, il va se recevoir un coup de pied au cul.

Thomas Colfax et Michael Moretti étaient seuls dans la pièce, discutant d'une vaste opération sur les jeux, que la Famille était sur le point de lancer aux Bahamas. Michael avait chargé Jennifer de régler les problèmes juridiques.

— Tu ne peux pas faire ça, Mike, protestait Colfax.

Je connais tous les types, là-bas. Elle, pas. Laisse-moi m'en occuper.

Il savait qu'il parlait trop fort, mais il n'arrivait pas à se dominer.

— Trop tard, lui dit Michael.

— Je n'ai pas confiance en cette fille. Tony non plus.

— Tony n'est plus avec nous.

La voix de Michael était d'un calme inquiétant.

Thomas Colfax comprit qu'il était temps de faire marche arrière.

— Bien sûr, Mike. Tout ce que je voulais dire, c'est qu'à mon avis, c'est une erreur de faire appel à cette fille. Je t'accorde volontiers qu'elle est brillante, mais je préfère te mettre en garde, avant qu'elle nous balance tous.

En réalité, c'était Thomas Colfax qui préoccupait Michael. La commission Warner, chargée d'enquêter sur les activités du Syndicat, battait son plein. Quand elle arriverait à Colfax, combien de temps le vieil homme résisterait-il avant de craquer ? Il en connaissait davantage sur la Famille que Jennifer Parker n'en apprendrait jamais. Colfax était celui qui pouvait tous les anéantir, et Michael n'avait pas confiance en lui.

Thomas Colfax continuait son discours.

— Écarte-là pendant un moment. Le temps que l'enquête se calme. C'est une femme. S'ils font pression sur elle, elle finira par parler.

Michael l'observa, et prit sa décision.

— D'accord, Tom. Tu as peut-être raison. Jennifer n'est peut-être pas dangereuse, mais si elle n'est pas avec nous à cent pour cent, pourquoi courir des risques inutiles ?

— C'est exactement ce que je voulais te dire, Mike.

Thomas Colfax, soulagé, se leva de sa chaise.

— Tu prends là une décision raisonnable.

— Je sais.

Michael se tourna vers la cuisine et appela :

— Nick !

Un instant plus tard, Nick apparut.

— Ça ne t'ennuie pas de ramener le *consigliere* à New York, Nick ?

— Certainement pas, patron.

— Oh ! Sur le chemin, j'aimerais que tu ailles porter un paquet pour moi. (Il se tourna vers Colfax.) Tu n'y vois pas d'inconvénient ?

— Voyons, Mike.

Sa victoire le rendait rouge de plaisir.

Michael Moretti dit à Nick Vito.

— Viens. C'est en haut.

Nick suivit Michael dans sa chambre. Une fois à l'intérieur, Michael ferma la porte.

— Je voudrais que tu t'arrêtes avant de quitter le New Jersey.

— D'accord, patron.

— Il faut que tu me débarrasses d'une ordure encombrante.

Nick Vito le regarda sans comprendre.

— Le *consigliere*, expliqua Michael.

— Oh ! D'accord. Tout ce que tu voudras, patron.

— Emmène-le sur la décharge. A cette heure-là, il n'y aura plus personne.

Un quart d'heure plus tard, la limousine prenait la direction de New York. Nick Vito était au volant, Thomas Colfax sur le siège avant à côté de lui.

— Je suis content que Mike ait décidé de mettre cette garce au rancart, déclara Thomas Colfax.

Nick lança un coup d'œil rapide sur l'avocat qui ne se doutait de rien.

— Hmmm-mmm !

Thomas Colfax consulta la montre en or Baume & Mercier qu'il portait au poignet. Il était trois heures du matin, il aurait déjà dû être couché depuis longtemps. La journée avait été longue et il était fatigué. « Je deviens trop vieux pour ce genre de combat », se dit-il.

— Où devons-nous aller ?

— Pas très loin, marmotta Nick entre ses dents. L'esprit de Nick était en ébullition. Tuer faisait partie de son métier, et même, il aimait bien ça, car ça lui donnait un sentiment de pouvoir. Nick se prenait pour un dieu quand il tuait : il était tout-puissant. Mais ce soir, ça le tracassait. Il n'arrivait pas à comprendre pourquoi on lui avait donné l'ordre de supprimer Thomas Colfax. Celui-ci était le *consigliere,* l'homme vers lequel tous se tournaient quand ils avaient des ennuis. Après le Parrain, le *consigliere* était le personnage le plus important de l'Organisation. Il lui avait évité la tôle à de nombreuses reprises.

Merde ! Colfax avait raison. Mike n'aurait jamais dû laisser une femme se mêler de leurs affaires. Les hommes pensaient avec leur cerveau. Les femmes, elles, pensaient avec leur chatte. Oh ! comme il aimerait promener ses mains sur Jennifer Parker ! Il la baiserait jusqu'à ce qu'elle hurle, et alors...

— Attention ! Tu vas sortir de la route !

— Pardon.

Nick donna un rapide coup de volant pour rétablir la direction.

La décharge n'était plus très loin. Nick sentit la transpiration ruisseler sous ses bras. Il jeta à nouveau un coup d'œil sur Thomas Colfax.

Lui éteindre la chandelle, ça serait l'enfance de l'art. Pas plus compliqué que d'endormir un bébé, mais, putain ! Il y avait erreur de bébé ! Quelqu'un devait tirer les ficelles derrière Mike. C'était un péché. Comme d'assassiner son vieux père.

Il regretta de ne pas avoir pu en parler avec Salvatore et Joe. Ils lui auraient dit ce qu'il fallait faire.

Nick aperçut la décharge au loin, sur le bord de la route. Ses muscles commencèrent à se tendre, comme chaque fois qu'il allait faire un coup. Il pressa son bras contre son corps, et il sentit la protubérance rassurante du Smith & Wesson 38 à canon court, niché à cet endroit.

— Je vais avoir besoin d'une bonne nuit de sommeil, dit Thomas Colfax en bâillant.

— Ouais.

Il allait plonger dans un long, très long sommeil.

La voiture était maintenant toute proche de la décharge. Nick vérifia dans le rétroviseur qu'il n'y avait personne derrière eux, et il scruta la route par-devant. Aucune voiture en vue.

Il appuya brutalement sur la pédale du frein, et dit :

— Merde. J'ai l'impression que j'ai crevé.

Il arrêta la voiture, ouvrit la porte et descendit sur la chaussée. Il fit glisser le revolver de son étui et le tint à la main. Puis il contourna la voiture et demanda :

— Vous voulez bien me donner un coup de main ?

Thomas Colfax ouvrit la portière et descendit.

— Je ne suis pas très calé pour...

Il aperçut l'arme que Nick levait vers lui, et il se tut. Il essaya d'avaler.

— Qu... qu'est-ce que ça veut dire, Nick ?

Sa voix se fêla.

— Qu'est-ce que j'ai fait ?

C'était la question qui avait trotté pendant toute la soirée dans l'esprit de Nick Vito. Quelqu'un devait pousser les pions derrière Mike. Colfax était de *leur* bord, il était l'un des leurs. Quand le frère cadet de Nick avait eu des ennuis avec les Fédéraux, c'était Colfax qui avait tiré le gamin du pétrin. Il lui avait même trouvé un boulot. « J'ai une dette envers lui, merde », se dit Nick.

Il laissa retomber sa main qui tenait l'arme.

— Je jure, monsieur Colfax, que j'en sais rien. C'est pas juste.

Thomas Colfax le regarda dans les yeux un moment avant d'ajouter en soupirant :

— Fais ce que tu as à faire, Nick.

— Bon Dieu, j' peux pas faire ça. Vous êtes mon *consigliere*.

— Mike te tuera si tu me laisses partir.

Nick savait que Colfax disait la vérité. Michael Moretti n'était pas un homme à accepter la désobéissance. Nick pensa à Tommy Angelo. Angelo était derrière le volant au cours d'un casse chez un fourreur. Michael lui avait donné l'ordre d'amener la voiture utilisée pour le coup dans une décharge du New Jersey que possédait la Famille, afin de la faire réduire dans un compacteur. Comme Tommy Angelo était pressé de rejoindre sa petite amie, il avait fait culbuter la voiture dans le fleuve à l'extrémité d'une des rues de l'East Side, et les enquêteurs l'avaient retrouvée. Angelo avait disparu le lendemain, et on prétendait que son corps avait été déposé dans le coffre d'une vieille Chevy, et compacté avec la voiture. Personne ne pouvait barrer la route à Michael Moretti et espérer survivre. Il devait pourtant bien y avoir un moyen.

— Mike ne le saura pas, dit Nick.

Son cerveau, d'ordinaire très lent, fonctionnait à toute vitesse, avec une clarté inhabituelle.

— Écoutez, reprit-il. Tout ce que vous avez à faire, c'est vous tirer du pays. Je dirai à Mike que je vous ai enterré sous les ordures, et comme ça on pourra jamais vous trouver. Vous pouvez aller vous cacher en Amérique du Sud ou ailleurs. Vous devez bien avoir un petit magot au soleil.

Thomas Colfax essaya de ne pas manifester dans sa voix l'espoir qu'il ressentait soudain.

— J'ai un gros magot, Nick. Je te donnerai tout ce que...

Nick secoua la tête avec fierté.

— J' fais pas ça pour de l'argent. J' fais ça parce que... — *comment formuler ce qu'il ressentait ?* — j'ai du respect pour vous. La seule chose, c'est qu'il faudra me protéger. Pouvez-vous prendre un avion demain matin pour l'Amérique du Sud ?

— Sans problème, Nick. Tu n'as qu'à me déposer chez moi. Mon passeport est là-bas.

Deux heures plus tard, Thomas Colfax était à bord d'un avion d'Eastern Airlines. En direction de Washington.

47.

C'était leur dernier jour à Acapulco, la brise tiède et délicate de cette matinée enchanteresse jouait des airs mélodieux dans les feuilles des palmiers. La plage de *La Concha* était envahie de touristes avides de prendre le soleil avant de retrouver la routine de leur vie quotidienne.

Joshua arriva en courant près de la table du petit déjeuner, son maillot de bain laissant apparaître son jeune corps bien développé et bronzé. Mme Mackey suivait à pas pesants.

— J'ai eu tout le temps de digérer mon déjeuner, Maman. Est-ce que je peux aller faire du ski nautique maintenant ?

— Joshua, tu viens juste de finir de manger.

— Mon métabolisme est extrêmement élevé, expliqua-t-il d'un ton convaincu. Je digère rapidement.

Jennifer éclata de rire.

— Bon, d'accord. Amuse-toi bien.

— Promis. Tu me regardes, hein ?

Jennifer suivit des yeux son fils qui courait le long de la jetée en attendant le bateau à moteur. Elle l'aperçut qui engageait la conversation avec le pilote, puis l'un et l'autre se tournèrent vers elle. Elle donna son assentiment d'un geste de la main, le pilote hocha la tête, et Joshua mit ses skis aux pieds.

Le moteur du bateau démarra, et Jennifer leva les yeux pour voir Joshua se redresser sur ses skis.

Mme Mackey déclara fièrement.

— Il est naturellement doué pour le sport, n'est-ce pas ?

A cet instant précis, Joshua se retourna pour faire un signe de la main à sa mère, il perdit l'équilibre et tomba contre un des piliers. Jennifer bondit sur ses pieds et se précipita vers la jetée. Quelques secondes plus tard, la tête de Joshua réapparut à la surface de l'eau et il leva les yeux vers elle en souriant.

Jennifer resta figée là, le cœur battant, ne quittant pas du regard Joshua qui remettait ses skis. Le bateau se mit à décrire des cercles autour de lui, jusqu'à ce qu'il prît assez de vitesse pour sortir de l'eau Joshua. Celui-ci se tourna une fois pour agiter la main à l'adresse de sa mère, avant de s'éloigner sur la crête des vagues. Elle le suivit longtemps des yeux, le cœur encore battant de peur. Si quoi que ce soit lui arrivait... Elle se demanda si les autres mères aimaient autant leurs enfants qu'elle aimait son fils, mais à son avis c'était impossible. Elle donnerait sa vie pour Joshua, elle serait capable de tuer pour lui. *J'ai tué pour lui, par la main de Michael Moretti.*

Mme Mackey déclara :

— Cela aurait pu être une mauvaise chute.

— Heureusement, il y a eu plus de peur que de mal.

Joshua resta une heure sur l'eau. Lorsque le bateau revint dans son sillage, il lâcha la corde qui servait à le tirer, et d'un mouvement gracieux il se laissa glisser jusque sur le sable.

Il courut vers Jennifer, fou d'excitation.

— Tu aurais dû voir l'accident, Maman. C'était incroyable ! Un grand voilier a chaviré, alors on s'est arrêtés et on leur a sauvé la vie.

— C'est merveilleux, mon fils. Combien de vies as-tu sauvées ?

— Six.

— Et tu les as sortis de l'eau ?

Joshua hésita.

— Heu, on ne les a pas vraiment sortis de l'eau. Ils étaient assis sur le bord de leur bateau. Mais ils seraient probablement morts de faim si on n'était pas venus à leur secours.

Jennifer se mordit la lèvre pour ne pas rire.

— Je vois. Ils ont eu de la chance que vous soyez venus leur porter de l'aide, alors ?

— Ouais.

— Tu ne t'es pas fait mal en tombant, mon chéri ?

— Bien sûr que non. (Il se tâta le bas du crâne.) Je me suis fait une petite bosse.

— Montre-moi.

— A quoi ça servira ? C'est comme toutes les bosses.

Jennifer se pencha en avant et passa doucement sa main derrière la tête de Joshua.

Ses doigts buttèrent sur une grosse bosse.

— C'est aussi gros qu'un œuf, Joshua.

— C'est rien.

Jennifer se redressa.

— Je crois qu'on ferait mieux de rentrer à l'hôtel.

— Est-ce qu'on ne peut pas rester encore un peu ?

— Non. Il faut faire les valises. Ça m'étonnerait que tu veuilles rater ton match de base-ball de samedi.

Il soupira.

— Sûrement pas. Le vieux Terry Waters n'attend que ça pour prendre ma place.

— Tant pis pour lui. De toute manière, il lance la balle comme une fille.

D'un air entendu, Joshua hocha la tête et conclut :

— Toi aussi, tu trouves ?

Une fois rentrés à *Las Brisas*, Jennifer téléphona au directeur pour lui demander d'envoyer un médecin dans la chambre. Celui-ci arriva une demi-heure plus tard. C'était un Mexicain corpulent, d'âge moyen, vêtu d'un costume blanc à la coupe démodée. Jennifer le fit entrer dans le bungalow.

— En quoi puis-je vous être utile ? demanda le Dr Raul Mendoza.

— Mon fils a fait une chute ce matin. Il a une méchante bosse à la tête. Je voudrais être sûre qu'il n'a rien.

Jennifer le conduisit dans la chambre de Joshua, où il était en train de boucler une valise.

— Joshua, voici le Dr Mendoza.

Joshua leva les yeux, et demanda :

— Il y a quelqu'un de malade ?

— Non. Personne n'est malade, mon chéri. J'aimerais simplement que le docteur jette un coup d'œil à ta tête.

— Pour l'amour du ciel, Maman ! Qu'est-ce qu'elle a, ma tête ?

— Rien. Simplement, je serais rassurée si le Dr Mendoza la regardait. Fais-moi plaisir.

— Ah ! les femmes ! s'exclama Joshua.

Il lança au docteur un regard soupçonneux.

— Vous n'allez pas m'enfoncer des aiguilles, ou des trucs dans le même genre, j'espère ?

— Non, señor. Je suis un docteur qui ne fait jamais mal.

— C'est ceux-là que j'aime.

— Asseyez-vous, je vous prie.

Joshua s'assit sur le bord du lit et le Dr Mendoza fit courir ses doigts à la base du crâne de Joshua. Joshua plissa les yeux car cela lui faisait mal, mais il ne cria pas. Le docteur ouvrit sa trousse et en sortit un ophtalmoscope.

— Ouvrez grands les yeux, je vous prie.

Joshua obéit. Le Dr Mendoza regarda à travers l'instrument.

— Est-ce que vous voyez des filles nues en train de danser ?

— Joshua !

— Je demandais, simplement.

Le Dr Mendoza examina l'autre œil de Joshua.

— Vous êtes en aussi bon état qu'un camion tout neuf. N'est-ce pas une expression typiquement américaine ?

Il se mit debout et referma sa trousse.

— Je vous conseille de mettre de la glace dessus, dit-il à Jennifer. Demain, il n'y paraîtra plus.

Jennifer se sentit libérée d'un grand poids.

— Merci, dit-elle au docteur.

— Je vais m'arranger avec le caissier de l'hôtel pour mes honoraires, señora. Au revoir, jeune homme.

— Au revoir, docteur Mendoza.

Le médecin parti, Joshua se tourna vers sa mère.

— Tu aimes vraiment jeter l'argent par les fenêtres, Maman.

— C'est vrai. J'aime le gaspiller pour des choses aussi futiles que la nourriture, ta santé...

— C'est moi qui ai la meilleure forme de toute l'équipe.

— Reste ainsi.

Il sourit.

— Je te le promets.

Ils embarquèrent dans l'avion de six heures pour New York, et ils furent de retour à Sands Point tard dans la soirée. Joshua dormit durant tout le trajet jusque chez lui.

48.

La pièce était peuplée de fantômes. Adam Warner se trouvait dans son bureau, en train de préparer un important discours électoral pour la télévision, mais il n'arrivait absolument pas à se concentrer. Il ne pensait qu'à Jennifer. Depuis son retour d'Acapulco, il n'avait pu penser à rien d'autre. Sa rencontre n'avait fait que confirmer ce qu'Adam savait depuis le début. Il avait fait le mauvais choix. Jamais il n'aurait dû renoncer à Jennifer. La retrouver, cela lui rappelait tout ce qu'il avait possédé, puis rejeté, et cette idée lui était insupportable.

Il se trouvait dans une situation impossible. Une situation sans issue, comme aurait dit Blair Roman.

On frappa à la porte et Chuck Morrison, premier assistant d'Adam, entra avec une cassette à la main.

— Puis-je vous parler une minute, Adam ?

— Cela ne peut-il pas attendre, Chuck ? Je suis au milieu d'un...

— Je ne pense pas.

La voix de Chuck Morrison était tout excitée.

— Bon. Qu'y a-t-il de si urgent ?

Chuck Morrison se rapprocha du bureau.

— Je viens de recevoir un appel téléphonique étrange. C'est peut-être un fou, mais, dans le cas contraire, on pourra dire que le père Noël est venu plus tôt que prévu cette année. Écoutez ça.

Il introduisit la cassette dans le lecteur situé sur le bureau d'Adam, appuya sur une touche, et la bande se déroula.

Pouvez-vous me redire votre nom ?

C'est inutile. Je ne parlerai qu'au sénateur Warner.

Le sénateur est occupé pour le moment. Pourquoi ne lui envoyez-vous pas un mot que je m'efforcerai de...

Non ! Écoutez-moi bien. C'est très important. Dites au sénateur Warner que je peux lui livrer Michael Moretti. Je mets ma vie en jeu en vous téléphonant. Faites passer ce message au sénateur Warner.

Entendu. Où êtes-vous ?

Je suis au motel Capitol, *sur la Trente-deuxième Rue. Chambre quatorze. Dites-lui de ne venir qu'après la tombée de la nuit, et de s'assurer qu'il n'est pas suivi. Je sais que vous enregistrez cette conversation. Si vous la faites écouter à toute autre personne que lui, je suis un homme mort.*

Il y eut un déclic et la bande s'arrêta.

Chuck Morrison demanda :

— Qu'en pensez-vous ?

Adam fronça les sourcils.

— La ville est pleine d'excentriques. D'un autre côté, ce type-là sait quel appât utiliser, n'est-ce pas ? Michael — bon sang — Moretti.

A dix heures du soir, Adam Warner, accompagné de quatre hommes des services secrets, frappa discrètement à la porte de la chambre 14 du motel *Capitol*. La porte s'entrouvrit.

Dès l'instant où Adam aperçut le visage de l'homme à l'intérieur, il ordonna aux hommes qui le suivaient :

— Restez dehors. Que personne n'approche de cet endroit.

La porte s'ouvrit davantage, et Adam entra dans la pièce.

— Bonsoir, sénateur Warner.

— Bonsoir, monsieur Colfax.

Les deux hommes se jaugèrent mutuellement.

Thomas Colfax faisait plus âgé que la dernière fois qu'Adam l'avait vu, mais il y avait autre chose en plus, d'indéfinissable. Adam comprit soudain ce que c'était. La peur. Thomas Colfax était terrorisé. Il s'était toujours montré un homme sûr de lui, presque arrogant, et maintenant cette belle assurance avait disparu.

— Merci d'être venu, Sénateur, dit-il d'une voix tendue, nerveuse.

— J'ai cru comprendre que vous vouliez m'entretenir de Michael Moretti.

— J'ai les moyens de le livrer à vos pieds.

— Vous êtes l'avocat de Moretti. Pourquoi voudriez-vous faire une chose pareille ?

— J'ai mes raisons.

— Si j'accepte votre proposition, qu'attendez-vous de moi en retour ?

— Tout d'abord, une immunité totale. Ensuite, je veux quitter le pays. Il me faudra un passeport et des papiers... une nouvelle identité.

Ainsi, Michael Moretti avait conclu un contrat avec un de ses hommes pour éliminer Thomas Colfax. C'était la seule explication. Adam avait du mal à croire à sa bonne fortune. Jamais il n'aurait de meilleure donne.

— En admettant que je vous obtienne l'immunité, fit Adam, et je ne vous la promets pas encore, vous comprendrez que j'attendrai de vous un témoignage complet devant les tribunaux. Il faudra me dire tout ce que vous savez.

— Je vous le dirai.

— Moretti sait-il où vous êtes ?

— Il me croit mort.

Thomas Colfax sourit nerveusement.

— S'il me trouve, je le serai pour de bon.

— Il ne vous trouvera pas. Pas si nous passons un accord.

— Je remets ma vie entre vos mains, Sénateur.

— Honnêtement, vous ne m'intéressez pas du tout. Celui que je veux, c'est Moretti. Voyons un peu les règles du jeu. Si nous parvenons à un accord, vous obtiendrez toutes les protections que le gouvernement pourra vous octroyer. Si votre témoignage me satisfait, nous vous remettrons une somme d'argent suffisante pour que vous puissiez vivre dans le pays de votre choix sous une nouvelle identité. En échange, vous devrez vous plier aux conditions suivantes : j'exige de votre part un aveu complet des activités de Moretti. Vous aurez à témoigner devant un grand jury [1], et quand nous amènerons Moretti au procès, j'attendrai

1. *Grand jury :* conseil des notables convoqué pour décider si, oui ou non, il y a motif d'inculpation. Équivalent du juge d'instruction.

de vous que vous vous présentiez comme témoin du gouvernement. D'accord ?

Thomas Colfax détourna le regard. Pour finir, il dit :

— Tony Granelli doit être en train de se retourner dans sa tombe. Qu'arrive-t-il aux hommes ? Qu'est devenu l'honneur ?

Adam n'avait pas de réponse à ses questions. Voilà un homme qui avait triché avec la loi des centaines de fois, qui avait payé des tueurs à gages, qui avait contribué à l'élaboration de l'organisation du crime la plus pernicieuse que le monde civilisé eût jamais connue. Et il demandait où était passé l'honneur.

Thomas Colfax se tourna vers Adam.

— J'accepte de conclure ce marché. Je veux qu'il soit écrit et signé de l'attorney général.

— C'est entendu.

Adam jeta un coup d'œil circulaire à la chambre miteuse du motel.

— Partons d'ici.

— Je refuse d'aller dans un hôtel. Moretti a des oreilles partout.

— Certainement pas là ou je vous emmène.

Quelques minutes après minuit, un camion militaire et deux jeeps, conduits par des Marines armés, s'immobilisèrent devant la chambre n° 14. Quatre hommes de la police militaire pénétrèrent à l'intérieur pour en ressortir quelques instants plus tard, escortant de très près Thomas Colfax jusqu'à l'arrière du camion. Le convoi s'ébranla, une jeep à l'avant, une autre à l'arrière, et prit la direction de Quantico, en Virginie, à cinquante kilomètres au sud de Washington. Les trois véhicules filèrent à vive allure, et arrivèrent quarante-cinq minutes plus tard devant la base américaine des Marines de Quantico.

Le commandant de la base, le Major général Roy Wallace, les attendait à la grille d'entrée, en compagnie d'un détachement. Quand le convoi s'immobilisa, le général Wallace s'adressa au capitaine commandant le détachement.

— Le prisonnier doit être conduit directement dans sa cellule. Interdiction de lui adresser la parole.

Le Major général Wallace assista à l'entrée du convoi à l'intérieur des quartiers militaires. Il aurait volontiers donné un mois de sa solde pour connaître l'identité de l'homme dans le camion. Le terrain, qui s'étendait sur plus de cent hectares, abritait une base de Marines et un centre de formation du F.B.I., et c'était en outre le principal centre d'entraînement de la division des Marines des États-Unis. Jamais on ne lui avait demandé jusqu'à maintenant d'héberger un prisonnier civil. Le règlement l'interdisait formellement.

Deux heures plus tôt, il avait reçu un appel téléphonique du commandant en chef de la division des Marines en personne.

— Il y a un prisonnier en route vers votre base, Roy. Je souhaite que vous libériez les quartiers de haute surveillance, et que vous le gardiez là, jusqu'à ce que vous receviez de nouvelles instructions.

Le général Wallace crut avoir mal entendu.

— Vous avez bien dit les quartiers de haute surveillance, monsieur ?

— Absolument. Je veux que cet homme y soit gardé seul. Personne n'aura le droit de l'approcher. Doublez l'équipe de surveillance. Vous m'avez compris ?

— Oui, mon général.

— Encore une chose, Roy. S'il arrivait quoi que ce soit au prisonnier pendant qu'il se trouve sous votre surveillance, je vous ferais rôtir à la broche.

Et le commandant avait raccroché.

Le général Wallace suivit des yeux le camion qui progressait lentement en direction des quartiers de haute surveillance, puis il retourna dans son bureau et sonna son adjoint, le capitaine Alvin Giles.

— A propos de l'homme que nous allons garder dans les quartiers de haute surveillance..., commença le général Wallace.

— Oui, mon général.

— Notre objectif essentiel, c'est sa sécurité. Je veux que vous choisissiez personnellement ses gardiens. Personne d'autre ne sera autorisé à l'approcher. Pas de visite, pas de courrier, pas de colis. Vous m'avez compris ?

— Oui, mon général.

— Je veux que vous assistiez vous-même à la préparation de ses repas à la cuisine.

— Oui, mon général.

— Si jamais quelqu'un manifestait une curiosité inhabituelle à son égard, j'exige que vous m'en fassiez aussitôt un rapport. D'autres questions ?

— Non, mon général.

— Très bien, Al. Ayez l'œil vigilant. S'il arrivait quoi que ce soit, je vous ferais rôtir à la broche.

49.

Jennifer fut tirée de son sommeil aux premières heures de la matinée par le léger crépitement de la pluie, et elle resta allongée dans son lit à l'écouter tambouriner contre la maison.

Elle regarda son réveil. Il était temps de commencer la journée.

Une demi-heure plus tard, elle descendit dans la salle à manger rejoindre Joshua pour le petit déjeuner. Il n'était pas là.

Mme Mackey surgit de la cuisine.

— Bonjour, madame Parker.

— Bonjour. Où est Joshua ?

— Il avait l'air tellement fatigué que j'ai préféré le laisser dormir encore un peu. Il ne retourne à l'école que demain.

Jennifer opina de la tête.

— Très bonne idée.

Elle prit son petit déjeuner et remonta au premier étage dire au revoir à son fils. Il était couché dans son lit, profondément endormi.

Elle s'assit sur le bord du lit et lui demanda d'une voix douce.

— Hé, marmotte, tu veux bien me dire au revoir ?

Il ouvrit péniblement un œil.

— Bien sûr, l'amie. Salut.

Sa voix était tout ensommeillée.

— Est-ce que je dois me lever ?

— Non. Tu sais ce que tu vas faire ? Tu vas rester tranquillement à la maison, tu pourras paresser et t'amuser. Il pleut trop fort pour aller dehors.

D'une voix assoupie, il acquiesça.

— D'accord, Maman.

Il referma les yeux et s'endormit.

Jennifer passa l'après-midi au palais, et, le temps de terminer son travail et de rentrer chez elle, il était plus de sept heures. La pluie, qui n'avait été qu'un crachin pendant la journée, tombait à torrents, et lorsque Jennifer emprunta l'allée devant la maison, celle-ci ressemblait à un château fort encerclé de douves remplies d'une eau grise et bouillonnante.

Mme Mackey ouvrit la porte et aida Jennifer à enlever son manteau dégoulinant.

Jennifer secoua les gouttes accrochées à ses cheveux et demanda :

— Où est Joshua ?

— Il dort.

Elle regarda Mme Mackey avec inquiétude.

— Il a dormi toute la journée ?

— Mon Dieu, non. Il a joué un bon moment. Je lui ai préparé son dîner, mais quand je suis montée le chercher, il s'était à nouveau endormi, alors j'ai pensé que c'était mieux de le laisser.

— Je vois.

Jennifer monta dans la chambre de Joshua et entra sans faire de bruit. L'enfant dormait. Elle se pencha sur lui et tâta son front. Il n'avait pas de fièvre ; son teint était normal. Elle lui prit le pouls. Il n'y avait rien d'anormal, c'était son imagination qui courait trop vite. Joshua avait dû prendre trop d'exercice en jouant, il était donc naturel qu'il fût fatigué. Elle se glissa hors de la chambre et redescendit au rez-de-chaussée.

— Pourquoi ne lui prépareriez-vous pas quelques sandwiches, madame Mackey ? Laissez-les près de son lit. Il pourra les manger quand il se réveillera.

Jennifer dîna à son bureau, tout en travaillant à des dossiers et en préparant une déposition pour le lendemain. Elle songea à appeler Michael pour lui annoncer qu'elle était rentrée, mais elle hésita à lui parler si peu de temps après la nuit passée avec Adam... Il était tellement perspicace. Il était plus de minuit quand elle acheva sa lecture. Elle se leva, s'étira, essayant de dénouer les muscles tendus de son dos et de son cou. Elle rangea ses papiers dans sa serviette, éteignit la lumière et monta. En passant devant la chambre de Joshua, elle jeta un coup d'œil. Il dormait toujours. Les sandwiches posés sur la table de nuit à côté du lit étaient intacts.

Le lendemain matin, quand Jennifer descendit pour le petit déjeuner, Joshua se trouvait déjà là, habillé et prêt à aller à l'école.

— Bonjour, Maman.

— Bonjour, mon chéri. Comment te sens-tu ?

— En pleine forme. J'étais vraiment fatigué. C'est sûrement à cause de ce soleil mexicain.

— Probablement.

— Acapulco, c'est vraiment super. Est-ce qu'on pourra y retourner aux prochaines vacances ?

— Pourquoi pas. Tu es content de retourner à l'école ?

— Je refuse de répondre sur un terrain qui pourrait me porter préjudice.

Au milieu de l'après-midi, alors que Jennifer recueillait une déposition, Cynthia l'appela sur l'interphone.

— Pardonnez-moi de vous déranger, mais j'ai en ligne une certaine Mme Stout qui...

C'était la directrice d'école de Joshua.

— Passez-la-moi.

Jennifer décrocha l'appareil.

— Bonjour, madame Stout. Qu'est-ce qui ne va pas ?

— Rien, rien. Tout va bien, madame Parker. Je ne voulais pas vous inquiéter. J'ai pensé simplement que ça serait peut-être une bonne idée de vous suggérer de faire dormir Joshua davantage.

— Que voulez-vous dire ?

— Il a dormi pendant pratiquement toutes ses classes aujourd'hui. Mme Williams et Mme Toboco me l'ont signalé toutes les deux. Vous devriez peut-être veiller à ce qu'il se couche un peu plus tôt.

Jennifer regarda fixement l'appareil.

— Je... oui, je vais y veiller.

Lentement, elle reposa le combiné, puis elle se tourna vers les gens qu'elle recevait dans son bureau.

— Je... je suis désolée, fit-elle. Excusez-moi.

Elle se précipita dans le bureau de la réception.

— Cynthia, trouvez-moi Dan. Demandez-lui de finir de recueillir la déposition à ma place. Il s'est passé quelque chose.

— Tout...

Jennifer avait déjà franchi la porte.

Elle se mit au volant de sa voiture qu'elle conduisit

comme une folle jusque chez elle, dépassant la limitation de vitesse, brûlant les feux rouges, l'esprit brouillé d'images où il arrivait des choses terribles à Joshua. Le trajet lui parut interminable, et quand la maison surgit au loin, Jennifer s'attendait déjà à voir l'allée remplie d'ambulances et de voitures de police. L'allée était déserte. Jennifer se gara devant la porte d'entrée, et elle se rua dans la maison.

— Joshua !

Il était dans le bureau, en train de regarder un match de base-ball à la télévision.

— Salut. Tu rentres de bonne heure. On t'a virée ?

Jennifer resta figée sur le pas de la porte à le regarder, le corps libéré, soulagé. Elle se sentit ridicule.

— T'aurais dû voir le dernier tour de batte. Craig Swan a été fantastique !

— Comment te sens-tu ?

— Très bien.

Jennifer posa la main sur son front. Il n'avait pas de fièvre.

— Tu es sûr que tu vas bien ?

— Bien sûr. Tu as un drôle d'air. Qu'est-ce qui t'inquiète ? Tu veux qu'on ait une conversation d'homme à homme ?

Elle sourit.

— Non, mon chéri. Simplement... As-tu mal quelque part ?

Il grogna.

— Je te l'ai déjà dit. Les Mets sont en train de perdre six à cinq. Tu sais ce qui s'est passé dans le dernier tour ?

D'une voix tout excitée, il entreprit le récit des

exploits de son équipe favorite. Jennifer, pendant ce temps, ne détachait pas son regard de lui, l'adorant, se disant : *Quelle imagination imbécile ! C'est évident qu'il va bien.*

— Continue à regarder le match. Je vais m'occuper du dîner.

Jennifer alla dans la cuisine, le cœur léger. Elle décida de faire un gâteau à la banane, un des desserts favoris de Joshua.

Une demi-heure plus tard, quand elle revint dans le bureau, Joshua était allongé par terre, sans connaissance.

Le transport jusqu'au Blinderman Memorial Hospital sembla éternel. Jennifer était assise à l'arrière de l'ambulance, tenant la main de Joshua. Un infirmier maintenait un masque à oxygène sur le visage de l'enfant. Il n'avait pas repris connaissance. La sirène de l'ambulance lançait des hurlements stridents, mais la circulation était dense et le véhicule avait du mal à se frayer un passage, tandis que les curieux s'agglutinaient aux fenêtres, dévisageant la femme au visage blême et l'enfant évanoui. Cette violation de sa vie privée rendait Jennifer malade.

— Pourquoi n'utilise-t-on pas des vitres opaques pour les ambulances ? demanda-t-elle.

L'infirmier sursauta.

— Pardon ?

— Rien... rien.

Après ce qui sembla une éternité, l'ambulance arriva devant l'entrée des urgences, à l'arrière de l'hôpital. Deux internes les attendaient. Jennifer les regarda, impuissante, évacuer Joshua de l'ambulance et le déposer sur une civière.

Un infirmier lui demanda :

— Vous êtes la mère du garçon ?

— Oui.

— Par ici, s'il vous plaît.

Il s'ensuivit un kaléidoscope confus de bruits, de lumières et de mouvements. Jennifer aperçut la civière de Joshua qu'on roulait le long d'un couloir blanc jusqu'à la salle de radiographie.

Elle tenta de le suivre, mais l'infirmier la retint :

— Vous devez d'abord remplir ses papiers d'admission.

Derrière le bureau, une femme maigre était en train de lui demander :

— Comment allez-vous payer ? Êtes-vous affiliée à la Blue Cross, ou avez-vous une autre assurance ?

Jennifer voulut hurler au visage de cette femme, elle voulut aller rejoindre Joshua, mais elle se força à répondre aux questions, et, une fois qu'elle eut rempli les différents formulaires, la femme l'autorisa à partir.

Elle se précipita dans la salle des rayons. La pièce était vide. Joshua avait disparu. Jennifer revint en courant vers le hall d'entrée, cherchant frénétiquement son enfant. Elle croisa une infirmière.

Jennifer lui agrippa le bras.

— Où est mon fils ?

L'infirmière répondit :

— Je ne sais pas. Comment s'appelle-t-il ?

— Joshua. Joshua Parker.

— Où l'avez-vous laissé ?

— Il... on le passait aux rayons X... il...

Jennifer s'exprimait avec incohérence.

— Qu'ont-ils fait de lui ! Dites-le-moi !

L'infirmière se rapprocha de Jennifer et lui dit :

— Attendez-moi ici, madame Parker. Je vais voir ce que je peux faire.

Elle réapparut quelques minutes plus tard.

— Le Dr Morris souhaite vous voir. Par ici, je vous prie.

Jennifer avait les jambes qui tremblaient. Elle avait du mal à marcher.

— Ça ne va pas ? L'infirmière l'observait.

Sa bouche était sèche d'angoisse.

— Je veux mon fils.

Elles entrèrent dans une pièce équipée d'appareils étranges.

— Attendez là.

Le Dr Morris entra après quelques instants. C'était un homme très gros, au visage rubicond et aux doigts maculés de taches de nicotine.

— Madame Parker ?

— Où est Joshua ?

— Suivez-moi, je vous prie.

Il conduisit Jennifer dans un petit bureau situé juste en face de la salle aux appareils étranges.

— Asseyez-vous.

Jennifer prit un siège.

— Joshua est... il... il n'a rien de grave, n'est-ce pas, docteur ?

— Nous ne savons pas encore.

Sa voix était étonnamment douce pour un homme de sa corpulence.

— J'ai besoin de certains renseignements. Quel âge a votre fils ?

— Il n'a que sept ans.

Le *que* lui avait échappé, tel un reproche fait à Dieu.

— A-t-il eu récemment un accident ?

Une image traversa l'esprit de Jennifer, celle de Joshua se retournant pour la saluer, perdant son équilibre et heurtant un pilier.

— Il... il a eu un accident de ski nautique. Il s'est cogné la tête.

Le docteur prenait des notes.

— Il y a combien de temps ?

— Je... quelques... il y a quelques jours. A Acapulco.

Elle avait du mal à être cohérente.

— Avait-il l'air d'aller bien après l'accident ?

— Oui. Il s'est fait une bosse dans le bas du crâne, mais sinon, il... il allait parfaitement bien.

— Avez-vous remarqué une quelconque perte de mémoire ?

— Non.

— Des troubles du comportement ?

— Non.

— Des convulsions, une raideur dans le cou, ou des migraines ?

— Non.

Le médecin s'arrêta d'écrire, et il leva les yeux sur Jennifer.

— Je lui ai fait un examen aux rayons X, mais ça n'est pas suffisant. Je veux le passer au scanner.

— Au quoi ?

— C'est un nouvel appareil électronique qui vient d'Angleterre et qui permet de prendre des photos à l'intérieur du cerveau. Je devrai peut-être ensuite procéder à des examens supplémentaires. Y voyez-vous un inconvénient ?

— Si-si-si..., elle bafouillait... si c'est nécessaire. Ça-ça-ça ne lui fera pas mal, n'est-ce pas ?

— Non. J'aurai peut-être également besoin de lui faire une péridurale.

Il la terrifiait.

Elle se força à formuler la question :

— A votre avis c'est quoi ? Qu'est-ce qu'à mon fils ?

Elle ne reconnut pas le son de sa propre voix.

— Je préfère ne pas émettre de suppositions, madame Parker. Nous aurons la réponse d'ici une heure ou deux. Il est réveillé, maintenant, si vous souhaitez le voir.

— Oh ! oui.

Une infirmière la conduisit dans la chambre de Joshua. Il était couché dans le lit, fragile silhouette pâle. Il leva les yeux vers Jennifer quand elle entra.

— Salut, Maman.

— Bonjour, toi.

Elle s'assit sur le bord du lit.

— Comment te sens-tu ?

— Bizarre. Comme si j'étais pas là.

Jennifer tendit la main pour prendre la sienne.

— Mais si, tu es là, mon amour. Et je suis avec toi

— Je vois tout en double.

— Tu... tu l'as dit au docteur.

— Hmmm. Je l'ai vu double. J'espère qu'il ne va pas t'envoyer deux factures.

Jennifer entoura tendrement Joshua de ses bras, et elle le berça. Son corps semblait frêle, rétréci.

— Maman ?

— Oui, mon chéri ?

— Tu ne me laisseras pas mourir, hein ?

Elle ressentit une violente brûlure dans les yeux.

— Non, Joshua, je ne te laisserai pas mourir. Les médecins vont te guérir, et je te ramènerai à la maison.

— D'accord. Et tu as promis qu'on retournerait à Acapulco.

— Oui. Dès que...

Il dormait.

Le Dr Morris entra, suivi de deux hommes en blouse blanche.

— Nous voulons commencer les tests maintenant, madame Parker. Ça ne sera pas long. Vous pouvez attendre ici, et vous mettre à l'aise.

Jennifer les regarda emmener Joshua. Elle s'assit sur le bord du lit, anéantie, comme si on l'avait rouée de coups. Toute son énergie l'avait quittée. Elle resta assise là, les yeux fixés sur le mur blanc, hébétée. Par la suite, une voix dit :

— Madame Parker...

Elle leva les yeux sur le Dr Morris.

— Je vous en prie, faites les test, lui dit-elle.

Il lui adressa un regard étrange.

— Nous avons fini.

Jennifer regarda la pendule sur le mur. Elle était restée assise là pendant deux heures. Où donc s'était enfui le temps ? Elle plongea ses yeux dans ceux du Dr Morris, déchiffrant son expression, à la recherche du moindre indice qui lui dirait si les nouvelles étaient bonnes ou mauvaises. Combien de fois avait-elle accompli ce geste par le passé, essayant de lire sur le visage des jurés, sachant par avance d'après leur expression quel verdict ils rendraient ? Cent fois ? Cinq cents fois ? A cet instant précis, parce que la panique la dévorait, elle n'arrivait à rien. Son corps fut pris de tremblements incontrôlables.

Le Dr Morris lui dit :

— Votre fils souffre d'un hématome subdural. En termes clairs, cela veut dire que son cerveau a subi un traumatisme grave.

Sa gorge se dessécha soudain, au point qu'elle ne put prononcer un mot.

— Que...

Elle avala sa salive et fit une nouvelle tentative.

— Qu'est-ce que...

Elle ne put aller au bout de sa phrase.

— Il faut l'opérer immédiatement. J'ai besoin de votre autorisation.

Il était en train de lui jouer un tour cruel. Dans un instant, il allait lui sourire et lui dire que Joshua allait bien. C'était simplement pour vous punir, madame Parker, de m'avoir fait perdre mon temps. Il n'y a rien d'anormal chez votre fils, sinon qu'il a besoin de sommeil. C'est un enfant en pleine croissance. Vous ne devriez pas nous prendre ainsi de notre temps, alors que nous avons des patients à soigner qui, eux, sont réellement malades. Il allait lui sourire et lui dire : « Vous pouvez remmener votre fils chez vous maintenant. »

Le Dr Morris continua.

— Il est jeune et semble robuste. Tout laisse à penser que l'opération sera un succès.

Il allait découper le crâne de son bébé, le charcuter avec des instruments pointus, peut-être même détruire ce qui faisait de Joshua qu'il était Joshua. Peut-être... le tuer.

— Non !

Ce fut un cri de colère.

— Vous me refusez l'autorisation d'opérer ?

— Je...

Elle avait l'esprit tellement embrouillé qu'elle était incapable de réfléchir.

— Que... que se passera-t-il si vous ne l'opérez pas ?

Le Dr Morris répondit simplement.

— Votre fils mourra. Le père du garçon est-il ici ?

Adam ! Oh ! comme elle aimerait qu'Adam fût là, comme elle aimerait qu'il la prît dans ses bras, pour la consoler. Qu'il la rassurât, qu'il lui dise que tout allait bien se passer, que Joshua allait guérir.

— Non, répondit-elle pour finir, il n'est pas ici. Je... je vous donne mon autorisation. Opérez-le.

Le Dr Morris remplit un formulaire et le lui tendit.

— Voulez-vous signer ici, je vous prie ?

Jennifer signa le papier sans le lire.

— Combien de temps ça va durer ?

— Je ne le saurai que lorsque j'aurai ouvert...

Il surprit l'expression de son visage.

— Quand j'aurai commencé l'opération. Voulez-vous attendre ici ?

— Non !

Les murs se refermaient sur elle, l'étouffaient. Elle ne pouvait plus respirer.

— Y a-t-il un endroit où je puisse prier ?

C'était une petite chapelle avec un tableau de Jésus au-dessus de l'autel. Il n'y avait personne à part Jennifer. Elle s'agenouilla, mais elle fut incapable de prier. Elle n'était pas pratiquante ; pourquoi Dieu l'écouterait-il ? Elle essaya d'apaiser son esprit pour pouvoir Lui parler, mais ses tourments étaient trop violents ; ils avaient entièrement pris possession d'elle. Impitoyable envers elle-même, elle s'adressa toutes sortes de reproches. *Si seulement je n'avais pas emmené Joshua à Acapulco... Si je ne l'avais pas laissé faire du ski nautique... Si je m'étais méfiée de ce médecin mexicain... Si. Si. Si.* Elle marchanda avec Dieu. *Guéris-le, et je ferai tout ce que Tu me demanderas.*

Elle nia l'existence de Dieu. *Si Dieu existe, pourquoi ferait-il cela à un enfant qui n'a jamais fait de mal à personne ? Quel est ce Dieu qui laisse mourir les enfants innocents ?*

Finalement, à bout de forces, elle calma ses pensées et se souvint de ce que lui avait dit le Dr Morris. *Il est jeune et semble robuste. Tout laisse à penser que l'opération sera un succès.*

Tout allait bien se passer. C'était évident. Dès que tout ça serait fini, elle emmènerait Joshua dans un endroit où il pourrait se reposer. Acapulco, s'il en avait envie. Ils liraient, joueraient à des jeux, parleraient...

Trop épuisée pour penser davantage, elle s'effondra sur une chaise, l'esprit vide, englué dans le brouillard. Quelqu'un lui effleura le bras. Elle ouvrit les yeux et vit le Dr Morris penché au-dessus d'elle. A son expression, elle comprit qu'il était inutile de poser des questions.

Elle perdit connaissance.

50.

Joshua était allongé sur une étroite table de métal, figé dans une immobilité éternelle. On aurait dit qu'il dormait paisiblement, son jeune visage exprimant des secrets, des rêves lointains. Jennifer avait vu cette expression des milliers de fois quand il se pelotonnait dans la tiédeur de son lit, tandis qu'assise à côté de lui, elle ne pouvait détacher le regard de son jeune fils, gonflée d'un amour si fort qu'il l'étouffait. Et combien de fois avait-elle, avec des gestes tendres, enroulé la couverture autour de lui pour le protéger du froid de la nuit ?

Maintenant, ce froid avait envahi le corps de Joshua. Jamais plus il ne retrouverait sa tiédeur. Ces yeux brillants ne s'ouvriraient plus jamais pour la regarder, jamais plus elle ne devinerait ce sourire sur ses lèvres, jamais plus elle n'entendrait sa voix, ni ne sentirait ses petits bras vigoureux l'étreindre. Il était nu sous le drap.

Elle dit au médecin.

Il faut lui mettre une couverture. Il va avoir froid.

— Il ne peut pas...

Le Dr Morris arrêta ses yeux sur ceux de Jennifer, et ce qu'il y vit lui fit ajouter :

— Oui, naturellement, madame Parker, et il se tourna vers l'infirmière : Allez chercher une couverture.

Six personnes se trouvaient dans la pièce, pour la

plupart vêtues d'une blouse blanche, et toutes semblaient parler à Jennifer, mais elle n'arrivait pas à entendre ce qu'elles lui disaient. Comme si elle était prisonnière d'une cloche de verre, emmurée à l'écart. Elle voyait leurs lèvres bouger, mais aucun son n'en sortait. Elle voulait leur hurler de s'en aller, mais elle craignait d'effrayer Joshua. Quelqu'un lui secoua le bras et le charme fut rompu. La pièce fut soudain remplie de sons rugissants, tout le monde donnant l'impression de parler à la fois.

Le Dr Morris était en train de dire :

— ... nécessaire de pratiquer une autopsie.

Jennifer déclara d'une voix calme :

— Si jamais vous touchez encore à mon fils, je vous tue.

Et elle adressa un large sourire à tous ceux qui l'entouraient, car elle ne voulait pas qu'ils se fâchent contre Joshua.

Une infirmière essaya de persuader Jennifer de quitter la pièce, mais celle-ci refusa catégoriquement.

— Je ne peux pas le laisser seul. Quelqu'un pourrait éteindre les lumières. Et Joshua a peur dans le noir.

On lui étreignit le bras, elle sentit la piqûre d'une aiguille, une immense chaleur l'envahit peu à peu, puis elle sombra dans une torpeur paisible et elle s'endormit.

Quand elle s'éveilla, c'était la fin de l'après-midi. Elle se trouvait dans une petite chambre de l'hôpital, on l'avait déshabillée et revêtue d'une blouse. Elle se leva, enfila ses vêtements, et partit à la recherche du Dr Morris. Son calme n'avait rien de naturel.

— Nous allons prendre nous-mêmes toutes les dispositions pour l'enterrement, madame Parker. Vous n'aurez pas à...

— Je vais m'en occuper.

— Très bien.

Il hésita, gêné.

— En ce qui concerne l'autopsie, je sais que vous ne pensiez pas ce que vous avez dit ce matin. Je...

— Vous vous trompez.

Les deux jours qui suivirent, Jennifer sacrifia à tous les rites qui entourent la mort. Elle s'adressa à une entreprise locale de pompes funèbres, et mit au point les modalités de l'enterrement. Elle choisit un cercueil blanc doublé de satin. Elle avait une parfaite maîtrise d'elle-même, les yeux secs, mais, lorsque plus tard, elle essaya de se souvenir de ces instants, sa mémoire n'en avait pas conservé la moindre trace. C'était comme si quelqu'un d'autre avait pris en charge son corps et son esprit, et agi à sa place. Elle était dans un état de choc profond, se retranchant derrière sa carapace protectrice pour éviter de devenir folle.

Au moment où Jennifer prit congé de l'entrepreneur de pompes funèbres, celui-ci lui dit :

— Si vous souhaitez que votre fils soit enterré dans des vêtements particuliers, madame Parker, vous pouvez nous les apporter et nous l'habillerons.

— J'habillerai Joshua moi-même.

Surpris, il ajouta :

— Si vous le voulez, bien sûr, mais...

Il la suivit des yeux tandis qu'elle s'éloignait, se demandant si elle savait à quoi ressemblait l'habillage d'un mort.

Jennifer rentra chez elle en voiture, elle se gara dans l'allée et entra dans la maison.

Mme Mackey était dans la cuisine, les yeux rouges, le visage déformé par le chagrin.

— Oh ! madame Parker ! Je ne peux pas croire...

Jennifer ne la vit ni ne l'entendit. Elle passa devant elle et monta dans la chambre de Joshua. C'était toujours la même. Rien n'avait changé, sinon que la pièce était vide. Les livres et les jeux de Joshua, ses équipements de base-ball et de ski, tout était là, à l'attendre. Jennifer resta sur le pas de la porte, le regard vide, essayant de se rappeler pourquoi elle était venu là. *Ah ! oui. Des vêtements pour Joshua.* Elle se dirigea vers le placard. Il y avait là un costume bleu foncé qu'elle lui avait acheté pour son dernier anniversaire. Joshua le portait le soir où elle l'avait emmené dîner chez *Lutèce*. Elle se souvint de cette soirée avec une précision parfaite. Joshua avait un air tellement sérieux de grande personne qu'elle s'était dit avec un pincement au cœur : « Un jour, il sera assis au même endroit avec la fille qu'il épousera. » Ce jour ne viendrait plus. Il ne deviendrait plus une grande personne. Plus de fiancée. Plus de vie.

A côté du costume bleu, il y avait plusieurs blue-jeans, pantalons et tee-shirts, dont l'un portant le nom de l'équipe de base-ball de Joshua. Jennifer fit courir ses mains sur ses vêtements, perdant toute notion du temps.

Mme Mackey apparut à ses côtés.

— Etes-vous sûre d'aller bien, madame Parker ?

— Je vais très bien, merci, madame Mackey, répondit poliment Jennifer.

— Puis-je vous aider ?

— Non, merci. Je vais habiller Joshua. A votre avis, qu'est-ce qu'il aimerait porter ?

Sa voix était enjouée, gaie, mais son regard était absent.

Mme Mackey remarqua son expression et s'en inquiéta.

— Pourquoi ne vous allongez-vous pas un peu ? Je vais faire venir le médecin.

Les mains de Jennifer continuèrent à courir sur les vêtements pendus dans le placard. Elle sortit la tenue de base-ball de la penderie.

— Je pense que ça plairait à Joshua. Que lui faut-il d'autre ?

Mme Mackey observa, impuissante, Jennifer qui sortit de la commode des sous-vêtements, des chaussettes et une chemise. *Joshua avait besoin de tout ça parce qu'il partait en vacances. Pour de longues vacances.*

— Croyez-vous qu'il aura assez chaud avec ça ?

Mme Mackey éclata en sanglots.

— Non, je vous en prie, supplia-t-elle. Laissez tout cela. Je vais m'en occuper.

Mais Jennifer était déjà dans l'escalier.

Le corps se trouvait dans la chambre de repos du salon funéraire. Joshua était allongé sur une longue table qui faisait paraître encore plus petite sa frêle silhouette.

Quand Jennifer réapparut avec les vêtements, l'entrepreneur fit une nouvelle tentative.

— J'ai parlé au Dr Morris. Nous estimons l'un et l'autre, madame Parker, qu'il serait préférable que vous nous laissiez prendre ça en main. Nous avons l'habitude et...

— Sortez, lui lança-t-elle en souriant.

Il ravala sa salive.

— Comme vous voudrez, madame Parker.

Jennifer attendit qu'il eût quitté la pièce pour se tourner vers son fils.

Elle s'adressa à son visage endormi.

— Ta maman va prendre soin de toi, mon chéri. Tu vas mettre ta tenue de base-ball. Tu es content, hein ?

Elle retira sa chemise, elle s'attarda sur son corps nu et rétréci, puis elle entreprit de le vêtir. Elle se mit à lui enfiler son slip, mais elle recula au contact de sa peau glacée. Son corps était aussi raide et froid que du marbre. Jennifer essaya de se dire que cette chair glacée, sans vie, n'était pas celle de son fils, que Joshua était ailleurs, qu'il était heureux et que le sang coulait dans ses veines, mais elle n'arriva pas à s'illusionner. C'était bien Joshua qui était allongé sur cette table. Jennifer se mit à trembler. Comme si le froid qui occupait le corps de Joshua l'avait envahie la pénétrant jusqu'à la moelle. Elle se répéta avec courage : *Ça suffit ! Ça suffit ! Ça suffit !*

Toute frissonnante, elle prit une longue inspiration, et lorsqu'elle eut réussi à se calmer elle continua d'habiller son fils, tout en lui parlant. Elle lui enfila son slip, son pantalon, puis elle le redressa pour lui passer sa chemise, mais sa tête retomba sur la table, et Jennifer cria :

— Je suis désolée, Joshua, pardonne-moi !

Elle éclata en sanglots.

Il lui fallut plus de trois heures pour habiller Joshua. Elle le vêtit de sa tenue de base-ball, de son tee-shirt favori, de chaussettes blanches et de baskets. Sa casquette retombant sur son visage, elle finit par la lui poser sur sa poitrine.

— Tu peux l'emporter avec toi, mon chéri.

Quand l'entrepreneur entra dans la pièce, il aperçut Jennifer penchée au-dessus du corps habillé, qui lui tenait la main et qui lui parlait.

L'homme s'approcha d'elle et lui dit doucement :

— Nous allons prendre soin de lui maintenant.

Jennifer jeta un dernier regard vers son fils.

— Faites très attention. Il s'est fait mal à la tête, vous savez.

L'enterrement se déroula très simplement. Jennifer et Mme Mackey furent les deux seules personnes à assister à la mise en terre du petit cercueil blanc, qu'on déposa dans une tombe fraîchement creusée. Jennifer avait songé à prévenir Ken Bailey, car Ken et Joshua s'aimaient tant, mais Ken était désormais sorti de leur existence.

Quand la première pelletée de terre retomba sur le cercueil, Mme Mackey lui dit :

— Venez. Je vous ramène à la maison.

Jennifer répondit poliment.

— Ça va très bien. Joshua et moi, nous n'allons plus avoir besoin de vous, madame Mackey. Je vais vous verser une année de gages supplémentaires, et je vous remettrai un certificat. Joshua et moi, nous vous remercions pour tout.

Mme Mackey, pétrifiée, suivit des yeux Jennifer qui s'éloignait. Elle marchait d'un pas prudent, se tenant très droite, comme pour emprunter un couloir éternel juste assez large pour une seule personne.

La maison était calme et silencieuse. Elle monta dans la chambre de Joshua, referma la porte derrière elle, et s'allongea sur le lit, regardant tous ces objets qui lui appartenaient, toutes ces choses qu'il avait aimées. Tout son univers à elle se trouvait dans cette pièce. Désormais, elle n'avait plus de but, plus d'endroit où aller. Elle n'avait que Joshua. Jennifer fit dériver ses pensées vers le jour où il était né, et elle revécut tous les souvenirs qu'elle conservait de lui.

Joshua faisant ses premiers pas... Joshua disant *auto-auto* et *Maman, va jouer avec tes jouets...* Joshua partant seul pour l'école pour la première fois, silhouette minuscule, courageuse... Joshua cloué au lit par la rougeole, son pauvre corps défiguré... Joshua marquant un but qui faisait gagner son équipe... Joshua en train de faire de la voile... Joshua au zoo donnant à manger à un éléphant... Joshua lui chantant une chanson pour la fête des Mères... Les souvenirs affluaient, se déroulaient comme un film. Ils s'arrêtaient le jour où Jennifer et Joshua étaient sur le point de partir pour Acapulco.

Acapulco... où elle avait retrouvé Adam et où elle avait fait l'amour avec lui. Elle était punie parce qu'elle n'avait pensé qu'à elle-même. *C'est évident. C'est ma punition. C'est mon enfer.*

Et elle recommença, reprenant tout depuis le jour où Joshua était né... Joshua faisant ses premiers pas... Joshua disant *auto-auto,* et *Maman, va jouer avec tes jouets...*

Le temps s'écoula. De temps à autre, Jennifer entendit une sonnerie de téléphone retentir très loin, dans un coin reculé de la maison, et même une fois, elle entendit quelqu'un qui frappait à la porte d'entrée, mais ces bruits n'avaient aucun sens pour elle. Elle n'autoriserait personne à la déranger dans l'intimité qu'elle partageait avec son fils. Elle resta dans la chambre, sans manger, sans boire, perdue dans son propre univers avec Joshua. Sans aucune notion du temps, aucune idée des heures qu'elle passa ainsi, allongée.

Ce ne fut que cinq jours plus tard que Jennifer entendit à nouveau la sonnette de la porte d'entrée, et le bruit de quelqu'un qui tambourinait à la porte, mais elle n'y prêta pas attention. Quelle que fût cette personne, elle passerait son chemin et la laisserait seule. Elle entendit le bruit étouffé d'une vitre qui volait en éclats ; quelques instants plus tard, la porte de la chambre de Joshua s'ouvrit avec fracas, et Michael Moretti surgit dans l'embrasure.

En un coup d'œil, il repéra la silhouette décharnée et le visage aux yeux creusés qui le regardait depuis le lit, et il s'écria :

— Mon Dieu !

Michael Moretti dut faire appel à toutes ses forces

pour arriver à arracher Jennifer à la chambre. Elle se débattait comme une hystérique, le bombardant de coups de poing et lui griffant les yeux. Nick Vito attendait en bas, et ils durent se mettre à deux pour faire entrer de force Jennifer dans la voiture. Jennifer ignorait complètement qui ils étaient, et pourquoi ils étaient là. Elle savait seulement qu'ils l'emmenaient loin de son fils. Elle essaya de leur dire qu'elle mourrait s'ils lui faisaient cela, mais finalement elle était trop épuisée pour lutter davantage. Elle sombra dans le sommeil.

A son réveil, Jennifer s'aperçut qu'elle se trouvait dans une pièce claire et pimpante, dont la baie vitrée donnait sur une montagne et sur un lac bleu dans le lointain. Une infirmière en uniforme était assise sur une chaise à côté du lit, en train de lire une revue. Elle leva le regard quand Jennifer ouvrit les yeux.

— Où suis-je ? Le fait de parler lui fit mal à la gorge.

— Vous êtes avec des amis, madame Parker. C'est M. Moretti qui vous a amenée ici. Il se fait beaucoup de souci pour vous. Il va être si content d'apprendre que vous êtes réveillée.

L'infirmière se précipita hors de la chambre. Jennifer attendit, l'esprit vide, refusant de penser. Mais les souvenirs réapparurent, tels des intrus, et elle ne put se dissimuler à eux, leur échapper. Jennifer comprit qu'elle avait tenté de se suicider sans avoir eu vraiment le courage de commettre cet acte. Elle avait simplement voulu mourir, elle avait appelé la mort. Michael l'avait sauvée. Quelle ironie. Ce n'était pas Adam, mais Michael. Elle trouva injuste de blâmer

Adam. Elle l'avait tenu loin de la vérité, dans l'ignorance de l'existence de ce fils qui lui était né, et qui aujourd'hui était mort. Joshua était mort. Elle était maintenant capable de faire face à cette réalité. La douleur était profonde, atroce, et elle savait qu'elle l'accompagnerait aussi longtemps qu'elle vivrait. Mais cette douleur était supportable. Il lui faudrait la supporter. Ça n'était que la justice exigeant son tribut.

Jennifer entendit des bruits de pas, et elle leva les yeux. Michael venait d'entrer dans la pièce. Il resta là, à la regarder, émerveillé. Il était devenu comme un animal sauvage quand elle avait disparu. Il avait pratiquement perdu la tête, à l'idée que quelque chose eût pu lui arriver.

Il s'approcha du lit, et se pencha sur elle.

— Pourquoi ne m'as-tu rien dit ?

Michael s'assit à côté d'elle.

— Je suis désolé.

Elle lui prit la main.

— Merci de m'avoir amenée ici. Je... je crois que je suis devenue un peu folle.

— Un peu.

— Depuis combien de temps suis-je ici ?

— Quatre jours. Le médecin t'a nourrie aux intraveineuses.

Jennifer inclina la tête en avant, et ce simple mouvement lui demanda un grand effort. Elle éprouva une lassitude inhabituelle.

— Il m'a donné l'ordre de te faire grossir. On va t'apporter un petit déjeuner.

— Je n'ai pas faim. Je ne crois pas que j'aurai jamais plus envie de manger.

— Tu vas manger.

Et, à la surprise de Jennifer, Michael eut raison. Quand l'infirmière lui apporta ses œufs à la coque, avec des toasts et du thé sur un plateau, Jennifer s'aperçut qu'elle était affamée.

Michael resta à côté d'elle, et lorsqu'elle eut fini, il lui annonça :

— Je dois rentrer à New York pour régler deux ou trois choses. Je serai de retour après-demain.

Il se pencha sur elle et l'embrassa tendrement.

— A vendredi.

D'un geste lent, il fit courir ses doigts sur son visage.

— Je veux que tu te rétablisses vite. Tu comprends ?

Jennifer leva les yeux vers lui, et répondit :

- Je comprends.

51.

La vaste salle de conférence de la base des Marines était pleine à craquer. A l'extérieur, un peloton de gardes armés faisait le guet. A l'intérieur, l'assemblée était extraordinaire. Un grand jury, convoqué spécialement pour cette occasion, occupait une rangée de chaises le long du mur. Derrière la longue table figuraient Adam Warner, Robert Di Silva et le directeur adjoint du F.B.I. En face d'eux était assis Thomas Colfax.

C'était Adam qui avait eu l'idée d'amener le grand jury à la base.

— C'est la seule manière d'assurer une protection parfaite de Colfax.

Le grand Jury avait acquiescé aux suggestions d'Adam, et la session secrète était sur le point de commencer.

Adam demanda à Thomas Colfax :

— Voulez-vous décliner votre identité, je vous prie.

— Je m'appelle Thomas Colfax.

— Quelles sont vos occupations, monsieur Colfax ?

— Je suis avocat, autorisé à exercer dans l'État de New York, comme dans beaucoup d'autres États d'Amérique.

— Depuis combien de temps exercez-vous ce métier ?

— Depuis plus de trente-cinq ans.

— Avez-vous une clientèle importante ?

— Non, monsieur. Je n'ai qu'un seul client.

— Qui est votre client ?

— Pendant ces trente-cinq années, c'était Antonio Granelli, aujourd'hui décédé. Il a été remplacé par Michael Moretti. Je représente Michael Moretti et son Organisation.

— Vous voulez dire l'Organisation du crime ?

— Oui, monsieur.

— Étant donné la fonction que vous avez occupée pendant tant d'années, il semble juste d'affirmer que vous êtes le seul à connaître les rouages internes de ce que nous appellerons l'Organisation ?

— Bien peu de choses ont pu échapper à ma connaissance.

— Et les activités criminelles qu'elle a menées ?

— De la même façon, monsieur.

— Voudriez-vous nous décrire la nature de certaines de ces activités ?

Pendant les deux heures qui suivirent, Thomas Colfax parla. Sa voix était ferme, assurée. Il cita des noms, des lieux, des dates, et à plusieurs reprises son récit se révéla si fascinant que son auditoire oublia où il se trouvait, emporté par les histoires horribles que racontait Colfax.

Il parla d'exécutions, de témoins éliminés, d'incendies criminels, de mutilations, de traite des Blanches — on aurait dit un catalogue dressé par Jérôme Bosch. Pour la première fois, les activités les plus secrètes du plus puissant syndicat du crime du monde étaient étalées au grand jour, exposées aux yeux de tous.

Parfois, Adam ou Robert Di Silva posaient une question, soufflant à Thomas Colfax, l'aidant à remplir les blancs chaque fois que c'était nécessaire.

La séance se déroula bien mieux qu'Adam ne l'avait espéré, lorsque soudain, quelques minutes avant la fin, la catastrophe se produisit.

Un des membres du grand jury venait de poser une question à propos d'une opération de prêt à gages.

— Cette opération a eu lieu il y a environ deux ans. Michael me tenait à l'écart de certaines de ses dernières affaires. Il les confiait à Jennifer Parker.

Adam se glaça.

Robert Di Silva répéta :

— Jennifer Parker ?

Il y avait dans sa question un empressement soudain.

— Oui, monsieur.

La voix de Thomas Colfax prit un ton rancunier.

— C'est elle maintenant l'avocate de l'Organisation.

Adam tenta désespérément de le faire taire, d'éviter que ses propos ne fussent consignés dans le dossier, mais c'était trop tard. Di Silva avait tranché dans la veine jugulaire, et rien ne pouvait arrêter le flot.

— Parlez-nous d'elle, demanda Di Silva avec fermeté.

Thomas Colfax poursuivit son récit.

— Jennifer est impliquée dans la création de fausses entreprises, dans des affaires de prêts sur gages...

Adam essaya d'endiguer le flot.

— Je ne...

— ... et dans un meurtre.

Le mot résonna dans la pièce.

Adam brisa le silence.

— Nous... nous devons coller à la réalité des faits, monsieur Colfax. Vous n'êtes tout de même pas en train de nous dire que Jennifer Parker a été impliquée dans un meurtre ?

— C'est exactement ce que je suis en train de vous dire. Elle a donné l'ordre de faire exécuter l'homme qui avait kidnappé son fils. L'homme s'appelait Frank Jackson. Elle a demandé à Moretti de le tuer et il l'a fait.

Un murmure de voix agitées s'éleva.

Son fils ! Adam était en train de se dire : *Ce doit être une erreur.*

Il balbutia :

— Je pense... je pense que nous disposons de suffisamment de preuves sans faire appel à des on-dit. Nous...

— Ce n'est pas un on-dit, certifia Thomas Colfax. J'étais dans la pièce avec Moretti quand elle a appelé.

Adam serra si violemment ses mains sous la table qu'elles devinrent toutes blanches.

— Le témoin semble fatigué. Je pense que nous pouvons arrêter là la séance.

Robert Di Silva interpella le grand jury.

— J'aimerais faire une suggestion à propos de la procédure...

Adam n'écoutait pas. Il se demandait où se trouvait Jennifer. Elle avait à nouveau disparu. Adam avait essayé à maintes reprises de retrouver sa trace. Il était au désespoir. Il devait la joindre, au plus vite.

52.

La plus vaste opération de mise en application des lois qu'ait jamais connue les États-Unis fut secrètement lancée.

La force de frappe fédérale contre le crime organisé et le racket entra en action, conjointement avec le F.B.I., les Services postaux et douaniers, les Impôts, le Bureau fédéral des narcotiques et une demi-douzaine d'autres agences.

Leur champ d'action s'étendait au meurtre, à la préméditation de meurtre, au racket, à l'extorsion de fonds, aux fraudes fiscales, aux manœuvres frauduleuses des syndicats, aux incendies criminels, à l'usure et à la drogue.

Thomas Colfax leur avait remis la clé de la boîte de Pandore du crime et de la corruption, ce qui allait leur permettre de balayer la majeure partie du crime organisé.

La Famille de Michael Moretti serait la citadelle la plus dure à faire sauter, mais déjà la dénonciation frappait des dizaines d'autres Familles à travers tout le pays.

Aux États-Unis, comme à l'étranger, les agents du gouvernement procédaient tranquillement aux interrogatoires des amis et associés des hommes qui figuraient sur leurs listes. En Turquie, au Mexique, au Salvador, à Marseille et au Honduras, des agents entraient en liaison avec leurs homologues pour leur fournir des renseignements sur les activités illicites qui se déroulaient sur ces territoires. Des escrocs de petite envergure tombaient dans les mailles du filet, et une fois qu'ils avaient parlé on leur donnait la liberté en échange de leur témoignage contre de gros bonnets. Tout cela se déroulait dans la discrétion la plus absolue, de sorte que le gros gibier n'avait pas le moindre soupçon de l'orage qui s'apprêtait à éclater au-dessus de sa tête.

En sa qualité de président de la commission d'enquête sénatoriale, Adam Warner recevait chez lui, dans sa maison de Georgetown, une succession ininterrompue de visiteurs, et les réunions dans son bureau se prolongeaient souvent jusqu'aux premières heures du jour. Il ne faisait aucun doute que lorsque cela serait fini, une fois l'organisation de Michael Moretti démantelée, sa course à la présidence le conduirait à une victoire facile.

Il avait tout pour être heureux. Il était au désespoir, confronté à la plus grave crise morale qu'il eût jamais connue. Jennifer Parker était profondément impliquée dans tout cela, et Adam devait l'avertir, lui dire de s'enfuir pendant qu'il était encore temps. D'un autre côté, il devait faire face à une autre obligation : il était redevable à la commission qui portait son nom, il était redevable aux États-Unis eux-mêmes. Il était l'accusateur de Jennifer. Comment pourrait-il être son protecteur ? S'il la mettait en garde, et si on le découvrait, cela ruinerait la crédibilité de sa commission d'enquête, et tout ce qu'il avait accompli jusqu'à maintenant. Cela entraînerait la ruine de son avenir, de sa famille.

Adam avait appris avec stupéfaction, de la bouche de Colfax, que Jennifer avait un enfant.

Il savait qu'il devait parler à Jennifer.

Il composa le numéro de téléphone de son bureau, mais une secrétaire répondit :

— Je suis désolée, monsieur Adams, Mme Parker est absente.

— C'est... c'est extrêmement important. Savez-vous où je peux la joindre ?

— Non monsieur. Quelqu'un d'autre peut-il vous aider ?

Non. Personne d'autre ne pouvait l'aider.

Au cours de la semaine suivante, Adam essaya à maintes reprises de contacter Jennifer. Sa secrétaire répétait inlassablement : « Je suis désolée, monsieur Adams, mais Mme Parker est absente du bureau. »

Adam était assis à sa table de travail, sur le point d'appeler Jennifer pour la troisième fois de la journée, lorsque Mary Beth entra dans la pièce. Il reposa l'appareil d'un air détaché.

Mary Beth s'approcha de lui, et lui passa ses doigts dans les cheveux.

— Tu as l'air fatigué, mon chéri.

— Non, non. Ça va bien.

Elle alla s'asseoir dans un fauteuil recouvert de daim, de l'autre côté de son bureau.

— Tout semble bien se présenter, n'est-ce pas, Adam ?

— En effet.

— J'espère que cela sera vite terminé, pour ton bien. C'est une tension terrible.

— Je tiens très bien le coup, Mary Beth. Ne te fais pas de souci pour moi.

— Mais si, je m'en fais. Le nom de Jennifer Parker figure sur la liste, hein ?

Adam lui lança un regard glacial.

— Comment le sais-tu ?

Elle éclata de rire.

— Mon ange, tu as transformé cette maison en véritable lieu public. Je ne peux pas m'empêcher de surprendre certaines conversations. Tout le monde semble tellement excité à l'idée d'attraper Michael Moretti et sa maîtresse.

Elle scruta le visage d'Adam, mais elle n'y lut aucune réaction.

Elle regarda son mari avec tendresse et se dit : *comme les hommes sont naïfs.* Elle en savait plus qu'Adam sur Jennifer Parker. Mary Beth avait toujours été stupéfaite de voir à quel point un homme pouvait être brillant en affaires ou en politique, et en même temps si stupide avec les femmes. Combien d'hommes de grande valeur étaient mariés à de petites écervelées de bas étage. Mary Beth avait admis que son mari eût une aventure avec Jennifer Parker. Après tout, Adam était un homme fort séduisant et désirable. Et, comme tous les hommes, sensible aux charmes féminins. Sa philosophie à elle, c'était de pardonner, mais de ne jamais oublier.

Mary Beth savait ce qui convenait le mieux à son mari. Tout ce qu'elle faisait, elle le faisait pour son bien. Quand tout cela serait terminé, elle emmènerait Adam quelque part. Il avait réellement l'air fatigué. Ils laisseraient Samantha à la garde de la gouvernante, et ils iraient dans un endroit romantique. Tahiti, peut-être.

Mary Beth jeta un coup d'œil par la fenêtre et aperçut deux des hommes du service secret en train de bavarder. Elle était partagée quant à leur présence. Mary Beth détestait cette intrusion dans leur vie privée, mais en même temps, le fait qu'ils fussent là lui rappelait que son mari était candidat à la présidence des États-Unis. Non, c'était idiot de sa part de dire ça. Son mari *serait* le prochain Président des États-Unis. Tout le monde le disait. L'idée de vivre à la Maison-Blanche était si tangible que, rien que d'y penser, une agréable chaleur l'envahissait. Son occupation favorite, quand Adam serait occupé avec toutes ses réunions, serait de redécorer la Maison-Blanche. Elle restait assise toute seule dans sa chambre pendant des heures, des idées de décoration plein la tête, imaginant toutes les choses excitantes qu'elle ferait lorsqu'elle serait devenue la *First Lady*.

Elle avait vu les pièces qui étaient fermées à la plupart des visiteurs : le salon chinois et la bibliothèque avec ses trois mille volumes, le salon de réception de la diplomatie, les appartements privés et les sept chambres d'invités du premier étage.

Avec Adam, elle allait vivre dans cette maison, entrer dans son histoire. Mary Beth frissonna à la pensée qu'Adam avait frôlé de si près l'occasion de ruiner toutes leurs chances à cause de cette Parker. Enfin, tout cela était terminé, grâce à Dieu.

Elle observa Adam assis derrière son bureau, l'air abattu, les traits tirés.

— Veux-tu que je te prépare une tasse de café, mon chéri ?

Adam fut sur le point de dire non, puis il changea d'avis.

— Ça serait une bonne idée.

— J'en ai pour une seconde.

Dès l'instant où Mary Beth quitta la pièce, Adam reprit le téléphone et composa le numéro. C'était le soir, et il savait que le bureau de Jennifer était fermé, mais il devait bien y avoir quelqu'un de garde pour répondre. Après ce qui lui parut un temps interminable, l'opératrice répondit.

— C'est urgent, dit Adam. Cela fait plusieurs jours que j'essaye de joindre Jennifer Parker. Je suis M. Adams.

— Un instant, je vous prie.

La voix reprit :

— Je suis désolée, monsieur Adams. Je n'ai aucune

indication sur l'endroit où peut se trouver miss Parker. Voulez-vous laisser un message ?

— Non.

Adam raccrocha brutalement, frustré, sachant que même s'il laissait un message pour que Jennifer le rappelât, jamais elle ne le ferait.

Il resta sans bouger dans son antre, les yeux rivés sur la nuit au-dehors, songeant aux dizaines de mandats d'arrêt qui allaient bientôt tomber. L'un d'eux aurait pour motif un meurtre.

Il porterait le nom de Jennifer Parker.

Cinq jours s'écoulèrent avant que Michael Moretti vînt rejoindre Jennifer dans le petit chalet où elle séjournait. Elle avait passé ces journées à se reposer, à manger et à faire de longues promenades dans les sentiers. Quand elle entendit la voiture de Michael qui arrivait, elle sortit pour l'accueillir.

Michael se pencha vers elle pour la regarder, et lui dit :

— Tu as bien meilleure mine.

— Je me sens mieux. Merci.

Ils empruntèrent le sentier qui conduisait au lac.

— J'ai quelque chose à te confier.

— De quoi s'agit-il ?

— Je veux que tu ailles demain à Singapour.

— A Singapour ?

— Un steward s'est fait piquer à l'aéroport là-bas, avec un paquet de coke. Il s'appelle Stefan Bjork. Il est en prison. Je veux que tu obtiennes sa mise en liberté provisoire avant qu'il se mette à parler.

— D'accord.

— Reviens très vite. Tu vas me manquer.

Il l'attira contre lui et l'embrassa très délicatement sur les lèvres avant de murmurer :

— Je t'aime, Jennifer.

Elle savait qu'il n'avait jamais dit ces mots à personne auparavant.

Mais c'était trop tard. C'était fini. Quelque chose était mort en elle à jamais, il ne lui restait plus que la culpabilité et la solitude. Elle avait pris la décision d'annoncer à Michael qu'elle le quittait. Il n'y aurait plus d'Adam ni de Michael. Elle devait partir ailleurs, quelque part, toute seule, et tout recommencer. Elle avait une dette à payer. Elle ferait ce dernier voyage pour Michael, elle lui annoncerait ses plans à son retour.

Elle partit pour Singapour le lendemain matin.

53.

Nick Vito, Tony Santo, Salvatore Fiore et Joseph Colella déjeunaient *Chez Tony*. Ils étaient assis à la banquette de devant, et chaque fois que la porte s'ouvrait, ils jetaient automatiquement un coup d'œil sur les nouveaux arrivants. Michael Moretti se trouvait dans l'arrière-salle, et même s'il n'y avait pas de friction apparente entre les Familles, il était toujours préférable de se tenir sur ses gardes.

— Qu'est-ce qui est arrivé à Jimmy ? était en train de demander l'immense Joseph Colella.

— *Astutatu-morte,* répondit Nick Vito. Ce connard a craqué pour la sœur d'un détective. Cette pute était super bien roulée, j' vous le garantis. Avec son frangin, ils ont attiré Jimmy dans un guet-apens. Jimmy s'est arrangé pour prendre Mike à l'écart, et il avait planqué un fil métallique dans son froc.

— Et alors ? demanda Fiore.

— Eh bien, Jimmy était tellement nerveux qu'il a dû aller pisser. Quand il a ouvert sa braguette, cette saloperie de fil est tombée.

— Oh ! merde !

— C'est ce qu'a fait Jimmy. Mike l'a balancé dans les mains de Gino. Il s'est servi de son fil pour l'étrangler. Il l'a fait *suppilu suppilu* — très lentement.

La porte s'ouvrit et les quatre hommes levèrent les yeux. C'était le marchand de journaux qui vendait l'édition du *New York Post* de l'après-midi.

Joseph Colella l'interpella.

— Approche, petit. (Il se tourna vers les autres.) J' veux vérifier la ligne de départ à Hialeah. J'ai un cheval de première qui court aujourd'hui.

Le marchand de journaux, un homme de plus de soixante-dix ans au visage buriné, tendit le journal à Joseph Colella, qui lui remit un billet d'un dollar.

— Garde la monnaie.

C'était ce que Michael Moretti aurait dit. Joe Colella ouvrit le journal, et l'œil de Nick Vito fut accroché par une photo en première page.

— Hé ! s'exclama-t-il, j'ai déjà vu ce type !

Tony Santo regarda par-dessus l'épaule de Vito.

— Évidemment, crétin de mes deux. C'est Adam Warner. Il se présente à la présidence.

— Non, insista Vito. Je veux dire que j' l'ai réellement vu.

Il fronça les sourcils, essayant de se souvenir. Soudain, cela lui revint.

— J'y suis ! C'est le type qui était au bar à Acapulco avec Jennifer Parker.

— Qu'est-ce que tu racontes ?

— Tu te souviens quand j' suis descendu là-bas le mois dernier livrer un paquet ? J'ai vu ce type avec Jennifer. Ils prenaient un pot ensemble.

Salvatore Fiore le regarda fixement.

— Tu es sûr ?

— Ouais. Pourquoi ?

Fiore répondit lentement :

— Tu ferais peut-être mieux d'en parler à Mike.

Michael Moretti regarda Nick Vito et dit :

— Tu as complètement perdu la tête. Qu'est-ce que Jennifer Parker ferait avec le sénateur Warner ?

— J'en sais rien, patron. Tout ce que je sais, c'est qu'ils étaient assis dans ce bar, en train de prendre un pot.

— Ils étaient seuls ?

— Ouais.

Salvatore Fiore intervint.

— J'ai pensé qu'il fallait que tu le saches, Mike. Ce con de Warner est en train de nous coller au cul avec son enquête. Pourquoi Jennifer prenait-elle un pot avec lui ?

C'était exactement ce que Michael voulait savoir. Jennifer lui avait parlé d'Acapulco et de la convention, et elle avait mentionné les quelques personnes qu'elle y avait retrouvées. Mais elle n'avait pas soufflé mot d'Adam Warner.

Il se tourna vers Tony Santo.

— Qui est maintenant le responsable du Syndicat des portiers d'immeubles ?

— Charlie Corelli.

Cinq minutes plus tard, Michael s'entretenait au téléphone avec Charles Corelli.

— ... Le Belmont Towers, fit Michael. Une de mes amies y a habité il y a neuf ans. J'aimerais parler avec le portier qui s'y trouvait à ce moment-là.

Michael écouta un moment.

— Je te remercie, mon vieux. Je te revaudrai ça.

Il raccrocha.

Nick Vito, Santo, Fiore et Colella l'observaient.

— Bande d'imbéciles, vous n'avez rien d'autre à faire ? Foutez le camp d'ici.

Les quatre hommes sortirent précipitamment.

Michael resta assis là à réfléchir, imaginant Jennifer et Adam Warner ensemble. *Pourquoi ne lui avait-elle jamais parlé de lui ? Et le père de Joshua, qui était mort pendant la guerre du Viêt-nam. Pourquoi ne lui avait-elle jamais parlé de lui ?*

Michael Moretti se mit à faire les cent pas dans son bureau.

Trois heures plus tard, Tony Santo introduisait un homme timide, mal fagoté, d'une soixantaine d'années, apparemment terrorisé.

— C'est Wally Kawolski, dit Tony.

Michael se leva et serra la main de Kawolski.

— Merci d'être venu, Wally. Je vous en suis reconnaissant. Asseyez-vous. Puis-je vous offrir quelque chose ?

— Non, non, merci, monsieur Moretti. Ça va très bien comme ça, monsieur. Merci beaucoup.

Il ne cessait de se courber en avant.

— Calmez-vous. J'aimerais simplement vous poser une ou deux questions, Wally.

— Certainement, monsieur Moretti. Tout ce que vous voudrez. Absolument tout.

— Travaillez-vous toujours pour le Belmont Towers ?

— Moi ? Non, monsieur. J'ai quitté, oh ! il y a environ cinq ans ! Ma belle-mère a un mauvais...

— Vous souvenez-vous des locataires ?

— Oui, monsieur. De presque tous. Il y avait une sorte de...

— Vous souvenez-vous de Jennifer Parker ?

Le visage de Walter Kawolski s'illumina.

— Oh ! bien sûr. C'était une jolie dame. Je me souviens même du numéro de son appartement. C'était le mille neuf cent vingt-neuf. Comme l'année où tout le marché s'est écroulé, vous vous rappelez ? Je l'aimais bien.

— Wally, est-ce que miss Parker recevait beaucoup de visiteurs ?

Wally se gratta lentement la tête.

— Euh, c'est difficile à dire, monsieur Moretti. Je ne la voyais que quand elle entrait ou elle sortait.

— Est-ce que des hommes ont passé la nuit dans son appartement ?

Walter Kawolski secoua la tête.

— Oh ! non, monsieur.

Ainsi, toute cette enquête n'avait servi à rien. Une

onde intense de soulagement le parcourut. Il savait depuis le début que Jennifer n'aurait jamais...

— ... son ami aurait pu débarquer à l'improviste et la surprendre.

Michael crut avoir mal compris.

— Son ami ?

— Ouais. Le type avec lequel elle vivait là-bas.

Les mots atteignirent Michael à l'estomac comme une massue. Il perdit le contrôle de lui-même. Il attrapa Walter Kawolski par les revers de sa veste et le jeta à ses pieds.

— Espèce d'enculé ! Je t'ai demandé si... comment s'appelait-il ?

Le petit homme était terrorisé.

— Je ne sais pas, monsieur Moretti. Je le jure devant Dieu, je ne sais pas !

Michael le repoussa du pied. Il prit le journal et l'avança sous le nez de Walter Kawolski.

Celui-ci regarda la photographie d'Adam Warner et dit avec excitation :

— C'est lui ! C'est son petit ami !

Michael sentit le monde s'écrouler autour de lui. Jennifer lui avait menti pendant tout ce temps ; elle l'avait trahi avec Adam Warner ! ces deux-là s'étaient vus en cachette, ils avaient conspiré contre lui, ils s'étaient moqués de lui. Elle lui avait mis des cornes de cocu.

Ses vieux instincts de vengeance se réveillèrent, et il sut qu'il allait les tuer tous les deux.

54.

Jennifer prit l'avion de New York à Londres, et de Londres à Singapour, avec une escale de deux heures à Bahreïn. L'aéroport pratiquement neuf de l'émirat du pétrole était déjà transformé en souk, envahi d'hommes, de femmes et d'enfants en costumes locaux, qui dormaient par terre et sur les bancs. A l'entrée de la boutique qui vendait des alcools, une pancarte rappelait que toute personne surprise en train de boire dans un lieu public était sujette à l'emprisonnement. L'ambiance n'avait rien d'accueillant, et Jennifer entendit avec soulagement l'appel de son vol.

Le 747 atterrit à Changi, l'aéroport de Singapour, à quatre heures quarante de l'après-midi. Cet aéroport à peine achevé, situé à plus de vingt kilomètres du centre de la ville, remplaçait l'ancien aéroport international, et lorsque l'avion emprunta une piste parallèle pour venir se garer, Jennifer put vérifier qu'il était encore en construction.

Le bâtiment de la douane était vaste, spacieux et moderne, avec des rangées de chariots à la disposition des passagers. Les douaniers se montrèrent efficaces et courtois, et en un quart d'heure Jennifer eut fini. Elle se dirigea vers la station de taxis.

Dehors, un Chinois corpulent d'âge moyen s'approcha d'elle.

— Miss Jennifer Parker ?

— Oui.

— Je suis Chou Ling.

C'était le contact de Moretti à Singapour.

— J'ai une voiture qui vous attend.

Chou Ling surveilla le chargement des bagages de Jennifer dans le coffre, et quelques intants plus tard ils prirent la direction de la ville.

— Comment s'est passé votre vol ? demanda Chou Ling.

— Très bien, merci.

Mais l'esprit de Jennifer était ailleurs, elle pensait à Stefan Bjork.

Comme s'il avait pu lire dans ses pensées, Chou Ling lui indiqua d'un mouvement de tête un immeuble situé devant eux.

— Voici la prison de Changi. C'est là qu'est incarcéré Bjork.

Jennifer se tourna pour regarder. La prison de Changi était un édifice imposant, en retrait par rapport à la grand-route, entouré d'une clôture métallique verte et de fil de fer barbelé électrifié. A chaque coin, se dressaient des tours de guet, gardées par des hommes armés, et l'entrée était défendue par une seconde clôture de barbelés défendue elle aussi par des gardes.

— Pendant la guerre, expliqua Chou Ling, tout le personnel britannique de l'île a été interné ici.

— Quand pourrai-je voir Bjork ?

Chou Ling répondit avec adresse.

— La situation est extrêmement délicate, miss Parker. Le gouvernement est des plus intransigeants en matière de stupéfiants. Même les drogués les plus insignifiants sont impitoyablement traités. Alors, pour ce qui est des *dealers*...

Chou Ling haussa les épaules d'un geste expressif.

— Singapour est sous le contrôle de quelques familles extrêmement puissantes. La famille Shaw, les C.K. Tang, les Tan Chin Tuan et les Lee Kuan Yew, et le premier ministre. Ces familles exercent leur contrôle sur toute la finance et tout le commerce de Singapour. Elles ne veulent pas entendre parler de drogue ici.

— Nous devons bien avoir ici quelques amis influents.

— Il y a un inspecteur de police, David Touh — un homme tout à fait raisonnable.

Jennifer se demanda combien coûterait ce personnage « raisonnable », mais elle ne posa pas la question. Il serait toujours temps plus tard. Elle s'appuya à nouveau en arrière et admira le paysage. Ils entraient maintenant dans les faubourgs de Singapour, d'où il se dégageait une impression très prenante, avec cette végétation luxuriante et ces fleurs éclatantes partout. Des deux côtés de MacPherson Road s'élevaient des centres commerciaux modernes, qui côtoyaient des sanctuaires et des pagodes à l'architecture ancienne. Certains des passants étaient vêtus des costumes et des turbans traditionnels, tandis que d'autres arboraient avec élégance la dernière mode occidentale. La ville était un mélange coloré de culture millénaire et de métropole moderne. Les centres commerciaux semblaient tout neufs, et parfaitement propres. Jennifer s'interrogea à ce propos.

Chou Ling sourit.

— L'explication est simple. Tout papier sale est passible d'une amende de cinq dollars, et la loi est strictement observée.

La voiture emprunta Stevens Road, et sur une

colline au-dessus d'eux Jennifer aperçut un ravissant immeuble blanc niché au milieu d'arbres et de fleurs.

— Voici le *Shangri-La,* votre hôtel.

Le hall d'entrée était immense, d'un blanc immaculé, fait de marbre et de verre.

Tandis que Jennifer remplissait ses papiers à la réception, Chou Ling lui dit :

— L'inspecteur Touh prendra contact avec vous.

Il lui tendit une carte.

— Vous pouvez toujours me joindre à ce numéro.

Un groom souriant prit les bagages de Jennifer et la fit passer par un atruim pour la conduire aux ascenseurs. Elle aperçut un immense jardin en contrebas d'une chute d'eau, et une piscine. Jamais Jennifer n'avait vu un hôtel plus époustouflant que le *Shangri-La.* La suite qui lui était réservée au premier étage comprenait un vaste salon, une chambre et une terrasse donnant sur un océan coloré d'anthuriums blancs et rouges, de bougainvilliers pourpres et de palmes de cocotiers. « J'ai l'impression d'être au milieu d'un tableau de Gauguin », se dit-elle.

Une légère brise soufflait. C'était le genre de journée que Joshua adorait. *Maman, est-ce qu'on peut aller faire de la voile cet après-midi ? Arrête de faire ça,* se dit Jennifer.

Elle s'approcha du téléphone.

— J'aimerais téléphoner aux États-Unis. A New York. A M. Michael Moretti, avec préavis.

Elle donna le numéro.

L'opératrice répondit.

— Je suis désolée. Tous les circuits sont encombrés. Rappelez plus tard.

— Merci.

Au rez-de-chaussée, l'opératrice chercha des yeux l'approbation de l'homme qui se tenait à côté du standard.

Celui-ci hocha la tête.

— Bien, très bien.

L'inspecteur Touh appela une heure après que Jennifer fut installée à l'hôtel.

— Miss Jennifer Parker ?

— Oui.

— Ici, l'inspecteur David Touh.

Il avait un léger accent indéfinissable.

— J'attendais votre appel. Je suis soucieuse d'arranger...

L'inspecteur l'interrompit.

— Je me demandais si je pourrais avoir le plaisir de dîner en votre compagnie ce soir.

Un avertissement. Il craignait probablement que la ligne ne fût sur table d'écoute.

— Cela me ferait grand plaisir.

Le *Great Shangaï* était un gigantesque restaurant, fort bruyant, rempli essentiellement d'autochtones qui mangeaient et parlaient en faisant beaucoup de bruit. Trois musiciens se produisaient sur une estrade, en compagnie d'une jolie fille en *cheongsam* qui chantait des chansons populaires américaines.

Le maître d'hôtel demanda à jennifer :

— Une table pour une personne ?

— J'ai rendez-vous avec quelqu'un. L'inspecteur Touh.

Le visage du Chinois se fendit d'un large sourire.

— L'inspecteur vous attend. Par ici, s'il vous plaît.

Il conduisit Jennifer vers le devant de la salle, à côté de l'orchestre.

L'inspecteur David Touh était un homme grand et élancé, d'une quarantaine d'années, aux traits fins et aux yeux d'un noir liquide. Il était vêtu avec beaucoup d'élégance d'un costume sombre assez strict.

Il tira la chaise de Jennifer, et s'assit à son tour. L'orchestre jouait un air de rock assourdissant.

L'inspecteur Touh se pencha en avant vers Jennifer, et lui demanda :

— Puis-je vous commander un apéritif ?

— Volontiers.

— Vous devirez essayer un *chendol.*

— Un quoi ?

— C'est à base de lait de coco, de sucre de coco, et de petits morceaux de gélatine. Ça vous plaira.

L'inspecteur fit un signe du regard, et immédiatement une serveuse surgit à ses côtés. Il commanda deux apéritifs et des *dim sum,* sorte de hors-d'œuvre chinois.

— J'espère que vous ne verrez pas d'inconvénient à ce que je commande votre dîner ?

— Absolument pas. J'en serais ravie.

— J'ai cru comprendre que, dans votre pays, c'était les femmes qui commandaient le menu. Ici, c'est resté encore un des privilèges de l'homme.

« Un sexiste », se dit Jennifer, mais elle n'avait pas l'esprit à engager la discussion. Elle avait besoin de cet homme. Étant donné l'incroyable brouhaha et la musique, il était quasiment impossible d'entretenir une conversation. Jennifer s'appuya sur le dossier de sa chaise et regarda autour d'elle. Elle avait déjà été dans d'autres pays d'Orient, mais les habitants de Singapour, hommes et femmes, lui semblaient extraordinairement beaux.

La serveuse déposa la boisson de Jennifer devant elle. Cela avait l'aspect d'un soda chocolaté avec de petits cubes gras au milieu.

L'inspecteur Touh surprit son expression.

— Il faut le remuer.

— Je ne vous entends pas.

Il hurla :

— Il faut le remuer !

Jennifer remua consciencieusement le contenu de son verre. Elle le goûta.

C'était abominable, beaucoup trop sucré. Mais jennifer hocha la tête et déclara :

— C'est... c'est spécial.

Une demi-douzaine de raviers contenant des *dim sum* apparurent sur la table. Certains de ces mets avaient des formes étranges, que Jennifer n'avait jamais vues auparavant, mais elle décida de ne pas demander ce que c'était. La nourriture se révéla délicieuse.

L'inspecteur Touh expliqua, en hurlant par-dessus le tohu-bohu de la salle :

— Ce restaurant est renommé pour sa cuisine *nonya*. C'est un mélange d'ingrédients chinois et d'épices malaises. Aucune recette n'a jamais été écrite.

— J'aimerais vous entretenir de Stefan Bjork, dit Jennifer.

— Je ne vous entends pas.

Le bruit de l'orchestre était assourdissant.

Jennifer se pencha davantage.

— Je veux savoir où je peux voir Stefan Bjork.

L'inspecteur Touh haussa les épaules et mima le geste de celui qui n'entend pas. Jennifer se demanda alors s'il avait choisi cette table pour pouvoir parler en toute sécurité, ou bien si, au contraire, il ne l'avait pas choisie pour ne pas pouvoir parler.

Un défilé ininterrompu de plats succéda aux *dim sum*, et tout le repas fut excellent. La seule chose qui perturba Jennifer fut qu'à aucun moment elle ne put amener la conversation sur Stefan Bjork.

Après le dîner, lorsqu'ils se retrouvèrent sur le trottoir, l'inspecteur Touh lui dit :

— Ma voiture nous attend.

Il fit claquer ses doigts et une Mercedes noire, garée en double file, s'approcha d'eux. L'inspecteur ouvrit la portière arrière devant Jennifer. Un policier en uniforme de large carrure était au volant. Quelque chose n'allait pas. « Si l'inspecteur Touh voulait me parler de choses confidentielles, il se serait arrangé pour que nous soyons seuls », se dit Jennifer.

Elle monta à l'arrière de la voiture, et l'inspecteur se glissa à côté d'elle.

— C'est la première fois que vous venez à Singapour, n'est-ce pas ?

— Oui.

— Ah ! alors il y a beaucoup de choses à voir !

— Je ne suis pas venue ici pour faire du tourisme, inspecteur. Je dois rentrer chez moi le plus vite possible.

L'inspecteur Touh soupira.

— Vous, les Caucasiens, vous êtes toujours tellement pressés. Avez-vous entendu parler de Bugis Street ?

— Non.

Jennifer se recula un peu sur son siège de manière à pouvoir observer l'inspecteur Touh. Son visage était extrêmement mobile, et ses gestes expressifs. Il donnait l'impression de quelqu'un d'ouvert et de communicatif, et pourtant il avait passé toute la soirée à ne dire strictement rien.

La voiture s'immobilisa pour laisser passer un *trishaw,* sorte de cyclo-pousse à trois roues sur lequel pédalaient les indigènes. L'inspecteur Touh suivit du regard avec dédain le *trishaw* qui emmenait deux touristes

— Nous finirons par les interdire un jour.

Jennifer et l'inspecteur Touh descendirent de la voiture juste avant Bugis Street.

— Les autos sont interdites ici, commenta l'inspecteur.

Il prit Jennifer par le bras et ils se mirent à marcher sur un trottoir encombré. En quelques minutes, la foule fut si dense qu'il devint presque impossible d'avancer. Bugis Street était une rue étroite, avec des échoppes de chaque côté, des étals proposant des fruits et des légumes, du poisson et de la viande. Il y avait des restaurants en plein air, avec de petites tables encombrant le passage. Jennifer se laissa imprégner des images, des sons, des odeurs et des couleurs chatoyantes. L'inspecteur Touh reprit son bras et se fraya un passage dans la foule à coup d'épaule. Ils atteignirent un restaurant avec trois tables de front, toutes occupées. L'inspecteur héla au passage un serveur, et l'instant d'après le propriétaire fit son apparition. L'inspecteur lui dit quelques mots en chinois. Le propriétaire s'approcha d'une des tables, il s'adressa aux convives qui levèrent les yeux sur l'inspecteur, et se levèrent aussitôt. L'inspecteur et Jennifer s'assirent alors à la table.

— Puis-je vous commander quelque chose ?

— Non, merci.

Jennifer ne pouvait détacher son regard de la marée humaine qui affluait sur les trottoirs et sur la chaussée. En d'autres circonstances, elle aurait apprécié la situation. Singapour était une ville fascinante, à découvrir avec un être qui vous était cher.

L'inspecteur Touh déclara :

— Regardez bien. Il est presque minuit.

Jennifer leva les yeux. Tout d'abord, elle ne remarqua rien de particulier. Puis, elle s'aperçut que tous les boutiquiers se mettaient simultanément à fermer leurs échoppes. En dix minutes, toutes furent bouclées et leurs propriétaires disparurent.

— Que se passe-t-il ? demanda Jennifer.

— Vous allez voir.

Un murmure s'éleva de la foule à l'autre bout de la rue, et les gens se déplacèrent vers les trottoirs, laissant libre la chaussée. Une Chinoise en robe longue et moulante descendait la rue. Jamais Jennifer n'avait vu une femme aussi belle. Elle avançait lentement, avec fierté, s'arrêtant pour saluer les gens installés aux tables, puis reprenant son chemin.

Lorsque la fille s'approcha de la table qu'occupaient l'inspecteur et Jennifer, celle-ci la détailla de plus près, et la trouva encore plus jolie. Elle avait des traits doux et délicats, et une silhouette à vous couper le souffle. Sa longue robe de soie blanche était fendue de chaque côté, de sorte qu'on pouvait apercevoir ses cuisses délicatement galbées et ses petits seins admirablement bien dessinés.

Au moment où Jennifer s'apprêtait à parler à l'inspecteur, une autre fille fit son apparition. Elle était, si l'on peut dire, encore plus belle que la première. Deux autres s'avancèrent derrière elle, et en quelques instants Bugis Street fut envahie de ravissantes créatures. Il y avait là des Malaises, des Indiennes et des Chinoises.

— Ce sont des prostituées, supposa Jennifer.

— Oui. Des transsexuels.

Jennifer le regarda, interloquée. Ce n'était pas possible. Elle se retourna pour regarder à nouveau les filles Elle ne vit absolument rien de masculin en elles.

— Vous plaisantez.

— On les appeile les *Billy Boys*.

Jennifer fut ahurie

— Mais ils...

— Ils ont tous subi une opération. Ils se considèrent comme des femmes.

Il haussa les épaules.

— Après tout, pourquoi pas ? Ils ne font aucun mal. Vous comprenez, ajouta-t-il, la prostitution est illégale ici. Mais les *Billy Boys* sont une bonne chose pour le tourisme, et pour autant qu'ils n'importunent pas nos hôtes, la police ferme les yeux.

Jennifer regarda une fois encore ces exquises jeunes personnes qui déambulaient dans la rue, s'arrêtant aux tables pour négocier avec les clients.

— Ils réussissent bien. Ils demandent jusqu'à deux cents dollars. Quand ils se font trop vieux pour travailler, ils deviennent ce qu'on appelle des Mamasans.

La plupart des filles étaient maintenant assises aux

tables avec des hommes, marchandant leurs services. Une par une, elles se levèrent et s'éloignèrent avec leur client.

— Ils arrivent à faire deux ou trois passes par nuit, expliqua l'inspecteur. Ils prennent possession de Bugis Street à minuit, et ils doivent avoir déguerpi à six heures du matin pour permettre aux échoppes de rouvrir. Nous pouvons partir quand vous le voulez.

— Je suis prête.

Tandis qu'ils remontaient la rue, une image fortuite de Ken Bailey surgit dans l'esprit de Jennifer, et elle songea : « J'espère que tu es heureux. »

En route vers son hôtel, Jennifer décida que, chauffeur ou pas chauffeur, elle allait prononcer le nom de Bjork.

Au moment où la voiture s'engagea dans Orchard Road, Jennifer lança d'un ton déterminé :

— A propos de Stefan Bjork...

— Ah ! oui. Je vous ai arrangé une visite pour demain matin à dix heures.

55.

A Washington, alors qu'il était en conférence, Adam Warner reçut un appel urgent de New York. C'était le district attorney Di Silva. Il jubilait.

— Le grand jury vient de prononcer toutes les mises

en accusation que nous avons demandées. Sans exception ! Nous sommes tous prêts maintenant.

Il n'eut pas de réponse.

— Vous êtes toujours en ligne, Sénateur ?

— Je suis là.

Adam força sa voix pour paraître enthousiaste.

— C'est une grande nouvelle.

— Nous devrions pouvoir commencer à donner l'assaut final dans les prochaines vingt-quatre heures. Si vous preniez l'avion pour New York, je pense que nous pourrions avoir une dernière réunion demain matin avec toutes les agences, afin de coordonner nos actions. Cela vous est-il possible, Sénateur ?

— Oui, répondit Adam.

— Je me charge de tout mettre au point. Demain matin dix heures.

— J'y serai.

Adam reposa l'appareil.

Le grand jury vient de prononcer toutes les mises en accusation que nous avons demandées. Sans exception !

Adam reprit le combiné et composa un numéro.

56.

La salle des visites de la prison de Changi était une petite pièce dénudée aux murs de plâtre blanchis à la chaux, avec au milieu une longue table entourée de méchantes chaises en bois. Jennifer était assise sur une de ces chaises. Elle attendait. Elle leva les yeux lorsque la porte s'ouvrit, et Stefan Bjork entra, accompagné d'un gardien en uniforme.

Bjork avait une trentaine d'années, c'était un homme grand au visage buté, et aux yeux protubérants. Il doit avoir un problème thyroïdien, songea Jennifer. Ses joues et son front étaient marbrés d'ecchymoses récentes. Il s'assit en face de Jennifer.

— Je suis Jennifer Parker, votre avocat. Je vais essayer de vous faire sortir d'ici.

Il la regarda droit dans les yeux avant de répondre :

— Vous avez intérêt à le faire vite.

Cela pouvait être une menace, aussi bien qu'une supplication. Jennifer se souvint des paroles de Michael : *Je veux que tu obtiennes sa mise en liberté provisoire avant qu'il se mette à parler.*

— Êtes-vous bien traité ?

Il coula furtivement le regard vers le gardien en faction près de la porte.

— Ouais. Ça va.

— J'ai demandé votre mise en liberté provisoire.

— Quelles sont mes chances ?

Bjork était incapable de dissimuler l'espoir dans sa voix.

— Assez grandes. Ça ne devrait pas prendre plus de deux ou trois jours.

— Il faut que je sorte d'ici.

Jennifer se leva.

— Je reviendrai vous voir bientôt.

— Merci, répondit Stefan. Il lui tendit la main.

Le gardien intervint brutalement.

— Non !

L'un et l'autre se retournèrent.

— Il est défendu de vous toucher.

Stefan Bjork regarda encore une fois Jennifer et lui dit simplement d'une voix rauque :

— Dépêchez-vous !

Lorsque Jennifer rentra à son hôtel, elle trouva un message de l'inspecteur Touh qui avait essayé de la joindre. Alors qu'elle était en train de le lire, le téléphone sonna. C'était lui.

— Puisque vous avez du temps à perdre en attendant, j'ai pensé que cela vous ferait peut-être plaisir de faire un petit tour de notre ville.

La première réaction de Jennifer fut de dire non, mais elle s'aperçut qu'effectivement il n'y avait rien à faire avant d'avoir réussi à embarquer Bjork dans un avion. Jusque-là, il était important de se ménager les bonnes grâces de l'inspecteur Touh.

— Je vous remercie. C'est une bonne idée.

Ils s'arrêtèrent pour déjeuner à Kampachi, puis ils sortirent de la ville en direction du nord, empruntant la Bukit Timah Road qui menait en Malaisie, traversant une succession de petits villages colorés aux nombreuses boutiques et échoppes d'alimentation. Les gens paraissaient bien habillés et prospères. Ils firent un arrêt au cimetière et au monument aux morts de Kranji, gravissant les marches menant à des grilles bleues qui étaient ouvertes. Devant eux se dressait une immense croix en marbre, et au fond une imposante colonne. Le cimetière était comme un océan de croix blanches.

— La guerre a été très meurtrière pour nous, expliqua l'inspecteur Touh. Nous avons tous perdu de nombreux amis et membres de nos familles.

Jennifer ne dit rien. Dans son esprit, elle voyait une tombe à Sands Point. Mais elle ne s'autorisa pas à penser à ce qui gisait sous le monticule de terre.

A Manhattan, une réunion des agences chargées de la mise en application des lois se tenait dans les locaux des services secrets de la police, sur Hudson Street. De la pièce bondée s'élevait une sorte de jubilation. Un grand nombre de ceux qui étaient présents aujourd'hui s'étaient prêtés à l'enquête avec cynisme, car ce n'était pas la première fois qu'ils pratiquaient ce genre d'exercice. Au cours des années précédentes, ils avaient réussi à accumuler des preuves accablantes contre toutes sortes d'escrocs, d'assassins, et de maîtres chanteurs, et à chaque procès des avocats talentueux avaient réussi à obtenir l'acquittement de ces criminels qu'ils défendaient. Cette fois-ci, cela allait être différent. Ils possédaient le témoignage du *consigliere* Thomas Colfax, et personne ne pourrait le démentir. Pendant plus de vingt-cinq ans, il avait été la cheville ouvrière de la pègre. Il irait devant les tribunaux, il donnerait des noms, des dates, des faits, des chiffres. Et maintenant, ils avaient reçu le feu vert pour agir.

Adam avait été le plus acharné de tous pour aboutir à cet instant. Cette sorte de carrosse triomphal devait le mener tout droit à la Maison-Blanche. Aujourd'hui, cet instant arrivé, tout était réduit en cendres. Adam avait devant lui la liste des gens inculpés par le grand jury. Le quatrième nom de la liste était celui de Jennifer Parker, et les accusations figurant en face de son nom étaient le meurtre et le complot dans une demi-douzaine de différents crimes fédéraux.

Adam Warner jeta un regard circulaire dans la salle et se força à parler.

— Je vous... j'adresse à tous mes plus vives félicitations.

Il essaya d'en dire plus, mais les mots ne vinrent pas. Il se méprisait tellement qu'il en éprouvait une douleur physique.

« Les Espagnols ont raison. La vengeance est un plat qui se mange froid », songea Michael Moretti. Il y avait une seule raison que Jennifer Parker fût encore en vie : elle était hors de sa portée. Mais elle serait bientôt de retour. Et pendant ce temps-là, Michael savourait ce qui allait lui arriver. Elle l'avait trahi dans tous les sens où une femme peut trahir un homme. Pour cette raison, il allait veiller à ce qu'elle reçut des soins tout à fait particuliers.

A Singapour, Jennifer essaya à nouveau d'appeler Michael.

— Je suis désolée, répondit l'opératrice, mais les circuits pour les États-Unis sont toujours encombrés.

— Voulez-vous bien renouveler mon appel un peu plus tard ?

— Bien sûr, miss Parker.

L'opératrice leva les yeux sur l'homme qui montait la garde à côté du standard, et qui lui adressa un sourire complice.

Dans ses bureaux du centre de la ville, Robert Di Silva lisait le mandat d'arrêt qui venait juste d'être délivré. Il portait le nom de Jennifer Parker.

J'ai fini par l'avoir, se dit-il. Et il éprouva une satisfaction farouche.

La standardiste annonça :

— L'inspecteur Touh vous attend dans le hall.

Jennifer s'étonna de cette visite impromptue. Il devait avoir des nouvelles de Stefan Bjork.

Jennifer emprunta l'ascenseur pour descendre dans l'entrée.

— Pardonnez-moi de ne pas vous avoir téléphoné, s'excusa l'inspecteur Touh. J'ai pensé qu'il serait préférable de vous parler directement.

— Avez-vous d'autres nouvelles ?

— Nous pourrons parler dans la voiture. Je voudrais vous montrer quelque chose.

Ils empruntèrent Yio Chu Kang Road.

— Y a-t-il un problème ? demanda Jennifer.

— Absolument pas. La mise en liberté est prévue pour après-demain.

Dans ces conditions, où pouvait-il bien l'emmener ? Ils dépassèrent un groupe d'immeubles sur Jalan Goatopath Road, puis le chauffeur immobilisa la voiture. L'inspecteur Touh se tourna vers Jennifer.

— Je suis certain que cela va vous intéresser.

— Qu'est-ce que c'est ?

— Venez. Vous allez voir.

L'intérieur de la maison était vieux et délabré, et il se dégageait une odeur presque suffocante, sauvage, primitive et musquée. Une odeur que jamais Jennifer n'avait respirée avant.

Une petite fille se précipita vers eux en proposant :

— Voulez-vous que je vous accompagne ? Je...

L'inspecteur l'écarta de la main.

— C'est inutile.

Il prit Jennifer par le bras et ils sortirent à l'arrière de la maison. Il y avait là plusieurs réservoirs profonds d'où s'élevaient des bruits étranges de glissements. Jennifer et l'inspecteur Touh s'approchèrent du premier enclos. Une pancarte indiquait : *Défense de mettre les mains au-dessus du bassin. Danger*. Jennifer regarda à l'intérieur. Le réservoir était rempli d'alligators et de crocodiles, il y en avait des dizaines, animés de mouvements continus, et qui glissaient les uns sur les autres.

Jennifer frémit.

— Qu'est-ce que c'est ?

— C'est une ferme d'élevage de crocodiles.

Il se pencha pour regarder les reptiles.

— Quand ils ont entre trois et six ans, on les écorche, et avec la peau on fait des porte-monnaies, des ceintures et des chaussures. Vous pouvez constater que la plupart d'entre eux ont la bouche ouverte. C'est leur manière de se reposer. C'est quand ils ont la bouche fermée qu'il faut se méfier.

Ils s'approchèrent ensuite d'un bassin contenant deux énormes alligators.

— Ceux-là ont quinze ans. Ils servent à la reproduction.

Jennifer en eut froid dans le dos.

— Ils sont tellement horribles. Je ne comprends même pas comment ils peuvent se supporter.

— Ils ne se supportent guère. En fait, ils s'accouplent rarement.

— Ce sont des animaux préhistoriques.

— C'est exact. Ils remontent à des milliards d'années, et leurs mécanismes primitifs sont les mêmes qu'au tout début de leur histoire.

Jennifer se demanda pourquoi il l'avait amenée là. Si l'inspecteur croyait que ces abominables animaux l'intéressaient, il faisait erreur.

— Pouvons-nous nous en aller maintenant ? demanda-t-elle.

— Un instant.

L'inspecteur se retourna vers la jeune fille qui les avait accueillis à l'intérieur. Elle se dirigeait vers le premier bassin avec un plateau.

— Aujourd'hui, c'est le jour de leur repas. Regardez.

Avec Jennifer, il revint vers le premier bassin.

— On les nourrit tous les trois jours avec du poisson et des poumons de porc.

La fillette commença à lancer la nourriture dans la fosse, où ses occupants déployèrent immédiatement une activité bouillonnante. Les alligators et les crocodiles s'élançaient en l'air pour attraper les morceaux sanguinolents de viande crue, les déchiquetant de leurs crocs sauriens. Jennifer en surprit deux en train de se précipiter sur le même morceau, et instantanément ceux-ci se retournèrent l'un vers l'autre, s'affrontant, se mordant et se tailladant jusqu'à ce que la fosse commence à se remplir de sang. Le globe oculaire de l'un d'eux fut arraché, mais ses crocs étaient plantés dans les mâchoires de son attaquant et il ne voulait pas lâcher prise. Alors que le sang commençaient réellement à couler, maculant l'eau du réservoir, les autres crocodiles se joignirent au combat, s'attaquant sauvagement aux deux adversaires blessés, leur arrachant la peau jusqu'à mettre à nu la chair de leur crâne. Ils commencèrent alors à les dévorer vivants.

Jennifer crut qu'elle allait s'évanouir.

— Je vous en prie, allons-nous-en.

L'inspecteur Touh posa la main sur son bras.

— Encore un instant.

Il continua à regarder la scène, et au bout d'un moment seulement il fit sortir Jennifer.

Cette nuit-là, Jennifer rêva de crocodiles qui s'attaquaient à coups de griffes et se mettaient en pièces. D'eux d'entre eux prirent soudain la forme de Michael et d'Adam, et elle s'éveilla, tremblante, au milieu de son cauchemar. Elle fut incapable de retrouver le sommeil.

Les rafles, commencèrent. Les agents fédéraux et locaux chargés de faire appliquer les lois frappèrent dans une douzaine d'États différents et dans plusieurs pays étrangers, et les rafles furent organisées de telle façon qu'elles se produisirent simultanément.

Dans l'Ohio, un sénateur fut arrêté alors qu'il prononçait un discours devant un club de femmes, sur l'honnêteté dans le gouvernement.

A La Nouvelle-Orléans, on ferma un bureau national de bookmakers fonctionnant illégalement.

A Amsterdam, on empêcha à temps un hold-up de diamants.

Un directeur de banque de Gary, dans l'Indiana, fut

arrêté pour avoir détourné de l'argent au profit de l'Organisation.

A Kansas City, un grand magasin qui vendait des denrées volées à prix réduit fit l'objet d'une descente de police.

A Phoenix, dans l'Arizona, on arrêta une demi-douzaine de détectives de la brigade des mœurs.

A Naples, on ferma un laboratoire de cocaïne.

A Detroit, on fit éclater un réseau de vol de voitures qui opérait sur tout le territoire.

N'arrivant pas à joindre Jennifer au téléphone, Adam Warner se rendit à son bureau.

Cynthia le reconnut aussitôt.

— Je suis désolé, sénateur Warner, miss Parker est à l'étranger.

— Où est-elle ?

— A l'hôtel *Shangri-La* à Singapour.

Le moral d'Adam remonta. Il allait lui téléphoner et l'avertir de ne pas rentrer.

La femme de chambre de l'hôtel entra alors que Jennifer sortait de la douche.

— Oh ! excusez-moi. A quelle heure partez-vous aujourd'hui ?

— Je ne pars pas aujourd'hui, mais demain.

La femme de chambre sembla perplexe.

— On m'a dit de faire le ménage dans cette suite pour des gens qui vont arriver tard ce soir.

— Qui vous a dit ça ?

— Le directeur.

Au rez-de-chaussée, un appel de l'étranger arriva au standard. La standardiste avait changé, et l'homme qui se tenait à côté était également différent.

Elle parla dans son micro.

— Un appel de New York pour miss Parker ?

Elle leva les yeux vers l'homme qui était debout. Il secoua la tête.

— Je suis désolée. Miss Parker est partie.

Les rafles se succédaient. Des arrestations eurent lieu au Honduras, au Salvador, en Turquie et au Mexique. Le filet se refermait sur des *dealers*, des tueurs, des voleurs de banque et des incendiaires. On appréhenda des gens à Fort Lauderdale, à Atlantic City et à Palm Springs.

La machine progressait.

A New York, Robert Di Silva suivait de près le déroulement des opérations. Son cœur se mit à battre plus vite lorsqu'il apprit que les mailles du filet se resserraient sur Jennifer Parker et Michael Moretti.

Michael Moretti échappa, par pur hasard, au piège que lui tendit la police. C'était l'anniversaire de la mort de son beau-père, et avec Rosa il alla au cimetière rendre hommage au père de celle-ci.

Cinq minutes après leur départ, une voiture bourrée d'agents du F.B.I. s'arrêta devant sa maison tandis qu'un autre groupe opérait une descente à son bureau. Lorsqu'ils apprirent qu'il ne se trouvait à aucun des deux endroits, les agents décidèrent de s'installer pour l'attendre.

Jennifer s'aperçut qu'elle avait oublié de réserver une place d'avion pour ramener Stefan Bjork aux États-Unis. Elle téléphona à la compagnie Singapore Airlines.

— Ici Jennifer Parker. J'ai une réservation pour le vol 112 de demain après-midi pour Londres. J'aimerais retenir une place supplémentaire.

— Merci. Ne quittez pas, je vous prie.

Jennifer attendit, et au bout de quelques minutes, la voix réapparut.

— Vous avez dit Parker ? P-A-R-K-E-R ?

— Oui.

— Votre réservation a été annulée, miss Parker.

Jennifer éprouva un choc.

— Annulée ? Par qui ?

— Je ne sais pas. Vous avez été supprimée de notre liste des passagers.

— Il doit y avoir une erreur. Remettez-moi sur la liste.

— Je suis désolée, miss Parker. L'avion est complet.

L'inspecteur Touh était celui qui savait résoudre tous les problèmes, songea Jennifer. Elle avait accepté de dîner avec lui. Elle découvrirait ce qui s'était passé.

Il passa la prendre de bonne heure.

Jennifer lui raconta la confusion qu'il y avait eue,

d'abord à l'hôtel, puis pour la réservation de sa place d'avion.

Il haussa les épaules.

— C'est notre fameuse inefficacité, j'en ai peur. Je vais vérifier.

— Et Stefan Bjork ?

— Tout est arrangé. Il sera relâché demain matin.

L'inspecteur glissa quelques mots en chinois au chauffeur, et la voiture fit demi-tour.

— Vous n'avez pas vu Kallang Road. C'est un endroit très intéressant.

La voiture prit à gauche sur Lavender Street, et au carrefour suivant elle s'engagea à droite dans Kallang Bahru. De grandes enseignes signalaient des fleuristes et des fabricants de cercueils. Quelques immeubles plus loin, la voiture tourna encore une fois.

L'inspecteur Touh se tourna vers Jennifer et lui annonça d'un ton calme :

— Nous sommes dans la rue Sans-Nom.

La voiture roula à une allure très lente. De chaque côté de la rue, ce n'était que des entreprises de pompes funèbres, qui se succédaient les unes aux autres : Tan Kee Seng, Clin Noh, Ang Yung Long, Goh Soon. Devant eux se déroulait une cérémonie funèbre. Toutes les personnes du cortège étaient vêtues de blanc, et trois musiciens jouaient de la musique : un saxophone, une trompette et un tambour. Le corps était allongé sur une table, entouré de gerbes de fleurs, et face à lui une grande photographie du défunt trônait sur un chevalet. Le cortège était assis tout autour, en train de manger.

Jennifer se tourna vers l'inspecteur.

— Qu'est-ce que c'est ?

— Ce sont les maisons de la mort. Les indigènes les

appellent les « maisons pour mourir ». Ils n'aiment pas prononcer le mot « mort ».

Il se tourna vers Jennifer et ajouta :

— Mais la mort n'est qu'une partie de la vie, n'est-ce pas ?

Ils allèrent au *Golden Phoenix*, et seulement lorsqu'ils furent assis, Jennifer trouva le moyen de lui poser la question.

— Inspecteur Touh, aviez-vous une raison particulière de m'emmener à la ferme d'élevage des crocodiles et aux maisons de la mort ?

Il la dévisagea et répondit d'un ton impassible.

— Évidemment. J'ai pensé que ça vous intéresserait. Surtout étant donné que vous êtes venue ici pour libérer votre client, M. Bjork. Un grand nombre de nos jeunes meurent à cause de la drogue qu'on fait passer dans notre pays, misse Parker. J'aurais pu aussi bien vous emmener dans l'hôpital où nous essayons de les soigner, mais j'ai pensé que ça serait plus instructif de vous montrer où ils aboutissaient.

— Tout cela n'a rien à voir avec moi.

— C'est une question de point de vue.

Toute sa bienveillance avait disparu.

— Écoutez, inspecteur Touh, je suis sûre que vous êtes très bien payé pour...

— Personne n'aura jamais assez d'argent pour me payer.

Il se leva, fit signe à quelqu'un, et Jennifer se retourna. Deux hommes en complet sombre s'approchèrent de la table.

— Miss Jennifer Parker ?

— Oui.

Ils n'eurent pas besoin de produire leur carte du F.B.I. Elle sut qui ils étaient avant même qu'ils lui adressent la parole.

— F.B.I. Nous sommes en possession d'une demande d'extradition et d'un mandat d'arrêt à votre égard. Nous vous ramenons à New York par l'avion de minuit.

57.

Quand Michael Moretti s'éloigna de la tombe de son beau-père, il était déjà en retard à un rendez-vous. Il décida d'appeler le bureau afin de le reculer. Il s'arrêta à une cabine téléphonique le long de la route, et composa le numéro. La sonnerie retentit un coup, puis une voix répondit :

— Acme Builders.

— Ici Mike. Dites...

— M. Moretti est absent. Rappelez plus tard.

Michael sentit son corps se raidir. Il prononça seulement deux mots :

— Chez Tony.

Il raccrocha et remonta rapidement dans sa voiture. Rosa le dévisagea et lui demanda :

— Il y a quelque chose qui ne va pas, Michael ?

— Je ne sais pas. Je vais te déposer chez tes cousins. Tu y resteras jusqu'à ce que tu aies de mes nouvelles.

Tony suivit Michael dans le bureau situé à l'arrière du restaurant.

— On m'a fait savoir que les fédéraux s'étaient planqués dans ta maison et dans ton bureau du centre, Mike.

— Merci, répondit Michael. Je ne veux pas qu'on me dérange.

— Je vais y veiller.

Michael attendit que Tony fût sorti de la pièce et qu'il eût refermé la porte derrière lui. Alors il empoigna le téléphone et se mit furieusement à composer un numéro.

Il fallut à Michael Moretti moins de vingt minutes pour mesurer l'ampleur du désastre. Tandis que commençait à lui parvenir l'annonce des rafles et des arrestations, Michael réagit avec une incrédulité croissante. Tous ses soldats et tous ses lieutenants s'étaient fait prendre. Des planques avaient été saisies; des opérations de jeu démasquées; des registres et des dossiers confidentiels confisqués. C'était un véritable cauchemar. La police avait forcément obtenu ses renseignements de quelqu'un de l'Organisation.

Michael téléphona à d'autres Familles du pays, et toutes exigèrent de savoir ce qui était en train de se passer. Toutes étaient sévèrement touchées et personne ne savait d'où provenait la fuite. Tous soupçonnaient qu'elle venait de la Famille Moretti.

Jimmy Guardino, à Las Vegas, lui posa un ultimatum.

— Je t'appelle au nom de la Commission, Michael.

La Commission nationale était l'instance suprême qui se substituait à n'importe quelle Famille en cas de difficulté.

— La police est en train de cerner toutes les Familles. Quelqu'un d'important est en train de chanter. On dit que c'est un de tes gars. Tu as vingt-quatre heures pour mettre la main dessus et t'occuper de lui.

Dans le passé, les rafles de la police n'avaient jamais arrêté que le menu fretin, les quantités négligeables. Maintenant, pour la première fois, les hommes du sommet de la pyramide étaient menacés. *Quelqu'un d'important est en train de chanter. On dit que c'est un de tes gars*. Ils avaient sûrement raison. La Famille de Michael était la plus lourdement touchée, et la police était après lui. Quelqu'un leur avait fourni des preuves solides, sinon ils n'auraient jamais entrepris une action de cette envergure. Mais qui cela pouvait-il être ? Michael s'appuya en arrière et réfléchit.

La personne qui renseignait les autorités disposait d'informations internes que seuls connaissaient Michael et ses deux lieutenants, Salvatore Fiore et Joseph Colella. Eux trois seulement savaient où étaient cachés les registres, et le F.B.I. les avait découverts. La seule personne qui aurait pu avoir le renseignement était Thomas Colfax, mais Colfax était enseveli sous un tas d'immondices dans le New Jersey.

Michael resta un moment à réfléchir à Salvatore Fiore et à Joseph Colella. Il était difficile de croire que l'un ou l'autre eût rompu la loi du silence et parlé. Ils étaient avec lui depuis le début ; c'est lui qui les avait choisis. Il les avait autorisés à avoir leur propre petite entreprise d'usure et à entretenir un petit réseau de prostitution. Pour quelle raison le trahiraient-ils ? La réponse, bien sûr, était évidente : le fauteuil qu'il occupait. Ils voulaient sa place. Une fois qu'ils l'auraient écarté, ils pourraient entrer en scène et prendre le pouvoir. Ils faisaient équipe ; ils étaient forcément dans le coup ensemble.

Michael fut pris d'une fureur meurtrière. Ces salauds essayaient de le renverser, mais ils ne vivraient pas assez longtemps pour en profiter. La première chose à faire était d'obtenir la liberté provisoire pour ses hommes qu'on avait arrêtés. Il lui fallait un avocat en qui il eût confiance — Colfax était mort, et Jennifer — Jennifer ! Michael sentit son cœur se glacer à nouveau. Dans sa tête, il s'entendit lui dire à nouveau : *Reviens très vite. Tu vas me manquer. Je t'aime, Jennifer.* Il lui avait dit ça, et elle l'avait trahi. Elle allait payer.

Michael donna encore un coup de téléphone, puis il attendit, et un quart d'heure plus tard Nick entra précipitamment dans le bureau.

— Qu'est-ce qui se passe ? demanda Michael.

— L'endroit est truffé de fédéraux, Mike. J'ai fait deux fois le tour du pâté de maisons et puis j'ai fait comme tu m'as dit. Je me suis tenu à l'écart.

— J'ai un travail pour toi, Nick.

— Bien sûr, patron. Qu'est-ce que je peux faire ?

— T'occuper de Salvatore et de Joe.

Nick Vito resta cloué.

— Je... je ne comprends pas. Quand tu dis que je dois m'occuper d'eux, tu ne veux pas dire que...

Michael glapit :

— Je veux dire que tu dois leur faire sauter la cervelle, à ces salopards ! Tu veux un dessin ?

— N-non, balbutia Nick Vito. Je voulais s-s-simplement d-dire que... Sal et Joe sont tes hommes les plus sûrs !

Michael se dressa sur ses pieds, le regard menaçant.

— Tu veux peut-être m'apprendre à régler mes affaires, Nick ?

— Non, Mike. Je... bien sûr. Je vais m'occuper d'eux. Quand ?...

— Maintenant. Tout de suite. Je ne veux pas qu'ils soient encore en vie quand la lune se lèvera. Tu m'as compris ?

— Ouais. J'ai compris.

Les mains de Michael se crispèrent et il serra les poings.

— Si j'avais le temps, je m'occuperais d'eux moi-même. Je veux qu'ils souffrent, Nick. Vas-y lentement, tu vois ce que je veux dire ? *Suppilu suppilu.*

— Bien sûr. D'accord.

La porte s'ouvrit sur Tony qui entra précipitamment, le visage blême.

— Il y a deux agents du F.B.I. là-bas dehors, avec un mandat d'arrêt contre toi. Je jure devant Dieu que j'ignore comment ils ont pu savoir que tu étais ici.

Michael Moretti se tourna vers Nick Vito et fit claquer ses doigts.

— Vite, par la porte de derrière ! (Il se tourna vers Tony.) Va leur dire que je suis aux toilettes et que j'arrive tout de suite.

Michael empoigna le téléphone. Une minute plus tard, il était en conversation avec un juge du tribunal de première instance de New York.

— Il y a derrière ma porte deux agents fédéraux munis d'un mandat d'arrêt contre moi.

— Quelles sont les accusations, Mike ?

— J'en sais rien et je m'en fous. Je t'appelle pour que tu prennes tes dispositions pour me faire relâcher. Je ne vais pas rester à moisir au trou. J'ai des choses à faire.

Un long silence suivit, puis le juge réagit d'une voix prudente.

— Je crains de ne pas pouvoir t'aider cette fois, Michael. Les flics sont déchaînés et si j'essaie de m'interposer...

Quand Michael reprit la parole, sa voix eut des accents menaçants.

— Écoute-moi, espèce de trou-du-cul, écoute-moi bien. Si je passe plus d'une heure en taule, je veillerai à ce que tu passes la fin de ton existence derrière les barreaux. J'ai pris bien soin de toi, pendant longtemps. Tu veux que je raconte au D.A. combien d'affaires tu as arrangées pour moi ? Tu veux que je donne au Service des impôts le numéro de ton compte en banque en Suisse ? Tu veux...

— Pour l'amour du ciel, Michael !

— Alors magne-toi !

— Je vais voir ce que je peux faire, fit le juge Lawrence Waldman.

— Je... je vais essayer de...

— Essaie, bordel ! Fais quelque chose ! Tu m'entends, Larry ? Magne-toi le cul ! Michael raccrocha furieusement le téléphone.

Son esprit se mit à fonctionner très vite, avec un grand sang-froid il analysa la situation. Il n'était pas inquiet à l'idée d'aller en prison. Il savait que le juge Waldman ferait ce qu'il lui avait demandé, et il avait confiance en Nick Vito, qui réglerait leur sort à Fiore et

Colella. Sans leur témoignage, le gouvernement ne pouvait rien prouver contre lui.

Michael se regarda dans le petit miroir accroché au mur, il coiffa ses cheveux en arrière, redressa sa cravate, et sortit à la rencontre des deux agents du F.B.I.

Le juge Lawrence Waldman le tira de là comme Michael l'avait imaginé. A l'audience préliminaire, un avocat choisi par le juge Waldman déposa une demande de mise en liberté provisoire, dont la caution fut fixée à cinq cent mille dollars.

Di Silva, fou de rage et de frustration, regarda, impuissant, Michael Moretti quitter la salle d'audience.

58.

Nick Vito était un homme à l'intelligence limitée. La valeur qu'on lui reconnaissait au sein de l'Organisation résidait dans le fait qu'il se soumettait aux ordres sans poser de questions, et qu'il les exécutait avec efficacité. Nick Vito avait été confronté des dizaines de fois à des armes à feu et à des armes blanches, mais jamais il n'avait rencontré la peur. Aujourd'hui, il avait peur. Quelque chose se produisait, qui dépassait son entendement, et il avait vaguement l'impression d'en être responsable.

Toute la journée, il avait entendu parler des rafles et

des arrestations massives qui s'abattaient sur les siens. Le bruit courait qu'il y avait un traître en liberté, quelqu'un de haut placé dans l'Organisation. Malgré son intellect limité, Nick Vito était capable de faire le rapprochement entre le fait qu'il avait laissé la vie sauve à Thomas Colfax et que, peu de temps après, quelqu'un s'était mis à trahir les Familles devant les autorités. Nick Vito savait que cela ne pouvait être ni Salvatore Fiore ni Joseph Colella. Les deux hommes étaient comme ses frères, et ils étaient tout aussi fanatiquement loyaux envers Michael Moretti que lui. Mais il n'y avait aucun moyen d'expliquer ça à Michael, autrement qu'en acceptant de se faire découper en rondelles ; car le seul autre responsable possible, c'était Thomas Colfax, et Colfax était supposé être mort.

Nick Vito était confronté à un grave dilemme. Il adorait la Petite Fleur et le géant. Colella lui avait rendu de multiples services dans le passé, exactement comme Thomas Colfax ; mais il avait aidé Colfax à sortir du pétrin, et voilà le résultat. Aussi Nick Vito décida de ne plus se laisser attendrir. C'était sa propre vie qui était en jeu maintenant. Une fois qu'il aurait tué Fiore et Colella, il n'aurait plus à se faire de souci. Seulement, comme ceux-ci étaient comme des frères pour lui, il s'arrangerait à les faire mourir vite.

Nick Vito n'eut aucune peine à les localiser, car ils devaient toujours être disponibles au cas où Michael aurait besoin d'eux. Le petit Salvatore Fiore rendait visite à sa maîtresse dans l'appartement qu'elle occupait sur la Quatre-vingt-troisième Rue, derrière le

Muséum d'histoire naturelle. Nick savait que Salvatore en partait toujours à cinq heures pour rejoindre sa femme à la maison. Il était trois heures. Nick était en grande conversation avec lui-même. Il avait la possibilité soit de faire les cent pas en l'attendant en bas de l'immeuble, soit de monter et de surprendre Salvatore dans l'appartement. Il était trop agité pour attendre. Le fait de se voir nerveux le rendit encore plus nerveux. Toute cette affaire commençait à lui monter au cerveau. « Quand ça sera fini, se dit-il, j' demanderai des vacances à Mike. J' pourrais peut-être emmener deux nanas avec moi aux Bahamas. » Rien que d'y penser, il se sentit mieux.

Nick Vito gara sa voiture à l'angle et marcha jusqu'à l'immeuble. Il ouvrit la porte d'entrée avec un morceau de celluloïd, ignora l'ascenseur et monta l'escalier jusqu'au troisième étage. Il se dirigea vers la porte située à l'extrémité du couloir, et lorsqu'il l'eut atteinte, il cogna dessus.

— Ouvrez ! Police !

Il entendit des bruits furtifs derrière la porte. Un instant après, elle s'ouvrit, laissant apparaître derrière la lourde chaîne le visage et la silhouette nue de Marina, la maîtresse de Fiore.

— Nick ! s'exclama-t-elle. Espèce d'idiot. Tu m'as fait une de ces peurs !

Elle détacha la chaîne de la porte et ouvrit.

— Sal, c'est Nick !

Le petit Salvatore Fiore sortit de la chambre, entièrement nu.

— Hé, Nick ! Qu'est-ce que tu fous ici, mon vieux ?

— Sal, j'ai un message pour toi de la part de Mike.

Nick Vito leva son 22 automatique équipé d'un

silencieux, et il appuya sur la détente. Le percuteur frappa la cartouche du calibre 22, propulsant la balle hors du canon à la vitesse de trois cents mètres/seconde. La première balle fit voler en éclats l'arête du nez de Salvatore Fiore. La seconde balle pénétra dans son œil gauche. Au moment où Marina ouvrit la bouche pour crier, Nick Vito se tourna vers elle et lui logea une balle dans la tête. Lorsqu'elle fut tombée par terre, il lui tira dans la poitrine, par sécurité. « C'est du gâchis, un si beau brin de fille, songea Nick, mais Mike n'aimerait sûrement pas que je laisse un témoin derrière. »

Le grand Joseph Colella était propriétaire d'un cheval qui était engagé dans la huitième course, à l'hippodrome de Belmont Park, sur Long Island. Le terrain de Belmont faisait deux kilomètres quatre cents, la distance idéale pour la pouliche que le géant avait engagée. Il avait conseillé à Nick de parier sur elle. Dans le passé, Nick avait gagné beaucoup d'argent grâce aux tuyaux de Colella. Colella misait toujours un peu d'argent pour Nick, chaque fois que ses chevaux couraient. Tandis que Nick Vito se dirigeait vers la loge de Colella, il songea avec regret qu'il n'y aurait plus de tuyaux. La huitième course venait juste de commencer. Colella était debout dans sa loge, encourageant son cheval de la voix. C'était une course où les mises étaient élevées, et la foule criait et hurlait, tandis que les chevaux venaient de prendre le premier virage.

Nick Vito entra dans la loge derrière Colella et l'interpella :

— Comment vas-tu, mon vieux ?

— Salut, Nick ! Tu arrives juste à temps. Beauty Queen va gagner. J'ai misé un peu d'argent pour toi.

— C'est sympa, Joe.

Nick Vito appuya le calibre 22 contre la colonne vertébrale de Joseph Colella et tira trois coups à travers son manteau. Le bruit étouffé passa inaperçu dans la foule en délire. Nick regarda Joseph Colella s'effondrer sur le sol. Il hésita un instant à prendre les billets de pari mutuel qui se trouvaient dans la poche de Colella, mais il renonça. Après tout, le cheval pouvait perdre la course.

Nick Vito fit demi-tour et se dirigea rapidement vers la sortie, silhouette anonyme parmi des milliers d'autres.

La ligne privée de Michael Moretti se mit à sonner.

— Monsieur Moretti ?

— Qui le demande ?

— Ici le capitaine Tanner.

Il fallut plusieurs secondes à Michael pour situer le personnage. Un officier de police. De la circonscription de Queens. Sur la liste de ses indicateurs.

— C'est moi.

— On vient de me communiquer une information qui risque de vous intéresser.

— D'où appelez-vous ?

— D'une cabine publique.

— Allez-y.

— J'ai trouvé d'où venaient toutes les fuites.

— Vous arrivez trop tard. On a déjà pris soin d'eux.

— D'*eux ?* Oh ! moi je n'ai entendu parler que de Thomas Colfax.

— Vous racontez n'importe quoi. Colfax est mort.

Ce fut au tour du capitaine Tanner de ne plus comprendre.

— Que voulez-vous dire ? Thomas Colfax se trouve en ce moment à la base des Marines de Quantico, en train de vider son sac devant qui veut l'entendre.

— Vous perdez la tête, lança Michael d'un ton sec. Je sais...

Il s'arrêta. En fait, que savait-il ? Il avait donné l'ordre à Nick Vito de tuer Thomas Colfax, et Vito avait dit qu'il l'avait fait. Michael resta songeur.

— Etes-vous certain de ce que vous avancez ?

— Monsieur Moretti, croyez-vous que je vous appellerais si je n'étais pas sûr ?

— Je vais vérifier. Si c'est exact, je saurai m'en souvenir.

— Merci, monsieur Moretti.

Le capitaine Tanner raccrocha, satisfait. Dans le passé, il s'était aperçu que Michael Moretti était un homme qui savait apprécier les services rendus. Ce tuyau de la plus haute importance pourrait lui rapporter beaucoup, lui permettrait de prendre sa retraite. Il sortit de la cabine et huma l'air frais d'octobre.

Deux hommes attendaient à l'extérieur de la cabine, et au moment où le capitaine les contourna, l'un d'eux lui barra le passage. Il lui tendit une carte sous le nez.

— Capitaine Tanner ? Je suis le lieutenant West, des Services de sécurité interne. Le commissaire de police aimerait avoir un entretien avec vous.

Michael Moretti raccrocha lentement l'appareil. Il sentit, avec un instinct d'animal, que Nick Vito lui avait menti. Thomas Colfax était encore en vie. Cela expliquait tout ce qui était en train d'arriver. C'était lui, le traître. Et dire qu'il avait chargé Nick Vito d'aller tuer Fiore et Colella. Mon Dieu, quel imbécile ! Se faire damer le pion par un abruti d'homme de main, jusqu'à gâcher ses deux meilleurs hommes ! Il fut pris d'une fureur glaciale.

Il composa un numéro et dit rapidement quelques mots à son interlocuteur. Il fit un second appel, puis il se cala en arrière sur son fauteuil, et attendit.

Quand il entendit la voix de Nick Vito au téléphone, Michael s'efforça de contenir la rage prête à jaillir dans sa voix.

— Comment ça s'est passé, Nick ?

— Très bien patron. Exactement comme tu l'as demandé. Ils ont beaucoup souffert.

— Je peux toujours compter sur toi, Nick, c'est bien vrai ?

— Tu le sais bien, patron.

— Nick, j'aimerais que tu me rendes un dernier service. Un des gars a laissé une bagnole à l'angle de York et de la Quatre-vingt-quinzième Rue. C'est une Camaro marron. Les clés sont derrière le pare-soleil. On en a besoin pour un coup ce soir. Ramène-la, veux-tu ?

— Bien sûr, patron. Quand en as-tu besoin ? J'allais...

— Il me la faut tout de suite. Immédiatement, Nick.

— C'est comme si j'étais parti.

— Salut, Nick.

Michael raccrocha. Il aurait aimé assister à la scène, voir Nick Vito sauter avec la voiture, mais il avait encore une chose urgente à faire.

Jennifer Parker allait être de retour dans peu de temps, et il voulait que tout fût prêt pour elle.

59.

« J'ai l'impression d'assister à une de ces super-productions hollywoodiennes, avec mon prisonnier comme vedette », songea le Major général Wallace. La vaste salle de conférences de la base des Marines était bourrée de techniciens du corps des transmissions, galopant dans tous les sens pour installer les caméras, les micros et les éclairages, s'exprimant dans un jargon secret.

— Déplace un peu le projo et balance le jus. Amène un petit peu par ici...

Ils se préparaient à filmer le témoignage de Colfax.

— C'est une assurance supplémentaire, avait avancé le district attorney Di Silva. Nous savons qu'il est hors d'atteinte, mais ça serait quand même plus sûr d'enregistrer toutes ses déclarations.

Et les autres avaient abondé dans son sens.

La seule personne absente était Thomas Colfax. On l'amènerait à la dernière minute, quand tout serait prêt.

Exactement comme une vedette de cinéma.

Pendant ce temps, Thomas Colfax avait un entretien dans sa cellule avec David Terry, du ministère de la Justice, chargé de fournir une nouvelle identité aux témoins qui souhaitaient disparaître.

— Laissez-moi vous expliquer comment fonctionne le Programme de sécurité des témoins du gouvernement fédéral. Une fois que le procès sera fini, nous vous enverrons dans le pays de votre choix. Vos meubles, et tout ce qui vous appartient, seront envoyés dans un garde-meuble à Washington, sous un numéro de code. Nous vous les ferons suivre après. Personne ne pourra retrouver votre trace. Nous vous fournirons une nouvelle identité, un nouveau passé et, si vous le souhaitez, un nouveau physique.

— Je me chargerai de ça.

Il n'avait confiance en personne et ignorait encore comment il changerait son physique.

— D'ordinaire, lorsque nous envoyons des gens au loin avec une nouvelle identité, nous leur trouvons un emploi, quelle que soit leur spécialité, et nous leur procurons une certaine somme d'argent. Dans votre cas, monsieur Colfax, j'ai cru comprendre que vous n'aviez pas de problèmes d'argent.

Thomas Colfax se demanda ce que dirait David Terry s'il savait combien d'argent avait été mis à gauche dans ses comptes bancaires en Allemagne, en Suisse et à Hong Kong. Colfax lui-même était incapable d'en connaître le montant exact, mais il pensait que ça devait tourner autour de neuf à dix millions de dollars.

— Non, répondit Colfax. Je ne pense pas avoir de problèmes d'argent.

— Bien. Tout d'abord, il faut décider de l'endroit où vous aimeriez aller. Avez-vous songé à un pays en particulier ?

C'était une question toute simple, et pourtant lourde de sens. Ce que l'homme lui demandait en réalité, c'était : Où voulez-vous passer le restant de votre vie ? Car Colfax savait que, quel que fût l'endroit où il irait, il ne pourrait plus jamais en sortir. Ce serait son nouveau lieu de résidence, son nouvel asile, et nulle part ailleurs au monde il ne serait en sécurité.

— Le Brésil.

C'était un choix logique. Il y possédait déjà une plantation de quatre-vingt mille hectares, au nom d'une société panaméenne qui ne permettait pas de remonter jusqu'à lui. La plantation elle-même était une véritable forteresse. Il avait les moyens de s'offrir une protection telle que, même si Michael Moretti finissait par apprendre où il se trouvait, personne ne pourrait l'atteindre. Thomas Colfax aimait les femmes latines. On disait que lorsqu'un homme atteignait l'âge de soixante-cinq ans, ses activités sexuelles étaient en régression, que cela ne l'intéressait plus, mais Colfax, lui, s'était aperçu que ses appétits allaient croissant au fur et à mesure qu'il vieillissait. Son sport favori consistait à réunir en même temps dans son lit deux ou trois superbes créatures qui le besognaient. Plus elles étaient jeunes, meilleur c'était.

— Pour le Brésil, ce sera facile à arranger, fit David Terry. Notre gouvernement va vous acheter une petite maison là-bas, et...

— Ce ne sera pas nécessaire.

Colfax se retint pour ne pas éclater de rire à l'idée de vivre dans une petite maison.

— Tout ce que je vous demande, c'est de me procurer une nouvelle identité et d'assurer mon transport et ma sécurité. Je me chargerai du reste.

— Comme vous voudrez, monsieur Colfax.

David Terry se leva.

— Je crois que nous avons tout vu.

Il lui adressa un sourire rassurant.

— Votre cas ne présente aucune difficulté. Je vais mettre ça en route tout de suite. Dès que vous aurez fini de donner votre témoignage, vous prendrez un avion pour l'Amérique du Sud.

— Merci.

Thomas Colfax suivit du regard son visiteur qui s'en allait, et il ressentit alors une impression d'ivresse. Il avait réussi ! Michael Moretti avait commis l'erreur de le sous-estimer, et cela allait être sa dernière erreur. Colfax allait l'enfoncer tellement bas qu'il ne pourrait plus jamais émerger.

Et son témoignage allait être filmé. Ça allait être intéressant. Il se demanda si on allait le maquiller. Il s'examina dans le petit miroir accroché au mur. « Pas mal, pour un homme de mon âge. Je fais encore mon effet. Les jeunes Sud-Américaines adorent les hommes plus âgés aux tempes grisonnantes. »

Il entendit s'ouvrir la porte de sa cellule, et il se retourna. Un sergent des Marines apportait son déjeuner. Il aurait tout le temps de manger avant le début du tournage.

Le premier jour, Thomas Colfax s'était plaint de la nourriture, et depuis lors le général Wallace s'était arrangé pour qu'on lui servît à tous les repas les plats qu'il demandait. Au cours des semaines qu'il avait passées dans la citadelle, la moindre de ses suggestions s'était transformée en ordre. Ils étaient désireux de satisfaire tous ses désirs, et Colfax ne se privait pas d'en abuser. On lui avait donné un mobilier confortable, une télévision, et il recevait tous les jours un grand nombre de journaux et de revues.

Le sergent posa le plateau sur une table dressée pour deux couverts, et il fit la même remarque que les autres jours.

— Cela a l'air bon, monsieur.

Colfax sourit poliment et s'assit à la table. Du rôti de bœuf saignant, comme il l'aimait, de la purée et du pudding. Il attendit que le Marine eût approché une chaise et qu'il prît place en face de lui. Le sergent se découpa un morceau de viande à l'aide d'un couteau et d'une fourchette, et commença à manger. Encore une idée du général Wallace. Thomas Colfax avait son propre dégustateur. *Comme les rois des temps anciens.* Il regarda le Marine goûter successivement à la viande, aux pommes de terre et au pudding.

— Comment est-ce ?

— A vous dire la vérité, monsieur, je préfère la viande à point.

Colfax prit à son tour son couteau et sa fourchette et attaqua son repas. Le sergent était dans l'erreur. La viande était cuite à la perfection, la purée chaude et onctueuse, et le pudding juste bien.

Colfax approcha la sauce au raifort pour l'étaler sur la viande. Ce fut à la seconde bouchée qu'il comprit que quelque chose n'allait pas. Il éprouva soudain une sensation de brûlure dans la bouche, qui se répandit dans tout son corps. Sa gorge s'obstrua, se paralysa, et il se mit à suffoquer. Le sergent assis en face de lui l'observait. Thomas Colfax étreignit sa gorge de ses deux mains et tenta de lui dire ce qui se passait, mais aucun mot ne put sortir. Le feu qui le dévorait gagnait de plus en plus rapidement, et la douleur était intolérable. Son corps se raidit en un spasme terrible et il s'écroula sur le sol la tête en arrière.

Le sergent le regarda encore un moment avant de se pencher sur son corps. Il souleva sa paupière pour s'assurer qu'il était bien mort.

Alors seulement il appela à l'aide.

60.

Le vol 247 de Singapore Airlines atterrit à l'aéroport de Heathrow, près de Londres, à sept heures trente du matin. Les passagers furent consignés sur leurs sièges jusqu'à ce que Jennifer et les deux agents du F.B.I. eussent quitté l'avion et gagné les bureaux de la police de l'aéroport.

Jennifer brûlait d'envie de lire un journal pour voir ce qui se passait dans son pays, mais son escorte observait le plus grand mutisme, repoussant sa demande et refusant d'engager la conversation.

Deux heures plus tard, ils embarquèrent tous les trois à bord d'un avion de la T.W.A. à destination de New York.

Aux États-Unis, au palais de justice de Foley Square, une assemblée comprenant Adam Warner, Robert Di Silva, le général Roy Wallace et une demi-douzaine de représentants du F.B.I., du ministère de la Justice et du Trésor, s'était réunie d'urgence.

— Comment diable cela a-t-il pu arriver ?

La voix de Robert Di Silva tremblait de rage. Il s'adressa au général.

— On vous avait bien dit que Thomas Colfax était pour nous de la plus haute importance.

Le général ouvrit les mains en geste d'impuissance.

— Nous nous sommes entourés de toutes les précautions possibles, monsieur. Nous sommes maintenant en train d'essayer de comprendre comment on a pu glisser de l'acide prussique dans...

— Je me fous pas mal de savoir comme ils s'y sont pris ! Colfax est mort !

Le représentant du département du Trésor prit la parole.

— Quelle est l'ampleur du désastre causé par la mort de Colfax ?

— Immense, répondit Di Silva. Amener un homme à la barre des témoins, c'est une chose. Produire plein de registres et de livres de comptes en est une autre. Et je vous fiche mon billet qu'un avocat un peu malin va être capable de démontrer comment ces livres ont pu être falsifiés.

— Que pouvons-nous faire, alors ? demanda un autre représentant du Trésor.

— On continue ce qu'on a commencé, répondit le district attorney. Jennifer Parker est sur le chemin du retour de Singapour. On a assez de preuves pour la neutraliser jusqu'à la fin de ses jours. Et tant qu'à l'envoyer au trou, on va l'amener à y faire tomber Michael Moretti avec elle. (Il se tourna vers Adam.) Vous êtes bien d'accord, Sénateur ?

Adam ne se sentit pas bien.

— Excusez-moi.

Il quitta précipitamment la pièce.

61.

L'employé chargé du guidage des avions au sol, les oreilles couvertes de leur casque protecteur, agita ses deux sémaphores et dirigea le jumbo 747 vers une aire de stationnement. L'appareil s'immobilisa dans le cercle indiqué au sol et, au signal donné, le pilote coupa les quatre moteurs à réaction Pratt & Whitney.

A l'intérieur de l'avion géant, la voix d'un steward se fit entendre dans le micro. « Mesdames, messieurs, nous venons d'atterrir à l'aéroport Kennedy. Nous vous remercions d'avoir emprunté nos lignes. Nous vous demandons de bien vouloir rester assis jusqu'à ce que vous receviez de nouvelles instructions. Merci. »

Un murmure général de protestation s'éleva. Un instant plus tard, l'équipage ouvrit les portes. Les deux agents du F.B.I. qui étaient assis avec Jennifer à l'avant de l'appareil se levèrent. L'un d'eux se tourna vers Jennifer et dit :

— Allons-y.

Les passagers regardèrent avec curiosité les trois personnes qui quittaient la cabine. Quelques minutes après, le steward reprit le micro. « Nous vous remercions pour votre patience. Vous pouvez débarquer maintenant. »

Une voiture du gouvernement attendait à une des entrées latérales de l'aéroport. Elle les déposa à la maison d'arrêt située au 150 Park Row, qui était reliée au palais de justice de Foley Square.

Une fois que Jennifer eut rempli les papiers d'inscription, un des hommes du F.B.I. lui dit :

— Désolé, mais on ne peut pas vous garder ici. Nous avons reçu des ordres pour vous emmener à Riker's Island.

Le trajet jusqu'à Riker's Island s'effectua en silence. Jennifer était assise à l'arrière de la voiture, entre les deux hommes du F.B.I. Elle ne disait rien, mais son esprit travaillait. Les deux hommes ne s'étant guère révélés communicatifs pendant tout le vol au-dessus de l'océan, Jennifer était dans l'incapacité de mesurer le pétrin dans lequel elle se trouvait. Elle savait que c'était grave, car les mandats d'extradition ne s'obtenaient pas facilement.

Elle ne devrait compter que sur elle-même quand elle serait en prison. La première des choses était d'obtenir une mise en liberté sous caution.

Ils franchirent le pont qui menait à Riker's Island, et Jennifer admira le paysage qui lui était si familier, qu'elle avait vu des centaines de fois en allant rendre visite à des clients. Et maintenant, c'était *elle* la prisonnière.

« Mais pas pour longtemps, se dit-elle. Michael va me sortir de là. »

Les deux agents du F.B.I. escortèrent Jennifer jusqu'au bâtiment de la réception, et un des hommes tendit au gardien le mandat d'extradition.

— Jennifer Parker.

Le gardien y jeta un coup d'œil.

— Nous vous attendions, miss Parker. Nous vous avons réservé la cellule de détention nº 3.

— J'ai droit à un appel téléphonique.

Le gardien lui indiqua le téléphone posé sur son bureau.

— Allez-y.

Elle décrocha l'appareil, priant en silence que Michael Moretti fût chez lui. Elle composa le numéro.

Michael Moretti attendait l'appel de Jennifer. Depuis vingt-quatre heures, il était incapable de penser à autre chose. On l'avait tenu au courant de l'atterrissage de Jennifer à Londres, de son départ d'Heathrow, et de son arrivée à New York. Assis derrière son bureau, il avait suivi en pensée l'itinéraire emprunté par Jennifer jusqu'à Riker's Island. Il l'avait imaginée en train d'entrer dans la prison. Elle demanderait à faire un appel téléphonique avant d'être emmenée dans sa cellule. Elle l'appellerait. C'était tout ce qu'il attendait. Il la ferait sortir de là dans l'heure qui suivrait, et elle serait alors en route pour le rejoindre. Michael Moretti ne vivait que pour l'instant où Jennifer Parker franchirait sa porte.

Jennifer avait commis l'impardonnable. Elle avait offert son corps à l'homme qui essayait de le détruire. Que lui avait-elle donné d'autre ? Quels secrets lui avait-elle confiés ?

Adam Warner était le père du fils de Jennifer. Michael en était maintenant persuadé. Jennifer lui avait menti depuis le début, en lui racontant que le père de Joshua était mort. Eh bien, cette prophétie n'allait pas tarder à être accomplie. Ironiquement, il fut confronté à un conflit étrange. En effet, il détenait une arme redoutable dont il pouvait se servir pour discréditer et ruiner Adam Warner. Il pouvait faire chanter Warner en le menaçant d'exposer au grand jour ses relations avec Jennifer ; mais en agissant ainsi, il s'exposait lui-même. Quand les Familles apprendraient — et elles finiraient par l'apprendre — que la maîtresse de Michael était aussi celle de celui qui se trouvait à la tête de la commission d'enquête sénatoriale, Michael ferait l'objet de leurs railleries. Il ne pourrait plus désormais garder la tête haute, ni commander à ses hommes. Un cocu n'était pas digne d'être Parrain. Aussi, cette menace de chantage se révélait-elle une arme à double tranchant dont il n'oserait pas se servir, Michael le savait bien, toute tentante qu'elle fût. Il devrait détruire ses ennemis par un autre moyen.

Michael baissa les yeux sur la carte grossièrement dessinée qui s'étalait sur le bureau. C'était l'itinéraire que devait emprunter ce soir-là Adam Warner pour se rendre à une réception privée de collecte de fonds. Cette carte avait coûté cinq mille dollars à Moretti. Elle allait également coûter la vie à Adam Warner.

Le téléphone retentit sur le bureau de Michael, qui sursauta malgré lui. Il décrocha et entendit la voix de Jennifer à l'autre bout. Cette voix qui avait murmuré des mots tendres à son oreille, qui l'avait supplié de lui faire l'amour, qui...

— Michael... c'est toi ?

— Oui. Où es-tu ?

— Ils m'ont emmenée à Riker's Island. Je suis

retenue pour meurtre. Le montant de la caution n'a pas encore été fixé. Quand peux-tu... ?

— Je vais te faire sortir immédiatement. Reste calme. D'accord ?

— Oui, Michael.

Il remarqua le soulagement dans sa voix.

— Je vais envoyer Gino te chercher.

Quelques instants plus tard, Michael reprit le téléphone. Il parla plusieurs minutes avec son interlocuteur.

— Peu importe le montant de la caution. Je veux qu'elle sorte tout de suite.

Il raccrocha et appuya sur une sonnette placée sur son bureau. Gino Gallo entra.

— Jennifer Parker est à Riker's Island. On devrait la relâcher d'ici une heure ou deux. Va la chercher, et amène-la ici.

— D'accord, patron.

Michael se renversa en arrière dans son fauteuil.

— Dis-lui qu'aujourd'hui on n'aura pas à s'inquiéter d'Adam Warner.

Le visage de Gino Gallo s'illumina.

— Non ?

— Non. Il est en route pour aller prononcer un discours, mais il n'arrivera pas au but. Il va avoir un accident sur le pont de New Canaan.

Gino Gallo sourit.

— C'est formidable, patron.

Michael lui indiqua la porte de la main.

— Décampe.

Le district attorney Di Silva fit appel à tous les stratagèmes en son pouvoir pour éviter la mise en liberté provisoire de Jennifer. La comparution eut lieu devant William Bennett, juge à la Cour suprême de New York.

— Votre Honneur, commença Robert Di Silva, l'accusée a contre elle une dizaine de chefs d'accusation graves. Nous l'avons fait extrader de Singapour. Si nous lui accordons la mise en liberté provisoire, elle ira se réfugier dans un pays où l'extraditíon n'est pas admise. Je demande à Votre Honneur de refuser sa mise en liberté provisoire.

John Lester, un ancien juge qui représentait Jennifer, intervint :

— Le district attorney détourne gravement les faits, Votre Honneur. Ma cliente ne s'est enfuie nulle part. Elle était à Singapour pour affaires. Si le gouvernement avait exigé son retour, elle se serait exécutée de son plein gré. C'est un avocat dont la bonne réputation n'est plus à démontrer, et qui a une vaste expérience de nos lois. Il est inconcevable qu'elle veuille s'enfuir.

La discussion dura encore une demi-heure.

Pour finir, le juge Bennet déclara :

— La mise en liberté privisoire est accordée pour une caution de cinq cent mille dollars.

— Merci, Votre Honneur, dit l'avocat de Jennifer. Nous allons payer la caution.

Un quart d'heure plus tard, Gino Gallo aidait Jennifer à monter à l'arrière de la Mercedes.

— Ça n'a pas été long, lança-t-il.

Jennifer ne répondit pas. Elle n'écoutait pas. Son esprit était accaparé par la situation du moment. Elle avait été complètement tenue à l'écart à Singapour. Elle n'avait pas la moindre idée de ce qui s'était passé aux États-Unis, mais elle était certaine que son arrestation n'était pas un incident isolé. Ils ne devaient pas en avoir qu'après elle. Elle avait absolument besoin de parler à Michael pour savoir ce qui se passait. Di Silva devait être drôlement sûr de lui pour l'avoir fait revenir avec une accusation de meurtre. Il...

Gino Gallo prononça deux mots qui retinrent l'attention de Jennifer.

— ... Adam Warner...

Jennifer n'avait pas entendu le début.

— Qu'est-ce que tu as dit ?

— J'ai dit qu'on n'allait plus avoir à s'inquiéter pour Adam Warner. Mike est en train de s'occuper de lui.

Jennifer sentit son cœur battre à grands coups.

— Ah bon ! Quand ?

Gino Gallo leva la main du volant pour regarder sa montre.

— Dans un quart d'heure environ. Tout est prévu pour que ça ait l'air d'un accident.

La gorge de Jennifer se dessécha soudain.

— Où...

Les mots refusaient de sortir.

— Où... où ça va se passer ?

— A New Brunswick. Sur le pont.

Ils étaient en train de traverser le quartier de Queens. Devant eux, il y avait un centre commercial.

— Gino, peux-tu m'arrêter devant cette pharmacie ? J'ai quelque chose à acheter.

— Bien sûr.

Il braqua le volant avec adresse et pénétra sous la voûte d'entrée du centre commercial.

— Est-ce que je peux vous aider ?

— Non, non. Je... j'en ai pour une minute.

Jennifer descendit de la voiture et se précipita à l'intérieur, les nerfs à vif. Il y avait une cabine téléphonique à l'arrière de la boutique. Jennifer fouilla dans son porte-monnaie. Elle n'avait pas de monnaie, à part quelques pièces de Singapour. Elle se rua à la caisse et tendit un billet d'un dollar.

— Pouvez-vous me faire de la monnaie, s'il vous plaît ?

Le caissier prit le billet de Jennifer d'un air ennuyé et lui rendit une poignée de pièces. Jennifer retourna en courant vers le téléphone. Une grosse dame venait de décrocher l'appareil.

Jennifer lui dit :

— J'ai un appel très urgent à passer. Pourriez-vous...

La femme lui lança un regard absent et continua à composer son numéro.

— Bonjour, Hazel ! s'écria la femme. Mon horoscope avait raison. Jamais j'ai eu une journée pareille ! Tu te souviens des chaussures que je voulais acheter chez Delman ? Eh bien, imagine-toi qu'ils ont vendu la seule paire qui leur restait dans ma taille !

Jennifer effleura le bras de la femme et implora :

— Je vous en prie !

— Trouvez-vous un autre téléphone, ronchonna la femme.

Elle se rapprocha à nouveau du récepteur.

— Tu te souviens bien de celles qu'on avait vues, en daim ? Y en a plus ! Alors tu sais ce que j'ai fait ? J'ai dit au vendeur...

Jennifer ferma les yeux et resta plantée là, oubliant tout, à l'exception du tourment qu'elle vivait. Michael ne devait pas tuer Adam. Elle devait faire tout son possible pour le sauver.

La femme raccrocha et dit à Jennifer en se retournant :

— Je devrais faire un autre appel, rien que pour vous apprendre.

Tandis qu'elle s'éloignait, souriant à sa petite victoire, Jennifer empoigna l'appareil. Elle appela le bureau d'Adam.

— Je suis désolée, répondit sa secrétaire, mais le sénateur Warner n'est pas là. Voulez-vous laisser un message ?

— C'est urgent. Savez-vous où je peux le joindre ?

— Non, je suis désolée. Si vous voulez...

Jennifer raccrocha. Elle resta un moment à réfléchir avant de composer un autre numéro.

— Robert Di Silva.

L'attente fut interminable. Enfin, quelqu'un répondit :

— Ici le bureau du district attorney.

— Je dois parler à M. Di Silva. Je suis Jennifer Parker.

— Je suis désolée. M. Di Silva est en réunion. On ne peut pas le dé...

— Amenez-le-moi au téléphone. C'est extrêmement urgent. Vite !

Sa voix tremblait.

La secrétaire de Di Silva hésita.

— Un instant.

Une minute plus tard, Robert Di Silva se trouvait à l'autre bout de la ligne.

— Oui ?

Sa voix était hostile.

— Écoutez-moi, écoutez-moi bien, dit Jennifer. Adam Warner va être tué. Cela va se passer dans les dix ou quinze minutes qui viennent. Ils ont prévu de le faire sur le pont de New Canaan.

Elle raccrocha. Elle ne pouvait rien faire d'autre. Elle eut une brève vision du corps mutilé d'Adam, et elle frissonna. Elle regarda sa montre, et pria le ciel en silence que Di Silva puisse lui venir en aide là-bas à temps.

Robert Di Silva reposa l'appareil et regarda les six hommes qui se trouvaient dans son bureau.

— Étrange appel.

— Qui était-ce ?

— Jennifer Parker. Elle prétend qu'ils vont assassiner le sénateur Warner.

— Pourquoi vous a-t-elle téléphoné ?

— Comment savoir ?

— Croyez-vous qu'elle est de bonne foi ?

— Certainement pas, répondit le district attorney Di Silva.

Jennifer franchit la porte du bureau et, malgré lui, Michael ne put rester insensible à sa beauté. Chaque fois qu'il la voyait, c'était la même chose. De l'extérieur, c'était la plus ravissante des femmes qu'il eût jamais connues. Mais à l'intérieur, c'était un traître, un traître abominable. Son regard s'arrêta sur ces lèvres qui avaient embrassé Adam Warner, et sur ce corps qu'avaient étreint les bras de Warner.

Elle se dirigea vers lui en disant :

— Michael, je suis si heureuse de te revoir. Merci d'avoir tout arrangé si vite.

— Je t'en prie. Je t'attendais, Jennifer.

Jamais elle ne saurait à quel point il était sincère. Elle se laissa tomber dans un fauteuil.

— Michael, pour l'amour du ciel, que se passe-t-il ?

Il la détailla, ne pouvant s'empêcher de l'admirer. Elle était responsable de l'effondrement de son empire et elle était assise là, demandant innocemment ce qui se passait !

— Sais-tu pourquoi ils m'ont fait revenir ?

Bien sûr. Pour que tu chantes encore pour eux. Il se souvint du petit canari jaune au cou brisé. Jennifer serait bientôt pareille.

Jennifer plongea son regard dans ses yeux noirs.

— Et toi, comment vas-tu ?

— Jamais je ne me suis senti aussi bien.

Il s'appuya en arrière sur sa chaise.

— Dans quelques minutes, tous nos problèmes vont être résolus.

— Que veúx-tu dire ?

— Le sénateur Warner va avoir un accident. Ça va refroidir drôlement la commission.

Il leva les yeux vers la pendule accrochée au mur.

— On devrait m'appeler d'une minute à l'autre.

Il y avait quelque chose d'étrange dans le comportement de Michael, quelque chose de menaçant. Jennifer eut soudain la prémonition d'un danger. Elle comprit qu'elle devait s'échapper de là.

Elle se leva.

— Je n'ai même pas eu le temps d'ouvrir mes valises. Je vais...

— Assieds-toi.

Le ton de Michael lui fit froid dans le dos.

— Michael...

— Assieds-toi.

Elle jeta un coup d'œil vers la porte. Gino Gallo était appuyé contre elle, regardant Jennifer, le visage dénué de toute expression.

— Tu n'iras nulle part, fit Michael.

— Je ne comp...

— Ne parle pas. Tais-toi.

Ils restèrent là à attendre, s'observant mutuellement, et le seul bruit de la pièce était le tic-tac de l'horloge. Jennifer essaya de lire dans les yeux de Michael, mais ceux-ci étaient vides, n'exprimant rien, ne livrant rien.

Soudain, la sonnerie du téléphone retentit dans le silence de la pièce. Michael décrocha.

— Allô ? Tu es sûr ?... D'accord. Tirez-vous.

Il raccrocha et leva les yeux vers Jennifer.

— Le pont de New Canaan grouille de flics.

Jennifer sentit le soulagement couler dans ses veines. Un sentiment de joie l'envahit. Michael l'observait, et elle prit sur elle pour ne pas laisser transparaître ses émotions.

— Qu'est-ce que ça signifie ? demanda-t-elle.

— Rien, répondit lentement Michael. Car ça n'est pas là qu'on va tuer Adam Warner.

62.

Les deux ponts parallèles du Garden State Parkway n'étaient pas mentionnés sur la carte. Le Garden State Parkway franchissait la rivière Raritan entre les Amboys, se divisant en deux ponts, l'un en direction du nord, l'autre en direction du sud.

La voiture se trouvait juste à l'ouest de Perth Amboy, elle se dirigeait vers le pont sud. Adam Warner était assis à l'arrière, avec un agent des services secrets à côté de lui, et deux autres à l'avant.

Clay Reddin avait été désigné six mois plus tôt comme garde du corps du sénateur, et il avait appris à bien le connaître. Il le considérait comme un homme ouvert, accessible, mais toute la journée Adam Warner s'était révélé étrangement silencieux et absent. Profondément troublé, était le qualificatif qui venait à l'esprit de l'agent Reddin. Celui-ci ne pensait qu'à une chose : le sénateur Warner allait être le prochain Président des États-Unis, et il était responsable de sa sécurité. Il passa en revue les précautions qu'il avait prises pour le protéger, et il reconnut avec satisfaction que tout devait bien se passer.

L'agent Reddin jeta encore une fois un coup d'œil sur le Président en puissance, et il se demanda à quoi il pouvait bien penser.

Adam Warner avait l'esprit entièrement préoccupé par l'épreuve à laquelle il était confronté. Il avait appris par Di Silva que Jennifer avait été arrêtée. A la pensée qu'elle fût sous les verrous comme un animal, il se maudit, il ne cessait de revivre les merveilleux moments qu'ils avaient partagés. Il avait aimé Jennifer comme jamais il n'avait aimé une autre femme.

Un des agents des services secrets qui était assis à l'avant annonça :

— Nous serons à l'heure à Atlantic City, monsieur le Président.

Monsieur le Président. Toujours la même phrase. D'après tous les sondages, il était loin en tête. Il était le nouveau héros des foyers américains, et Adam savait que sa popularité était due en grande partie à la commission d'enquête qu'il avait constituée, cette commission même qui allait anéantir Jennifer Parker.

Adam releva la tête et vit qu'ils approchaient des deux ponts. Juste avant le pont, débouchait une route secondaire sur laquelle était arrêté un semi-remorque, à l'intersection de l'autoroute. Au moment où la voiture allait s'engager sur le pont, le camion démarra, de telle sorte que les deux véhicules arrivèrent au pont en même temps.

Le conducteur, qui appartenait aussi aux services secrets, appuya sur la pédale du frein et ralentit.

— Quel imbécile !

L'émetteur-récepteur sur ondes courtes se mit à grésiller. « Beacon One, répondez, Beacon One ! »

L'homme assis à côté du chauffeur prit le micro. « Beacon One, j'écoute. »

L'énorme camion se trouvait maintenant à leur hauteur, alors qu'ils s'engageaient sur le pont. C'était un mastodonte, qui cachait toute visibilité au chauffeur de son côté. Celui-ci se mit alors à accélérer pour le dépasser, mais le camion prit lui aussi de la vitesse.

— Mais bon sang, à quoi il joue ? murmura le chauffeur. « Nous avons reçu un appel urgent du bureau du district attorney. Fox One est en danger ! Vous m'entendez ? »

Sans avertissement, le poids lourd vira sur la droite, heurtant la voiture sur le côté, et la forçant à se rabattre contre les rails de protection du pont. En un instant, les trois hommes des services secrets sortirent leur revolver.

— Planquez-vous !

Adam se sentit jeté par terre, tandis que l'agent Reddin couvrait son corps avec le sien. Les trois hommes baissèrent les vitres du côté gauche de la voiture, et pointèrent leurs armes en avant. Aucune cible ne se présenta. Les flancs de l'énorme semi-remorque masquaient tout. Le chauffeur était loin devant, hors de vue. Il y eut un nouveau choc, accompagné d'un bruit grinçant de tôles, et la voiture fut à nouveau propulsée contre le rail de sécurité. Le conducteur tourna le volant vers la gauche, pour maintenir la voiture sur le pont, mais le camion le forçait à aller dans l'autre sens. Les eaux glacées de la rivière Raritan tourbillonnaient à plus de soixante mètres au-dessous d'eux.

L'agent assis à côté du conducteur hurlait dans le micro de la radio : « Ici Beacon One ! May Day ! May Day ! C'est un appel à toutes les unités ! »

Mais chacun, dans la voiture, savait qu'il était trop tard pour qu'on pût les sauver. Le conducteur essaya d'immobiliser la voiture, mais les pare-chocs géants du camion étaient imbriqués dans les tôles de celle-ci, et continuait à l'ébranler. Ce n'était plus qu'une affaire de quelques secondes, avant qu'il réussît à les pousser sur le rebord du pont. L'agent qui était au volant de la voiture tenta par divers moyens de résister, en se servant alternativement des freins et de l'accélérateur, mais le camion avait cruellement cloué la voiture contre le rail. Celle-ci ne disposait plus d'espace pour manœuvrer. Le semi-remorque empêchait toute fuite vers la gauche, et sur sa droite la voiture était lentement poussée contre les rails d'acier du pont. L'agent tenta désespérément de résister avec le volant, alors que le camion drossait une fois encore la voiture, et chacun à l'intérieur sentit peu à peu le rail qui cédait.

Le camion la serra encore davantage, la projetant un peu plus vers l'extérieur. Les occupants de la voiture sentirent soudain qu'elle s'inclinait, les roues avant ayant tordu le rail et se trouvant au-dessus du vide. La voiture bascula sur le rebord, et chacun d'eux se prépara à mourir.

Adam n'éprouva aucune peur, sinon une ineffable tristesse devant cette perte, ce gâchis. C'était avec Jennifer qu'il aurait dû partager sa vie, avoir des enfants — et soudain Adam sut, du plus profond de lui-même, qu'ils avaient eu un enfant.

La voiture fit une nouvelle embardée et Adam se révolta à voix haute contre l'injustice de ce qui s'était passé, de ce qui était en train de se passer.

Soudain, au-dessus de leur tête, ils entendirent le vrombissement de deux hélicoptères de la police fondant du ciel, suivi aussitôt après d'un bruit de mitraillettes. Le semi-remorque s'ébranla une dernière fois, puis tout mouvement cessa. Adam et ses compagnons entendirent les hélicoptères qui décrivaient des cercles au-dessus d'eux. Ils gardèrent une immobilité totale, sachant que le moindre mouvement pouvait les faire basculer, et les précipiter dans l'eau.

Ils entendirent au loin le rugissement des sirènes de la police, qui peu à peu se rapprochaient, et l'instant d'après des voix qui hurlaient des ordres. Le moteur du camion redémarra. Lentement, précautionneusement, le camion s'ébranla, s'écartant de la voiture prise au piège, et relâchant ainsi sa pression. La voiture s'inclina dans un balancement terrible, puis elle s'immobilisa. Le camion manœuvra ensuite en marche arrière et Adam et les autres purent enfin voir par les vitres de gauche.

Tout le pont était occupé par des véhicules de la police et des policiers armés.

Un officier s'approcha de la voiture accidentée.

— Nous n'arriverons jamais à ouvrir les portières, dit-il. On va vous sortir par les fenêtres — sans problèmes.

Adam fut hissé à l'extérieur le premier, avec des gestes lents et prudents pour ne pas rompre l'équilibre précaire de la voiture et la basculer dans le vide. Les trois hommes des services secrets le suivirent.

Quand tous furent sortis, l'officier se tourna vers Adam.

— Comment vous sentez-vous, monsieur ?

Adam posa le regard sur la voiture suspendue au bord du pont, puis sur les eaux sombres de la rivière en dessous.

— Ça va, répondit-il. Ça va bien.

Michael Moretti regarda la pendule.

— C'est fini maintenant.

Il se tourna pour faire face à Jennifer.

— Ton petit ami est dans la rivière.

Elle le suivait du regard, le visage blême.

— Tu ne peux pas...

— Ne t'inquiète pas. Tu vas avoir un procès juste. (Il s'adressa à Gino Gallo.) Lui as-tu dit qu'Adam Warner allait être exécuté sur le pont de New Canaan ?

— Oui, patron. Comme tu me l'avais dit.

Michael regarda Jennifer.

— Le procès est terminé.

Il se leva et se dirigea vers l'endroit où elle était assise. Il l'empoigna par son chemisier et la fit mettre debout.

— Je t'aimais, murmura-t-il.

Il la frappa au visage. Jennifer ne broncha pas. Il la frappa à nouveau, d'un geste encore plus violent, et à la troisième fois elle s'effondra par terre.

— Debout ! On va faire un petit voyage.

Jennifer était étendue sur le sol, étourdie, essayant de mettre de l'ordre dans sa tête. Avec rudesse, Michael la tira pour la redresser sur ses pieds.

— Tu veux que je m'occupe d'elle ? demanda Gino Gallo.

— Non. Amène la voiture par-derrière.

— D'accord, patron.

Il sortit précipitamment de la pièce.

Jennifer et Michael étaient seuls.

— Pourquoi ? demanda-t-il. Le monde nous appartenait, et tu as tout brisé. *Pourquoi ?*

Elle ne répondit pas.

— Tu veux que je te baise une fois encore, comme au bon vieux temps ?

Michael se rapprocha d'elle et lui agrippa le bras.

— Tu aimerais ça ?

Jennifer ne répondit pas.

— Tu ne vas plus jamais baiser, tu m'entends ? Je vais te balancer dans la rivière avec ton amant ! Vous vous tiendrez compagnie.

Gino Gallo réapparut dans la pièce, livide.

— Patron !... Y a un...

Un bruit de verre brisé parvint de l'extérieur. Michael plongea la main dans le tiroir de son bureau pour prendre son revolver. Il le tenait contre lui quand la porte fut enfoncée. Deux agents fédéraux surgirent, l'arme au poing.

— Que personne ne bouge !

En une fraction de seconde, Michael prit sa décision. Il leva son revolver, le dirigea vers Jennifer et tira. Il vit les balles pénétrer en elle à l'instant même où les agents ouvrirent le feu. Il vit le sang gicler de sa poitrine, et au même moment il sentit une première balle lui brûler le corps, puis une seconde. Il vit Jennifer effondrée à terre, et Michael ne put dire quelle était la plus grande souffrance : sa mort à elle ou la sienne. Il sentit le choc sourd d'une nouvelle balle, puis il ne sentit plus rien.

63.

Deux internes poussaient le chariot où était allongée Jennifer depuis la salle d'opération jusqu'au bloc de réanimation. Un policier en uniforme accompagnait le cortège. Le couloir de l'hôpital était rempli de policiers, de détectives et de journalistes.

Un homme se présenta à la réception et dit :

— Je voudrais voir Jennifer Parker.

— Êtes-vous de la famille ?

— Non. Je suis un ami.

— Désolée. Les visites sont interdites. Elle est en réanimation.

— J'attendrai.

— Ça risque d'être long.

— Ça n'a pas d'importance, dit Ken Bailey.

Une porte latérale s'ouvrit, et Adam Warner, les joues creuses et l'air hagard, pénétra à l'intérieur, flanqué d'une escorte d'agents des services secrets. Un médecin l'attendait.

— Par ici, Sénateur.

Il conduisit Adam Warner dans un petit bureau.

— Comment va-t-elle ?

— Je ne suis guère optimiste. Nous avons extrait trois balles.

La porte s'ouvrit sur le district attorney Robert Di Silva qui entra en courant. Il s'adressa à Adam Warner.

— Je suis vraiment heureux que vous vous en soyez tiré.

— J'ai cru comprendre que c'était vous que je devais remercier. Comment avez-vous su ?

— Jennifer Parker m'a téléphoné. Elle m'a dit qu'ils vous attendaient sur le pont de New Canaan. J'ai pensé que c'était probablement pour faire diversion, mais je n'ai pas voulu courir de risque, aussi j'ai envoyé des hommes là-bas. Pendant ce temps, je me suis fait communiquer l'itinéraire que vous empruntiez et on vous a fait suivre par une unité, pour assurer votre protection. J'ai le sentiment que cette Parker a essayé de vous attirer dans un traquenard.

— Non, affirma Adam. Non.

Robert Di Silva haussa les épaules.

— Pensez-en ce que vous voudrez, Sénateur. L'important, c'est que vous soyez en vie.

Après coup, il s'adressa au médecin.

— Est-ce qu'elle va s'en tirer ?

— Ses chances sont minces.

Le district attorney interpréta dans l'autre sens l'expression qu'il lut sur le visage d'Adam.

— Ne vous inquiétez pas. Si jamais elle s'en sort, on la neutralisera une bonne fois pour toutes.

Il dévisagea Adam de plus près.

— Vous avez une mine épouvantable. Pourquoi ne rentrez-vous pas chez vous pour vous reposer ?

— Je veux d'abord voir Jennifer Parker.

Le médecin intervint.

— Elle est dans le coma. Elle risque de ne pas en sortir.

— J'aimerais la voir, s'il vous plaît.

— Comme vous voudrez, Sénateur. Par ici.

Le médecin sortit le premier, suivi d'Adam et de Di Silva. Ils firent quelques mètres dans le couloir, jusqu'à un panneau indiquant : BLOC DE RÉANIMATION — DÉFENSE D'ENTRER.

Le médecin ouvrit la porte et s'effaça devant les deux hommes.

— Elle se trouve dans la première salle.

Un agent était en faction devant la porte. Il redressa sa position lorsqu'il aperçut le district attorney.

— Personne n'a le droit de s'approcher de cette porte sans mon autorisation écrite. Vous m'avez bien compris ? lança Di Silva.

— Oui, monsieur.

Adam et Di Silva entrèrent dans la pièce. Sur les trois lits, deux étaient vides. Dans le troisième, se trouvait Jennifer, les narines et les poignets reliés à des tubes. Adam s'approcha du lit et se pencha sur elle. Le visage de Jennifer paraissait encore plus pâle sur les oreillers blancs, et ses yeux étaient clos. Au repos, ses traits la faisaient paraître encore plus jeune et plus fragile. Adam regarda cette jeune femme innocente, qui lui avait dit un jour avec colère : *Si on m'avait achetée, croyez-vous que j'habiterais dans un endroit comme celui-ci ? Je me fiche de ce que vous ferez. Tout ce que je veux, c'est qu'on me laisse seule.* Il se souvint de son courage, de son idéalisme et de sa vulnérabilité. Elle s'était rangée du côté des anges, croyant en la justice et désireuse de lutter pour elle. Que s'était-il passé ? Il l'avait aimée, et il l'aimait toujours, il avait fait un mauvais choix, qui avait empoisonné leurs vies, et il sut qu'aussi longtemps qu'il vivrait il porterait sa culpabilité.

Il s'adressa au médecin.

— Faites-moi savoir quand elle...

Il ne réussit pas à prononcer les mots.

— ... l'évolution de son état.

— Entendu, répondit le médecin.

Adam Warner regarda une dernière fois longuement Jennifer, et il lui fit ses adieux en silence. Puis il se retourna et sortit affronter les journalistes qui attendaient.

Dans un brouillard trouble et confus de semi-conscience, Jennifer entendit les hommes quitter la pièce. Elle n'avait pas compris ce qu'ils avaient dit, car leurs mots étaient brouillés par la douleur qui l'étreignait. Elle crut avoir entendu la voix d'Adam, mais elle sut que c'était impossible. Il était mort. Elle essaya d'ouvrir les yeux, mais l'effort fut trop grand.

Les pensées de Jennifer se mirent à dériver... Abraham Wilson entrait précipitamment dans la pièce en portant une boîte. Il trébuchait, le couvercle s'ouvrait et un canari jaune s'en échappait... Robert Di Silva hurlait : *Attrapez-le ! Ne le laissez pas s'envoler !...* et Michael Moretti le tenait, en riant, et le père Ryan disait : *Regardez, tout le monde ! c'est un miracle !* et Connie Garrett dansait dans la pièce et tout le monde applaudissait... Mme Cooper disait : *Je vous donne « Wyoming »... « Wyoming »... « Wyoming »...* et Adam entrait avec une douzaine de roses rouges, et Michael disait : *C'est moi qui les ai envoyées,* et Jennifer répondait : *Je vais les mettre dans un vase,* et elles se desséchaient, et elles mouraient, et l'eau du vase se répandait par terre, se transformant en un lac, sur lequel elle faisait du bateau avec Joshua, et Michael les poursuivait en ski nautique, et il se transformait en Joshua, et il souriait à Jennifer et agitait le bras, et il perdait l'équilibre, et elle criait : *Ne tombe pas... Ne tombe pas... Ne tombe pas... Ne tombe pas...* et une vague énorme éjectait Joshua en l'air, et il étendait les bras comme Jésus, et il disparaissait.

Pendant un instant, l'esprit de Jennifer s'éclaircit.

Joshua était parti.

Adam était parti.

Michael était parti.

Elle était seule. En définitive, tout le monde était seul. Chacun devait mourir de sa propre mort. Ce serait simple de mourir maintenant.

Une paix bienfaisante s'empara d'elle. Bientôt, elle ne souffrirait plus.

64.

Par une froide journée de janvier, Adam Warner prêta serment devant le Capitole en tant que quarantième Président des États-Unis. Sa femme portait un manteau couleur sable, et un chapeau dans le même ton, ce qui mettait merveilleusement bien en valeur son teint clair et dissimulait presque sa grossesse. Elle se tenait à côté de sa fille, et l'une et l'autre suivaient d'un regard admiratif Adam qui prêtait serment, et le pays se réjouissait pour eux trois. Ils représentaient le meilleur de l'Amérique : la décence, l'honnêteté, le bien, et ils appartenaient à la Maison-Blanche.

Dans un modeste cabinet juridique de Kelso, dans l'État de Washington, Jennifer Parker suivait, seule, à la télévision la cérémonie d'investiture. Elle regarda jusqu'au bout, jusqu'au moment où Adam, Mary Beth et Samantha, quittant le podium, disparurent au milieu de leurs gardes du corps. Elle éteignit alors son poste et vit les images se réduire à néant. Ce fut comme si elle coupait avec son passé : elle fermait les volets sur ce qui lui était arrivé, sur l'amour et la mort, sur la joie et la souffrance. Rien n'avait pu la détruire. Elle avait survécu.

Elle mit un manteau et un chapeau, et elle sortit, s'arrêtant un instant devant le panneau qui indiquait : *Jennifer Parker, Avocate.* Elle pensa au jury qui l'avait acquittée. Elle était toujours avocate, comme son père avait été avocat. Et elle poursuivrait sa route, à la recherche de cette chose intangible qu'on appelait la Justice. Elle se dirigea vers le palais de justice.

Jennifer marcha lentement dans la rue déserte, balayée par le vent. Une neige légère commençait à tomber, recouvrant l'univers d'un voile aérien. D'un immeuble voisin se firent soudain entendre des éclats de réjouissance, et ce bruit était tellement insolite qu'elle s'arrêta un moment pour écouter. Elle resserra son manteau sur elle et elle reprit sa marche, plissant les yeux pour percer le rideau de neige qui tombait devant elle, comme pour voir l'avenir.

En fait, elle regardait dans le passé, essayant de comprendre à quel moment tous les rires s'étaient éteints.

Remerciements

Les personnages et les événements de ce livre sont fictifs. Le cadre dans lequel ils se situent est néanmoins réel, et je suis particulièrement reconnaissant à ceux qui m'ont généreusement apporté leur aide pour le décrire. A quelques rares occasions, je me suis autorisé une certaine licence nécessaire à l'action. Je suis seul responsable de toute erreur juridique ou factuelle.

J'adresse ma profonde gratitude à F. Lee Bailey, Melvin Belli, Paul Caruso, William Hundley, Luke McKissack, Louis Nizer, Jerome Shestack et Peter Taft, qui m'ont fait partager leur expérience des salles d'audience.

En Californie, l'Honorable William Matthew Byrne, de la District Court des États-Unis, m'a apporté une aide précieuse.

J'exprime mes remerciements tout particuliers à Mary de Bourbon, du bureau du district attorney de New York, qui m'a montré le fonctionnement du système juridique ; à Phil Leshin, ancien commissaire adjoint du Département des peines de la Ville de New York, qui m'a autorisé à pénétrer dans Riker's Island ; et à Pat Perry, le directeur adjoint de la prison de Riker's Island.

La relecture du texte, sur le plan juridique, par Barry Dastin s'est révélée inestimable.

Je suis reconnaissant à Alice Fisher de m'avoir prêté son concours pour les recherches nécessaires à ce livre.

Enfin, je remercie Catherine Munro qui, avec patience et bonne humeur, a transcrit et dactylographié une dizaine de fois, sur une période de près de trois ans, ce manuscrit qui n'a pas comporté moins de mille pages dans sa première version.

Sidney Sheldon.

Impression Bussière à Saint-Amand (Cher),
le 16 mai 1984.
Dépôt légal : mai 1984.
1er dépôt légal dans la collection : juin 1982.
Numéro d'imprimeur : 1248.

ISBN 2-07-037387-8./Imprimé en France.
Précédemment publié par les éditions Denoël
'SBN 2-207-22716-2

33825